KB162712

을유세계문학전집 · 61

브루노 슐츠 작품집

브루노 슐츠 작품집

BRUNO SCHULZ: PROZA

브루노 슐츠 지음 · 정보라 옮김

❖ 을유문화사

옮긴이 **정보라**

연세대학교 인문학부를 졸업했다. 미국 예일 대학교에서 러시아 · 동유럽 지역학 석사를 마친 뒤 폴란드 크라쿠프의 야기엘로인스키 대학에서 1년간 어학연수를 받고, 인디애나대학교에서 러시아 문학과 폴란드 문학을 전공하여 슬라브 어문학 박사 학위를 받았다. 현재 대학에서 강의하며 번역에도 힘쓰고 있다. 폴란드어를 번역한 역서로는 브루노 슐츠의 『계피색 가게들』과 『모래시계 요양원』 외에도 타데우슈 보롭스키의 『우리는 아우슈비츠에 있었다』가 있으며, 그 외 러시아어나 기타 언어를 번역한 역서로 『구덩이』, 『창백한 말』, 『거장과 마르가리타』, 『고기-어느 도살자의 이야기』 등이 있다.

을유세계문학전집 61
브루노 슐츠 작품집

발행일 · 2013년 3월 25일 초판 1쇄 | 2023년 4월 20일 초판 3쇄
지은이 · 브루노 슐츠 | 옮긴이 · 정보라
펴낸이 · 정무영, 정상준 | 펴낸곳 · (주)을유문화사
창립일 · 1945년 12월 1일 | 주소 · 서울시 마포구 서교동 469-48
전화 · 02-733-8153 | FAX · 02-732-9154 | 홈페이지 · www.eulyoo.co.kr
ISBN 978-89-324-0393-9 04890 978-89-324-0330-4(세트)

차례

계피색 가게들

8월

1

7월에 나의 아버지는 물가로 떠나면서 나를 어머니와 형과 함께 여름날의 희고 눈부신 뙤약볕의 제물로 남겨 두었다. 빛 때문에 어지러워하며 우리는 휴가라는 거대한 책을 훑어보았다. 그 책의 책장들은 모두 햇빛에 번쩍였고 바닥에는 속이 거북해질 정도로 달콤한 금빛 배의 과육이 깔려 있었다.

아델라는 빛나는 새벽에, 마치 불타오르는 대낮의 광채 속에 나타나는 과일의 여신 포모나처럼 장바구니에서 태양의 색색가지 아름다움을 흘리며 시장에서 돌아오곤 했다. 그것은 투명한 껍질 아래 과즙으로 가득 찬 윤기 나는 분홍빛 버찌와 맛으로 실현할 수 있는 모든 것보다도 뛰어난 향기를 풍기는 신비스러운 검은빛 버찌였으며 금빛 과육 속에 기나긴 오후의 정수를 담고 있는 살구들이었다. 그리고 그 순수한 과일의 시(詩) 곁에 그녀는 건반 같은 갈비뼈가 에너지와 힘으로 부풀어 오른 송아지 고기, 해초, 거의 죽어 버린 문어와 해파리를 내려놓았다. 그것은 아직 정의되지 않은 메마른 맛을 내는 정찬의 날재료였으며, 야생 벌판의 냄새를 풍기며 땅에서 자라난 정찬의 식물성 재료들이었다.

시장 광장에 있는 석조 건물의 어두운 2층 방으로 매일 거대한 여름 전체가 뚫고 지나갔다. 그것은 아른아른 떨리는 공기 방울의 침묵, 마루 위에서 열띤 꿈을 꾸고 있는 네모진 빛, 대낮의 가장 깊은 황금 핏줄에서 흘러나오는 휴대용 오르간 소리, 그리고 어디선가 피아노로 계속 새롭게 연주되다가 흰 보도블록 위에서 태양 빛에 녹아 정오의 깊은 불길 속으로 사라지는 합창의 두세 소절이었다. 청소를 마친 뒤 아델라는 차양을 내려 방에 그림자를 드리우곤 했다. 그러면 모든 색채는 한 옥타브 깊어졌고, 방은 마치 바다 밑바닥에 가라앉아 녹색 거울에 반사된 빛을 받는 것처럼 그림자로 가득 찼으며, 낮의 열기 전체가 오후 시간의 백일몽 속에 가볍게 흔들리며 차양 위에서 숨 쉬기 시작했다.

토요일 오후에 나는 어머니와 함께 산책을 나가곤 했다. 현관 어스름 속을 나오면 곧바로 대낮의 햇빛에 잠겼다. 지나가는 사람들은 녹아내리는 황금 속을 헤치고 나아가며 마치 꿀로 눈꺼풀을 붙인 것처럼 눈부신 빛 때문에 눈을 반쯤 감았고 윗입술은 당겨 올라가서 잇몸과 치아를 드러내고 있었다. 그리고 그 황금빛 대낮 속을 헤치고 나아가는 사람들은 모두들 그 타는 듯한 열기 때문에 찌푸리고 있었다―마치 태양이 숭배자들에게 억지로 똑같은 가면, 태양 형제들의 황금 가면을 씌워 놓은 것처럼. 그리고 지금 거리를 걸어가는 모든 사람들은 서로 마주치고 지나치면서, 노인도 젊은이들도, 아이들도 여자들도, 지나가는 길에 짙은 황금빛을 얼굴에 칠한 그 가면을 통해 인사하며 서로에게 바쿠스*의 웃음을 드러냈다―이교도의 야만적인 가면을.

시장 광장은 비어 있었고 열기 때문에 노란색을 띠었으며 성서의 사막처럼 더운 바람에 먼지가 모두 쓸려 나갔다. 그 노란 광장의 빈 공간에서 자란 가시 돋은 아카시아는 위쪽에 밝은 잎사귀가 돋아나 마치 오래된 태피스트리에 수놓은 나무처럼 귀족적으로 얽힌, 녹색으로 선 세공이 된 꽃다발을 머리 위에 이고 있었다. 마치 이 나무가 바람을 불러일으키는 것 같았고 나뭇잎으로 된 왕관을 극적으로 펼쳐 보이는 것 같았는데, 애수에 차서 몸을 기울여 귀족의 코트에 덧댄 여우 털과 같은 은빛 가장자리를 두른 자신의 잎사귀가 얼마나 우아한지 뽐내려는 듯했다. 오래된 집들은 수많은 날들을 바람에 닦여, 거대한 대기의 반영과 메아리와 구름 없는 하늘 깊은 곳에 흩어진 색채의 기억으로 물들었다. 그것은 마치 여름날의 모든 세대(世代)가 (오래된 건축물에서 흰 곰팡이가 핀 회반죽을 닦아 내는 참을성 있는 석공처럼) 거짓 같은 겉치레를 지우고 하루하루 지날수록 점점 더 분명하게 집의 진짜 얼굴, 내면으로부터 형성된 운명과 삶의 겉모습을 드러내는 것과 비슷했다. 이제 빈 광장의 번쩍이는 빛에 눈이 멀어 버린 창문들은 잠들어 있었다. 발코니는 하늘에 대고 비어 있음을 선언했다. 열린 현관은 냉기와 포도주 냄새를 풍겼다.

한 무리의 부랑자들이 열기의 불타는 빗자루를 피해 시장 광장 구석에 모여 담벼락 앞에서 단추와 동전을 되풀이해 던지며 벽을 괴롭히고 있었다. 마치 둥근 금속 조각의 천궁도(天宮圖)* 안에서 상형문자 같은 금과 흠집에 얽힌 담벼락의 진짜 비밀을 읽어 내려는 듯이. 그 외 광장은 비어 있었다. 언제라도 이 포도주 상인의 아치형 현관 앞, 흔들리는 아카시아 그늘 속으로 고삐에 끌린 사마리아인의 나귀*가 걸어 들어오고 두 하인이 아픈 주인을 조심스레 벌겋게 달구어진 안장에서 주의 깊게 끌어 내려 시원한 계단을 지나 이미 안식일의 냄새를 풍기는 위층으로 조심조심 데려갈 것 같았다.

이렇게 어머니와 나는 마치 건반 위를 지나듯 모든 집들을 따라 우리의 부서진 그림자를 이끌며 시장 광장의 두 양지바른 모퉁이를 천천히 걸었다. 우리의 부드럽고 편편한 발걸음 아래 길에 깔린 네모진 돌들이 천천히 지나갔다. 어떤 돌은 사람 살갗의 옅은 분홍빛을 띠고 있었고, 어떤 것은 금빛, 어떤 것은 푸른 회색이었으며, 모두 납작했고 햇빛 아래 따뜻하고 공단처럼 매끄러워서 마치 발에 밟혀 알아볼 수 없게 되어 축복받은 무(無) 속으로 사라져 가는 햇빛 속의 어떤 얼굴과도 같았다.

그리고 마침내 스트리스카 거리 모퉁이에서 우리는 약국의 그림자 안으로 들어섰다. 넓은 진열장에 놓인 커다란 라즈베리 주스 항아리는 모든 종류의 고통을 가라앉힐 수 있는 시원한 진통제를 상징했다. 집들을 몇 채 더 지나면서, 마치 태어나 자란 시골 마을로 돌아가는 농부가 길을 가면서 한 겹씩 도시의 우아한 옷차림을 벗어 던지고 집이 가까워짐에 따라 시골의 낡은 옷으로 바꾸어 입는 것처럼, 거리는 이제 더 이상 도시의 겉치레를 유지할 수 없게 되었다.

교외의 집들은 창문까지 전부 그 작은 정원의 무성하게 뒤얽힌 꽃봉오리 안에 잠겨 가라앉고 있었다. 위대한 한낮의 열기에 잊고 있던 온갖 풀과 꽃과 잡초들은 아직 끝나지 않은 하루의 경계선에 있는 시간의 가장자리를 넘어 꿈꿀 짬이 생긴 것을 기뻐하며 조용히 우거졌다. 강력한 줄기에 떠받들린 채 이상 비대로 고생하는 거대한 해바라기가 그 생의 마지막 슬픈 날들에 대한 노란 애도에 싸여 그 괴물같이 굵은 줄기의 무게 아래 굽은 몸으로 기다리고 있었다. 그러나 순진한 교외의 종들과 옥양목 천 조각으로 된 평범한 작은 꽃들은 해바라기의 거대한 비극에는 관심 없이 풀 먹인 분홍과 흰색 옷을 입은 채 무기력하게 서 있었다.

2

잔뜩 뒤얽힌 잔디와 풀과 잡초와 엉겅퀴 덤불이 오후의 불길 속에서 바지직 타는 소리를 낸다. 파리들의 윙윙거리는 날갯짓 소리가 오후의 낮잠에 빠진 정원에 울린다. 그루터기만 남은 황금빛 벌판은 황갈색 메뚜기 떼처럼 햇빛 속에서 고함을 지른다. 쏟아지는 불길의 빗속에서 귀뚜라미들이 비명을 지른다. 꼬투리들이 메뚜기처럼 부드럽게 터진다.

한편 판자 울타리를 향해 양가죽 같은 잔디가 불룩 솟은 혹처럼, 언덕처럼 일어난다. 마치 정원이 자다가 뒤척인 듯, 농부의 넓은 등이 대지의 정적을 호흡하며 오르락내리락하는 것 같다. 그 정원의 넓은 등 위에서 8월의 단정치 못한, 여성적인 풍성함은 양철 같은 이파리, 그 살진 녹음의 우거진 혀를 펼치는 거대하고도 뚫을 수 없는 우엉 더미가 되어 뻗어 나가 있었다. 그곳에서 그 불룩한 가시덩굴이 넓게 퍼진 그 모습은 마치 풍성한 치맛자락에 반쯤 휘감긴 촌 아낙네와도 같았다. 그곳에서 정원은 비누 냄새를 풍기며 죽어 가는 야생 라일락의 가장 값싼 열매와 굵직한 질경이 이삭과 야생 박하*의 사슬과 가장 질 낮은 8월의 잡동사니들을 공짜로 팔았다. 그러나 백치가 되어 버린 잡초들의 어리석음이 군림하던 판자 울타리 건너편, 여름의 밀림 뒤쪽에는 엉겅퀴가 웃자란 쓰레기 언덕이 있었다. 바로 그 폐물 더미에서 8월이 그해의 위대한 이교도 주신제(酒神祭)를 열기로 했다는 사실을 아무도 알지 못했다. 그 쓰레기 더미 위에, 판자 울타리에 기대어 웃자란 야생 라일락에 가려진 백치 소녀 트우야의 침대가 있었다. 모두들 소녀를 그렇게 불렀다. 쓰레기와 폐품, 낡은 프라이팬, 구두, 폐자재의 잔해 더미 위에 녹색 칠을 하고 다리 하나가 떨어진 곳을 오래된 벽돌 두 개로 받쳐 놓은 침대가 있었다.

　그 쓰레기 더미 위로 지나가는 바람은 열기로 인해 황량해지고 반짝이는 말파리 떼의 번개로 여기저기 갈라진 채 햇빛 때문에 미친 듯 탁탁 소리를 냈다. 마치 보이지 않는 딸랑이로 가득 찬 듯한, 흥분이 지나쳐 광란하게 만드는 소리.

　트우야는 노란 침대 시트와 누더기 사이에 몸을 둥글게 웅크리고 앉아 있다. 큰 머리통에는 검고 덥수룩한 머리털이 뒤엉켰다. 얼굴은 마치 아코디언의 바람통처럼 경련한다. 수시로 슬픔에 찬 찡그림이 얼굴에 수천 개의 수직 주름을 잡다가도 놀라움이 곧 그것을 다시 펴고 접힌 곳을 다림질하면서 가늘게 째진 눈과 동물의 주둥이 같은 통통한 입술 아래 노란 이가 난 젖은 잇몸을 드러냈다. 더위와 지루함으로 가득한 시간이 흐르는 동안 트우야는 단조로운 목소리로 조잘거리다가, 졸다가, 조용히 중얼거리다가는 헛기침을 한다. 파리들이 움직이지 않는 두꺼운 무리를 이루어 소녀를 뒤덮는다. 그러나 갑자기 그 더러운 걸레와 누더기와 찢어진 천 조각 무더기 전체가 마치 그 안이 갓 태어나 꿈틀대는 쥐 새끼로 가득 찬 것처럼 움직이기 시작한다. 파리 떼는 놀라 깨어나 햇빛에 반사된 색색가지 빛으로 가득 차서, 거대하고 성난 듯 웅웅거리는 구름이 되어 퍼진다. 그리고 누더기가 마치 겁먹은 쥐 떼처럼 땅으로 미끄러져 내려와 쓰레기 더미 위에 퍼져 나가면서 겉을 덮고 있던 것이 벗겨져 안의 핵심이 천천히 풀려 나오고 쓰레기 더미의 중심이 모습을 드러낸다. 그것은 거무스름하고 반쯤 벗은 백치 소녀인데, 천천히 일어나 어린애처럼 짧은 다리로 이교도의 우상처럼 서서, 화가 치밀어 부풀어 오른 목과 튀어나온 핏줄이 이루는 덩굴무늬가 원시의 그림처럼 눈에 띄는, 분노로 점점 붉어지는 얼굴에서 동물과도 같은 목쉰 비명 소리가 터져 나온다. 그것은 반쯤 동물적이고 반쯤 신성한 가슴의 모든 기관지와 성대로부터 흘러나오는 것이다. 햇빛에 탄 엉겅퀴들도 소리 지르고, 질경이는 부풀어 올라 부끄럼 없는 살을 자랑하고, 잡초는 번들거리는 독액의 침을 흘리고, 백치 소녀는 고함지르느라 목이 쉰 채 야만적으로 경련하며 욕정에 못 이겨 그 살찐 배를 라일락 줄기에 부딪치고, 나무는 신음한다—섬뜩한 합창에 자극받아 추악하고 부자연스러운 이교도적 번식력으로 변한 호색적인 열정의 고집스러운 압력 아래.

트우야의 어머니 마리아는 가정주부들에게 고용되어 마루 닦는 일을 했다. 그녀는 작고 사프란처럼 노란 여인이었고 사프란으로 가난한 사람들 집의 마룻바닥, 전나무 탁자, 긴 의자와 계단 난간을 문질러 닦았다. 한번은 아델라가 나를 늙은 마리슈카*의 집에 데려갔다. 시간은 이른 아침이었고, 우리는 연푸른 기운이 도는 흰색의 조그만 방으로 들어갔으며, 진흙으로 다져 바른 바닥에는 아침의 고요 속에 선명한 노란색 햇빛이 누워 있었고, 벽에 걸린 오두막집 시계의 놀랄 만큼 큰 똑딱 소리만 침묵을 깼다. 커다란 나무 상자 속에 깔린 짚 위에 바보 같은 마리슈카가 누워 있는데, 그녀는 웨이퍼처럼 새하얗고 손이 빠져나간 장갑처럼 미동도 하지 않았다. 그리고 그녀의 잠을 이용하는 것처럼 침묵은 떠들었다. 노랗고 선명하고 사악한 침묵은 독백하고 언쟁하며 비속하고 광기 어린 혼잣말을 큰 소리로 떠들었다. 마리슈카의 시간—그녀의 영혼에 갇힌 시간은 그녀를 떠나 끔찍할 만큼 생생해져서 자기 속도에 맞춰 방 안을 돌아다녔는데, 아침의 밝은 침묵 속에 지옥처럼 시끄럽고 떠들썩했으며, 질 나쁜 밀가루의 먼지구름처럼, 분가루 같은 밀가루처럼, 미친 사람의 어리석은 밀가루*처럼 시끄러운 시계추에서 피어나고 있었다.

갈색 울타리에 둘러싸이고 정원의 싱싱한 녹음 아래 가라앉은 그 오두막집 중 한 곳에 이고 숙모가 살았다. 숙모의 집에 들어서서 정원을 가로지르며 우리는 색색가지 유리구(球)가 붙은 가느다란 장대들을 지나쳤는데, 분홍색과 녹색과 보라색 유리구 안에는 비할 데 없이 완벽한 비누 거품 속에 담긴 이상적으로 행복하고 이상적인 그림처럼 밝게 빛나는 세계가 들어 있었다.

썩어서 흰 곰팡이가 슬고 세월에 눈먼 오래된 석판화가 걸린 어둑어둑한 현관에서 우리는 익숙한 냄새를 재발견했다. 그 오래되고 친숙한 악취에 담겨 있는 것은 사람들 삶의 이상할 정도로 단순한 종합체, 인종(人種)의 정수, 그들의 피의 품질과 그들 운명의 비밀이었으며, 그 모든 것이 완전한 그들 자신만의 시간이 흘러감에 따라 매일매일 흘러가는 동안 눈치채지 못하는 사이에 뒤섞여 있었다. 오래되고 현명한 문은 사람들이 들고 날 때마다 어두운 한숨을 쉬었고, 어머니와 딸과 아들들이 드나드는 것을 묵묵히 지켜본 목격자로 이제는 옷장 문처럼 소리 없이 열렸으며 우리는 그들의 삶 속으로 들어섰다. 그들은 마치 자기 운명의 그림자 안에 있는 것처럼 앉아 있었는데 그것에 대항해 싸우려 하지 않았으며 가장 첫 번째 서투른 동작만으로도 자신들의 비밀을 우리에게 드러냈다. 게다가 우리는 피와 숙명으로 그들과 연결되어 있지 않았던가?

방은 어두웠고 금빛 문양이 있는 짙은 청색 벽지 때문에 공단처럼 부드러워 보였지만, 여기에서조차 불길 이는 대낮의 메아리가 —정원의 짙은 녹음에 한 번 걸러지기는 했지만— 그림 액자 위와 문손잡이와 도금된 가장자리에서 뻔뻔스럽게 어른거렸다. 아가타 숙모가 우리를 맞이하기 위해 벽에 기댄 의자에서 일어났다. 키 크고 넉넉한 몸집에, 희고 둥근 살결은 녹슨 듯 기미가 끼어 얼룩져 있었다. 우리는 그들이 아무 저항 없이 삶을 드러낸 데 약간 당혹해하며, 그들 운명의 가장자리에 앉듯이 옆에 앉아 장미 시럽을 탄 물을 마셨는데, 그 신기한 음료수야말로 그 더운 토요일의 가장 깊은 정수였다.

숙모는 불평하고 있었다. 그것이 숙모가 하는 대화의 본질적인 어조였는데, 그 희고 풍성한 육체의 목소리는 마치 숙모라는 사람의 경계 바깥에 있는 것처럼 떠돌았고, 개인의 형체라는 족쇄 안에는 그저 느슨하게 잡혀 있을 뿐, 심지어 그 족쇄 안에서도 늘어나고 흩어지고 뻗어 나가며 무리를 형성하여 갈라져 나갈 준비가 되어 있었다. 그것은 거의 자가 증식에 가까운 번식력이었고, 아무 제동 없이 병적으로 팽창하는 끝없는 여성성이었다.

남성의 향기, 담배 연기 냄새 혹은 독신 남성의 농담만으로도 이 열에 들뜬 여성성을 순식간에 꺼 버리고 색정적인 처녀 탄생으로 이끌 것 같았다. 사실 남편과 하인들에 대한 모든 불평, 아이들에 관한 모든 걱정은 단지 만족하지 못한 번식력의 변덕이었고, 숙모가 남편으로 하여금 헛되이 시달리게 하는 그 무례하고 성난, 애절한 교태의 논리적인 확장일 뿐이었다. 작고 등이 굽은 마레크 삼촌은 무성적(無性的)인 얼굴을 하고 회색 파산을 맞이하여 자신의 운명을 감수하며 끝없는 경멸의 그림자 속에 앉아 쉬고 있는 것처럼 보였다. 삼촌의 회색 눈은 창문에 펼쳐져 있는 정원의 먼 초록 불빛을 반사했다. 가끔 삼촌은 약한 몸짓으로 반대 의견을 내거나 저항해 보려고 했지만, 자기만족적인 여성성의 파도가 그 대수롭지 않은 몸짓을 옆으로 내던지고 의기양양하게 지나가며 남성적인 독단성의 약한 동작을 그 광대한 물길 아래 익사시켰다.

이처럼 도에 지나친 번식력에는 어딘가 비극적인 데가 있었다. 그것은 무(無)와 죽음의 경계선에서 싸우고 있는 생명체의 비참함, 번식력으로 자연의 부족함과 충분치 못한 남성을 이기는 여성성의 영웅주의였다. 하지만 그들의 자식은 그 모성의 공포, 잘못 시작된 임신과 피도 얼굴도 없는 단명한 유령 세대에 지쳐 버린 육아에 대한 열정의 공포에 정당성을 부여했다.

지금 방에 들어온 둘째 우치아는 어린애 같고 통통한 몸에 비해 머리가 지나치게 발달했고 살결은 희고 섬세했다. 우치아는 작고 인형 같은 손, 아직 봉오리인 손을 내게 뻗으며 온통 분홍색으로 물드는 작약 꽃처럼 온 얼굴을 붉혔다. 부끄럼 없이 월경의 비밀을 드러낸 얼굴의 홍조 때문에 불행해져서 우치아는 눈을 감고 가장 무관심한 질문 한마디에도 더 깊은 홍조를 띠었는데, 그것은 우치아가 하나하나의 질문에서 가장 민감한 처녀성에 대한 비밀스러운 암시를 보았기 때문이다.

사촌 중에 가장 나이 든 에밀은 삶이 모든 표정을 씻어 낸 듯한 얼굴에 얇은 콧수염을 길렀는데, 풍성한 바지 주머니에 손을 넣고 방 안을 왔다 갔다 하고 있었다.

그의 우아하고 값비싼 옷들은 그가 찾았던 이국적인 나라들의 얼룩을 담고 있었다. 창백하고 연약한 얼굴은 날이 갈수록 윤곽을 잃어 마치 창백한 정맥의 망이 깔린 희고 텅 빈 벽이 되어 가는 것처럼 보였고, 그 안에서 닳아 빠진 지도의 선들처럼 거칠고 낭비된 인생의 꺼져 가는 기억들이 가끔씩 요동치는 것 같았다. 그는 카드 마술의 달인이었고 길고 귀족적인 파이프를 피웠으며 먼 나라의 신기한 냄새를 풍겼다. 오래된 기억들 사이를 방황하는 눈빛으로 신기한 이야기들을 해 주었는데, 그 이야기들은 어느 시점에 가면 갑자기 멈추고 뒤죽박죽이 되어 허공 속으로 흩어져 버렸다.

나는 그리움에 찬 눈빛으로 그를 따라다니며 그가 나를 알아보고 고문 같은 지루함에서 해방시켜 주기를 바랐다. 그리고 실제로 그가 옆방으로 가기 전에 눈짓을 한 것 같았다. 나는 따라갔다. 그는 작고 낮은 소파에 앉아 있었고, 꼰 다리의 겹쳐진 무릎은 거의 머리 높이까지 올라와 있었는데, 그 머리는 당구공처럼 대머리였다. 마치 의자 위에 그의 빈 옷가지만 구깃구깃 뭉쳐진 채 던져져 있는 것 같았다. 그의 얼굴은 마치 얼굴의 숨결 —모르는 사람이 지나가면서 대기에 남겨 놓은 얼룩처럼 보였다. 그는 푸른 매니큐어를 칠한 하얀 손에 지갑을 들고 그 안의 뭔가를 보고 있었다.

그의 얼굴의 안개 속에서 창백한 눈의 튀어나온 흰자가 어렵사리 나타나 눈짓으로 나를 유혹했다. 나는 에밀에게 저항할 수 없는 공감을 느꼈다. 그는 나를 자기 무릎 사이에 앉히고, 내 눈앞에서 사진 몇 장을 카드처럼 섞더니 이상한 자세를 취하고 있는 벌거벗은 여자와 소년들을 보여 주었다. 나는 꿈꾸듯 초점 잃은 눈빛의 그 섬세한 인체를 보며 그에게 기대서 있었는데, 그때 갑자기 공기를 가득 채우는 듯한 불분명한 흥분의 물결이 다가오더니 한 줄기 불안정한 떨림, 갑작스러운 깨달음의 파도가 되어 나를 관통했다. 그러나 그동안 에밀의 부드럽고 아름다운 콧수염 아래 나타났던 미소의 유령, 관자놀이의 고동치는 정맥에 드러난 욕망의 씨앗, 그의 몸을 잠시나마 집중시켰던 긴장감은 모두 다시 허물어지고, 그의 얼굴은 무관심 속으로 엷어져 멍해졌다가 마침내 모두 사라져 버렸다.

방문

1

우리 마을은 이미 예전부터 만성적인 회색 어스름 속에 가라앉기 시작했고, 가장자리는 그림자의 발진에 감염되었으며, 복슬복슬한 흰 곰팡이와 이끼 때문에 강철의 둔한 빛깔로 변해 가고 있었다.

아침의 갈색 연기와 안개가 사라지기 무섭게 대낮은 스러지는 호박색 오후로 변했고, 맥주의 금빛을 띠면서 잠시 투명해지다가, 그것도 갖가지 색으로 가득 찬 드넓은 밤의 다양하고 환상적인 돔 아래로 올라가 버렸다.

우리는 시장 거리의, 텅 비어 공허해 보이는 어두운 집들, 서로 구별하기 매우 힘든 그런 집들 중 한 곳에 살고 있었다.

여기서는 실수할 가능성이 끝없이 있었다. 일단 어느 집 현관에 잘못 들어가 계단을 잘못 오르기 시작하면 낯선 방들과 발코니로 된 진짜 미궁에 빠져 버리기 십상이고, 텅 빈 남의 집 마당으로 이어지는 뜻밖의 문을 지나, 탐험의 애초 목적은 잊어버리고, 방문하려던 친척 집은 새벽의 회색빛 속에서나 다시 찾아내어, 며칠이 지난 후에야 이상하고 복잡한 모험이었다고 기억할 뿐이기 때문이다.

커다란 옷장과 거대한 소파와 흐릿한 거울과 싸구려 인조 야자 따위로 가득 찬 채, 우리 아파트는 한층 더 깊이 부주의하게 내버려진 상태에 빠져들었다. 이는 대부분의 시간을 가게에서 보내는 어머니의 게으름과 다리가 날씬한 아델라의 태만함 때문이었는데, 누구의 감독도 받지 않게 된 아델라는 온종일 거울 앞에서 지내며 한없이 화장을 하고 빗질하다 빠진 머리털 뭉치, 솔빗, 슬리퍼 짝과 내팽개쳐진 코르셋 따위를 여기저기에 남겨 두었다.

우리 층에 정확히 방이 몇 개나 있는지는 아무도 몰랐는데, 왜냐하면 다른 사람에게 빌려 준 방이 그중 몇 개인지 아무도 기억하지 못했기 때문이다. 종종 그런 잊힌 방의 문을 우연히 열었다가 빈방을 발견하는 일이 일어났다. 그곳에 살던 사람이 오래전에 이사해 나간 것이다. 몇 달 동안 건드린 사람이 없는 서랍장에서 뜻밖의 발견을 하는 일도 있었다.

아래층 방에는 가게 점원들이 살았고 가끔 밤에 우리는 그들의 악몽 때문에 깨어났다. 겨울에, 아직 깊은 밤일 때, 아버지는 종종 이 춥고 어두운 방으로 내려갔다. 아버지의 손에 들린 촛불은 한 떼의 그림자를 흩뿌려 그것들은 마루 구석을 따라 달리고 벽을 타고 올라갔다. 아버지의 임무는 코 고는 사나이들을 돌처럼 단단한 잠에서 깨우는 것이었다.

아버지가 두고 간 촛불의 불빛 아래 더러운 이불에서 게으르게 몸을 일으켜 침대 가장자리에 앉아 못생긴 맨발을 뻗고 양말은 손에 든 채, 잠시 동안 하품의 쾌락에 자신을 내맡겼다 ─육체적 쾌감의 언저리를 가로질러, 거의 구토에 가까운 고통스러운 경련을 입천장에 일으키는 그런 하품.

구석에는 커다란 바퀴벌레들이 꼼짝 않고 앉아 있었는데, 타오르는 촛불이 비춘 그림자 때문에 흉측스럽게 커 보였고, 납작하고 머리 없는 몸뚱어리에 달라붙어 있다가는 이상하게 거미 같은 동작으로 달아나 버렸다.

그 무렵 아버지는 건강이 나빠지기 시작했다. 이미 때 이른 겨울이 시작될 즈음부터 아버지는 약병과 알약 통과 가게에서 가져온 장부에 둘러싸인 채 하루 종일 침대에서 지내곤 했다. 질병의 쓰디쓴 냄새는 방 안에 깔개처럼 머물렀고, 벽지의 덩굴무늬는 더 어둡고 무시무시해 보였다.

어머니가 가게에서 돌아오는 저녁이면, 아버지는 종종 흥분해서 언쟁하려 들었다. 계산 착오를 이유로 어머니를 나무라면서 아버지의 볼은 홍조를 띠었고, 아버지는 분노 때문에 거의 제정신이 아닐 지경까지 되었다. 한밤중에 깨어나서, 잠옷을 입은 채 가죽 소파 위를 맨발로 오락가락 뛰어다니며, 어쩔 줄 몰라 하는 어머니에게 당신이 얼마나 화가 났는지 시위하던 아버지를 몇 번 본 것을 기억한다.

다른 때 아버지는 장부에 완전히 빠져서, 복잡한 계산의 미로에 넋을 잃어 조용하고 평온했다.

나는 아직도 눈앞에 보듯이 떠올릴 수 있다. 연기를 피우는 등잔 불빛 속에, 무늬가 새겨진 침대 머리 받침대 아래 베개 사이에 웅크린 아버지는 소리 없는 명상에 잠겨 앞뒤로 몸을 흔들고, 그런 아버지의 머리가 벽에 거대한 그림자를 만들고 있었다.

때때로 아버지는 마치 바람을 쐬려는 듯 장부에서 눈을 들어 입을 열고, 마치 혀가 마르고 씁쓸한 것처럼 혐오감에 입맛을 다시고, 무언가 찾는 듯이 무력하게 사방을 둘러보았다.

가끔 아버지는 조용히 침대에서 빠져나와 방구석으로 달려갔는데, 그곳에는 믿음직한 도구가 벽에 걸려 있었다. 그것은 온스* 단위로 표시되고 짙은 빛깔의 액체가 차 있는 일종의 모래시계 혹은 물 항아리였다. 아버지는 마치 옹이투성이의 성가신 탯줄처럼 긴 고무호스로 그것을 당신과 연결시켰고, 그렇게 그 초라한 장치와 연결된 채, 아버지는 집중하여 긴장하고, 눈 색깔은 짙어지고, 고통 혹은 금지된 즐거움의 표정이 창백한 얼굴에 퍼졌다.

그리고 다시, 가끔 외로운 독백으로 중단되기도 하는 조용하고 집중된 업무(노동)의 날들이 찾아왔다. 아버지가 커다란 침대의 베개 사이에 앉아 있는 동안, 그리고 창밖에 도시의 깊은 밤과 함께 등잔 그늘 위의 그림자가 나타나면서 방이 거대하게 커지는 동안 혀 짧은 소리와 쉿쉿거리는 속삭임으로 가득한 벽지의 싹트는 밀림이 어떻게 주위에 가까이 조여드는지를 아버지는 보지 않고도 느꼈다. 보지 않고도 아버지는 아는 척 깜빡거리는 숨은 눈[眼]의 음모와, 벽지의 꽃무늬 사이로 바짝 세운 귀가 열리는 것과, 어둡고 미소 띤 입들을 들었다.

그러면 아버지는 숫자를 더하고 계산하면서 일에 더없이 열중한 척했다. 그것은 당신 안에서 솟구치는 분노를 내보이지 않기 위해, 그리고 밤에 떼 지어 어둠의 자궁으로부터 나와서 자라고 번식하여 계속 새로이 유령 같은 뿌리와 가지를 뻗어 가는 그 눈과 귀의 무리, 그 꼬불꼬불한 덩굴무늬를 한 주먹 움켜쥐고 갑자기 소리 지르면서 내닫고 싶은 충동을 이겨 내기 위해서였다. 그리고 밤이 썰물처럼 빠져나가고 아침이 되어 벽지가 시들고, 잎과 꽃잎을 떨어뜨리며 가을처럼 쇠약해지고, 먼 새벽빛을 받아들일 때에야 아버지는 진정되었다.

그러곤 노란 겨울 새벽에 지저귀는 벽지 속의 새들 사이에서 아버지는 몇 시간 동안 무겁고 검은 잠에 빠지곤 했다.

며칠 동안 때로는 몇 주 동안이나, 아버지가 복잡한 현금 계산에 열중해 있는 것처럼 보이는 동안—생각은 비밀스럽게 내부의 깊은 미로를 헤매고 있었다. 아버지는 숨을 멈추고 귀를 기울이곤 했다. 시선이 창백하고 흐트러진 채 그 미궁에서 돌아왔을 때, 아버지는 미소로 그것을 진정시켰다. 아버지는 당신을 압박하는 가정(假定)과 암시를 믿고 싶어 하지 않았을뿐더러, 그런 것들은 황당한 것으로 치부해 버렸다.

낮에 이 목소리들은 논쟁과 설득 쪽에 더 가까웠다. 그것은 반쯤 큰 소리로 진행되면서 장난과 희롱의 익살스러운 간주가 섞인 길고 단조로운 추론이었다. 그러나 밤에 이 목소리들은 더 큰 정열을 품고 커졌다. 요구의 목소리는 더 분명해지고 더 커졌고, 우리는 아버지가 하느님에게 이야기하는 것을 들었는데, 뭔가를 구걸하는 듯했다. 또는 마치 고집스럽게 주장하고 주문하는 누군가와 싸우는 것 같았다.

그 목소리는 한밤중까지 아버지가 당신의 입과 내장으로 그것의 증인이 되어야 한다면서 위협적이고도 거부할 수 없을 정도로 언성을 높였다. 그리고 커다란 예언자적 분노로 으르렁거리며 기관총처럼 내뱉은 상스러운 말에 숨이 막혀 아버지가 침대에서 일어났을 때, 우리는 그 정령이 아버지 안에 들어간 것을 들었다. 우리는 전쟁의 소음과 아버지의 신음 소리를 들었다. 신음 소리는 엉덩이뼈가 부러진, 그러나 아직 분노할 수 있는 티탄*의 것이었다.

나는 구약의 예언자를 한 번도 본 적이 없었지만, 하느님의 분노를 맞은 이 남자, 거대한 요강 위에 넓게 다리를 벌리고 앉아 팔을 풍차처럼 휘두르면서 그 절망적인 몸짓의 장막 위로 낯설지만 단호한 으르렁거리는 목소리가 탑처럼 솟아오른 이 남자를 보았을 때, 성스러운 사람들의 신적인 분노를 이해했다.

그것은 천둥의 언어만큼이나 무서운 대화였다. 아버지가 휘두르는 팔에 하늘은 조각났고, 그 갈라진 틈새로 분노에 차서 부어오르고 저주의 말을 내뱉는 여호와의 얼굴이 나타났다. 쳐다보지 않고도, 나는 이 무시무시한 데미우르고스*를 볼 수 있었다. 시나이 산*에서처럼 어둠 위에 도사리고, 강한 손바닥을 커튼 위 쇠장식 덮개에 받치고, 그는 유리창 윗부분에 거대한 얼굴을 누르고 있었는데, 창문은 그의 끔찍하도록 크고 살집 좋은 코를 납작하게 만들고 있었다.

이 예언자적인 열변이 잠깐 멈춘 동안 나는 아버지의 목소리를 들었다. 부어오른 입술이 강력하게 으르렁거리는 소리와, 아버지가 내지른 간청과 탄식과 위협의 폭발이 섞여, 창문이 흔들거리는 것을 나는 들었다.

목소리는 때로 잦아들고 밤에 굴뚝을 지나는 바람이 조잘거리듯 부드럽게 웅얼거렸지만, 이내 그들은 다시 저주 섞인 폭풍 같은 흐느낌 속에서 커다랗고 우레 같은 소음과 함께 폭발했다. 갑자기 창문은 짙은 균열과 함께 하품하듯 열리고 한 장의 어둠이 방을 가로질러 가볍게 날아들었다.

한 줄기 번개 불빛 속에서 나는 잠옷 단추를 풀어 헤친 아버지를 보았다. 아버지는 저주의 말을 퍼부으면서 과시하는 동작으로 요강의 내용물을 창 아래 어둠 속으로 비웠다.

2

아버지는 우리 눈앞에서 천천히 시들어 사라져 가고 있었다.

거대한 베개 사이에 웅크리고, 회색 머리카락은 올올이 곤추

선 채, 아버지는 어떤 복잡하고 개인적인 일에 열중하여 작은 소리로 혼잣말을 했다. 마치 아버지의 인격이 몇 개로 분열되어 서로 반박하고 말다툼하는 것 같았다. 아버지는 강압적이고도 정열적으로 설득하고, 애원하고 빌면서, 큰 소리로 자기 자신과 언쟁을 벌였다. 그러다가 다시 굉장한 열정과 설득력을 보이면서 이해관계가 서로 다른 당들의 관점을 통합시키려 애쓰는 모임의 사회자처럼 보였다. 하지만 그때마다 이 시끄러운 모임들은, 회의 중에는 서로 격렬하게 핏대를 올리다가, 욕설과 저주와 험담과 모욕 속에 해산되었다.

그러고는 진정되는 시간, 내적인 평화와 축복받은 영혼의 온화한 기간이 찾아왔다. 다시 커다란 장부가 침대 위에, 책상 위에, 마룻바닥에 펼쳐졌고, 수도원 같은 고요함이 등잔 불빛에, 흰 침구에, 아버지의 회색을 띤 숙인 머리 위에 어렸다.

그러나 어머니가 밤늦게 가게에서 돌아오면 아버지는 활기를 띠었고, 어머니를 불러내서는 장부 원장을 장식한 멋지고 알록달록한 전사화(轉寫畵)를 대단히 자랑스럽게 보여 주곤 했다.

그때쯤 우리는 아버지가 껍질 속에서 말라비틀어지는 호두처럼 날이 갈수록 쪼그라들기 시작했다는 것을 알아차렸다.

이렇게 쪼그라들었지만 그와 함께 기운도 약해지지는 않았다. 오히려 아버지의 건강 상태나 성격이나 움직임은 전반적으로 더 좋아진 것 같았다.

이제 아버지는 종종 큰 소리로 즐겁게 웃었다. 가끔 아버지는 거의 웃다가 자지러졌다. 혹은 몇 시간 동안이나 아버지는 침대 모서리를 두들기고는 "들어오세요" 하고 여러 가지 목소리를 내어 스스로 대답했다. 때로는 침대에서 기어 나와 옷장 꼭대기에 올라가서는 천장 아래 웅크린 채 오래되어 녹슬고 먼지 덮인 잡동사니들을 끄집어냈다.

가끔 아버지는 의자 두 개를 등을 대고 맞붙인 뒤 팔로 몸을 받친 채 다리를 앞뒤로 흔들었다. 그럴 때면 아버지는 빛나는 눈으로 우리 얼굴에서 감탄과 격려의 표정을 찾으려 했다.

아버지는 하느님과 완전히 화해한 것 같았다. 때때로 밤이면 벵골 불*의 짙은 보라색 불빛에 푹 젖은, 수염 난 데미우르고스의 얼굴이 침실 창문에 나타나기도 했지만, 그 얼굴은 단지 먼 꿈의 세계의 미지의 땅에서 방황하는 듯 음악적인 코 고는 소리를 내는 잠자는 아버지를 잠시 동안 호의적으로 바라볼 뿐이었다.

겨울의 긴 황혼의 오후 동안 아버지는 열에 들떠 뭔가 찾는 것처럼 오래된 쓰레기로 가득한 구석에서 몇 시간씩 뒤적거리곤 했다.

그리고 때로는 저녁 시간에, 우리가 모두 자리에 앉고 나서도 아버지는 종종 자리에 없었다. 그런 경우에 어머니는 몇 번이나 "여보!" 하고 부르며 숟가락으로 식탁을 때려야 했다. 그러면 아버지는 먼지와 거미줄에 덮이고, 눈은 공허하고, 마음은 당신만 아는 복잡한 문제에 가 있어 정신을 홀딱 빼앗긴 채 옷장 안에서 나타났다.

가끔 아버지는 커튼 위 쇠장식 덮개에 올라가 부동자세를 취했는데, 그 모습은 반대편 벽에 매달린 커다란 박제 독수리와 같았다. 이렇게 웅크린 자세로, 흐린 눈과 입술에 간교한 미소를 띤 채, 아버지는 오랫동안 움직이지 않고 있다가 누군가 방에 들어오기만 하면 팔을 날개처럼 퍼덕이면서 수탉처럼 울었다.

아버지는 날이 갈수록 이런 기벽(奇癖)에 빠져들었지만 우리는 더 이상 주의를 기울이지 않았다. 육체적 요구에서는 거의 완벽하게 벗어나서, 몇 주일이나 어떤 영양분도 섭취하지 않은 채, 아버지는 우리가 이해할 수 없는 이상하고 복잡한 사정에 매일매일 더 깊이 빠져 들어갔다. 우리의 설득과 간청에 대해 아버지는 외부의 무엇으로도 방해할 수 없는 당신 내면의 조각난 독백 한마디로 대답했다. 아버지는 계속 넋을 잃은 채 병적으로 흥분하여, 마른 뺨에 홍조를 띠고, 더 이상 우리를 의식하거나 듣지도 않게 되었다.

우리는 아버지의 무해한 존재, 부드러운 중얼거림, 시간의 가장자리에서 온 듯한 어린아이처럼 혼자 열중하여 조잘거리는 소리에 익숙해졌다. 그 기간 동안 아버지는 어딘가 보이지 않는 집 안 구석진 곳으로 며칠씩 사라지곤 했는데 그럴 때면 아버지를 찾아내기가 힘들었다.

점차 이렇게 사라지는 행동은 우리에게 별다른 인상을 주지 못하게 되었고, 우리는 그것에 익숙해졌으며 며칠이나 지난 후에 아버지가 키가 몇 치 작아지고 전보다 더 마른 채 나타났을 때, 우리는 거기에 대해 생각조차 해 보지 않았다. 인간적이고 현실적인 모든 것으로부터 너무나 멀어졌기 때문에 우리는 더 이상 아버지를 우리 중 하나로 생각하지 않았다. 하나씩 매듭을 풀어 나가면서 아버지는 우리로부터 떨어져 나갔고, 점차 아버지는 인간 공동체에 당신을 묶어 주는 관계들을 포기했다.

아버지에게 아직도 남아 있는 것, 당신의 육체라는 작은 장막과 뭔지도 모를 한 줌 잡동사니는 어느 날엔가 마침내 아델라가 쓰레기장에 버려 주기를 기다리는, 구석에 쌓인 회색 쓰레기 더미처럼 아무도 모르게 사라질 것이다.

새

　지루함으로 가득한 노란 겨울의 날들이 찾아왔다. 녹슨 빛깔의 대지는 실밥이 드러난 구멍투성이 눈[雪]의 얇은 식탁보로 덮였다. 어떤 지붕들에는 눈이 충분히 내리지 않아 검은색과 갈색을 띠고 지붕널과 초가지붕을 드러낸 채, 그을음투성이로 확장된 다락방의 일부 —석탄처럼 검은 성당, 서까래와 대들보와 둥근 목재의 갈비뼈를 가진 청어, 겨울바람의 어두운 폐를 담은 궤 —가 되어 서 있었다. 매일 새벽 밤바람에 불려 올라와, 어둠의 시간 동안 나타난 새로운 굴뚝 기둥과 굴뚝 통풍관이 드러났다. 그것은 악마의 오르간에 달린 검은 파이프였다. 굴뚝 청소부들은 까마귀를 없앨 수가 없었다. 까마귀들은 저녁이면 교회 주변 나뭇가지들을 살아 있는 검은 잎사귀로 덮고, 푸드덕거리며 날아올랐다가 돌아와서는 자기가 점찍은 가지의 점찍은 자리에 붙어 있다가, 새벽이 되어서야 한 줄기 검댕의 바람처럼, 먼지 조각처럼 환상적으로 물결치면서, 곰팡이 같은 노란 빛줄기를 고집스러운 울음소리로 검게 물들이며 날아가곤 했다. 하루하루가 추위와 지루함으로 마치 지난해 구운 빵처럼 굳어져 갔다. 사람들은 그것을 식욕도 없이 나태하게, 무관심하게 무딘 칼로 잘랐다.

아버지는 이제 밖에 나가지 않았다. 아버지는 화덕 곁에 앉아, 언제나 이해하기 어려운 불의 본질을 연구하고, 그 겨울 불꽃의 짠 금속성 맛과 연기 냄새와 굴뚝 속에서 반짝이는 검댕을 핥는 불도마뱀*의 시원한 애무를 맛보았다. 아버지는 그때 기꺼이 자진해서 방 위쪽에 있는 갖가지 물건의 간단한 수리에 열중했다. 하루 중 언제라도 사다리 꼭대기에 웅크리고 앉아 천장 밑이나 높은 창문 너머의 돌림띠, 벽걸이 등잔의 사슬 등에서 뭔가 고치는 아버지를 볼 수 있었다. 집을 칠하는 사람들의 관습에 따라 아버지는 한 쌍의 사닥다리를 거대한 죽마로 이용했고, 천장에 그려진 나뭇잎과 새들이 있는, 하늘에 가까운 조감도의 위치에서 무척 행복해했다. 아버지는 현실적인 일들에서는 점점 더 멀어졌다. 어머니가 아버지의 상태가 걱정되고 불안해서, 가게 일이나 월말의 지급 건에 대한 대화를 시도했을 때, 아버지는 멍한 표정에 초조한 기색으로 한눈을 팔면서 어머니의 말을 들었다. 때때로 아버지는 경고하는 손짓으로 어머니를 제지하고 방구석으로 달려가 마룻바닥의 갈라진 틈에 귀를 댄 채 양손 검지를 들어 이 조사의 중요성을 강조하고는, 열심히 듣기 시작했다. 그때 우리는 아직 이런 기행(奇行)의 슬픈 근원을, 아버지 안에서 익어 가고 있던 개탄스러운 콤플렉스를 이해하지 못했다.

어머니는 아버지에게 아무 영향도 끼치지 못했지만, 아버지는 대신 아델라에게 대단히 존경 섞인 주의를 기울였다. 방을 치운다는 것은 아버지에게는 거대하고도 중요한 의식이었다. 여기에 대해 아버지는 언제나 잊지 않고 직접 그 자리에 서서, 이해와 즐거운 흥분이 뒤섞인 채 아델라의 모든 동작을 지켜보았다. 아버지는 아델라의 모든 움직임에 더 깊고 상징적인 의미를 부여했다. 그녀가 젊고 대담한 동작으로 긴 대걸레를 마루를 따라 밀었을 때, 아버지는 그것을 견딜 수가 없었다. 눈에서 눈물이 넘쳐흐르고, 소리 없는 폭소가 얼굴을 일그러뜨리고, 아버지의 몸은 쾌락의 발작으로 떨렸다. 아버지는 광기에 이를 만큼 포복절도하고 있었다. 아델라가 아버지를 향해 간질이는 시늉을 하며 손가락을 놀리는 것으로 충분했다. 여기에 아버지는 난폭하게 어쩔 줄 몰라 하며 문을 등 뒤로 쾅쾅 닫으면서 모든 방을 가로질러 질주하여, 마침내 제일 끝 방의 침대에 쓰러져, 참을 수 없게 느껴지는 간지럼을 상상하면서 폭소의 경련으로 꿈틀거렸다. 이 때문에 아델라는 아버지에게 거의 무한한 영향력을 가졌다.

그때 우리는 처음으로 아버지가 동물에 열정적인 흥미를 가지고 있다는 것을 눈치챘다. 우선 그것은 사냥꾼과 예술가의 열정을 한데 합쳐 놓은 것이었다. 그것은 추측건대 일정한 형태로 존재하는 생명체가 다른 친족에게 갖는 더 깊고 생물학적인 동감에 가까웠고, 존재의 알려지지 않은 영역에 대한 일종의 실험이었다. 좀 더 나중 단계에 가서야 문제는 그토록 기괴하고 복잡하며 본질적으로 사악하고 부자연스럽게 바뀌지만, 그것은 대낮의 빛 아래 드러내지 않는 편이 좋을 것이다.

모든 것은 새의 알이 깨어나면서 시작되었다.

굉장한 노력과 돈을 들여 아버지는 함부르크에서 혹은 네덜란드에서 혹은 아프리카의 동물학 센터에서 새알을 수입해 와서 벨기에산(産) 거대한 암탉들에게 품게 했다. 이 병아리 알까기는 모양도 색깔도 정말 다채로워서 나까지 매료시킨 과정이기도 했다. 알에서 깨자마자 크게 벌린 목구멍 뒤쪽이 보일 정도로 욕심스럽게 끽끽거리는 거대하고 환상적인 부리를 가진 괴물들, 벌거벗고 나약한 곱사등이의 몸을 한 도마뱀들을 보면서 미래의 공작새, 꿩, 뇌조 혹은 콘도르를 예상하기란 쉽지 않았다. 바구니 속의 면과 양털 위에 놓여 이 용의 새끼들은 벙어리 목구멍에서 소리 없이 깍깍대며 가느다란 목 위의, 각막이 흐려 보이지 않는 눈이 달린 머리를 들었다. 아버지는 선인장 온실의 정원사처럼 녹색 모직 천 앞치마를 입고 알껍데기 사이를 걸어다니면서, 마치 마술처럼 무(無)로부터 생명으로 고동치는 이 눈먼 비눗방울들을, 외부 세계를 오로지 음식의 형태로만 받아들이는 이 무능한 배를, 빛을 향해 맹목적으로 기어 올라가는 삶의 표면에서 자라나는 생명체를 불러냈다. 몇 주 뒤에 이 눈먼 물질의 봉오리가 터져 열렸을 때, 방은 새로운 거주자의 밝은 종알거림과 불꽃 튀는 쩍쩍거림으로 가득 찼다. 새들은 커튼 위 쇠장식 덮개에, 옷장 꼭대기에 자리 잡고 앉았다. 그리고 장식용 걸개 등잔의 뒤얽힌 양철 가지와 돌돌 말린 쇠 쪽에 둥지를 틀었다.

아버지가 커다란 조류학 교과서에 골몰하여 색색으로 인쇄된 사진들을 연구하는 동안, 이 깃털 달린 유령들은 책장에서 나와서 방 안을 온갖 색채로―선홍색 얼룩, 사파이어색, 녹청색, 은색 빛줄기들로 가득 채우는 것 같았다. 모이 주는 시간에 이들은 얼룩덜룩한 마룻바닥 위에서 물결치는 침대와 살아 있는 카펫을 이루었다가, 낯선 사람이 부주의하게 들어서면 떨어져 나가 조각조각 흩어져서 공중에서 푸드덕거리다가, 마침내 천장 아래 높은 곳에 자리 잡았다. 특히 나는 한 마리 콘도르를 기억하는데, 매우 큰 새로 목에 깃털이 없고, 얼굴은 주름지고 옹이투성이였다. 그것은 바짝 마른 고행자, 불교의 라마승이었고, 행동은 그 위대한 종족의 완고한 의례에 따라 흔들리지 않는 위엄으로 가득 차 있었다. 그 새가 희멀건 백내장에 덮인 눈을 홍채 양옆으로 당겨 내려 위엄 있는 고독의 명상 속에 완전히 갇힌 채, 세월을 잊은 이집트 우상처럼 기념비 같은 자세로 미동도 없이 앉아 아버지와 얼굴을 마주하고 있을 때면 그 돌 같은 옆얼굴은 아버지의 형처럼 보였다. 새의 몸과 근육은 아버지와 같은 원료로 만들어진 것 같았고, 피부도 아버지와 같이 단단하고 주름져 있었으며, 얼굴도 똑같이 말라붙고 뼈가 앙상했고, 눈 주위도 똑같이 굳어지고 움푹 들어가 있었다. 손조차도, 관절이 강하고 길고 두꺼운 아버지의 손과 둥근 손톱은 콘도르의 발과 닮아 있었다. 잠들어 있는 콘도르를 볼 때면 나는 미라를 보고 있다는 인상을 지울 수가 없었다 ─아버지의 말라비틀어지고 쪼그라든 미라. 이것에 대해 직접 얘기해 본 적은 없지만, 나는 어머니도 이 신기한 유사성을 눈치챘으리라 믿는다. 그 콘도르가 아버지의 요강을 사용했다는 사실은 의미심장하다.

새로운 품종을 더 많이 부화시키는 것만으로 만족하지 못하여, 아버지는 다락방에서 새들의 결혼을 계획하고 중매쟁이를 보내, 열정적이고 매력적인 신붓감을 지붕 밑 구멍과 갈라진 틈에 매어 놓았고, 거대한 용마루 두 개짜리 지붕널이 달린 우리 집 지붕은 머지 않아 진정한 새들의 숙소, 먼 곳의 들판에서도 온갖 종류의 깃털 달린 생물들이 날아 들어오는 노아의 방주가 되었다. 새들의 천국이 없어진 후에도 오랫동안 이 전통은 새들의 세계에 계속 이어져서 봄철 철새의 이동 기간 동안 우리 집 지붕은 백학, 펠리컨, 공작새와 여러 새들의 떼가 포위해 버렸다.

그러나 짧았던 화려한 기간이 지나가고 상황은 달갑지 않은 방향으로 돌아섰다. 곧 아버지를 집에서 가장 높은 곳에 있는, 창고로 쓰이던 두 개의 방으로 옮겨야만 했다. 새벽에 우리는 그곳에서 뒤섞여 쨍쨍 울리는 새들의 소리를 들을 수 있었다. 다락방의 나무 벽은 박공 아래의 빈 공간이 울리는 덕에 포효하는 소리, 푸드덕거림, 꾸르륵거리는 소리, 꼴록거리는 소리, 짝짓기의 외침 소리를 그대로 전해 주었다. 몇 주 동안 아버지는 우리의 시야에서 사라졌다. 아주 가끔씩만 아래층에 내려왔는데, 그럴 때면 우리는 아버지가 쪼그라들고 더 작아지고 말랐다는 것을 눈치챘다. 때때로 넋이 나간 채, 아버지는 식탁 의자 위에 일어서서 초점 잃은 눈으로 팔을 날개처럼 퍼덕이고, 길게 끄는 새의 울음소리를 내뱉었다. 그리고 조금은 부끄러워하면서, 우리와 함께 그것에 대해 웃어 젖히고 모든 일을 농담으로 돌리려 했다.

어느 날, 봄의 대청소 기간 동안, 아델라가 갑자기 아버지가 이룩한 새들의 왕국에 나타났다. 문가에 서서 아델라는 방을 가득 채운 악취와, 마룻바닥과 식탁과 의자를 덮고 있는 새똥 더미를 보고 절망하여 양손을 움켜쥐었다. 그러고는 즉시 망설이지 않고 창문을 열어젖힌 후 긴 빗자루를 사용하여 새 떼를 모두 들쑤셔 깨웠다. 깃털과 날개의 괴물 같은 구름이 비명을 지르며 날아올랐고, 아델라는 바쿠스의 지팡이가 일으키는 돌풍으로 보호받는 분노한 시녀 메나드처럼 파괴의 춤을 추었다. 아버지는 공포에 질려 팔을 휘두르며 당신의 깃털 달린 패거리와 함께 공중으로 떠오르려 했다. 날개 달린 구름은 천천히 멀어져 갔고, 마침내 아델라는 지쳐 숨을 헐떡이며 아버지와 함께 전쟁터에 남겨졌다. 아버지는 걱정스럽고 풀 죽은 표정으로 완전한 패배를 받아들일 준비가 되어 있었다.

잠시 후에 아버지는 아래층으로 내려왔다 —파산한 남자, 왕위와 왕국을 잃고 추방된 왕이 되어.

마네킹

새 떼 사건은 구제할 수 없는 즉흥 시인이자 환상의 교묘한 달인인 아버지가 메마르고 공허한 겨울의 참호와 방어 장치에 대항해 마지막으로 감행한 다채롭고도 멋진 환상의 반격이었다. 지금에야 나는 도시를 목 조른 헤아릴 수 없고도 근원적인 지루함에 대항해 전쟁을 일으킨 아버지의 그 외로운 영웅주의를 이해한다. 아무 지원도 받지 못하고, 우리에게 주목받지도 못한 채, 가장 신기한 사람인 나의 아버지는 시(詩)의 잃어버린 명분을 옹호하고 있었다.

아버지는 마치 깔때기로 빈 시간의 겨를 쏟아 넣으면 동양 향료의 향기를 풍기며 온갖 색깔로 꽃피어 다시 나타나게 하는 마술 풍차 같았다. 그러나 이 형이상학적인 마법사의 완벽한 흥행술에 익숙해져서, 우리는 점차 우리를 공허한 낮과 밤의 무기력에서 구해 낸 최상의 마법의 가치를 평가 절하하게 되었다.

아델라는 그녀의 경솔하고 야만적인 폭력 때문에 야단맞지 않았다. 오히려 우리는 비열한 만족감과 아버지의 생기발랄함이 저 지당했다는 품위 없는 기쁨을 느꼈는데, 왜냐하면 아버지의 행동들을 충분히 즐기면서도 그 뒤에는 비열하게 그것에 대한 모든 책임을 부정했기 때문이다. 우리는 아델라에게 알게 모르게 더 높은 세계로부터 부여된 일종의 임무와 권위를 위임했고, 아마 이 음모에는 아델라의 승리를 비밀스럽게 인정하는 면이 있었을 것이다. 모두에게 배신당한 아버지는 싸워 보지도 못한 채 최근에 얻은 영광의 자리에서 물러났다. 칼을 뽑지도 않고 적에게 과거의 화려했던 왕국을 넘겨주었다. 자발적으로 추방당하여, 복도 끝에 있는 빈방으로 물러나 그곳에서 고독 속에 스스로 갇혔다.

우리는 아버지를 잊어버렸다.

새벽의 어두운 발진과 함께, 버섯처럼 자라는 어스름과 함께, 기나긴 겨울밤의 덥수룩한 털가죽이 되어 자라나 창문으로 기어 들어오는 도시의 우울한 회색이 사방을 포위했다. 행복하게도 이전의 날들에 구속되지 않고 새들이 색색으로 날아가는 것을 볼 수 있게 해 주었던 방의 벽지들도 씁쓸한 독백의 단조로움에 빠져들어 저절로 닫혀서 굳어졌다.

샹들리에는 검어졌고 오래된 엉겅퀴처럼 시들었다. 이제 그것은 풀 죽고 심술이 난 채 드리워져 있었는데, 누군가 희미하게 불켜진 방을 손으로 더듬으며 지나갈 때마다 유리알 장식들이 부드럽게 울렸다. 아델라가 모든 촛대에 불을 켜 놓은 것은 헛일이었다. 그것은 아주 최근에 이 공중 정원에 활기를 주었던 멋진 조명의 초라한 대용품이었고, 창백한 반영이었다. 아, 저기 있던 것은 얼마나 멋지게 지저귀었던가. 그것은 날갯짓이 끝나고도 오랫동안, 아른아른 빛나는 대기에 하늘색과, 공작과 앵무새의 초록색 두꺼운 조각과 금속 광택을 반짝반짝 흩뿌리며 선을 긋고, 공중에서 꽃피는 색색의 부채를 펼쳐 보여 주고, 공기를 갈라 여러 벌의 마술 카드로 만드는, 빠르고도 환상적인 비행이었다. 지금도 깊은 회색빛 속에 밝은 빛의 메아리와 기억이 숨어 있었지만 누구도 그것을 잡지 못했고, 흔들리는 공기에 구멍을 뚫는 클라리넷 소리도 없었다.

몇 주일은 이상한 졸음의 징조 아래 지나갔다.

침대는 며칠이나 정리되지 않았고, 꿈의 무게로 구겨지고 어지럽혀진 침구가 높이 쌓인 채, 어둡고 별도 뜨지 않은 베네치아의 혼란스럽고 축축한 미로 속을 항해해 가려는 깊은 배들처럼 서 있었다. 황량한 새벽이 밝아 오면 아델라는 우리에게 커피를 가져다주었다. 추운 방 안에서, 이따금 검은 유리창에 반사되던 단 하나의 촛불 빛 아래에서 우리는 게으르게 옷을 입었다. 그런 이른 아침은 목적 없는 법석, 끝없는 서랍장과 찬장을 오랫동안 뒤지는 일들로 메워졌다. 아델라가 슬리퍼를 찍찍 끄는 소리는 아파트 어디에서나 들을 수 있었다. 점원들은 등불을 켜고, 어머니가 맡긴 커다란 가게 열쇠를 가지고 짙게 소용돌이치는 어둠 속으로 나갔다. 어머니는 몸단장을 제대로 할 수 없었다. 촛불은 촛대에서 꺼져 갔다. 아델라는 가장 먼 방이나 빨래를 널어 놓은 다락방 같은 곳으로 사라졌다. 그녀는 우리가 부르는 소리에 귀를 닫았다. 난로 안에 새로 불붙인 더럽고 음침한 불길이 굴뚝의 목구멍 속에서 자라나는 차갑고 윤기 나는 그을음을 향해 혀를 날름거렸다. 촛불은 사그라졌고, 방은 음침한 어둠으로 가득 찼다. 머리를 아침 식사의 부스러기 속에, 식탁보 위에 파묻고, 우리는 아직도 옷을 반쯤만 입은 채 잠들어 버렸다. 복실복실한 털로 뒤덮인 어둠의 무릎 위에 얼굴을 대고 엎드려, 우리는 어둠의 규칙적인 호흡 속에 별도 뜨지 않은 빈 공간으로 항해해 갔다. 아델라가 몸단장하는 시끄러운 소리에 우리는 깨어났다. 어머니는 몸단장을 끝낼 수가 없었다. 어머니가 머리를 다 빗기도 전에 점원들은 점심 먹으러 돌아와 있었다. 시장 광장의 어스름한 불빛은 이제 금빛 연기의 색깔이었다. 잠시 동안 그 광경은 연기 색깔의 꿀, 그 불투명한 호박(琥珀) 밖으로 가장 아름다운 오후가 펼쳐질 것 같았다. 그러나 행복한 순간은 가고, 혼성의 새벽도 시들고, 대낮의 부풀어 오른 발효 과정은 거의 완성되었다가 다시 무기력한 회색빛 속으로 물러앉았다. 우리는 다시 식탁 주변에 모여 앉았고, 점원들은 추위로 빨개진 손을 비볐으며, 무미건조한 그들의 대화는 갑자기 성숙한 대낮, 회색빛의 공허한 화요일, 전통도 얼굴도 없는 하루를 드러냈다. 그러나 마치 천궁도(天宮圖)의 표지처럼 머리와 꼬리를 맞대고 젤리 속에 나란히 누운 커다란 두 마리의 생선이 담긴 접시가 식탁 위에 나타났을 때에야 우리는 그 안에서 달력에 있는 그 이름 없는 화요일의 표상인 그날의 문장(紋章)을 알아볼 수 있었다. 그 하루가 마침내 정체성을 가지게 되었다는 데 감사하며, 우리는 재빨리 각자의 접시에 생선을 나누어 덜었다.

점원들은 달력에 표시된 의식에 대한 종교적인 열정으로 엄숙하게 식사에 임했다. 후추 냄새가 방을 가득 채웠다. 그리고 그들이 그 주(週)의 남은 날들이 너무 으리으리하여 조용히 망설이며 접시에서 남은 젤리를 빵 조각으로 닦아 냈을 때, 그리고 익어서 눈이 튀어나온 생선 머리밖에는 접시에 아무것도 남지 않았을 때, 우리는 모두, 우리가 노력해서 그날을 정복했으며 남은 것은 별로 중요하지 않다고 느꼈다.

사실 아델라는 자기 손에 맡겨진 그 하루의 남은 시간 동안 오래 법석을 떨며 일하지는 않았다. 프라이팬이 덜거덕거리는 소음을 내고 찬물이 흩어지는 가운데 아델라는 황혼까지 남은 몇 시간을 소멸시키고 있었고, 그동안 어머니는 소파에서 잠을 잤다. 한편 식당에서는 저녁 시간의 풍경이 준비되고 있었다. 재봉사인 폴다와 파울리나가 직업상의 소도구를 가지고 그곳에 자리 잡고 앉았다. 그들의 어깨에 실려 조용하고 움직이지 않는 아가씨 하나가 방에 들어왔는데, 톱밥과 캔버스 천으로 만들어지고 머리 대신 검은색 목재로 된 둥근 덩어리가 달린 숙녀였다. 그러나 문과 난로 사이 구석에 섰을 때 이 조용한 숙녀는 이 광경의 여주인이 되어 있었다. 구석의 자기 자리에 움직이지 않고 서서 그녀는 흰 시침실로 표시된 드레스 조각을 몸에 맞춰 보며 재봉사 소녀들이 그녀 앞에 다가와 무릎 꿇고 간청하는 것을 감독했다. 그들은 주의 깊고 참을성 있게 말 없는 우상의 시중을 들었는데, 그것의 비위를 맞추기란 힘든 일이었다. 이 몰록*은 여자 몰록만이 그렇듯 피도 눈물도 없었고, 재봉사들에게 몇 번이나 일을 다시 해 오라고 시켰으며, 실이 풀려 나오는 얼레처럼 마르고 호리호리하며 민첩하게 움직이는 재봉사들은 능숙한 손가락으로 비단과 옷감 더미를 다루고 시끄러운 가위로 그 다채로운 꾸러미를 자르고 싸구려 검은 에나멜 신발을 신은 한쪽 발로 페달을 밟으며 드르륵드르륵 재봉틀을 움직였고, 그동안 그들 주위에는 잘라 낸 천 조각들의 무더기, 마치 낭비하고 법석 떠는 두 마리 앵무새가 뱉어 놓은 깍지와 겨 같은 온갖 누더기와 천 조각의 무더기가 자라났다. 가위의 굽은 날이 이국적인 새들의 부리처럼 싹둑싹둑 소리 내며 열렸다.

　재봉사 소녀들은 아직 공연되지 않은 어떤 굉장한 가면극 소품들을 넣어 둔 창고에서 축제를 벌이는 것 같은 쓰레기들 사이를 아무 생각 없이 헤치고 다니면서 넣을 놓은 채 옷감의 밝은 색 끄트러기 위를 밟고 다녔다. 그들은 불안하게 킥킥거리면서 몸에 얽힌 자투리 실을 풀어냈고, 눈은 거울 속에서 웃고 있었다. 그들의 마음과 손가락이 부리는 활기찬 마술은 탁자 위에 남아 있던 지루한 드레스가 아니라 수천 개의 옷감 조각, 경솔하고 변덕스러운 실 끄트러기, 도시 전체를 질식시킬 수도 있을 그 다채롭고 환상적인 눈보라에 가 있었다.

그들은 갑자기 더위를 느껴 창문을 열었는데, 그것은 고독감에 좌절하고 낯선 얼굴에 굶주려서 적어도 이름 없는 얼굴 하나 정도는 창문에 바짝 붙어 있는 것을 보고 싶었기 때문이다. 그들은 커튼을 파도치게 하는 겨울밤의 공기로 달아오른 뺨을 식혔다. 그리고 서로에 대한 증오와 경쟁심으로 가득 차서, 밤의 어두운 숨결이 창문 안으로 불어넣을지도 모르는 어떤 어릿광대와 싸울 준비를 하고, 불타는 넓은 옷깃을 풀어 헤쳤다. 아! 그들이 현실로부터 요구하는 것은 얼마나 적은지! 그들은 모든 것을 내면에 지니고 있었고 자기 안에 모든 것을 지나치게 많이 가지고 있었다. 아! 그렇게 잘 연습한 역할에 오랫동안 기다려 온 시작 신호를 해 줄 톱밥 채운 어릿광대만 있다면, 그리하여 최소한 그 달콤하고 끔찍하게 씁쓸한, 밤에 탐독한 소설처럼 그들을 난폭하게 흥분시켜 입술에 가득한 대사들을 달아오른 양 볼에 두 줄기 눈물을 흘리며 말할 수만 있다면 그들은 만족할 것이다.

아델라가 없는 동안 밤에 아파트 안을 돌아다니다가 아버지는 저녁의 그런 조용한 재봉 수업과 우연히 맞닥뜨렸다. 잠시 동안 아버지는 등잔을 손에 든 채 열기에 찬 활동적인 장면과 펄럭이는 창문 커튼에 숨 쉬는 겨울밤을 의미심장한 배경으로 하는 얼굴 분과 붉은 화장지와 아트로핀*의 종합물인 뺨의 홍조에 넋을 잃은 채 옆방의 어두운 문가에 서 있었다. 안경을 쓰고 들고 있던 등불을 비추면서 아버지는 소녀들에게 재빨리 다가가 그들 주위를 두 바퀴 돌았다. 열린 문으로 들어온 한 줄기 바람이 커튼을 들어 올렸다. 소녀들은 허리를 비틀며 자신들이 감탄의 대상이 되도록 내버려 두었다. 에나멜 같은 그들의 눈은 신발의 윤기 나는 가죽이나 바람에 들려 올라간 치맛자락 아래 보이는 양말대님의 고리처럼 반짝였다. 옷감 조각들은 쥐처럼 마루를 가로질러 어두운 방의 반쯤 닫힌 문을 향해 내달렸고, 아버지는 조용히 중얼거리며 헐떡이는 소녀들을 열심히 쳐다보았다.

"게누스 아비움!* ⋯⋯내가 착각한 게 아니라면, 스칸소레스* 혹은 피스타치*⋯⋯. 놀라워, 정말 아주 놀라워."

이 우연한 만남이 뒤에 이어진 모임들의 시작이었고, 그 과정에서 아버지는 기괴한 개성이 풍기는, 자석처럼 끌어당기는 매력으로 두 젊은 아가씨를 모두 매혹시키는 데 성공했다. 공허한 저녁 시간을 메워 준 아버지의 재기 넘치고 우아한 대화에 대한 보답으로 소녀들은 이 열정적인 조류학자에게 자신들의 마르고 평범한 몸의 구조를 연구하도록 허락했다. 이 일은 대화가 진행되는 도중에 일어났고 진지하고도 우아하게 실행에 옮겨져서 연구의 더 외설적인 부분마저도 그처럼 완벽하게 명료할 것이라고 소녀들은 확신했다. 파울리나의 스타킹을 무릎에서 끌어 내리고 환희에 찬 눈으로 관절의 정교하고도 고귀한 구조를 연구하면서 아버지는 이렇게 말했다.

"아가씨들이 선택한 존재의 형태는 얼마나 즐겁고 행복한지 몰라. 아가씨들 삶이 드러내는 진실은 또 얼마나 아름답고 단순한지. 그리고 작업을 수행하는 숙련된 기술, 그 정확함을 보라고. 만약 창조주에 합당한 존경심은 둘째치고, 창조를 비판해 본다면 나는 감히 '더 적은 질료로 더 많은 형상을!'이라고 하겠어. 아, 내 용물을 조금만 없애 버린다면 세상을 위해서도 얼마나 큰 위안이 되겠어. 열망은 좀 더 겸손하게, 주장은 더 진지하게, 데미우르고스 신사 여러분, 그러면 세상은 더 완벽해질 거야!"

아버지는 감탄했고 바로 그 순간 아버지의 손은 감옥 같은 스타킹에서 파울리나의 흰 장딴지를 빼냈다. 그 순간 아델라가 야식 쟁반을 손에 들고 식당의 열린 문가에 나타났다. 이것은 그 대단한 전투 이후 두 적군의 첫 만남이었다. 그 전투를 목격했던 우리 모두는 순간 엄청난 공포를 느꼈다. 이미 끔찍한 시련을 치른 아버지가 더 심한 모욕을 겪게 될 현장에 있는 것이 매우 불편했다. 아버지는 밀려오는 수치의 물결에 점점 더 얼굴을 붉게 물들이며, 심기가 매우 불편해져서 꿇어앉아 있다가 몸을 일으켰다. 그러나 아델라는 이 고조된 상황에서 뜻밖의 행동을 했다. 그녀가 미소를 띠고 아버지에게 걸어가서 아버지의 코를 손끝으로 톡 쳤던 것이다. 여기에 폴다와 파울리나는 박수를 치고 발을 구르며 아버지의 팔을 각자 하나씩 잡고는 탁자 둘레를 돌면서 아버지와 춤을 추기 시작했다. 이렇게 소녀들의 착한 심성 덕분에 불편한 구름은 걷히고 대체로 명랑한 분위기가 퍼졌다.

그것이 바로 이 작고 순진한 청중의 매력에 영감을 얻어 아버지가 초겨울의 이어지는 몇 주 동안 했던 가장 흥미롭고 특이한 강의들의 시작이었다.

이 신기한 사람과 접촉하면 사물이 어떻게 본래의 상태로, 존재의 뿌리로 되돌아가는지, 어떻게 그 형이상학적 본질로부터 외적인 모습을 새로 지어내는지, 처음의 발상으로 돌아갔다가 어느 순간 그것을 배신하고는 의심스럽고 위험스러우며 불분명한 지대로 바뀌는지 주목할 만하다. 우리는 이 지대를 짧게 '위대한 이교의 지대'라고 부르기로 한다. 우리의 이교의 제왕은 한편 그 위험한 매력으로 모든 것을 감염시키면서 최면술사처럼 걸어 다녔다. 파울리나를 그의 희생자라 할 수 있을까? 그녀는 당시 아버지의 학생이자 아버지의 이론을 적용한 결과였으며, 실험의 모델이었다.

여기서 나는 합당한 주의를 기울이며 심기를 건드리는 일 없이, 그 후 여러 달 동안 아버지를 휘두르고 아버지의 모든 행동을 촉발시켰던 가장 이교도적인 교리에 대해 설명해 보겠다.

마네킹에 대한 논설
── 혹은 창세기 제2권

"데미우르고스는……" 하고 아버지가 말했다. "창조를 독점하지 못했는데, 왜냐하면 창조는 모든 정령의 특권이었기 때문이야. 질료에는 끝없는 번식력이, 지치지 않는 생명력이 주어졌고, 동시에 우리가 창조하도록 이끄는 유혹적인 매혹의 힘도 주어졌어. 질료의 깊은 곳에서 분명치 않은 미소가 형성되고 긴장이 쌓이고 노력의 결과가 모습을 드러냈지. 질료 전체는 둔한 떨림을 전해 오는 한없는 가능성에 맥박 쳤어. 그것은 생명을 불어넣는 정령의 숨결을 기다리면서 끝없이 움직인단다. 또 그것은 자기 안에서 맹목적으로 꿈꾸는 수천 개의 귀엽고 부드럽고 둥근 모양들로 우리를 유혹해.

주도권을 모두 뺏기고 너그럽게 순종하면서 여자처럼 나긋나긋하게 모든 충동에 순응하는 그것은 모든 규칙을 벗어나 있는 영역이고, 모든 돌팔이와 호사가에게 열려 있고, 남용의 영토이며 의심스러운 데미우르고스가 조작(操作)하는 땅이란다. 질료는 우주에서 가장 수동적이고 방어력이 없어. 누구든 질료를 마음대로 다루어 모양을 만들 수 있지. 그건 누구에게나 복종하니까. 질료를 조직(組織)하려는 모든 시도는 다 일시적이고 순간적이며, 뒤집기도 쉽고 무산시키기도 쉬워. 생명을 다른 새로운 형태로 변형시키는 건 전혀 나쁜 일이 아냐. 살인은 죄악이 아니란다. 그건 더 이상 흥미롭지 않은, 고집스럽고 돌처럼 굳어진 존재의 형태에게는 필요한 폭력일 때도 있어. 중요하고 매혹적인 실험을 위해서라면, 그건 결과는 안 좋더라도 뜻은 갸륵한 일일 수 있어. 바로 여기에 사디즘을 위한 새로운 변명의 출발점이 있지."

아버지는 지치지도 않고 그 훌륭한 요소인 질료를 칭찬했다.

"죽은 질료란 없단다."

아버지는 우리에게 가르쳐 주었다.

"생명이 없다는 건 그 뒤에 알지 못하는 삶의 형태를 숨기고 있는 위장된 모습일 뿐이야. 이런 형태는 그 범위가 끝없이 넓고, 그 그림자와 느낌에는 한계가 없지. 데미우르고스는 아주 중요하고 흥미 있는 창조 방법을 갖고 있었어. 덕분에 그는 다양한 생물 종을 창조했고, 그것들은 또 각자의 방법으로 자신들을 새롭게 만드는 거야. 이런 방법들이 개조될지는 아무도 모르지. 하지만 그럴 필요는 없어. 왜냐하면 고전적인 창조 방법을 앞으로는 쓸 수 없다는 게 판명되더라도 불법적인 방법들, 이교도적이고 범죄적인 방법들이 아직 한없이 남아 있을 테니까."

아버지가 이런 우주 창조의 일반 원칙에서 당신이 개인적으로 관심을 가지고 있는 더 제한된 영역으로 진행해 감에 따라, 목소리는 가라앉아 인상적으로 속삭이는 소리가 되고, 강의는 계속해서 더 복잡해지고 이해하기 어려워졌고, 아버지가 도달한 결론은 더 의심스럽고 위험해졌다. 아버지의 몸짓에는 비밀스럽고 엄숙한 분위기가 실렸다. 아버지는 한 눈을 반쯤 감고 손가락 두 개를 이마에 댔고, 그러면서 얼굴에는 심상치 않게 교활한 표정이 어렸다. 아버지는 이런 표정으로 청중을 꼼짝 못하게 묶어 두고, 냉소적인 표현으로 듣는 사람의 가장 내밀한 사적 비밀들을 유린하여, 마침내 그들을 구석으로 몰아가 벽에 등을 대게 하고 반어의 손가락으로 간질이며, 결국 한 줄기 반짝이는 이해의 폭소, 동의와 승인의 폭소, 무조건 항복한다는 눈에 보이는 신호를 드러낼 때까지 수세에 몰았다.

소녀들은 꼼짝도 않은 채 앉아 있었고, 등잔은 연기를 냈고, 재봉틀 바늘 아래 한 조각 천은 오래전에 마룻바닥으로 미끄러져 떨어졌고, 재봉틀은 텅 빈 채 창밖의 겨울 어둠이라는 상자에서 풀려 나오는, 별도 박히지 않은 검은 옷감만을 박음질하고 있었다.

"우리는 너무 오랫동안 데미우르고스의 비길 데 없는 완벽함이라는 공포 속에서 살아왔다."

아버지는 말했다.

"너무 오랫동안, 그가 창조한 것은 지나치게 완벽해서 우리 자신의 고유한 창조 본능을 마비시켰지. 우리는 그와 경쟁하는 걸 원치 않아. 우리는 그와 겨룰 만한 야심이 전혀 없으니까. 우리는 우리 자신의, 더 낮은 세계에서 창조주가 되고 싶은 거야. 우리가 원하는 건 창조의 특권, 창조하는 기쁨을 누리는 것, 즉 한마디로 데미우르고스가 되는 것이거든."

아버지가 누구의 이름으로 이런 발표를 하는 것인지, 어떤 공동체나 기업 또는 분과나 체계에서 아버지의 발언을 뒷받침하고 있는지 나는 모른다. 우리로 말하자면 이런 데미우르고스의 영감에 대해 아버지와 공감하지 않았다.

그러나 아버지는 한편 두 번째 데미우르고스의 지위라는 교과과정, 현세와는 명백히 반대되는 위치에 있는 만물의 두 번째 창세기의 모습을 발전시켜 갔다. 아버지는 이렇게 말했다.

"우리는 오래 걸리는 창조 과정이나 오래 사는 생명체에는 관심이 없어. 우리의 피조물은 몇 권이나 되는 서사시의 주인공이 될수 없는 거지. 그들의 역할은 짧고 함축적일 거다. 그들의 성격은 단순하지. 가끔은 하나의 몸짓, 하나의 단어만을 위해서도 우리는 공들여 그들에게 생명을 부여할 거다. 우리는 솔직히 인정하는 거야, 만들 때 오래가게 하거나 튼튼하게 하려고 고집부리지 않는다는 걸 말이다. 우리의 피조물은 일시적이고 한 가지 경우를 위해서만 기능할 거다. 그 피조물이 사람이라면 예를 들어 하나의 윤곽만을, 하나의 손, 하나의 다리, 사지 중에서 제 역할을 다 하는데 필요한 것 하나만을 주는 거지. 필요 없는 다른 쪽 다리에 신경쓰는 건 너무 현학적인 체하는 태도야. 등은 캔버스 천으로 만들거나 그냥 회반죽을 칠해 버릴 수도 있어. 우리는 이 자랑스러운기치를 우리의 목적으로 내거는 거다. 즉 각각의 몸짓에 각각 다른 연기자를 쓰는 거지. 하나의 동작, 한마디 말을 위해 우리는 각각 다른 인간에게 생명을 부여하는 거야. 이게 우리의 변덕이고, 세상은 우리 구미에 맞게 돌아갈 거다. 데미우르고스는 완벽하고훌륭하고 복잡한 재료들을 사랑했지. 하지만 우리는 우선 잡동사니를 고를 거다. 우리는 단순한 재료가 싸고 허름하고 뒤떨어진다는 점에 매혹되었으니까."

"이해할 수 있겠니?" 하고 아버지는 물었다.

"그런 약점의 깊은 의미를, 색색가지 얇은 색종이에 대한, 마분지에 대한, 그 왁스 빛깔에 대한, 뱃밥과 톱밥에 대한 열정을?"

아버지는 비통한 미소를 띠며 계속했다.

"이건 우리가 그런 질료를, 그것의 복슬복슬한 털과 구멍들을, 그 독특하고 초자연적인 견고함을 사랑한다는 증거란다. 데미우르고스, 그 위대한 장인이자 예술가는 질료를 보이지 않게, 생명의 표면 아래 사라지게 만들었지. 우리는 반대로 그 질료가 삐걱거리기 때문에, 저항하기 때문에, 서투르기 때문에 그것을 사랑해. 우린 각각의 몸짓, 각각의 동작 뒤에 숨은 질료의 관성과 힘겨운 노력과 곰 같은 어색함을 보는 걸 좋아하는 거야."

소녀들은 움직이지 않고 눈빛이 흐려진 채 앉아 있었다. 그들의 얼굴은 열심히 경청하느라 입을 헤벌리고 바보처럼 굳어져 있었고 붉은 홍조를 띠었으며, 그들이 첫 번째 만물의 창세기에 속하는지 두 번째에 속하는지 구분하기란 쉽지 않을 것 같았다.

아버지는 다음과 같이 결론을 내렸다.

"한마디로 우리는 인류에게 모양이나 외양이 마네킹과 비슷한 두 번째 시간을 창조해 주고 싶은 거다."

여기서 좀 더 정확성을 기하기 위해 강의의 바로 그 시점에서 벌어졌지만 우리가 별로 중요하게 생각하지 않은, 대수롭지 않은 작은 사건을 묘사해야겠다. 그 사건은 일련의 사건들이 진행되는 과정에서 전혀 사리에 맞지도 않고 이해할 수도 없는 것이었는데, 아마 심리학의 영역으로 전환된 무생물의 악의가 빚은 우연처럼, 원인도 결과도 없이 흔적으로만 남은 자동운동이라고 설명할 수 있을 것이다. 우리는 독자들에게 우리처럼 이것을 최대한 가볍게 다루기를 충고한다. 무슨 일이 있었느냐 하면 다음과 같다.

아버지가 '마네킹'이라는 단어를 발음하자마자 아델라는 손목시계를 보더니 폴다와 의미심장한 눈짓을 교환했다. 그러고는 의자에서 일어나지도 않은 채 의자를 앞으로 밀어 옮기더니 드레스 자락을 들어 올려 검은 실크에 단단히 감싸인 발을 드러내고 발끝을 뱀의 머리처럼 뻣뻣하게 쭉 뻗었다.

아델라는 폴다와 파울리나가 양옆에 앉아 있는 동안 내내 그 광경이 끝날 때까지 아트로핀으로 커진 눈동자를 빛내며 흥분하여 꼿꼿이 앉아 있었다. 셋 다 눈을 크게 뜨고 아버지를 바라보았다. 아버지는 불안한 듯 기침을 하고 조용해지더니 갑자기 얼굴이 아주 빨개졌다. 단 1분 만에, 조금 전까지도 그렇게 표정이 풍부하고 생기 있던 아버지의 얼굴 주름은 조용해졌고 표정은 겸손해졌다.

아버지—고귀한 구름 속에서 방금 나타난 영감에 찬 이교의 제왕은 갑자기 무너져 내려 몸을 웅크렸다. 아니면 혹시 아버지가 다른 사람으로 바뀐 것인가? 그 다른 사람은 이제 얼굴이 매우 빨개져서 눈을 내리깔고 딱딱하게 앉아 있었다. 폴다 아가씨가 다가가 몸을 굽혔다. 등을 가볍게 두드리며, 그녀는 부드럽게 격려하는 어조로 말했다.

"야쿠프는 사리 분별을 해야 돼요. 야쿠프는 말을 들어야죠, 야쿠프는 고집부리면 안 돼요. 제발, 야쿠프, 제발……."

밖으로 뻗은 아델라의 슬리퍼는 조금 떨렸고 뱀의 혀처럼 반짝였다. 아버지는 여전히 눈을 내리깐 채 조용히 일어나서 자동인형처럼 한 발 내딛고는 무릎을 꿇고 앉았다. 방의 침묵 속에서 등잔은 쉿쉿 소리를 냈고, 표정이 풍부한 형태들이 벽지 모양을 띤 덤불 속에서 위아래로 내달렸고, 독기 품은 혀의 속삭임이 대기 중에 떠돌았고, 생각은 이쪽저쪽으로…….

마네킹에 대한 논설
── 계속

다음 날 저녁 아버지는 새로운 정열을 가지고 그 어둡고 복잡한 주제로 돌아왔다. 깊게 팬 얼굴의 주름 하나하나는 믿을 수 없을 정도의 교활함을 풍기고 있었다. 살이 접힌 곳마다 아이러니의 미사일이 숨어 있었다. 그러나 가끔 영감이 나선 모양의 주름을 넓게 벌렸고, 그것들은 끔찍하게 부풀어 올랐다가 깊은 겨울밤 속으로 조용한 소용돌이를 이루며 가라앉았다.

"밀랍 인형 박물관의 인형들은, 아가씨들."

아버지는 시작했다.

"수난당하는 마네킹들의 패러디이긴 하지만 가볍게 취급해선 안 돼. 질료는 절대 농담을 하지 않아. 그건 언제나 비극적인 진지함으로 가득하니까. 질료를 가지고 놀 수 있다고, 그것으로 장난칠 수 있다고, 그 장난에 물들지 않을 거라고, 숙명처럼 운명처럼 좀먹어 들어오지 않을 거라고 감히 생각하는 자 누구냐? 자기가 왜 자기인 줄도 모르고 그저 흉내 낼 뿐인, 억지로 부여된 형태속에 왜 남아 있어야 하는지도 모르는 저 마네킹이 질료 속에 갇혔을 때의 아픔, 그 둔하고 폐쇄된 고통을 상상할 수 있어? 형태와 표현과 겉치레와 무기력한 벽돌에 부여되어 그걸 마치 자신의 독재적이고 포악한 영혼처럼 지배하는 그 임의적인 독재의 힘을 이해할 수 있냐고? 사람들은 캔버스와 톱밥으로 된 머리에 화난 표정을 그린 채, 한번 생기면 영원히 사라지지 않는 경련과 긴장을 그 안에 가둔 채, 출구 없는 맹목적인 분노가 깃든 그대로 남겨 두지. 사람들은 그 패러디를 보고 웃어. 울어라, 아가씨들, 자기 운명을 슬퍼하며, 감금된 질료의, 자기가 뭔지도 모르고 또 왜 그것인지도 모르고, 영원히 지고 가야 할 그 몸짓이 어디로 이끌지도 모르는, 고문당하는 질료의 비참한 광경을 보거든 울어라.

사람들은 웃지. 그 끔찍한 가학성을, 그 웃음에 배어 있는, 기분을 북돋우는 데미우르고스다운 잔인성을 이해해? 그러나 우리는 울어야 한다, 아가씨들, 우리 운명에 슬퍼하면서, 침범당한 질료를, 끔찍하게 부당한 일을 당한 질료를 보았을 때 울어야 한다. 따라서 그 모든 장난치는 골렘*의 익살스러운 찡그린 표정 위에 비극적으로 알을 낳는 모든 우상은 소름 끼치도록 슬픈 것이다.

오스트리아의 엘리자베트 황비를 살해한 무정부주의자 루케니*를 보라, 악마적이고 불행했던 세르비아의 여왕 드라가*를 보라, 수음이라는 불행한 습관*으로 망친 그 젊은 천재를, 그의 오래된 가문의 희망과 자랑을 보라, 오, 그 이름과 허위의 역설이여!

밀랍 인형에 드라가 여왕에게 속했던 그 무엇이라도, 약간의 공통점이라도, 존재의 가장 먼 그림자라도 남아 있나? 하지만 그 닮은 모양, 그 겉치레, 그 이름을 보고 우리는 안심하고, 그 불행한 인형이 그 자체로, 그 자신으로는 무엇인지 궁금해하지 않아. 하지만 그건 분명 어떤 사람일 거야. 이름 없는, 위협적이고 불행한 사람, 귀먹은 삶을 사는 동안 드라가 여왕에 대해서는 한 번도 들어본 적이 없는 어떤 존재……

이 밀랍 인형들이 시장의 노점 안에 갇혀서 밤에 끔찍스럽게 울부짖는 소리를 들어 본 적 있나? 나무나 도자기로 만든 형상들이 감옥 벽을 주먹으로 치며 애처롭게 합창하는 소리를?"

어둠 속에서 만들어 낸 환영의 공포로 경련을 일으키는 아버지의 얼굴에서 나선형 주름이, 점점 깊어지는 소용돌이가 나타났는데, 그 밑바닥에는 예언자의 끔찍한 눈이 활활 타오르고 있었다. 아버지의 턱수염은 기괴하게 뻣뻣해졌고, 사마귀와 검은 점과 콧구멍에서 자란 한 줌의 털은 곤두섰다. 아버지는 불타는 눈을 빛내며 고장 나서 멈춰 버린 자동인형처럼 내적 갈등에 몸을 떨며 굳어진 듯 서 있었다.

아델라가 의자에서 일어나 지금부터 벌어지려는 일에서 눈을 돌려 달라고 부탁했다. 그러고는 아버지에게 다가가서 허리에 양손을 올리고 굉장히 단호한 태도로 매우 분명하게 말했다.

"⎯⎯⎯⎯⎯."

다른 두 소녀는 눈을 내리깔고 이상하게 무감각한 채로 뻣뻣하게 앉아 있었다……

마네킹에 대한 논설
── 결론

그리고 며칠 뒤 저녁에 아버지는 이렇게 강의를 계속했다.

"밀랍 인형에 대해 강의했을 때 난 사실 그 환생한 오해에 대해, 아주 흔하고 천한 형태로 자제력이 결여된 결과인 그 슬픈 패러디에 대해 말하고 싶은 게 아니었어. 난 뭔가 다른 걸 염두에 두고 있었다."

여기서 아버지는 우리 눈앞에 당신이 상상해 낸 게네라티오 애퀴보카*의 그림을 보여 주었는데, 그것은 반만 유기체인 종으로서 질료가 환상적으로 숙성된 결과인 일종의 반식물이고 반동물인 형태였다.

그들은 갑각류나 척추동물, 두족류 같은 생물체를 외관상으로만 닮은 창조물이었다. 사실 그 외양은 오해의 여지가 있었는데, 그들은 내부 구조가 없는 무형의 생물로서 기억으로 채워져 이미 받아들여진 형태를 습관 때문에 어쩔 수 없이 되풀이하는, 질료가 갖고 있는 모방하는 기질의 소산이었다. 질료의 형태적인 범위는 대체로 제한되어 있고, 일정하게 할당된 분량의 형태들이 존재의 다양한 계층에서 몇 번이고 반복되었다.

이 피조물은 ─ 움직일 수 있고 자극에 예민하지만 실제 생명체와는 거리가 멀다 — 부엌 소금을 녹인 용액의 어떤 복잡한 전해질을 확장시켜 얻을 수 있었다. 이 전해질은 며칠 후에 모양을 만들고 조직되어 하급 동물군을 닮은 질료로 침전되었다.

이런 식으로 잉태되는 피조물에선 호흡과 대사 과정을 관찰할 수 있지만 화학 분석을 해 보니 그 안에는 단백질 결합도 탄소 복합체도 흔적조차 없었다.

그런데도 이 원시적인 형상들은 그 풍부한 모양이나 완벽한 유사 식물성 혹은 반(半)동물성과 비교할 때 별로 눈에 띄는 점이 없었는데, 이런 유사 식물군이나 동물군은 수많은 존재와 사건들, 인간의 꿈이라는 특정 요소가 풍부하게 들어 있는 다 써 버린 대기, 기억과 향수와 메마른 지루함이 쌓인 부식토가 풍성하게 들어찬 쓰레기 더미 등에서 뿜어낸 것들로 흘러넘치는 오래된 아파트 같은, 엄밀하게 특정적인 환경에서만 가끔씩 나타나는 것이었다. 그런 토양에서 이 유사 식물군은 풍성하지만 단명하게 뻗어 나갔고 갑작스럽고 화려하게 꽃피었다가 순식간에 시들어 멸망하는 수명 짧은 세대를 생성했다.

그런 종류의 아파트에서 벽지는 모든 운율의 종결부가 끝없이 변하는 바람에 지치고 지루해져 있게 마련이었다. 그들이 멀고 위험한 꿈에 영향을 받기 쉬운 것도 놀랄 일은 아니었다. 가구의 본질은 불안정하고 퇴락했으며 비정상적인 유혹에 약했다. 그리하여 이 병들고 피로에 지치고 낭비된 토양 위에 마치 아름다운 발진처럼 다채롭고 풍성한 흰 곰팡이가 환상적인 속도로 자라나 꽃필 수 있다는 것이다.

"물론 여러분이 아시다시피……."

아버지가 말했다.

"오래된 아파트에는 가끔 기억에서 사라진 방들이 있지. 몇 달

동안 아무도 찾지 않아서, 그 방들은 내버려진 채 오래된 벽 사이에서 시들고 자기 안에 갇히거나 벽돌이 우거져 우리 기억에서 영원히 사라지고 존재를 주장할 수 있는 단 하나의 근거까지 몰수당하는 일이 생기기도 하는 거야. 그 방에서 뒤쪽 계단 층계참으로 이어지는 문들은, 그 층에 사는 사람들이 너무 오랫동안 버려두어서 벽과 비슷해지고 벽 속으로 스며들다가 그 흔적조차 모두 선과 금의 복잡한 디자인 속으로 지워지는 거지."

아버지는 말을 계속했다.

"한번은 겨울의 끝에 가까운 어느 이른 아침에 나는 몇 달이나 아무도 들어가지 않았던 그런 잊혀 버린 복도에 들어갔다가, 그 방들의 모양에 놀라고 말았어. 마룻바닥의 모든 틈새에서, 모든 쇠시리*에서, 모든 벽감에서 가느다란 새싹이 자라나 회색빛 공기를 나뭇잎의 반짝이는 선 세공으로 가득 채우고 있었거든. 그건 속삭임과 날갯짓하는 빛으로 가득한 온실 속의 밀림 ─ 거짓되고 축복받은 봄이었지. 침대 주위에, 등잔 아래에, 옷장을 따라 섬세한 나무둥치들이 자라났는데, 그들은 위쪽 높은 곳에 엽록소를 뿜어내며 천장에 그려진 천국을 향해 빛나는 왕관과 레이스 같은 이파리들의 분수를 펼쳤어. 빠르게 꽃을 피우는 과정에선 바로 눈앞에서 꽃봉오리가 터져 거대한 흰색과 분홍색 꽃들이 잎사귀 사이에 활짝 피어서는 분홍색 속살을 내보이고 꽃잎을 떨어뜨리면서 흩날리다가 빠르게 시들어 조각조각 흩어지더군."

"난 행복했어."

아버지는 말했다.

"가느다란 가지 사이로 다채로운 색종이 조각처럼 떨어지면서 공기를 부드럽게 바스락거리는 소리와 작은 중얼거림으로 채우며 꽃이 피는 광경을 뜻밖에 보게 되어서 말이야."

"공기가 떨리는 것도, 그 귀중한 꽃들을 활짝 피게 만든 지나치게 풍부하고 숙성한 대기도, 커다란 분홍색 꽃 무더기의 희귀하고 느릿한 눈보라로 방을 가득 채웠던 환상적인 협죽도가 한창 우거졌다가 시드는 광경도 난 볼 수 있었어."

아버지는 결론지었다.

"저녁이 오기 전에 그처럼 훌륭하게 꽃이 피었던 흔적은 하나도 남지 않았어. 그 이해하기 힘든 광경 전체가 신기루의 장난이고, 생명과 닮은 것을 창조해 낸 질료의 신기한 속임수의 본보기였던 거야."

아버지는 그날 이상하게 활기찼고 눈에 떠오른 교활하고 빈정대는 듯한 표정은 분명하고도 익살스러웠다. 후에 아버지는 갑자기 더 진지해져서 다시 그 다양한 성분으로 된 질료가 취할 수 있는 형태가 얼마나 끝없이 많은지를 분석했다. 의심스럽고 미심쩍은 형태, 가짜 질료, 가끔 신들린 사람의 입에서 풀려 나와 탁자 전체를 덮고 방을 가득 채우며 떠다니는 희귀한 조직, 별들의 반죽, 몸과 영혼의 경계에 있는, 뻣뻣하게 굳어진 영매의 뇌에서 발산하는 영기*와도 같은 물질에 아버지는 매료되어 있었다.

"누가 알겠니?"

아버지는 말했다.

"세상에 고통받고 불구가 되고 부서진 형태의 삶이 얼마나 많은지, 마치 재빨리 못이 박혀 서로 붙고 매달린 목재들, 잔인한 인간의 발명욕의 말 없는 순교자들인 옷장이나 식탁 같은 인공적으로 만들어진 삶처럼 말이다. 목재라는 서로 증오하는 낯선 인종끼리 옮겨 심는다는 끔찍한 일, 그들이 하나의 잘못 생성된 인격 안으로 합치는 것 말이야.

유약을 칠하고 무두질한 가죽에는, 우리의 낡고 친근한 옷장의 나뭇결과 옹이에는 얼마나 많은 태곳적 고통이 서려 있을지? 그 오래된 가구들 안에서 대패로 밀리고 닦여 나가 거의 알아볼 수 없게 된 그 미소와 눈짓을 누가 알아보겠니?"

이것을 말했을 때 아버지의 얼굴은 해체되어 깊은 생각에 잠긴 주름살의 망이 되고, 기억이 모두 대패로 깎여 나간 나뭇결과 옹이투성이의 오래된 판자를 닮아 가기 시작했다. 잠시 우리는 아버지가 가끔 빠지곤 하는 그 무감각 상태에 떨어질 것이라고 생각했지만 갑자기 아버지는 정신을 차리고 계속 말했다.

"고대의 신화적인 부족들은 죽은 사람을 미라로 만들곤 했다. 그들의 집 벽 속에는 몸뚱이와 머리가 가득 들어차 있었지. 아버지는 거실 한구석에 박제된 채 서 있고 죽은 아내의 햇볕에 탄 살가죽은 식탁 아래 깔개로 쓰였다. 내가 아는 어떤 선장은 자기 선실에 등잔을 가지고 있었는데, 그건 말레이인 미라 장의사들이 그의 살해된 정부의 시신으로 만든 것이었어. 그녀는 머리에 거대한 사슴뿔을 쓰고 있었지.

고요한 선실에서, 그 얼굴은 천장에서 뿔의 가지 사이로 뻗어 나가더니 천천히 눈을 떴지. 반쯤 열린 입술에는 침의 거품이 반짝거리다가 가장 작은 속삭임에도 터져 버리더군. 서까래에 샹들리에 대신 매달린 문어, 거북, 거대한 바닷게들은 그 고요함 속에서 끝없이 다리를 움직였어, 제자리에서 계속 걷고, 걷고 또 걸으면서."

아버지의 얼굴은 아무도 모를 어떤 이유로 생각이 흐트러지면서 갑자기 걱정스럽고 슬픈 표정을 지었지만, 여기서 아버지는 새로운 본보기를 생각해 냈다.

아버지는 낮은 목소리로 말했다.

"너희들에게 내 형제가 오랫동안 불치병을 앓은 끝에 고무 튜브

뭉치로 변했다는 것과, 불쌍한 사촌 누이는 겨울밤에 그 불행한 형제에게 끝없는 자장가를 불러 주며 며칠이고 쿠션 위에 앉아 있어야만 했다는 걸 숨길 수 있겠니? 관장기의 고무 튜브로 변해 버린 인간보다 더 슬픈 게 세상에 있겠니? 부모님은 얼마나 실망하고, 그 감정이 얼마나 혼란스럽고, 전도양양한 젊은이가 가졌던 희망은 또 얼마나 좌절되었겠니? 하지만 사촌 누이는 변함없는 사랑으로 형상이 바뀌는 동안에도 곁에서 그를 지켜보았단다."

"오, 제발, 난 더 이상, 정말 더 이상 못 들어주겠어!"

폴다가 의자에 기대며 으르렁거렸다.

"그만하게 해, 아델라……."

소녀들은 일어났고, 아델라가 간지럼을 태울 것처럼 손가락을 뻗치며 아버지에게 다가갔다. 아버지는 냉정을 잃고 즉각 말을 멈추고 겁에 질려서 아델라의 움직이는 손가락을 피해 뒷걸음질 치기 시작했다. 그러나 아델라는 손가락으로 위협하며 따라가 한 발자국씩 아버지를 방에서 몰아냈다. 파울리나는 하품을 하고 기지개를 켰다. 그녀와 폴다는 서로 기댄 채 눈짓을 하며 마주 보고 웃었다.

네므로트*

그해 8월 내내 나는 어느 날 부엌 바닥에 나타난 작고 멋진 강아지와 놀면서 지냈다. 강아지는 서투르게 끽끽거리고, 아직도 우유와 유아기의 냄새를 풍겼으며, 머리는 둥글고 아직 모양이 잡히지 않은 채 떨고 있었고, 발은 두더지 발 같아 옆으로 자꾸 퍼졌고, 털은 비단처럼 부드럽고 더없이 섬세했다.

그것을 처음 본 순간부터 그 부스러기 생명은 내가 바칠 수 있는 모든 열정과 찬탄의 대상이 되었다.

그 신들의 귀염둥이는 어느 하늘에서 내려왔기에 가장 아름다운 장난감보다도 더 내 마음에 들어온 것일까? 나이 들어 완전히 무심해진 잡역부 여인이 교외의 집에서, 아주 이른 초월적인 시간에, 이렇게 사랑스러운 강아지를 데려와 우리 집 부엌에 갖다 놓겠다는 멋진 발상을 떠올렸으리라 생각하면!

아! 유감스럽게도 나는 그때 아직 없었다. 아델라와 다른 집안 식구들 모두 달갑게 생각하지 않는 그 기쁜 선물이 차디찬 부엌 바닥에 어색하게 누워 우리를 기다리고 있을 때 나는 잠의 검은 가슴에서 아직 빠져나오지 못했다. 왜 더 일찍 일어나지 못했을까? 마루에 놓인 우유 한 접시는 아델라의 모성 본능의 증거였으며, 불행히도 부모 노릇의 즐거움을 느낄 수도 있었을 나의 영원히 잃어버린 순간의 증거도 되었다.

그러나 내 앞에는 미래의 모든 가능성이 열려 있었다. 새로운 경험과 실험과 발전의 기회가 아닌가! 이 단순하고 다루기 쉽고 장난감 같은 형태를 띤 삶의 가장 본질적인 비밀이 나의 끝 모를 호기심 앞에 드러난 것이다. 그 자투리 생명, 새롭고도 재미있는 형태 안에 담긴 영원한 비밀의 작은 조각을 자기 것으로 가진다는 일은 더없이 즐거웠으며, 생명의 한없는 신비함을, 생명의 불꽃이 뜻밖의 모습으로 전환되어 다른 동물의 형태로 우리 인간 앞에 나타난 것을 보고 내 안에선 끝없는 호기심이 끓어올랐다.

동물들이란! 채울 수 없는 관심의 대상, 삶의 수수께끼의 본보기, 본질 그대로 인간을 인간 자신에게 드러내기 위해 창조되어, 풍부함과 복잡성을 수천 가지 만화경 같은 가능성으로 내보이며 각각 어떤 이상한 종말을 맞이하여 특징적으로 풍성해지는 것이다. 아직은 인간관계를 망치는 이상하고 복잡한 이해관계에 물들어 있지 않았던 나의 마음은 생명의 영원성을 선언하는 그 작은 동물에 대한 동정심과, 자아실현을 갈구하는 가면 아래 감추어진 다정하고 부드러운 호기심으로 가득했다.

강아지는 따뜻하고 공단처럼 부드러웠으며, 맥박은 작고도 빠르게 뛰었다. 두 귀는 꽃잎처럼 보드랍고 눈은 불투명한 푸른색이었고 분홍색 입에는 손가락을 넣어도 아무 해가 없었으며 앞발가락 위에 매혹적인 분홍색 혹들이 바깥쪽으로 나 있는 발은 섬세하고 순수했다. 강아지는 그 발로 곧장 우유 그릇을 향해 욕심스럽고 성급하게 기어가서 옅은 붉은색 혀로 핥아 먹었다. 충분히 먹고 나면 강아지는 우유 방울이 매달려 있는 작은 주둥이를 슬픈 듯이 들고는 우유 그릇에서 서투르게 물러났다.

강아지는 어색하고 비스듬하게 몸을 흔들면서 방향을 정하지 못하고 불분명하게 흔들리는 선을 그리며 걸었다. 그의 기분은 보통 불분명하고 근본적인 슬픔이었다. 그에게는 고아답게 풀 죽어 무기력한 면 ─식사라는 충격적인 사건 사이사이에 삶의 공허감을 채울 능력이 결여된 면 ─이 있었다. 그것은 아무 목적 없는 움직임, 비논리적인 우울증에 빠지는 경향, 슬프게 칭얼거리거나 한 군데 가만히 있지 못하는 태도 등에 나타나 있었다. 깊은 잠에 들었을 때조차 강아지는 떨리는 공 모양으로 몸을 말아서 보호받고 사랑받고 싶은 욕구를 채워야 했고, 외로움과 갈 곳 없다는 느낌을 완전히 떨쳐 버리지 못했다. 오, 친근한 어둠 속에서, 편안하고 따뜻한 어머니의 자궁에서 크고 낯설고 밝은 세상으로 나온 어리고 약한 생명이 얼마나 움츠러들고, 삶이라는 의무를 받아들이지 않고 뒷걸음질 치며 물러나는지, 그리고 얼마나 싫어하고 실망하는지!

그러나 차츰 작은 네므로트는 (그것이 우리가 붙여 준 자랑스럽고 용감한 이름이었으므로) 삶을 더 좋아하기 시작했다. 그의 유일한 급선무인 어머니의 자궁으로 돌아가고 싶어 하는 염원은 조금씩 다른 여러 가지 매력적인 일들에 자리를 내주었다.

세상은 그의 앞에 덫을 놓기 시작했다. 잘 알지는 못하지만 몹시 감질나게 하는 온갖 음식의 맛, 안에 들어가 쉬면 너무나 기분 좋은 마룻바닥 위의 네모진 아침 햇살, 자기 사지의 움직임, 자기 발, 익살스럽게 놀자고 조르는 꼬리, 장난치고 싶게 만드는 쓰다듬어 주는 사람의 손, 난폭하고 위험하게 움직이고 싶을 때 그를 가득 채우는 완전히 새로운 기쁨 ─이 모든 것이 삶을 실험하고 받아들이고 거기에 순종하도록 그를 유혹하고 격려했다.

하나 더 있었다. 네므로트는 자기가 경험하는 일이 새로워 보이긴 하지만, 전부터 — 훨씬 전부터 있었던 일이라는 사실을 이해하기 시작했다. 그의 몸은 상황, 인상과 대상을 알아보기 시작했다. 사실 그는 이것에 별로 크게 놀라지 않았다. 새로운 환경에 맞닥뜨리면 강아지는 기억의 근원, 깊숙이 자리 잡은 몸속 기억의 근원을 들여다보고, 맹목적이고도 열정적으로 뒤져서 대부분 자기 안에 이미 준비된 적당한 반응을 발견해 냈다. 그것은 원형질에, 신경 속에 저장된 몇 세대에 걸친 지혜였다. 그는 전에 알아차리지는 못했지만 드러날 준비를 갖춘 채 기다리고 있던 동작과 결론들을 발견했다.

강아지에게 어린 날의 배경이 된 부엌의 복잡하고 유혹적인 냄새로 가득한 양동이와 옷감, 아델라의 찍찍 슬리퍼 끄는 소리와 요란스럽게 법석대는 소리는 더 이상 무섭지 않았다. 그는 그것을 자기 영역으로 생각하는 데 익숙해졌고 그 안에서 편하다고 느끼기 시작했으며 거의 애국심에 가까운 어렴풋한 소속감을 키워 가기 시작했다.

물론 마룻바닥 청소라는, 자연의 법칙을 거스르는 갑작스러운 대변동이 있었다. 미지근한 잿물을 튀기고 가구를 모두 적시고, 게다가 아델라가 큰 소리를 내며 솔로 바닥을 벅벅 문질렀다.

그러나 위험은 지나갔다. 조용해지고 움직이지 않게 된 솔은 구석의 자기 자리로 돌아갔고 마룻바닥은 상쾌하게 젖은 나무의 냄새를 풍겼다. 평소의 권리와 자기 영토에서의 자유를 다시 찾은 네므로트는 갑작스러운 충동을 느껴 오래된 깔개를 이빨 사이에 물고 온 힘을 다해 좌우로 흔들었다. 이런 충동이 진정되자 설명할 수 없는 기쁨이 그를 채웠다.

갑자기 그는 가만히 멈추어 섰다. 앞쪽, 강아지 걸음으로 세 걸음쯤 앞에 검은 괴물이, 가느다란 막대기가 여러 개 얽힌 다리를 놀려 빠르게 움직이는 허수아비가 나타났다. 크게 놀란 네므로트의 눈은 그 빛나는 벌레의 움직임을 따라가면서 거미 같은 다리에 엎혀 불가사의한 속도로 움직이는, 납작하고 언뜻 머리가 없어 보이는 몸통을 관찰했다.

그 광경을 보는 동안 무언가 이해할 수 없는, 분노와 공포가 섞인 한 줄기 힘의 떨림이 섞인 즐거움이랄까, 자신감, 공격성이라는 느낌이 닥쳐왔다.

그리고 갑자기 그는 머리를 앞발 위에 숙이고 낯선 소리, 이상한 소음, 평소의 칭얼거림과는 전혀 다른 소리를 냈다. 그는 그 소리를 한번 내 보고 망설이는 소프라노 음성으로 다시, 또다시, 그리고 또 소리를 냈다.

그러나 갑작스러운 영감을 얻어 이 새로운 언어로 벌레를 부른 것은, 바퀴벌레의 이해력이 그런 연설에 미치지 못하므로 헛일이었다. 벌레는 바퀴벌레 세계의 영원한 의식에 의해 성역화된 몸짓을 하며 방구석으로의 여행을 계속했다.

혐오의 감정은 개의 영혼에서 아직 지속되지도, 힘을 갖지도 못했다. 새로 깨어난 삶의 기쁨은 모든 감각을 굉장한 농담으로, 즐거움으로 바꾸었다. 네므로트는 계속 짖었지만 그 목소리는 눈치챌 수 없게 바뀌어서 이전 목소리의 패러디가 되었다 ─자극과 전혀 예상하지 못했던 전율과 즐거움으로 가득한, 사실상 표현할 수 없는 이 인생이라는 기적 같은 잔치의 성공을 표현하기를 갈망하면서.

판*

헛간과 창고 뒤편 사이의 구석에 있는 것은 마당에서 이어지는 막다른 골목이었다. 옥외 변소와 양계장 벽으로 에워싸인 가장 멀고 가장 떨어진 막다른 길―그 너머로는 더 이상 아무것도 볼 수 없는 음산한 곳이었다.

이곳이 그 작은 세계의 끝을 감싸며 수평으로 늘어선 판자의 눈먼 울타리에 절박하게 머리를 두들기는 뭍의 끝, 마당의 지브롤터 해협이었다.

울타리 아래에서 검고 냄새나는 물이 실개천을 이루며 흐르고 있었다. 절대 마르지 않는 썩어 가는 기름투성이 진흙의 혈관―울타리의 경계를 넘어 더 넓은 세상으로 이어지는 단 하나의 길이었다. 고약한 냄새를 풍기는 골목길의 절망감은 너무 오랫동안 울타리라는 장애물을 밀어내다 보니 실제로 판자 하나를 느슨하게 만들었다. 우리들, 사내아이들이 나머지 일을 처리하여 그 나무판자를 밀어내서 해방시켰다. 이렇게 해서 우리는 갈라진 틈을 만들어 해가 들어올 수 있는 창문을 열었다. 웅덩이 위에 다리처럼 걸친 판자에 발을 딛고, 마당에 갇혀 있던 사람은 갈라진 틈으로 비집고 나가 신선한 산들바람이 부는 더 넓은 새로운 세계로 나갈 수 있었다. 그곳에는 거대하고 풀과 나무가 웃자란 오래된 정원이 있었다. 키 큰 배나무와 넓게 자란 사과나무들이 은빛으로 버석거리는 잎사귀에 싸여 거품처럼 희게 반짝이는 거미줄을 달고 그곳에서 보기 드물게 풍성하게 자라나고 있었다. 한 번도 깎은 적 없는 짙게 얽힌 잔디가 복슬복슬한 깔개가 되어 물결치는 땅을 덮고 있었다. 깃털 같은 풀잎이 달린 보통의 초원의 잔디, 섬세한 선으로 세공된 야생 파슬리와 거칠게 주름 잡힌 잎사귀가 달린 담쟁이 그리고 박하 냄새를 풍기는 쐐기풀이 그곳에서 자랐다. 군데군데 벌레 먹고 번들거리는 질긴 질경이가 고개를 내밀며 두껍고 붉은 씨앗 무더기를 자랑했다. 밀림 전체가 부드러운 대기에 젖어 있었고 푸른 산들바람으로 가득했다. 잔디 위에 누우면 떠다니는 대륙과 구름의 연푸른색 지도가 보였고 하늘 전체의 지형을 들이마실 수 있었다. 이렇게 대기와 교섭하면서 잎사귀와 새싹들은 부드러운 솜털이 깔린 섬세한 털과 거친 강모의 갈고리로 덮였는데, 그것은 마치 산소의 파도를 붙잡고 움켜쥐기 위한 것처럼 보였다. 그 섬세하고 희끄무레한 솜털의 층은 식물들을 대기와 연결시켰고, 그들에게 공기의 색, 태양이 두 번 어렴풋이 나타나는 동안의 그림자 같은 침묵의 은회색 색조를 옮겨 주었다. 또 어떤 식물은 노랗고 공기로 부풀었으며 창백한 줄기는 우윳빛 수액으로 가득했는데, 텅 빈 새싹으로부터 오로지 순수한 공기만을, 바람에 날려 푸른 침묵 속에 소리 없이 흩어지는 복슬복슬한 민들레 씨 모양을 띤 순수한 솜털만을 만들어 냈다.

정원은 넓었고 몇 개의 구석으로 갈라져 있었으며 다양한 지역과 기후가 섞여 있었다. 한쪽 구석은 우윳빛 가득한 하늘과 대기를 향해 열려 있고 그곳에는 하늘을 향해 부드럽고 섬세하고 복슬복슬한 식물들이 퍼져 나갔다. 그러나 땅이 낮게 깔린 지협으로 뻗어 나가 버려진 소다수 공장 뒷벽과 길고 무너져 가는 창고 담벼락의 그림자 속으로 떨어지는 곳에 이르면 정원은 더 음침해 졌고 아무렇게나 내버려진 채 제멋대로 무성하게 자라나 있었으며 지저분했고, 엉겅퀴가 무섭게 자라나고 쐐기풀이 우거지고 잡초가 발진처럼 뒤덮어서, 벽의 가장 끝으로 가면 열린 직사각형 공간에서 정원은 제정신을 모두 잃고 미쳐 버렸다. 그곳은 더 이상 과수원이 아니고 단지 광기의 발작, 분노와 냉소적인 후안무치함과 욕정의 폭발일 뿐이었다. 그곳에서 짐승처럼 해방되고 열정에 몸을 내맡긴 채 공허하고 무성하고 바보 같은 가시덤불이 자라났다 ─백주 대낮에 풍성한 치맛자락을 벗어 던지는, 치마를 하나하나 떨어뜨려 부풀어 오르고 버스럭거리는 구멍투성이 누더기가 미친 듯이 퍼져 나가 시끄러운 잡종의 씨앗을 덮어 버리게 하는 거대한 마녀들. 그리고 여전히 그 치맛자락은 부풀어 오르고 서로 밀쳐 내며 하나 위에 또 하나가 쌓이고, 계속 펼쳐지고 자라나고 있었다 ─헛간의 낮은 처마까지 뻗쳐 올라가는 양철 같은 잎사귀 무더기가.

바로 그곳에서 제정신을 잃을 정도로 더웠던 정오에 나는 그와 처음이자 유일했던 만남을 가졌다. 그것은 실성하여 난폭해진 시간이 단조롭고 피곤한 일상사의 쳇바퀴를 뚫고 나가 탈출한 부랑자처럼 들판을 가로질러 소리 지르며 뛰어가는 그런 순간이었다. 그때 여름은 걷잡을 수 없이 자라나 충동적으로 공간 전체에 구석구석까지 난폭하게 뻗어 나가서 알 수 없는 미치광이 차원까지 두 배 세 배로 늘어나 있었다.

그 시간에 나는 나비 ─아른거리는 점들, 타오르는 대기 속에 어색한 지그재그를 그리며 떨고 있는 얇은 조각이 달린 편력자─ 들을 쫓는 열정에 미친 듯이 몸을 맡기고 있었다. 그리고 우연히 이 빛의 점들 중 하나가 날아가다가 두 개로, 세 개로 갈라지는 일이 생겼다. 그리고 그 눈이 멀 것처럼 빛나는 흰 점의 삼각형은 햇볕에 탄 밀림의 엉겅퀴 사이로 도깨비불처럼 나를 인도했다.

나는 감히 그 공허한 심연 속으로 다가갈 엄두를 내지 못하고 가시덤불 가장자리에서 멈추어 섰다.

그리고 그때 갑자기 나는 그를 보았다.

우거진 가시덤불 속에 겨드랑이까지 빠진 채 그는 내 앞에 웅크리고 있었다.

나는 더러운 윗도리를 입은 그의 넓은 등과 외투의 지저분한 옆구리를 보았다. 그는 마치 뛰어오르기 직전처럼, 커다란 짐을 진 듯 어깨를 웅크리고 앉아 있었다. 그의 몸은 긴장으로 헐떡거렸고 구릿빛 얼굴에는 햇빛에 번쩍이는 땀이 흘러내렸다. 그는 움직이지 않고 어떤 거대한 무게와 싸우며 대단히 힘들게 일하고 있는 것 같았다.

그의 시선에 못 박혀 포로가 된 채 나는 서 있었다.

그것은 부랑자나 주정뱅이의 얼굴이었다. 강물에 씻긴 돌처럼 둥글게 튀어나온 그의 넓은 이마 위로 더러운 한 줌 머리카락이 곤두서 있었다. 이마는 깊은 고랑으로 주름져 있었다. 그것이 고통 때문인지 태양의 타는 듯한 열기 때문인지 그도 아니면 얼굴에 나타나 윤곽을 거의 갈라지게 만들고 있는 인간의 힘을 넘어선 노력 때문인지 나는 알지 못했다. 그의 짙은 눈은 굉장한 절망 혹은 고통으로 굳어져서 나를 뚫어지게 쳐다보고 있었다. 그는 나를 응시하면서 동시에 응시하지 않았고, 나를 보았지만 보지 않았다. 그의 눈은 고통의 무아경 혹은 영감의 난폭한 기쁨 때문에 팽팽히 입을 다물었다가 터뜨리듯 열려는 조가비 같았다.

그리고 갑자기 그곳의 긴장된 윤곽 위로 천천히 끔찍하게 찡그린 표정이 퍼져 나갔다. 찡그린 표정은 더 짙어지고 이전의 광기와 긴장을 덮고 넘어서면서 부어오르고 더욱더 넓어져서 마침내 포효하는, 목쉰 웃음소리가 되어 터져 나왔다.

깊이 충격을 받은 나는 그가 여전히 포효하듯 웃으면서 천천히 웅크린 자세에서 일어나 고릴라처럼 수그린 채 손은 누더기가 된 바지의 찢어진 주머니에 넣고 가시덤불의 버스럭거리는 양철 조각 사이를 성큼성큼 건너뛰고 튀어 오르며 달리기 시작하는 것을 보았다 — 이유 없는 공포에 질려 구석진 고향으로 돌아가는, 피리 없는 판(Pan).

카롤 아저씨

　가족들이 멀리 떠나 잠시 홀몸이 된 나의 외삼촌 카롤 아저씨는 도심에서 걸어서 한 시간 거리에 있는 휴일의 별장에서 여름을 보내는 아내와 아이들을 만나기 위해 토요일 오후에 출발했다.

　아내가 떠난 뒤로 집은 청소하지 않았고 침대도 정리되지 않았다. 카롤 아저씨는 뜨겁고 공허한 낮의 압력에 밀려 빠져들었던 밤의 향락에 두들겨 맞고 멍이 든 채 밤늦게 돌아왔다. 구겨지고 차가운, 아무렇게나 뭉쳐진 침대보는 축복받은 피난처이자 안전한 섬처럼 보였고, 그는 파도가 몰아치는 바다에서 몇 날 몇 밤을 시달린 표류자처럼 마지막 한 톨의 힘을 짜내서 침대 위에 안착하는 데 성공했다.

　어둠 속에서 장님처럼 더듬으며 그는 침대를 가로지르거나 엎드린 모양새로 마치 밤의 어둠 속에서 솟아오른 깃털 침구의 강력한 덩어리 속으로 파고 들어가 단면을 하나하나 탐험해 보려는 듯이 부드러운 베개 속으로 깊이 머리를 밀어 넣고 시원한 깃털의 흰 언덕 속으로 가라앉아 눕자마자 잠이 들었다. 잠결에 그는 마치 수영하는 사람이 물살의 흐름을 거슬러 싸우듯이 침대와 싸웠고, 커다란 그릇 속의 반죽처럼 그것을 자기 몸으로 주무르고 빚었으며 새벽녘에 숨을 헐떡이면서 땀으로 뒤덮여 밤 동안의 싸움에서 정복할 수 없었던 그 침구 더미의 언저리에 내던져진 채 깨어났다. 깊은 무의식에서 반쯤 내려선 그는 가쁜 숨을 쉬며 여전히 밤의 가장자리에 매달려 있었고, 그동안 침구는 그를 둘러싸고 자라나고 부풀어 오르고 발효하여 —다시 그를 무겁고 희끄무레한 반죽의 산속으로 빨아들였다.

이렇게 아저씨는 늦은 아침까지 잤고, 그동안 베개들은 스스로 크고 편편한 초원으로 변하여 그는 그 위에서 이제 좀 더 조용하게 잠 속을 헤맬 수 있었다. 아저씨는 이 하얀 길 위에서 천천히 깨어나 대낮의 햇빛으로, 현실로 돌아왔다 —그리고 마침내 기차가 역에 서면 자고 있던 승객이 깨어나듯이 그렇게 눈을 떴다.

후덥지근한 어스름이 고독과 정적 속에 지나간 수많은 날들의 찌꺼기와 함께 방을 가득 채웠다. 아침 파리 떼로 창문이 윙윙거렸고 오직 커튼만 밝게 빛났다. 그는 남아 있는 어제의 흔적들을 모두 몸 밖으로, 몸의 모든 구멍에서 밖으로 밀어내는 하품을 했다. 하품은 몸의 안팎을 뒤집으려는 것처럼 발작적이었다. 이렇게 해서 그는 모래와 평형추, 전날의 소화되지 않고 남은 찌꺼기들을 없애 버렸다.

아저씨는 이런 방법으로 몸을 풀고 나서, 지출을 공책에 적어 넣고 뭔가 계산하고 그것들을 다 더한 다음 생각에 잠겼다. 그리고 물빛을 띤 튀어나오고 젖은 눈을 흐릿하게 뜬 채 오랫동안 움직이지 않고 누워 있었다. 커튼 밖에서 뜨겁게 타는 낮의 햇빛으로 밝혀진, 어스름이 퍼진 방 안에서, 아저씨의 눈은 아주 작은 거울처럼 창틈으로 들어오는 해의 하얀 빛줄기나 커튼의 금빛 사각형 등 반짝이는 모든 물체를 반사했고 마치 물방울처럼, 고요한 깔개나 텅 빈 의자까지 방 안을 모두 담고 있었다.

한편 차양 밖의 대낮에는 해 때문에 미쳐 버린 파리들의 윙윙거리는 소리가 점점 더 시끄럽게 울려 퍼지고 있었다. 창문은 이 흰 불길을 담고 있을 수가 없었고, 커튼은 밝게 빛나는 파동으로 바래졌다.

마침내 아저씨는 침대에서 천천히 몸을 일으켜 한동안 끙끙거리며 앉아 있었다. 30대에 들어선 그의 몸은 살이 찌기 시작했다. 지방질 때문에 부풀어 오르고 성적인 탐닉에 지치긴 했지만 아직 생식력이 넘치는 조직들은 천천히 그 침묵 속에서 미래의 운명을 만들어 가고 있는 것 같았다.

혈액 순환과 호흡과 체액의 깊은 박동에 몸을 맡기고 아무 생각 없이 멍한 무감각 속에 앉아 있는 동안 땀 흘리는 그의 몸 안에서는 알 수도 없고 설명할 수도 없는 미래가 끔찍한 종양처럼 알 수 없는 방향을 향해 형성되기 시작했다. 그는 그것을 두려워하지 않았는데, 왜냐하면 앞으로 나타날 그 알 수 없고 커다란 것과 자신이 이미 하나라고 느꼈으며 저항하지 않고 이상한 일체를 이루며 묵묵한 경외감에 마비되어 그 거대하고 풍성한 것, 내부로 향한 그의 시선 앞에서 성숙하는 그 환상적인 종양 안에서 미래의 자기 모습을 깨달으며 그것과 함께 자라나고 있었기 때문이다. 그리고 한쪽 눈은 마치 다른 차원으로 떠나듯이 밖을 슬쩍 보곤 하는 것이었다.

그런 다음 그는 희망 없는 명상에서 깨어나 그 순간의 현실로 돌아왔다. 그는 카펫 위에 놓인, 여자의 발처럼 통통하고 섬세한 자기 발을 보았고 천천히 셔츠 소맷부리에서 커프스 장식을 떼어 냈다. 그런 다음 아저씨는 부엌으로 가서 그늘진 구석에서 양동이에 담긴 물, 그를 기다리는 둥글고 조용하고 주의 깊은 거울 ―아파트 전체에서 오직 하나 살아 있고 깨어 있는 것 ―을 찾아냈다.

그는 대야에 물을 붓고 그 어리고 달콤하고 텁텁한 수분을 살갗으로 맛보았다.

각각의 동작 사이사이에 한참 간격을 두면서, 그는 서두르지 않고 시간을 들여 주의 깊게 옷을 차려입었다.

텅 비고 버려진 방들은 그에게 동조하지 않았고, 가구와 벽은 말 없는 비난을 보내면서 그를 바라보았다.

침묵 속으로 들어가면서 그는 별개의 다른 시간이 흐르는, 물에 잠긴 수중 왕국의 침입자처럼 느꼈다.

자기 서랍장을 열면서도 그는 도둑이 된 것처럼 느꼈고, 조용한 도발에 폭발할 기회만 애타게 기다리고 있는 지나치게 시끄러운 메아리를 일으킬까 봐 겁내며 자기도 모르게 까치발을 하고 움직였다.

그리고 결국 옷장에서 벽장으로 살금살금 움직여 간 끝에 필요한 것들을 하나씩 하나씩 찾아냈고 침묵으로 그를 지루하게 하는 가구들 사이에서 마침내 옷을 다 차려입었을 때 아저씨는 모자를 손에 들고 그 적대적인 침묵을 깰 한마디를 끝까지 찾아내지 못했다는 사실에 조금은 당혹스러워하며 서 있었다. 그러고는 천천히 내키지 않는 걸음으로 고개를 떨어뜨린 채 문을 향해 걸었고, 그동안 누군가 다른 사람, 영원히 등을 돌리고 있는 어떤 사람은 똑같은 걸음으로 반대 방향을 향해 깊은 거울 속으로, 존재하지 않는 빈방들이 줄지어 늘어선 곳으로 걸어 들어갔다.

계피색 가게들

　도시가 겨울밤의 미궁 속을 끝없이 뻗어 가다가 짧은 새벽빛이 흔들어 깨우면 마지못해 제정신으로 돌아오는, 아침과 저녁의 털북숭이 어스름에 양 가장자리를 걸친 그 가장 짧고 졸린 겨울날에 아버지는 이미 다른 세계에 넋을 잃고 빠져들어 굴복한 상태였다.

　아버지의 얼굴과 머리는 제멋대로 고집스럽게 자라나 듬성듬성 곤추서서 무더기를 이루며 삐죽 튀어나온 회색 머리카락으로 뒤덮였는데, 사마귀와 눈썹과 콧구멍 입구에서 자란 이 털 때문에 아버지는 늙고 심술궂은 여우처럼 보였다.

　냄새 맡고 소리를 듣는 아버지의 감각은 놀랄 만큼 날카로워졌고, 긴장되고 조용한 얼굴 표정에서 이 두 가지 감각 기관을 통해 아버지는 쥐구멍, 어두운 구석, 굴뚝의 굽은 부분과 마루 아래의 먼지투성이 공간 같은 보이지 않는 세계와 영구히 이어져 있다는 것을 알 수 있었다.

　아버지는 부스럭거리는 소리, 밤의 삐걱거리는 소리, 마룻바닥을 비밀스럽게 갉아먹는 생명체의 빈틈없고 주의 깊은 관찰자였고 그 비밀을 꼬치꼬치 캐내는 공모자였다. 여기에 너무 열중한 나머지 아버지는 우리로서는 접근할 수도 없고 당신이 우리에게 얘기해 주려 하지도 않는 세계에 완전히 빠져들어 버렸다.

이 보이지 않는 것들이 하는 말이 너무나 황당해질 때면 아버지는 손가락을 톡 튀기고는 혼자서 조용히 웃곤 했다. 그리고 우리 고양이와 의미심장한 눈짓을 교환하곤 했는데, 이 고양이 또한 이 신비에 한자리 차지하고 있어 냉소적이고 차가운 줄무늬 얼굴을 들고는 무관심하고 지루한 표정을 띠며 비스듬히 눈을 감곤 했다.

가끔씩 식사 중에 아버지는 갑자기 나이프와 포크를 치우고 냅킨을 목 주위에 두른 채 식탁에서 일어나 고양이 같은 동작으로 발끝으로 서서 옆방 문가로 가서 가장 주의 깊게 열쇠 구멍으로 엿보곤 했다. 그리고 멋쩍은 미소를 띠고 당신이 그렇게 열중해 있는 그 내적인 독백에 음조를 맞춰 불분명하게 중얼거리고 속삭이면서, 조금 부끄러워하며 식탁으로 돌아오곤 했다.

주의를 좀 다른 곳으로 돌리고 이 병적인 명상에서 아버지를 끌어내기 위해 어머니는 저녁에 억지로 아버지에게 산책을 시켰다. 아버지는 말없이, 저항하지는 않지만 별 흥미도 보이지 않고 멍청하게 얼빠진 상태로 나갔다. 한번은 우리 모두 극장에 함께 가기도 했다.

우리는 다시 한 번 거대하고 불빛이 흐릿하고 더러운, 졸음 오는 지껄임과 목적 없는 혼란으로 가득한 복도에 서 있었다. 그러나 우리가 사람들을 뚫고 들어갔을 때 우리 앞에는 마치 다른 천계의 하늘처럼 거대한 연푸른색 커튼이 나타났다. 거대하고 색칠이 된, 볼을 부풀린 가면들이 드넓게 펼쳐진 캔버스 위에 떠다녔다. 그 인공적인 하늘은 양쪽으로 뻗어 있었는데, 메아리치는 무대 위에 투광 조명을 비춘 허구적 세계의 분위기가 감돌았고 비애와 멋진 몸짓의 강력한 입김으로 부풀어 있었다. 그 하늘의 넓은 영역 위로 전해져 지나가는 떨림, 가면들을 되살리고 자라나게 한 거대한 캔버스의 입김은 이 천계의 허구적인 속성을 드러내고 현실을 진동하게 했는데, 이것은 형이상학적인 순간에는 계시의 번쩍임으로 느껴졌다.

가면들은 붉은 눈꺼풀을 깜박였고 색칠한 입술은 소리 없이 속삭였으며 나는 신비스러운 긴장감이 절정에 달하여 커튼의 부풀어 오른 하늘이 정말로 터져 열리면서 믿을 수 없는 멋진 사건들을 보여 주는 순간이 임박했음을 알았다.

그러나 나는 그 순간을 경험할 수가 없었다. 한편에서 아버지가 안절부절못하기 시작했기 때문이다. 아버지는 주머니를 몽땅 뒤지다가 마침내 돈과 중요한 서류들이 든 지갑을 집에 놓고 왔다고 선언했다.

아델라의 정직성을 급히 평가에 부치면서 어머니와 잠시 상의한 끝에 내가 집에 가서 지갑을 찾아오기로 했다. 어머니의 의견에 따르면 막이 열리기까지는 아직 시간이 많이 있었고, 내가 발이 빨라서 제시간에 돌아올 가능성이 많다는 것이었다.

나는 하늘의 광채로 밝혀진 겨울밤 속으로 걸어 들어갔다. 별로 가득한 하늘이 너무나 넓게 너무나 멀리 펼쳐져 있어서 겨울밤 한 달을 충분히 뒤덮을 만한 밤의 모든 현상들, 모험, 사건과 축제를 감싸는 은빛과 색색의 천구로 가득한 몇 개의 하늘들로 갈라져 떨어질 것처럼 보이는 그런 맑은 밤이었다.

그런 밤에 어린 소년을 급하고 중요한 심부름을 시키러 내보내는 것은 대단히 멍청한 짓인데, 왜냐하면 그 반쯤 어두운 속에서 거리는 늘어나고 혼란스럽게 얽혀 들기 때문이다. 도시 깊은 곳에서 반사된 거리들, 똑같이 생긴 가짜 거리들, 속임수 거리들이 열린다. 상상력은 마법에 걸리고 잘못 이끌려, 익숙해 보이는 지역의 허구적인 지도, 거리가 원래 이름대로 제자리에 있지만 밤의 지칠 줄 모르는 생산성으로 새롭게 허구적으로 배치된 지도를 만들어 낸다. 그런 겨울밤의 유혹은 대체로 빠르지만 익숙지 않은 지름길을 택하려는 순진한 욕구에서 시작된다. 한 번도 가지 않았던 옆길을 택하면 복잡한 걸음을 짧게 할 수 있다는 가능성은 매력적이다. 하지만 그런 경우 상황은 생각처럼 되지 않는다.

몇 걸음 가지 않아 나는 외투를 입고 있지 않다는 사실을 깨달았다. 돌아가고 싶었지만 그 밤은 전혀 춥지 않았으므로 조금 뒤에는 그것은 불필요한 시간 낭비 같았다. 오히려 나는 마치 봄밤의 산들바람처럼 계절에 맞지 않는 온기를 느낄 수 있었다. 눈은 하얀 보풀, 제비꽃 냄새를 달콤하게 풍기는 무해한 양털로 변했다. 비슷한 하얀 보풀들이 달이 두 개로 세 개로 늘어나는 하늘을 가로지르며 그 모든 면과 위치를 동시에 보여 주었다.

그 밤에 하늘은 여러 개의 단면으로 된 내부 구조를 그대로 드러내고 있었는데, 이 단면들은 모조 해부학 전시물처럼 빛의 소용돌이와 나선 모양, 고형(固形)의 연녹색 어둠, 우주의 원형질, 꿈의 조직을 보여 주는 것이었다.

그런 밤에는 시장 광장의 마주 보는 네 가장자리를 이루는 성벽 거리나 다른 어떤 어두운 거리를 걸어가더라도, 늦은 시간에는 신기하고 가장 매력적인 가게들, 보통 때에는 그냥 지나치게 마련인 가게들이 문을 연다는 것을 떠올릴 수밖에 없었다. 이 가게들의 짙은 색 판자벽 때문에 나는 이것들을 계피색 가게라고 이름 지었다.

이 진실로 고귀한, 밤늦게 여는 가게들은 언제나 나의 열정적인 관심의 대상이었다. 흐릿한 불빛 아래 가게의 어둡고 엄숙한 내부에서는 페인트와 니스와 향의 냄새, 먼 나라와 희귀한 물건들의 냄새가 풍겼다. 그런 물건들 중에서는 벵골 불, 마술 상자, 오래전에 잊혀 버린 나라의 우표, 중국산 판화, 남빛 물감, 말라바르*의 송진, 이국적인 벌레의 알, 앵무새, 큰부리새, 살아 있는 불도마뱀과 바실리스쿠스 도마뱀,* 만드라고라* 뿌리, 뉘른베르크 기계 장치 장난감, 항아리 속에 든 호문쿨루스,* 현미경, 쌍안경과 무엇보다도 신기하고 희귀한 책들, 놀라운 판화와 재미있는 이야기로 가득한 오래된 2절판 책들을 찾아낼 수 있었다.

눈을 내리깔고 점잖게 입을 다문 채 고객의 가장 비밀스러운 변덕까지도 지혜와 관용으로 대하는 나이 들고 기품 있는 상인들을 나는 기억한다. 그러나 다른 무엇보다도 그곳에는 한 서점이 있었는데, 그곳에서 나는 희귀하고 금지된 인쇄물, 사람을 애태우는 알 수 없는 신비의 베일을 벗겨 올리던 비밀 집단의 출판물을 언젠가 엿보았었다.

나는 이 가게들에 가 볼 기회, 특히 약소하나마 충분한 액수의 돈을 주머니에 넣고 가 볼 기회가 거의 없었다. 내가 맡은 임무의 중요성에도 불구하고 지금 잡은 기회를 놓칠 수가 없었다.

내 계산에 따르면 밤의 가게들이 있는 거리에 도착하려면 좁은 골목길로 꼬부라져 들어가 옆길을 두 개나 세 개쯤 지나야 했다. 이렇게 하면 집에서는 더 멀어지겠지만 소금 광산 거리로 질러가면 늦어지는 시간을 벌충할 수 있을 것 같았다.

계피색 가게에 가 보려는 욕심이 발에 날개를 달아, 나는 익숙한 거리에 들어서서 길을 잃지 않으려고 조바심을 내며 걷는다기보다는 뛰었다. 세 개나 네 개쯤 골목을 지나갔지만 내가 원했던 모퉁이는 나올 기미가 없었다. 게다가 거리의 구조마저 내가 예상한 모습과 달랐다. 가게들은 흔적조차 없었다. 나는 문도 없고 꽉 잠긴 창문들이 반사되는 달빛에 눈먼 그런 집들로 가득한 거리에 있었다. 내 생각에 그 집들 반대편에는 문이 있는 쪽 거리가 나올 것 같았다. 불안해져서 나는 더 빨리 걸으며 계피색 가게에 가 보려는 생각을 점점 포기하기 시작했다. 지금 원하는 것은 이곳을 빨리 나가서 시내의 내가 잘 아는 곳으로 나가는 것뿐이었다. 어디로 가게 될지도 모르는 채 나는 거리의 끝에 이르렀다. 내가 있는 곳은 넓고 건물이 거의 없는 매우 길고 곧은 대로였다. 넓게 열린 공간의 숨결을 느낄 수 있었다. 거리 가까이 혹은 정원 가운데에 그림 같은 저택, 부자들의 개인 저택이 있었다. 저택 사이의 공간에는 공원과 과수원 담이 있었다. 그곳 전체가 어렴풋이 레슈니안스카 거리 아래쪽의 인적이 드문 부분과 비슷해 보였다. 달빛은 수천 개의 깃털 같은 구름에 걸려져 하늘에 걸린 은빛 비늘처럼 비쳤다. 그것은 창백하고 햇빛처럼 밝았고 공원과 정원만이 그 은빛 풍경 속에 검게 서 있었다.

건물 하나를 더 자세히 살펴본 뒤, 내가 본 것이 고등학교 건물 뒤편, 전에 한 번도 본 적이 없는 쪽이었다는 것을 깨달았다. 교문에 가 봤더니 놀랍게도 열려 있었다. 현관에는 불이 켜져 있었다. 안으로 들어가니 나는 복도의 빨간 카펫 위에 서 있었다. 들키지 않고 질러서 정문으로 빠져나가는 방법으로 훌륭하게 지름길로 갈 수 있기를 나는 빌었다.

늦은 밤에는 아렌트 선생님의 교실에, 겨울이면 언제나 늦은 저녁에 열려 그 훌륭한 선생님이 우리에게 일깨워 준 예술에 대한 열정에 불타 모여들었던 자율 학습반이 있을지도 모른다는 것을 나는 기억해 냈다.

몇 명의 부지런한 학생들이 커다랗고 어두운 강의실 안에서 거의 넋을 잃고 있었고 그들의 머리 그림자가 병에 꽂힌 두 개의 촛불 빛에 비쳐 강의실 벽에서 일렁였다.

사실대로 말하자면 우리는 이런 수업에서 그림을 많이 그리지 않았고 선생님도 특별히 깐깐하게 굴지 않았다. 집에서 쿠션을 가져와 뻗쳐 누워서 짧게 선잠을 자는 남자아이들도 있었다. 우리 중에서 가장 부지런한 사람들만이 촛불 주위에, 그 불의 금빛 원 주위에 모여들었다.

　우리는 보통 선생님이 오실 때까지 오랫동안 기다려야 했고 그동안 졸음에 겨운 대화를 나누었다. 마침내 방문이 열리고 선생님이 들어왔다 ―키 작고 턱수염이 난 얼굴에 난해한 웃음과 점잖은 침묵이 감도는 가운데 비밀의 향기를 풍기며. 선생님은 등 뒤로 조심스럽게 서재 문을 닫았다. 그 문을 통해 잠시나마 선생님의 머리 위로 고통스러워하는 니오베,* 다나에*와 탄탈로스,* 슬픔으로 메마른 올림포스 전체 등 몇 년이나 계속 석고 박물관에서 시들고 있는 석고상 무더기의 그림자를 볼 수 있었다. 그 방 안의 불빛은 낮에도 침침했고, 석고 두상의 꿈, 공허한 시선, 회색 옆얼굴과 무(無)로 변하고 있는 명상들로 탁해져 있었다. 우리는 때때로 그 방문 앞에서 엿듣기를 즐겼다 ―단조롭고 지루한 어스름 속에 시들고 있는 멸망한 신들의 한숨과 속삭임이 실린 침묵을.

　선생님은 대단한 품위와 종교적 열정을 가지고 우리가 겨울밤의 회색빛 반영 속에서 몇 명씩 모여 그림을 그리던 반쯤 빈 형상들 앞을 오락가락 걸어 다녔다. 모든 것이 조용하고 아늑했다. 반 친구들 중 몇은 잠들어 있었다. 촛불은 병 속에서 낮게 타오르고 있었다. 선생님은 오래된 2절판 책들과 유행에 뒤떨어진 판화, 목판과 조판들로 가득한 깊은 책꽂이에 파고들었다. 선생님은 우리에게 특유의 난해한 몸짓으로 밤 풍경과 달빛에 비친 나무 덤불과 하얗게 달빛 비친 배경에 검은색으로 윤곽이 드러난 겨울 공원 거리들의 오래된 석판화를 보여 주었다.

졸음에 겨워 얘기하는 동안 시간은 가는 줄 모르게 흘러갔다. 그것은 마치 시간 시간의 흐름에 매듭이라도 만들듯이 어느 부분에서는 텅 빈 기간을 통째로 잡아먹으며 불규칙하게 흘러갔다. 아무런 변화도 느끼지 못했는데 우리 한 떼의 소년들은 갑자기 자정이 한참 지난 시간에 눈이 하얗게 덮이고 검고 마른 덤불이 옆에 줄지어 있는 길을 걸어 집에 가고 있었다. 우리는 털 난 어둠이 가장자리를 덮은 길을 북슬북슬한 덤불에 스치면서 발아래 덤불의 낮은 가지들을 짓밟으며 밝은 밤에 우유처럼 흰 가짜 빛 아래 걸어갔다. 눈과 창백한 대기와 우윳빛 우주에 걸러져 퍼진 흰빛은, 짙은 덤불이 깊고 검은 장식선 역할을 하여 판화의 회색 종이 같아 보였다. 밤은 이제 그 늦은 시간에 아렌트 선생님의 판화에 나온 밤 풍경을 베끼면서 선생님의 환상을 되살리고 있었다.

공원의 검은 잡목 숲 속, 덤불의 털 달린 외투 속, 딱딱한 마른 가지 무더기 속에 가장 깊고 복슬복슬한 어둠의 은신처, 벽감, 둥지가 있었고 그것은 혼란과 비밀스러운 몸짓과 못 본 체하는 시선으로 가득했다. 우리는 여름처럼 가벼운 눈 위에 무거운 외투를 입은 채로 앉아서 그 봄 같은 겨울에 풍부하게 있었던 개암을 까고 있었다. 잡목림 사이로 족제비, 담비, 몽구스 ─털북숭이에 여기저기 뒤지고 다니는 다리가 짧고 양가죽의 고약한 냄새를 풍기는 길고 가느다란 동물 ─들이 돌아다녔다. 그들 중 학교 진열장에 들어 있던 동물들이 있지 않을까, 내장이 들어나고 가죽이 벗겨졌지만, 그 하얀 밤에 그들의 텅 빈 배 속에 영원한 본능의 목소리를, 짝짓기의 충동을 느껴, 짧은 순간 환상의 삶을 살기 위해 그 덤불숲으로 돌아온 것이 아닐까, 우리는 생각했다.

그러나 봄 같은 눈의 인광(燐光)은 천천히 색이 바래서 새벽이 오기 전의 짙고 검은 어둠에 길을 내주며 사라져 갔다. 우리 중에는 따뜻한 눈 위에서 잠들어 버린 아이도 있었고, 어둠 속에서 집 대문을 더듬어 찾아 부모와 형제들이 자고 있는 곳으로, 늦은 귀갓길의 거리까지 울려 나오는 그 연속적인 깊은 코골이 속으로 무작정 걸어 돌아간 사람도 있었다.

이런 밤 동안의 그림 강좌에 나는 비밀스러운 매력을 느꼈고, 그래서 이제 잠시 미술 교실을 엿볼 기회를 놓칠 수가 없었다. 하지만 나는 아주 잠깐 동안만 멈춰 있기로 결정했다. 그러나 삼나무 목재가 발밑에서 울리는 뒤쪽 계단을 올라가면서, 학교 건물에서 내가 전혀 알지 못하는 튀어나온 한쪽 부분에 와 있다는 것을 깨달았다.

엄숙한 침묵을 방해하는 중얼거림조차 없었다. 복도는 이쪽 부분에서 더 넓었고, 두꺼운 카펫으로 덮여 가장 우아했다. 어둡게 빛나는 작은 등잔들이 양쪽 구석에 걸려 있었다. 첫 번째 모퉁이를 돌아가자 더 넓고 더 호화스러운 복도가 나왔다. 그 벽들 중 하나에는 어떤 아파트 안으로 이어지는 유리로 된 넓은 아치형 복도가 있었다. 그 안에는 굉장히 호화로운 가구로 채워진 방들이 줄줄이 이어져 있었다. 나의 시선은 비단 벽걸이와 도금된 거울, 비싼 가구와 수정 샹들리에와 불빛으로 아른거리는 공단처럼 부드러운 화려한 내부 장식, 뒤엉킨 화환과 피어나려는 꽃들을 헤집고 다녔다. 거울끼리 주고받는 비밀스러운 눈짓과 벽을 따라 높이 이어져 흰 천장의 치장 벽토 속으로 사라지는 장식 띠의 공포가 텅 빈 방의 심오한 정적을 가득 채웠다.

아마도 그 밤의 탈선이 뜻밖에도 나를 교장실로, 교장의 사택으로 이끌었나 보다 추측하면서 놀라움과 경이의 감정으로 그 화려함을 대면하고 있었다. 나는 호기심으로 그곳에 못 박힌 채 뛰는 가슴을 누르며 가장 작은 소리에도 달아날 준비를 하고 그곳에서 있었다. 누군가 나를 놀라게 한다면 그 밤의 방문을, 염치없이 캐고 들어온 행위를 어떻게 정당화할 것인가? 그곳의 호화로운 안 락의자들 중 하나에는 교장의 딸이 아무도 눈치채지 않게 조용히 앉아 있을 수도 있었다. 그녀는 검고 신비스럽고 조용한 눈, 아무 도 감히 마주 바라볼 수 없는 시선을 나와 마주칠지도 몰랐다. 그 러나 반쯤만 가서 계획을 실행하지 못하고 물러선다면 비겁할 것 같았다. 그리고 정의할 수 없는 시간의 몽롱한 빛으로 밝혀진 그 화려한 내부에는 깊은 정적만이 감돌고 있었다. 오는 길의 유리 복도를 통해 나는 미술 교실의 옆쪽 멀리 테라스로 나가는 커다 란 유리문을 보았다. 주위가 너무나 고요하여 나는 갑자기 대담 해졌다. 미술 교실이 있는 층으로 짧은 계단을 내려가는 일, 커다 랗고 비싼 카펫을 가로질러 재빨리 몇 걸음 걸어서 익숙한 거리로 아무 어려움 없이 되돌아갈 수 있을 그 테라스로 가는 일은 별로 위험해 보이지 않았다.

나는 이렇게 했다. 천장의 장식 띠 부근까지 자란 화분 속 야자 수 아래 쪽모이 마루*까지 왔을 때 내가 사실상 중립 지역에 있음 을 깨달았는데, 왜냐하면 미술 교실에는 앞벽이 없었기 때문이다. 그것은 몇 걸음만 걸으면 시내 광장으로 연결되는, 한쪽 끝이 트 인 일종의 넓은 주랑(柱廊)이었다. 그 주랑은 말하자면 광장 한구 석에 포함되었고 정원 가구의 일부는 이미 보도블록 위에 내놓은 상태였다. 나는 돌계단의 짧은 층계참을 달려 내려갔고 다시 한 번 거리에 나와 있었다.

하늘의 별자리는 머리 위에 깎아지른 듯 서 있었고 별들은 모두 반대쪽으로 비스듬히 돌아가 있었지만 달은 깃털 침대 같은 구름, 보이지는 않지만 어둠 속에서 빛나는 구름에 묻혀 그 앞에 아직 도 끝없는 여정이 남아 있는 것 같았고 그 복잡한 천상의 여정에 골몰하여 새벽에 대해서는 생각지 않고 있었다.

졸고 있는 게나 바퀴벌레 비슷한, 반쯤 부러지고 이음매가 느슨해져 불구가 된 것처럼 보이는 검은 승객용 마차 몇 대가 거리에서 갑자기 나타났다. 마부는 높은 좌석에서 내 쪽으로 몸을 굽혔다. 그의 얼굴은 작고 붉고 친절했다. 그는 "가실까요, 손님?" 하고 물었다. 마차는 발이 많이 달린 몸체의 모든 관절과 연결선을 흔들고는 바퀴 소리도 가볍게 출발했다.

하지만 그런 밤에 누가 변덕스럽고 예측할 수 없는 마부에게 몸을 맡기겠는가? 바퀴 축이 찰칵거리고 좌석과 지붕이 덜컹거리는 가운데 나는 목적지에 관한 한 그의 의견에 동의할 수 없었다. 그는 내가 하는 말에 전부 아무렇게나 고개를 끄덕이고는 혼자서 노래를 불렀다. 우리는 시내 주위를 원을 그리며 돌았다.

여인숙 앞에 한 떼의 마부들이 모여 서서 그를 향해 친숙하게 손을 흔들었다. 그는 즐겁게 대답하고는 마차를 멈추지도 않은 채 고삐를 내 무릎에 던지고 좌석에서 뛰어내려 동료들과 어울렸다. 말, 나이 들고 현명한 마차 말은 주위를 아무렇게나 둘러보고는 단조롭고 규칙적인 구보로 나아갔다. 사실 그 말은 신뢰감을 불러일으켰다―말은 마부보다 똑똑해 보였다. 그러나 나 자신은 마차를 몰 수 없었으므로 말의 뜻에 의지해야 했다. 우리는 마차를 돌려 양쪽에 정원이 있는 교외의 거리로 들어갔다. 우리가 나아감에 따라, 정원들은 키 큰 나무가 있는 공원으로, 공원은 숲으로 천천히 바뀌었다.

그 가장 밝은 겨울밤의 빛나는 여행을 나는 절대 잊지 못할 것이다. 천상의 색색가지 지도는 뻗어 나가 거대한 돔이 되었고 그 위에 천계 지형의 빛나는 줄무늬와 별들의 흐름과 소용돌이의 선이 그어진 환상적인 땅과 대양과 바다가 빛나고 있었다. 공기는 숨 쉬기에 가벼워졌고 은빛 거즈처럼 어른거렸다. 그리고 제비꽃 향기를 맡을 수 있었다. 하얀 털실로 된 양가죽 같은 눈 아래쪽에서 섬세한 꽃송이마다 달빛 조각을 담은 떨리는 아네모네가 나타났다. 숲 전체가 수천 개의 등잔과 12월의 하늘에서 풍성하게 쏟아지는 별들로 빛나는 것 같았다. 대기는 비밀스러운 봄으로, 눈과 제비꽃의 비할 데 없는 순수함으로 고동쳤다. 우리는 언덕길로 접어들었다. 나무둥치가 듬성듬성 삐져나온 언덕 능선은 마치 은총의 한숨처럼 솟아나 있었다. 나는 이 즐거운 경사면에서 이끼와 덤불 사이에서 눈에 젖어 축축해진 떨어진 별들을 모으고 있는 방랑자의 무리를 보았다. 길은 경사 급한 오르막이 되었고 말은 미끄러지기 시작하다가 삐걱거리는 마차를 간신히 끌어 올렸다. 나는 행복했다. 나의 폐는 대기 중의 축복받은 봄에, 눈과 별의 신선함에 젖어들었다. 말의 숨결 앞에서 거품 같은 흰 눈의 성벽은 더 높이, 높이 자라나서 그 숨결은 이제 그 순수하고 신선한 물질을 거의 뚫고 나갈 수 없을 것 같았다. 마침내 우리는 멈추었다. 나는 마차에서 내렸다. 말은 고개를 늘어뜨린 채 헐떡거리고 있었다. 나는 그의 머리를 가슴에 안고 그 커다란 눈에 눈물이 고여 있는 것을 보았다. 나는 그의 배에 둥글고 검은 상처가 있는 것을 보았다.

"왜 말해 주지 않았어?"

나는 울면서 속삭였다.

"귀여운 아이야, 널 위해서 그런 거란다."

말은 그렇게 말하고 나무로 만든 장난감처럼 아주 작아졌다. 나는 그를 떠났다. 이상하게 마음이 가볍고 행복했다. 나는 이곳을 지나가는 작은 지방 열차를 기다릴 것인지 아니면 걸어서 시내로 돌아갈 것인지 고민했다. 그러다 수풀 사이로 뱀처럼 꼬부라진 경사 급한 내리막을 걸어 내려가기 시작했다. 처음에는 가볍고 통통 튀는 걸음이었다. 조금 지나자 나는 활기차고 행복하게 달리기 시작하여 점점 빨라져서 마침내 스키를 타고 활강하듯이 내려가게 되었다. 나는 뜻대로 속도를 조절할 수 있었고 몸을 가볍게 움직여 방향을 바꿀 수 있었다.

도시 외곽에서 나는 이 승리에 찬 활강의 속도를 줄이고 차분히 걷기 시작했다. 달은 여전히 하늘 높이 떠 있었다. 변형되는 하늘, 몇 개의 돔이 더욱더 복잡한 형상으로 바뀌어 가는 그 변신은 끝이 없었다. 은으로 된 천문 관측기구처럼 하늘은 마법의 밤에 내부 기계 장치를 드러냈고 톱니와 바퀴들의 끝없는 수학적 진화를 보여 주었다.

시장 광장에서 나는 산책을 즐기는 사람들 몇을 만났다. 모두 그 밤의 장관에 매혹되어 하늘의 마법으로 은빛이 된 얼굴을 치켜든 채 걷고 있었다. 아버지의 지갑에 대한 걱정은 완전히 잊어버렸다. 아버지는 당신의 광신자들에게 정신이 팔려 지금쯤 그것이 없어졌다는 사실을 잊어버렸을 것이고, 어머니에 대해서는 별로 걱정할 것이 없었다.

1년에 한 번뿐인 그런 밤에는 행복한 생각과 영감을 얻게 되고 시의 신성한 손가락이 마음을 움직이는 것을 느끼게 된다. 새로운 발상과 계획으로 가득 차서 나는 집으로 걸어가고 싶었지만, 팔 밑에 책을 낀 학교 친구들을 만났다. 그들은 그 밤의 끝나지 않을 광채에 잠이 깨어 이미 학교에 가는 길이었다.

우리는 제비꽃 향내가 퍼진 경사 급한 내리막 골목을 따라 다 함께 산책하러 갔다. 눈 위에 은처럼 깔려 있던 것이 그 밤의 마법이었는지 새벽빛이었는지 확실히 알지 못한 채……

악어 거리

아버지는 커다란 책상 아래쪽 서랍에 우리 도시의 오래되고 아름다운 지도를 가지고 있었다.

그것은 전지 크기의 양피지 다발이었는데, 원래는 노끈으로 묶어 두었지만 펼치면 거대한 벽지도, 조감도의 파노라마가 되었다.

벽에 걸린 지도는 방을 거의 전부 차지하고 티시미에니차 강 계곡의 넓은 전망을 보여 주었는데, 그 강은 넓게 펼쳐진 연못과 늪지의 미로 사이로, 처음에는 부드럽게 그러나 갈수록 뾰족한 모습으로 남쪽을 향해 솟아오른 고지 위로, 그리고 지평선의 연기 같은 노란 안개 사이로 사라지면서 점점 작아지고 흐려지는 둥근 언덕들의 장기판 속에 연한 금빛의 구불구불한 리본처럼 흘러갔다. 멀리 흐려진 경계선으로부터 도시가 생겨나 지도의 중심부를 향해 자라 나갔는데, 처음에는 아직 분화되지 않은 건축물과 집들이 빽빽하고 복잡하게 들어서고 그 사이로 길거리의 깊은 계곡이 자르고 지나가는 덩어리였지만, 첫 번째 도면에서는 쌍안경을 통해 보이는 풍광의 날카롭고 명료한 윤곽선이 주위를 두르는 집들의 빽빽한 덩어리가 되었다. 지도의 그 부분에서 동판화를 만든 화가는 다방면으로 복잡하게 뻗친 수많은 거리와 골목들, 처마 장식,

처마 도리, 창 도리와 벽기둥의 깊고 짙은 세피아색의 그림자 속에서 모든 구석과 후미진 곳에 젖어 들어간 구름 낀 늦은 오후의 어두운 금빛으로 밝혀진 날카로운 윤곽에 집중했다. 그 견고하고 다채로운 그림자는 거리의 계곡을 짙은 꿀처럼 칠했고, 거리의 이쪽 절반과 반대편 집들 사이의 공간을 따뜻하고 풍성한 색으로 적셨으며, 그 복잡한 건축학적 화음의 우울하고 낭만적인 음영을 대비시키며 극적으로 강조하고 배합했다.

바로크 파노라마 형식으로 만들어진 그 지도에는 존재 자체가 불분명하고 알려지지 않은 미개척의 나라나 극지방을 의미하는 텅 빈 하얀색으로 표시된 악어 거리 지역이 있었다. 단지 몇 개의 거리들만 검은 줄로 표시돼 있고 그 이름은 다른 귀족적인 글씨체의 설명문과 달리 단순하고 장식 없는 글자체로 쓰여 있었다. 지도 제작자는 아마도 그 지역을 시내에 포함시키는 게 싫었던 것 같고, 그의 망설임이 글자체를 고를 때 나타난 것이다.

이런 망설임을 이해하려면 시내 나머지 지역과는 너무나 다른, 이 특정 지역의 불분명하고 의심적은 특성에 주목해야 한다.

그것은 상공업 지구인데, 냉정하게 실용적이라는 특성에 밑줄을 그어야 한다. 당대의 정신, 경제의 구조는 우리 도시도 비켜 가지 않았고, 그리하여 도시 외곽에 뿌리를 내리고 기생하는 구역으로 자라났다.

구(舊)도시에서 의례적인 엄숙함을 특징으로 하는 반쯤 비밀스러운 밤의 무역이 지배적이었을 때, 새로운 구역에서는 현대적이고 냉정한 형태의 상업적인 시도가 즉각 번성했다. 도시의 오래되고 무너져 가는 중심부에 접목된 가짜 아메리카니즘은 여기서 가식적으로 천박하고 풍성하지만 공허한 무채색 식물이 되어 싹을 틔웠다. 그곳에서는 겉모양이 기괴한, 금 간 석고의 괴물 같은 벽

토로 뒤덮인 싸구려 날림 집들을 볼 수 있었다. 낡아서 금방이라도 무너질 듯한 그 교외의 집들에는 날림으로 지은 정문들이 접목되어 있었는데 그것들은 가까이서 볼 때만 화려한 도심의 가련한 모방이라는 것을 드러냈다. 거리의 어두운 반영이 흔들흔들 비치는 흐릿하고 더럽고 금방이라도 깨질 듯한 유리창, 문의 비뚤어진 목재, 높은 선반이 기울고 무너져 가는 벽은 거미줄과 두꺼운 먼지로 덮인 그 메마른 내부의 회색 분위기 때문에 이 가게들은 황폐한 클론다이크* 같은 인상을 자아냈다. 골목골목마다 양장점, 옷 가게, 도자기 가게, 약국과 이발소가 뻗어 나가 있었다. 커다란 회색 진열장에는 두꺼운 금박 글씨로 *과자점, 매니큐어, 영국의 왕* 등의 상호가 기울어진 반굴림체로 새겨져 있었다.*

오래전에 도시에 정착해 살고 있는 사람들은 불량배와 가장 하층민들이 자리 잡은 그 지역을 피했다—아무 특징도 배경도 없는 도덕적 찌꺼기, 그런 하루살이 공동체에서 태어난 열등한 인종들. 그러나 운이 나쁜 날, 도덕적으로 해이해지는 시간에는 몇몇 시내 사람들이 반쯤은 우연히 그 의심스러운 구역으로 용기를 내어 들어와 보곤 했다. 가장 고결한 사람들조차 자발적인 타락, 위계질서의 장벽을 무너뜨리는 것, 친구 관계의 얕은 진흙탕에 젖어드는 것, 손쉽게 사귀고 더러운 사람들과 섞이는 일의 유혹에서 완전히 벗어나지 못했다. 인격적 기준에 못 미치는, 도덕을 저버린 그런 사람들에게 그 구역은 이상향이었다. 그곳에서는 모든 것이 수상하고 불분명해 보였고 모든 것이 비밀스러운 눈짓, 냉소적으로 과장된 몸짓, 치켜 올린 눈썹으로 깨끗지 못한 소망을 충족시킬 것을 보장했으며, 모든 것이 가장 하위의 본능을 족쇄에서 풀어 놓는 것을 도왔다.

아주 소수의 사람들만 그 구역의 특이한 성격을 알아챘다. 그것은 치명적일 정도로 색깔이 없다는 점으로, 그 싸구려의, 빠르게 자라나는 지역은 색채라는 사치를 받아들일 여유가 없는 듯싶었다. 그곳에서는 모든 것이 흑백 사진처럼, 혹은 싸구려 그림이 그려진 카탈로그처럼 회색이었다. 이런 유사성은 은유적이라기보다 현실적이었는데 왜냐하면 가끔 그곳을 돌아다닐 때면 실제로 설계 계획서를 넘기고 있는 듯한, 혹은 수상한 안내문이 의심스러운 공지 사항과 두 가지 의미가 있는 그림과 함께 사이사이에 기생충처럼 둥지를 틀고 있는 지루한 상업 광고의 칼럼을 보고 있는 듯한 인상을 받기 때문이다. 그리고 그렇게 돌아다닌 것은 포르노 사진 앨범을 자세히 들여다보면서 느끼는 흥분과 마찬가지로 아무 소득이 없고 무의미하다고 판명되었다.

예를 들어 양복을 주문하기 위해 양복점에 들어간다고 하자 — 그 지역의 특징답게 싸구려로 우아한 양복이겠지만. 건물은 커다랗고 비어 있으며, 방은 천장이 높고 아무 색깔이 없다. 거대한 선반들이 방의 알 수 없는 높이만큼 층층이 쌓여 시선을 천장 쪽으로 끌고 갔다. 천장은 그 지역의 시든 싸구려 빛바랜 하늘일 수도 있다. 다른 한편으로는 열린 문으로 들여다보이는 창고에 상자와 바구니들이 높이 쌓여 있었다 — 다락방으로 솟아나 공허의 목재 속으로, 텅 빈 기하학 속으로 분해되는 거대한 서류함. 장부의 책장처럼 줄이 그어진 커다란 회색 창문은 빛을 통과시키지 않았지만, 가게는 그림자를 만들지도 뭔가를 특별히 비추지도 않는, 근원을 알 수 없는 물빛 같은 회색 광선으로 가득 차 있었다. 곧 놀랄 정도로 비굴하고 민첩하며 고분고분하고 날씬한 젊은 남자가 나타나 주문을 들어주고 싸구려 장삿속 대화에 손님을 빠뜨리는 것이다. 하지만 계속 지껄이면서 그가 엄청나게 큰 옷감 두루마리를 풀어내어 치수를 재고 옷감을 접고 솔기를 시침질하여 그것을 상상의 윗도리와 바지로 만들 때면, 그 모든 동작이 갑자기 비현실적인 속임수 코미디, 사물의 실제 의미를 숨기기 위해 반어적으로 가려진 막처럼 보였다.

키 크고 거무스름한 소녀 점원들은 아름답지만 (재고품의 구역에 걸맞게) 다들 결점이 있었으며 가게에 들어오기도 하고 나가기도 했고 지금은 (남자 점원의 경험 많은 손에 맡겨진) 잘 알려진 사업이 적당한 지점에 이르렀는지 보기 위해 문간에 서 있었다. 판매원은 여장 남자처럼 선웃음을 지으며 활기차게 돌아다녔다. 몰래 의미심장한 시선을 보내며 그가 옷감의 상표, 투명한 상징주의의 상표를 점잖게 가리킬 때면 그의 늘어지는 턱을 들어 올리거나 창백하게 분칠한 볼을 꼬집어 보고 싶어지는 것이었다.

양복 고르는 일은 계획의 다음 단계에 천천히 자리를 내주었다. 고객의 가장 은밀한 움직임조차 충분히 이해하는 이 여성적일 만큼 나긋나긋하고 타락한 젊은이는 이제 그의 앞에 가장 특이한 상표들의 모음, 라벨들의 도서관, 세련된 감식가의 수집품을 전시한 진열장을 내놓았다. 그리하여 옷 가게는 단지 겉모습일 뿐이고 그 뒤에는 매우 의심쩍은 책들과 개인적인 복제품을 모아 놓은 골동품 가게임이 드러났다. 유순한 판매원은 다른 창고들도 열었는데, 그곳은 천장까지 책과 그림과 사진들로 가득했다. 이 석판화와 동판화들은 우리의 가장 대담한 기대까지도 뛰어넘었다. 이런 타락의 극치와 이런 온갖 음탕함을 우리는 꿈에서조차 예상하지 못했다.

점원 소녀들은 피부가 나쁜 얼굴에 갈색 머리 아가씨들의 진한 기름투성이 애교 점을 붙이고 종이에 그린 그림 같은 회색빛 모습으로 책 더미 사이에서 계속 나타났다. 짙게 빛나는 애교 점은 시선이 마주치면 얼굴에서 바퀴벌레처럼 갑자기 기어 나와 지그재그를 그리며 도망쳤다. 그러나 그들의 짙은 볼연지도, 눈에 띄는 애교 점도, 윗입술의 솜털조차 진한 흑인의 피를 드러내고 있었다. 향기 좋은 모카와 같은 지나친 색조 화장은 그들이 올리브색 손으로 집어 든 책에 자국을 남기고, 그 손길은 송로버섯이 자극적이고 동물적인 냄새를 남기듯이 책장에 번지고 공기 중에 주근깨의 짙은 흔적을, 담배 얼룩을 남기는 것 같았다.

한편 음탕함은 일반적인 현상이 되었다. 판매원은 열심히 끈질기게 권하느라 지쳐서 움츠러들어 여자처럼 소극적이 되었다. 그는 이제 앞이 깊게 파인 비단 잠옷을 입고 책장 사이에 있는 많은 소파들 중 하나에 누워 있었다. 점원 소녀들 중에는 서로서로 책 표지 그림들의 자세와 태도를 보여 주는 사람도 있었고 간이침대에서 잠을 청하기 위해 누운 사람도 있었다. 고객이 느끼는 압박감은 줄어들었다. 그는 이제 열정적인 관심의 순환에서 놓여나 혼자가 되었다. 점원 소녀들은 분주히 얘기하면서 더 이상 그에게 관심을 기울이지 않았다. 그에게 등을 돌리고 그녀들은 거만한 자세를 취하고 한쪽 발에서 다른 쪽 발로 몸무게를 옮기면서, 천박한 신발을 가지고 놀면서 사지의 뱀 같은 움직임에 날씬한 몸을 내던지고 그런 무관심한 듯한 시선 속에 무시하는 척하고 있던 흥분한 방관자의 포로가 되었다. 이렇게 물러나는 것은 손님의 자발적인 주도권을 위해 여유를 주는 것 같아 보였지만, 손님을 더 깊이 끌어들이기 위해 계산된 것이었다.

그러나 이 무관심의 순간을 이용하여 양장점으로의 순진한 방문이 가져온 이 예상 밖의 결과에서 벗어나 거리로 빠져나오자.

아무도 우리를 막지 않는다. 책의 복도 사이에서, 잡지와 인쇄물로 가득한 긴 책장 사이에서 우리는 가게를 빠져나와 악어 거리 중에서도 높은 데서 보면 아래쪽 멀리 아직 완공되지 않은 기차역 건물까지 거리 전체가 보이는 부분으로 가자. 때는 그 구역이 언제나 그렇듯이 회색 낮이었고, 풍경 전체가 가끔은 그림이 있는 잡지의 사진처럼 너무 회색이고, 집들과 사람들, 자동차는 너무 평면적으로 보인다. 현실은 종이처럼 얇고 그 모든 균열 사이로 모방하는 특성을 내보인다. 가끔씩 예상대로 점묘화 같은 시내 도로로 이어지는 것은 우리 바로 앞에 있는 작은 부분뿐이고, 다른 쪽에서는 그 즉흥적인 가면극이 이미 허물어지고 더 이상 견딜 수 없게 되어 우리 뒤에서 석고 조각과 톱밥을 날리며 거대하고 텅 빈 극장의 창고처럼 무너져 내리는 듯한 인상을 받았다. 이 건물의 외양에서는 억지로 취한 자세의 긴장감, 진지한 척하는 가면, 얄궂은 비애가 떨리고 있었다. 그러나 이런 사기극을 폭로하려는 시도는 우리와 상관없는 일이다. 더 나은 판단력에도 불구하고 우리가 매료된 것은 이 구역의 천박한 매력 때문이므로. 게다가 도시의 겉치레에는 자기 자신을 패러디하는 듯한 면이 있다. 한 줄로 늘어선 교외의 작은 단층집들은 고층 건물들과 자리를 바꾸는데 마분지로 만든 것 같은 이런 건물들은 눈먼 사무실 창문, 회색 진열장 창문, 처마에 두른 장식 띠, 광고와 숫자들의 혼합물이다. 집들 사이로 사람들의 물결이 흘러간다. 거리는 시내 대로처럼 넓지만, 차도는 마을 광장처럼 다진 찰흙으로 만들어져 웅덩이투성이에 잔디가 우거져 있다. 그 지역의 교통 상황은 시내에서는 웃음거리이다. 그 지역의 모든 거주자들이 그것에 대해 매우 자랑스럽게, 의미심장하게 눈짓하며 말을 한다. 회색의 비인간적인 군중은 자기 역할을 다소 자각하고 있고, 도시의 야망에 걸맞게 살기 위해 열심이다. 야단법석을 떨고 목적의식을 가지고 있긴 하지만 모두 똑같아 보여, 마치 단조롭고 의미 없는 배회, 잠든 꼭두각시들의 행진 같은 인상을 준다. 군중은 느릿느릿 흘러가고, 좀 이상하게도, 흐릿하게만 보일 뿐이다. 사람들의 모습은 부드럽게 뭉개진 채 지나갈 뿐 결코 완전히 뚜렷한 윤곽을 갖추지 못한다. 오직 가끔씩 많은 머리들의 혼란 속에서 진하고 생기 있는 시선, 기울여 쓴 중산모, 방금 말을 끝마친 입술에 미소를 띤 반쯤 가려진 얼굴, 한 걸음 걷기 위해 앞으로 내디딘 채 그 자세로 영원히 고정된 발을 만나게 된다.

그 지역의 명물은 아무도 돌보는 사람 없는, 마부 없는 승객용 마차다. 마부가 없는 것이 아니라 군중 속에 섞이고 수천 가지 개인적인 일로 바빠서 마차에 신경 쓰지 않는 것이다. 그런 사기와 공허한 몸짓의 구역에서는 아무도 마차를 타고 가는 정확한 목적에 주의를 기울이지 않고, 승객들은 여기 있는 모든 것의 특징인 생각 없는 태도로 이 변덕스러운 교통수단에 몸을 싣는다. 때때로 위험한 모퉁이에서 이들을 볼 수 있는데, 마차의 부서진 지붕 아래 몸을 쭉 기울이고 고삐를 손에 쥐고 상당히 힘들게 추월이라는 곡예를 부리고 있다.

여기에는 전차도 있다. 시 의회 의원들의 야망은 여기서 가장 큰 승리를 거두었다. 그러나 전차들의 겉모양은 불쌍할 정도인데, 그것은 이들을 몇 년 동안이나 혹사하여 자국 난 가장자리가 휘어져 버린 마분지로 만들었기 때문이다. 가끔 앞부분이 없는 경우도 있어서 지나갈 때 뻣뻣하게 앉아 대단히 단정하게 행동하는 승객들을 볼 수 있다. 이 전차들은 마을의 짐꾼들이 민다. 그러나 가장 이상한 것은 악어 거리의 철도 시스템이다.

가끔씩 주말이 가까운 날의 불규칙한 시간대에 네거리에 서서 기차를 기다리는 사람들 무리를 볼 수 있다. 기차가 올 것인지 아니면 오더라도 멈추어 설 것인지는 절대 알 수 없기 때문에 사람들은 종종 정거장이 어디인지 의견의 일치를 보지 못하고 두 군데에서 기다리는 일이 생긴다. 그들은 간신히 보이는 기찻길 윤곽을 따라 검고 말 없는 무리를 이루어 고개를 옆으로 돌린 채 오랫동안 서서 기다린다. 그것은 애타게 엿보는 표정이 고정되어 버린 한 줄의 창백한 종이 인형들이다. 마침내 갑자기 기차가 나타난다. 예상했던 측면 도로에서 뱀처럼 낮게, 땅딸막하고 헐떡이는 기관차를 단 축소 모형 기차가 오는 것을 볼 수 있다. 그것이 검은 선로로 들어오고, 거리는 열차 가장자리에서 흩어진 석탄 가루로 까맣게 된다. 엔진의 무거운 숨소리와 이상하고 슬프게 진지한 진동, 억눌린 조급함과 흥분 때문에 빠르게 덮이는 겨울 어스름 속에서 거리는 잠시 기차역의 대합실로 변한다.

기차표의 암거래와 만연한 뇌물은 우리 도시의 특별한 골칫거리이다.

마지막 순간에, 기차가 이미 역에 들어와 있을 때, 사람들은 부패한 기차 공무원과 불안하고 조급한 흥정을 한다. 흥정이 끝나기 전에, 기차는 실망한 승객들의 무리를 뒤에 달고 천천히 출발한다. 이 사람들은 기차가 마침내 사라질 때까지 오랫동안 뒤따라 내려가곤 한다.

어스름과 장거리 여행의 숨결로 채워진 즉흥 기차역이 되어 잠시 쪼그라들었던 거리는 다시 넓어지고 더 밝아져서 다시 수다 떠는 통행인의 무심한 무리가 상점 진열장을, 싸구려 상품과 키 큰 밀랍 마네킹과 이발사의 인형으로 가득한 그 더러운 회색 정사각형 앞을 지나쳐 가게 해 준다.

가장자리를 레이스로 장식한 긴 드레스를 떨쳐입고 매춘부들이 돌아다니기 시작한다. 그들은 그래 봤자 미용사나 식당 밴드 연주자들의 아내일 수도 있다. 그들은 사악하고 부패한 얼굴에 각각 어떤 작은 결점을 지니고 활기차고 탐욕스러운 걸음으로 앞으로 나아간다. 그들은 검고 비뚤어진 눈이 사팔뜨기이거나, 언청이이거나 코끝이 없다.

거주자들은 악어 거리에서 풍겨 나오는 부패의 냄새를 상당히 자랑스러워한다.

"우리는 아무것도 부족한 게 없어."

그들은 자랑스럽게 혼잣말한다.

"우리에겐 진짜 대도시다운 범죄도 있잖아."

그들은 그 구역의 모든 여자들이 매춘부라고 단언한다. 사실 그들을 쳐다보기만 해도, 욕구 충족을 보장하며 사람을 얼어붙게 하는, 고집스럽게 따라붙는 눈길을 즉시 만날 수 있다. 여학생들조차 머리 리본을 특정적으로 달고 날씬한 다리로 특이하게 걸으며 눈에 앞날의 타락을 예고하는 불순한 표정을 띠고 있다.

그러나, 그러나 우리는 그 구역의 마지막 비밀, 악어 거리의 주의 깊게 숨겨진 비밀을 흘려 버릴 것인가?

이야기 도중 몇 번이나 우리는 경고의 신호를 보냈고 의혹을 조심스럽게 암시했다. 주의 깊은 독자라면 무엇이 뒤따를 것인지 준비가 안 되어 있지는 않을 것이다. 우리는 그 지역의 모방하는 허구적인 특성에 대해 말했지만, 그 말들은 그 구역의 반쯤 익은, 결정되지 않은 현실을 묘사하기에는 너무 정확하고 분명하다.

우리의 언어에는 현실의 등급을 재거나, 그 유연성을 정의할 단어가 없다. 대충 말해 보자. 그 지역의 불운이란 그곳에서는 아무것도 성공할 수 없다는 것, 아무것도 엄밀한 결론에 도달할 수 없다는 것이다. 몸짓은 공중에서 멈추고 동작은 완성되기 전에 지쳐 버리고 어떤 무력증의 지점을 극복할 수가 없다. 우리는 의도와 계획과 예상이 매우 화려하고 풍부하다는 것은 알아챘는데, 그것은 그 지역의 특징 중 하나이다. 그것은 다름이 아니라 미성숙한 채 벌어져 무기력하고 공허하게 발효하는 욕망일 뿐이다. 모든 것이 너무나 쉬운 분위기에서는 변덕조차 거창해지고 스쳐 가는 흥분도 부풀어 올라 텅 빈 기생 식물이 된다. 그것은 복슬복슬한 잡초, 악몽과 대마초의 무게 없는 옷감으로 짜인, 싹을 틔워 나가는 무색 양귀비의 옅은 회색 식물들이다. 지역 전체에 게으르고 방탕한 죄악의 냄새가 떠돌고, 집과 가게와 사람들은 가끔 열 오른 몸의 떨림, 열병이 든 꿈의 소름에 지나지 않아 보인다. 그곳만큼 확실한 실현을 앞둔 즐거움에 창백해지고 현기증이 난 채 가능성에 위협받고 욕구의 충족이 너무 가까워서 동요되는 곳도 없다. 그리고 그것이 최대한도이다.

긴장의 어느 한도를 넘어서면 밀물은 멈추고 썰물이 되며, 분위기는 불투명하고 혼란스러워지고, 가능성은 옅어지고 공허하게 사라지며, 황홀경의 회색 양귀비들은 재가 되어 흩어진다.

우리는 어느 순간에 약간 수상스러운 그 양복점을 나왔다는 사실을 언제나 후회할 것이다. 절대로 다시 찾아갈 수 없기 때문이다. 우리는 상점의 간판에서 간판으로 돌아다니며 수천 번이나 실수할 것이다. 스무 개나 되는 가게들을 들어가 보고 비슷한 곳을 찾아내려 할 것이다. 책으로 가득한 책장에서 책장으로 돌아다니고 잡지와 인쇄물을 뒤적이고, 불완전한 아름다움을 간직한 채 화장도 피부색도 너무 짙은 젊은 여성과 오랫동안 친밀하게 의논하겠지만 그녀는 우리가 요구하는 것을 이해하지 못할 것이다.

우리는 불필요한 노력을 쏟고 무익하게 추구하면서 모든 열기와 흥분이 사라질 때까지 수많은 오해를 받을 것이다.

우리의 희망은 잘못된 것이었고 건물과 점원의 수상쩍은 외양은 사기였으며 옷감은 진짜 옷감이었고 판매원은 아무런 숨은 의도도 없었다. 악어 거리의 여자들은 도덕적 편견과 평범한 진부함의 두꺼운 층에 숨이 막힌 채 그저 약간 타락했을 뿐이다. 인간을 재료로 한 그 싸구려 도시에서는 어떤 본능도 피어날 수 없고, 어떤 어둡고 유별난 열정도 깨어나지 못한다.

악어 거리는 현대성과 도심의 타락에 우리 도시가 손을 들었다는 증거였다. 분명히, 우리는 허물어져 가는 작년 신문에서 오려 낸 그림 조각들을 잘라 붙인 종이 모형 외에는 더 좋은 것을 가질 여유가 없었다.

바퀴벌레

그 일은 멋지고도 화려했던 아버지의 영웅적인 시대에 이어진 회색빛 날들의 시기에 일어났다. 그것은 궁핍해진 풍경의 닫힌 하늘 아래 일요일도 휴일도 없이 음산하고 우울하게 흘러간 기나긴 몇 주일이었다. 아버지는 그때 더 이상 우리와 함께 있지 않았다. 위층의 방들은 깨끗이 치워 어떤 전화 교환원 아가씨에게 빌려 주었다. 새들의 영지에서는 오직 한 종만 남았는데, 거실 선반 위에 서 있는 박제 콘도르였다. 닫힌 커튼의 차가운 어스름 빛 속에서 그것은 살아 있을 때처럼 한 발로, 불교의 현자 같은 자세로, 그 쓸쓸하고 말라 버린 고행자의 얼굴에 지극한 무관심과 거부의 표정을 띠고 화석화된 채 서 있었다. 눈은 떨어져 나왔고 눈물로 얼룩진 퇴색한 눈구멍에서는 톱밥이 흩어져 나왔다. 오직 강력한 부리 위의 옅은 푸른색, 뼈가 튀어나온 이집트 분위기의 혹과 벗어진 목이 그 노쇠한 머리에 엄숙한 승려와 같은 분위기를 안겨 줄 따름이었다.

새의 깃털 승복은 여러 군데 좀먹었고 털이 빠져 부드러운 회색 부스러기가 되어 떨어져서 아델라는 그것을 방의 이름 없는 먼지들과 함께 한 주일에 한 번씩 쓸어 냈다. 털이 빠진 곳 아래에서는 속을 채운 삼이 삐져나온 두꺼운 캔버스 자루를 볼 수 있었다.

아버지의 실종에서 어머니가 너무 쉽게 회복되었기 때문에 나는 어머니에게 숨은 혐오감을 가지고 있었다. '어머니는 아버지를 사랑하지 않은 거야.' 나는 생각했다. '그리고 아버지는 어떤 여자의 마음에도 뿌리내리지 못했기 때문에 현실에 몰입하지 못해서 영원토록 삶의 가장자리, 반쯤만 현실적인 지역, 존재의 경계선을 떠다니도록 저주받은 거야. 아버지는 성실한 시민답게 돌아가시지도 못했어. 아버지에 대한 모든 것이 이상하고 의심스러워.' 나는 적당한 시기에 어머니에게 솔직한 대화를 강요해 보기로 마음먹었다. 그날 (그것은 음산한 겨울날이었고 이른 아침부터 햇빛은 흐릿하고 산만했다) 어머니는 편두통에 시달려 거실 소파 위에 누워 있었다.

사람들이 별로 가지 않는 그 화려한 방은 아버지의 죽음 이후 왁스와 광택제의 도움을 받은 아델라가 모범적인 질서 정연함을 유지하고 있었다. 의자들은 전부 등받이 덮개가 씌워져 있었고 모든 물건들이 아델라의 강철 같은 규율에 복종했다. 서랍장 위의 꽃병에 꽂혀 있는 공작 깃털 한 묶음만이 통제에 복종하지 않았다. 이 깃털들은 겉보기에는 조용하고 침착하지만 아무도 보지 않으면 장난기로 가득한 일단의 못된 여학생들처럼 숨은 반항심을 품은 위험하고 변덕스러운 요소였다. 깃털의 둥근 눈 무늬는 멈추지 않고 뚫어지게 쳐다보았다. 그들은 벽에 구멍을 내어 눈짓하고 눈꺼풀을 깜박거리고 키득거리고 한없이 즐거워하며 서로 웃음 지었다. 그들은 속삭임과 수다로 방을 가득 채웠다. 그들은 가지가 많이 달린 등잔 주위에 나비처럼 흩어졌다. 뒤죽박죽 섞인 사람들의 무리처럼 그들은 광택이 없어지고 나이 들어 그런 소란과 명랑함에 익숙지 못한 거울을 밀어냈다. 그들은 열쇠 구멍으로 엿보았다. 머리를 동여매고 소파에 누운 어머니 앞에서조차 그들은 자신을 억제하지 못했다. 그들은 서로 신호를 보내고 비밀스러운 의미로 가득한, 소리 없는 언어로 이야기했다. 나는 등 뒤에서 알을 깨고 나오는 그 비웃는 듯한 음모에 짜증이 났다. 어머니의 소파에 무릎을 바짝 붙이고 어머니가 집에서 입는 옷의 섬세한 옷감을 아무 생각 없이 두 손가락으로 만지면서 나는 가볍게 말했다.

"오랫동안 어머니에게 물어보려고 기다렸어요. 저건 아버지죠, 그렇죠?"

그리고 내가 콘도르에게 눈길조차 주지 않았음에도 불구하고 어머니는 즉시 알아채고 매우 당혹하여 눈을 내리깔았다. 나는 어머니가 혼란스러워하는 모습을 감상하기 위해 그 침묵을 오랫동안 내버려 두었다가 매우 침착하게, 끓어오르는 분노를 억누르며 어머니에게 물었다.

"그럼 아버지에 대해 퍼뜨리고 있는 그 얘기들이랑 거짓말은 도대체 무슨 뜻이죠?"

그러나 어머니의 윤곽은, 처음에는 공포로 쪼그라들었지만 다시 냉정을 되찾았다.

"무슨 거짓말?"

어머니가 하얀색이라곤 조금도 없이 짙은 하늘색으로 꽉 찬 공허한 눈을 깜박이며 물었다.

"아델라한테 들었어요."

나는 말했다.

"하지만 어머니가 말했다는 거 알고 있어요. 그리고 전 진실을 알고 싶어요."

어머니의 입술은 가볍게 떨렸고, 눈동자는 내 눈을 정면으로 쳐다보는 것을 피하며 눈가에서 초점 없이 맴돌았다.

"난 거짓말하지 않았다."

어머니가 말했지만, 입술이 부풀어 올랐고 동시에 작아졌다. 나는 어머니가 낯선 남자와 함께 있는 여자처럼 수줍어한다는 것을 느꼈다.

"바퀴벌레에 대해 얘기한 건 정말이야. 네가 네 머리로 기억해야 한다……."

나는 당황했다. 나도 바퀴벌레들의 침입을, 거미같이 기어 다니며 밤의 어둠 속을 가득 채웠던 그 검은 무리를 기억하고 있었다. 마루의 모든 틈바구니는 움직이는 속삭임으로 가득했고, 모든 균열에서 갑자기 바퀴벌레가 기어 나왔고, 모든 갈라진 곳에서 광기에 찬 검은색 지그재그의 번갯불을 쏘아 올렸다. 아, 마루 위에 빛나는 검은 선으로 그려진 그 공포의 난폭한 광기! 아, 투창을 손에 들고 한 의자에서 다른 의자로 건너뛰면서 아버지가 질렀던 그 혐오에 찬 비명!

음식도 물도 거부하고, 뺨에 열꽃이 피고 불쾌감에 찡그린 표정이 영구히 입 주위에 고정된 채 아버지는 완전히 난폭해졌다. 어떤 인간의 몸도 그런 증오의 발작을 오랫동안 참을 수 없다는 것은 분명했다. 끔찍한 혐오감 때문에 아버지의 얼굴은 비극적인 가면으로 화석화되고, 눈동자는 아래 꺼풀 속에 숨긴 채, 활처럼 팽팽히 긴장한 채로 영원한 의혹의 광기 속에서 무언가를 기다리고 있었다. 광폭한 비명을 지르며 아버지는 갑자기 의자에서 튀어 일어나 무작정 방구석으로 달려가서 투창으로 아래를 찔렀고, 창을 들면 거대한 바퀴벌레가 꿰뚫려 가느다란 다리 무더기를 결사적으로 흔들곤 했다. 그러면 아델라가 구하러 와서 작살과 포획물을, 이제 공포로 창백하고 허약해진 아버지에게 받아 벌레를 양동이 안으로 털어 내곤 했다. 그러나 그때조차도 나는 이런 광경을 아델라가 얘기해 주어서 마음속에 새기게 된 것인지 아니면 내가 직접 목격한 것인지 구분할 수 없었다. 아버지는 그때 혐오감의 마력에서 건강한 사람들을 보호해 주는 저항력을 더 이상 갖고 있지 않았다. 그 마력의 끔찍한 매혹과 싸우는 대신 광기의 희생물이 된 아버지는 그것에 완전히 굴복해 버렸다. 그 치명적인 결과는 이내 찾아왔다. 오래지 않아 첫 번째 수상쩍은 징후가 나타나 우리를 두려움과 슬픔으로 채웠다. 아버지의 행동이 바뀌었다. 아버지의 광기, 흥분의 도취감은 사라졌다. 아버지의 몸짓과 표정에 떳떳지 못한 마음이 나타나기 시작했다. 아버지는 우리를 피했다. 아버지는 며칠 동안이나 계속해서 구석에, 옷장에, 깃털 이불 속에 숨었다. 나는 가끔 아버지가 당신의 손을 뚫어져라 들여다보며 피부와 손톱이 이어지는 부분을 관찰하는 모습을 보았는데, 손에는 바퀴벌레의 등껍질 같은 검버섯이 생기기 시작했다.

낮에 아버지는 아직 조금 남아 있는 힘으로 저항했고 광기와 싸웠지만 밤에는 광기가 아버지를 완전히 덮쳤다. 나는 늦은 밤에 마루 위에 놓인 촛불 빛에 비친 아버지를 보았다. 아버지는 마루 위에 벌거벗은 채 누워 있었는데, 검은 토템의 반점으로 얼룩져 있었고 갈비뼈의 윤곽은 뚜렷이 튀어나왔으며 피부를 통해 당신 몸 내부의 환상적인 구조가 비쳐 보였다. 아버지는 네 발로 엎드린 채 당신을 그 복잡한 미로의 심연으로 끌고 들어간 혐오감의 광기에 사로잡혀 있었다. 아버지는 사지를 버둥거리는 이상한 의식의 복잡한 동작에 따라 움직였는데, 나는 공포에 질려 그것이 바퀴벌레들의 의례를 모방한 것임을 알아보았다.

그날부터 우리는 아버지를 포기했고 잃어버렸다. 아버지와 바퀴벌레의 유사성은 날이 갈수록 더 눈에 띄었다 —아버지는 바퀴벌레로 변하고 있었다.

우리는 그것에 익숙해졌다. 우리는 아버지를 보는 일이 더 드물어졌는데, 그것은 아버지가 바퀴벌레의 길에 숨어 몇 주씩 사라져 버리곤 했기 때문이다. 우리는 더 이상 아버지를 알아보지 못했다. 아버지는 그 검고 섬뜩한 종족에게 완전히 빠져들었다. 아버지가 마루의 어떤 갈라진 틈에서 계속 살아가고 있는지, 바퀴벌레의 일에 열중하여 밤에 방을 가로질러 가는지, 아니면 아델라가 아침마다 바닥에 누워 발을 공중에 쳐들고 있는 것을 발견하여 쓰레받기에 쓸어 나중에 메스꺼워하며 태워 버리는 그 죽은 벌레들 중 하나인지 누가 알겠는가?

나는 당혹하여 말했다.

"하지만 난 이 콘도르가 아버지라는 걸 확신해요."

어머니가 눈썹 아래로 나를 쳐다보았다.

"날 괴롭히지 말아 다오, 애야. 아버지는 전국을 여행하고 계신다고 내가 말하지 않았니. 아버지는 지금 지방 순회 외판원 일을 하신단다. 아버지가 가끔 밤에 집에 왔다가 새벽이 되기 전에 멀리 떠나신다는 거 너도 알지 않니."

돌풍

길고 공허한 겨울 동안 우리 도시의 어둠은 수백 배의 거대한 수확을 거두었다. 다락방과 창고는 너무 오랫동안 쌓인 항아리와 프라이팬과 버려진 빈 병들로 가득 차 지저분하게 내버려져 있었다.

그곳, 까맣게 그을리고 서까래가 숲을 이룬 다락방에서 어둠은 타락하여 난폭하게 발효하기 시작했다. 그곳에서 프라이팬의 검은 의회가, 그 수다스럽고 끝없는 모임이, 병들의 꼴록거리는 소리와 포도주 병의 더듬거리는 말소리가 시작되었다. 어느 날 밤에 프라이팬과 병들의 연대는 빈 지붕 아래서 일어나 도시를 향해 커다란 무리를 이루어 행진했다.

다락방은 그 지저분한 것들에서 해방되어 활짝 열렸다. 메아리치는 검은 복도에는 대들보의 행렬이, 나무 버팀 다리의 편대가, 소나무 무릎을 꿇고 이제야 마침내 자유로워져서, 지붕 목재의 달가닥거리는 소리와 도리 들보와 대들보의 쨍쨍 울리는 소리로 밤을 채우기 위해 달려갔다.

그러고는 함지와 물통의 검은 강이 흘러넘쳐 밤을 휩쓸었다. 검고 빛나는, 시끄러운 이 군중은 도시를 점령했다. 어둠 속에서 주방용품들의 무리는 떼를 지어 수다스러운 물고기의 군대처럼 앞으로 밀고 갔다. 그것은 말 많은 들통과 시끄러운 양동이의 끝없는 침략이었다.

바닥을 두들기며 통과 양동이와 물통은 무더기로 쌓였고 도자기 항아리는 주변을 돌아다녔으며 오래된 중산모와 오페라 모자*들은 서로서로 쌓여서, 하늘을 향해 기둥이 되어 올라갔다가는 마침내 무너져 버렸다.

그리고 그들의 나무 헛바닥이 서투르게 달각달각 떨리는 동안, 나무 입에서 저주를 갈아 내는 동안, 그리고 밤의 모든 지역에 신성 모독의 진흙을 퍼붓는 동안, 마침내 이 신성 모독의 언사들은 알맞은 대상을 찾아냈다.

주방 기구들의 삐걱거리는 소리, 그들의 지겨운 수다의 부름을 받고 그 밤을 지배한 바람의 강력한 여행단이 도착했다. 거대하고 검고 움직이는 원형 극장이 도시의 밤 위에 높게 솟아 강력한 나선형이 되어 내려오기 시작했다. 어둠은 엄청나게 몰아치는 돌풍이 되어 폭발했고, 사흘 낮 사흘 밤 동안 분노했다…….

"오늘은 학교에 안 가도 된다."

어머니가 아침에 말했다.

"돌풍이 분단다."

송진 냄새가 나는 연기의 섬세한 장막이 방을 채웠다. 난로는 사냥개와 악마들의 무리가 그 안에 잔뜩 갇혀 있는 것처럼 으르렁거리고 휘파람 소리를 냈다. 그 팽창한 배 부분에 그려진 커다란 얼굴은 다채로운 찡그린 표정을 만들었고 볼은 극적으로 부풀어 올랐다.

나는 맨발로 창문으로 달려갔다. 하늘은 가로로 길쭉하게 바람에 쓸려 있었다. 은처럼 하얗고 거대하게, 그것은 거의 폭발 지점에 다다를 만큼 긴장된 에너지의 선으로 갈라져서 주석과 납의 지층처럼 엄청난 고랑을 이루고 있었다. 몇 개의 자기장으로 갈라져서 충전되어 떨고 있는 그것은 숨은 전기 역학으로 충만했다. 돌풍의 일람표는 바로 그 바람 위에 새겨져 있었고, 그 자체는 보이지 않고 난해했지만 그 힘은 지상의 풍경을 휩쓸었다.

돌풍은 볼 수 없었다. 집들에, 분노가 뚫고 간 지붕들에 미친 영향으로만 알아볼 수 있었다. 돌풍의 손가락이 만지고 갈 때면 다락방들은 하나씩 하나씩 더 커져서는 미처 폭발하는 것 같았다.

돌풍은 거리에 하얗고 빈 공간만 남기면서 광장을 깨끗하게 휩쓸었다. 그것은 시장 광장의 전 지역을 깨끗이 벗겨 버렸다. 단지 바람의 힘 아래 몸을 숙이고 건물 모서리에 매달린 외로운 사람의 모습만 드문드문 보일 뿐이었다. 시장 광장 전체가 강력한 바람 아래 대머리처럼 빛나고 있는 것 같았다.

돌풍은 차갑고 죽은 색깔, 초록색, 노란색과 보라색 빛줄기들을 멀리 하늘에 있는 나선형 소용돌이의 천장과 복도에까지 불어 올렸다. 그런 하늘 아래 지붕들은 검고 비뚤어지고 조급하면서도 기대에 찬 것처럼 보였다. 그 아래로 이미 바람이 뚫고 들어간 것들은 영감을 얻고 일어나서 이웃의 지붕들보다 높이 자라나 흐트러진 하늘 아래 멸망을 예언했다. 그러고 나면 그들은 떨어져서, 계속 더 멀리 움직여서 공간을 소음과 공포로 채우는 그 강력한 숨결을 더 이상 견디지 못하고 숨을 거두었다. 그러나 더 많은 집들이 비명을 지르며, 발작적으로 예언하며 떠올랐고, 재앙을 울부짖었다.

교회 주위의 거대한 너도밤나무들은 끔찍한 광경의 목격자처럼 팔을 높이 들고 서서 비명을 지르고 또 질렀다.

더 멀리, 시장 광장의 지붕 너머로 나는 교외의 집들의 박공 끝과 벌거벗은 벽을 보았다. 그들은 하나씩 하나씩 쌓여 가면서 공포로 마비된 채 자라났다. 멀리서 번쩍이는 그 차갑고 빨간 빛깔은 가을의 색으로 그 집들을 칠했다.

부엌 불이 동그란 연기가 되어 화덕 안으로 돌아왔기 때문에 그날은 점심을 먹지 않았다. 방들은 모두 차가웠고 바람의 냄새를 풍겼다. 오후 2시쯤 교외에서 화재가 일어나 빠르게 번져 갔다. 어머니와 아델라가 침구와 털 코트와 귀중품들을 챙겨 짐을 싸기 시작했다.

밤이 왔다. 돌풍은 더 강해지고 더 난폭해져서 측정할 수 없을 정도가 되어 지역 전체를 채웠다. 그러고는 더 이상 집과 지붕들에 찾아들지 않고 도시 위에 고층의 높이 쌓인 나선형을, 멈추지 않고 위로 뻗어 가는 검은 미로를 짓기 시작했다. 그 미로에서 돌풍은 긴 복도를 따라 천둥의 파열음으로 장식된 방들을 줄지어 쏘아 보내다가는 그 모든 가상의 층과 구조물과 엄폐물을 무너뜨렸고 영감에 차서 형체 없는 무한 속으로 던져 올렸다.

우리 방은 부드럽게 떨렸고 그림은 벽에서 달가닥거렸으며 창문 유리는 기름 낀 등잔 불빛을 반사하며 빛났다. 커튼은 돌풍이 불어 대는 밤의 숨결로 부풀어 올랐다. 우리는 갑자기 아침부터 아버지를 보지 못했다는 사실을 기억해 냈다. 아버지는 아마 아주 일찍 가게에 나갔다가 돌풍에 놀라 집에 오지 못하고 있는 것 같았다.

"너희 아버지는 하루 종일 아무것도 못 드셨을 거다."

어머니는 한탄했다. 오래된 점원 테오도르가 바람에 휩쓸린 밤을 뚫고 아버지께 음식을 가져다 드리겠다고 자원했다. 형이 그와 함께 가기로 했다.

커다란 곰 가죽 코트를 휘감고, 그들은 돌풍에 날려 가는 것을 막기 위해 쇳조각과 구리 절굿공이, 금속 추를 주머니에 채웠다. 밤으로 이끄는 문이 조심스럽게 열렸다. 테오도르와 형은 어둠 속으로 한 발 내딛자마자 바로 집의 문턱에서 밤의 어둠 속으로 삼켜졌다. 돌풍은 그들이 떠난 자리의 모든 자국을 즉시 지워 없앴다. 창문에선 그들이 들고 간 등불의 불빛조차 보이지 않았다.

그들을 삼키고 나서 돌풍은 한동안 수그러들었다. 아델라와 어머니가 다시 부엌 화덕에 불을 붙여 보려고 했다. 성냥은 전부 꺼졌고 열린 통풍구 문으로 재와 검댕이 방 안 가득 날렸다. 우리는 현관문 뒤에 서서 귀를 기울였다. 돌풍의 탄식 속에서 모든 종류의 목소리와 질문과 부르는 소리와 고함치는 소리를 들을 수 있었다. 우리는 돌풍 속에 길을 잃은 아버지가 도움을 청하는 외침 혹은 형과 테오도르가 문밖에서 아무 걱정 없이 수다를 떨고 있는 소리를 들을 수 있다고 상상했다. 그 소리가 너무나 교묘해서 아델라는 문을 열고 테오도르와 형이 힘겨운 노력 끝에 겨드랑이까지 빠져들었던 돌풍 속에서 나타나는 것을 한순간 정말로 보았다.

그들은 헐떡거리며 들어와서 등 뒤로 간신히 문을 닫았다. 돌풍이 너무나 거세게 문을 두들겨 대서 그들은 한동안 문에 기대 있어야 했다. 마침내 그들은 빗장을 질렀고 돌풍은 다른 곳에서 추격을 계속했다.

그들은 끔찍한 어둠에 대해, 돌풍에 대해 횡설수설 이야기했다. 바람에 젖은 그들의 털 코트는 이제 바깥공기의 냄새를 풍겼다. 그들은 빛 때문에 눈을 깜빡거렸다. 그들의 눈에는 아직도 밤이 가득해서 눈꺼풀이 깜박일 때마다 어둠을 흘렸다. 그들은 가게에 도착할 수 없었다고 했다. 길을 잃었고 어떻게 되돌아가야 할지도 알 수 없었다는 것이다. 시내는 알아볼 수 없었고 거리는 전부 자리를 잘못 잡은 것처럼 보였다.

어머니는 그들이 거짓말을 하고 있을지도 모른다고 의심했다. 사실 우리 모두 그들이 아무 데도 갈 생각을 하지 않고 창문 밑에서 있다가 왔을지 모른다는 인상을 받고 있었다. 아니면 도시와 시장 광장은 더 이상 존재하지 않고, 돌풍과 밤이 어두운 무대 소품과 울부짖는 소리, 휘파람 소리와 신음 소리로 우리 집을 둘러싼 것인지도 몰랐다. 돌풍이 암시하는 이 거대하고 음울한 공간은 어쩌면 존재하지 않을지도 모르고, 비극적인 미로도 나선형도 없고, 돌풍이 곡조를 연주하고 있는 길고 검은 피리 같은 창문 달린 복도도 존재하지 않는 것이 아닐까? 우리는 점점 돌풍은 밤이 상상해 낸 것일 뿐이고, 그 비극적일 만큼 거대한 밤의 갇힌 무대의 초라한 표현일 뿐이며, 우주에서 집을 잃고 외로워하는 바람의 장난일 뿐이라고 생각하게 되었다.

우리 집 현관은 이제 몇 번이나 망토와 숄을 단단히 감싼 방문객을 받아들이기 위해 열렸다. 숨을 헐떡이는 이웃이나 친구가 천천히 외투를 벗고 밤의 위험들을 환상적으로 과장한 혼란스럽고 일관성 없는 말들을 내뱉곤 했다. 우리는 모두 밝게 불 켜진 부엌에 앉아 있었다. 부엌 화덕과 검고 넓은 굴뚝 처마 뒤로, 몇 계단만 가면 다락방 문이었다.

이 계단에 나이 든 점원 테오도르가 앉아서 다락방이 바람에 흔들리는 소리를 듣고 있었다. 바람이 멈추는 사이사이에, 서까래의 울부짖는 소리가 어떻게 겹쳐 주름이 잡히는지 그리고 지붕이 어떻게 공기가 빠져나간 거대한 폐처럼 축 늘어져 있는지 그는 듣고 있었다. 그리고 지붕이 다시 공기를 빨아들여 서까래를 뻗고 고딕 돔 천장처럼 자라나 두 개의 거대한 콘트라베이스 몸통처럼 소리 내는 것을 그는 듣고 있었다. 하지만 그 뒤에 우리는 돌풍에 대해 잊어버렸고 아델라는 막자로 계피를 빻기 시작했다. 페라쟈 숙모가 찾아왔다. 몸집이 작고 활달하고 생기 넘치고 매우 활동적이며 검은 레이스 숄을 머리에 쓴 숙모는 부엌을 수선스럽게 돌아다니면서 수탉 깃털을 뽑고 있던 아델라를 도왔다. 페라쟈 숙모는 벽난로 속에 종이를 한 줌 넣고 불을 붙였다. 아델라가 수탉의 목을 잡고 남은 깃털을 태워 없애기 위해 불꽃 위로 내밀었다. 수탉은 갑자기 불 속에서 날개를 펼치고 한 번 울더니 타 버렸다. 그러자 페라쟈 숙모는 소리를 지르고 야단치며 욕하기 시작했다. 화가 나서 몸을 떨면서 숙모는 아델라와 어머니를 향해 주먹을 휘저었다. 나는 그게 무슨 일인지 알 수가 없었지만 숙모는 계속 화를 냈고 몸짓과 욕설의 작은 뭉치가 되었다. 분노의 발작 속에 숙모는 서로 다른 몸짓들로 분해되고 수백 개의 거미로 갈라져서 미친 듯이 기어 다니는 바퀴벌레의 검고 반짝이는 망이 되어 마룻바닥 위에 펼쳐질 것처럼 보였다. 그러나 대신에 숙모는 여전히 몸을 떨고 욕을 하면서도 쪼그라들어 작아지기 시작했다. 그러고는 몸을 웅크리고 작아진 채로 장작을 쌓아 두는 부엌 구석으로 걸어가서는 욕을 하고 기침을 하면서 왈그락거리는 장작 속을 미친 듯이 뒤져 두 개의 가늘고 노란 불쏘시개를 찾아냈다. 숙모는 떨리는 손으로 그것을 쥐고 다리에 대고 길이를 재더니 마치 목마를 탄 것처럼 그 위에 올라서서 달각거리는 소리를 내며 마룻바닥을 걷기 시작해서, 바닥에 깐 나무판의 비스듬한 선 위를 점점 속도를 내어 이리저리 뛰어다니다가 소나무로 된 긴 의자 위에 멈춰 서서 그곳으로부터 도자기가 놓인 선반 위, 부엌 벽 끝에서 끝까지 이어지는 딸랑딸랑 울리는 나무 선반 위로 올라갔다. 숙모는 그렇게 목마를 타고 나무 선반 위를 달리다가 구석으로 쪼그라졌고, 점점 더 작아져서 시들고 타 버린 종잇장처럼 검게 겹겹이 접혀서 재의 꽃잎으로 탄화(炭化)되어, 먼지와 무(無) 속으로 분해되어 버렸다.

우리는 모두 이 같은 자기 파괴적인 분노의 발현 앞에서 무기력하게 서 있었다. 비탄에 잠겨 우리는 발작의 슬픈 과정을 지켜보았고, 그 우울한 과정이 자연적으로 끝났을 때 살짝 안도하면서 하던 일로 되돌아갔다.

　아델라는 계피를 빻느라 다시 막자를 달그락거렸고, 어머니는 끊어졌던 대화를 계속했으며, 테도오르는 다락방의 예언을 들으며 눈썹을 치켜 올리고 혼자 작게 킥킥거리며 우스꽝스럽게 찡그린 표정을 짓고 있었다.

위대한 계절의 밤

모두 알다시피 무사안일한 해가 몇 년 흐르다 보면 시간이라는 위대한 괴짜는 때때로 다른 해를, 색다르고 방탕한 ─ 여섯 번째 조그만 손가락 같은 ─ 거짓된 열세 번째 달을 키워 내는 해를 낳곤 한다.

우리가 '거짓되었다'라고 말하는 것은 그 열세 번째 달이 완전히 성숙하는 일이 매우 드물기 때문이다. 그것은 나이 든 어머니에게서 배태된 아이처럼 성장이 늦고, 곱추 달이고 반쯤 시든 새싹이며 현실적이기보다는 임시적이다.

잘못이 있다면 그것은 여름의 망령 든 무절제함, 호색적이고 때늦은 생명력의 분출이다. 가끔씩 8월이 지났는데도 여름의 오래되고 굵은 줄기는 습관의 힘으로 지속되어 그 썩어 가는 목재로부터 망가진 날들, 잡초의 날들, 메마르고 어리석으며 추가로 덧붙은 날들이 생산된다. 왜소하고 공허하고 쓸모없는 날들 ─ 하얗고 놀라서 두리번거리는 불필요한 날들.

그들은 불규칙하고 고르지 못하게, 형체도 없이, 그루터기가 뭉쳐 무화과 모양이 된, 괴물의 손에 솟은 손가락처럼 싹을 틔운다.[*]

이런 날들을 1년이라는 위대한 책의 장(章) 사이사이에 비밀스럽게 끼워진 외경(外經) 아니면 책장 사이에 드러나게 끼워 놓은 양면 양피지에 비교하는 사람들도 있다. 혹은 아무것도 인쇄되지 않은 하얀 종잇장에 비유하기도 한다. 충분히 책을 읽어 단어의 모습을 기억하는 눈이 그 종잇장 위의 색깔과 그림을 상상해 낼 수 있지만, 그 면은 텅 비어 있기 때문에 상상한 모습은 점점 더 흐려진다. 그리하여 새로운 장(章)과 새로운 모험의 미로에 빠져들기 전에 아무것도 없는 종이 위에서 쉬어 갈 수 있는 것이다.

아, 오래되고 노랗게 바랜 그해의 낭만, 그 커다랗고 허물어져 가는 달력! 그것은 시간의 서고 어딘가에 잊혀 버린 채 방치되어 있고, 그 내용은 책장의 판자 사이에서 달들의 수다스러움과 빠르게 자가 증식하는 거짓말과 헛소리 그리고 그 안에서 늘어나는 꿈으로 부풀어 오르면서 점점 늘어나고 있다. 아, 이 이야기를 쓰면서, 원문의 이미 사용한 가장자리에 아버지에 대한 이야기를 수정하면서, 나 또한 그들이 가장 훌륭한, 허물어져 가는 책의 노랗게 바래 가는 책장 속으로 알지 못하게 스며들기를, 그들이 그 부드럽게 바스락거리는 책장 속으로 가라앉아 흡수되기를 바라고 있지 않은가?

지금부터 언급하려는 사건은 그해의 열세 번째, 남아돌고 어느 정도는 거짓된 달에, 달력의 위대한 연대기의 빈 책장들 위에서 일어난 일이다.

그달의 아침은 이상하게 산뜻하고 시큼했다. 조용해지고 더 차가워진 시간의 흐름으로부터, 공기 중의 완전히 새로운 냄새로부터, 서로 다르게 지속되는 빛으로부터 일련의 새로운 날들, 하느님의 해라는 새로운 시기에 접어들었다는 사실을 알 수 있었다.

목소리는 니스와 페인트, 새로 시작했을 뿐 아직 사용되지 않은 물건들의 냄새를 풍기는 아직 비어 있는 새 집처럼 새로운 하늘 아래 낭랑하고 가볍게 떨렸다. 이상한 감정에 휩싸여 목소리는 새로운 메아리를 시도해 보고, 여행을 떠나기 전날의 시원하고 정신이 맑은 아침에 커피를 음미하듯 그 메아리를 음미했다.

아버지는 종이와 편지와 운송장이 끝없이 흘러넘치는 상자들로 가득 차 벌집처럼 보이는 가게 뒤의 작고 낮은 방에 다시 앉아 있었다. 종잇장의 바스락거리는 소리, 끊임없이 책장을 넘기는 소리만이 그 방의 네모나고 공허한 존재를 증명해 주었다. 회사명이 새겨진 수많은 편지들의 묶음은 계속 움직이며 텁텁한 공기 속에서 무언가 신격화하기 시작했고, 곡선과 돋을새김이 자랑스럽게 '주식회사(*et i Comp.*)'라는 형태를 이루는 걸쇠와 한 줄로 늘어선 메달에 둘러싸인, 연기를 내뿜는 굴뚝이 빽빽이 솟아난 산업 도시의 조감도를 만들어 내기 시작했다.

그곳에서 아버지는 마치 새장 속에 있는 것처럼 높은 의자 위에 앉아 있곤 했다. 그리고 서류함을 넣는 다락방은 종이 뭉치와 분류 선반 가득한 숫자들의 재잘거리는 소리로 바스락거렸다.

커다란 가게의 깊은 곳은 날이 갈수록 어두워지고 옷감과 체비엇,* 공단 천과 끈 등이 풍부하게 쌓여 갔다. 음침한 선반, 곡물 창고와 저장고에는 차갑고 다채로운 펠트 옷감들이 수백 배의 어두운 이익을 산출하고 사물에 색채를 부여하고 증가하여 가을의 강력한 자본을 가득 채웠다. 그곳에서 이 자본은 어둡게 성숙하여 더 짙은 회색이 되었고, 선반 위에 마치 극장의 관객석 같은 모습으로 자리를 잡았다. 그것은 보드카 섞인 가을의 신선한 기운을 풍기는, 끙끙거리는 수염 난 짐꾼들의 곰같이 넓은 어깨에 실려 아직 시원한 아침에 나무 상자와 짐짝에 포장되어 오는 새로운 상품 뭉치로 나날이 증대되어 갔다. 점원들은 연푸른 보랏빛으로 충만한 이 새로운 보급품의 포장을 풀어 높은 선반의 모든 구멍과 균열을 마치 접합제를 칠하듯 그 피륙들로 채웠다. 그들은 가을 색깔의 모든 음역에 닿았고 색채의 옥타브를 오르내렸다. 그들은 바닥부터 시작해서 수줍어하며 애처롭게 콘트랄토*의 반음계를 시도해 보았고, 멀리 색 바랜 회색과 벽걸이 융단의 푸른색을 지나 더 넓은 코드로 올라가며 짙은 로열 블루와 먼 수풀의 남빛과 살랑거리는 공원에 닿은 뒤 황토색, 빨간색, 짙은 노란색과 어두운 갈색, 시들어 가는 정원의 속삭이는 그림자를 지나 마침내 균류의 어두운 냄새, 깊은 가을밤의 곰팡이가 풍기는 냄새와 그에 따르는 둔하고 가장 어두운 베이스 음에 도달했다.

아버지는 이 가을 상품들의 병기고를 따라 걸으면서 옷감들 무리의 솟아나는 힘, 조용하지만 강력한 계절의 힘을 달래고 가라앉혔다. 아버지는 예비로 보관해 둔 그 색깔을 가능한 한 오래 손상되지 않게 지키고 싶어 했고 강철 가을의 자본금을 헐어 현금으로 바꾸는 것을 두려워했다. 그러나 동시에 곧 가을바람, 따뜻하고 파괴적인 바람이 선반 사이로 불어오리라는 것을, 선반들이 굴복하리라는 것을, 그리고 그 어떤 것도 그 홍수를 막지 못할 것이고 색채의 흐름이 도시를 삼켜 버리리라는 것을 아버지는 알았고 느끼고 있었다.

위대한 계절의 시간이 다가왔다. 거리는 바빠졌다. 저녁 6시면 도시는 열기를 띠었고 집들은 홍조를 띠고 서 있었으며 사람들은 밝은 색으로 차려입고 어떤 내면의 불길로 빛을 밝힌 채 아름답지만 사악한 축제의 열기로 눈을 반짝이며 걸어 다녔다.

골목길에서, 밤에 조용히 밀려 나가는 하수도에서, 도시는 비어 있었다. 아이들만이 작은 광장의 발코니 아래 나와서 헐떡이며 시끄럽고 무의미하게 놀고 있었다. 그들은 작은 풍선을 입술에 대고 공기로 채우면서 그들 자신이 꼬꼬댁거리는 빨간 수평아리로, 환상적이고 부조리한 색색가지 가을의 가면으로 변했다. 그렇게 부풀어 올라 꼬꼬댁거리면서 아이들은 다채로운 긴 사슬이 되어 대기 중에 떠올라서는 철새처럼 —얇은 종이와 가을 날씨로 이루어진 환상적인 소함대처럼 도시 위를 날기 시작할 것 같았다. 아니면 그들은 작고 달그락거리는 바퀴와, 축과 굴대로 곡조를 노래하는, 달가닥거리는 작은 손수레 속으로 서로를 밀어 넣었다. 아이들이 행복하게 고함치는 목소리로 가득 찬 손수레들은 거리를 달려 내려가 넓게 펼쳐진, 저녁노을에 노랗게 물든 강에 도착했고, 그곳에서 뒤얽힌 원반과 쐐기 못과 막대기로 분해되어 버렸다.

그리고 아이들의 놀이가 더 시끄러워지고 더 복잡해지는 동안, 도시의 홍조가 짙어져 보라색이 되어 가는 동안, 세상 전체가 갑자기 시들기 시작하고 검어지면서 모든 것을 감염시키는 불분명한 어스름을 내뿜기 시작했다. 사악하고 독기를 품은 그 어스름의 질병은 계속 뻗어 나가 한 물체에서 다른 물체로 옮겨 갔고, 그 손에 닿은 모든 것은 검어지고 썩어서 어스름 속에 흩어져 버렸다. 사람들은 말없이 공포에 질려 그 앞에서 도망쳤지만 질병은 언제나 그들을 붙잡아 이마에 짙은 발진이 되어 퍼졌다. 그들의 얼굴은 커다랗고 형태 없는 반점 아래 사라졌다. 그들은 계속 길을 갔지만 이제 형체가 없어지고 눈이 사라진 채 걸으면서 가면을 하나씩 하나씩 떨어뜨렸고, 그리하여 어스름은 비행 중에 떨어뜨린 벗어 던진 허물로 가득 찼으며, 검게 썩어 가는 나무껍질이 어둠의 까맣고 악취 나는 딱지가 되어 모든 것을 덮기 시작했다. 그리고 저 아래에서는 빠른 분해 작용의 조용한 공포에 질려 모든 것이 분해되어 무(無)로 변했고, 그 위에서는 거대한 은빛 영원 속으로 함께 날아가는 보이지 않는 수만 마리 종달새들이 일깨워 작동시킨 수만 개의 작은 종들이 딸랑거리는 소리로 진동하는 황혼의 자명종이 지속되며 점점 크게 울리고 있었다. 그리고 갑자기 밤이 왔다 ─ 굉장한 바람의 압력으로 점점 더 부풀어 오르는 거대한 밤. 이 겹겹의 미로 속에서 빛의 둥지인 상품과 손님들의 야단법석으로 가득한 가게들, 커다란 색색의 등불들은 산산조각이 나고 있었다. 이 등불들의 밝은 유리 속으로 시끄럽고 이상하게 의식적인 가을 쇼핑의 축제를 관찰할 수 있었다.

안에 그림자를 키우면서, 바람 때문에 점점 더 넓어지고 있는 위대한, 물결치는 가을밤은 그 주름 속에 빛나는 주머니, 색색가지 잡다한 물건들을 담은 조그만 자루들, 초콜릿과 케이크와 이국적인 단것들로 만든 다채로운 상품들을 숨기고 있었다. 빈 사탕 상자로 만들어 벽지 대신 천박하게 화려한 초콜릿 광고지를 바르고 비누 조각과 재미있는 잡동사니와 도금한 부스러기와 양철 조각, 트럼펫, 웨이퍼와 색깔 입힌 박하사탕으로 가득한 그들의 노점과 손수레는 거대한 미로 같은, 바람에 흔들린 밤의 가장자리에 흩어져 있는 경박함의 정거장, 근심 걱정 없는 즐거움의 전초 기지였다.

빽빽한 군중이 어둠 속에서, 왁자지껄한 혼란 속에서, 수천 개의 발걸음이 뒤섞이고 수천 개의 입이 지껄이는 속에서 항해해 갔다 ─ 그것은 가을 도시의 동맥을 따라 이동하는 무질서하고 혼잡스러운 대이동이었다. 그렇게 소음과 어두운 표정과 교활한 눈짓으로 가득한 군중의 강은 대화가 엇갈리고 웃음소리로 동강 나면서 소란과 잡담과 수다의 거대한 바벨탑이 되어 흘러갔다.

마치 머리 빈 수다쟁이와 독설가의 씨앗을 흩뿌리는 말린 양귀비 무리가 행진하고 있는 것 같았다.

아버지는 흥분해서 볼을 붉히고 눈을 반짝이며 주의 깊게 귀를 기울이며 축제처럼 불 밝힌 가게 안을 오락가락했다.

가게 유리창과 문을 통해 도시의 먼 소란과 돌아다니는 군중의 단조로운 소음이 들렸다. 가게의 정적 위로 높은 천장에 달린 기름등잔 하나가 멀리 떨어진 모든 구석과 갈라진 틈에서 그림자를 몰아내고 있었다. 텅 빈 마루는 침묵 속에 삐걱거리고 빛을 받은 쪽모이 널판이 가로로 세로로 늘어났다. 서양 장기판 같은 마룻바닥의 커다란 타일들은 작고 건조한 삐걱거리는 소리로 서로 이야기했고, 더 큰 똑똑 소리로 여기저기서 대답했다. 옷감 조각은 보슬보슬한 펠트 천 속에 조용히 누워, 아버지의 등 뒤에서 선반에서 선반으로 말 없는 동감의 신호를 보내며 벽을 따라 눈짓을 교환했다.

아버지는 듣고 있었다. 밤의 침묵 속에서 아버지의 귀는 더 크게 자라나서 창밖까지 닿는 것 같았다. 그것은 환상의 산호, 밤의 혼돈을 지켜보는 빨간 사마귀였다.

아버지는 귀를 기울이고 다가오는 군중의 먼 물결을 점점 더 걱정하며 듣고 있었다. 두려움에 차서 점원들을 찾아 텅 빈 가게 안을 둘러보았다. 불행하게도 짙은 빨간 머리의 관리하는 천사들은 어딘가로 날아가고 없었다. 아버지는 약탈하는 시끄러운 강도떼가 되어 가게의 정적 위로 곧 흘러넘칠 군중 때문에 겁먹은 채 혼자 있었다. 그들은 자기들끼리 갈라져서 아버지가 몇 년 동안 모아 외딴 창고에 저장해 둔 풍부한 가을을 전부 경매에 내놓아 버릴 것이었다.

점원들은 어디 있었는가? 옷감의 어두운 요새를 방어할 임무를 부여받은 그 잘생긴 천사들은 어디 있었는가? 아버지는 고통스러운 의심을 느끼며 그들이 아마도 건물 깊은 어느 곳엔가 다른 사람의 딸들과 함께 있을지도 모른다고 생각했다. 움직이지 않고 불안하게 선 채 가게의 불 밝힌 침묵에 눈을 빛내면서 아버지는 집

안에서, 그 채색된 커다란 등불이 있는 뒷방에서 일어나는 일들을 마음속의 귀로 듣고 있었다. 집은 아버지 앞에서 마치 카드로 만든 집처럼 방을, 침실들을 하나씩 열었고, 아버지는 밝게 불 켜진 빈방들 사이로 아래층과 위층을 누비며 점원들이 아델라를 쫓아다니는 모습을, 그리하여 아델라가 그들을 벗어나 부엌으로 들어가 찬장으로 문을 막는 모습을 보았다.

그곳에 아델라는 숨을 헐떡이고 즐거워하며, 혼자 미소를 짓고 긴 속눈썹을 떨며 서 있었다. 점원들은 문 뒤에 웅크리고 킬킬 웃고 있었다. 부엌 창문은 꿈과 혼란이 흘러넘치는 검은 밤을 향해 열려 있었다. 반쯤 열린 어두운 유리창은 먼 불빛의 반영으로 빛났다. 반들거리는 프라이팬과 항아리들은 사방을 둘러싸고 움직이지 않고 서 있었고 짙게 바른 유약 때문에 반짝거렸다. 아델라는 눈꺼풀을 떨며 그녀의 색색으로 화장한 얼굴을 조심스럽게 창밖으로 내밀었다. 그녀는 숨어 있는 사람들을 감지하며 어두운 마당에 있는 점원들을 찾고 있었다. 그리고 먼 불빛으로 지금은 빨갛게 된, 창문 아래 벽과 같은 길이의 좁은 선반을 따라 천천히 조심스럽게 한 줄로 서서 그녀를 향해 접근하는 그들을 보았다. 아버지는 화가 나서 절박하게 소리 질렀지만 바로 그 순간 혼잡스러운 목소리는 훨씬 가까이 와 있었고 가게 창문은 폭소로, 지껄이는 입으로, 빛나는 창유리에 납작 누른 코 때문에 얼굴이 일그러진 사람들로 가득 차 있었다. 아버지는 화가 나서 짙은 자줏빛이 되어 카운터 위로 뛰어올랐다. 그리고 군중이 아버지의 요새로 몰려와서 시끄러운 무리를 이루어 아버지의 가게로 들어왔을 때 아버지는 한번에 껑충 뛰어 옷감 선반에 닿았고 군중 위에 높이 매달려서 온 힘을 다해 커다란 뿔피리를, 경보의 소리를 불기 시작했다. 그러나 아버지를 구하러 서둘러 오는 천사들의 날개 소리로 천장이 울리는 일은 벌어지지 않았다. 대신 뿔피리를 불 때마다 그 소리에 대답하는 것은 군중의 시끄러운 비웃음의 합창이었다.

"야쿠프, 장사해! 야쿠프, 물건 팔아!"

그들은 소리 질렀고 그 구호는 몇 번이고 되풀이되어 리듬을 타기 시작했으며 다 함께 노래하는 합창의 가락으로 변해 갔다. 아버지는 저항해 봤자 소용없다는 것을 깨닫고 선반에서 뛰어내려 옷감의 장벽을 향해 소리 지르며 움직여 가기 시작했다. 화가 나서 키가 더 커지고 머리가 짙은 자줏빛 주먹이 되어 부풀어 오른 채 아버지는 옷감의 성벽 위에서 싸우는 예언자처럼 밀고 나가 군중에 대항해 몰아치며 부풀어 올라 제자리에서 떨어지려는 거대한 짐짝에 대항해 있는 힘을 다해 몸을 숙였다. 아버지는 대단히 긴 옷감 아래 어깨를 받치고 그것들이 둔하게 쿵 소리를 내며 카운터 위에 떨어지도록 했다. 짐 더미는 공기 중에 거대한 깃발처럼 펼쳐진 채 뒤집혔고, 선반들은 마치 모세의 지팡이로 만진 듯이 터져 나오는 피륙, 옷감의 폭포로 폭발했다.*

선반 위의 저장품은 쏟아져 내려 넓고 거칠 것 없는 냇물이 되어 흘렀다. 선반의 다채로운 내용물은 흘러넘쳐 카운터와 탁자 전체를 덮으면서 늘어났다.

옷감으로 된 우주의 기원이 강력하게 형성되는 아래쪽에서, 위압적인 단층 지괴로 솟아나는 산들의 능선 아래서 가게의 벽들은 사라졌다. 경사면 사이로 넓은 계곡이 입을 벌리고 넓은 평야의 비애 위에서 대륙의 윤곽이 갑자기 떠올랐다. 가게 내부는 호수가 가득한 넓은 가을 풍광의 파노라마로 변해 갔다. 그것을 배경으로 아버지는 환상적인 가나안의 주름과 계곡 사이를 방황했다. 아버지는 예언자처럼 구름을 만지기 위해 손을 펼친 채 돌아다니면서 영감을 받은 손길로 땅의 모양을 만들었다.

그리고 아래쪽에, 아버지의 분노로 솟아오른 시나이 언덕 기슭에서 손짓으로 말하는 군중이 욕설을 퍼붓고 바알* 신을 경배하고 흥정하며 서 있었다. 그들은 옷감의 부드러운 주름 속에 손을 담갔고 색색가지 천으로 몸을 감쌌으며 즉흥적으로 만든 외투로 몸을 감고 끊임없이 횡설수설해 댔다.

아버지는 화가 나서 몸집이 커진 채 한 무리의 고객 앞에 갑자기 나타나 위대하고 강력한 말들로 우상 숭배자들에게 벼락을 내리곤 했다. 그러고는 절망에 빠져서 다시 찬장의 높은 복도로 기어 올라가 아버지의 뒤에서 완전히 지배권을 장악하고 있다고 느껴지는 그 후안무치한 정욕의 환상에 쫓겨 벌거벗은 구조물의 달그락거리는 판자 위를, 선반과 시렁을 따라 미친 듯이 달렸다. 점원들은 방금 창문 높이의 쇠로 만든 발코니에 도착했고, 난간에 매달려 아델라의 허리를 잡아 창문에서 끌어 내렸다. 그녀는 여전히 눈꺼풀을 깜박이며 실크 스타킹을 신은 가느다란 다리를 질질 끌고 있었다.

아버지가 너무나 추악한 죄 앞에서 겁에 질려 경외감을 불러일으키는 풍경과 화난 몸짓을 융합시켰을 때, 아래쪽의 아무 걱정 없는 바알 신의 숭배자들은 방종한 쾌락에 몸을 맡겼다. 전염병 같은 폭소가 군중을 지배했다. 그 수다쟁이와 미치광이의 인종들에게서 어떻게 진지함을 기대할 수 있겠는가! 끊임없이 언어를 갈아 내어 채색된 걸쭉한 덩어리로 만들어 내는 이 풍차들에게 어떻게 아버지의 굉장한 염려를 이해해 달라고 요구할 수 있겠는가! 아버지의 예언자적인 분노의 천둥에 대해 귀먹은 채, 비단 카프탄*을 입은 장사꾼들은 접힌 옷감 더미 주위에 작은 무리를 지어 몰려 앉아서 가끔씩 폭소를 터뜨리며 상품의 질을 즐겁게 논하기 시작했다. 이 검은 옷을 입은 상인들은 재빠른 혓바닥으로 풍경의 고귀한 정수를 흐려 버리고 다진 말 조각으로 그것을 쪼그라들게 해서 거의 빨아들여 버렸다.

다른 곳에서는 밝은 색 천의 폭포수 앞에 무리를 지은 유대인들이 색색의 옷을 입고 높은 털모자를 쓰고 서 있었다. 결출하고 엄숙하며, 잘 빗은 긴 턱수염을 쓰다듬으면서 냉철하고 사교적인 대화를 나누고 있는 이 남자들은 위대한 유대 민족 회의의 신사들이었다. 그러나 그 의례적인 대화에서조차, 그들이 나누는 눈짓과 아른거리는 미소에서조차 아이러니를 감지할 수 있었다. 이 무리 주변에 보통 사람들의 군중이, 얼굴도 개성도 없는 형체 없는 사람들 무리가 몰려 있었다. 그것은 어쨌든 풍경의 간극을 메우고 그 생각 없는 수다의 종소리와 달각거리는 소리로 배경을 어지럽혔다. 이들은 진지한 사업적 관심은 전혀 없으면서도 광대 같은 장난으로 여기저기서 시작되는 협상을 비웃는 어릿광대들, 아를레키노와 풀치넬라*의 춤추는 무리들이었다.

그러나 점차 농담에도 질려서 이 즐거운 무리는 풍경의 가장 먼 지점으로 흩어져서 그곳에서 돌투성이 바위산과 계곡 속으로 사라져 버렸다. 아마도 이 어릿광대들은 놀다 지친 아이들이 파티 도중에 떠들썩한 집의 구석과 뒷방으로 사라지듯이 하나씩 하나씩 지형의 갈라진 틈과 접힌 곳 사이로 가라앉아 버렸을 것이다.

그동안 도시의 장로들, 위대한 산헤드린*의 구성원들은 품위 있고 진지한 무리를 이루어 왔다 갔다 하며 낮은 목소리로 진중한 논의를 이끌었다. 펼쳐진 산야 전체에 흩어져서 그들은 둘씩 셋씩 먼 순환 도로를 걸어 다녔다. 작고 검은 그들의 윤곽은 길고 평행한 고랑으로 갈라져서 은빛 하얀 줄기가 되어 그 깊은 곳에 대기의 훨씬 더 먼 층을 보여 주는 구름으로 가득한, 어둡고 무거운 하늘이 걸려 있는 사막 고원을 메웠다.

등불은 그 지역에 인공적인 날, 이상한 날, 새벽도 황혼도 없는 날을 만들어 냈다.

아버지는 천천히 진정되었다. 분노는 가라앉아 이 풍경의 여러 층과 색깔 안에서 식어 갔다. 아버지는 이제 높은 시렁의 복도에 앉아서 거대한 가을 산야를 바라보고 있었다. 먼 호수에서 낚시하는 모습이 보였다. 작은 조가비 같은 배에 둘씩 올라탄 낚시꾼들이 어망을 물에 담갔다. 강둑에서는 소년들이 머리 위에 펄떡거리는 은색 포획물로 가득한 바구니를 이고 있었다.

그리고 아버지는 멀리서 돌아다니던 사람들이 고개를 하늘로 치켜들고 손을 들어 뭔가를 가리키고 있다는 것을 알아차렸다.

그리고 곧 하늘에 색색가지 발진, 점점 커져 퍼져 나가는 얼룩이 생겨났고, 거대한 십자형 나선을 이루어 순환하며 선회하는 신기한 새들이 가득 날아왔다. 높이 날고 있는 그들의 날갯짓은 침묵의 하늘을 채우는 장엄한 소용돌이를 만들었다. 몇 마리는 거대한 황새였는데, 날개를 조용히 펼친 채 거의 움직이지 않고 떠다녔다. 색색가지 깃털이나 야만의 기념비처럼 보이는 것들도 있었는데, 따뜻한 공기의 흐름 위에서 고도를 유지하기 위해 날개를 무겁고 서투르게 펄럭여야 했으며, 날개와 강력한 다리와 벌거벗은 부리의 형체 없는 덩어리인 다른 새들은 박제를 잘못하여 톱밥이 새어 나오는 독수리나 콘도르처럼 보였다.

그들 중에는 머리가 두 개인 새나 날개가 몇 개나 되는 새들도 있었고, 날개 하나로 어색하게 날면서 대기 속을 절룩거리는 불구의 새들도 있었다. 하늘은 이제 괴물과 환상의 괴수로 가득한 오래된 벽화의 하늘을 닮아 있었는데, 그 괴물과 괴수들은 타원형을 그리며 서로 지나치고 피해 가면서 주위를 뱅글뱅글 돌았다.

아버지가 횃대 위에서 일어나 갑작스럽게 번쩍이는 빛줄기 속에서 오래된 주문으로 새들을 부르며 손을 앞으로 뻗었다. 아버지는 깊은 감정을 느끼며 그들을 알아보았다. 그들은 아델라가 언젠가 사방의 하늘로 쫓아 보냈던 새들 세대의 잊혀 버린 먼 자손들이었다. 이제 괴물과 불구의 핏줄, 새들의 황폐한 종족은 타락하거나 혹은 웃자라서 돌아오고 있었다. 터무니없이 크게 바보처럼 자란 새들의 몸 안은 공허하고 생명이 없었다. 그들의 모든 생명력은 깃털에, 외적인 치장에 쏠려 있었다. 그들은 마치 박물관에 있는 멸종된 종의 전시물, 새들의 천국 창고 같았다.

뒤집힌 채로 누워서 날거나 부리가 맹꽁이자물쇠처럼 기형인 것, 장님이거나 이상한 색깔의 혹으로 덮여 있는 새들도 있었다. 이 뜻밖의 귀환에 아버지가 얼마나 감동했는지, 이 새들의 본능, 수많은 세대를 거쳐 종족이 멸망하기 전날 태고의 고향 땅으로 되돌아오기 위해, 이 추방된 종족이 그들의 영혼 속에 신화처럼 간직하고 있던 주인에 대한 애착에 아버지가 얼마나 놀랐는지.

그러나 이 종이로 만든 눈먼 새들은 아버지를 알아볼 수 없었다. 아버지가 오래된 주문으로, 새들의 잊힌 언어로 이들을 부른 것은 헛수고였다―그들은 아버지를 듣지도 보지도 못했다.

갑자기 공기 중에 돌들이 휘파람 소리를 내기 시작했다. 멍청하고 생각 없는 사람들이 새들로 가득한 환상적인 하늘에 장난 삼아 돌팔매질을 시작한 것이다.

아버지가 경고해도, 마법의 몸짓으로 그들에게 간청해도 소용없었다 ― 아버지는 그들에게 보이지도 들리지도 않았다. 새들이 떨어지기 시작했다. 돌에 맞아서 그들은 공기 중에 뜬 채로 무겁게 늘어져 시들기 시작했다. 땅에 처박히기도 전에 그들은 이미 형체 없는 깃털 무더기가 되어 있었다.

눈 깜짝할 사이에 고원은 이상하고 환상적인 짐승의 사체로 뒤덮였다. 아버지가 살육의 장소에 도달하기도 전에 한때 멋있었던 새들은 죽어서 바위 위에 온통 흩어져 있었다.

이제야, 가까운 곳에서 아버지는 그 황폐한 세대의 기괴함을, 그 이류 몸체의 무의미함을 깨달았다. 그들은 단지 오래된 짐승의 사체로, 아무렇게나 채워 놓은 거대한 깃털 더미에 불과했다. 그중에는 머리가 어디 붙어 있었는지 알아볼 수 없는 것이 많았는데, 왜냐하면 그들이 몸에서 그 기형의 부위에는 영혼이 존재했다는 표시가 남아 있지 않았기 때문이다. 어떤 것들은 미국 들소처럼 꼬불꼬불하고 윤기 없는 털로 덮여 있었으며 끔찍하게 고약한 냄새를 풍겼다. 등에 혹이 난 죽은 대머리 낙타를 연상시키는 것도 있었다. 안은 비었지만 밖은 훌륭하게 색칠한, 분명 마분지로 만든 듯한 것도 있었다. 가까이서 보니 그저 알 수 없는 과정에 의해 생명 비슷한 것을 불어넣은, 커다란 공작새의 꼬리, 색색가지 부채꼴 꽁지깃에 불과한 것도 있었다.

나는 아버지의 불행한 귀환을 보았다. 인공의 날은 천천히 보통 아침의 색으로 물들고 있었다. 버려진 가게에서 가장 높은 시렁은 아침 하늘의 빛으로 젖어 있었다. 사라져 가는 풍광의 부스러기 속에서, 망가진 밤의 광경을 배경으로 아버지는 잠에서 깨어나는 점원들을 보았다. 그들은 옷감 뭉치 속에서 일어나 해를 향해 하품을 했다. 위층 부엌에서는, 잠에서 갓 깨어나 따뜻하고 머리가 헝클어진 아델라가 커피를 갈면서 분쇄기를 가슴에 대고 눌러 그녀의 온기를 원두에 전해 주고 있었다. 고양이는 햇볕 속에서 얼굴을 닦고 있었다.

혜성

1

그해 겨울이 끝나 갈 무렵 천체의 모습에서 보이는 징조는 특별히 좋았다. 눈 쌓인 아침의 가장자리에서 달력에 예견된 표시들은 빨간색으로 꽃피었다. 일요일과 휴일의 더 밝은 빨간색은 한 주의 반이나 그 반영을 드리웠고 남은 주중의 날들은 괴물 같은 빠른 불꽃을 내며 차갑게 불탔다. 이 빨간색에 눈멀고 성홍열에 걸려서 심장은 잠시 더 빨리 뛰지만, 사실 이것은 아무것도 알려 주지 않는, 한 주의 겉장에 짙은 붉은색으로 칠한 미성숙한 경보, 달력의 다채로운 거짓말에 불과하다. 12일절*부터 쭉, 우리는 밤마다 촛불과 은으로 빛나는 식탁의 흰 행진로에 앉아 끝없는 인내의 놀이를 했다. 매 시간 창 너머의 밤은 옅어지고 흩뿌려진 아몬드와 사탕 과자로 가득 차서 설탕이 입힌 채 빛났다. 가장 독창적으로 모습이 변하는 달은 때늦은 달의 습관에 완전히 열중하여 성공적으로 모습을 바꾼 뒤 점점 더 밝아졌다. 낮에 이미 달은 조숙하게 자신이 나타날 때를 기다리며 구릿빛으로 광택 없이 날개 위에 서 있었다. 그동안 깃털 구름 무리가 조용하고 하얗게 퍼져 방랑하면서 마치 양처럼, 달의 옆얼굴을 조가비의 진주층 같은 아른거리는 비늘로 살짝 가리며 지나갔고, 그 비늘 속에서 창공은 저녁을 향해 얼어붙었다. 그 후의 날들은 텅 빈 책장을 넘기듯 공허하게 지나갔다. 바람은 지붕 위에서 으르렁거렸고 차가운 굴뚝을 지나 화덕까지 불어왔으며 도시 위에 상상의 서까래와 관람석을 지었다가는 판자와 각목의 달각거리는 소리와 함께 이 소리 나는, 공기로 가득 찬 구조물을 부숴 버렸다. 가끔 먼 교외에서 화재가 나곤 했다. 굴뚝 청소부들은 입 벌린 녹청색 하늘 아래 박공 사이를 지나다니며 지붕 높이에서 도시를 탐험했다. 이쪽 발 받침대에서 저쪽으로, 풍향계와 깃대 사이를 올라 다니며 그들은 잠시만이라도 바람이 젊은 처녀들이 있는 정자의 지붕을 열었다가 도시의 거대한 폭풍의 책처럼 그것을 즉시 도로 닫아서 —그들에게 여러 낮과 밤 동안 숨 가쁘게 읽을거리를 제공해 주기를 바랐다. 그리고 바람은 잦아들어 날려 가 버렸다. 점원들은 봄철 옷감으로 진열장을 장식했고, 대기는 곧 이 모직물의 부드러운 색깔 때문에 온화해졌다. 대기는 연보라색을 띤 푸른색으로 변했고 회색을 띤 옅은 초록색으로 꽃피었다. 눈은 쪼그라들고 접혀서 아기 양털이 되어 대기 속으로 건조하게 증발해 버렸고 짙은 푸른색 산들바람에 먹혔으며 또다시 해도 구름도 없는 넓은 하늘에 흡수되었다. 화분에 심긴 서양협죽도는 집 안 여기저기에서 꽃을 피우기 시작했고, 창문은 더 오랫동안 열려 있었으며, 제비들이 생각 없이 지저귀는 소리가 둔한 푸른색 낮의 명상 속에 방 안을 메웠다. 깨끗이 쓸어낸 광장 위로는 수컷 박새와 푸른머리되새가 경고하는 소리로 짹짹거리며 잠시 작은 접전을 벌여 충돌했다가 사방으로 흩어져서 산들바람에 불려 날아가 지워져서는, 텅 빈 하늘빛 속에 없어져 버렸다. 몇 초 동안 눈에는 공기 중에 맹목적으로 날려 보낸 한 줌의 색종이 조각과 같은 다채로운 광경의 기억이 남아 있었지만, 이내 안구 아래로 녹아 없어져 버렸다.

때 이른 봄 시즌이 시작되었다. 수습 변호사들은 콧수염 끝을 말아 올리며 꼬았고, 높고 빳빳한 목깃을 세우고 다니며 우아함과 패션의 모범이 되었다. 홍수 같은 바람에 씻겨 나간 날, 돌풍이 도시 위 높은 곳에서 으르렁거리고 있을 때면 젊은 변호사들은 어두운 색의 중산모를 벗고 코트 자락이 넓게 벌어지도록 바람을 마주 보고 등을 기대며 멀리서 아는 아가씨들에게 인사했다. 그리고 그들은 정중하고 섬세하게 즉시 눈길을 돌려 사랑하는 사람이 불필요한 험담에 노출되지 않도록 했다. 아가씨들은 잠시 발밑의 땅을 잃고 펄럭거리는 치마 속에서 경고의 소리를 내지르다가 다시 균형을 찾고 미소로 그 인사에 답했다. 오후에 가끔씩 바람이 잠잠해지면 아델라는 발코니에서 그녀의 손길 아래 금속성의 소리를 내는 커다란 구리 프라이팬을 닦기 시작했다. 하늘은 지붕널을 이은 지붕 위에 꼼짝도 하지 않고 움직임 없이 서 있다가 푸른색 줄무늬를 그으며 접혔다. 심부름하러 가게 밖으로 나간 점원들은 발코니 난간에 기대어 낮 동안 내내 부는 바람에 취해 제비들의 귀먹을 듯한 지저귐에 혼란스러워하며 부엌 문간에서 아델라 근처를 끝없이 맴돌았다. 멀리서 산들바람에 실려 손풍금의 길 잃은 후렴이 들려왔다. 낮은 목소리로 부르는 그 노래 가사는 들리지 않았고, 청년들은 순진한 표정을 짓고 있었지만 사실은 아델라를 놀라게 하려는 것이었다. 급소를 찔린 그녀는 난폭하게 반응하고 화가 나서 가장 분노에 찬 목소리로 그들을 나무랐으며, 그사이에도 봄의 꿈으로 회색이 되고 둔해진 그녀의 얼굴은 성나기도 하고 재미도 있어서 빨개지곤 했다. 남자들은 그녀를 화나게 한 데 성공했다는 사악한 만족감을 느끼며 순진한 척 눈을 내리깔았다.

낮과 오후가 지나갔고, 하루하루의 일상이 우리 발코니에서 본 도시의 혼란 위로, 그 회색 주간의 불투명한 빛에 젖은 지붕과 집들의 미로 위로 흘러갔다. 땜장이들은 냄비 때우고 수선하라고 소리 지르며 바쁘게 돌아다녔다. 가끔씩 아브라함의 강력한 재채기가 멀리 흩어진 도시의 야단법석을 익살맞게 강조했다. 멀리 떨어진 광장에서는 미친 트우야가 귀찮게 구는 작은 남자아이들 때문에 절망에 빠진 채 치마를 높이 들어 올려 군중을 즐겁게 하면서 난폭한 사라반드*를 추곤 했다. 한 줄기 바람이 이 소리들을 낮추고 진정시켰으며, 녹여서 단조로운 회색의 꽝꽝 울리는 소음으로 만들어 오후의 연기 냄새 나는 우윳빛 대기 속 지붕의 바다 위에 고르게 발랐다. 아델라는 발코니 난간에 기대 먼 도시의 폭풍 같은 포효 위로 몸을 숙이고 그 안에서 더 큰 억양을 전부 잡아냈고, 미소를 띠면서 노래의 잃어버린 음절을 함께 모아서 오르락내리락하는 단조로운 회색빛 낮에서 뭔가 의미를 읽어 내려 했다.

시대는 전기와 기계의 징조 아래 시작되었고 재능이 비상한 천재들 덕에 세상에는 온갖 발명품들이 쏟아져 나왔다. 중산층 가정에는 전기 라이터가 딸린 여송연 세트가 나타났다. 스위치를 누르면 전기 불꽃 줄기가 석유에 적신 심지에 불을 붙였다. 발명품들은 과장된 희망을 키웠다. 중국식 탑 모양의 뮤직 박스는 태엽을 감으면 회전목마처럼 돌아가면서 짧은 론도*를 연주하기 시작했다. 종들은 일정한 간격으로 딸랑거렸고, 문은 활짝 열려 코담배 상자 음악을 연주하며 돌아가는 태엽 통을 보여 주었다. 모든 집에 전기초인종이 설치되었다. 가정생활은 직류 전기의 신호 아래 존재했다. 한 묶음의 절연된 전선은 시간의 상징이 되었다. 젊은 멋쟁이들은 거실에서 갈바니*의 발명품을 선보이고 아가씨들의 열광적인 시선으로 보답받았다. 전도체가 여자의 마음을 열어 주었다. 하나의 실험이 성공하면 그날의 주인공들은 거실의 환호 갈채 속에서 사방에 키스를 날려 보냈다.

오래지 않아 도시는 다양한 형태와 크기의 자전거로 가득 찼다. 철학에 기초한 인생관은 필수적인 것이 되었다. 진보에 대한 믿음을 받아들인 사람은 누구든 논리적인 결론을 내려 자전거를 타야 했다. 처음으로 그렇게 한 사람들은 물론 수습 변호사들, 새로운 발상의 선봉자, 콧수염에 기름을 바르고 중절모를 쓴 젊음의 희망과 꽃이었다. 시끄러운 군중 속으로 밀고 들어가면서 그들은 교통의 흐름 속으로 철사 바퀴살을 뽐내는 거대한 자전거와 세발자전거를 타고 들어갔다. 넓은 손잡이에 손을 짚고 그들은 높은 안장 위에서 거대한 바퀴 테를 조종하면서 구불구불한 선을 그리며 즐거워하는 군중 사이로 뚫고 지나갔다. 사도다운 열정에 굴복한 사람들도 있었다. 마치 말등자 위에 있는 것처럼 움직이는 페달 위에서 몸을 세우고 그들은 높이 서서 군중의 환호에 답하며 인류를 위한 새롭고 행복한 시기를, 자전거를 통한 구원을 예보했다……. 그리고 사방에 절하면서, 대중의 박수갈채 속으로 자전거를 몰고 갔다.

그러나 이 훌륭하고 성공적인 운전에는 통탄할 만큼 부끄러운 점이, 성공의 절정까지 위협하여 그것을 패러디로 타락시킬 만큼 불쾌하고 고통스러운 면이 있었다. 그들도 분명 느꼈겠지만, 정교한 기계 위에 거미처럼 매달려서 커다란 뜀뛰는 개구리*처럼 페달 위에 두 발을 벌리고 서서 그들은 돌아가는 넓은 바퀴 위에서 오리 같은 동작을 해야 했다. 놀림감이 되기까지는 한 발짝밖에 떨어져 있지 않았고, 그들은 난폭하게 곤두박질치는 체조 동작으로, 손잡이 위에 기대 속도를 두 배로 높이며 절망감과 함께 그것을 받아들였다. 무엇이 놀라운가? 인간은 원가에도 못 미치는, 거의 공짜에 가깝게 너무 싼 가격으로 얻은, 전대미문의 장치들의 금지된 세계에 들어서고 있었다. 투자한 비용과 그에 대한 결과는 불균형했고, 자연은 명백히 인간에게 사기를 치고 있었으며, 천재의 속임수에 지나치게 많은 대가를 지불한 결과 그 놀라운 장치들이 자기 자신의 패러디이자 농담이 되어 버린 것이다. 불쌍한 승리자들, 자기 천재성의 순교자들은 소박한 웃음을 터뜨리며 자전거를 타고 갔다―이런 기술의 기적들은 너무나 익살맞았기 때문이다.

형이 학교에서 처음으로 전자석을 가져왔을 때, 우리 모두가 내면의 전율을 느끼며 전기 회로 속에 숨은 비밀스러운 생명의 진동을 만져 보았을 때, 아버지는 우월감에 찬 미소를 지었다. 원대한 계획이 아버지의 마음속에서 자라나고 있었다. 머릿속에 오랫동안 자리 잡고 있던 일련의 발상들이 나타나 익어 가기 시작했다. 아버지는 왜 혼자 웃었을까, 아버지의 눈은 왜 비웃음 섞인 가짜 경외감에 흐려졌을까? 누가 알겠는가? 그 비밀스러운 힘의 놀라운 발현 뒤에 있는 허술한 속임수, 천박한 음모, 뻔한 책략을 아버지는 꿰뚫어 보았는가? 그러나 그 순간은 전환점이 되었다―아버지가 실험을 시작한 것은 바로 그때부터였다.

아버지의 실험실은 단순했다. 전선 몇 묶음, 몇 병의 산(酸), 아연, 납과 탄소―이것이 바로 그 신기하고 비밀스러운 연금술사의 실험 도구 전부였다.

"질료는……"

아버지는 겸손하게 눈을 내리깔고 헛기침을 하면서 말했다,

"질료는, 신사 여러분……"

아버지는 끝까지 말하지 않고, 거기 앉아 있는 사람들 모두가 속임수를 당하고 있는 것이라고 청중들이 추측하도록 말꼬리에

암시를 남겨 두었다. 아버지는 눈을 내리깔고 조용히 그 오래된 맹목적인 믿음에 코웃음 쳤다.

"판타 레이!"*

아버지는 소리 질렀고, 손을 움직여 질료의 영원한 순환을 가리켰다. 오랫동안 아버지는 그 안에 숨어 있는 힘을 움직이게 하고 싶어 했고 그 딱딱함을 녹여 그것의 진정한 본질에 따라 보편적으로 꿰뚫고 주입하고 순환하게 하는 길을 내고 싶어 했다.

"프린키피움 인디비두아티오니스*는 내 발이다." 아버지는 이런 식으로 사람들을 좌우하는 그 원칙에 대해 한없는 경멸감을 드러내며 말하곤 했다. 아버지는 이 전선에서 저 전선으로 옮겨 다니며 지나가는 말처럼 이런 얘기를 내뱉었다. 그러고는 눈을 반쯤 감고 전위(電位)의 작은 차이를 더듬어 찾으면서 회로의 여러 부분을 섬세하게 만졌다. 아버지는 전선을 째고 그 위에 몸을 숙이고 귀를 기울이다가 즉시 열 걸음쯤 물러선 뒤 회로의 다른 부분에서 같은 동작을 반복했다. 아버지는 열두 개의 손과 스무 개의 감각이 있는 것 같았다. 아버지의 예민한 주의력은 한꺼번에 백 군데쯤 감지할 수 있었다. 우주의 어떤 부분도 아버지의 의심에서 벗어나지 못했다. 아버지는 전선에 구멍을 뚫기 위해 어느 부분에서 몸을 기울였다가는 갑자기 뒤로 튀어 물러나면서, 먹이를 쫓는 고양이처럼 다른 것에 달려들었다가 그것도 놓치고는 혼란에 빠졌다.

"미안합니다."

아버지가 놀란 구경꾼에게 뜻밖에 말을 걸었다.

"미안합니다만, 당신이 몸으로 차지하고 있는 자리의 공간에 관심이 있습니다. 잠깐만 옆으로 비켜 줄 수 있겠습니까?"

그러고는 교감 신경계의 충동에 따라 효과적으로 쩩쩩 우는 카나리아처럼 민첩하고 익숙하게 재빨리 전광 측정을 했다.

산 용액에 담긴 금속 조각들은 고통스러운 욕조 속에서 소금기를 띠고 녹슬어 가다가 어둠 속에서 전기 전도를 시작했다. 딱딱한 무생명성에서 깨어나 그들은 단조롭게 웅얼거리고, 금속성의 노래를 부르며, 그 음울하고 때늦은 하루의 그칠 줄 모르는 어스름 속에서 분자들을 빛냈다. 양극은 보이지 않게 충전되고 전기가 고였다가 순환하는 어둠 속으로 달아났다. 거의 감지할 수 없는 진동이, 다루기 힘든 맹목적인 흐름이 에너지의 집중된 선으로, 전기장의 원과 나선형으로 양극화된 공간 속을 가로질렀다. 여기저기서 기계 장치가 신호를 뱉어 내고, 다른 기계가 조금 뒤에, 순서 없이, 절망적인 단음절로, 둔한 무기력의 간격 속에서 선-점-선을 찍어 내며 응답했다. 아버지는 이 방황하는 흐름 사이에서 얼굴에 고통스러운 미소를 띠고 그 더듬거리는 기계음에, 도로 불러낼 수 없게 영원히 갇혀서 그 구속된 깊은 속에서 단조로운 신호를 보내는 그 불구의 반음절에, 그 비참함에 깊은 인상을 받은 채 서 있었다.

이 연구 끝에 아버지는 놀라운 결과를 얻었다. 예를 들어 네프*의 망치의 원칙에 따라 만든 전기종은 흔한 속임수에 지나지 않는다는 것을 증명했다. 인간이 자연의 실험실에 침입한 것이 아니라 자연이 인간을 그 책략 속에 끌어들여 실험을 통해 자신의 불분명한 목적을 달성한 것이었다. 아버지는 저녁 식사 도중 수프 속에 담근 숟가락 손잡이로 엄지손톱을 건드리곤 했는데, 그러면 갑자기 네프의 벨이 등잔 안에서 딸랑거리기 시작했다. 기계 장치는 전부 불필요하고 쓸모가 없었다. 네프의 벨은 질료의 어떤 충동을 한 점에 모은 것으로, 그 질료는 인간의 독창성을 자기 목적에 사용한 것이었다. 의지하고 조작하는 것은 자연이었고, 인간은 그저 자연의 의지에 따라 여기저기 박히는 추시계처럼 진동하는 화살, 베틀의 북에 불과했다. 인간은 그 자신이 단지 내용물이고, 네프의 망치의 일부였다.

한번은 누군가 '최면술'을 언급했고 아버지는 즉시 이것을 받아들였다. 아버지의 순환 논리는 끝났고, 아버지는 잃어버린 고리를 찾아냈다. 아버지의 이론에 의하면 인간은 영원한 질료의 무릎 위에서 여기저기 방황하는, 최면술의 흐름의 갈아타는 정거장, 임시 교차점에 불과했다. 아버지가 그토록 자랑스러워했던 모든 발명들은 자연이 아버지에게 친 덫이고 미지의 올가미였다. 아버지의 실험은 마술이나 손으로 부리는 요술의 성격을 띠었고, 속임수에 가까워지기 시작했다. 아버지가 막대기 하나로 비둘기를 만든 뒤 둘로, 넷으로, 열 마리로 늘려 가다가, 힘겹게 다시 막대기로 되돌렸던 그 수많은 비둘기 실험에 대해서는 언급하지 않겠다. 아버지가 모자를 쳐들면 그곳에서 비둘기들이 하나씩, 완전한 형태로 현실화되어 퍼덕거리며 날아 나와서는 물결 같은, 움직이는, 꾸르륵거리는 무더기가 되어 책상 위에 자리 잡았다. 가끔 아버지는 실험 중에 망설이면서 눈을 반쯤 감고 뜻밖의 지점에서 실험을 멈추었고, 조금 뒤에 종종걸음으로 현관 복도로 가서 굴뚝 속에 머리를 집어넣었다. 그곳은 어둡고 그을음 때문에 차가웠으며, 무(無)의 가장 중심에 있는 것처럼 아늑했고, 따뜻한 공기의 흐름이 아래위로 흘러 다녔다. 아버지는 눈을 감고 그 따뜻하고 검은 공허 속에서 한동안 머물렀다. 우리는 모두 이 사건이 당면한 문제와는 아무 상관 없으며, 그것은 사물의 배후에서 일어난 일이라고 느꼈다. 우리는 전혀 다른 차원에 속한 주변적인 사실에 대해 눈을 감았다.

아버지의 레퍼토리 중에는 사람을 진실로 멜랑콜리에 빠지게 하는 매우 우울한 기교도 있었다. 우리 집 식당에는 높은 등받이에 잎사귀와 꽃들의 화환을 사실적으로 아름답게 조각한 의자 세트가 있었다. 아버지는 그 조각된 것들을 손가락 한 번 톡 치는 것으로 충분했는데, 그러면 그것들은 갑자기 예외적으로 익살맞은 형체를 띠게 되었고, 찡그리고 의미심장하게 눈짓하기 시작해서, 대단히 당혹스럽고 거의 참을 수 없을 지경까지 될 수 있었는데, 왜냐하면 그 눈짓에는 아주 분명한 방향성이, 저항할 수 없는 면이 있어서 거기 있던 사람들은 갑자기 "반지아 아주머니, 세상에나 맙소사, 반지아 아주머니!" 하고 소리치기 시작했기 때문이다. 그것이 정말 반지아 아주머니의 사실적인 얼굴이었기 때문에 여자들은 소리 지르기 시작했다. 그보다 더 심한 것은, 그것이 바로 우리 집에 찾아와서 식탁에 앉아 아무에게도 끼어들 틈을 주지 않는 끝없는 대화에 빠져 있던 반지아 아주머니 자신이었다는 점이다. 아버지의 기적들은 자동적으로 무효가 되었는데 왜냐하면 아버지가 유령을 만들어 낸 것이 아니라 보통의 평범한 진짜 반지아 아주머니가 나타났을 뿐이고, 그것이 가능한 기적에 대한 모든 생각을 배제시켰기 때문이다.

그 기억할 만한 겨울의 다른 사건들을 이야기하기 전에 우리는 가족들이 언제나 언급을 꺼렸던 어떤 사건에 대해 짧게 언급하기로 하겠다. 에드바르트 아저씨에게 정확히 무슨 일이 일어났는가? 그때 아저씨는 우리 집에 놀러 와 있었고 아무것도 의심하지 않았으며 놀랄 만큼 건강이 좋았고 사업 계획을 세우고 있었고, 아내와 어린 딸은 시골에서 아저씨의 귀가를 애타게 기다리고 있었다. 아저씨는 가장 기분 좋은 상태에서 가족을 떠나 생활에 변화를 주고 재미있는 일을 찾기 위해 우리를 찾아왔다. 그리고 무슨 일이 생겼는가? 아버지의 실험은 아저씨에게 대단히 인상적이었다.

처음에 몇 가지 요술을 보여 주자 아저씨는 일어나서 외투를 벗고 아버지의 뜻에 완전히 몸을 맡겼다. 아무 망설임 없이! 아저씨는 꿰뚫어 보듯 정면으로 바라보며 말했고 강하고 진지한 손짓으로 이 말을 강조했다. 아버지는 이해했다. 아버지는 아저씨가 '개체성의 원칙'에 대한 전통적인 편견이 전혀 없다는 사실을 확인했다. 그런 것은 전혀, 하나도 없는 것 같았다. 아저씨는 진보적인 사람이었고 편견이 없었다. 아저씨의 단 한 가지 열정은 과학 발전에 기여하는 것이었다.

처음에 아버지는 아저씨를 어느 정도 자유롭게 내버려 두었다. 아버지는 결정적인 실험을 준비하는 중이었다. 에드바르트 아저씨는 자유 시간을 이용하여 시내 구경을 갔다. 아저씨는 위압적으로 보이는 자전거를 하나 사서 높은 안장 위에서 아파트 2층의 창문들을 들여다보며 시장 광장 주위로 그것을 타고 다녔다. 우리 집을 지나가면서 아저씨는 창가에 서 있는 숙녀들을 향해 우아하게 모자를 들어 올리곤 했다. 아저씨 얼굴에는 배배 꼬이고 위로 올라간 콧수염과 작고 뾰족한 턱수염이 나 있었다. 그러나 곧 자전거가 아저씨에게 기계의 더 깊은 비밀을 알려 줄 수 없다는 사실, 그 놀라운 기계도 영구적인 형이상학적 전율을 주지는 못한다는 사실을 깨달았다. 그리고 '개체성의 원칙'에 바탕을 둔 실험이 시작되었다. 에드바르트 아저씨는 과학의 발전을 위해, 네프의 망치의 꾸밈없는 원칙을 위해 몸이 물리적으로 줄어드는 것에 전혀 반대하지 않았다. 아저씨는 모든 특성을 점차 벗어 버리고, 아저씨가 오랫동안 그 원칙에 대해 느꼈듯이, 가장 깊고 꾸밈없는 자신과 조화를 이루어 존재하게 되는 데 주저 없이 동의했다.

서재에 틀어박혀서 아버지는 며칠 밤낮 동안 지루한 심리 분석을 계속하며 에드바르트 아저씨의 복잡한 내면 속으로 천천히 꿰뚫고 들어가기 시작했다. 서재의 책상은 아저씨의 자아에서 분리해 낸 콤플렉스들로 덮이기 시작했다. 처음에 아저씨는, 많이 변하기는 했지만, 식사 시간에 나타나고 우리의 대화에 참여하려고 했으며 자전거를 타려고 한 번 더 나가기도 했다. 그 뒤에는 자신이 점점 더 불완전하다고 느껴져서 그만두었다. 일종의 수치심이 아저씨를 사로잡았는데, 그것은 자신이 속한 단계의 특성이라고 아저씨는 느꼈다. 아저씨는 사람을 피했다. 동시에 아버지는 목적에 한발 더 가까이 다가가고 있었다. 아버지는 아저씨에게서 비본질적인 요소들을 하나씩 제거하여 아저씨를 더 이상 분해할 수 없는 최소한도로 줄여 놓았다. 아버지는 르클랑셰*의 반응 원칙에 따라 아저씨의 요소들을 정리하면서 아저씨를 계단 높은 곳의 벽감에 넣어 놓았다. 그곳의 벽은 허물어지고 흰 곰팡이가 피고 있었다. 아버지는 아무 망설임 없이 아저씨의 열정을 전부 이용했고, 아저씨의 관절들을 현관 복도와 집의 왼쪽 부분에 늘어놓았다. 몇 개의 발판으로 무장한 아버지는 아저씨가 현재 존재하는 곳의 통로 전체를 따라 어두운 복도 벽에 작은 못을 박아 넣었다. 그 연기 냄새 나는 노란 오후는 거의 완벽하게 어두웠다. 아버지는 불붙인 촛불을 사용하여 곰팡이 핀 벽을 가까이서 구석구석 밝혔다. 에드바르트 아저씨는 내내 영웅적으로 침착했지만 마지막 순간에는 어떤 조바심을 보였다고 들었다. 뒤늦게 아주 난폭하게 폭발하여 거의 완성되어 가던 일을 망칠 뻔했다고도 했다. 그러나 설치 준비는 완료되었고, 평생 모범적인 남편이자 아버지이고 사업가였던 에드바르트 아저씨는 품위 있게 그의 마지막 역할을 받아들였다.

아저씨는 완벽하게 기능했다. 복종하지 않으려고 한 적은 없었다. 이전에 빠져들어 뒤얽혔던 복잡한 성격에서 벗어나, 아저씨는 이제부터 받아들일 순수한 균등성과 직설적인 원칙을 찾아냈다.

어렵게 조절해야 했던 복잡함을 버리는 대신 아저씨는 이제 단순하고 아무 문제 없는 영생을 얻어 낸 것이다. 아저씨는 행복했는가? 그런 질문을 하는 것은 헛수고이다. 그런 질문은, 실제 사실은 부분적으로만 현실적인 가능성에 비교하고 대조할 수 있기 때문에 아직도 대안과 가능성이 풍부하게 존재하는 그런 생명체들에게나 통하는 것이다. 그러나 에드바르트 아저씨에게는 대안이 없었다. 아저씨는 완전히 통합되었으므로 행복과 불행의 이분법은 아저씨에게 존재하지 않았다. 아저씨가 얼마나 시간을 잘 맞추어, 얼마나 정확하게 움직이고 있는지를 본다면 누구라도 마지못해 동의해야만 했다. 아저씨를 따라 도시로 온 그의 아내 테레사 숙모조차도, 짜증 난 순간에 이전의 남편 목소리의 흔적을 알아볼 수 있는 그 커다랗고 낭랑한 소리를 듣기 위해 단추를 계속 누르는 일을 멈출 수 없었다. 그들의 딸 에지아로 말하자면, 자기 아버지의 직업에 매혹되었다고 할 수 있을 것이다. 나중에 우리 아버지의 행동에 대한 복수로 그녀가 나에게 화풀이한 것은 사실이지만, 그것은 다른 이야기이다.

2

날이 갔고 오후는 더 길어졌다. 그 오후에는 할 일이 아무것도 없었다. 여전히 날것 그대로의, 여전히 메마르고 쓸모없이 남아도는 시간은 공허한 어스름과 함께 그 오후를 길게 늘여 놓았다. 아델라는 일찍 씻고 부엌을 청소한 뒤 오후에 멀리 보이는 옅은 붉은빛을 공허하게 바라보며 발코니에 빈둥빈둥 서 있었다. 다른 때에는 그렇게나 표정이 풍부하던 그녀의 아름다운 눈은 멍하니 꿈꾸는 듯 비어 있었고, 튀어나와 커다랗게 반짝였다. 겨울 끝 무렵에 이르러 부엌 냄새로 윤기가 없어지고 회색빛이 된 그녀의 안색은 이제 반달에서 보름달이 되는 달의 봄을 맞이한 인력(引力)의 영향으로 젊어졌고, 우윳빛 반영과 유백색 그림자와 에나멜의 반짝임이 더해졌다. 그녀는 이제 어두운 시선 아래 굽실거리는 점원들 위에 군림했는데 그들은 냉소주의자 혹은 시내 술집과 다른 소문 나쁜 장소들의 단골이 되려던 태도를 버리고 그녀의 새로운 아름다움에 취해 관계를 재정립하고 긍정적인 사실들을 알아차리기 위해 양보할 준비를 갖추고 다시 한 번 접근할 방법을 모색하고 있었다.

아버지의 실험은 애초의 기대와 달리 일반적인 생활에 아무런 혁명도 일으키지 못했다. 현대 물리학의 몸체 위에 최면술을 접목시키려는 시도는 실패했다. 아버지의 발견에 아무런 소득이나 진실이 없었기 때문은 아니다. 그러나 진실이란 어떤 발상이 성공하는 데 결정적인 요소는 아니다. 우리의 형이상학적 굶주림에는 한계가 있고 채우기도 쉽다. 우리가 아버지의 신자이자 추종자라는 위치에서 용기가 꺾이고 분열되기 시작했을 때, 아버지는 막 새로운 계시의 문턱에 서 있었다. 조바심의 징조는 더 자주 나타났다. 드러내 놓고 항의하는 일조차 있었다. 우리의 본성은 본질적인 규칙이 어그러지는 것에 반항했으며, 우리는 기적이 지겨워져서 오래되고 친숙하고 견고한 영구적인 질서의 지루한 세계로 되돌아가기를 바랐다. 그리고 아버지는 이것을 이해했다. 아버지는 당신이 너무 지나쳤다는 사실을 깨닫고 상상력의 날개에 고삐를 걸었다. 우아한 여성 문하생과 윤을 낸 콧수염을 기른 남성 추종자의 동아리는 날이 갈수록 녹아 사라졌다. 아버지가 명예롭게 물러서기를 바라면서 마지막 결론적인 강의를 한 번 더 하려고 생각하던 참에, 갑자기 새로운 사건이 일어나 모든 사람의 주의를 전혀 예상치 못한 방향으로 돌려놓았다.

어느 날 형이 학교에서 돌아오는 길에 세상의 종말이 임박했다는, 가능할 것 같지 않지만 진실한 소식을 가지고 왔다. 우리는 잘못 들었다고 생각하여 한 번 더 말해 보라고 했다. 그러나 잘못 들은 것이 아니었다. 그 믿을 수 없는, 완전히 당혹스러운 소식은 이런 것이었다. 준비도 안 되고 끝내지도 못한 채, 있는 그대로, 임의의 시간과 공간에서 계좌를 닫지도 못한 채, 아무런 목적도 달성하지 못하고, 말 그대로 문장의 중간에서 마침표도 느낌표도 달지 못하고, 마지막 심판이나 하느님의 분노도 없이 —친근하게 이해하는 충실한 분위기에서, 서로 동의하에 그리고 쌍방이 모두 지키는 규칙에 따라— 세상은 단순히 그리고 피할 수 없이 머리를 얻어맞기로 되어 있었다. 아니다. 그것은 오래전에 예언자들이 예고한 종말론적이고 비극적인 마지막도 아니고 『신곡』의 마지막 장도 아니다. 아니다. 그것은 자전거 곡예사의, 마술쟁이의 훌륭한 속임수이자 사이비 실험적인 —진보의 정신을 믿는 모든 사람들의 갈채가 뒤따르는— 세상의 끝이었다. 그 생각은 거의 모든 사람에게 먹혀들었다. 겁먹은 사람들, 항의하는 사람들의 목소리는 즉시 막혀 버렸다. 이것이 단순히 믿을 수 없는 기회라는 것, 상상할 수 있는 세상의 끝 중에서도 가장 진보적이고 자유로운 사고방식을 지닌 종류라는 것, 시간의 절정 위에 당당하게 서 있는, 절대 지혜의 명예를 얻는, 영예로운 끝이라는 사실을 그들은 왜 이해하지 못하는 것일까? 사람들은 열정적으로 그에 대해 토론하고, 수첩에서 찢어 낸 종이에 직접 본 것처럼 그림들을 그리고, 반박할 수 없는 증거를 제시하여 반대자와 회의론자를 싸움터에서 때려 눕혔다. 예상된 대재앙을 효과적으로 표현한 그림을 전면에 실은 신문들이 등장하기 시작했다. 이들은 주로 번개와 천체의 현상이 번쩍번쩍 빛나는 밤하늘 아래 겁에 질린 사람들이 가득한 도시를 묘사했다. 어떤 사람은 이미 먼 혜성의 놀라운 활동을 보았는데, 혜성의 포물선형 정점은 흔들림 없이 하늘을 날면서 계속 지구를 향해 있었고, 1초당 수 킬로미터의 속도로 지구를 향해 오고 있었다. 서커스의 익살극에서처럼 중절모와 모자들이 하늘로 날아오르고, 머리카락이 곤추서고, 우산이 저절로 펼쳐지고, 가발이 날아가 대머리가 드러났다 ─ 그리고 그 모든 것의 위에는 거대한 검은 하늘이, 동시에 경고하는 모든 별들의 빛으로 아른거리며 펼쳐져 있었다.

뭔가 신나는 일, 열정적으로 빠져들 만한 일이 우리의 삶에 들어왔다. 그로 인해 우리의 몸짓은 어떤 중요성과 엄숙함을 띠게 되었고 가슴은 우주적인 한숨으로 부풀었다. 밤이면 지구는 수천 명이 동시에 느끼는 황홀경의 엄숙한 소란으로 끓어올랐다. 밤은 검고 거대했다. 지구 주위의 유성들은 더 짙어졌고 수없이 많은 무리를 이루어 지구를 둘러쌌다. 별들 사이의 어두운 공간에서 이런 유성들은 제각각 다른 방향에서 나타나 심연에서 심연으로 별똥별의 먼지를 흩뿌렸다. 무한 속에 빠져 갈 곳을 잃고 방향을 잘못 잡은 채 우리는 발아래의 지구를 거의 버리다시피 했다. 뒤집힌 천구의 정점에 거꾸로 매달린 사람들처럼 고개를 아래로 떨어뜨리고 별에서 별로, 침칠한 손가락을 하늘의 지도를 따라 움직이며 별 무더기 사이를 방황했다. 그렇게 우리는 길게 늘어지고 산만하게 한 줄로 서서 밤의 끝없는 사다리 발판 위를 사방에 흩어져서 떠돌아다녔다 ─ 우리는 방대한 별들의 개밋둑을 약탈하는 버려진 천체로부터의 이주자였다. 마지막 방어선이 무너지고 자전거 타는 사람들은 자전거 위에 몸을 세우고 별들의 공간으로 자전거를 몰아갔고, 계속 새로운 별자리를 선보이는 별들 사이의 진공 속에서 흔들림 없이 날면서 영원히 존재하게 되었다. 끝없는 궤도 위를 이렇게 순환하면서 그들은 잠들지 않는 우주의 지도를 표시해 나갔고, 그러면서 사실 그들은 그을음처럼 검어진 채, 화덕 속에 머리를 넣은 것처럼 행성의 무기력에 굴복했으며, 그것이 그 모든 맹목적인 비행의 종착지였다.

짧고 일관성 없는 날들이 지나고, 잠을 조금 잔 후에, 밤은 사람들로 붐비는 거대한 조국처럼 열렸다. 군중은 마치 캐비아 단지의 뚜껑이 열려 내용물이 빛나는 산탄 총알 같은 물결을 이루어 흘러나오듯이, 별들로 시끄러워진 칠흑 같은 밤에 검은 강이 되어 거리를 메우고 광장에 나타났다. 별들은 수천 명의 무게에 눌려 부서졌고, 위층 창문마다 조그만 사람의 모습이, 개미들처럼 살아 있는 사슬, 한 사람이 다른 사람 어깨를 타고 앉아 살아 있는 건축물과 기둥을 만드는, 달빛의 미친 열정에 젖어 난간 위로 뛰어오르는 성냥개비 같은 사람들의 모습이 창문을 넘어와 불타는 횃불 빛에 밝혀진 광장 입구로 흘러 들어왔다.

이런 엄청난 군중과 보편적인 소란을 묘사하면서 나도 모르게 인류의 멸망과 대재앙에 관한 위대한 책들의 오래된 판화를 떠올리고 과장하는 경향이 있다면 용서하시기 바란다. 그러나 그 모든 것은 이미 본 듯한 영상을 만들어 냈고, 거대한 것을 좋아하는 과장된 성벽과 이 모든 광경의 엄청난 비애는 우리가 기억의 영원한 저장고, 초현실적인 신화적 저장고의 바닥을 드러냈으며, 길들이지 못한 요소들과 일관성 없는 추억으로 가득한 선사 시대의 밤에 들어섰고, 밀어닥치는 이 물결을 되잡지 못할 것이라는 사실의 증거가 되었다. 아, 물고기 비늘처럼 아른거리는 별로 가득한 밤! 아, 목마르게 조금씩 들이켜며 끊임없이 삼키는 입들의 강둑, 비에 젖은 어두운 밤의 넘실거리는 강물! 어떤 치명적인 망에 걸려, 어떤 비참한 그물에 걸려 이 다양한 세대는 종말을 맞이했는가?

오, 그때의 하늘, 천문학자들의 계산으로 덮여 수천 번이나 복사되고, 숫자가 붙고, 대수학의 수위표가 붙은, 빛나는 징조와 유성의 하늘! 그 하늘의 영광으로 얼굴이 푸르스름해진 채, 우리는 먼 태양의 폭발로 고동치는 우주 속을, 빛나는 별들 속에서 배회했다―하늘 전체에 흩뿌려진 은하수의 강둑에 넓은 무더기를 이루어 퍼진 인간 개미들―거미 같은 기계 위에 올라탄 자전거 모는 사람들의 그림자에 가려진 인간 강물. 그 능숙한 운전자들의 진화와, 나선과 도약에 상처 입은, 별들의 활동 무대인 밤, 오, 잃어버린 바퀴살과 무관심하게 버려진 바퀴 테 사이에 하늘의 대각선을 따라 영감을 받고 완성된 파선(擺線)과 외파선(外擺線),* 그리고 이것의 목적은 오로지 순수하게 자전거만 타고 밝게 벌거벗은 그 목적지에 도달하는 것뿐이었다! 이날부터 새로운 별자리가, 열세 번째 별 무리가 천궁도에 영원히 새겨져 그때부터 우리의 밤하늘에서 반짝이고 있는 것이다. 그것은 경륜자좌(競輪者座)이다.

그 시간에 문을 활짝 연 집들은 심하게 흔들리는 등잔불의 불빛 속에서 텅 비어 있었다. 커튼은 밤 속으로 멀리 불려 날아갔고, 줄지어 선 방들은 모든 것을 감싸 안는 끊임없는 통풍구가 되었는데, 그 방들 사이로 난폭하고 거침없는 경보 소리가 뚫고 갔다. 경보를 울리는 것은 에드바르트 아저씨였다. 그렇다, 결국 아저씨는 인내심을 잃고 모든 구속에서 탈피하여 무조건적인 명령을 어기고 엄격한 높은 도덕률에서 벗어나 경보를 울린 것이다. 우리는 기다란 막대기로 아저씨를 조용하게 만들려 해 보았고, 난폭하게 폭발하는 소리를 멈추기 위해 부엌 걸레도 넣어 보았다. 그러나 이렇게 재갈을 물려서도 아저씨는 선동을 멈추지 않고 미친 듯이, 끊임없이, 그 연속적인 경보의 소리 속에서 아저씨의 생명이 몸에서 흘러나가고 있다는 사실을, 치명적인 광기 속에서, 억누를 수 없이, 모두의 눈앞에서 하얀 피를 흘리고 있다는 사실을 깨닫지도 못한 채 경보를 울렸다.

때로 누군가 불타는 램프 아래 그 지옥 같은 벨 소리에 놀라 빈 방에 뛰어들어, 발끝으로 서서 망설이며 살금살금 걷다가 뭔가 찾기라도 하는 듯 갑자기 멈춰 섰다. 거울은 말없이 그를 투명하고 깊은 속으로 끌고 들어가 자기들끼리 조용히 그를 나누어 가졌다. 에드바르트 아저씨는 이 모든 밝은 빈방들 사이로 벨을 울리고 있었다. 별에서 온 외로운 도망자는 뭔가 나쁜 짓이라도 하러 온 것처럼 양심에 가책을 받고 계속되는 벨 소리에 귀가 먹은 채 아파트에서 아무도 모르게 물러나서, 불침번을 서는 거울들과 함께 그 빛나는 행렬 사이를 지나 현관으로 갔고, 그동안 거울 속 깊은 곳에서는 거울에 비친 한 무리의 반영들이 손가락을 입술에 대고 발끝으로 서서 살금살금 지나갔다.

다시 하늘은 별들의 먼지가 흩뿌려진 채 우리 위에 거대하게 열렸다. 매일 이른 밤 그 하늘에 그 치명적인 혜성이 나타났는데, 포물선 궤도의 정점에 비스듬히 기울어진 채 틀림없이 지구를 향해 1초에 수천 킬로미터씩 다가오고 있었다. 모든 눈들이 혜성을 바라보는 동안, 타원 모양에 금속성으로 빛나며 불룩 솟은 중간 부분이 약간 더 밝게 빛나는 혜성은 수학적으로 정확하게 매일의 일과를 수행해 나갔다. 별들의 수많은 무리 사이에서 순진하게 빛나는 그 작은 벌레가 사실은 하늘의 흑판 위에 우리 지구의 파멸을 적어나가는 발타자르의 불타는 손가락*이란 사실은 정말 믿기 어려웠다. 그러나 모든 아이들이 복합적인 완전수의 대수학으로 표현된, 우리의 피할 수 없는 파괴를 산출해 낼 그 치명적인 공식을 외우고 있었다. 우리를 구해 줄 것은 그 무엇인가?

군중이 야외에 흩어져서 별빛과 친구의 현상들에 넋 놓고 있을 때, 아버지는 아무도 모르게 집에 남아 있었다. 아버지는 덫에서 벗어날 비밀스러운 방법, 우주의 뒷문을 알고 있는 단 한 사람이었다. 아버지는 은밀하게 혼자 웃음 지었다. 에드바르트 아저씨가 재갈 물린 걸레에 숨 막혀 하면서 절박하게 경보를 울리고 있는 동안 아버지는 화덕의 굴뚝 입구에 조용히 머리를 집어넣었다. 그곳은 검고 조용했다. 그곳에서는 따뜻한 공기와 그을음과 침묵과 정적의 냄새가 났다. 아버지는 자세를 편히 하고 눈을 감은 채 행복하게 앉았다. 집의 검은 등딱지 위로, 지붕 위의 별이 빛나는 하늘에서, 약한 별빛이 한 줄기 스며 들어와 망원경 유리처럼 깨지더니 화덕 속에 작은 불꽃을, 굴뚝의 검은 증류기 속의 작은 씨앗을 밝혀 놓았다. 아버지가 조심스럽게 현미경의 나사를 돌리자, 공허한 별들의 조용한 어둠 속에, 렌즈에 의해 한 뼘 정도 앞에 놓인, 달처럼 밝고 석회암 돋을새김이 새겨져 빛나고 있는 플라스틱제의 그 치명적인 존재가 망원경의 시야 속으로 다가왔다. 그것은 연주창(連珠瘡)에 걸린 듯 약간 얽어 있었다 —수천 년을 방황한 끝에 고향 지구로 되돌아온 달의 형제, 그의 잃어버린 쌍둥이였다. 아버지는 쌍안경 앞으로 그것을 더 가까이 옮겼다. 그것은 마치 스위스 치즈처럼 구멍이 잔뜩 뚫렸고, 옅은 노란색을 띠고 반짝반짝 빛났으며, 나병에 걸린 듯한 흰 점들로 뒤덮여 있었다. 손은 현미경 나사에 올리고 시선은 접안렌즈의 빛에 눈먼 채, 아버지는 차가운 눈을 석회암 구체로 향했고, 그 표면, 치즈 같은 건강하지 못한 표면에서 그것을 안으로부터 갉아먹고 있는 질병의 복잡한 무늬, 책벌레의 꼬불꼬불한 흔적을 보았다. 아버지는 몸을 떨며 자신이 실수한 것인지 확인했다. 아니었다. 이것은 스위스 치즈가 아니고, 이것은 분명 인간의 뇌, 그 복잡한 구조를 전부 지닌 채 가로로 잘라 해부학적인 프레파라트*로 만든 인간의 뇌였다. 아버지는 반구의 경계선과 회색질의 표면을 분명히 보았다. 시선을 집중시켜 아버지는 그 반구의 복잡한 지도에서 사방으로 뻗어 나가고 있는 작은 글자들로 된 설명문까지 전부 읽어 나갈 수 있었다. 뇌는 방부 처리된 채 깊이 잠들어, 잠결에 행복하게 웃고 있는 것 같았다. 그 표정에 끌려 아버지는 복잡한 표면 문양을 꿰뚫고 현상의 본질을 보며 다시 혼자 웃음 지었다. 담뱃재처럼 검은, 친숙한 자기 집 굴뚝에서 뭘 발견할 수 있을지는 아무도 모르는 일이다. 돌돌 말린 회색 물질 속에서, 미세한 낟알 모양 속에서 아버지는 특징적인 물구나무 자세로 주먹을 얼굴 옆에 대고 양막(羊膜)의 가벼운 물속에 거꾸로 뒤집힌 채 축복받은 잠을 자고 있는 태아의 윤곽을 분명히 보았다. 아버지는 그것을 그 자세로 내버려 두었다. 안심하고 일어나 굴뚝의 통풍구 문을 닫았다.

이것이 끝이고 더 이상은 없다. 그러나 찬란하게 발전한 서론 뒤에 이어진 세상의 종말, 그 훌륭한 대단원은 어떻게 되었는가? 계산에 착오가 있었거나, 더하기를 할 때 작은 실수가, 숫자를 찍어 낼 때 인쇄소에서 뭔가 틀린 점이 있었던가? 그런 일은 없었다. 계산은 정확했고, 나열해 놓은 숫자들에는 아무것도 잘못된 점이 없었다. 그럼 무슨 일이 있었는가? 부디 들어주시기 바란다. 혜성은 용감하게 전진하여 시간 맞춰 목적지에 도달하기 위해 야심찬 말처럼 빠르게 돌진해 왔다. 유행도 혜성을 따라 바뀌었다. 한동안 혜성이 시대를 이끌며 그 이름과 모양을 빌려 주었다. 그러고는 유행과 혜성의 그 찬란한 양대 산맥은 똑같이 자라 머리를 나란히 하고 긴장된 구보로 달리기 시작했고, 우리의 마음은 동지애로 그들과 함께 뛰었다. 그러다가 유행이 코 높이 정도의 차이로 앞서서 지칠 줄 모르는 혜성을 따돌렸다. 그 밀리미터의 차이가 혜성의 운명을 결정했다. 그것은 이제 운명지어졌고 영원히 따돌려졌다. 우리의 마음은 이제 그 훌륭한 혜성을 뒤로하고 유행과 함께 달리게 되었다. 우리는 혜성이 더 흐려지고 작아져서 한쪽으로 기울어진 채 그 타원형 궤도를 마지막으로 구부려 보려고 헛되이 애쓰면서 저 멀리 푸르고 영원히 무해한 존재가 되어 어쩔 수 없이 지평선 바로 위의 점으로 가라앉는 것을 무관심하게 바라보았다. 혜성은 경주에서 우승하지 못했고 새로운 것의 매력은 소진되었으며 그처럼 심하게 따돌려진 것에 대해서는 더 이상 아무도 신경 쓰지 않았다. 홀로 남은 그것은 우주적인 무관심 속에 조용히 시들어 버렸다.

우리는 고개를 숙인 채 또 하나의 실망을 안고 일상으로 되돌아왔다. 우주적인 전망을 서둘러 접고 인생은 보통의 궤도로 되돌아왔다. 그때 우리는 잃어버린 잠의 시간을 보충하기 위해 밤낮으로 쉬었다. 이미 어둑어둑해진 집 안에 누워 잠에 혼곤히 빠져든 채 자신의 호흡 위로 떠돌면서 별 없는 잠의 눈먼 오솔길로 빠져들었다. 그렇게 떠돌면서 우리는 고동쳤다 ― 끽끽거리는 배와 파이프와 피리가 되어, 별 없는 밤의 길 없는 자취를 따라 코를 골며 항해해 갔다. 에드바르트 아저씨는 영원히 조용해졌다. 공기 중에는 아직도 그 절망하는 경보 소리의 메아리가 남아 있었지만 아저씨는 더 이상 살아 있지 않았다. 광기의 발작을 겪으면서 생명은 아저씨에게서 빠져나갔고, 순환은 열렸으며, 아저씨는 방해받지 않고 불멸의 계단으로 더 높이 올라갔다. 어두운 아파트에서 아버지는 홀로 깨어 잠의 노랫소리 가득한 방들 사이를 조용히 돌아다녔다. 때때로 아버지는 굴뚝 환기구를 열고 미소 지으며 그 어두운 심연을 들여다보았는데, 그곳에서는 웃음 띤 호문쿨루스가 유리 캡슐 속에 갇힌 채 휘황한 빛에 잠겨 영원히 빛나는 잠을 자고 있었다. 그것은 이미 판결을 받고 지워져서 폴더에 갇힌 채 내버려진 하늘의 거대한 서고의 또 다른 기록 카드였다.

모래시계 요양원

책

1

　나는 아무런 수식 어구나 조건 없이 그것을 그냥 '그 책'이라고만 할 것이다. 이렇게 간명히 부르는 데는 일종의 무기력한 그림자, 초월적인 것의 방대함 앞에 조용히 항복하는 듯한 면이 있는데, 왜냐하면 어떤 말이나 어떤 비유도 그 공포의 떨림을, 모든 놀라움의 가능성마저 초월하는 이름 없는 것에 대한 예감을 적절히 정확하게 암시할 수 없기 때문이다. 그 대단한 것과 얼굴을 마주했을 때, 형용사 무더기나 풍부한 수식 어구가 무슨 도움이 된단 말인가? 그리고 진정한 독자라면 ─ 그리고 이 이야기는 오직 그런 사람만을 위한 것이다 ─ 누구나, 내가 눈을 똑바로 들여다보면서 말뜻을 전달하려 한다면 어쨌든 나를 이해할 것이다. 짧고 날카로운 시선이나 가볍게 손을 잡는 것만으로도 그는 깨닫고 몸을 떨 것이고, 그 책의 훌륭함에 기쁨에 겨워 눈을 깜박일 것이다. 왜냐하면 우리는 저자와 독자로 둘러앉은 가상의 탁자 아래서도 모두들 비밀리에 서로 손을 잡고 있는 것이 아니던가?

　그 책……. 어린 시절의 새벽 어디쯤에서, 인생의 아침이 처음 시작되었을 때, 그 지평선은 그 책의 부드러운 광채로 밝혀졌다. 그 책은 아버지의 책상 위에 영광스럽게 놓여 있었고, 아버지는 그것에 몰입해 젖은 손가락 끝으로 전사화(轉寫畵) 위를 참을성 있게 문질렀으며, 그리하여 여백은 흐릿해졌다가는 즐거운 예감으로 그림자처럼 되었고, 종잇조각이 갑자기 벗겨지면서 공작의 눈 같은 파편을 드러냈다. 그 눈은 감정으로 흐려진 채, 신들의 색깔의 첫 번째 새벽을, 가장 순수한 하늘색의 기적 같은 촉촉함을 맞이했다.

오, 그 흘러 떨어지던 얇은 조각들, 오, 그 광채의 침투, 그 축복받은 봄, 오, 아버지…….

가끔씩 아버지는 일어나서 밖으로 나가 버렸다. 그러면 나는 그책과 함께 홀로 남았고, 바람이 그 책장을 펄럭이게 하며 지나갔고 그 안의 그림들이 일어나곤 했다. 그리고 바람에 휩쓸린 책장들이 색깔과 그림들을 뒤섞이게 하면서 넘어감에 따라, 본문의 글줄기 사이로 전율이 흐르면서, 글자 사이로 제비 떼와 종달새 떼가 풀려 나오곤 했다. 책장 너머 책장이 공중에서 나풀거리며 부드럽게 주위를 광채로 채웠다. 어떤 때, 그 책은 조용히 책상 위에 있었고 바람이 마치 커다란 꽃양배추처럼 그것을 부드럽게 펼쳤다. 꽃잎들은 하나씩, 하나하나가 눈꺼풀이 되어, 모두 눈먼 채, 공단처럼 부드럽게, 그리고 꿈처럼, 천천히 푸른 홍채를, 색칠한 공작의 심장을, 혹은 벌새의 재잘거리는 둥지를 드러냈다.

이것은 매우 오래전의 일이었다. 어머니는 아직 나타나지 않았다. 나는 아버지와 단둘이 우리 방에서 하루를 보냈는데, 그때는 그 방이 세상만큼 넓었다.

등잔에 달린 수정들이 방 안을 흩어진 빛으로 채웠고, 무지개가 모든 구석에 흩뿌려졌으며, 등잔이 그 사슬 위에서 흔들릴 때면, 마치 아홉 개의 행성이 모두 움직여 서로의 둘레를 도는 것처럼 방 전체가 무지개의 파편 주위를 돌았다. 나는 아버지의 다리 사이에 서서, 마치 기둥처럼 그것을 양쪽에서 포개기를 좋아했다. 가끔 아버지는 편지를 썼다. 나는 아버지의 책상에 앉아, 콜로라투라* 성악가의 트릴*처럼 비스듬하고 소용돌이치는, 아버지의 갈겨쓴 서명을 매혹된 채 바라보곤 했다. 벽지에서 미소가 피어나고, 눈들이 열리고, 공중제비를 돌았다. 나를 즐겁게 하기 위해, 아버지는 긴 빨대로 비누 거품을 불었다. 그 거품들은 무지갯빛 나는 공중에서 터지거나, 그 색깔은 그대로 허공에 걸린 채 벽에 부딪히곤 했다.

그리고 어머니가 현실에 모습을 드러냈고, 그 이른, 아름다운 전원시는 끝을 맞이했다. 어머니의 애무에 유혹되어, 나는 아버지를 잊었고, 나의 인생은 휴일도 기적도 없는 새롭고 다른 궤도 위에서 움직이게 되었다. 그 특별한 밤의 그 꿈이 아니었다면, 나는 그 책마저도 영원히 잊어버렸을지 모른다.

2

어느 어두운 겨울 아침에 나는 일찍 잠에서 깨어났고 ─어둠의 둑 아래 깊은 곳에 음울한 새벽이 빛났다 ─흐릿한 형상 무더기와 징조들이 아직 눈꺼풀 아래 고여 있는 동안, 나는 오래되고 잊혀버린 그 책에 대해 여러 가지로 후회하고 마음을 괴롭히면서 혼란스러운 꿈을 꾸기 시작했다.

아무도 나를 이해할 수 없었고, 그들의 멍청함에 짜증이 나서 나는 화가 치밀고 조바심 내며 부모님을 못살게 굴면서 더 절박하게 들볶기 시작했다.

맨발에 잠옷 윗도리만 입고 흥분으로 몸을 떨면서 나는 아버지의 책장에 있던 책들을 샅샅이 뒤졌고, 화가 나고 실망한 채로, 어안이 벙벙해진 청중에게 그 묘사할 수 없는 것을 묘사하려 했는데, 그것은 어떤 말도, 떨리는 긴 손가락으로 그린 어떤 그림도 불러올 수 없는 것이었다. 나는 끝없이 설명하다가 제풀에 지치고, 혼란과 자가당착에 빠져 무력한 절망감에 울음을 터뜨렸다.

부모님은 혼란스러워져 당신들의 무력함에 부끄러움을 느끼며 몸을 숙여 나를 내려다보고 있었다. 그분들은 마음이 불편할 수밖에 없었다. 내가 너무 격렬하고 조급했고 내 목소리가 분노에 차서 절박했기 때문에 내가 옳은 쪽에 있는 것처럼, 충분한 근거가 있어서 슬퍼하는 것처럼 보였다. 부모님은 여러 가지 책을 서둘러 가져와 내 손에 꼭 쥐여 주었다. 나는 화가 나서 그것들을 던져 버렸다.

그중에서 두껍고 무거운 책을 아버지는 몇 번이고 몇 번이고 내게 안겨 주었다. 나는 그것을 펼쳐 보았다. 그것은 성경이었다. 그 책장 안에서 나는 길을 가득 메우고 행렬을 지어 뻗어 나가며 먼 나라로 향하는 거대한 동물의 무리를 보았고, 날아가는 새 떼로 가득한 하늘을 보았으며, 거꾸로 선 거대한 피라미드의 평평한 꼭대기에 노아의 방주가 얹혀 있는 것도 보았다.

나는 화난 눈을 들어 아버지를 향했다.

"아버지는 아실 거예요."

나는 소리쳤다.

"분명히 아실 거라고요. 안 그런 척하지 마세요, 얼버무리려고 하지 마시란 말예요! 이 책은 아버지를 배반했어요. 왜 저한테 그런 가짜를, 복제품, 서투른 위조품을 주시는 거예요? 그 책은 어떻게 하셨어요?"

아버지는 시선을 돌렸다.

3

몇 주가 지나갔다. 나의 흥분은 가라앉고 사라졌지만, 그 책의 영상은 여전히 내 기억에서 밝게 타오르고 있었다. 커다랗고 버스럭거리는 성경, 책장 사이에서 바람이 불어 나와, 책 전체를 마치 거대한, 꽃잎을 떨어뜨리는 장미처럼 펄럭이게 하는, 폭풍 같은 성경이었다. 내가 조금 진정된 것을 보고, 아버지는 어느 날 조심스럽게 다가와 부드럽게 암시하는 목소리로 말했다.

"사실 그런 책들은 많이 있단다. 그 책은 우리가 어렸을 때는 믿다가, 나이 들면서 진지하게 생각하지 않게 되는 신화 같은 거야."

그때 나는 이미 상당히 다른 의견을 가지고 있었으며, 그 책이 자명한 사실이고 목적이라는 것을 알고 있었다. 나는 두 어깨 위에 그 위대한 임무를 떠맡고 있었다. 나는 비웃으며 완고하고 쓸쓸한 자존심으로 가득 차서 아무 대답도 하지 않았다.

사실 나는 이미 그 책의 찢긴 일부를, 어떤 기묘한 운명으로 인해 내 손에 떨어진 불쌍한 책장 몇 조각을 가지고 있었다. 나는 그 책의 비참한 전락에 괴로워하며 그런 불구의 책장들을 아무도 가치 있게 보아 주지 않을 것이라는 사실을 알고 그 보물을 모두의 눈을 피해 조심스럽게 숨겼다. 그 일은 이렇게 되었다.

그 겨울의 어느 날 나는 방을 치우는 아델라를 놀라게 했다. 아델라는 솔을 들고 독서용 탁자 위로 몸을 숙이고 있었는데, 그 위에는 종이가 몇 장 있었다. 나는 그녀의 어깨 너머로 훔쳐보았는데, 호기심에서라기보다는 그녀에게 가까이 가서 최근에 내가 막 느끼기 시작한 젊음의 매력을 풍기는 그 몸의 향기를 맡기 위해서였다.

"이것 봐."

내가 누르는 것을 별 저항 없이 받아들이며 그녀가 말했다.

"머리를 땅에 닿을 정도로 길게 기를 수 있을까? 내 머리도 그랬으면 좋겠네."

나는 그림을 들여다보았다. 커다란 전지 책장에, 얼굴에 정력적이고 경험 많은 표정을 짓고 체격은 강해 보이지만 좀 쭈그리고 앉은 여인의 사진이 있었다. 그녀의 머리로부터 엄청나게 숱 많은 머리카락이 흘러 내려와, 그녀의 등에 무겁게 드리워져 그 굵은 다발의 끝을 땅바닥까지 늘어뜨리고 있었다. 그것은 자연의 믿을 수 없는 괴물, 머리카락의 덩굴이 자아낸 충만하고 풍부한 외투였으며, 그 머리카락이 달고 다니기에 고통스럽지 않다는 사실, 그것이 자라난 머리를 마비시키고 있지 않다는 것은 상상하기 어려웠다. 하지만 그 장관을 연출하고 있는 당사자는 그것을 자랑스럽게 견디고 있는 듯했고, 사진 아래 인쇄된 설명문은 그 기적의 역사를 설명하고 있었는데, 이렇게 시작되었다.

"나, 모라비아의 카를로비체*에서 태어난 안나 칠라크는 머리카락이 잘 자라지 않았는데……."

그것은 긴 이야기였는데 욥의 이야기와 구조가 비슷했다. 신의 뜻에 의해 안나 칠라크는 머리카락이 잘 자라지 않는 고난을 당했다. 마을 전체가 그녀의 이런 장애를 동정했는데, 그녀가 모범적인 삶을 살았기 때문에, 사람들은 그녀가 받은 고난이 완전히 부당한 건 아니라고 의심하기는 했지만 그녀의 이런 장애를 참아 주었다. 그러나 보라, 그녀의 열성적인 기도가 하늘에 닿아, 머리에서 저주가 풀렸고, 안나 칠라크는 계시의 축복을 받는 영광을 안았다. 그녀는 징조와 경이로운 전조를 받아 혼합물을 만들었는데, 그것은 그녀의 머리 가죽에 풍성함을 되찾아 준 기적의 만병통치약이었다. 머리카락이 자라기 시작했고, 게다가 그녀의 남편과 형제와 사촌들까지 하룻밤 사이에 튼튼하고 건강한 검은색 털이 자라나 있는 것을 발견했다. 그 책장 뒷면에는 처방약을 받은 지 6주가 지난 후의 안나 칠라크가 형제와 시동생들과 조카들, 구레나룻과 턱수염이 허리까지 자라 꾸미지 않은 곰 같은 남성성의 분출을 자랑하며 구경꾼들의 경탄을 받는 남자들에게 둘러싸인 채 서 있었다. 안나 칠라크는 마을의 은인이 되었으며 마을은 굽이치는 머리카락이 넘실거리는 머리와 방대한 앞머리가 내려진 은총을 받았고 마을에 사는 남자들은 그때부터 넓은 빗자루처럼 그들의 턱수염으로 땅을 쓸 수 있게 되었다. 안나 칠라크는 다모증(多毛症)의 사도가 되었다. 고향 마을에 기쁨을 불러오고 나서 그녀는 이제 온 세상을 행복하게 만들고 싶은 마음에, 구원을 받기 위해서는 신들의 선물, 그녀 혼자만이 비밀을 알고 있는 그 경이로운 혼합물을 받아들일 것을 모든 사람에게 부탁하고 구걸하고 설득했다.

나는 아델라의 팔 위로 그 이야기를 읽고 있었는데 갑자기 어떤 생각이 덮쳐 왔다. 이것이 그 책이었다, 그 책의 마지막 책장, 비공식적인 부록, 쓰레기와 고물로 가득한 뒷문이었다! 무지개의 파편이 갑자기 벽지 위에서 춤을 추었다. 나는 아델라의 손에서 그 종잇장을 낚아채고 더듬거리는 목소리로 뱉어 냈다.

"이 책 어디서 찾았어?"

"실없는 도련님 같으니."

그녀가 어깨를 움츠리며 대답했다.

"그건 여기 항상 있었어. 우린 거기서 매일 몇 장씩 찢어 내서 푸

줏간에 갈 때 고기 싸려고 가져가거나 너희 아버지 도시락에 쓰는
걸……."

4

나는 방으로 달려갔다. 매우 당황하여, 뺨이 벌겋게 달아오른
채 떨리는 손가락으로 그 오래된 책의 책장을 넘기기 시작했다. 이
런, 얼마 남아 있지 않았다. 원래의 본문은 한 장도 남아 있지 않
고 그저 선전과 개인 광고뿐이다. 머리 긴 여자 예언자의 예언 바
로 뒷장은 모든 병과 허약함을 고칠 수 있는 기적의 만병통치약을
소개하는 것으로 한 면을 다 채우고 있었다. 백조가 들어간 물약
인 엘자는 기적을 일으키는 진통제였다. 그 면은 온통 그 효과를
경험한 사람들이 약이 진짜라고 증명하는, 감동적인 증언으로 가
득했다.

트란실바니아,* 슬라보니아,* 부코비나*의 열성적인 회복기 환자
들이 증언을 하고 자신들의 이야기를 뜨겁고도 감동적인 말로 들
려주기 위해 서둘러 달려왔다. 그들은 붕대를 감고 허리를 구부린
채 지금은 필요 없어진 목발을 떨면서 눈에서는 안대를, 상처에서
반창고를 떼어 내면서 왔다. 이 불구자들의 행렬 뒤에는 종잇장처
럼 하얀 하늘 아래, 매일의 고되고 지루한 노동으로 굳어 버린 멀
고 음침한 마을을 상상해 볼 수 있었다. 시간 깊은 곳에 잊혀 버
린, 자신의 작은 운명 속에 영원히 묶여 버린 사람들로 가득한 마
을이 있었다. 신기료장수는 그저 신기료장수일 뿐이었다. 그에게
서는 짐승 가죽 냄새가 났다. 그의 얼굴은 작고 수척했으며, 눈은
흐리고 근시이고, 색 바랜, 킁킁거리는 콧수염을 달고 있었다. 그

는 속속들이 신기료장수처럼 느껴졌다. 그리고 그들의 종기가 아프지 않고 뼈가 욱신거리지 않을 때면 혹은 수종(水腫) 때문에 침대에 누워야만 하지 않을 때면 이 사람들은 노란색의 싸구려 '황제-국왕' 담배를 피우거나 복권 파는 노점 앞에서 멍하니 백일몽을 꾸는 생명력 없는 회색빛 즐거움에 빠져들었다.

고양이들이 왼쪽과 오른쪽에서 나와 길을 지나갔다. 그 고양이들은 검은 개를 꿈꾸었고, 발바닥이 가려웠다. 때로 고양이들은 편지 쓰기 교본에서 베낀 편지를 써서 봉투에 넣은 뒤 조심스럽게 우표를 붙이고 마지못해 그것을 우체통에 넣고는 우체통을 깨우기라도 하려는 듯 주먹으로 때렸다. 그리고 꿈속에서는 부리에 편지를 문 하얀 비둘기들이 고양이들 앞에서 날아다니다 구름 사이로 사라졌다.

뒤이은 책장들은 일상의 범위를 뛰어넘어 순수한 시(詩)의 세계에 닿아 있었다.

거기에는 페달 달린 오르간과 치터*와 하프, 한때 천사들의 연주단에서 사용했던 모든 악기들이 있었다. 오늘날은 산업의 발달 덕에 보통 사람들, 하느님을 믿는 착한 사람들도 적당한 여흥과 마음의 즐거움을 위해 대중적인 가격에 그런 것들을 구할 수 있다.

거기에는 손잡이를 돌려 연주하는 손풍금도 있었는데, 진실한 기술의 기적으로, 피리와 현(絃)과 파이프로 가득하여, 흐느끼는 나이팅게일의 둥지처럼 달콤하게 떨리는 소리를 냈다. 그것은 상이용사들에게 값으로 따질 수 없는 보물, 불구자에게 짭짤한 수입의 원천 그리고 모든 음악적인 가족에게 보편적으로 없어서는 안 되는 물건이다. 이 아름답게 색칠한 손풍금을 지고 가는 작은 회색 늙은이들이 보인다. 그 불분명한 얼굴은 삶에 삭아서 거미줄로 덮인 듯 보인다. 짓무른, 움직이지 않는 눈에서 천천히 눈물이 배어 나오고, 바짝 여윈 얼굴은 갈라지고 날씨에 시달린 나무둥치처럼 색이 없고 순진하며, 이제 오로지 비와 하늘의 냄새만 나는 그런 나무둥치를 닮았다.

이런 늙은이들은 오래전에 이름은 물론 자신이 누구인지도 잊었고, 자기 안에 도취되어 발은 거대하고 무거운 장화 안에 갇힌 채 그들을 지나치는 사람들의 구불구불 구부러진 행로는 개의치 않고 무릎을 굽히고 작은 걸음으로 고르게 터벅터벅 걸어서 곧고 단조로운 길을 간다. 태양이 없는 하얀 아침, 추위로 눅눅해지고 일상에 함빡 젖은 아침에 그들은 눈치채지 못하게 군중 속에서 풀려 나와 전봇대 줄로 금이 그어진 노란색 얼룩의 하늘 아래 거리 구석에 가로대를 놓고 오르간을 세운다. 사람들이 옷깃을 세우고 목적 없이 서두르는 동안, 그들은 곡조를, 처음부터가 아니라 어제 멈추었던 곳부터 연주하기 시작한다. "데이지, 데이지, 대답해 줘⋯⋯"를 연주하는 동안 굴뚝 위에선 깃털 같은 하얀 연기가 솟아오르곤 한다. 그리고 이상한 것은, 그 곡조는, 채 시작하기도 전에, 마치 언제나 그 생각에 깊이 잠긴 우울한 날의 일부였던 것처럼 그 시간에 그 장소의 풍경에 딱 들어맞았다. 서둘러 지나가는 사람들의 생각과 잿빛 걱정거리들이 곡조에 장단을 맞췄다.

그리고 한참 후에 그 곡조는 오르간 안에서 뽑아낸 길게 늘어진 위잉 소리로 끝났는데, 그것은 이제 완전히 다른 곡으로 시작되었고, 생각과 걱정거리들은 춤출 때 스텝을 바꾸기 위해 하듯이 잠시 멈추었다가, 즉시 반대 방향으로 때맞춰 돌아서서 오르간의 파이프에서 나오는 새 곡조를 시작하는 것이었다. "마우고자타, 내 영혼의 보물⋯⋯."

그리고 그 아침의 멍한 무관심 속에 세계의 감각이 완전히 바꿰었다는 것을, 이제 "데이지, 데이지……"가 아니라 "마우-고-자타……"와 박자를 맞추어 세상이 돌아가고 있다는 것을 아무도 깨닫지 못했다.

나는 또 책장을 넘겼다……. 무엇일까? 억수 같은 봄비? 아니다, 그것은 펼쳐진 우산 위에 회색 총성처럼 내려앉은 새들의 찍찍거리는 소리였는데, 왜냐하면 여기서 내가 본 것은 하르츠 산*에서 온 진짜 독일산 카나리아, 새장에 든 오색방울새와 찌르레기, 바구니 가득한 날개 달린 수다쟁이와 가수들이었기 때문이다. 물렛가락 모양을 한 그것들은 솜으로 채운 것처럼 가벼웠고, 경련하듯 팔딱팔딱 뛰며, 부드럽고 변덕스러운 전류가 흐르는 것처럼 돌아다녔으며 뻐꾸기시계처럼 충전되어 있었다. 그들은 외로움의 묘약이 되어 독신자들에게 가족생활의 대용품을 제공했고, 마음을 움직이는 무기력함으로 가장 황폐한 심장에서도 모성의 온기와 비슷한 것을 짜내기 위해 사람들은 그 새들을 원했다. 책장을 거의 넘겼을 때도 그 새 무리, 유혹하는 지저귐은 여전히 남아 있는 듯했다.

그러나 잠시 후 그 책의 비참한 나머지 부분들 때문에 나는 점점 더 우울해졌다. 책장에는 이제 지루하고 쓸모없는 내용들만 나와 있었다. 기다란 외투를 입고, 턱수염 속에 반쯤 숨은 미소를 짓고, 대중에게 자신의 서비스를 광고하는 이는 누구인가? 흑마술의 대가인 밀라노의 보스코 선생은 아무것도 분명히 밝히지 않은 채 손가락 끝에서 뭔가를 보여 주며 길고 불확실한 광고를 하고 있었다. 그리고 그 나름대로는 놀라운 결론에 도달한 것 같은데, 그 결론이라는 것이 허공으로 사라지기 전에 꽤 무게를 잡는 듯했지만, 눈썹을 치켜 올리고 보는 사람에게 뜻밖의 무언가를 기대하게 만들면서, 변증법적으로 세밀하게 웅변하기는 했지만 제대로 이해받지 못했고, 더 나쁜 것은, 보는 사람이 그를 이해하려고도 하지 않고 그의 몸짓과 부드러운 목소리와 어두운 미소를 전부 그대로 남겨 두고는 마지막의 거의 흩어져 버린 책장으로 넘겨 버렸다는 것이다.

이 마지막 책장들은 꽤 분명하게 미친 사람의 헛소리, 무의미한 말로 흘러넘쳐 있었다. 어떤 신사가 단호함과 결단력을 얻을 수 있는 결코 실패하지 않는 방법을 제시하면서 고결한 원칙과 개성에 대해 길게 말했다. 그러나 원칙과 단호함에 관한 한, 한 장을 더 넘기는 것만으로도 나는 완전히 혼란에 빠져 버렸다.

마그다 왕 여사라는 어떤 사람이 기다란 옷자락에 갇혀 목 주위가 상당히 파인 옷을 입고, 남자다운 결단력과 원칙에 대해 얼굴을 찌푸리며 가장 강한 개성을 무너뜨리는 것을 전문 분야로 하고 있다고 선언했다. (여기서 그녀는 작은 발을 약간 움직여 옷자락을 정리했다.) 그녀는 이를 악물고 말을 이었는데, 어떤 방법이, 여기서 직접 밝힐 수는 없지만 절대로 실패하지 않는 방법이 있다고, (부다페스트의 인간 지혜학* 협회에서 출판한)『보라색 날들』이라는 회상록을 언급하며 그녀는 말했다. 그 책에서 그녀는 식민지에서 사람을 조련하는 방법에 관한 여러 가지 경험의 결과를 이야기했다(이 부분을 강조하며 눈을 냉소적으로 반짝였다). 그리고 매우 이상하게도, 그 단정치 못하고 수다스러운 아주머니는 그녀가 그렇게나 냉소적으로 이야기한 그 사람들의 인정을 받을 것이라고 확신하는 것 같았는데, 그 이상하게 혼란스러운 말을 들으면 그 단어들의 뜻이 신비하게 바뀌며 우리는 완전히 다른 세상, 나침반이 뒤에서 앞으로 움직이는 세상에 왔다고 느끼게 되었다.

이것이 그 책의 마지막 페이지였는데, 그 때문에 나는 이상하게 어지럽고, 갈구와 흥분이 섞인 감정으로 가득 차게 되었다.

5

그 책 위에 몸을 숙이고 얼굴을 무지개처럼 빛내면서 나는 하나의 황홀경에서 또 다른 황홀경으로 조용히 타올랐다. 읽기에 열중한 나머지 식사도 잊었다. 나의 직감은 옳았다. 이것이야말로 지금은 아무리 타락하고 모욕당했다 해도 진짜 그 책, 성스러운 원본이었다. 그리고 황혼 녘에 늦게, 축복받은 미소를 지으며 내가 그 오래된 종잇장들을 서랍 바닥에 깔고 밖에서 보이지 않게 다른 책들로 덮었을 때 나는 새벽녘을, 혼자 힘으로 언제나 새롭게 타오르며 모든 자줏빛 불꽃 사이를 지나 이제 다시 한 번 돌아와서 아직 꺼지려 하지 않는 새벽녘을 서랍장에 넣어 잠들게 한 것 같은 느낌이 들었다.

이제 모든 책들이 어쩌면 그렇게 재미없어 보이는지!

왜냐하면 보통 책들은 유성과 같기 때문이다. 각각의 책들에는 단 한순간, 마치 불사조처럼 비명을 지르며 날아오르는 단 한순간, 모든 페이지가 불타오르는 한순간이 있다. 그 한순간을 위하여, 그 하나의 찰나를 위하여, 비록 곧 재가 되어 버린다 해도 우리는 책들을 그 후로도 영원토록 사랑하는 것이다. 씁쓸한 체념을 느끼며 우리는 가끔 깊은 밤에 나무로 된 묵주의 구슬처럼 돌같이 죽어 버린 메시지를 전하는 멸종된 책장 사이를 방황한다.

그 책의 해석학자들은 모든 책들은 그 원본이 되는 것을 목표로 삼는다고 주장한다. 책들은 단지 빌린 인생을 살 뿐이고 영감을 얻는 순간 그것의 태고의 원천으로 되돌아간다는 것이다. 이것은 즉 책의 수가 감소하면 원본의 수는 증가한다는 것을 뜻한다. 그러나 우리는 학설을 설명함으로써 독자를 지루하게 하고 싶지는 않다. 우리는 단지 단 한 가지 일에 독자의 주의를 끌고 싶을 뿐이다. 즉 원본은 살아 있으며 성장한다는 것이다. 이것은 무슨 뜻인가? 어쩌면 그것은 바로 다음번에 우리가 그 오래된 책장을 펼쳤을 때는 안나 칠라크와 그녀의 추종자들을 원래 있던 자리에서 찾아낼 수 없을지도 모른다는 것이다. 아마도 우리는 그녀, 머리카락이 긴 순례자가 먼 땅을 방황하면서 지루하고 단조로운 흰 마을 사이로 외투같이 긴 머리카락으로 모라비아의 길들을 쓸고 가는 것과 따갑고 간지러운 증상으로 고통받는 하느님의 바보들에게 엘자의 진통제 견본을 나눠 주는 것을 볼지도 모른다. 아, 그렇다면 그 거대한 턱수염 때문에 움직일 수 없게 된 마을의 덕망 있는 턱수염 기른 사람들은 어떻게 할 것이며, 지나치게 자란 수염을 돌보고 관리해야 하는 선고를 받은 그 사람들에 대해, 그 충실한 공동체는 무엇을 할 것인가? 누가 알겠는가, 어쩌면 그들은 모두 진짜 '검은 숲'표 손풍금을 사 들고 자신들의 여성 사도를 따라 세상에 나가 사방에서 '데이지, 데이지'를 연주하며 그녀를 찾아 이곳저곳 떠돌아다닐지도?

오, 영혼의 어머니를 찾아 손풍금을 들고 마을에서 마을로 헤매 다니는 턱수염 기른 자들의 오디세이여! 이 서사시적 주제에 걸맞은 음유 시인, 지금은 그들의 마을에 남아 안나 칠라크가 태어난 곳에서 영적인 힘을 휘두르고 있는 시인은 없는가? 예견하지 못했던가, 그들의 엘리트, 그들의 훌륭한 가부장들을 빼앗기고 나면 마을은 의혹과 배신의 수렁에 떨어져 그 문을 열게 되리라는 것을—누구에게? 인간 조련술과 개성을 망가뜨리는 일에 대한 학교를 설립할, 냉소적이고 괴팍한 마그다 왕(부다페스트의 인간 지혜학 학회 출간)이 아니면 누구이겠는가?

그러나 우리는 순례자들에게 돌아가기로 하자.

우리는 모두 그 오래된 컴브리아인* 방랑자들의 수호자, 보기에는 몸이 매우 강할 듯한 검은 머리칼의 남자들, 근력도 생명력도 없는 조직체로 이루어진 사람들을 알고 있다. 그들의 모든 힘, 그들의 모든 권력은 머리카락으로 들어갔다. 인류학자들은 오랫동안 언제나 짙은 색 양복을 입고 배에 굵은 은사슬을 늘어뜨리고 손가락에 구리 인장 반지를 낀 이 특이한 종족에 대해 오랫동안 고민해 왔다.

나는 이들, 이 카스파르 혹은 발타자르들을 좋아한다. 나는 그들의 깊은 진지함, 장례식처럼 음울한 그들의 몸치장을 좋아한다. 볶은 커피 원두처럼 눈이 아름답고 반질반질한 그 장엄한 남성의 견본을 좋아한다. 그들의 스펀지처럼 부푼 몸에 생명력이 귀족적으로 결여된 것을, 타락의 우아하고 섬세한 아름다움을, 그들의 강력한 폐에서 불어 나오는 씨근거리는 호흡을, 그리고 턱수염에서 풍겨 나오는 쥐오줌풀* 냄새조차 좋아한다.

마치 유령의 천사들처럼, 그들은 가끔씩 갑자기 우리 부엌문에 거대하고 숨찬 모습으로 나타나서, 쉽게 지쳐서는, 눈의 푸른 기가 도는 흰자위를 굴리며 축축한 눈썹에서 땀을 닦아 낸다. 잠시 동안 임무의 목적을 잊고 깜짝 놀라서, 변명거리를, 방문에 대한 구실을 찾으면서 그들은 손을 내밀고 구걸을 한다.

이제 원본으로 돌아가자. 하지만 우리는 그것을 결코 버린 적이 없었다. 그리고 여기서 우리는 책의 이상한 특성을 강조해야 하는데, 지금쯤은 그 특성이 무엇인지 독자에게도 분명해졌을 것이다. 그 책은 읽는 동안 계속 펼쳐져서 그 경계선은 모든 흐름과 파동에 대해 열리게 된다.

이제 예를 들어 그 책에서는 아무도 하르츠 산의 오색방울새를 광고하지 않는데, 왜냐하면 그 갈색 머리 사나이들의 손풍금에서 노랫가락이 끊어지고 구부러질 때마다 불규칙적으로 그 깃털 달린 작은 가수들이 날아오르고 시장 광장은 색칠한 작은 나뭇가지 같은 그 새들로 덮여 있기 때문이다. 아, 아른아른 반짝이고 지저귀는 새들이 얼마나 많은지…… 모든 뾰족한 곳과 처마 장식과 깃대 주변에는 자리를 차지하려고 날개를 퍼덕거리며 싸우는 새들로 색색의 바리케이드가 만들어진다. 창밖으로 지팡이 손잡이를 내밀기만 해도 그것을 다시 방 안으로 끌어들일 때쯤엔 짹짹거리는 무거운 새들의 무더기로 덮여 버린다.

우리는 이제 이 이야기에서 장엄하고도 파국적인 시대로 빠르게 접어들고 있는데, 우리의 일대기에서 그것은 '천재의 시대'로 알려져 있다.

지금 이미, 마치 궁극적인 것 앞에 나설 때처럼 우리가 심장의 두근거림, 축복받은 불안감, 성스러운 두려움을 느낀다는 것을 부정해도 소용없을 것이다. 이제 곧 우리는 이 갖가지 색깔이 녹아드는 도가니 속에서, 그리고 눈부신 빛의 가장 깊은 곳에서, 이 그림에 가장 강렬한 악센트를 주고, 가장 밝고 이미 속세를 초월한 윤곽을 그릴 능력이 부족하게 될 것이다.

천재의 시대란 과연 무엇이며 언제 존재했는가?

여기서 우리는 잠시 밀라노의 보스코 선생처럼 완전히 비밀주의자가 되어 목소리를 낮추어 꿰뚫는 듯한 속삭임으로 만들어야 한다. 우리는 의미심장한 미소로 설명의 요점을 지적하고 마치 약간의 소금을 집듯이 계량할 수 없는 극미량의 섬세한 물질을 손가락 끝에서 비벼 부수어야 한다. 우리가 가끔씩 그 보이지 않는 옷감의 상인, 가짜 상품을 과장된 몸짓으로 전시하는 그 사람들처럼 보인다 해도 그것은 우리의 잘못이 아니다.

자, 그럼 천재의 시대는 과연 있었는가 아니면 없었는가? 이 질문에 대답하기란 어려운 일이다. 그렇기도 하고 아니기도 하다. 왜냐하면 완전히 끝까지 존재할 수는 없는 것들도 있기 때문이다. 그것들은 생겨나서 존재한다는 사건 안에 집어넣기엔 너무 거대하고 너무 훌륭하다. 그것들은 그저 생겨나려 하고 있을 뿐이며, 현실의 땅이 그것들을 감당할 수 있을지 확인하고 있을 뿐이다. 그리고 그들은 연약한 현실 속에서 완전함을 잃을까 두려워하며 재빨리 물러난다. 그렇지 않고 만약에 중심이 되는 기둥을 부러뜨렸다면, 태어나려는 시도로 인해 이것저것 잃어버렸다면, 곧 질투에 불타서 그들은 자신들의 소유물을 되찾고 그것들을 불러들여 다시 완성되며, 이후 우리의 일대기에는 하얀 점들, 향기로운 낙인, 천사들의 맨발이 남긴 희미한 은빛 인상, 우리의 밤과 낮이 남긴 흩어진 발자국들이 남게 되고, 그동안 그것은 영광으로 충만하게 장식되어 끊임없이 자신을 완성해 가며, 승리에 가득한 기적과 환희를 이어 가며 우리 위에서 정점에 도달하는 것이다.

그러나 어찌 보면 그것은 각각의 불구가 된 조각조각의 탄생마다 완전하고 모자라는 데 없이 담겨 있다. 이것이 상상의 현상이고 대리 존재이다. 하나의 사건은 원래 작고 중요하지 않을지도 모르지만, 그러나 눈에 가까이 대고 들여다보면 그것은 그 중심부에서 끝이 없고 광채를 발하는 전망을 보여 줄지도 모르는데, 왜냐하면 더 고차원적인 세계의 존재가 그 안에서 자신을 표현하려 하고 있으며 자신을 밝게 빛내고 있기 때문이다.

이렇게 우리는 이런 암시들을, 이런 지상의 근삿값을, 우리 인생 길의 기차역과 단계들을 마치 거울의 부서진 조각처럼 모아 갈 것이다. 우리는 조각들을 모아 하나이고 분해할 수 없는 것 ―우리 인생의 위대한 시대, 천재들의 시대를 다시 만들어 낼 것이다.

어쩌면 초월적인 것의 거대함에 짓눌려 기동력이 축소되고 우리는 너무 많이 제한하고 질문하고 의심했는지도 모른다. 그러나 모든 의심에도 불구하고 그 시대는 실제로 있었다.

그 시대는 존재했고 그 무엇으로도 우리의 확신을, 여전히 혀에 남아 있는 그 확연한 맛을, 입천장의 그 차가운 불꽃을, 하늘처럼 넓고 순수한 군청색처럼 신선한 그 숨결을 빼앗아 갈 수는 없다.

앞으로 이어질 일에 대해 우리가 독자에게 어느 정도 준비를 시켰는가? 우리는 위험을 무릅쓰고 천재들의 시대로 되돌아가는 여행을 할 수 있겠는가?

우리의 불안감은 독자들에게 옮겨 갔다. 우리는 그 흥분감을 느낄 수 있다. 활기찬 겉모습에도 불구하고 마음은 무겁고 우리는 공포로 가득 차 있다.

하느님의 이름으로 그러면 —출발하도록 하자!

천재의 시대

1

보통의 사실들은 시간 안에 정리되어 마치 실 위에 있는 것처럼 시간을 따라 길게 늘어서 있다. 거기에서 그 사실들에는 먼저 일어난 일들이 있고 나중에 일어난 결과가 있는데, 이것들은 서로 빽빽이 늘어서서 멈추지 않고 하나가 다른 하나를 세게 눌러 대고 있다. 이것은 이야기를 들려줄 때도 중요한 의미를 띠는데, 연속성과 계속성이야말로 이야기의 영혼이기 때문이다.

그러나 시간 안에서 제자리를 갖지 못하는 사건들에 대해서는 어떻게 할 것인가. 모든 시간이 분배되고 나뉘고 할당된 후에 너무 늦게 일어난 사건들은 어쩔 것인가. 차갑고 등록되지 않은, 허공에 뜬, 집 없는, 잘못된 사건들에 대해서는?

시간이 모든 사건들을 다 집어넣기에는 너무 좁다고 할 수 있을까? 시간 안의 모든 좌석이 이미 다 팔리는 일이 벌어질 수 있을까? 걱정이 되어 우리는 이미 여행을 떠날 준비를 하며 사건의 열차를 따라 달린다.

하느님 맙소사, 여기서 시간의 표를 가지고 투기하는 일이 존재하는 건 아닐까? ……이보시오, 시간 열차의 차장님!

그러나 진정하자! 지나치게 당황하지 말고 우리는 권한 내에서 모든 것을 조용히 처리할 것이다.

독자는 두 개의 선로가 있는 시간 안에서 평행한 시간의 흐름에 대해 들어 본 적 있는가? 그렇다, 그런 시간의 지류가 있다. 약간 불법적이고 문제적인 건 사실이지만 우리처럼 금지된 물품을, 등록될 수 없는 여분의 사건들을 짊어진 입장에서는 까다롭게 굴 수 없는 법이다. 역사의 어느 시점에서 그런 지류를, 이 불법적인 사건들을 실어 보낼 수 있는 잊혀 버린 선로를 찾아보자. 무서워할 것은 없다. 모든 일은 아무도 눈치채지 못하게 일어날 것이고, 독자는 아무 충격도 받지 않을 것이다. 누가 알겠는가? 어쩌면 지금도, 우리가 그것을 언급하는 동안 그 의심스러운 책략은 이미 지나가 버렸고 우리는 사실 그 잊혀 버린 선로 위를 달리고 있는지도 모른다.

2

어머니가 겁에 질려 뛰어 들어오더니 마치 불을 덮어 끄듯이, 비명 소리를 숨 막히게 하고 어머니의 사랑으로 질식시키려는 것처럼 나의 비명을 팔로 막았다. 어머니는 입으로 내 입을 막고는 나와 함께 비명을 질렀다.

하지만 나는 어머니를 밀어냈고, 불기둥을, 거스러미처럼 허공으로 치솟아 올라 사라지지 않는, 광채로 가득 차서 그을음 조각을 나선형으로 흩날리는 황금색 막대를 가리키며 소리쳤다.

"저걸 찢어. 찢으란 말이야!"

화덕은 그 앞에 그려진 커다랗고 다채로운 그림 때문에 칠면조처럼 부풀어 전체가 피로 물든 것처럼 보였고, 마치 혈관과 근육과 모든 내부 조직이 부풀어 오른 채 터져 열려서 수탉의 울음 같은 찢어지는 듯 꾸룩거리는 비명과 함께 자유로워지려는 것처럼 보였다.

나는 영감에 가득 차, 말뚝처럼 굳어진 채 서서 손가락을 길게 뻗어 가리켰다. 그렇게 잔뜩 화가 나서 가리키며 무시무시한 감정에 휩싸여 도로 표지판처럼 꼿꼿해진 채 황홀경에 떨고 있었다.

나의 손, 남의 것 같은 창백한 손이, 마치 교회의 축원하는 커다란 손 같은, 맹세하기 위해 들어 올린 천사의 손처럼 딱딱한 밀랍 같은 손이 나를 이끌었다.

때는 겨울의 끝 무렵이었다. 낮 시간은 웅덩이와 열기 속에 지나갔고 입천장에는 불꽃과 후추의 맛이 가득했다. 낮의 꿀처럼 달콤한 과육은 은빛 고랑으로, 색깔과 톡 쏘는 맛의 향료로 가득한 프리즘으로 잘려 있었다. 그러나 정오의 시계판은 그 좁은 공간 안에 이런 낮의 번쩍이는 빛을 모아서 타오르는 불꽃으로 가득한 모든 시간을 가리켰다.

그 시간 안에 열기를 모두 담을 수 없어서 낮은 은빛 양철로 된 비늘을, 바삭거리는 양철 조각을 떨어뜨렸고, 단단한 빛의 중심을 한 겹씩 드러냈다. 그리고 마치 이것으로는 충분치 않은 듯, 굴뚝에서는 연기가 나와 번쩍이는 물결을 뿜어냈다. 하늘의 밝은 색 판자들은 폭발하여 하얀 깃털이 되었고, 구름의 둑은 보이지 않는 보병의 포격을 맞고 흩어졌다.

하늘을 마주 본 방의 창문은 그렇게 끝없이 상승하며 부풀어 올랐고, 커튼은 불붙어 연기를 내면서 금빛 그림자와 나선형으로 아른거리는 공기를 흘리며 불타올랐다. 카펫 위에 비스듬히 불타는 사변형의 빛이 생겨나 마룻바닥에서 떨어져 나오지 못하고 번쩍이며 파도쳤다. 그 불의 막대가 더 깊은 수렁으로 나를 내몰았다. 나는 다리를 크게 벌리고 못 박힌 듯 서서 타인의 목소리처럼 변해 버린 소리로 거친 욕설을 짖어 댔다.

문지방과 현관에는 겁먹고 혼란스러워진 사람들이 걱정스러워하며 서 있었다. 친척과 이웃과, 옷을 너무 많이 껴입은 숙모들이었다. 그들은 발끝으로 서서 살금살금 다가와 호기심에 차서 문틈으로 들여다보았다. 그리고 나는 소리 질렀다.

"기억 안 나요?"

나는 어머니에게, 형에게 고함쳤다.

"모든 게 억눌려 있고, 길들고, 지루함에 갇혀 있고, 자유롭지 못하다고 늘 말했잖아요! 그리고 이제 이 홍수를, 저 꽃 피는 것을, 저 축복을 보세요……."

그리고 나는 행복감과 무력감에 눈물을 흘렸다.

"깨어나세요."

나는 외쳤다.

"어서 도와줘요! 이 홍수에 어떻게 저 혼자 맞서겠어요, 이 범람을 어떻게 감당하겠어요? 어떻게 나 혼자서 하느님이 퍼붓는 수만 가지 혼란스러운 질문들에 대답할 수 있겠어요?"

그들이 조용히 있었기 때문에 나는 화가 나서 고함쳤다.

"서둘러요, 이 풍부한 것들을 모아 놔요, 저장해 두란 말예요!"

그러나 아무도 나를 도와줄 수 없었고, 그들은 무력하게 서로 어깨 너머를 돌아보며 이웃의 등 뒤에 숨었다.

그때 나는 무엇을 해야 하는지 깨달았고, 열정에 가득 차서 선반에서 오래된 성경과 아버지가 한가득 뭔가 적어 놓은, 책장이 흩어지는 장부를 꺼내, 공중에서 타오르며 빛나고 있는 불기둥 아래 던지기 시작했다. 아무래도 종이가 모자랐다. 어머니와 형은 계속 오래된 신문과 잡지들을 새로 가져와서 그것을 무더기로 바닥에 던졌다. 그리고 나는 불빛에 눈이 먼 채 눈에 폭발과 로켓과 색채를 가득 담고 그 종이 뭉치 사이에 앉아서 그림을 그렸다. 공포에 질려 서두르며 종이를 가로질러 인쇄된 글자 혹은 숫자로 덮인 책장 위로 그림을 그렸다. 나의 색연필은 영감에 차서 몰아치며 읽을 수 없는 본문 위로 대가의 일필휘지를, 위험천만한 지그재그를 남겼고 그것들은 뭉쳐서 갑자기 영감에 찬 철자 바꾸기 놀이, 밝은 계시를 받은 수수께끼가 되었으며, 상상의 선로를 따라가며 분해되어 공허한, 반짝이는 번갯불이 되었다.

오, 마치 타인의 손 아래서 저절로 자라난 듯한 그 반짝이는 그림들. 오, 그 투명한 색채와 그림자! 지금, 나는 얼마나 자주 그것들에 대한 꿈을 꾸는지, 그러고는 몇 년이 지난 후에야 서랍장 바닥에서, 새벽처럼 신선하게 빛나는 그것들을 다시 발견하는지 — 하루의 첫 이슬로 아직도 축축한 그 모습과 풍경과 얼굴들!

오, 공포의 아픔으로 숨을 멈추게 하는 푸른빛, 오, 기적보다 더 푸른 초록색, 오, 이름을 갖게 되기를 기다리는 그 예견된 색들의 전주곡!

그때 나는 어째서 그토록 방탕하고 부주의하게 그것들을 마구 흩뿌려 멋대로 낭비해 버렸을까? 나는 이웃들이 샅샅이 뒤져 이 그림 무더기를 약탈해 가도록 허락했다. 그들은 그 뭉치를 전부 가져갔다. 그림들은 어느 집에 안착해서, 어느 쓰레기 더미를 채웠을까? 아델라는 그것들을 부엌에 벽지처럼 걸어 놓아 마치 밤사이 눈이 내린 것처럼 방 안이 밝고 환해지게 했다.

그림들은 잔인함과 함정과 공격성으로 가득했다. 내가 활처럼 팽팽하게 긴장한 채 마룻바닥에 앉아서 움직이지 않고 잠복해 있는 동안 내 주위의 종이들은 햇빛에 밝게 빛났다. 연필 끝으로 찍어 놓은 그림 한 장이 도망치려는 가장 작은 움직임만 보이는 것으로도 충분했는데, 그런 움직임에도 나의 손은 새로운 충동과 발상에 떨며 고양이처럼 그것을 공격했기 때문이다. 내 손은 사납고 탐욕스럽게 번개같이 물어뜯으면서 색연필 아래서 도망치려는 그 피조물을 잡아 찢곤 했다. 그리고 마치 채집된 풀처럼 종이가 완전히 죽어서 그 움직이지 않는 사체가 색색의 환상적인 내부를 종잇장 위에 드러냈을 때에야 나의 색연필은 종이를 떠났다.

그것은 살인적인 추구였고 죽을 때까지의 싸움이었다. 그렇게 분노와 비명과 공포가 마구 튀는 뒤얽힌 싸움에서 누가 공격자이고 누가 공격당한 자인지 어떻게 구분하겠는가? 가끔 내 손은 두 번이나 세 번씩 헛되이 공격하다가 네 번째나 다섯 번째에야 희생물에 제대로 닿곤 했다. 자주 그것은 나의 외과용 메스 아래서 몸부림치는 괴물의 엄니와 공격에 고통과 공포를 느끼며 움츠러들었다.

시간이 지나면서 환상은 더 빽빽해졌고 뭉쳐서 꽉 막혔으며, 그 결과 어느 날 모든 길과 지름길이 행렬로 가득 찼고 땅 전체가 방황하거나 행진하는 기둥들로 나뉘었다 ─ 야수와 짐승들의 끝없는 순례 행렬.

노아의 날처럼, 색색의 행렬, 갈기와 털, 물결치는 등과 꼬리, 걸음걸이에 박자를 맞춰 단조롭게 끄덕이는 머리들의 강이 흘렀다.

나의 방은 국경이고 톨게이트였다. 여기서 그것들은 빽빽이 들어찬 채 간청하듯 매애 울면서 멈추어 섰다. 그들은 불안하게 발을 구르며 꾸물거렸다. 등에 혹이 나고 뿔이 달린 존재들은 동물학의 온갖 의상과 무기 안에 갇혀 서로를 두려워하며 자기 자신의 가면과 의상에 겁먹고 공포에 차고 놀란 눈으로 털북숭이 가죽의 위장을 꿰뚫어 보며 그 옷차림 아래 재갈이라도 물고 있는 듯 음울하게 음매 하고 울었다.

그들은 내가 자신들에게 이름을 붙여 주고 수수께끼를 풀어 주기를 기대했던가? 아니면 세례를 받아 자신들의 이름 안으로 들어가고 자신을 존재로 채울 수 있게 되기를 부탁했던가? 이상한 괴물들, 물음표의 유령들, 청사진의 존재들이 나타났고, 나는 그들을 쫓아내기 위해 비명을 지르고 손을 내저어야 했다.

그들은 머리를 숙이고 비스듬히 흘겨보며 자기 안에서 넋을 잃고 뒤로 물러났다. 그리고 그들은 혼돈으로 분해되어 형태의 쓰레기 더미가 되어 돌아왔다. 그때 나의 손 아래로 얼마나 많은 곱사등이 혹은 똑바른 등이 지나갔는지, 나의 손은 얼마나 많은 머리들을 공단처럼 부드럽게 애무했는지!

나는 그때 동물들이 왜 뿔이 나 있는지를 이해했다. 아마도 자신들의 인생에 신기한 요소를, 변덕스러운 혹은 비이성적인 농담을 끼워 넣기 위해서였을 것이다. 그것은 그들 존재의 한계를 넘어, 그들 머리 위로 높이 솟아 갑자기 빛이 되고, 만질 수 있고 견고한 물질로 얼어붙어 버린 고정 관념이었다. 그러고는 그것은 난폭하고 믿을 수 없는 뜻밖의 형태, 기이한 형태를 얻었는데, 그들의 눈에는 보이지 않았지만 그래도 무서운, 그들이 견디고 살아야만 하도록 강요된 협박 아래의 알려지지 않은 암호였다. 이 동물들이 왜 비이성적이고 난폭한 공황 상태, 우르르 달아나는 광기에 빠지는지 나는 이해했다. 광기 속으로 떠밀려서 그들은 얽힌 뿔 사이에서 빠져나올 수가 없는데, 그 사이로 —그들이 머리를 숙일 때면 —그들은 마치 그 가지 사이로 오솔길이라도 찾으려는 듯 난폭하게 혹은 서글프게 엿보았다. 이 뿔 난 동물들은 구원받을 희망을 전혀 갖지 못한 채 슬프게 체념하며 죄의 낙인을 머리에 달고 다닌다.

그러나 그보다 더 빛에서 멀리 떨어져 있는 동물은 고양이였다. 그들의 완벽함은 무서울 정도였다. 정확하고 효율적인 몸뚱이에 담긴 채, 그들은 실수도 일탈도 알지 못했다. 그들은 존재 깊은 곳으로 잠시 내려갔다가는, 그 부드러운 털 안에서 엄숙하고 위협적으로 진지하게, 움직이지 않게 되고, 그동안 그들의 눈은 달처럼 둥글어져서, 그 불타는 분화구 안으로 보이는 것들을 빨아들인다. 그러나 조금 뒤에는 다시 표면으로 내던져져서, 주문이 풀리고 환상이 깨진 채 그들은 하품을 하여 멍한 상태를 떨쳐 버린다. 자부심 강한 우아함으로 가득한 그들의 인생에서, 대안을 위한 여지는 없었다. 완벽함의 감옥에 갇혀 지루해진 채, 우울함에 사로잡혀서, 그들은 넓고 줄무늬 진 얼굴에 난해한 잔인성을 드러내며, 주름진 입술로 침을 뱉었다. 더 낮은 곳 아래쪽에선 담비와 스컹크와 여우들, 동물 중의 도둑들, 양심 없는 피조물들이 눈치채지 않게 살금살금 지나갔다. 그들은 창조주의 의도에 반하여, 교활함과 음모와 속임수로 삶에서 자기 자리를 찾아냈고, 증오에 이끌려, 언제나 협박당하면서, 언제나 자신을 방어하며, 언제나 그 자리를 지키기 위해 불안해하며 자신들의 은밀하고 비밀스러운 존재를 열정적으로 사랑했고, 그것을 방어하기 위해 몸이 조각조각 찢어지는 것도 불사할 준비가 되어 있었다.

마침내 행렬이 전부 줄지어 지나갔고 침묵이 다시 내 방을 채웠다. 밝은 광채를 숨 쉬는 내 종이에 열중하여, 나는 다시 그리기 시작했다. 창문은 열려 있었고, 창턱에는 봄바람에 아른거리는 비둘기들이 앉아 있었다. 머리를 한쪽으로 돌리고, 그들은 마치 겁먹어 당장 날아갈 것처럼, 둥글고 생기 없는 눈을 옆모습으로 보여 주고 있었다. 끝나 가는 하루는 부드럽고 우윳빛으로 반투명하게 되었고, 그러고는 다시 진주처럼 되었고 달콤함이 안개처럼 퍼졌다.

부활절이 다가와, 부모님은 결혼한 누이를 보기 위해 일주일 동안 집을 비웠다. 나는 혼자 아파트에 남아 영감(靈感)에 빠져들었다. 아델라가 쟁반에 담은 아침 식사와 저녁 식사를 가져다주었다. 나는 그녀가 일요일의 정장을 입고, 명주와 비단에 싸여 봄의 냄새를 풍기며 문간에 멈추어 섰을 때 그녀의 존재를 알아채지 못했다.

열린 창문으로 부드러운 산들바람이 방에 들어와, 방을 먼 풍광의 반영으로 채웠다. 잠시 동안 밝고 먼 곳의 색깔이 허공에 머물러 있었지만, 오래가지는 못했다. 그것은 이내 흩어져서 온화하고 보드라운 푸른색 그림자로 분해되었다. 그림의 홍수는 조금 물러났고, 상상의 물은 조용해져서 줄어들었다.

나는 마룻바닥에 앉았다. 주위에 있는 것은 크레용과 물감들, 신들의 색깔, 신선함을 내뿜는 옥색, 가능한 한계까지 머물러 있는 녹색들이었다. 그리고 손에 빨간 크레용을 들었을 때, 진홍색의 행복한 팡파르가 세상으로 행진해 나갔고, 모든 발코니가 빨갛게 파도치는 깃발로 밝아졌고, 집들은 전부 골목을 따라 의기양양하게 늘어섰다. 도시 소방대의 행렬은 버찌처럼 붉은 유니폼을 입고 밝게 불 켜진 행복한 거리에서 행진했고, 신사들은 딸기색 중산모를 들어 인사했다. 버찌처럼 붉은 달콤함과 버찌처럼 붉게 지저귀는 되새들의 소리가 라벤더 향이 풍기는 대기를 채웠다.

그리고 내가 푸른 물감을 집었을 때, 길가의 모든 창문에 군청색 봄의 반영이 어렸다. 창유리는 옅은 하늘색과 천상의 불길로 가득 차서 하나하나 떨렸다. 커튼들은 마치 경보를 울리듯 펄럭였다. 그리고 빈 발코니의 서양협죽도와 무명 커튼 사이로 그 거리에 즐거운 바람이 일어났는데, 그것은 마치 길고 밝은 대로의 반대편에서 누군가 멀리서, 누군가 빛을 내는 사람이, 좋은 징조와 예감을 몰고, 제비들의 날갯짓으로, 멀리멀리 퍼지는 봉화의 불길로 그 출현을 알리며 나타나, 가까이 다가오고 있는 것 같았다.

3

부활절 기간 중에, 아마도 3월 하순이나 4월 초순에, 토비아스의 아들 슐로마가 감옥에서 풀려났다. 그는 여름과 가을 동안 싸움과 어리석은 일들에 말려들었다가 겨우내 그곳에 갇혀 있었다. 그 봄의 어느 오후에 나는 창문에서 그가 우리 마을의 미용사 겸 외과 의사의 기능을 하고 있는 이발소*를 나오는 것을 보았다. 나는 그가 조심스럽게 가게의 반짝이는 유리문을 열고 세 개의 나무 계단을 내려오는 것을 지켜보았다. 머리카락이 잘 정돈되어, 그는 신선하고 다소 젊어 보였다. 그는 너무 짧고 너무 꼭 끼는 윗도리와 격자무늬 바지를 입고 있었다. 마흔의 나이에도 불구하고 그는 날씬하고 젊어 보였다.

삼위일체 광장은 그때 비어 있었고 깨끗했다. 봄의 해빙기가 지난 후에 질벅한 눈은 보도를 깨끗이 씻은 폭우가 헹궈 냈다. 해빙기 뒤에는 조용하고 신중하게 날씨가 좋은 며칠이 이어졌고, 그런 날에 길고 공허하게 잴 수 없을 만큼 늘어진 낮은 엄청난 기대감을 품게 하는 끝없이 텅 빈, 미개간의 저녁을 향해 이어졌다. 슐로마가 등 뒤로 이발소 유리문을 닫았을 때, 하늘은 단층집의 작은 창문들을 모두 채우듯이 그렇게 그 문의 유리를 즉시 채웠다.

계단을 내려와서, 그는 자신이 커다랗고 텅 빈 광장 귀퉁이에 완전히 혼자 서 있다는 것을 깨달았는데, 광장은 그날 오후에 호리병 모양처럼, 새롭고 아직 열리지 않은 한 해처럼 보였다. 슐로마는 회색으로 압도되어, 우울함에 빠진 채 아직 사용되지 않은 낮의 완벽한 둥근 모양을 깨뜨릴 만한 결정을 내리지 못하고 그 문턱에 서 있었다.

오직 1년에 한 번만, 그가 감옥에서 풀려난 날에, 슐로마는 그렇게 깨끗하고 부담이 없고 새롭다고 느꼈다. 그날은 그를 맞아들여 죄를 씻어 주고, 새롭게 해 주고, 세상과 화해하게 해 주고, 한숨을 쉬면서 그의 앞에 지평선의 티 없는 천체들을 보여 주었다.

슐로마는 서두르지 않았다. 그는 낮의 가장자리에 서서 감히 그것을 가로지르거나, 오후의 부드러운 아치 모양을 한 조가비 속으로 그 작고, 젊고, 약간 발을 저는 발걸음을 옮길 용기를 내지 못하고 있었다.

반투명의 그림자가 도시 위에 깔렸다. 한낮이 지난 후 그 세 번째 시간의 침묵은 집들의 벽에서 분필의 순수한 흰색을 뽑아내어, 말없이 그것을 마치 한 벌의 카드처럼 돌렸다. 한 판을 끝낸 뒤 그것은 성삼위일체 교회의 커다란 바로크식 건물 전면에서 여분의 흰색을 뽑아 두 번째 판을 시작했는데, 그것은 마치 거대한 신의 윗도리가 하늘에서 떨어진 것처럼, 접혀서 기둥이 되고, 돌출부가 되고, 총안(銃眼)이 되고, 그리고 땅으로 내려와 쉬기 전에 부풀어서 비애 서린 나선형 무늬와 활 모양의 나선 무늬가 되었다.

슐로마는 얼굴을 들고 공기 중에서 킁킁거렸다. 부드러운 산들바람이 서양협죽도와 계피와 떠들썩한 내부의 냄새를 실어 왔다. 그리고 그는 시끄럽게 재채기를 했는데, 그 유명하고 강력한 재채기는 경찰서 지붕 위의 비둘기들을 겁주어서, 비둘기들은 당황하여 날아가 버렸다. 슐로마는 혼자 웃었다. 콧구멍의 폭발로 하느님은 봄이 왔다는 계시를 주고 있는 것이리라. 그것은 황새들이 도착하는 것보다 더 확실한 계시로, 그날부터 이런 폭발들이 낮을 방해할 것이고, 이 폭발음들은 도시의 소란 속에 묻힌 채, 재치 있는 논평처럼 여러 방향에서 시간에 맞추어 사건을 진행할 것이었다.

"슐로마!"

나는 우리 집의 낮은 1층 창문에서 그를 불렀다.

슐로마가 나를 알아보고 기분 좋은 미소를 지으며 인사했다.

"우린 이 광장에 단둘이에요, 슐로마랑 나랑."

부풀어 오른 둥근 하늘은 통 속에 있는 것처럼 울렸기 때문에 나는 작은 목소리로 말했다.

"너랑 나."

그는 슬프게 미소 지으며 되풀이했다.

"오늘 세상은 정말 텅 비어 있구나!"

세상은 그렇게 열려 있고, 보호되지 못했고, 아무 데도 소속되어 있지 않았으므로, 우리는 그것을 우리끼리 나눠 가지고 이름을 다시 붙일 수도 있었을 것이다. 그런 날에 메시아는 지평선 가장자리로 나와 세상을 내려다본다. 그리고 희고 소리 없이, 옥색 하늘과 묵상에 잠긴 세상을 보았을 때, 메시아는 길을 만들고 있는 구름들의 경계선을 시야에서 놓치고, 자신이 무얼 하는지 모르는 채 지구로 내려올 것이다. 그리고 꿈속에 잠긴 지구는 길 위에 내려선 메시아를 알아보지조차 못할 것이고, 사람들은 아무것도 기억하지 못한 채 오후의 낮잠에서 깨어날 것이다. 그 모든 사건이 지워질 것이고, 모든 것은 수 세기 전부터였던 그대로, 역사가 시작되기 이전부터 그랬던 그대로 있을 것이다.

"아델라 있니?"

슐로마는 웃으면서 물었다.

"집엔 아무도 없어요. 잠깐 올라오면 내 그림을 보여 줄게요."

"안에 아무도 없다면, 네가 문만 열어 주면 기꺼이 그렇게 하마."

그리고 문간에서 왼쪽과 오른쪽을 살펴보더니, 살금살금 걷는 도둑 같은 걸음걸이로 그는 집 안으로 들어왔다.

4

"이건 훌륭한 그림이구나."

슐로마가 미술품 감정가 같은 동작으로 팔을 뻗으며 말했다. 그의 얼굴은 빛과 색깔이 반사되어 빛났다. 가끔 그는 손을 둥글게 모아 눈 주위에 대고, 진지하게 감정하려는 듯 얼굴을 찡그려 윤곽을 일그러뜨리며 이 즉흥적인 소형 쌍안경으로 살펴보기 시작했다.

"이렇게 말할 수 있겠지."

그는 말했다.

"세상이 자신을 다시 새롭게 하기 위해서, 네 손안에서 털갈이를 하고, 멋진 도마뱀처럼 비늘을 벗기 위해 네 손을 거쳐 갔다고 말이다. 아, 세상이 그 윤기 잃은 모든 것을, 신의 손길의 먼 반영이 닿지 않은 그 모든 것을 담은 채 이렇게 낡고 타락하지만 않았다면, 내가 도둑질을 하고 수천 가지 나쁜 짓을 저지를 거라고 생각하니? 그런 세상에서 뭘 할 수 있겠니? 모든 것이 단단히 잠겨 있고, 의미 있는 것은 전부 갇혀 있고, 감옥의 벽을 두드리듯 계속 벽돌에 대고 두들기고 있을 때, 어떻게 굴복해서 용기가 꺾이게 내버려 두지 않을 수 있겠니? 아, 유제프,* 너는 더 일찍 태어났어야 했어……."

우리는 어슴푸레한, 광장 쪽으로 열린 창문의 원근감 때문에 더 길어 보이는 내 방에 서 있었다. 물결치는 대기가 부드럽게 맥박치며 우리에게 닿았다가 침묵 위에 내려앉았다. 각각의 물결들은 마치 이전의 침묵을 다 써 버려서 없다는 듯이, 먼 곳의 색깔로 양념된 침묵을 새로 지고 왔다. 그 어두운 방은, 깊은 곳에서 마치 사진기의 어둠 상자 속에서처럼 그 색깔을 보여 주는, 창문 너머 집들의 모습이 비칠 때만 살아났다. 창문을 통해서, 망원경을 통해 보는 것처럼, 다락방의 처마 장식을 따라 걷는, 뚱뚱하게 살찐 경찰서 지붕의 비둘기들을 볼 수 있었다. 가끔씩 그들은 한꺼번에 일어나 광장 위로 반원을 그리며 날아갔다. 방은 한순간 비둘기들의 퍼덕거리는 날개 때문에 밝아지고, 날아가는 소리에 더 커졌다가, 그들이 다시 내려앉으면 어두워졌다.

나는 말했다.

"슐로마한테는 이 그림들의 비밀을 말할 수가 있어요. 처음부터 나는 정말 내가 그것들을 그린 것일까 의심했어요. 가끔씩 그건 내가 모르는 사이에 표절한 것처럼, 누가 나한테 말해 준 것이나 내가 기억하고 있는 것처럼 보여요⋯⋯. 마치 내 밖에 있는 무언가를 알 수 없는 목적을 위해 영감을 빌려 사용한 것처럼요. 그래서 난 고백해야겠어요."

나는 그의 눈을 들여다보며 부드럽게 말했다.

"그 위대한 원본을 찾았어요⋯⋯."

"원본?"

그가 갑자기 얼굴을 빛내며 물었다.

"물론이에요, 직접 보세요."

나는 서랍장 앞에 꿇어앉으며 말했다. 나는 거기서 처음엔 아델라의 비단 드레스를, 그리고 그녀의 머리 끈 한 상자를, 그리고 마지막으로 높은 굽이 달린 그녀의 구두를 꺼냈다. 분과 향수 냄새가 공기를 메웠다. 나는 책을 몇 권 꺼냈다. 서랍장 밑바닥에 오랫동안 보지 못한, 소중하고 사랑스러운 그 책이 놓여 있었다.

"슐로마."

나는 감정이 북받쳐 떨면서 말했다.

"봐요, 여기 있어요……."

그러나 그는 아델라의 구두 한 짝을 손에 든 채, 그것을 명상하듯 바라보면서 생각에 잠겨 있었다.

"하느님은 이런 종류에 대해서는 전혀 말해 주시지 않았지."

그는 말했다.

"하지만 난 깊이 확신하고 있어. 반대 의견은 어디서도 찾을 수가 없어. 이런 선들은 저항할 수 없고, 놀랄 만큼 정확하고, 궁극적이고, 번개처럼 사물의 가장 중심부를 밝히지. 어떻게 순진함을 가장할 수 있겠어, 자기 자신이 가장 충실한 동맹자로부터 뇌물을 받고, 투표에 지고, 배신당했을 때 어떻게 저항할 수 있겠어. 창조의 6일은 성스럽고 밝았어. 하지만 일곱 번째 날에 하느님은 주저앉아 버렸지. 일곱 번째 날에 하느님은 알 수 없는 질감을 손가락에 느끼고는, 겁에 질려 세상에서 손을 떼 버린 거야, 창조의 열정은 그 후로도 몇 날 며칠 계속되었을지 모르지만. 아, 유제프. 일곱 번째 날을 조심해라……."

그리고 경외감에 가득 차서 아델라의 신발을 들어 올리며, 그는 마치 그 싸구려 에나멜로 된 텅 빈 조가비의 반짝이는 호소력에 유혹당하기라도 한 듯 말했다.

"여자의 발에 신긴 이 상징의 끔찍한 냉소주의를, 그 화려한 굽을 달고 걷는 여자의 타락한 걸음걸이의 도발을 너는 이해하니? 어떻게 너를 이 상징에게 휘둘리도록 그냥 두고 가겠니? 그렇게 하는 건 하느님이 원치 않으실 거다……."

이렇게 말하고, 그는 능숙한 손가락으로 주머니에 아델라의 신발과 드레스와 구슬들을 채워 넣었다.

"뭘 하는 거예요, 슐로마?"

하지만 그는 약간 다리를 절며, 격자무늬 바지를 다리 주위에서 펄럭이며, 문 쪽으로 재빨리 가고 있었다. 문간에서 그는 나에게 회색의, 이미 불분명해진 얼굴을 돌리고는 안심시키는 몸짓으로 손을 들었다. 그리고 문밖으로 사라졌다.

봄

1

이것은 다른 어느 봄보다도 가장 진실하고 가장 찬란하게 빛났던, 그저 그 텍스트를 그대로 진지하게 받아들였던 어느 봄의 이야기이다. 그 봄의 본문은 영감을 받은 원고인데, 우편 봉함 밀랍과 달력의 축제와도 같은 빨간색, 색연필과 열정의 빨간색으로 쓰인, 먼 곳에서 전해져 온 행복한 전보의 시들지 않는 꽃이었다…….

매번 봄은 이렇게, 어느 한 계절에 바랄 수 있는 기대치를 뛰어넘는 굉장한 별점(占)을 보여 주며 시작되었다. 매번 봄에는 모든 것이 다 있다. 행진과 선언도, 혁명과 바리케이드도 있다. 매번 봄은 어느 순간에 광기의 뜨거운 바람을, 대응될 만한 무언가를 현실에서 헛되이 찾아 헤매는 끝없는 슬픔과 기쁨을 가져온다.

그러나 후에 이처럼 과장되고 끓어오른 황홀경은 피어오르는 꽃봉오리와 차가운 잎사귀의 떨림으로 변해 혼란스럽게 버석거리는 정원 속으로 흡수된다. 이렇게 봄은 약속을 배반한다. 매번 봄은 꽃 피는 공원의 숨 가쁜 중얼거림에 열중하여 보증했던 것을 잊어버리고 하나씩 계약서의 종잇장을 떨어뜨린다.

그 특별한 봄에는 견뎌 낼 용기가, 약속과 계약을 지킬 용기가 있었다. 헛된 수고와 시험 비행과 주문을 그토록 여러 번 거친 끝에 그것은 영구적인 모양새를 갖추는 데 성공하여 세상 위에 일반적인 봄, 궁극의 봄이 되어 활짝 피었다.

오, 그 사건들의 바람, 우연의 허리케인, 성공적인 쿠데타, 그 장대하고 승리에 가득 찬 호언장담의 날들! 이 이야기의 속도가 그 매혹적인 영감을 불어넣는 박자를, 그 서사시의 영웅적인 음조를, 그 봄철다운 라 마르세예즈*의 당당한 리듬을 따라가기를 나는 얼마나 바라는지!

봄철의 별자리는 그토록 끝이 없다! 봄이 자신의 별자리를 수백 가지 방법으로 읽어 내고 닥치는 대로 해석하고 모든 방향에서 소리 내어 읽으며 새들의 그릇된 예견 속에 무엇이 됐든 해독해 낼 수 있다는 것을 기뻐한다 하여 누가 나쁘게 여길 수 있단 말인가. 봄철은 그 본문을 모든 행과 수천 가지의 대안과 꾸밈음과 지저귐 속에 앞에서 뒤로 혹은 뒤에서 앞으로도 읽고, 뜻을 놓쳤다가도 다른 방식으로 새롭게 찾아낸다. 왜냐하면 봄의 본문은 모두 눈치와 암시와 생략된 부분 속에 쓰여 있고 빈 하늘에 글자 없이 새겨져 있으며, 새들은 음절 사이의 열린 틈새에 변덕스러운 추측과 짐작을 내세우기 때문이다. 그러므로 나의 이야기도 그 본문의 예를 따라 여러 개로 가지를 친 서로 다른 경로로 이어질 것이며 봄철다운 선과 한숨과 점으로 쓰일 것이다.

초봄이 오기 전의 황량하고 빈 밤 동안, 하늘이 거대하고 아직도 날것으로 향기가 배어 있지 않을 동안, 그리고 하늘의 샛길이 수많은 별들이 있는 영원으로 통하는 그 밤 동안, 아버지는 가끔씩 나를 데리고 시장 광장의 가장 먼 집들의 뒷벽 사이에 숨어 있는 작은 노천 식당으로 저녁 식사를 하러 갔다.

우리는 가로등의 젖은 불빛이 바람에 날려 거대한 아치형으로 보이는 시장 광장을 가로질러, 외롭게, 공기의 거대한 미로에 눌려 어리둥절해진 채, 대기의 빈 공간 속에 방향을 잃은 채로 걸어 갔다. 아버지는 엷은 불빛에 젖은 얼굴을 들어 하늘의 물결이 얕게 일렁이는 가운데 흩어진 별들의 모래를 초조하게 쳐다보았다. 불규칙하고 셀 수 없는 그 덩어리들은 아직 별자리가 될 만큼 질서가 잡혀 있지 않았고, 그 황폐한 웅덩이에서는 어떤 모양도 나타나지 않았다. 그 빈 공간을 향한, 별들로 밝혀진 우주의 슬픔은 마을 위에 무겁게 드리워져 있었고, 가로등은 그 아래에서 빛줄기로 밤을 갈랐고, 그 빛줄기를 무심하게 하나씩 매듭지어 묶었다. 가로등 아래에는 빛의 원 속에 행인들이 둘씩 셋씩 모여 있었는데, 밤은 비록 무관심하고 불친절했지만 그 광경은 잠시 동안 저녁 식탁 위에 등불이 타고 있는 것처럼 보였고, 바람이 집도 없이 불쌍하게 후려치는 대로 내맡겨져 하늘을 나누어 황량한 조감도를 그리고 있었다. 대화는 제대로 이어지지 못했고 모자의 짙은 그림자 아래에서 사람들은 눈웃음 지으며 멀리 별들의 콧노래 소리에 꿈꾸듯 귀를 기울였으며, 그 별들을 향해 마치 효모가 발효하듯 그 밤의 공간이 자라났다.

식당 정원의 오솔길은 자갈로 덮여 있었다. 두 개의 가로등이 생각에 잠겨 나지막이 윙윙거렸다. 검은 양복 차림의 신사들이 윤이 나는 식기를 멍하니 바라보며 하얀 식탁보를 씌운 식탁에 둘씩 셋씩 앉아 있었다. 그렇게 앉아서 그들은 하늘이라는 거대한 장기판의 움직임을 속으로 계산하며 마음속의 눈으로 새로운 별자리로 금방 채워지는 장군의 움직임과 죽은 말들을 보고 있었다.

무대 위의 연주자들은 쓰디쓴 맥주 속에 콧수염을 담그고 깊이 생각에 잠긴 채 한가하게 앉아 있었다. 그들의 악기, 귀족적으로 생긴 바이올린과 첼로는 별들의 말 없는 폭우 속에 버려져 있었다. 가끔씩 그들은 악기 쪽으로 손을 뻗어 자신의 신중한 헛기침 소리와 조화를 이루기 위해 구슬프게 조율하면서 시험적으로 연주해 보았다. 그러고는 아직 악기가 준비가 되지 않은 듯, 부주의하게 흘러 다니는 그 밤에 걸맞지 않다는 듯 그것을 옆으로 치워 놓았다. 그런 다음 흰 식탁보 위에서 나이프와 포크가 조용히 쨍그랑거리기 시작하면 바이올린은 시험적이고 방금 전까지도 확신이 없었지만 이제 갑자기 성숙해져서 홀로 일어났다. 날씬하고 허리가 가느다란 바이올린은 유창하게 자기 임무를 수행하며 잃어버린 인간의 대의를 떠맡아 무관심한 별들의 법정에서 변호했는데, 그 별들이 자리 잡은 하늘에는 바이올린의 S 무늬와 악기의 옆모습, 건반 조각, 완성되지 못한 리라나 백조,* 모조품이며 음악의 여백에 휘갈긴 생각 없는 별들의 논평이 되어 워터마크처럼 투명하게 떠돌고 있었다.

마을의 사진사는 옆자리에서 우리를 한동안 의미심장하게 주시하고 있다가 마침내 다가와서 맥주잔을 저쪽 자리에서 이쪽 자리로 옮겨 놓으면서 앉았다. 그는 불분명하게 웃고 자기 자신의 생각들과 싸우고 이 상황의 어떤 난해한 요점을 계속 놓치면서 손가락을 튀겼다. 그 상황의 모순은 우리도 처음부터 느끼고 있었다. 우리는 한동안 먼 별들의 좋은 조짐 아래 만들어진 이 즉흥적인 식당 야영지가 계속 더해 가는 밤의 요구에 맞추지 못하여 비참하게 무너질 운명이라고 생각했다. 이 끝없는 낭비를 막기 위해 무얼 할 수 있겠는가? 그 밤은 이 인간들의 모임을 중단시켜 버렸고, 바이올린 소리만이 그 모임을 헛되이 보호해 주려 했을 뿐이며, 밤은 별자리를 올바른 지점으로 바꾸면서 그 간격 사이로 들어왔다.

우리는 점점 흩어지는 식탁들의 야영지를, 내던져진 식탁보와 냅킨의 전쟁터를, 그 위로 의기양양하게 가로지르는 헤아릴 수 없이 거대하고 빛나는 밤을 보았다. 우리도 일어났고, 우리의 생각은 몸보다 앞서 이미 오래전에 별들의 시끄러운 짐마차를 따라 이 거대하고 밝은 길에 멀리 떨어져 넓게 흩어진 별들의 덜컹거리는 소리를 뒤쫓아 갔다.

그리하여 우리는 그렇게 밤 별들의 로켓 아래, 눈을 반쯤 감은 채 점점 더 밝은 빛이 솟아오를 것을 마음속으로 예측하며 걸었다. 아, 그토록 의기양양한 밤의 냉소주의! 하늘 전체를 장악하여 그것은 이제 게으르고 무계획하게, 무관심하게 수백만 개를 땄다가는 다시 잃으면서 우주의 공간에서 도미노 게임을 하고 있었다. 그런 뒤에 지루해져서 그 밤은 이제 뒤집힌 타일들의 전쟁터에서 투명한 낙서와 웃는 얼굴을 뒤쫓았는데, 그 미소들은 수천 개로 복사되어 똑같이 웃고 있었고, 조금 뒤에는 이미 영원해진 별들 사이로 떠올라 별들의 무관심 속에 분해되어 버렸다.

집에 가는 길에 우리는 케이크를 사기 위해 제과점에 들렀다. 방울 소리를 내는 유리문을 지나 시럽을 입히고 빛나는 설탕으로 가득한 그 하얀 내부에 들어가자마자 밤은 갑자기 별들을 전부 모으고 긴장하여 잠깐 눈길을 돌린 사이 우리가 달아날까 지켜보기 시작했다. 그것은 문밖에서 우리가 매우 신중하게 케이크를 고르는 동안 가게의 유리창을 통해 움직이지 않는 별들을 보여 주면서 참을성 있게 우리를 기다렸다. 내가 비안카를 본 것은 바로 그때였다. 그녀는 가정 교사와 함께 카운터 앞에 옆모습을 보이며 서 있었다. 흰 드레스를 입은 그녀는 마치 방금 별자리에서 빠져나온 것처럼 날씬하고 붓으로 그은 선처럼 가늘었다. 그녀는 머리를 돌리지 않고 어린 소녀다운 완벽한 자세로 크림빵을 먹으며 서 있었다. 별처럼 반짝이는 선들이 이리저리 가로지르며 아직도 내 눈꺼풀 속에 남아 있었기 때문에 나는 그녀를 분명하게 볼 수 없었다. 아직도 혼란스러운 우리의 별자리가 그때 처음 엇갈려 마주쳤다. 만났다가 무관심 속에 흩어져 버렸다. 우리는 아직 이른 그 별들의 형상에서 우리의 운명을 예감하지 못했고, 방울 달린 유리문에서 달랑거리는 소리를 내면서 아무렇지도 않게 가게를 나섰다.

우리는 그런 뒤에 먼 교외를 지나 빙빙 돌아서 집으로 걸어갔다. 집들은 점점 작아지고 드문드문 적어지다가 끝내 사라져 버렸고, 우리는 또 다른 기후 속으로 건너갔다. 우리가 들어선 곳은 부드러운 봄이었고, 따뜻한 밤은 방금 떠오른 연보라색 초승달의 달빛으로 진흙투성이 길 위에 은빛으로 빛났다. 봄을 기다리는 밤은 성큼 앞서서 후에 다가올 모습들을 애타게 기대하고 있었다. 대기는 조금 전까지만 해도 1년 중 그맘때의 독특한 신랄함이 배어 있었지만 갑자기 달콤하고 숨 막히게 변하면서 비와 축축한 찰흙과 마법의 하얀빛 속에 광기에 차서 피어난 스노드롭* 향기로 가득 차 있었다. 그리고 그 자비로운 밤 아래 개구리 알이 은빛 진흙 위에 퍼지지 않았으며 달콤한 물의 반짝이는 물방울로 가득한 그 자갈투성이 강둑 위에서 재잘거리는 수천 개의 입들로 그 밤이 울려 퍼지지 않았다는 것은 이상한 일이다. 그리고 땅 밑의 봄이 중얼거리는 소리로 가득한 그 밤에는 개구리들의 개굴개굴 우는 소리를 상상해야 했는데, 그리하여 한순간의 정적 뒤에 달이 가던 길을 계속 가서 하늘에 더 높이 떠올라 그 흰빛을 더 밝게, 더 마술적이고 더 초월적으로 널리 뿌리게 하기 위해서였다.

우리는 그렇게 점점 중력을 더해 가는 달 아래서 걸었다. 아버지와 사진사는 둘 사이에 나를 끼고 반쯤 들고 갔는데, 내가 잠에 취해 비틀거리며 거의 걸을 수 없었기 때문이다. 우리의 발걸음은 축축한 모래 위에서 저벅저벅 소리를 냈다. 걸으면서 잠을 자 본지는 오래되었고, 나는 눈꺼풀 밑에서 이제 빛나는 징조와 신호와 별들의 현상으로 가득한 밤의 모든 인광(燐光)을 보고 있었다. 마침내 우리는 넓게 펼쳐진 들판에 닿았다. 아버지는 외투를 땅바닥에 깔고 나를 눕혔다. 눈을 감고 나는 해와 달과 하늘에 늘어서서 내 앞에서 행진하는 열한 개의 별을 보았다.

"만세, 유제프!"

아버지가 감탄의 소리를 지르며 칭찬의 뜻으로 박수를 쳤다. 그것은 물론 다른 유제프에 대한 명백한 표절이었고 다른 상황에나 알맞을 찬탄이었다. 아무도 그것을 내게 추궁하지 않았다. 나의 아버지 야쿠프는 머리를 흔들며 입맛을 다셨고, 사진사는 모래 위에 삼각대를 세우고 손풍금처럼 카메라를 꺼내고는 카메라의 검은 천 주름 뒤에 완전히 몸을 숨겼다. 그는 이상한 현상을, 하늘의 빛나는 별자리를 사진에 담고 있었고, 그동안 나는, 머리는 빛 속에서 헤엄치며, 그 빛에 눈먼 채 땅바닥에 누워 맥이 빠진 채 내 꿈들이 드러나게 내버려 두었다.

3

낮은 길고 가볍고 넓어졌다. 어쩌면 아직도 빈약하고 희박한 그 내용물에 비해서는 너무 드넓은 것 같았다. 그것은 성장의 여지를 남겨 둔 날들이었고, 지루하고 조바심 나서 창백해진 채 무언가를 기다리는 날들이었다. 가볍고 밝은 산들바람이 그 공허함을 가르고, 그러나 벌거벗은 햇빛 가득한 정원이 내쉬는 숨결에 방해받지 않은 채 지나갔다. 바람이 거리를 깨끗이 치워, 거리는 길어 보였고 명절(축일)을 지낼 때처럼 잘 청소되어 보였는데, 그것은 마치 도착하리라는 소식은 들었지만 올 것인지 확실치 않은 누군가를 기다리는 것 같았다. 해는 춘분점을 향해 움직이다가 멈추어서서, 이상적인 균형을 잡으며, 텅 비어 모든 것을 받아들이는 지구에 물결치는 불의 강물을 흘려보내면서, 거의 움직이지 않는 것처럼 보이는 그 지점에 도달했다.

밝고 끊임없는 틈새 바람이 지평선 전체를 휩쓸고 먼 지평의 뚜렷한 선 아래 가로수 길과 대로를 만들며 커다랗고도 공허하게 불면서 펼쳐지다가 마침내 숨이 차고 거대하고 반들거리는 채로, 마치 모든 것을 끌어안는 그 거울 속에 도시의 이상적인 모습을, 오목하게 빛나는 안쪽 깊은 곳에 확대된 신기루*를 담고 싶은 듯이 멈추어 섰다. 그리고 세상은 잠시 숨을 멈추고 눈이 먼 채 그 전체가 환상의 그림 속으로, 그 앞에 열린 일시적인 영원 속으로 들어가기를 원하며 움직이지 않고 서 있었다. 그러나 그 유혹적인 제안은 곧 지나가고, 바람이 거울을 깨뜨리고, 다시 시간이 우리를 장악했다.

길고 불투명한 부활절 휴일이 돌아왔다. 학교에서 해방된 우리는 공허하고 정의되지 못한 여가를 어떻게 보내야 할지 모르는 채 목적도 필요도 없이 마을을 돌아다녔다. 우리 자신에 대해 정의 내리지 못한 상태였으므로 우리는 시간에 무엇인가 기대했는데, 그것도 우리를 정의 내려 줄 수는 없었고 수천 가지 핑계 사이에서 낭비되어 버렸다.

노천카페 앞에는 테이블이 이미 보도 위에 죽 늘어서 있었다. 아가씨들은 밝은 색 옷을 입고 그 테이블 앞에 앉아서 산들바람을 마치 아이스크림이라도 되는 양 조금씩 들이마셨다. 치마가 펄럭였고 바람은 아래쪽에서 작고 성난 강아지처럼 치맛자락을 흔들었다. 아가씨들은 볼이 빨개졌고 얼굴은 건조한 바람에 불타올랐으며 입술은 갈라졌다. 세상이 천천히 떨면서 어떤 경계선을 향해 움직이는 동안 이것은 습관적으로 지루한 잠시의 막간에 지나지 않았다.

그때 우리는 모두 늑대처럼 게걸스럽게 먹었다. 바람 때문에 건조해진 채 우리는 둔한 침묵 속에서 버터 바른 거대한 빵을 먹기 위해 집으로 달려가거나 아니면 거리 모퉁이에서 신선한 냄새가 나는 커다란 오바자네크*를 사 먹거나 혹은 머릿속에 아무 생각 없는 채로 시장 광장에 있는 집의 거대한 아치형 현관에 줄지어 앉아 있곤 했다. 낮은 복도를 통해 우리는 하얗고 깨끗하게 펼쳐진 광장을 볼 수 있었다. 텅 비어 냄새가 심하게 나는 술통들이 복도 벽 아래 서 있었다. 우리는 긴 의자에 앉아 있었는데, 장날에는 거기에 색색가지 농부들의 머릿수건이 진열되었고, 우리는 나른하고 지루하여 발뒤꿈치로 의자의 나무판자를 차서 엎어 버리곤 했다.

갑자기 루돌프가 입속에 오바자네크를 가득 문 채 주머니에서 우표첩을 꺼내 내 앞에 펼쳐 보였다.

나는 그 봄이 그때까지 왜 그렇게 공허하고 오목하고 숨 막혔는지 순식간에 알아차렸다. 스스로 어째서인지 알지 못한 채 그 봄은 내성적이고 조용했으며, 한발 물러나 공간 속으로, 의미도 정의도 없이 텅 빈 하늘색 속으로 녹아 버렸다. 그것은 알 수 없는 내용물로 속을 채워 주기를 바라는, 미심쩍어 하는 벌거벗은 형체였다. 그러므로 마치 그 중립성을 잠에서 깨운 것처럼 하늘색으로 파랗게 모든 것에 대해 무심하게 준비가 된 것이다. 그 봄은 스스로 준비되어 있었다―인기척 없이 널찍한 채로 호흡도 기억도 없이 자신을 완전히 내던졌다―한마디로 어떤 계시를 기다리고 있었던 것이다. 그 계시가 완벽하게 준비되고 완전 무장한 채로 찬란하게 루돌프의 우표첩에서 나타날 줄이야 누가 알았겠는가?

그 안에 있는 것은 신기한 줄임말과 공식, 문명을 만들어 내는 요리법, 기후와 지방의 본질을 두 손가락 사이에 집어 올릴 수 있게 해 주는 편리한 부적들이었다. 그것은 제국과 공화국, 군도와 대륙에 대한 보증 수표들이었다. 황제와 약탈자들, 정복자와 독재자들이 이보다 더 위대한 어떤 것을 소유할 수 있었겠는가? 나는 갑자기 땅을 지배하는 일의 달콤함, 오직 권력으로만 치유할 수 있는 그 결핍감의 찌르는 듯한 아픔을 알게 되었다. 마케도니아의 알렉산드로스 대왕과 함께 나는 세상 전체를 갈망했다. 한 치의 땅도 빠짐없이 세상 전부여야 했다.

5

무지하고 안달이 난 채 마음을 괴롭히는 욕망에 가득 차서 모든 종(種)의 우주적인 행진에 박자를 맞춰 뛰고 있는 내 심장 속 피의 흐름으로 인한 붉은 일식 사이에, 그 간격 틈틈이 보이는 생명체의 퍼레이드, 나라들의 행진, 그 빛나는 행렬을 나는 집어 올렸다. 루돌프는 내 눈앞에 그 연대와 대대를 풀어놓고 매우 열중하여 진지하게 그것들을 행진시켰다. 우표첩의 소유자인 그는 자발적으로 마치 부관과도 같은 위치로 내려서서 불확실하고 양면적인 자신의 역할 때문에 다소 어리둥절하고 방향 감각을 잃은 채 마치 선서를 하듯이 한껏 격식을 차려 나에게 장엄하게 보고했다. 마침내 관대함을 베풀려는 열정으로 흥분하여 그는 나의 가슴에 5월처럼 불타는 분홍색 태즈메이니아*와 집시처럼 종알거리는 얽히고설킨 글자들로 뒤덮인 하이데라바드*를 마치 메달처럼 달아 주었다.

6

계시가 내려진 것은 바로 그때였다. 세계의 불꽃같은 아름다움의 환상이, 기쁜 소식을 전하는 비밀스러운 메시지가, 존재의 가없는 가능성을 밝히는 특별한 안내문이 갑자기 나타났다. 밝고 맹렬하고 숨 막히게 하는 지평선들이 넓게 열리고 세상은 관절을 떨며 위험하게 기대어 그 규칙과 습관에서 벗어나겠다고 위협했다.

친애하는 독자여, 우표가 그대에게는 무엇을 의미하는가? 대머리에 월계관을 쓴 프란츠 요제프* 황제의 옆모습을 보면 무엇이 떠오르는가? 그는 모든 가능성을 한정짓는 일상성의 상징인가, 한 번의 결정으로 세상을 모두 가두어 버린 넘을 수 없는 경계선의 보증인가?

그때 세상은 사방에서 프란츠 요제프 1세에게 완전히 포위되어 벗어날 수 없었다. 모든 지평선에는 이 무소부재하고 피할 수 없는 옆모습이 세상을 감옥처럼 차단하면서 떠올라 있었다. 그리고 우리가 이미 희망을 버리고 쓰디쓴 체념으로 가득 차 한 가지 의미뿐인 세상, 프란츠 요제프 1세가 강력한 보증인으로서 상징하는 옹색한 불변성의 획일적인 세상 속으로 물러섰을 때, 갑자기 별로 중요하지 않은 것인 듯 당신은 내 앞에 우표첩을 열었고, 오 하느님, 그 빛나는 색깔을, 점점 더 빛나고 점점 더 무서워지는 보물들을 하나씩 하나씩 떨어뜨리는 책장을 처다보게 했다…… 누군가 그것을 내 눈앞에 펼쳐, 내가 장님이 되어 감정에 휩쓸려 무력해지고 눈에서 눈물이 흘러넘치며 서 있도록 했다. 얼마나 멋진 상대론이며 얼마나 획기적인 행동이며 모든 범주와 개념들의 흐름이란 말인가! 오, 하느님, 그러니까 세상에는 정말 셀 수 없을 만큼 다양한 존재들이 있었던 것이다, 하느님이 창조하신 세계는 정말 거대하고 무한한 것이다! 이것은 내가 가장 거침없는 꿈속에서 상상했던 것보다 더 거대했다. 그리하여 모든 반대 증거들에도 불구하고 나에게 계속 달라붙어 세상의 다양성은 헤아릴 수 없다고 주장하던 이전의 예감이 마침내 옳다는 게 판명된 것이다!

7

그 당시 세상은 프란츠 요제프 1세가 경계 짓고 있었다. 우표마다, 동전마다, 또 우편물의 소인마다 그의 형상이 그 안정성을 확인하고 유일성의 교리를 보장했다. 이것이 세상이고 그 외에 다른 세상은 없다고 황제이자 왕인 늙은이의 형상은 주장했다. 다른 것은 모두 비슷하게 만든 가짜일 뿐이고 조잡한 사기이며 권리 침해였다. 프란츠 요제프 1세는 모든 것 위에 군림하여 세상이 자라나는 것을 제한했다.

체질적으로 우리는 대체로 충실했다, 친애하는 독자여. 또한 사근사근하고 안이하여, 우리는 권력의 매력에 둔감하지 않았다. 프란츠 요제프 1세는 절대 권력의 화신이었다. 그 권위주의적인 늙은이가 자신의 모든 특권을 조각조각 벗어 버린다면 우리는 그저 모든 포부와 염원을 포기하고, 오로지 가능한 한 가지 세상 ―즉 환상과 낭만이 없는 세상에서 할 수 있는 한 살아 나가면서 잊어 버리는 수밖에 없을 것이다.

그러나 감옥이 어쩔 수 없이 닫히고 마지막 은신처도 막혀 버렸을 때, 모든 것이 오, 하느님, 당신에 대해 침묵하기로 음모를 꾸몄을 때, 프란츠 요제프가 마지막 틈새까지 막고 발라 버려서 하느님을 보지 못하게 할 때, 신은 바다와 대륙의 흐르는 외투를 입고 그가 거짓말했음을 밝혔다. 신은 직접 이단의 오명을 뒤집어쓰고 이 거대하고 찬란한, 다채로운 신성 모독을 세상에 밝힌다. 오, 훌륭한 이교의 교주여! 신은 불타는 책, 루돌프의 주머니에 들어 있던 그 폭발적인 우표첩으로 나를 쳤다. 나는 그때 주머니에 들어가는 크기의 우표첩이 있다는 사실을 몰랐다. 무지로 인해 나는 처음에 그것이 우리가 가끔 학교에서 의자 밑으로 쏘는 척하여 선생들을 화나게 했던 종이 권총인 줄 알았다. 그러나 이 작은 우표첩은 신의 열정적인 연설을, 프란츠 요제프와 그의 지루한 영토에 대한 불꽃같이 경이로운 반격 연설을 상징했다. 그것은 진실과 경이의 책이었다.

나는 그것을 펼쳤고 다채로운 세상과 평화로워진 우주의 마술이 내 앞에 펼쳐졌다. 하느님은 그 책장 사이로, 그의 등 뒤로 모든 지역과 기후들로 엮은 기차를 끌면서 지나갔다, 캐나다, 온두라스, 니카라과, 아브라카다브라,* 히포라분디아*……. 나는 마침내 신을 이해했다, 오, 하느님. 그것은 당신의 재물을 가장한 것이고, 당신의 마음속에 처음으로 떠오른 임의의 말들이었다. 당신은 주머니에 손을 넣어 마치 한 줌의 구슬처럼 당신의 세상이 담고 있는 가능성을 내게 보여 주었다. 자세히 보여 주려고 하지는 않았다. 그저 떠오르는 대로 말했을 뿐이다. 하느님은 판퍼브라스*와 할렐리바도 말했을지 모른다, 그리고 손바닥 사이의 공기는 얼룩덜룩한 앵무새의 날개를 달고 퍼덕이고, 거대한 하늘은 사파이어의 꽃양배추처럼 바람에 중심부까지 불어 열려서는 그 찬란한 중심에 당신의 무서운 공작새의 눈을 보여 주고, 당신의 지혜의 빛에 빛나고, 신의 향기를 풍길 것이다. 당신은 나를 어리둥절하게 하고, 오, 하느님, 나를 유혹하려는 것이다, 아마도 자랑하고 싶어서겠지, 자축하고 싶은 기분에 허영심에 들뜨는 순간이 당신에게도 있을 테니까. 오, 나는 그런 순간을 얼마나 사랑하는지!

당신은 얼마나 굉장하게 쪼그라들어 버렸는가, 프란츠 요제프. 그리고 당신의 지루한 복음도! 나는 헛되이 당신을 찾았다. 마침내 나는 당신을 발견했다. 당신은 군중 사이에 있었지만, 얼마나 작고, 대수롭지 않고, 회색인지. 당신은 다른 몇몇과 함께 고속 도로의 먼지 속을 행진하고 있었다, 남미의 뒤에서, 그러나 오스트레일리아보다는 앞에서, 그리고 다른 나라들과 함께 노래 부르며 ─호산나!*

8

나는 새로운 복음의 사도가 되었다. 또한 갑작스럽게 나는 루돌프와 친구가 되었다. 나는 루돌프를 존경했지만 그는 도구에 불과하며 그 우표첩은 누군가 다른 사람을 위한 것이라고 어렴풋이 느꼈다. 사실 그는 그저 우표첩의 수호자인 것 같았다. 그는 목록을 작성하고 우표를 떼거나 붙이고 우표첩을 치우고 서랍을 잠갔다. 사실상 자신이 시드는 동안 내가 꽃피는 것을 알고 있는 사람과도 같아서 그는 슬펐다. 그는 하느님의 오솔길을 곧게 펴려고 온 사람 같았다.

9

그 우표첩이 나를 위해 운명지어졌다고 믿는 데는 이유가 있었다. 많은 징조들이 그 우표첩이 나를 위한 메시지와 개인적인 임무를 띠고 있다고 암시하는 것 같았다. 예를 들어 그 우표첩의 주인으로 행세하는 사람이 아무도 없었다는 것을 들 수 있는데, 루돌프조차도 주인이라기보다는 하인처럼, 마지못해 의무감에 매여 있는 게으른 하인처럼 굴었다. 가끔씩 질투로 그의 마음은 쓸쓸해졌다. 그는 자기 것이 아닌 보물을 지키는 역할에 내적으로 은근히 반발했다. 그는 나의 얼굴을 다채로운 색깔로 물들이는 먼 나라의 반영을 질투심을 품고 지켜보았다. 그 반영을 볼 때에만 그는 그 책장들의 광휘를 알아차렸지만 그의 진심은 사실 개입되지 않았다.

한번은 마술사를 보았다. 그는 무대 중앙에 서 있었는데 날씬하고 누구에게나 잘 보였으며, 모자를 들어 하얗고 텅 빈 안쪽을 보여 주었다. 그렇게 해서 자신의 묘기가 사기나 조작의 의혹과는 거리가 멀다는 것을 증명한 뒤에 그는 지팡이로 복잡한 마법의 기호를 그렸고 뒤이어 과장되게 자세하고 개방적인 동작으로 모자에서 종이 끈을, 색색가지 리본을 조금씩, 그리고 더 길게, 마침내는 몇 킬로미터씩 만들어 냈다. 실내는 바스락거리는 색색가지의 리본 무더기로 가득 찼고 수백 번이나 번식한 거품처럼 가벼운 종잇장의 무더기가 쌓여 빛났으며, 그동안 마술사는 그 끝없는 피륙을, 관중의 흥분에 찬 항의와 황홀경의 비명과 발작적인 흐느낌에도 불구하고 계속해서 짜냈고, 그리하여 이 모든 노력이 그에게는 아무것도 아니며 그는 자기 힘으로 그 많은 것을 뽑아내는 게 아니라 그에게만 열려 있고 사람의 계산이나 힘을 넘어선 초자연적인 원천으로부터 뽑아내고 있다는 사실이 분명해졌다.

그러나 이 묘기의 진짜 의미를 알아차린 몇몇 사람들은 깊이 생각에 잠겨 마음속에 들어온 진실의 깊은 곳을 엿보고 내면의 빛으로 환해진 채 집으로 돌아갔다. 그 진실이란 하느님은 사람의 힘으로 다 헤아려 알 수 없다는 것이었다…….

11

이제 알렉산드로스 대왕과 나 자신 사이에 짧은 평행선을 그어 봐야 할 때가 온 것 같다. 알렉산드로스 대왕은 여러 나라들의 향기를 느낄 수 있었다. 그의 콧구멍은 아직 밝혀지지 않은 가능성을 예감했다. 그는 잠든 동안 하느님이 그 머리에 손을 얹어 모르던 것을 알게 하고, 닫힌 눈꺼풀 뒤로 먼 나라의 영상이 지나가는 동안 직관과 추측으로 가득 차는, 그런 사람들 중 하나였다. 그러나 알렉산드로스는 신의 계시를 지나치게 글자 그대로 받아들였다. 행동하는 사람, 즉 영혼의 깊이가 얕은 인간인 그는 자신의 임무를 세상의 정복자가 되는 것이라고 해석했다. 내가 그러하듯이 그도 자신이 완전히 충만하지 못하다고 느꼈으며, 그의 가슴은 내 것과 똑같은 종류의 한숨으로 부풀었고, 그는 계속 새로운 지평선과 풍경에 목말라했다. 그의 실수를 지적해 줄 사람은 아무도 없었다. 아리스토텔레스조차 그를 이해할 수 없었다. 그리하여 그는 세상 전체를 정복했지만 실망한 채로 계속 그를 피하는 하느님과 하느님의 기적을 의심하면서 죽었다. 그의 형상은 많은 나라에서 동전과 봉인을 장식했다. 결국 그는 자기 시대의 프란츠 요제프가 되었다.

12

　나는 독자에게 그 봄의 사건들이 윤곽을 드러내고 정리되었던 그 우표첩에 대해 하다못해 사실과 비슷한 정도의 설명이라도 하고 싶다. 뭐라 묘사할 수 없는, 경고하는 바람이 이 우표들의 거리 사이로, 문장(紋章)과 기둥들로 장식된 골목 사이로 불었고, 지평선 위에 위협적으로 나타난 구름의 그림자 아래서 불길한 침묵 속에 이 상징들을 펄럭이게 했다. 그러고는 첫 번째 전령들이 텅 빈 거리에 나타났는데, 제복을 입고 팔에 붉은 완장을 차고 땀을 홀리며 혼란스러워하며 의무감에 가득 차 있었다. 그들은 장엄하게 몰두하여 엄숙하게 소리 없이 몸짓을 했고 거리는 다가오는 행렬로 인해 금세 어두워졌으며 골목들은 시위하는 군중의 발걸음으로 흐려졌다. 그것은 국가들의 거대한 선언, 우주적인 노동절, 세계의 시가행진이었다. 세상은 맹세를 위해 수천 개의 손을 들어 시위하며, 수천 명의 목소리로 그것이 프란츠 요제프 뒤에 있는 것이 아니라 더 위대한 누군가의 뒤에 있다고 단언했다. 시위장은 옅은 붉은색, 거의 분홍색에 가까운 빛에, 해방의 상징인 열정의 색깔에 젖어 있었다. 산토도밍고에서, 산살바도르에서, 플로리다에서 숨을 헐떡이며 딸기 같은 빨간색 옷을 입은 대표자들이 도착했는데, 그들은 버찌 같은 분홍색 중산모를 흔들었고 그 안에서는 오색방울새들이 둘씩 셋씩 빠져나왔다. 빛나는 산들바람이 행복하게 날아가며 트럼펫을 더욱 반짝이게 했고, 악기들의 표면 위를 부드럽게 쓸고 지나갔으며, 작은 정전기 불꽃을 불러왔다. 행진에 수많은 사람들이 참여하고 있었는데도 모든 것이 질서 정연했고, 거대한 행렬은 소리 없이 계획에 맞추어 펼쳐졌다. 깃발들은 발코니에서 난폭하게 펄럭이며, 멈추지 않는 발작 속에, 난폭하고 소리 없는 펄럭임 속에, 좌절된 열정의 분출 속에 괴로워하다가 출석을 부르는 소리에 잠시 조용해질 때가 있었다. 그러면 거리 전체가 빨갛게 물들어 조용한 위협으로 가득 차고, 한편 어두워진 먼 곳에서는 보병대의 주의 깊게 계획된 일제 사격이, 마흔아홉 번 모두 어스름 가득한 대기 속에 둔하게 울렸다.

그리고 마치 봄비가 내리기 전처럼 지평선은 갑자기 구름으로 덮였고, 밴드의 악기들만 놋쇠 색깔로 빛났으며, 침묵 속에서 어두워지는 하늘의 중얼거림과 먼 곳의 바스락거리는 소리를 들을 수 있었고, 가까운 정원에서는 농축된 버찌 향기가 떠다니다가 공기 중에서 알지 못하게 흩어져 버렸다.

13

4월의 끝이 가깝던 어느 날 아침은 따뜻하고 회색빛이었다. 길을 걸으며 바로 앞의 젖은 땅만 보고 다니던 사람들은 공원의 나무들이 검은 가지를 펼치고 여기저기서 쪼개져서 달콤하고 곪아가는 상처를 내보이고 있다는 사실을 알아채지 못했다.

나뭇가지의 검은 그물에 걸린 후덥지근한 회색빛 하늘은 층층이 부풀고 형체 없이 무거운 거대한 깃털 이불처럼 사람들의 어깨 위에 무겁게 늘어져 있었다. 사람들은 그 무거운 하늘 아래 마치 따뜻하고 습한 곳에 모여든 6월의 벌레처럼 기어 다니거나 혹은 아무 생각 없이 무릎 위에 색 바랜 신문지를 놓고 공원 벤치 위에 웅크리고 앉아 있었다.

그리고 11시쯤 해는 부풀어 오른 거대한 구름의 몸통 아래서 마치 빛나는 얼룩처럼 나타났고, 갑자기 나뭇가지 사이에서 통통한 꽃봉오리들이 전부 빛나기 시작했고, 쩍쩍 지저귀는 소리의 장막이 이제 옅은 금빛이 된 한낮의 얼굴을 드러냈다. 봄이 온 것이다.

그리고 즉시, 조금 전까지도 비어 있던 공원 대로는 마치 도심지 한가운데처럼 사방으로 바쁘게 돌아다니는 사람들로 가득 찼고 여자들의 외투로 꽃피었다. 날렵하고 맵시 있는 아가씨들이 서둘러 걸어갔다—가게나 사무실에 일하러 가기 위해, 혹은 밀회를 즐기러 가기 위해. 그러나 지금은 잠시 온실 같은 습기를 뿜어내며 새들의 지저귐으로 가득 찬, 성글게 짠 바구니 같은 대로를 지나가는 동안 그들은 마치 그 공원에서 섬세한 가지와 잎사귀들과 함께 다시 태어난 것처럼 그 시간의 그 거리에 잘 어울려, 봄이라는 연극의 그 장면에서 조연을 맡고 있는 것 같았다. 공원 대로는 서둘러 걸어가는 그들의 신선한 발걸음과 속치마의 바스락거리는 소리로 붐비는 듯했다. 아, 봄의 복도에 얼기설기 엮인 그림자 아래 산책하는 이 산뜻하게 풀 먹인 가벼운 셔츠, 겨드랑이가 축축이 젖어 멀리서 불어오는 보랏빛 산들바람에 말리고 있는 셔츠! 아, 이 젊고 경쾌한 발걸음, 붉은 반점과 여드름을 가리는, 바스락거리는 새 실크 스타킹에 싸여 움직이느라 뜨거워진 다리들, 뜨거운 피가 끓는 몸의 건강한 봄의 발진. 공원 전체는 부끄럼 없이 여드름투성이가 되었고 나무들은 전부 몽우리의 반점들을 내보였으며 새들의 지저귀는 소리에 몽우리를 터뜨렸다.

그 뒤에 거리는 한산해졌고, 나무의 둥근 지붕 아래 높은 바퀴가 달린 유모차가 작게 삐걱거리는 소리가 들렸다. 니스 칠한 작은 카누 안에서 마치 꽃다발에 싸여 있는 것처럼 빳빳하게 풀 먹인 리넨 띠에 파묻혀, 꽃보다 더 귀중한 무언가가 잠들어 있었다. 유모차를 천천히 밀고 가던 여자아이는 가끔 그 위로 몸을 굽혀 희고 신선하게 꽃 피는 그 흔들리는, 삐걱거리는 바구니를 검은 바퀴 쪽으로 비틀고, 얇은 명주 그물의 꽃다발 속으로 애무하듯이 입김을 불어, 구름과 빛의 물결이 옛날이야기처럼 밀려드는 꿈을 꾸고 있는 그 달콤하게 잠든 중심부를 어루만졌다.

그러고 나서 정오에 공원의 오솔길은 빛과 그림자로 엇갈렸고, 새들의 노랫소리는 계속 공중에 걸려 있었지만, 산책로 가장자리를 지나가는 여자들은 이미 지쳐 있었고, 머리카락은 편두통에 눌려 납작해졌으며, 얼굴은 봄 때문에 피로해져 있었다. 좀 더 지나자 대로는 완전히 텅 비었고 이른 오후의 침묵 속에 공원 레스토랑의 냄새가 천천히 떠돌기 시작했다.

14

매일 같은 시간에 가정 교사를 대동하고 비안카가 공원에서 산책하는 모습을 볼 수 있었다. 비안카에 대해 무슨 말을 할 수 있겠는가, 어떻게 그녀를 묘사할 수 있겠는가? 내가 아는 것은 그저 그녀가 자신의 본분에 대단히 충실하며, 예정된 일과를 완벽하게 수행한다는 것뿐이다. 기쁨으로 가슴을 졸이며 나는 몇 번이고 되풀이해서 그녀가 무용수처럼 가벼운 발걸음으로 어떻게 자신의 존재를 드러내는지, 그리고 각각의 동작으로 어떻게 무의식중에 목표물을 맞히는지를 관찰했다.

그녀의 산책은 일상적이고 지나치게 우아하지도 않지만, 그 단순함이란 감동적이고 비안카가 그렇게 단순하게, 아무런 긴장이나 기교도 없이 그녀 자신이 될 수 있다는 사실 때문에 내 가슴은 즐거움으로 가득 찼다.

한번은 그녀가 나를 향해 천천히 눈을 들었고, 그 시선의 진지함이 화살처럼 나를 관통했다. 그때부터 나는 그녀에게 아무것도 숨길 수 없다는 사실을, 그녀가 내 생각을 모두 알고 있다는 사실을 깨달았다. 그 순간에 나는 그녀에게 나 자신을 완전하게 아낌없이 바쳤다. 그녀는 거의 알아차리지 못하게 눈을 감음으로써 이 것을 받아들였다. 한마디도 하지 않고, 지나가면서 단 한 번의 눈빛으로 이 모든 것이 이루어졌다.

그녀를 상상하고 싶을 때면 나는 단 한 가지 의미 없는 사소한 것을 불러낼 수 있을 뿐이다. 그것은 남자애처럼 갈라진 그녀의 무릎 살갗이다. 이것은 매우 감동적이고 애타게 하는 모순의 세계로, 축복받은 자가당착으로 나의 생각들을 이끈다. 그녀의 무릎 위나 아래에 있는 다른 것은 모두 초월적이며 나의 상상을 무시한다.

15

오늘 나는 다시 루돌프의 우표첩을 샅샅이 뒤졌다. 얼마나 굉장한 연구인가! 그 책은 상호 참조문과 암시와 실마리와 양가적인 반짝임으로 가득하다. 그러나 그 모든 글줄은 비안카로 돌아온다. 얼마나 축복받은 어림짐작인가! 나의 의심은 마치 밝게 빛나는 희망을 내뿜는 퓨즈를 따라가듯 하나의 매듭에서 다른 매듭으로 이어지고 점점 더 번쩍인다. 아, 나는 얼마나 고통받는지, 나의 마음은 앞으로 예감하는 그 신비로 인해 얼마나 무거운지!

16

시내 공원에서는 저녁마다 밴드가 연주를 하고 봄나들이를 나온 사람들이 거리를 메운다. 그들은 오락가락하며 서로 지나치고, 대칭적이고 계속 반복되는 무늬를 그리며 다시 만난다. 젊은 남자들은 새 봄 모자를 쓰고 장갑을 손에 무심하게 들고 있다. 울타리와 나무줄기 사이로 평행한 대로를 걷고 있는 소녀들의 드레스가 빛난다. 소녀들은 짝을 지어 엉덩이를 흔들며 리본과 주름 장식의 거품 속에 백조처럼 거들먹거리며 활보한다. 가끔 그들은 그 느릿느릿한 행진에 지친 듯 정원의 긴 의자에 주저앉고, 종 모양의 꽃무늬 무명 치마가 마치 꽃잎을 떨어뜨리기 시작한 장미처럼 의자에 펼쳐진다. 그리고 그들은 꼰 다리를 드러낸다―하얗고 저항할수 없이 인상적인 모습을. 젊은 남자들은 그들을 지나쳐 가면서 논거의 정확성에 충격을 받고, 완전히 설득당하고 정복당한 채 할말을 잃고 창백해진다.

어스름이 내리기 바로 직전의 순간이 오면 세상의 모든 색깔들은 전보다 더욱 아름다워진다. 모든 색채가 더 분명해지고 들뜨고 열정적이면서 슬퍼진다. 공원은 다른 색깔을 더 깊이 빛나게 하는 분홍빛 니스와 빛나는 래커로 재빨리 칠해진다. 그러나 이미 이런 색깔에는 뭔가 지나치게 깊은 하늘색이, 뭔가 지나치게 화려하고 수상쩍은 아름다움이 깃들었다. 한순간이 더 지나면 어린 녹음이 흩뿌려진 공원의 덤불은 ―여전히 이파리가 없고 벌거벗었지만 ― 발삼의 차가움을 내뿜으며 영원한 것들과 치명적으로 아름다운 것들의 설명할 수 없는 슬픔을 흘리며 전체가 어스름의 분홍빛 시간으로 빛난다.

그리고 공원 전체는 거대하고 소리 없는 오케스트라가 되어 장엄하고 차분하고 집중한 채 지휘자의 지휘봉 아래 그 음악이 익어 울려 퍼지기를 기다리며, 그 잠재적이고 진지한 교향곡 위로 마치 악기들 속에서 부풀어 오르는 소리가 불러온 것처럼 연극적인 어스름이 빠르게 깔린다. 어딘가 높은 곳에서 이파리의 어린 녹음은 보이지 않는 꾀꼬리의 노래에 꿰뚫리고, 즉시 모든 것이 저녁때의 숲처럼 음울하고 외롭고 늦어진다.

거의 느낄 수 없는 산들바람이 나무 꼭대기를 지나가고, 그 위에서 벚꽃 봉오리의 마른 꽃잎이 말없이 비통하게 떨어진다. 그 봉오리는 어스름한 하늘 아래 높이 떠오르고 그 씁쓸한 향은 끝없는 죽음의 한숨처럼 다니는데, 그 향기 속으로 첫 별들이 마치 창백한 보라색 수풀에서 꺾은 라일락 꽃봉오리처럼 눈물을 떨어뜨린다. (아, 나도 안다. 그녀의 아버지는 해군 군의관이고 어머니는 흑인의 피가 섞인 혼혈이었다. 항구에서 밤이면 밤마다 그녀를 기다리는 것은 강을 떠다니는 작은 증기선인데, 구명 튜브를 옆에 달고 있지만 전등은 켜지 않는다.)

바로 그때 오가는 남녀, 일정한 간격을 두고 마주치는 청년들과 처녀들이 어떤 이상한 절망감에 사로잡힌다. 남자들은 모두 더 미남이 되고 돈 후안처럼 거부할 수 없는 매력과 함께 당당하고 의기양양하고 눈에서는 여자의 마음을 얼어붙게 하는 살인적인 기운을 내뿜는다. 처녀들의 눈은 더 깊이 가라앉아 그 안에 이리저리 산책로가 가로지르는 깊은 정원과 어둡고 낮은 소음이 울리는 미로 같은 공원들이 나타난다. 그들의 눈동자는 넓어지고 저항 없이 열려서 그들의 불투명한 어둠 속을 쳐다보는 정복자들을 마치 칸소네의 소절처럼 대칭적이고 여러 개로 갈라진 오솔길들을 숨겨 둔 어두운 공원의 가로수 길 안으로 받아들여 그 슬픈 운율 속에서, 분홍빛 어깨 위에서, 둥근 화단 주변이나 아주 때늦은 새벽녘의 불길로 타오르는 분수 곁에서 만나 서로를 알아보았다가 다시 헤어져서 공원의 검은 그림자와 점점 더 깊어지고 바스락거리는 덤불 사이로 녹아들어 그 안에서 마치 미로와도 같은 무대 옆면과 공단 커튼과 닫힌 구석들 사이에서처럼 그들은 길을 잃고 헤맨다. 그리고 이 가장 어두운 정원의 냉기를 통과하여 사람들 기억에서 완전히 사라진 낯설고 후미진 구석으로, 혹은 어딘가 다른, 어둠이 발효해서 전염되며 침묵이 몇 년이나 계속되는 정적 속에 썩어 들어 오래되고 잊혀 버린 술통 속의 찌꺼기처럼 환상적으로 분해되어 가는 애도의 상복으로 흘러넘치는 가장 어두운 나무들의 바스락 소리 속으로 나오게 되는지는 아무도 알지 못한다.

그렇게 어두운 공단 같은 정원 속을 맹목적으로 헤매 다니다가 새벽녘의 마지막 보랏빛 광채 아래 몇 년 전부터 진흙탕이 되어 가고 있는 연못 위의 한 빈터에서, 젊은이들은 마침내 만난다. 세계의 뒷문 어딘가의 썩어 가는 난간 위에서 그들은 자신들이 이미 오래전에 지나친 삶으로, 존재 이전의 상태로 돌아가서 또한 낯선 시간 속에 섞여 들어 멀리 지나간 세월의 의상을 입고 모슬린 치맛자락 위에 끝없이 흐느끼며 비가를 부르고, 결코 지킬 수 없을 맹세를 하고 기억의 계단을 올라가 어떤 정점과 한계에 이르지만 그 너머에는 오직 죽음과 이름 없는 황홀경의 무감각이 있을 뿐이다.

17

봄의 황혼이란 무엇인가?

우리는 이제 문제의 요점에 다다른 것인가? 이 길은 더 이상 이어지지 않는 것인가? 우리는 이제 뭐라 말해야 할지 모르게 되었다. 말은 혼란스러워지고 두서가 없어져, 마구 날뛰게 되었다. 그러나 이런 말들의 한계를 넘어서야만 비로소 그 봄 안에 있는, 이야기되지 못한 무한함이 시작된다. 황혼의 신비! 우리의 말을 넘어선 곳, 우리의 마법이 힘을 잃고 끌어안을 수 없는 어둠의 요소가 그 너머 어딘가에서 포효하는 그곳. 말은 조각조각 분해되어 흩어지고 어원으로 돌아가며 도로 그 깊은 안쪽, 멀고 불분명한 뿌리 속으로 들어간다. 이 과정은 말 그대로 받아들여야 한다. 바로 지금 날이 어두워지고 우리의 말은 불확실한 연상 속에서 실체를 잃어 가고 있기 때문이다. 아케론,* 하데스,* 저승 세계……. 이런 단어들로부터 어둠이 스며 나오는 것을, 두더지가 판 흙 두둑이 허물어지고, 깊은 지하실과 무덤의 냄새가 천천히 풍겨 오는 것을 느낄 수 있겠는가? 봄의 황혼이란 무엇인가? 우리는 이 질문을, 대답 없는 우리 연구의 열정적인 후렴을 다시 한 번 제시한다.

나무뿌리들이 말을 하고 싶어 할 때, 잔디 아래 과거와 옛날이야기와 아주 오래된 역사들이 대단히 많이 모여 있을 때면, 땅 밑에 너무 많은 속삭임들과 서로 구분되지 않고 얽힌 나무껍질과 모든 종류의 말보다 이전에 존재했던 어둡고 이름 없는 것들 사이에 모여 있을 때면 나무둥치들은 검어지고 산산조각 나서 두껍고 거친 비늘이 되어 깊은 고랑을 형성한다. 어스름이 그 복슬복슬한 털가죽 속에 얼굴을 담그면 모든 것이 관 뚜껑 아래에서처럼 뚫을 수 없고 숨 막히게 되어 버린다. 그러면 눈을 가늘게 뜨고 애써 뚫을 수 없는 것 속에 시선을 구겨 넣고, 음침한 부식토 속으로 밀고 들어가서 ─그러면 갑자기 목적지에, 반대편에 도착해 있을 것이다. 그 깊은 곳, 저승 세계에 있는 것이다. 그리고 우리는 본다…….

여기는 생각했던 것만큼 그렇게까지 어둡지는 않다. 반대로 내부는 빛으로 고동치고 있다. 그것은 물론 뿌리 안쪽으로부터의 빛, 떠돌아다니는 도깨비불, 어둠에 대리석 무늬를 넣는 작은 빛줄기, 악몽 같은 물질의 덧없는 반짝임이다. 사실은 우리가 잠들어 세상으로부터 분리되어 내면 깊은 곳을 떠돌아다니며 자기 자신 안으로 돌아가는 여행을 하고 있을 때에도 똑같이 볼 수 있는데, 닫힌 눈꺼풀을 통해 생각이 내부의 불꽃으로 불붙어 긴 퓨즈를 따라 유령처럼 그을음을 내면서 한마디씩 한마디씩 꺼져 가는 모습을 보는 것이다. 이렇게 우리 안에서 완전한 퇴행, 자신 안으로 물러나 뿌리로 여행해 가는 과정이 일어난다. 이런 식으로 우리는 망각의 깊은 곳으로 가지를 뻗어 우리를 관통하는 땅 밑의 소름에 전율하고 살갗 아래에서부터 흔들리는 표면 전체까지를 꿈꾼다. 왜냐하면 땅 위, 빛 속에서만 ─이것은 일단 말해 둬야 한다 ─우리는 떨리면서 분명하게 연주된 곡조의 다발이고, 종달새처럼 밝은 정점이기 때문이다. 깊은 곳에서 우리는 다시 검은 중얼거림으로, 혼란스러운 그르렁거림으로, 여러 개의 끝나지 않는 이야기로 분해되는 것이다.

우리는 지금에야 봄이 꽃을 피울 수 있는 종류의 토양이 무엇인지, 그리고 봄이 왜 그렇게 말할 수 없이 슬프고 지식으로 가득 차 무거운지를 깨닫는다. 오, 우리 눈으로 똑똑히 보지 않았다면 믿지 않았으리라! 여기 깊은 미궁, 사물의 창고와 저장탑, 아직도 따뜻한 무덤, 쓰레기, 부패가 있다. 오래된 이야기가 있다. 고대 트로이와 같은 일곱 겹의 복도, 방, 보물 상자가 있다. 여러 개의 황금 가면이 하나씩 나란히 ― 무미건조해진 미소, 졸먹은 얼굴, 미라, 빈 고치…… 여기 납골당이, 죽은 사람들을 위한 서랍이 있어, 그 안에서 그들은 바짝 마르고 뿌리처럼 검어진 채 자신들의 때를 기다리며 누워 있다. 여기 죽은 사람들이 눈물 단지와, 도가니와, 항아리에 담겨 진열된 위대한 약사의 약 창고가 있다. 아무도 그들을 사러 오지 않았지만, 그들은 길고 엄숙한 줄을 선 채 오랫동안 찬장 위에 있었다. 어쩌면 그들은 그 칸막이 속에서 완전히 병이 나아 향처럼 깨끗해지고, 특효약을 쩝쩝거리며, 조급한 약과, 진통제와, 아침 연고를 깨워 일으켜 좋은 냄새를 풍기며, 혀끝에 이른 미각의 균형을 잡으며 살아 돌아왔을지도 모른다. 이 벽 속의 비둘기 횃대는 알에서 깨어나 처음으로 쩍쩍거리려는 병아리들로 가득하다. 얼마나 이슬처럼 신선하고, 간절하게 때를 기다리고 있는가, 이 길고 텅 빈 골목길은, 죽은 자들이 깊은 휴식에서 줄지어 깨어나, 완전히 새로운 새벽을 맞이하는 그곳은……!

*

그러나 아직은 끝이 아니고, 우리는 더 깊이 들어갈 것이다. 두려워할 것 없다. 내 손을 잡고 한 걸음 더 나아가면 우리는 이제 뿌리 곁에 있으며 모든 것이 곧 복잡하고 어둡고 깊은 숲 속처럼 뒤얽혀 있게 된다. 잔디밭과 나무뿌리 냄새가 풍기고 뿌리들은 뒤얽혀 마치 펌프로 뽑아낸 것처럼 치솟는 수액으로 가득한 채 돌아다닌다. 우리는 저승에, 사물의 가장자리에, 도깨비불로 수놓은 어둠 속에 있다. 여기에는 움직이는 것도 많고 교통이 복잡하고, 과육과 부패, 종족과 세대, 수천 개로 불어난 성경과 서사시의 종족들이 있다! 방황과 혼란, 역사의 뒤얽힘과 혼돈! 그 길은 더 이상 이어지지 않는다. 우리는 여기 가장 밑바닥, 어두운 기저에, 어머니들 사이에 있다. 여기에 바닥 없는 지옥이, 희망 없는 오시안*풍의 공간이, 모든 애처로운 니벨룽겐*이 있다. 여기 역사가 태어나 자라는 위대한 땅이, 이야기의 줄거리를 만드는 공장이, 우화와 민담의 흐릿하게 연기 나는 방들이 있다. 여기서는 봄의 위대하고도 슬픈 짜임새를 금방 이해할 수 있다. 아, 이야기 위에서, 사건 위에서, 연대기와 운명 위에서 봄이 어떻게 꽃을 피우는지! 우리가 이미 읽은 모든 것, 여태까지 들은 모든 이야기들 그리고 한 번도 들어 본 적은 없지만 어린 시절부터 꿈꾸어 왔던 것들 — 다른 곳 어디도 아닌 여기가 그들의 집이고 조국이다. 작가들이 어디서 이야기를 풀어 갈 실마리를 찾겠는가? 그들이 어떻게 창작할 용기를 불러일으켰겠는가? 이 저장고를, 이 얼어붙은 자본을, 소금에 절여져 지하 세계에 저장된 기금을 그들이 알지 못했다면? 윙윙거리는 속삭임, 대지의 끈질긴 그르렁거림이여! 지속적인 설득이 귓속에서 맥박치고 있다. 눈을 반쯤 감은 채 따뜻한 속삭임과, 미소와, 암시 속으로 걸어가서 끝없이 집요하게 부탁을 받고, 마치 섬세한 곤충의 주둥이에 찔리듯 수천 번 질문에 찔린다. 그들은 자신들로부터 뭔가 가져가 주기를, 뭐든지, 하다못해 이 형체 없고 시간을 뛰어넘은 이야기들의 끄트머리라도 가져가서 우리의 젊은 삶에, 핏줄 속에 흡수하기를 바라는 것이다. 그것을 보관해 두고, 지니고 살기를 원하는 것이다. 왜냐하면 역사의 부활이 아니라면 봄은 도대체 무엇이겠는가? 이 형체 없는 사물들 속에서 봄만 살아 있고, 실재하고, 차갑고, 아무것도 알지 못한다. 오, 이 요괴와 유령들, 유충과 혼령들은 봄의 그 젊고 싱싱한 피에, 그 식물적인 무지함에 얼마나 매혹되었는지! 그리고 봄은 무기력하고 순진하게, 그들을 함께 졸음 속으로 데려가, 그들과 함께 잠들고, 새벽에 반쯤 의식이 돌아온 채 깨어나, 아무것도 기억하지 못한다. 이것이 봄이 기억 속에 사라지고 슬픈 모든 것들이 합한 무게로 무거워진 이유인데, 왜냐하면 봄은 홀로 이 거부당한 삶들을 대신 살아 주어야 하고, 잃어버린 모든 것을 형상화하기 위해 아름다워져야만 하기 때문이다. ……그리고 이 모든 것을 보상하기 위해, 봄은 오직 벚꽃 봉오리의 자극적인 냄새만 제공할 수 있을 뿐인데, 그것은 모든 것을 담고 있는 하나의 영원한, 끝없는 흐름을 이루어 흘러가고 있다…….

잊는다는 것의 의미는 무엇인가? 새로운 초록이 옛이야기 위에 하룻밤 새 자라났고, 부드러운 녹색 뭉치가, 밝고 빽빽한 꽃봉오리 무더기가 마치 이발한 다음 날 소년의 머리에 머리카락이 자라듯 모든 기공(氣孔)으로부터 일제히 피어났다. 망각과 함께 봄은 얼마나 초록색으로 변하는지, 오래된 나무들은 그 귀여운 무지함을 되찾고, 그들의 뿌리는 오래된 연대기에 파묻혀 있을지언정 기억의 부담에서 벗어나, 잔가지를 뻗으며 깨어난다. 그 녹색은 다시한 번 처음처럼 그들을 새롭고 신선하게 만들어 줄 것이며, 이야기들은 마치 한 번도 존재한 적 없었던 것처럼 다시 젊어져서 그 줄거리를 또 한 번 시작할 것이다.

태어나지 못한 작품들이 너무나 많다. 오, 뿌리 사이의 슬프게 탄식하는 합창, 서로 상대보다 더 큰 목소리를 내기 위해 떠들어 대는 이야기들, 갑자기 폭발하는 즉흥곡 사이의 지칠 줄 모르는 혼잣말들! 우리에게는 그들에게 귀 기울일 만한 인내심이 있는가? 가장 오래된 것으로 알려진 전설 이전에도 아무도 들어 보지 못한 다른 것들이, 이름 없는 선구자들이, 제목 없는 소설들이, 거대하고 창백하고 단조로운 서사시들이, 형체 없는 서정시들이, 짜임새 없는 줄거리들이, 얼굴 없는 거인들이, 지평선 뒤에 있는 저녁 구름의 드라마를 위해 쓰인 어두운 책들이 있었고, 그 뒤에는 아직도 신화의 책들, 쓰이지 않은 책들, 영원히 겉치레 속에 숨어 있는, 거짓되고 좌절된 불신자들의 나라*의 책들이 있다…….

*

봄의 뿌리에 붐비고 있는 모든 이야기들 가운데 오래전에 밤의 소유권을 얻어 별이 총총한 우주의 영원한 동반자이자 배경으로서 창공의 바닥에 자리 잡은 것 하나가 있었다. 봄밤마다, 그 안에 무슨 일이 일어나든, 그 이야기는 개구리 울음소리와 풍차가 끝없이 돌아가는 소리 위에 펼쳐지곤 했다. 한 남자가 밤에 작은 절구에 빻아 흩뿌린 우윳빛 별들 아래 걸어간다. 그는 외투 자락 속에 아이를 안고 있다. 그는 끝없는 우주의 영원한 방랑자가 되어, 하늘을 가로질러 묵묵히 자기 길을 걸어간다. 오, 외롭다는 것의 슬픔이여, 거대한 밤의 고아가 된다는 것의 비애여. 오, 먼 별들의 반짝임이여! 그 이야기에서 시간은 그 무엇과도 바꿀 수 없다. 그 이야기는 별이 깔린 지평선 위에 나타나며 영원히 그렇게, 언제나 새롭게 나타날 것이다. 왜냐하면 한번 시간의 궤도에서 벗어남으로

써 그것은 헤아릴 수 없게 되었고, 반복하는 것만으로는 결코 지치지 않게 되었기 때문이다. 저기 아이를 안은 그 남자가 간다— 우리는 그 후렴을, 밤의 그 불쌍한 표어를 일부러 되풀이하여, 때로는 별들의 무더기에 가로막히는, 혹은 영원의 숨결을 느낄 수 있는 길고 고요한 간격 동안 완전히 보이지 않게 되는, 간헐적으로 끊어지는 그 걸음걸이의 연속성으로 표현하려는 것이다. 멀리 떨어진 세계가 무섭게 빛나면서 손에 닿는 곳으로 다가오고, 드러내 놓고 말하지 않는 침묵의 언어로 영원을 통해 난폭한 신호를 보낸다—그동안 그는 쉬지 않고 계속 걸으면서, 끝없이, 단조롭게, 희망 없이, 밤의 속삭임과 달콤한 설득에, 침묵의 입술이 만들어 내는 오직 한 가지 말에 무기력하게 대항하여, 아무도 그 말을 듣고 있지 않은데도, 그 작은 소녀를 달래고 있는 것이다…….

이 이야기는 납치되어 다른 아이와 바뀌어 버린 공주님에 관한 것이다.

18

그들이 밤늦게 정원 사이의 넓은 빌라로, 모든 건반이 침묵을 지키는 검고 윤기 나는 피아노가 있는 낮고 하얀 방으로 돌아왔을 때, 넓은 유리벽으로 마치 온실의 유리창을 통해 보듯이 창백하고 별빛으로 깜빡이는 봄밤이 엿보았을 때, 벗꽃 봉오리의 향기가 물병과 도자기에서 피어올라 서늘하고 흰 침구 위에 떠돌 때—불안한 귀 기울임이 잠들지 않는 밤을 가득 채우고 마음은 잠든 채 흐느끼며, 경주하며 말하고, 이슬에 젖은 나방이 날아다니는, 버찌 향이 밴 빛나는 기나긴 밤을 비틀거리며 지나간다. 아, 이 끝없는 밤에 깊이를 더해 주는 것은 바로 버찌이다. 날아다니느라 아프고 행복하게 뒤쫓느라 피곤해진 마음은 높고 좁은 산등성이에서 잠시 쉬고 싶어 하지만, 그 끝없는 창백한 밤으로부터 새로운 밤이, 더 창백하고 더욱더 형체가 없는 빛나는 선과 지그재그로, 나선형 별 무리와 창백한 비행으로 갈라진, 처녀의 피로 부풀어 오른 보이지 않는 각다귀의 주둥이로 수천 번 찔린 새로운 밤이 태어난다. 피곤을 모르는 마음은 다시 미쳐서 별들의 복잡한 일에 말려들어 숨 막히게 서두르며 달빛에 겁먹은 채 올라가면서 더 커지고 창백하게 매료되어 뒤얽힌 채 혼수상태에 빠진 달의 꿈을 꾸며 둔감하게 몸을 떨면서, 잠 속으로 굴러 떨어진다.

아, 그 밤의 모든 겁탈과 추구, 음모와 속삭임, 흑인과 조타수, 발코니 난간과 야맹증, 서두른 탈출 뒤에 질질 끌리는 모슬린 드레스와 베일들! 그리고 마침내 갑작스러운 암흑 속에서, 지루하고 검은 휴식 시간에 꼭두각시들이 모두 제 상자 속에 도로 들어가고, 커튼이 모두 닫히고, 멈추었던 숨을 모두 조용히 내쉬는 때가 오고, 그동안 거대하고 조용한 하늘에는 새벽이 소리 없이 그 먼 분홍색과 흰색의 도시를, 섬세하고 높이 솟아오른 탑과 첨탑들을 짓고 있었다.

19

다시 한 번, 그 책을 주의 깊게 읽고 있는 독자에게 지금에야 그 봄의 의미가 분명해지고 알아볼 수 있게 되었을 것이다. 아침의 모든 준비들, 이른 아침 했던 목욕, 그 모든 망설임, 의심과 선택의 어려움은 우표를 잘 아는 사람에게는 그 의미를 드러낼 것이다. 우표는 아침 흥정이라는 복잡한 게임을, 그날의 마지막 흥정을 하기 전에 거쳐야 할 긴 협상과 속임수의 분위기를 소개한다. 아홉 번째 시간의 불그스름한 안개로부터, 콘도르의 부리에서 몸부림치는 뱀과 함께 얼룩덜룩하고 점무늬가 있는 멕시코가 뜨겁고 밝은 발진으로 갈라진 채 나타나려 하고 있고, 한편 키 큰 나무들의 녹음 사이 하늘색 간격으로부터는 앵무새 한 마리가 단조로운 억양으로 일정한 간격을 두고 고집스럽게 '과테말라'를 반복하고 있는데, 그 초록빛 단어는 사물을 감염시켜 갑자기 신선하고 잎사귀가 우거지게 한다. 천천히, 어려움과 다툼 끝에 투표가 이루어지고, 의식의 차례와 행진의 순서가 결정되고, 그날의 외교 조약이 맺어진다.

　5월에는 하루가 이집트처럼 분홍색이었다. 시장 광장에는 광채가 빛나고 맥박쳤다. 하늘에는 여름 같은 구름의 소용돌이가 화산처럼, 뚜렷한 윤곽을 이루며 빛의 갈라진 틈새로 겹쳐졌고, 바베이도스,* 래브라도,* 트리니다드* ─ 모든 것이 마치 루비 안경이나 머리를 향해 두 번 세 번 맥박 치며 올라가는 짙은 피의 색깔을 통해 본 것처럼 붉게 흘러갔다. 하늘을 가로질러, 돛을 모두 펼친 가이아나*의 거대한 목조 군함이 항해해 갔다. 튀어나온 캔버스 돛은 바짝 조인 밧줄과 예인선의 소음, 만(灣)의 소용돌이와 바다의 붉은 번쩍임 위로 탑처럼 솟아 있었다. 그리고 하늘을 향해 거대하고, 뒤얽힌 밧줄과 사다리와 돛대가 펼쳐졌고, 바람에 활짝 부푼 캔버스(돛)에 이끌려, 겹겹이 겹쳐지고 몇 층이나 쌓인 돛과 활대와 돛줄의 공중에 치솟은 장관이 펼쳐졌고, 작고 재빠른 흑인 소년이 선창에서 튀어나와 잠시 보였다가 다시 캔버스 천의 미로 사이로, 환상적인 열대의 하늘에서 신호와 형상 사이로 사라지는 모습들이 펼쳐졌다.

그리고 그 광경은 하늘에서 변하기 시작했다. 구름 덩이 속에서 세 개의 분홍빛 일식(日蝕)이 동시에 이루어졌고, 빛나는 용암이 연기를 뿜으며, 구름의 사나운 형상의 윤곽을 드러내기 시작했고—쿠바, 아이티, 자메이카에서 세계의 중심은 가라앉아 그 이글거리는 색깔이 점점 더 깊어졌다. 포효하는 열대의 바다와 하늘색 군도, 행복한 밀물과 썰물 그리고 적도의 소금기 있는 계절풍이 모습을 드러냈다. 우표첩을 손에 쥐고, 나는 봄을 연구하고 있었다. 그것은 시간에 대한 위대한 설명서, 밤과 낮의 문법이 아니던가?

알렉산드로스 대왕처럼, 잊지 말아야 할 것은, 어떤 멕시코도 끝이 아니고, 다만 그것은 세상이 가로지르는 길의 어느 지점이라는 것, 모든 멕시코를 넘으면 새로운, 더 밝고 더 찬란한 빛과 더 굉장한 향을 감춘 멕시코가 있다는 것이다……

20

비안카는 전부 회색이다. 그녀의 어두운 안색에는 다 타 버린 재 같은 색조가 돌았다. 그녀의 손길은 아마 상상할 수도 없으리라.

모든 세대가 주의 깊게 양육한 결과가 그녀의 훈련이 잘된 핏속에 흐르고 있다. 체념하고 재치의 규칙에 복종하는 그녀의 태도, 정복된 반발심의 증거, 좌절된 반항, 비밀스러운 흐느낌 그리고 그녀의 자존심에 가해진 폭력은 매우 감동적이다. 그녀의 동작 하나하나는 모두, 좋은 의도와 슬픈 우아함과 함께, 미리 규정된 형식에 대한 복종을 나타낸다. 그녀는 필요 없는 일은 하지 않고, 몸짓 하나하나는 아주 작은 낭비도 없을 만큼 꼼꼼히 조정되어 있는데, 그것은 단지 관습과 타협했을 뿐이며, 아무 열정 없이 그저 수동적인 의무감으로 그들의 정신을 받아들일 뿐이다. 이 매일매일의 승리에서 비안카는 미성숙한 경험과 지혜를 얻는다. 비안카는 알아야 할 것이 무엇인지를 알고 있고, 확실히 자신이 아는 것을 즐기는 듯 보이는데, 그것은 진지하고 슬픔으로 가득 차 있다. 그녀의 입은 끝없이 아름다운 선을 그리며 다물어져 있고, 눈썹은 엄격하게 정확한 자취를 따르고 있다. 아니, 그녀의 지혜는 규율을 누그러뜨리거나 부드럽게 하거나 멋대로 탐닉하는 결과를 가져오지는 않는다. 그 반대이다. 그녀가 슬픈 눈으로 바라보는 진실은, 형식에 긴장하여 주의를 집중하고 가장 엄격하게 따를 때에만 참아 낼 수 있다. 그리고 좌절되지 않은 재치와 관습에 대한 충실함은 용감하게 극복한 슬픔과 고통의 바다를 흐리게 한다.

그러나 형식에 눌리기는 했어도, 그녀는 그것을 이겨 냈다. 하지만 그 승리란 어떤 희생을 치르고 얻어 낸 것인지!

그녀가 ―날씬하고 꼿꼿한 자태로 ―걸을 때면, 그 세련되지 못한 걸음걸이의 리듬에 따라 그처럼 쉽게 지키고 있는 자존심이 어떤 종류의 것인지, 그녀 자신이 극복한 자존심인지, 아니면 그녀가 굴복해 버린 규율의 승리인지 알 수 없다.

그러나 그녀가 눈을 들고 똑바로 쳐다볼 때면, 아무것도 숨길 수 없다. 그녀가 아직 어리다는 사실도, 가장 비밀스러운 일들을 알아맞힐 수 있는 능력으로부터 그녀를 보호하지는 못했다. 그녀의 조용하고 온화한 태도는 오랫동안 울고 흐느낀 뒤에야 얻은 것이다. 때문에 그녀의 눈은 깊이 움푹 들어가 있고 그 안에 촉촉한 물기와 뜨거운 빛과 결코 아무것도 놓치지 않는 여분의 의미심장함을 지니고 있는 것이다.

21

비안카, 나를 홀리는 비안카는, 내게는 신비로운 존재이다. 나는 고집스럽게, 열정적으로, 절망적으로 우표첩을 교과서 삼아 그녀를 연구한다. 이런 일을 하고 있는 나는 뭔가? 우표첩이 심리학 교과서가 될 수 있는가? 얼마나 순진한 질문인가! 우표첩은 보편적인 책이고, 인간의 모든 것에 대한 지식의 개론서이다. 물론 비유와 암시와 힌트를 통해서만 그렇다. 정확해야 하고, 마음에 용기가 있어야 하며, 상상력이 있어야 책의 책장 사이로 지나가는 불길 같은 실을 찾아낼 수 있다.

어떤 일이 있어도 이 한 가지만은 피해야 한다. 즉 옹졸함과 현학적인 태도 그리고 지루한 일상성이다. 대부분의 사물들은 서로 연결되어 있고, 대부분의 실들은 같은 물레로 이어진다. 어떤 책들의 글줄 사이에서 제비가 무리 지어 날아가는 것을, 떨고 있는 뾰족한 한 문장 전체의 제비 떼를 알아차린 적 있는가? 이 새들의 비행을 읽어야 한다…….

그러나 비안카에게 다시 돌아가자. 그녀의 움직임은 얼마나 아름답고 감동적인가! 동작 하나하나는 정확히 의도한 것이고, 수 세기 전에 결정되었으며, 체념으로 시작되어, 마치 그녀가 자기 운명의 과정과 피할 수 없는 결과를 미리 알고 있는 것 같다. 공원에서 그녀를 마주하고 앉아 있는 동안, 나는 눈으로 그녀에게 뭔가 물어보고, 생각 속에서 뭔가 애원하고 싶어진다. 그리고 내가 무엇을 애원할 것인지 구체화하기도 전에, 그녀는 이미 대답했다. 한 번의 짧고 꿰뚫어 보는 시선으로 슬프게 대답한 것이다.

그녀는 왜 고개를 낮게 숙이고 있는가? 그녀가 주의 깊게, 그렇게 깊은 생각에 잠겨 쳐다보고 있는 것은 무엇인가? 그녀의 인생은 그처럼 희망 없이 슬픈가? 그러나 모든 것에도 불구하고, 그녀는 저 체념한 태도를 위엄 있게, 자랑스럽게, 마치 모든 것이 그렇게 되어 있어야 했다는 듯이, 마치 그 지식이, 그녀에게서 즐거움을 빼앗아 가는 그 지식이 그녀에게 손댈 수 없게 하는 어떤 힘을, 자발적인 복종에서만 찾을 수 있는 어떤 고양된 자유를 주었다는 듯이 보여 주고 있지 않은가? 그녀의 복종에는 승리와 성공의 우아함이 있었다.

그녀는 가정 교사와 함께 내 쪽을 향해 긴 의자에 앉아 있고, 둘 다 책을 읽고 있다. 그녀의 흰 드레스*—나는 그녀가 다른 색깔의 옷을 입은 것을 본 적이 없다—는 마치 활짝 핀 꽃처럼 의자 위에 펼쳐져 있다. 그녀의 날씬한 짙은 색 다리는 말할 수 없이 우아하게 그녀 앞에 겹쳐 있다. 그녀의 몸을 만진다는 것은, 나는 상상한다, 그 접촉은 너무나 순수하게 성스러워서 차라리 고통스러우리라.

그러고는 책을 덮고, 그들은 둘 다 일어선다. 한 번의 재빠른 시선으로 비안카는 나의 열정적인 인사를 알아채고 그에 답한 뒤 한가하게 발을 번갈아 움직이며, 천천히 걸어서, 가정 교사의 길고 탄력 있는 걸음걸이에 음악적으로 박자를 맞추어, 가 버렸다.

22

나는 사유지 주변의 지역 전체를 탐사했다. 그 거대한 지대를 둘러싼 높은 울타리 주위를 몇 번이나 걸어 다녔다. 빌라와 테라스의 흰 벽과 넓은 베란다를 모든 각도에서 보았다. 빌라 뒤에는 공원이 펼쳐져 있고, 그것과 맞닿아서, 나무가 한 그루도 없는 넓은 땅이 있다. 부분적으로는 공장이고, 부분적으로는 농장 건물인 이상한 구조물이 거기 서 있다. 나는 울타리 틈새에 눈을 댔고, 내가 본 것은 아마 환상이리라. 열기로 희박해진 봄의 대기 속에, 가끔 몇 킬로미터씩 이어지는 떨리는 공기를 통해 멀리 떨어진 것들이 비쳐 보일 때가 있다. 어쨌든 내 머리는 갈등하는 생각들로 갈라지고 있다. 다시 우표첩을 참고해 봐야겠다.

23

가능한 일인가? 비안카의 빌라가 국제 조약의 비호를 받고 있는 치외법권 지역일 수 있는가? 그 우표첩을 연구함으로써 나는 얼마나 놀라운 가설을 얻어 낸 것인가? 이 굉장한 사실은 나 혼자만 알고 있는 것인가? 그러나 이 시점에서 우표첩이 제공한 증거와 논거를 가볍게 취급할 수는 없다.

오늘 나는 빌라 전체를 가까이 다가가서 탐험했다. 몇 주 동안 나는 꼭대기에 장식이 있는 철문 주위를 돌아다녔다. 커다란 두 개의 빈 마차가 정원 밖으로 나갈 때 기회가 왔다. 철문은 활짝 열려 있었고 아무도 보이지 않았다. 나는 무심히 들어가서 주머니에서 스케치북을 꺼내 철문 기둥에 기대어 건축물의 자세한 부분을 그리는 척했다. 나는 비안카의 가벼운 발이 수천 번 밟고 지나다녔을 돌 깔린 오솔길에 서 있었다. 그녀가 가냘픈 흰 드레스 차림으로 프랑스식의 넓은 창문 어딘가에서 나타날지도 모른다는 축복받은 기대감에 내 심장은 멈춰 서곤 했다. 그러나 창문과 문에는 전부 녹색 차양이 내려져 있었다. 그 집 안에 숨어 있을 인기척을 드러내는 소리 하나 없었다. 지평선 위의 하늘은 무겁게 드리워

저 있었다. 멀리서 번개가 쳤다. 따뜻하고 희박해진 대기를 흔드는 산들바람조차 없었다. 그 회색빛 낮의 침묵 속에서 오직 빌라의 분필 같은 흰 벽만 소리 없이 그러나 풍부한 표현력으로 유창하게 그 장식적인 외관을 토로하고 있었다. 그 우아함은 같은 주제로 수백 개의 변주가 되어 반복되고 있었다. 눈이 멀 정도로 하얀 벽 장식을 따라, 얕은 양각으로 새겨진 화환들이 경쾌한 카덴차*가 되어 왼쪽 오른쪽으로 이어지다가 모퉁이에서 머뭇거리며 멈춰 섰다. 중앙 테라스 높은 곳에서 대리석 계단이 의식적이고 장엄하게, 부드럽게 이어진 난간과 대형 화분 사이로 내려왔고, 땅 위로 넓게 흘러넘쳐, 깊이 절하며 그 옷자락을 정리하는 것 같았다.

나는 건축 양식에 관해서는 감각이 꽤 정확하다. 그 건물의 건축 양식은, 왜인지는 설명할 수 없지만, 상당히 걱정스럽고 마음에 걸렸다. 그 엄격한 고전주의, 겉보기에 차가운 우아함 뒤에는 어떤 다른 비밀스러운 영향력이 숨어 있었다. 디자인은 너무 집중되어 있었고, 끝이 너무 뾰족했고, 예상외의 장식물이 너무 많았다. 알 수 없는 독약 한 방울이 건축가의 혈관 속에 숨어들어 그 디자인을 난해하고 폭발적이고 위험하게 만들었다.

마음속에서 어리둥절해진 채 상반되는 충동에 몸을 떨면서, 계단에서 잠들어 있는 도마뱀들을 놀라게 하면서 나는 빌라의 현관을 따라 발뒤꿈치를 들고 살금살금 걷기 시작했다.

둥근 웅덩이 옆의, 이제는 바싹 마른 땅은 햇빛 때문에 갈라져 있었고 아직도 벌거벗은 흙 그대로였다. 다만 여기저기 땅의 갈라진 틈에서 성질 급하고 환상적인 녹색이 튀어나와 있었다. 나는 이 잡초를 조금 뜯어 스케치북에 끼워 넣었다. 나는 흥분하여 떨고 있었다. 웅덩이 위의 대기는 열기 때문에 고동치며, 투명하게 반짝이며 걸려 있었다. 가까운 기둥에 걸린 기압계는 비극적일 정도로 낮은 수치를 보여 주고 있었다. 그곳은 어디나 조용했다. 잔가지 하나 움직이지 않았다. 빌라는 잠들어 있었고, 커튼은 닫혀 있었으며, 분필 같은 흰빛만이 무거운 회색빛 대기 속에 번들거렸다. 갑자기, 마치 부패가 절정에 이른 것처럼, 대기는 색색가지 발효의 냄새로 흔들렸다.

거대하고 무거운 나비들이 유쾌하게 장난치며 짝짓기를 하면서 나타났다. 그 서툴고 약동하는 날갯짓은 무거운 대기 속에서 한동안 계속되었다. 나비들은 마치 서로 경쟁하듯이, 빠르게 날다가 다시 제 짝을 만나면서, 날아다니며 마치 카드처럼 다채롭게 아른거리는 빛깔들을 온통 펼쳐 놓았다. 그것은 단지 지나치게 무르익은 대기가 너무 빠르게 부패한 것뿐이었을까, 마약과 환상으로 가득한 공기 중의 신기루일 뿐이었을까? 나는 모자를 흔들었고, 무겁고 공단 같은 나비가 날개를 계속 퍼덕이며 땅에 떨어졌다. 나는 그것을 집어 들어 숨겼다. 그것은 또 하나의 증거였다.

24

나는 건축 양식의 비밀을 알아냈다. 건물 외곽은 그 자신도 이해하지 못하는 선을 너무나 고집스럽고 유창하게 반복하여, 나는 마침내 그 미혹적인 암호를, 그 페르시아의 눈을, 잡힐 듯 잡히지 않는 신비를 이해했다. 사실 그것은 매우 투명한 가면이었다. 과장된 우아함의 정교하고 역동적인 선에는 양념이 너무 많이 들어가 있었고, 너무 맵고 톡 쏘듯 자극적이었으며, 뭔가 어쩔 줄 몰라 하는, 너무 열정적인, 지나치게 과시하는 — 뭔가 한마디로 다채롭고 식민지적인 것……. 물론 그 양식은 사실상 다소 불쾌하고 — 색정적이고, 지나치게 기교가 많고, 열대성이고, 극도로 냉소적이었다.

25

이 발견이 나를 얼마나 흔들어 놓았는지는 말할 필요도 없을 것이다. 실마리들은 더 분명해졌고, 기록과 암시들도 갑자기 맞아떨어졌다. 더 흥분하여, 나는 루돌프와 함께 내가 발견한 것을 공유했다. 그는 별로 관심 있는 것 같지 않았고, 심지어 화난 듯 씩씩거리며 내가 과장해서 꾸며 내고 있다고 비난했다. 그는 한동안 거짓말하는 데다 일부러 신비화한다며 나를 비난하고 있었다. 나는 아직도 우표첩의 소유자로서 루돌프를 존중하는 마음이 조금 남아 있었지만, 그가 질투심에 차서 마구 폭발하는 바람에 점점 더 그에게서 멀어졌다. 불행히도 나는 그에게 의존하고 있었으므로, 싫은 내색을 보이지 않았다. 그 우표첩이 없으면 무얼 할 수 있겠는가? 그는 그것을 알고 있었고 그 사실을 마음껏 이용했다.

26

봄 동안 너무 많은 일들이 생기고 있었다. 너무 큰 포부와 너무 많은 가식과 끝없는 야망이 어둠 속 깊은 곳에 감추어져 있었다. 그것은 끝을 모르고 퍼져 나갔다. 그것은 거대하고 넓게 퍼져, 웃자란 기업을 경영하면서 나의 힘을 빨아먹고 있었다. 그 부담을 루돌프와 함께 나누고 싶어서, 나는 그를 동료 통치자로 임명했다.

물론 익명이었다. 우리 둘이 우표첩과 함께, 셋이서 비공식적인 삼두 정치를 형성하였고, 그리하여 그 봄의 뚫을 수 없이 복잡하게 뒤엉킨 모든 일에 대한 책임이라는 부담을 떠맡았다.

27

나는 빌라 뒤로 돌아가 볼 만한 용기가 없었다. 누군가 나에게 알려 주었어야만 했다. 어째서 그럼에도 불구하고, 그곳에 언젠가 아주 오래전에 이미 있어 보았다는 느낌이 드는 것일까? 우리는 사실 살면서 보는 모든 풍경을 미리 알고 있지 않은가? 완전히 새로운 것, 말하자면 우리 존재 깊은 곳에서 오랫동안 기다려 왔던 일이 아닌 것이 일어날 수 있는가? 예를 들면 어느 날 늦은 시간에 나는 이 정원의 문가에서 비안카와 함께 손을 맞잡고 서 있으리란 것을 안다. 우리는 벽 틈새에서 독 있는 식물들이 자라고, 독미나리와 양귀비, 메꽃으로 가득한 포*의 인공적인 낙원이 매우 오래된 프레스코 벽화*의 잿빛 하늘 아래 빛나는, 잊혀 버린 구석들을 찾아낼 것이다. 우리는 시들어 가는 오후의 경계선 너머에 있는 가장자리 세계에서 텅 빈 눈을 하고 잠들어 있는 흰 대리석 조각상을 깨울 것이다. 우리는 그 조각상의 유일한 연인, 그 무릎 위에 날개를 접고 잠들어 있는 빨간 흡혈박쥐를 겁주어 쫓아낼 것이다. 그것은 소리 없이 부드럽게 약동하며, 무기력하고 형체 없는, 뼈도 본질도 없는 밝은 빨간색 자투리가 되어 날아갈 것이다. 그것은 원을 그리며 날개를 퍼덕이다가 치명적인 대기 속으로 흔적 없이 흩어져 버릴 것이다. 작은 문을 통해 우리는 완전히 빈 공터에 다다를 것이다. 그곳에서 자라는 식물들은 담배처럼, 늦가을이나 초겨울 따뜻한 날의 평야처럼 까맣게 타 있을 것이다. 그곳은 어쩌면 뉴올리언스나 루이지애나 주일지도 모른다 ─ 나라란 어차피 배경일 뿐이다. 우리는 네모난 연못 가장자리에 두른 돌 위에 앉을 것이다. 비안카는 노란 잎사귀로 가득한 따뜻한 물에 하얀 손가락을 담그고 눈을 들지 않을 것이다. 연못 반대편에 검고 날씬하고, 베일을 쓴 형체가 앉아 있을 것이다. 나는 그것에 대해 목소리를 낮추어 물어보고, 비안카는 머리를 흔들며 작은 목소리로 말할 것이다.

"겁내지 마, 듣고 있지 않으니까. 여기 살고 계시는, 나의 돌아가신 엄마야."

그리고 그녀는 내게 가장 달콤하고 조용하고 슬픈 일들에 대해 말해 줄 것이다. 위안을 찾을 수는 없을 것이다. 황혼이 밀려올 것이다…….

28

사건들은 미친 듯이 빠른 속도로 잇달아 일어난다. 비안카의 아버지가 도착했다. 조가비처럼 넓고 바닥이 얕고 뚜껑이 열린 번쩍거리는 사륜마차가 지나갔을 때 나는 오늘 분수 거리와 딱정벌레 거리의 교차로에 서 있었다. 그 비단 테두리를 두른 흰 조가비 안에서 나는 비단 드레스를 입고 반쯤 누워 있는 비안카를 보았다. 그녀의 조신한 옆얼굴은 턱 아래 리본으로 묶인 모자챙에 가려 그늘져 있었다. 넓고 흰 공단이 그녀를 거의 삼키고 있었다. 그녀 옆에는 검은 외투와 흰색 골무늬진 조끼를 입은 신사가 앉아 있었는데, 조끼 위에서는 수많은 장식이 달린 무거운 금사슬이 빛나고 있었다. 신사의 검은 중절모 아래 짧은 구레나룻이 있는 음울한 회색 얼굴을 볼 수 있었다. 그를 보았을 때 나는 몸을 떨었다. 의심의 여지가 없었다. 그는 드 브이(de V.*) 씨였다……

그 우아한 마차가, 커튼을 잘 드리운 좌석을 싣고 조심스럽게 덜커덕거리며 나를 지나갔을 때, 비안카는 자기 아버지에게 뭔가 말했고, 그는 몸을 돌려 커다랗고 짙은 안경을 통해 나를 쏘아보았다. 그의 얼굴은 갈기 없는 회색 사자의 그것이었다.

흥분하여, 상충하는 여러 감정들 때문에 거의 정신이 나간 채, 나는 소리쳤다.

"저를 믿으세요!"

그리고 "내 피의 마지막 한 방울까지……"

그리고 가슴 주머니에서 꺼낸 권총을 공중에 쏘았다.

29

많은 사실들이 프란츠 요제프가 사실은 강력하지만 슬픈 데미우르고스였다는 사실을 알려 주는 듯하다. 주름 사이의 삼각주에 끼워 넣은 단추처럼 흐린 그의 가느다란 눈은 인간의 눈이 아니었다. 우윳빛으로 하얀 짧은 구레나룻을 일본 악마처럼 뒤로 빗어넘긴 얼굴은 늙고 침울한 여우의 얼굴이었다. 멀리서 보았을 때, 쉔브룬*의 높은 테라스에서 보았을 때 그 얼굴은 주름의 조합 때문에 웃고 있는 것 같았다. 가까이 다가가서 보면 그 미소는 모습을 감추고, 어떤 기발한 착상으로도 누그러뜨릴 수 없는 씁쓸함과 진부한 일상성의 찡그림으로 변했다. 그가 녹색 깃털 장식이 달린 장군의 옷을 입고 약간 등이 굽은 채 경례하면서 푸른 외투를 땅에 끌며 세계 무대에 나타난 바로 그 순간 세상은 발전의 행복한 순간을 맞이했다. 모든 규정된 형식들은 끊임없이 변신하느라 내용물을 다 소진시켜 반쯤 시든 채, 금방이라도 조각조각 벗겨질 듯 사물 위에 늘어져 있었다. 세상은 난폭하게 변화하려는, 젊고 새롭고 이전에 들어 보지 못한 색깔들을 드러내려는, 그리하여 모든 근육과 관절을 즐겁게 뻗치려는 하나의 번데기였다. 그것은 건드리기만 해도 터질 듯했고, 세상의 지도, 그 누비 조각 이불보는 돛처럼 부풀어 올라 공기 중에 떠다닐 것 같았다. 프란츠 요제프는 이것을 개인적인 모욕으로 받아들였다. 그의 구성 요소들은 단조로움의 규칙, 지루함의 실용주의에 의해 지배되는 세상이었다. 대법원과 경찰서의 분위기가 그가 숨 쉬는 대기였다. 그리고 이상하게도 이 무미건조하고 지루하기 짝이 없는 늙은이, 그 인간성에 매력적인 데라고는 전혀 없는 사람이, 굉장히 많은 사람들을 자기 편으로 끌어들이는 데 성공했다. 가정의 모든 성실하고 검소한 아버지들은 그와 함께 위협을 느꼈고, 이 강력한 악마가 모든 것을 찍어 누르고 세상의 호흡을 제어할 때면 안도의 한숨을 내쉬었다. 프란츠 요제프는 종이처럼 세상을 네모지게 재단했고 독점적인 권리의 도움을 받아 그 과정을 통제했으며 예견되지 않은, 모험적인, 혹은 그저 예상하지 못했던 사태로 탈선하는 것을 막고 세상을 안정시켰다.

프란츠 요제프 1세는 경건하고 점잖은 즐거움의 적은 아니었다. 일종의 친절한 마음에서, 사람들을 위해 '황제-국왕' 복권과 이집트의 꿈풀이 책과 삽화가 그려진 달력과 '황제-국왕' 담배 가게를 생각해 낸 것도 그였다. 그는 천상의 하인들을 규격화했고 상징적인 푸른색 제복을 입혔으며 계급과 분과를 나누어 우편배달부와 차장과 세금 관리인의 모습을 한 천사들의 무리로 만들어 세상에 풀어놓았다. 그 천상의 심부름꾼 중에서 가장 비천한 무리는 얼굴에 그의 창조주에게서 빌려 온 오래 묵은 지혜의 표정과 구레나룻으로 테를 두른 즐겁고 우아한 미소를 짓고 있었다 —비록 그 발은 지상을 상당히 오래 돌아다닌 결과, 땀으로 악취를 풍기고 있을지라도.

그러나 왕관의 발치에서 좌절되어 버린 음모에 대하여, 전능자의 영광스러운 치세가 막 시작되었을 때 싹부터 잘려 버린 장엄한 왕궁의 혁명에 관해 들어 본 사람 있는가? 왕관이란 피를 먹지 않으면 시들게 마련이고, 그 생명력은 다수가 저지른 잘못된 행위로 생명을 빼앗고, 영원토록 그들과 같아질 수 없어서 쫓겨난 것들을 짓밟을 때 자라난다. 우리는 여기서 비밀과 금지된 것들을 폭로한다. 우리는 침묵으로 수천 번 단단히 봉인된 국가의 숨은 비밀을 건드리고 있다.

데미우르고스에게는 마음씨가 완전히 다른, 전혀 다른 생각을 가진 남동생이 있었다. 자신을 그림자처럼 따라다니는 정반대의, 영원한 대화 상대가 되는, 어떤 알 수 없는 모습의 남동생이 없는 사람이 누가 있겠는가? 이설에 따르면, 그는 그냥 사촌이었다고 한다. 또 다른 설에 따르면, 그런 사람은 없었다고도 한다. 그는 단지 데미우르고스가 공포와 광란의 와중에 암시한 인물로, 잠들어 있는 동안 엿들은 것이다. 어쩌면 그는 그저 동생이라는 인물을 어떻게든 만들어 내고 누군가 다른 사람을 대신 내세워 그 상징적인 연극을 연기하고, 한 번 더, 천 번째로, 천 번의 반복에도 불구하고 되풀이 해 일어나는 전(前) 합법적이며 치명적인 행위를 의식적으로 엄숙하게 행하려는 것인지도 모른다. 조건부로 태어난 불운한 적대자, 본래의 자기 역할 때문에 전문가의 솜씨로 오해를 사게 된 그는 막시밀리안 대공*이라는 이름을 가지고 있었다. 작은 소리로 속삭이는 그 이름의 발음은 우리의 피를 새롭게 하고 더 붉고 밝게 하며 열정과 우표 붙이는 풀과 행복한 메시지가 새겨진 빨간 연필의 뚜렷한 색깔 속에 더 빨리 고동치게 하는 것이다. 막시밀리안의 볼은 분홍색이고 눈은 하늘색으로 반짝였다. 모든 사람의 마음이 그에게로 향했고 제비들은 기뻐서 짹짹거리며 그의 길을 가로질러 날아갔다. 데미우르고스 자신은 막시밀리안의 파멸을 구상하면서도 남몰래 그를 사랑했다. 우선 그는 막시밀리안이 남부 해안으로의 원정에서 비참하게 패하기를 바라면서 그를 레반트* 대대의 대장으로 임명했다. 그리고 곧 나폴레옹 3세*와 비밀리에 협정을 맺었는데, 나폴레옹 3세는 막시밀리안을 속여 멕시코 원정에 끌어들였다. 모든 것이 사전에 계획되어 있었다. 그 젊은이는 환상과 상상에 가득 차서, 태평양에 새롭고 행복한 세계를 건설한다는 희망에 넘어가 합스부르크 왕가 상속자로서의 모든 권리를 포기했다. 프랑스 정기선 '르 시드'에 몸을 싣고 그는 준비된 함정 속으로 곧장 항해해 갔다. 그 비밀스러운 음모에 대한 서류들은 한 번도 만천하에 드러나지 않았다.

그렇게 반항자, 반체제주의자의 마지막 희망은 꺾여 버렸다. 막시밀리안의 비극적인 죽음 이후에 프란츠 요제프는 궁정에서 애도할 때 붉은색을 쓰지 못하게 했다. 애도를 나타내는 검은색과 노란색이 공식적인 색깔이 되었다. 시들지 않는 열정의 꽃은 그때부터 오직 그 지지자들의 마음속에서만 날갯짓을 하고 있다. 그러나 데미우르고스는 자연으로부터 그것을 완전히 절멸시키는 데는 성공하지 못했다. 결국 그것은 햇빛 속에 잠재적으로 숨어 있다. 봄 햇살 아래 눈을 감고 있는 것만으로도 눈꺼풀 아래 그 온기의 가닥가닥을 흡수하기에 충분하다. 사진 원판은 봄의 불꽃 속에서 바로 그 빨간색을 내며 탄다. 뿔 위에 천 조각을 얹고 도시의 햇빛 밝은 거리를 따라 끌려가는 황소들은 빛나는 네모 조각 같은 모습을 한 그것을 보고, 햇빛에 젖은 투우장에서 공포에 질려 도망가는 상상의 투우사를 공격할 준비가 되어 머리를 낮추는 것이다.

가끔씩 태양의 폭발 속에, 빨간 불꽃으로 가장자리를 두른 구름의 둑 속에 밝은 대낮 전체가 지나간다. 사람들은 빛 때문에 어지러워진 채, 눈을 감고 속으로 로켓과 로마의 촛불과 분첩을 상상하면서 걸어간다. 후에, 저녁때가 되면 빛의 폭풍과도 같은 불길은 잦아들고, 지평선은 둥글어지고 더 아름다워지고, 세계 모형을 축소해 놓은 유리구(球)처럼 옥색으로, 행복하게 예정된 계획으로 가득 차며, 그 위로 구름이 금메달의 왕관이나 저녁 기도의 종소리를 울리는 교회 종처럼 높이 쌓이는 것이다.

사람들은 빛의 거대한 둥근 지붕 아래 침묵한 채 시장 광장에 모이고, 아무 생각 없이 무리를 지어 위대하고 움직이지 않는 대단원, 집중된 기다림의 장면을 만들어 낸다. 구름은 점점 더 깊은 분홍색을 띠며 소용돌이친다. 모든 사람의 눈에는 평온함과 반짝이는 먼 곳의 반영이 비친다. 그리고 갑자기, 그들이 기다리는 동안 세상은 그 정점에 도달하여, 심장이 몇 번 고동치는 동안 가장 완전한 상태가 된다. 정원은 지평선의 수정 그릇 위에 다시 정리되고, 5월의 녹음은 막 쏟아지려는 포도주처럼 거품을 내며 흘러넘치고, 언덕들은 구름의 모양을 띤다. 그렇게 최고의 정점을 지난 후에, 세상의 아름다움은 흩어지고 영원으로 들어가기 위해 떠나 버린다.

그리고 사람들이 움직이지 않고, 세상의 위대하고 빛나는 승천에 홀려 환상으로 가득한 머리를 숙이고 있는 동안, 그들이 무의식중에 모두 기다리고 있던 사람이 군중 속에서 뛰쳐나온다, 그는 헐떡이는 심부름꾼이고 얼굴은 분홍빛이며 딸기 같은 빨간색 타이츠를 신고 작은 종과 메달과 훈장으로 장식하고 있다. 그는 모든 사람의 눈에 띄기 위해 광장을 천천히 여섯 번 혹은 일곱 번 정도 도는데, 마치 부끄러움을 타는 것처럼 시선을 떨어뜨리고 손은 엉덩이께에 올려놓고 있다. 그의 약간 무거운 배가 달리기의 음악적인 리듬 때문에 흔들린다. 힘들게 뛰느라 빨개져서 그의 얼굴은 검은 보스니아식 콧수염 아래 땀에 젖어 빛나고 메달과 훈장과 종들은 마치 안장처럼 그의 가슴에서 박자를 맞춰 위아래로 흔들린다. 멀리서도 신처럼 잘생기고 믿을 수 없을 만큼 분홍빛을 띠고 몸통은 움직이지 않은 채 팽팽한 타원형을 그리며 모퉁이를 돌아 그가 자기 종소리의 안내에 맞춰 다가오는 모습을, 그리고 짧게 한 번 손을 휘둘러 짖어 대며 그를 따라오던 개들을 물리치는 것을 볼 수 있다.

그리고 프란츠 요제프는 우주적인 조화에 의해 무장 해제되어 점잖게 특사를 선언하면서 빨간색을 사용하는 것을 양보하여, 묽어지고 달콤한, 캐러멜 모양을 띤 5월의 저녁에 단 한 번 그것을 허용하고 세상과 다시 화해하여 쇤브룬 궁의 열린 창가에 나타나는 것이다. 그 순간 그는 전 세계 모든 곳에서 — 말 없는 군중이 가장자리를 두르고 지켜보는 가운데 분홍빛 심부름꾼들이 깨끗이 쓸어 낸 시장 광장을 달리고 있는 곳이라면 어디에서나 볼 수 있다. 그가 구름을 배경으로 거대한 황제-국왕으로 신격화되어, 장갑 낀 손으로 창턱에 기댄 채 청록색 외투에 싸여 몰타 섬 군대의 십자 훈장을 달고 서 있는 것을 볼 수 있다. 친절함이나 우아함이라곤 없는 푸른 단추 같은 그의 눈은 주름살의 삼각주 속에서 미소를 짓느라 가늘어져 있다. 그렇게 그는 눈처럼 흰 구레나룻을 뒤로 빗어 넘기고 온정을 대표하기 위해 꾸민 채 서 있다. 그것은 멀리서 보는 사람들에겐 익살이나 진심이 담기지 않은 미소를 꾸며 내는 비참한 여우에 지나지 않았다.

30

오랫동안 망설인 끝에, 나는 지난 며칠간의 사건들을 루돌프에게 말했다. 나를 무겁게 짓누르는 그 비밀을 더 이상 혼자 간직할 수가 없어서였다. 그의 얼굴이 어두워졌다. 그는 고함을 질렀고, 내가 거짓말을 하고 있다고 말했으며, 마침내 노골적인 질투를 드러내며 폭발해 버렸다. 모든 것이 꾸며 낸 말이고, 새빨간 거짓말이라고, 그는 팔을 치켜들고 뛰어다니며 소리 질렀다.

"치외법권 지역! 막시밀리안! 멕시코! 하, 하! 면 플랜테이션!* 그걸로 됐어, 이게 끝이야, 이제 더 이상 우표첩을 빌려 주지 않을 거야. 동업은 끝이야. 계약도 취소야."

그는 어쩔 줄 모르고 흥분하여 머리카락을 잡아 뽑았다. 그는 완전히 정신이 나가, 무슨 짓이라도 할 기세였다.

나는 겁에 질린 채 그를 달래기 시작했다. 나는 내 이야기가 처음 들었을 때는 그럴듯하지 않다는 것을, 심지어 곧이들리지 않을 수도 있다는 것을 시인했다. 나 자신도 상당히 놀랐다는 데 동의했다. 전혀 준비되지 않은 상태였던 그가 그것을 단번에 받아들이기란 무리임에 틀림없었다. 나는 그의 인정과 명예에 호소했다. 만사가 결정적인 상황에 도달하려 하는 바로 이때에 나를 도와주기를 거부하는 것을 그의 양심이 허락하겠는가? 이제 와서 참여하기를 거부하여 모든 것을 망치겠는가? 마침내 나는 우표첩을 근거 삼아 모든 일이, 한마디 한마디가 사실이라는 것을 증명하는 일에 착수했다.

약간 누그러져서 루돌프는 우표첩을 열었다. 내가 그토록 강하게 열정적으로 이야기한 적은 단 한 번도 없었다. 나는 내 한계를 넘어섰다. 우표를 증거 삼아 추론을 뒷받침하면서 나는 그의 모든 비난을 일소하고 의심을 쫓아 버렸을 뿐 아니라 나 자신까지도 앞으로 펼쳐질 전망에 대해 놀랄 만한 뜻 깊은 결론에 도달했다. 루돌프는 패배하여 침묵을 지켰으며, 동업 관계를 청산하는 일에 관해서는 더 이상 말을 꺼내지 않았다.

31

그와 거의 때를 같이하여 거대한 환상의 극장이, 멋진 밀랍 인형 전시관이 마을에 들어와 성삼위일체 광장에 텐트를 쳤다는 사실을 우연이라 여길 수 있을까? 나는 오랫동안 그것을 예감해 왔고 매우 흥분하여 루돌프에게 그 사실을 말했다.

그날 저녁은 바람에 휩싸여 펄럭였다. 곧 비가 올 것 같았다. 노랗고 둔한 지평선에 낮은 짐차의 행렬 위에 회색 방수 덮개를 서둘러 덮으면서 줄지어 그 너머의 차가운 장소로 가 버릴 채비를, 떠날 준비를 하고 있었다. 반쯤 닫힌, 더 어두운 커튼 아래 햇살의 마지막 빛줄기가 잠시 보이더니 평평하고 끝없는 평원으로, 엷은 반영이 어린 호수 지대로 가라앉았다. 겁에 질린 노란색의 이미 운이 다한 불꽃이 하늘의 반쪽을 가로질러 그 빛줄기 사이에서 반짝였다. 커튼은 빠르게 닫히고 있었다. 집의 창백한 지붕들은 축축한 반사광을 빛냈다. 날이 어두워지고 있었고 배수구 파이프들은 단조로운 소리를 내기 시작했다.

밀랍 인형 전시회는 이미 시작되었다. 텐트 앞마당에 우산을 펼치고 옹기종기 모여든 사람들의 윤곽이 저물어 가는 날의 희미한 빛에 드러나 보였고, 그곳에서 사람들은 표를 사기 위해 보석과 금니가 반짝이는, 앞이 깊게 파인 옷을 입은 여자에게 엄숙하게 돈을 건넸다. 그녀는 살아 있는, 레이스로 치장하고 색을 칠한 흉상이었으며 그녀의 하체는 공단 커튼의 그림자에 가려 보이지 않았다.

반쯤 열린 휘장을 통해 우리는 불이 밝게 켜진 공간으로 들어갔다. 그곳은 사람들로 가득했다. 비에 젖은 외투를 입고 옷깃을 세운 그들은 무리를 지어 말없이 이곳저곳으로 느릿느릿 걸어 다니다가 주의 깊게 반원형을 지어 멈춰 서곤 했다. 나는 어렵지 않게 그들 중에서 단지 겉보기에만 여기 이 세상에 속하는 사람들, 사실은 받침대 위에 놓여 상징적이며 평온한 삶을 보내고 있는 사람들, 축제처럼 텅 빈 전시된 인생들을 알아볼 수 있었다. 그들은 우울한 침묵 속에 엄숙한 맞춤 외투와 고급 옷감으로 만든 양복을 입고 매우 창백한 모습으로 뺨에는 그들을 죽게 한 바로 그 병으로 인한 발열의 홍조를 띤 채 서 있었다. 그들은 아주 오랫동안 머릿속에서 생각이라고는 한 번도 해 본 적이 없었으며 단지 모든 각도에서 자신들을 과시하는, 존재의 공허함을 전시하는 버릇만 남아 있을 뿐이었다. 그들은 아주 오래전에 정량의 약을 먹고 침대에 들어가 차가운 이불 속에 누워 있어야 할 사람들이었다. 그들을 좁은 받침대 위에, 그들이 뻣뻣하게 앉아 있는 의자 위에 꽉 죄는 인조 가죽 구두를 신겨 이전의 존재로부터 완전히 멀어진 채 기억을 전부 뺏긴 유리 눈을 하고 이렇게 밤늦게까지 앉혀 놓았다는 것은 모욕적인 일이었다.

그들은 모두 입술에 목매단 사람의 혀 같은, 그들이 미치광이로 몰려 이 마지막 거주지에 들어오기 전까지 얼마간 연옥의 시간을 보냈던 정신 병원을 떠나면서 내질렀던 마지막 비명을 매달고 있었다. 아니, 그들은 진짜 드레퓌스*나 에디슨이나 루케니가 아니다. 그들은 그저 그런 척하고 있을 뿐이다. 어쩌면 그들은 머릿속에 굉장한 고정 관념이 들어선 그 찰나에 현행범으로 붙잡힌 진짜 미치광이였을지도 모른다. 진실의 순간은 능숙한 솜씨로 증류되었고, 원소처럼 깨끗하고 바꿀 수 없이 그들의 새로운 존재의 요점이 되었다. 그때부터 그 한 가지 생각이 느낌표처럼 그들의 머릿속에 남아 있었고, 그들은 한 발로 서거나 공중에 매달린 채 혹은 동작을 반쯤 하다 멈춘 채 거기에 매달려 있는 것이다.

이 무리에서 저 무리로 초조하게 옮겨 다니면서 나는 군중 속에서 막시밀리안을 찾았다. 마침내 그를 찾아냈지만, 그는 기함 '르 시드'를 타고 툴롱에서 멕시코로 항해할 때 입었던 레반트 대대 제독의 찬란한 제복 차림은 아니었고, 말년에 입었던 기병대 대장의 초록색 연미복 차림도 아니었다. 그는 그냥 보통 정장을 입고 있었는데, 옷자락이 길게 접혀 내려오는 외투와 연한 색 바지 차림에 그의 턱은 넥타이를 맨 높이 솟은 옷깃 위에 놓여 있었다. 루돌프와 나는 그의 앞에 반원을 짓고 선 한 무리의 사람들 틈에서 경의를 표하며 멈춰 섰다. 그때 나는 얼어붙어 버렸다. 우리에게서 몇 발짝 떨어진 곳에, 구경꾼들의 첫 줄에 하얀 옷을 입고 가정 교사를 대동한 비안카가 서 있었다. 그녀는 그곳에 서서 쳐다보고 있었다. 그녀의 작은 얼굴은 지난 며칠간 더 창백해졌고, 그녀의 눈은 주변이 퀭하고 짙게 그늘이 진 채 죽음과도 같은 슬픔의 표정을 드러내고 있었다.

그녀는 움직이지 않고 깍지 낀 손을 치마 주름 속에 감춘 채 진지한 눈썹 아래 슬픈 눈으로 쳐다보며 서 있었다. 나의 마음은 그녀를 본 순간 피를 흘리기 시작했다. 무의식적으로 나는 그녀의 시선을 따라갔고 드디어 보았다. 막시밀리안의 얼굴은 마치 깨어난 것처럼 움직였고 그의 입가는 말려 올라가 미소를 지었으며 눈은 빛을 내며 안구 안에서 움직이기 시작했고 훈장으로 덮인 가슴은 한숨으로 부풀어 올랐다. 그것은 기적이 아니라 그냥 기계적인 속임수일 뿐이었다. 적절히 태엽이 감겨서 대공은 기계 장치의 원리에 따라 그가 살아 있었을 때 했듯이 우아하고 의례적인 알현식을 베풀었다. 그는 이제 한 사람씩 차례로 주의 깊게 바라보며 구경꾼들을 살펴보고 있었다.

그의 눈길이 잠시 비안카에게 머물렀다. 그는 찡그리더니 망설이면서 마치 뭔가 말하고 싶은 듯 힘겹게 침을 삼켰다. 그러나 한순간이 지나자 그는 고분고분 기계 장치에 복종하여 똑같이 친절하게 빛나는 미소를 지으며 계속해서 다른 얼굴들에 눈길을 돌렸다. 그가 비안카의 존재를 의식했을까, 그 존재가 그의 마음에 닿았을까? 누가 알겠는가? 그는 완전한 그 자신도 아니고 단지 이전의 존재를 어렴풋이 복제했을 뿐이며, 매우 약해졌고 대단히 피로한 상태에 있었다. 단지 사실에만 근거해서 말한다면 그가 어떤 면에서는 자기 자신의 가장 가까운 인척이며, 그가 죽은 뒤로 몇 년이나 지났으니 그 상황에서는 가능한 한 최대로 그 자신과 비슷하다고 할 수 있을 것이라는 사실을 인정해야 했다. 그렇게 밀랍으로 부활해서는 진짜 자기 자신이 되기란 매우 어려웠을 것이다. 상당히 새롭고 무서운 어떤 것이 그의 존재에 몰래 들어왔을 것이다. 뭔가 이질적인 것이, 과대망상 속에 그것을 생각해 낸 천재적인 미치광이의 광기에서 떨어져 나왔을 것이다. 그리고 이제 비안카는 그것을 보며 놀라움과 공포에 질려 있는 것이다. 매우 아픈 사람의 경우에도 자기 자신에게서 분리되어 이전의 자신과는 아주 달라지는데, 하물며 그렇듯 서투르게 부활시켜 놓은 사람은 말할 것도 없는 일이다. 왜냐하면 그가 자기 육친을 보고 어떻게 행동했는지를 보면 알 수 있는 일이기 때문이다. 쾌활함과 허세를 가장하여 그는 웃음 지으며 웅장하게 황제의 어릿광대 희극을 계속했다. 그는 숨길 게 많았던 것일까? 아니면 어쩌면 그 밀랍 인형 병원에서 다른 인형들과 함께 병원 규칙에 얽매여 전시되어 있는 동안 자기를 지켜보는 안내원들이 무서웠던 것일까? 누군가의 광기에서 힘들게 증류되어 나와서 깨끗하게 잘 보존된 채 마침내 구원되어 ─그는 무질서와 혼란 속으로 다시 돌아가야 할 가능성을 두려워해야 하지 않는가?

다시 비안카에게 눈을 돌렸을 때 나는 그녀가 손수건으로 얼굴을 덮고 있는 것을 보았다. 가정 교사는 푸른 에나멜 눈동자로 멍청하게 비안카를 바라보면서 그녀를 팔로 감싸 안고 있었다. 나는 더 이상 비안카가 고통받는 것을 보고 있을 수가 없어 울고 싶었다. 나는 루돌프의 소매를 잡아끌었고, 우리는 출구 쪽으로 걸어갔다.

우리 등 뒤에서 그 가짜 조상이, 인생의 전성기를 구가하고 있는 할아버지가 그 빛나는 황제의 인사를 아무에게나 뿌리고 있었다. 천막 캔버스 천 위로 조용히 빗물이 떨어지고 아세틸렌 가스 등불이 쉿쉿 소리 내며 타오르는 가운데, 움직일 수 없는 침묵 속에 그는 지나친 열정에 차서 손을 들어 우리에게 키스를 날려 보내려고까지 했다. 그는 다른 이들처럼 심하게 병들어 이제 죽음의 수의를 애타게 기다리며 마지막 남은 힘을 모아 까치발로 섰다.

입구에서 여자 접수원의 인공적인 흉상이 검은 마술 장막을 배경으로 다이아몬드와 금니를 빛내며 우리에게 뭐라고 말했다. 우리는 비가 와서 따뜻해진 이슬 맺힌 밤거리로 나갔다. 지붕은 물에 젖어 빛났고, 배수 파이프들은 단조롭게 꼴꼴거렸다. 우리는 빗

줄기에 박자를 맞추어, 가로등 빛이 밝혀진 억수 같은 빗속으로 달려갔다.

32

오, 인간의 끝없는 사악함이여, 오, 진정 악독한 음모여! 가장 정교한 환상의 비약보다 대담한 그 악의에 찬 악마 같은 발상이 누구의 머리에서 떠올랐단 말인가? 그 악의에 찬 계획을 더 깊이 알게 될수록 그 괴물 같은 발상에 대해, 그 배신행위와 번뜩이는 사악한 천재성에 나는 더욱더 놀라게 된다.

내 직관은 틀리지 않았던 것이다. 여기 바로 눈앞에, 보기에는 적법해 보이는 상황에서, 조약으로 맺어진 평화의 기간에 머리카락을 곤두서게 할 만한 범죄가 일어나고 있었던 것이다. 완전한 침묵 속에 우울한 드라마가, 너무나 철저하게 비밀에 감싸여 있어 겉보기에 순수해 보였던 그 봄 동안 아무도 감지하거나 추측하지 못했던 드라마가 펼쳐지고 있었다. 눈알을 굴리는, 재갈 물려 말 못하는 밀랍 인형과 섬세하고 주의 깊게 양육되어 잘 교육받은 비안카 사이에 가족 간의 비극이 벌어지고 있을 줄 누가 의심이나 했겠는가? 이제 우리는 마침내 비밀을 폭로할 것인가? 그녀가 합법적인 아내인 멕시코의 왕비, 아니면 순회공연하는 오페라의 무대에서 미모로 막시밀리안 대공을 정복한 신분 낮은 아내 이사벨라 도르가스의 후손조차 아니라면 어쩔 것인가?

그녀의 어머니가 대공이 콘치타라고 불러 그 이름 그대로 뒷문으로 역사의 한 켠에 들어온 작은 혼혈 소녀라면 어쩔 것인가. 내가 우표첩의 도움을 받아 그녀에 대해 수집할 수 있었던 정보들은 몇 마디로 요약할 수 있다.

황제의 몰락 이후 콘치타는 어린 딸과 파리로 떠났고 그곳에서 고귀한 연인의 기억과 깨지지 않는 정절을 지키며 과부 연금으로 살았다. 그 감동적인 인물은 그곳에서 소문과 재구성된 이야기에 밀려 역사에서 자취를 감추었다. 그 딸의 결혼과 이어지는 운명에 대해서는 아무것도 알려지지 않았다. 대신 1900년에 마담 드 브이 (de V.)라는, 이국적인 용모의 대단한 미인으로 알려진 여성이 어린 딸과 남편과 함께 가짜 여권으로 프랑스를 떠나 오스트리아로 갔다. 오스트리아와 바이에른 사이의 국경인 잘츠부르크에서 빈으로 가는 열차를 갈아탈 때 그 가족 전체가 오스트리아 헌병에게 가로막혀 체포되었다. 여기서 주목할 것은, 가짜 서류를 조사받은 뒤에 드 브이 씨는 풀려났지만 아내와 딸을 석방시키려 하지는 않았다는 것이다. 그는 그날 프랑스로 돌아갔고, 그때부터 그의 모든 자취는 사라졌다. 그 이후의 이야기는 매우 복잡해진다. 그러므로 나는 우표첩의 도움으로 도망자의 자취를 알아낼 수 있게 되었을 때 매우 흥분했다. 그 발견은 전부 내 것이었다. 나는 앞서 말한 드 브이 씨가 여러 나라에 전혀 다른 여러 이름으로 나타난 매우 수상쩍은 인물이라는 것을 알아내는 데 성공했다. 그러나 쉿! ······아직은 아무것도 말할 수 없다. 비안카의 혈통이 확실해졌다고 말하는 것으로 족할 것이다.

33

정사(正史)는 이것뿐이다. 그러나 공식적인 역사는 불완전한 상태로 남아 있다. 그 안에는 의도적인 간극이, 봄이 재빨리 그 환상으로 채우는 긴 휴식 기간이 있다. 봄의 변덕이 뒤얽힌 가운데 한 알의 진실이라도 찾아내기 위해서는 매우 끈기가 있어야 한다. 봄의 문장과 구절들을 조심스럽게 문법적으로 분석하면 진실을 찾을 수 있을지도 모른다. 누가, 누구의? 무엇이, 무엇의? 새들의 유혹적인 잡담, 빗대는 부사와 전치사, 방정맞은 대명사들은 배제하고 건강한 한 알의 이성을 향해 천천히 나아가야 한다. 우표첩은 내 연구에서 나침반 역할을 했다. 멍청하고 난잡한 봄 같으니! 모든 것이 어쩔 수 없이 지나치게 자라고 꿈과 현실이 뒤섞이며, 봄은 영원히 광대 짓을 하고 개처럼 멍청하며 바닥을 알 수 없이 경망스럽다. 봄 역시 프란츠 요제프의 편에 서 있다는 것이, 공통의 음모에 의해 결속되어 있다는 것이 가능할까? 약간의 분별력이 비집고 들어올 때마다 즉시 수백 개의 거짓말로, 허튼소리의 눈사태로 뒤덮이고 만다. 새들은 잘못 결합된 문법으로 모든 증거를 지워 버리고 모든 흔적을 불분명하게 만든다. 작은 공터 하나, 빈 틈 하나가 생길 때마다 무성한 잎사귀로 즉시 채워 버리고야 마는 그 풍부함에 밀려 진실은 구석에 몰려 있다. 아무도 진실을 찾지 않는 곳, 장터의 달력과 연감, 거지와 부랑자의 성가, 우표첩에서 직접 연결되는 이런 곳들이 아니라면 진실이 머무를 곳, 쉴 곳은 어디이겠는가?

34

몇 주일간 날씨가 화창하던 끝에 덥고 흐린 날들이 왔다. 하늘은 오래된 프레스코화처럼 어두워졌고, 짓누르는 듯한 침묵 속에 구름 더미가 나폴리파*의 그림에 나오는 비극적인 전쟁터처럼 나타났다. 이 잿빛, 납빛의 적운을 배경으로 집들의 분필 같은 흰빛은 처마 장식과 벽기둥의 날카로운 그림자에 강조되어 밝게 빛났다. 사람들은 고개를 숙인 채 걸어 다녔는데 그들의 분위기는 정전기로 가득한 폭풍 전야처럼 어둡고 긴장되어 있었다.

비안카는 공원에 다시 나타나지 않는다. 매우 엄중한 감시를 받으며 외출을 금지당하고 있는 것이 분명했다. 그들이 위험을 감지한 것이다.

나는 시내에서 모닝코트와 톱 해트 차림을 한 한 무리의 신사들이 외교관의 규칙적인 걸음걸이로 시장 광장을 가로질러 가는 것을 보았다. 그들의 하얀 셔츠 앞가슴이 납빛 대기 속에서 빛났다. 그들은 마치 평가라도 하려는 듯 말없이 집들을 바라보았고, 천천히 장단을 맞춰 걸었다. 잘 면도한 얼굴에는 석탄처럼 새까만 콧수염 자국이 나 있었고 빛나는 눈은 표정이 풍부했으며 기름이라도 바른 것처럼 안구 속에서 부드럽게 움직였다. 가끔씩 그들은 모자를 벗어 들고 눈썹을 문질렀다. 모두 날씬하고 키가 크고 중년이었으며 갱들의 난폭한 얼굴을 하고 있었다.

35

낮은 어둡고 구름이 끼어 회색으로 변했다. 저 멀리 잠재적인 폭풍이 억수처럼 쏟아질 기세를 잠시도 늦추지 않은 채 지평선 위에 밤이나 낮이나 걸려 있었다. 그 커다란 침묵 속에 비와 축축하고 신선한 산들바람의 냄새를 간직한 한 줄기 오존 바람이 가끔씩 강철 같은 대기 속으로 지나갔다.

그 뒤에 정원은 대기를 거대한 한숨으로 가득 채웠고 밤낮으로 일하여 허겁지겁 잎사귀들을 키워 올렸다. 깃발들은 모두 무기력하게 마지막 남은 색깔들의 빛줄기를 농축된 대기 속에 쏟아 내며 무겁고 어둡게 축 처져 있었다. 가끔씩 골목 어귀에서 누군가 겁먹은 한쪽 눈만 번쩍이는, 검게 잘라 낸 것 같은 반쪽 옆얼굴을 하늘로 향한 채, 떨고 있는 뾰족하고 화살처럼 날카로운 검고 흰 제비들의 날갯짓으로 대기가 조각나고 있는 동안 공간의 진동에, 흘러가는 구름의 전기적인 침묵에 귀를 기울이고 있었다.

에콰도르와 콜롬비아는 전시 체제에 돌입하고 있다.* 불길한 침묵 속에 하얀 바지를 입고 가슴을 가로지르는 하얀 띠를 두른 보병들이 줄지어 부두를 가득 메운다. 칠레의 일각수*는 뒷발로 서 있다. 하늘을 배경으로 윤곽이 도드라진 저녁에, 그 불쌍한 동물이 공포에 질려 발굽을 공중에 쳐들고 있는 모습을 볼 수 있다.

36

봄날은 점점 그림자와 우울 속으로 더 깊이 빠져들고 있다. 하늘은 스스로 가로막혀 어둡고 위협적인 폭풍으로 부풀어 오른 채 낮게 걸려 있다. 갈라지고 얼룩진 대지는 숨을 멈추고 있다. 오직 제정신이 아닌 술 취한 정원만이 계속 자라나 잎사귀를 펼치고 빈 공간은 모두 차가운 녹색으로 가득 채운다. (통통한 새싹은 옻이 오른 듯 끈적끈적하고, 고통스럽게 곪아 간다. 이제 그것들은 차가운 잎사귀들과 함께 나아지고, 잎 모양의 흉터를 형성하고, 녹색 건강을 되찾아, 크기를 잴 수도, 수를 헤아릴 수도 없이 번성한다. 그것들은 이미 녹음 아래 뻐꾸기의 고독한 외침을 질식시켰고, 이제 그 아득한 목소리는 덤불 속 깊은 곳에서, 잎사귀의 행복한 홍수에 바랜 채 아련하게 들려온다.)

집들은 그 어둠침침한 풍경 속에 어째서 그토록 밝게 빛나고 있는가? 살랑거리며 소리를 내는 공원들이 어두워질수록, 집들의 씻어 내린 듯한 흰빛은 해 없는 대기 속에 불타 버린 대지의 뜨거운 반영과 함께 날카로워지고 타올라서 마치 전염병의 열 오른 반점처럼 한순간에라도 사방에 튀길 것만 같다.

개들은 코를 공중에 쳐들고 어지럽게 뛰어다닌다. 정신이 돌고 흥분하여, 복슬복슬한 녹음 속에서 킁킁거린다. 무언가 뜻 깊고 거대한 것이 이 폐쇄적이고 어둠침침한 날들 속에서 튀어나오려 준비하고 있다.

나는 이 거대한 양(量)의 전력에 담긴 어둠침침한 날들이 만들어 낸, 기대감의 마이너스가 쌓여 터질 만한 사건이 무엇이 있을지 알아맞히려 하는 중이다. 무엇이 이 파국적인 저기압에 맞먹을 수 있을까.

그것은 어디선가 이미 자라고 있다. 그것은 매우 강하며 그것을 바탕으로 자연은 온통 그 주술을, 그 형태를, 그 소리 없는 호흡을 준비하고 있었다. 때문에 정원은 라일락의 마술적인 향기로 가득 찰 수가 없었던 것이다.

37

검둥이, 검둥이들, 검둥이들의 무리가 시내에 왔다! 사람들은 여기저기서, 여러 군데에서 동시에 그들을 보았다. 그들은 시끄럽고 남루한 떼거리를 이루어 거리를 뛰어다니며 식품점으로 몰려가 음식을 훔쳤다. 그들은 농담을 하고, 팔꿈치로 서로를 찔렀으며 웃어 대고 눈의 커다란 흰자를 굴리고 목구멍으로 소리를 내고 희고 빛나는 치아를 드러냈다. 시민군이 형성되기 전에 그들은 공중으로 사라져 버렸다.

나는 그것이 오는 것을 느꼈다. 그것은 피할 수 없었다. 그것은 기상학적 장력의 자연스러운 결과였다. 지금에야 나는 내가 내내 느꼈던 것이 무엇이었는지 알 수 있다. 봄은 검둥이들의 도착을 예고하고 있었던 것이다. 그들은 어디서 왔는가? 어째서 줄무늬 면 파자마를 입은 검은 사나이들의 무리가 여기 나타났는가? 사람들과, 동물들과, 괴물들의 끝없는 행렬을 이끌고 여행하던 위대한 바넘*이 이웃에 서커스를 열었기 때문인가? 짐승과 곡예사들의 끝없는 수다로 시끌벅적한 그의 마차가 우리 가까운 곳 어딘가에 멈추어 있었던가? 전혀 그렇지 않았다. 바넘은 멀리 있었다. 나는 나대로 짚이는 데가 있지만 한마디도 하지 않겠다. 너를 위해서, 비안카, 나는 침묵을 지킬 것이고 어떤 고문을 가해도 내게서는 한마디 자백도 받아 낼 수 없을 것이다.

38

그날 나는 천천히 그리고 매우 주의 깊게 옷을 차려입었다. 마침내 거울 앞에서 나는 얼굴에 조용하고도 가차 없는 결단의 표정을 지어 보았다. 조심스럽게 권총을 장전하고 그것을 바지 뒷주머니에 밀어 넣었다. 그러고는 한 번 더 거울을 들여다보고 몇 가지 서류를 숨겨 놓은 윗도리의 가슴 주머니를 손으로 가볍게 두들겨 보았다. 나는 그 사람을 대면할 준비가 되어 있었다.

나는 완벽하게 평온했고, 결심을 하고 있었다. 비안카의 앞날이 위험에 처했고 그녀를 위해서라면 나는 무슨 짓이든 할 준비가 되었다! 나는 루돌프를 믿지 않기로 했다. 그를 더 잘 알게 될수록 루돌프는 지루한 녀석이고 사소한 수준을 넘어설 수는 없으리라는 느낌이 점점 더 강하게 들었다. 내가 새로 발견한 것을 하나씩 말할 때마다 대경실색하여 굳어지다가 창백해지다가 하는 그의 얼굴이 이젠 지겹다.

깊은 생각에 잠긴 채 나는 짧은 거리를 재빨리 걸어갔다. 거대한 철문이 내 뒤에서 쨍그랑 소리를 내며 억눌린 진동을 남기고 닫혔을 때 나는 즉각 또 다른 기후 속으로, 또 다른 공기의 흐름 속으로, 위대한 한 해의 차갑고 낯선 지역 속으로 들어갔다. 검은 나뭇가지들은 서로를 향해 비현실적인 시간을 가리키고 있었다. 잎이 다 떨어진 뾰족한 나무 끝은 색다른, 이질적인 공간의 하얀 하늘을 배경으로 두드러져 보였다. 거리가 점점 좁아졌다. 새들의 목소리는 하늘의 거대한 공간 속에 소리를 죽이고 침묵을, 무겁게 가득 차서 회색빛 생각에 잠겨 넓게 퍼진 침묵을 잘라 내어 끝도 목적도 없는 거대하고 일정치 못한 창백한 빛으로 만들고 있었다.

머리를 들고 마음 깊은 곳까지 냉정하고 침착한 채로 나는 주인을 만나게 해 줄 것을 요구했다. 나는 사치의 기운을 조용히 뿜어내는 어두운 거실로 안내되었다. 높게 열린 창문을 통해 부드럽고 마음을 진정시키는 정원의 공기가 흘러 들어왔다. 하늘거리는 커튼의 부드러운 거름망을 통과한 부드러운 공기가 유입되어 사물이 살아 움직이기 시작했다. 유리문이 달린 장식장 속에 줄지어 선 베네치아식 유리컵들 사이로 내밀한 화음이 흘러나왔고, 벽지의 나뭇잎은 검먹은 채 은빛으로 바스락거렸다.

오래된 실내가 그 어둡고 혼란스러운 과거를 반영한다는 것은, 그 고요함 속에 지나간 역사가 다시 활동하려 한다는 것은, 벽지와 장식물의 무용한 변증법으로 인해 똑같은 상황들이 아래위가 거꾸로 되고 안팎이 뒤집힌 채 끝없이 변주된다는 것은 이상한 일이다. 변질되고 타락한 침묵은 발효하여 역습한다. 왜 그것을 숨기겠는가? 밤마다 비밀스러운 주사약을 놓아 지나친 흥분과 열기의 발작을 이곳에서 진정시켜야 했을 것이고, 벽지는 따사로운 풍경과 멀리 비치는 물의 영상을 보여 주었을 것이다.

나는 부스럭거리는 소리를 들었다. 하인을 따라 누군가 계단을 내려오고 있었다. 키는 작지만 체구가 단단했고 쓸데없는 동작은 하지 않았으며 커다란 뿔테 안경에 빛이 반사되어 눈은 보이지 않았다. 처음으로 나는 그를 가까이서 볼 수 있었다. 그는 불가해한 사람이었지만 말을 꺼내자마자 걱정스럽고 쓸쓸한 주름 두 줄기가 얼굴에 나타나는 것을 나는 조금은 만족한 기분으로 알아차렸다. 그는 안경 뒤에서 굉장히 오만한 가면 같은 표정으로 얼굴을 덮으려 했지만 나는 공포가 천천히 그를 뒤덮는 것을 알 수 있었다. 그는 점점 더 관심을 보였고, 집중해서 주의를 기울이는 것으로 보아 최소한 나를 진지하게 받아들이기 시작했다는 사실은 분명해졌다. 그는 옆방인 서재로 갈 것을 권했다. 우리가 들어섰을 때 흰옷을 입은 여인이 마치 엿듣기라도 하고 있었던 것처럼 문에서 펄쩍 뛰어 물러나더니 집 안으로 사라져 버렸다. 비안카의 가정 교사였을까? 방에 들어서자 마치 밀림에 들어온 것 같았다. 불투명한 초록색 어스름은 창문에 쳐진 차양의 물빛 같은 그림자로 금이 그어져 있었다. 벽에는 동식물의 문양들이 걸려 있었다. 작은 색색가지 새들이 커다란 새장 속에서 퍼덕거렸다. 아마도 시간을 벌기 위해서겠지만, 그는 나에게 벽에 진열된 원시적인 무기들—아랍식 투창, 부메랑 그리고 토마호크*—을 보여 주었다. 나의 날카로운 후각은 쿠라레* 냄새를 알아차렸다. 그가 일종의 원시적인 미늘창*을 들고 있는 동안 나는 그에게 섣부른 짓은 하지 말라는 암시를 주었고 권총을 꺼내 보여 나의 경고를 뒷받침했다. 그는 교활한 거짓 미소를 지으며 무기를 제자리에 놓았다. 우리는 커다란 흑단 책상에 마주 앉았다. 나는 담배를 피우지 않는다고 말하며 그가 권한 시가에 감사를 표했다. 나의 절제력은 분명 그에게 깊은 인상을 주었다. 축 늘어진 입술 한구석에 시가를 물고 그는 믿음성이 가지 않는 친밀감을 띠며 나를 바라보았다. 그리고 수표책의 책장을 넘기며, 눈동자를 눈가에서 굴리면서 갑자기 0이 여러 개 달린 숫자를 대고는 타협을 제안했다. 나의 빈정거리는 미소 때문에 그는 돌연 화제를 바꿨다. 한숨을 쉬며 그는 더 큰 장부를 열었다. 그는 사업 현황을 설명하기 시작했다. 우리가 하는 모든 말은 비안카에 관한 것이었지만 그녀의 이름은 한 번도 거론되지 않았다. 나는 움직이지 않고 그를 보았고, 빈정거리는 미소는 내 입술을 떠나지 않았다. 마침내 그는 지쳐서 의자에 등을 기대고 앉았다.

"자네는 고집이 세군."

그가 혼잣말이라도 하듯이 말했다.

"도대체 원하는 게 뭔가?"

나는 다시 말하기 시작했다. 억누른 목소리로 열정을 자제하며 말했다. 볼에 홍조가 밀려왔다. 나는 몇 번이나 떨면서 막시밀리안의 이름을 강조하여 말했고 상대의 얼굴이 내 의도대로 창백해지는 것을 관찰했다. 마침내 나는 숨을 무겁게 몰아쉬면서 말을 마쳤다. 그는 충격을 받은 채 앉아 있었다. 그는 얼굴에 나타난 표정을 감추지 못했고, 그 얼굴은 갑자기 늙고 지쳐 보였다.

나는 이렇게 말을 마쳤다.

"당신의 결정에 따라 정말 상황의 새로운 국면을 이해하셨는지,

그리고 그것을 스스로 따라가실 준비가 되었는지 알 수 있을 겁니다. 제가 원하는 것은 사실, 오로지 사실뿐입니다…….”

그가 종을 향해 떨리는 손을 뻗었다. 나는 손을 올려 그를 제지하고 손가락을 권총 방아쇠에 건 채, 뒷걸음질 쳐서 방을 빠져나왔다. 문가에서 하인이 내게 모자를 건네주었다. 어느새 나는 눈에 썰물처럼 빠져나가는 어스름을 아직도 가득 담은 채 햇빛이 흘러넘치는 테라스에 서 있었다. 나는 고개를 돌리지 않은 채 저택에 쳐진 차양 뒤로부터 그 어떤 암살자의 총도 나를 겨누고 있지 않다는 사실을 확신하며 의기양양하게 층계를 걸어 내려왔다.

39

중요한 문제와 국가적인 기밀 사항들 때문에 나는 이제 어쩔 수 없이 더 자주 비안카와 비밀스러운 이야기를 나눌 수밖에 없게 되었다. 나는 밤늦게까지 책상에 앉아 가장 민감한 혈통상의 문제들을 숙고하며 주의 깊게 그런 대화를 준비했다. 시간은 흐르고, 밤은 열린 창문 밖에서 부드럽게 멈추어 서고, 성숙하고, 더 엄숙해지고, 더 깊이 개입되는 것을 암시하며, 마침내 무기력한 한숨을 내쉬며 무장을 해제한다. 어두운 방은 공원의 대기와 복슬복슬한 씨앗과 꽃가루와 벽을 따라 부드럽게 날아다니는 소리 없고 화려한 나방을 길고 느릿하게 들이마신다. 벽지는 공포에 질려 털을 곤두세운다. 차가운 황홀경과 환상의 비약, 5월 밤의 공포와 어리석음은 자정이 한참 지난 시각에 시작된다. 그 투명하고 유리 같은 동물군과 모기들의 가벼운 플랑크톤은 서류 위에 고개를 숙이고 짧은 시간 집중해서 일하는 내 위로 떨어져서 뒤덮고, 서류 위에 앉고, 밤이 발명해 낸 유리를 불어 만든 낙서와 엷은 글자 놀이와 덩굴무늬는 더욱 환상적으로 자라나 마치 박쥐나 흡혈귀처럼 커진다.

그처럼 한계가 없는 경계선 밖의 밤에서 공간은 의미를 잃는다. 작은 벌레들의 밝은 원에 둘러싸인 채 마침내 서류 몇 장을 준비하고 나는 알지 못하는 방향으로, 그 밤의 막다른 골목 중 하나로 발길을 옮긴다. 그 골목은 어떤 문에서 끝날 것이다 —비안카의 하얀 문에서. 나는 마치 이 방에서 저 방으로 가듯이 손잡이를 누르고 안으로 들어간다. 방문턱을 넘을 때 검고 챙이 넓은 내 모자는 마치 바람에라도 날린 것처럼 펄럭거린다. 가장 비밀스러운 서류를 담은 외교 문서 상자를 가슴에 꼭 껴안자 환상적으로 매듭지은 넥타이는 바람에 버스럭거린다. 마치 밤의 대기실을 나와 본격적인 밤으로 들어선 듯한 기분이다. 밤의 오존을 얼마나 깊이 숨 쉴 수 있는지! 여기 그 덤불이, 여기 재스민 향을 풍기는 밤의 중심이 있다.

여기서야말로 밤은 진짜 이야기를 시작한다. 침대 머리맡에 분홍색 갓을 씌운 커다란 램프가 켜져 있다. 그 분홍색 불빛 속에 거대한 베개를 베고 밤의 물결 위에서 항해하듯이 침구 위에서 항해하며 커다랗고 활짝 열린 창문 아래 비안카가 쉬고 있다. 비안카는 하얀 팔을 괴고 누워 책을 읽고 있다. 내가 깊숙이 고개를 숙여 인사하자 비안카는 책에서 한 번 흘깃 눈을 들어 답례한다. 가까이서 보니 그녀의 아름다움은 조금 누그러들어 압도적이지는 않다. 무엄한 즐거움을 느끼며 나는 그녀의 코가 그다지 고귀하게 생기지 않았고 피부도 완벽함과는 거리가 멀다는 사실을 알아차린다. 그녀가 말하자면 나를 동정하여 내가 숨을 못 쉬거나 혀가 묶인 듯 말을 못하게 되지 않도록 하기 위해 자신의 매력을 조절한다는 것을 알고 있지만, 나는 조금 안도하면서 그 사실들을 알아차린다. 그녀의 매력은 거리라는 매개체를 통해 다시 살아나 마침내 고통스럽고 견디기 힘들며 그 무엇과도 비교할 수 없게 된다.

그녀가 고개를 끄덕인 것에 용기를 얻은 나는 그녀의 침대 옆에 앉아 준비한 서류를 참고하며 보고를 시작한다. 비안카의 머리 뒤에 있는 열린 창문을 통해 나무들이 미친 듯 버스럭거리는 소리를 들을 수 있다. 나무들의 행렬이 지나가고, 벽을 뚫고 퍼져 나가서 모든 것을 감싸 버린다. 비안카는 조금 한눈을 팔며 내 보고를 듣는다. 그녀가 독서를 멈추지 않는다는 사실에 상당히 짜증이 난다. 그녀는 내가 각각의 사항을 완전히 논파하도록, 장점과 단점을 일일이 열거하도록 허락한다. 그리고 책에서 눈을 들어 조금은 멍하니 눈꺼풀을 깜박이며 재빠르게, 마지못해, 그러나 놀랄 만큼 적절한 결정을 내린다. 주의 깊게 그녀의 말에 집중하면서 나는 그녀의 숨은 의도를 알아차리고자 목소리의 음조에 조심스럽게 귀를 기울인다. 그리고 그녀의 서명을 얻기 위해 겸손하게 서류를 제출한다. 비안카는 긴 그림자를 만드는 속눈썹 아래 눈을 내리깐 채 서명을 하고 내가 마주 보자 약간의 빈정거림을 담고 나를 쳐다본다.

아마도 자정이 지난 늦은 시각은 국가의 중대사에 집중하는 것을 좋아하지 않는 모양이다. 밤은 마지막 미개척의 영역에 이르러서 해체되기 시작한다. 우리가 이야기하는 동안 방의 환영은 차츰 엷어진다. 우리는 이제 실제로 숲 한가운데에 있다. 양치류 줄기가 구석구석에서 자라난다. 침대 뒤에서 넓게 펼쳐진 덤불이 살아나 움직이고 뒤엉킨다. 그 잎사귀의 벽으로부터 눈이 큰 다람쥐와 딱따구리와 온갖 밤의 생물들이 물질화되어 빛나는 튀어나온 눈으로 움직이지 않고 등잔불을 바라본다. 어느 순간에 우리는 불법적인 시간 속으로, 모든 종류의 무절제와 광기가 가능한 통제할 수 없는 밤으로 들어온 것이다. 지금 일어나는 일들은 그리 중요한 일은 아니고 단지 사소한 일들과 어쩔 줄 모르는 못된 짓과 밤의 장난으로 이루어진 것이다. 비안카의 행동에 이상한 변화가 나타난 이유는 바로 이 때문일 것이다. 언제나 그렇게 침착하고 진지하던, 아름다운 규율의 화신이던 그녀는 이제 변덕스럽고 심술궂고 예측할 수 없게 되어 버린다. 서류들은 침대 덮개의 광대한 초원 위에 펼쳐져 있다. 비안카는 냉담하게 그것들을 집어 들어 한 번 쳐다보더니 손가락을 벌려 떨어뜨린다. 입을 삐죽 내밀고 창백한 팔로 머리를 받치고 그녀는 결정을 미루고 나를 기다리게 한다. 아니면 그녀는 내게 등을 돌리고 손으로 귀를 틀어막고 나의 간청과 설득을 듣지 않는다. 그러고는 한마디 말도 없이 침대보 아래에서 한 번 발을 움직여 서류들이 모두 마룻바닥에 떨어지게 하고는 눈을 크게 뜨고 높은 베개 위에 팔을 받치고 내가 몸을 웅크리고 솔잎을 불어 내며 바닥에서 그것들을 조심스럽게 집어 올리는 모습을 바라본다. 이런 변덕은 그 자체로는 상당히 매력적이지만 섭정으로서 나의 어렵고도 중대한 임무를 더 쉽게 해 주지는 않는다.

우리가 대화하는 중에 숲의 부스럭거리는 소리와 재스민의 향기가 방에 풍광을 불어넣는다. 셀 수 없는 나무와 수풀, 삼림 전체의 풍경이 우리를 지나쳐 간다. 그리고 점점 우리는 일종의 기차, 나무를 실은 밤 기차를 타고 도시 외곽의 삼림에 있는 골짜기를 따라 천천히 가고 있다는 사실이 분명해진다. 열차 안으로 불어 들어오는 상쾌한 산들바람은 그 때문이었던 것이다. 등불을 든 차장이 어딘가 나무들 사이에서 나타나 우리의 표에 구멍을 낸다. 어둠은 깊어지고 바람은 더 찌르는 듯 세게 분다. 비안카의 눈이

봄 253

빛나고 볼은 발갛게 물들고 매혹적인 미소가 그녀의 입술을 연다. 그녀는 나를 믿으려는 것일까? 비밀을 드러내려는 것일까? 비안카는 반역에 대해 말한다. 침대보 아래서 도마뱀처럼 꿈틀거리며 가장 신성한 임무를 저버렸다고 나를 비난할 때 그녀의 얼굴은 황홀경에 불타고 눈은 즐거움의 발작에 가늘어진다. 그녀는 이제 귀여운 눈으로 창백해진 내 얼굴을 고집스럽게 바라보는데, 그 눈은 점점 사팔뜨기가 되어 간다.

"그걸 해."

그녀는 열중하여 속삭인다.

"그걸 해. 너도 그중 하나가 되는 거야, 그 새까만 검둥이들 중 하나가……."

그리고 내가 절망에 빠져 간청하는 몸짓으로 손가락을 입술에 대자 그녀의 작은 얼굴은 갑자기 비열하고 악의에 찬 표정이 된다.

"그 굽힐 줄 모르는 충성심이나 의무감이 정말 웃기는구나. 네가 왜 스스로 없어서는 안 될 사람이라고 생각하는지 모르겠어. 내가 루돌프를 선택하면 어떡할래? 나는 너보다 그 애가 좋아, 이 지루한 현학자야. 아, 그는 고분고분하게 나를 따라 범죄를, 자기 파괴를 저지를 거야!"

그러고는 의기양양한 표정을 지으며 그녀는 묻는다.

"너 어렸을 때 같이 놀았던 세탁부 안토시아의 딸 론카를 기억하니?"

나는 놀라서 그녀를 바라보았다.

"그건 나였어."

그녀는 키득거리면서 말했다.

"내가 그때는 남자아이였을 뿐이야. 너 그때 날 좋아했니?"

아, 봄의 가장 중심부에는 뭔가 대단히 썩어 빠지고 타락한 것이 있다. 비안카, 비안카, 나를 실망시켜야만 하겠니, 너마저도?

40

나는 가지고 있는 패를 너무 빨리 내보이는 것이 두렵다. 그런 위험을 무릅쓰기엔 판돈이 너무 크다. 루돌프에게는 상황이 얼마나 발전했는지를 보고하지 않은 지 오래되었다. 게다가 그의 행동은 최근에 조금 변했다. 그의 성격에서 주된 특징이었던 질투는 일종의 관대함에 자리를 내주었다. 우리가 우연히 만날 때마다 그의 동작이나 어색한 말투에서는 열정적이고 조금은 부끄러운 듯한 친근감이 풍겨 나오는데, 전에는 말없이 뭔가 기대하는 듯 물러선 심술궂은 표정 아래 최소한의 열렬한 호기심과 사태의 자질구레한 사항들을 캐내려는 갈망이 있었던 것이다. 이제 그는 이상할 만큼 조용해졌고, 내가 말해야만 할 일들에 대해서도 관심이 없는 듯하다. 그것은 내 마음에 들었는데, 왜냐하면 밤마다 나는 밀랍 인형 전시관에서 대단히 중요한 모임, 당분간은 비밀로 해야 할 모임에 참석하고 있었기 때문이다. 경비들은 내가 넉넉히 공급한 술에 취해 무감각해져서 골방에서 정당한 잠을 잤고 그동안 나는 연기를 내는 몇 개의 촛불 빛 아래서 전시된 유명한 인물들과 회담을 했다. 그들 중에는 왕족도 있는데, 그들과 협상하기란 절대 쉬운 일이 아니다. 예부터 그들은 지금은 부적절해진 본능적인 용감성, 어떤 원칙에 자신을 불사르고 목숨 걸 준비가 된 태도를 간직해 왔다. 한때 그들의 인생을 좌우했던 이상은 지루한 일상생활 속에 하나씩 버려졌고 그 불은 다 타서 꺼져 버렸다. 이제 그들은 여기에 다 지나가 버렸지만 아직도 소모되지 않은 에너지를 간직한 채 서서, 미친 듯이 눈을 반짝이며 마지막 역할을 하기 위한 신호가 떨어지기를 기다리고 있다. 그렇게 무비판적이고 무방비한 그들에게 잘못된 신호를 보내기란, 떠오르는 대로 아무 생각이나 암시하기란 얼마나 쉬운 일인지! 물론 덕분에 내 일은 쉬워진다. 반면에 그토록 공허해진 그들에게 접근하여 관심의 불꽃을 일으키기란 대단히 힘든 일이다.

그들을 깨워 일으키는 데만 해도 나는 대단히 노력해야 했다. 그들은 모두 병적으로 창백해진 채 힘겹게 숨을 쉬면서 침대에 누워 있었다. 나는 그들 하나하나 위에 몸을 굽히고 생명의 말을, 전류처럼 그들에게 충격을 줄 말을 속삭여야 했다. 그러면 그들은 게으르게 한쪽 눈만 떴다. 경비원이 겁나서 그들은 귀가 들리지 않거나 아니면 죽은 척했다. 우리만 있다는 사실을 확신한 후에야 그들은 붕대를 감고 조각조각 이어 붙인 나무로 만든 팔다리와 가짜 폐와 모조 간을 느끼며 침대에서 일어나곤 했다. 처음에 그들은 매우 미심쩍어 하며 이제까지 익힌 역할들을 되풀이하고 싶어 했다. 그들은 누군가 자신들에게 다른 역할을 요구할 수도 있다는 사실을 이해하지 못했다. 그리하여 그들, 한때 걸물이었던 인류의 꽃들, 드레퓌스와 가리발디,* 비스마르크*와 비토리오 에마누엘레 1세,* 강베타*, 마치니* 그리고 다른 여러 사람들은 때때로 끙끙거리며 멍청하게 앉아 있었다. 설득하기 가장 힘들었던 것은 바로 막시밀리안 대공이었다. 그의 귀에 비안카의 이름을 되풀이하여 속삭였을 때에도 그는 그저 눈을 깜박였을 뿐 얼굴에는 알아듣는 빛이 전혀 나타나지 않았다. 내가 프란츠 요제프의 이름을 분명히 언급했을 때에야 그는 얼굴을 사납게 찡그렸지만 그것은 순전히 조건 반사였을 뿐 감정적인 것은 아니었다. 그 특정한 콤플렉스는 그의 의식에서 지워진 지 오래였다. 그렇지 않다면 그가 어떻게 그것을, 그 불타는 증오를 품고 살아갈 수 있었겠는가, 베라 크루스*의 피비린내 나는 학살 이후 조각조각 끼워 맞춰 다시 만들어진 그가? 나는 그의 인생을 시작부터 다시 가르쳐 주어야 했다. 그의 기억력은 형편없었고, 나는 어렴풋한 감각의 무의식으로 돌아가야 했다. 나는 그에게 사랑과 증오의 요소들을 심어 주었지만, 이미 그다음 날 밤에는 아무것도 기억하지 못했다. 좀 더 똑똑한 동료들이 그를 도와주려 했고, 당연히 보여야 할 반응을 이끌어 내려 했다. 재교육은 천천히 한 단계씩 진행되었다. 그는 이제까지 대단히 무관심하게 방치되어 있었고 경비원들에 의해 내적으로 황폐해져 있었지만, 그럼에도 나는 마침내 그가 프란츠 요제프의 이름을 들으면 칼을 뽑도록 하는 데 성공했다. 그는 재빨리 몸을 피하지 못한 비토리오 에마누엘레 1세를 거의 찌를 뻔했다.

사실 그 굉장한 모임에서 구성원 대부분은 느릿느릿 발전하고 있는 그 운 나쁜 대공보다 훨씬 열심히 그리고 더 빨리 나의 생각을 받아들였다. 그들의 열정은 끝이 없었고 나는 그들을 제지하느라 온 힘을 쏟아야 했다. 자신들이 옹호하여 싸워야 할 이상의 숨은 의미까지 그들이 모두 이해했는지는 말하기 어렵지만, 이 경우의 공로는 그들이 상관할 바가 아니었다. 원리 원칙의 불꽃에 타오르도록 운명지어진 그들은 내 노력 덕분에 열광하며 목숨 바쳐 싸울 어떤 대의명분을 얻게 되었다는 사실에 매혹되었다. 나는 그들에게 최면을 걸어 진정시키고, 끈기 있게 비밀을 지키는 법을 가르쳐 주었다. 그들의 발전이 자랑스러웠다. 어떤 지도자가 그처럼 빛나는 부하들, 불타는 영혼을 가진 장군들, 천재들로 구성된 근위대를 가질 수 있었겠는가, 비록 모두가 불구자라 해도!

마침내 그날이 왔다. 폭풍이 몰아치고 바람이 부는 밤에 준비되고 있던 모든 일들이 일어나야 했다. 번개가 지구의 무서운 피투성이 내부를 갈라 열었다가 다시 닫으면서 하늘을 꿰뚫었다. 버스럭거리는 나무들과 숲의 행진과 흔들리는 지평선과 함께 세상은 계속 돌아갔다. 어둠의 장막 아래 우리는 전시관을 나왔다. 나는 사기충천한 보병대의 선두에 서서 광포하게 절룩거리고 왈가닥거리는 목발과 금속의 철걱철걱 소리 속에서 앞장섰다. 번개가 기병도의 드러난 칼날을 훑고 지나갔다. 비틀거리면서 우리는 저택의 문에 도착했다. 그것은 열려 있었다. 마음이 불안해진 채 반역을 예감하며 나는 횃불을 켜라는 신호를 보냈다. 대기는 타오르는 나뭇진 조각들로 붉게 물들었고, 겁먹은 새 떼들이 섬광 속에 높이 날아올랐고, 이 벵골 불빛 속에서 우리는 불꽃으로 환해진 저택을, 그 테라스와 발코니를 분명히 볼 수 있었다. 지붕에서 하얀 깃발이 펄럭이고 있었다. 나쁜 예감이 들어 나는 내 전사들의 선두에 서서 마당으로 진군해 갔다. 테라스에 집사장이 나타났다. 그는 기념비적인 계단을 내려와서 머리를 숙여 보이고, 망설이며 불분명한 동작으로 접근해 왔다. 나는 칼날을 그에게 겨누었다. 나의 충실한 군대는 연기를 내는 횃불을 높이 들고 움직이지 않고 서 있었다. 침묵 속에 횃불이 타오르는 쉿쉿 소리를 들을 수 있었다.

"드 브이 씨는 어디 계신가?"

나는 물었다. 그는 무기력하게 손을 벌려 보였다.

"그분은 떠나셨습니다."

그가 대답했다.

"사실 여부는 우리가 알아볼 것이다. 공주는 어디 계신가?"

"공주님도 떠나셨습니다, 모두 가 버리셨습니다……."

그의 말을 의심할 이유가 없었다. 누군가 나를 배신한 것이 분명했다. 시간이 없었다.

"부대, 승마!"

나는 소리쳤다.

"도주를 막아야 한다!"

우리는 마구간으로 쳐들어갔다. 어둠 속에서 냄새와 온기로 말들을 찾아냈다. 순식간에 우리는 뒷다리로 서서 히힝거리는 말을 타고 있었다. 우리는 기다란 기마대를 형성하여 전속력으로 달려 도로에 이르렀다.

"숲을 가로질러 강 쪽으로!"

나는 명령하고 숲 속의 오솔길로 접어들었다. 숲이 우리를 삼켰다. 우리는 시끄러운 폭포와 방해받은 나무들 사이로 말을 몰아갔고, 횃불이 기다랗게 열을 지어 선 우리의 앞길을 밝혔다. 혼란스러운 생각들이 머릿속으로 밀려 들어왔다. 비안카는 납치된 것일까, 아니면 그녀 아버지의 비천한 가계가 어머니 혈통의 목소리와 그녀에게 심어 주려 했던 의무감을 정복하여 헛수고로 만든 것일까? 길은 점점 좁아져서 협소한 골짜기로 변했는데, 그 끝에는 넓은 숲 속의 공터가 열려 있었다. 그곳에서 마침내 우리는 그들을 따라잡았다. 그들은 우리가 오는 것을 보고 마차를 멈추었다. 드브이 씨가 밖으로 나와 가슴에 팔짱을 꼈다. 그는 우리 쪽을 향해 천천히 걸어왔고 안경이 불꽃에 비쳐 붉게 빛났다. 열두 개의 칼날이 그의 가슴을 겨누고 있었다. 우리는 커다란 반원을 그리며 말없이 말들을 속보로 걷게 하며 접근했다. 나는 더 잘 보기 위해 손을 눈 위에 댔다. 횃불 빛은 이제 마차 위에 비치고 있었고, 그 안에서 나는 병적으로 창백한 비안카와 그녀 옆에 앉아 있는 루돌프를 보았다. 그는 그녀의 손을 잡아 자기 가슴에 대고 누르고 있었다. 나는 말에서 천천히 내려와 비틀거리며 마차로 향했다. 루돌프는 나와 이야기라도 하고 싶은 것처럼 몸을 일으켰다.

마차 앞에 서서, 나는 뒤따라온 기병대 쪽으로 돌아서서 군도를 뽑은 채 말했다.

"여러분, 나는 여러분에게 괜한 수고를 하게 했습니다. 이분들은 자유로우며, 방해받지 않고 뜻대로 갈 수 있습니다. 머리카락 하나라도 건드려선 안 됩니다. 여러분은 의무를 다해 주었습니다. 칼은 칼집에 넣어 주십시오. 내가 임무로 부여한 이상을 여러분이 얼마나 완전히 이해했는지, 그것이 여러분의 상상력을 얼마나 깊이 자극했는지 나는 알지 못합니다. 그 이상은 보시다시피 완전히 실패했습니다. 여러분에 관한 한 나는 더 큰 피해 없이 이 실패를 이기고 살아남을 것이라 믿습니다. 왜냐하면 여러분은 이미 자신들의 이상이 한 번 실패한 것을 딛고 살아남았기 때문입니다. 여러분은 이제 파괴될 수 없습니다. 그리고 나는……. 하지만 나라는 사람은 상관없습니다."

여기서 나는 마차 쪽으로 돌아섰다.

"단지 지금 일어난 일에 대해 내가 전혀 준비되어 있지 않았다고 오해하는 것은 바라지 않습니다. 그렇지 않습니다. 나는 이 모든 일을 오랫동안 예상해 왔습니다. 만일 내가 그렇게 오랫동안 진실을 받아들이기 싫어 잘못된 생각을 고집해 온 것이라면, 그것은 단지 나의 능력을 넘어서는 일을 아는 것이나 그런 사건들을 예상하는 것이 적절치 못해 보였기 때문입니다. 나는 운명이 정해 준 역할을 계속 수행하고 싶었고, 임무를 완수하여 내가 빼앗은 지위에 충실하고 싶었습니다. 왜냐하면, 지금에야 후회하며 고백하건대, 야망의 선동에도 불구하고 나는 그저 침탈자에 지나지 않았기 때문입니다. 무지했기 때문에 나는 그 원본에 관해 논평하는 일을, 하느님의 의지를 해석하는 일을 떠맡았습니다. 스스로 우표첩의 책장에서 발견했다고 믿었던 얼마 안 되는 흔적과 암시를 나는 잘못 이해했습니다. 불행히도 나는 그것들을 내가 만들어 낸 피륙 속에 짜 넣었습니다. 나는 이 봄에 내가 만든 지침을 떠맡겼고 그 왕성하게 번영하는 봄을 설명하기 위해 내 마음대로 강령을 만들어 냈고 그것을 내 생각에 따라 좌우하고 이끌기를 원했습니다. 봄 때문에 나는 잠시 제정신이 아니었습니다. 봄은 그 절정에서 얼마 동안 참을성 있고 무관심하게 이끌어 주면서 나를 거의 알아차리지도 못했습니다. 나는 봄의 무반응을 관용으로, 단결로, 심지어 나와 공모하는 것으로 생각했습니다. 나는 봄의 특징과 숨은 의도를 봄 그 자체보다도 내가 더 잘 해독할 수 있으리라 생각했고, 그 영혼을 읽고 그 거대함에 가려져 표현하지 못했던 것까지도 예상할 수 있으리라 생각했습니다. 나는 봄의 야성적이고 억제되지 않은 독립성의 모든 신호를 무시해 버렸고, 그 난폭하고 예측할 수 없는 동요를 간과했습니다. 나는 과대망상에 빠져 가장 고위 권력층인 왕조의 문제에까지 끼어들게 되었고 여러분을 동원하여 데미우르고스에게 대항했습니다. 새로운 발상을 받아들이는 여러분의 이해력과 여러분의 고귀한 신뢰를 이용하여 나는 세상의 질서를 파괴하는 거짓된 교리를 주입했고, 여러분의 불타는 이상주의를 헛되고 부주의한 일에 매어 두었습니다. 나 자신의 야망으로 인해 내가 지게 된 이 거대한 책임에 나 자신이 걸맞은 사람이었는지 결단하고 싶지는 않습니다. 나는 분명 모든 상황에 동기를 부여한 뒤에 버려지기 위해 소환되었을 것입니다. 나는 내 능력을 초월했지만 그것조차도 이미 예견된 일이었습니다. 사실 나는 처음부터 내 운명을 알고 있었습니다. 저 불행한 막시밀리안의 운명처럼 나의 운명은 아벨의 그것이었습니다. 루돌프, 네게 아무 기회도 없는 것처럼 보였을 때, 내 희생이 하느님께 즐겁고 마음에 들었던 순간도 있었지. 하지만 카인은 언제나 이긴다. 주사위는 내게 불리한 쪽으로 던져져 있었다."

그 순간 멀리서 폭발음이 대기를 흔들었고, 숲 위로 불기둥이 솟아올랐다. 그 자리에 있던 사람과 동물들이 모두 머리를 돌렸다.

"진정하십시오."

나는 말했다.

"저건 밀랍 인형 전시관에 불이 붙은 것입니다. 우리가 떠나기 전에 나는 도화선에 불을 붙여 화약 한 통과 함께 두고 나왔습니다. 여러분은 집을 잃었습니다, 고귀한 여러분, 이제 떠돌이가 되었습니다. 이 일이 여러분에게 지나친 충격을 주지 않기를 바랍니다."

그러나 이 한때 강력했던 사람들, 인류의 지도자들은 말없이 무기력하게 눈을 굴리며 멀리서 번쩍이는 불길의 빛 속에 광기 어린 전투 대형을 유지하며 서 있을 뿐이었다. 그들은 눈을 깜박이며 아무 생각 없이 서로 쳐다보았다.

"대공 전하."

나는 대공에게 말을 걸었다.

"전하는 틀렸습니다. 아마 전하도 과대망상증에 걸려 있었는지 모릅니다. 나는 전하를 위해 세상을 바꾸려 할 권리가 없었습니다. 아마 전하의 의도 역시 그런 것이 아니었겠지요. 빨간색은 결국 모든 다른 색들처럼 그저 색깔일 뿐이고, 모든 색깔들을 모아 놨을 때에만 완전한 빛이 됩니다. 전하와 상관없는 목적을 위해 그 이름을 남용한 것을 용서해 주십시오. 프란츠 요제프 1세 만세!"

대공은 그 이름을 듣자 몸을 떨며 칼에 손을 뻗었다가 생각을 바꾸었다. 그러나 더 선명한 홍조가 그의 색칠된 뺨을 물들였고 입가가 올라갔으며 눈은 안구 속에서 움직이기 시작했고, 그는 정확한 걸음걸이로 대단히 위엄 있게, 빛나는 미소를 띠고 한 사람 한 사람에게 알현식을 베풀기 시작했다. 모두 기분이 나빠져 그에게서 물러섰다. 이 부적절한 순간에 황제의 의식을 재현한 것은 최악의 인상을 주었다.

"그만하십시오, 전하."

나는 말했다.

"전하께서 궁중 의식을 모두 외우고 있다는 사실은 의심하지 않습니다만, 지금은 때가 아닙니다. 나는 고귀하신 여러분 그리고 공주님께 나의 퇴위 결의서를 읽어 드리고 싶습니다. 완전히 사직하겠습니다. 삼두 정치를 해체하겠습니다. 섭정 직은 루돌프에게 넘기고자 합니다. 고귀하신 여러분."

여기서 나는 나의 군인들을 향해 몸을 돌렸다.

"이제 자유롭게 떠나도 좋습니다. 여러분의 의도는 훌륭했고, 폐위된 이상(理想)의 이름으로 여러분께 진심으로 감사드립니다."

눈에 눈물이 고였다.

"그 이상은, 모든 것에도 불구하고……."

바로 그 순간 어딘가 가까운 곳에서 총성이 울렸다. 우리는 모두 그쪽으로 고개를 돌렸다. 드 브이 씨가 연기가 피어오르는 권총을 손에 들고 이상하게 뻣뻣한 자세로 한쪽으로 기댄 채 서 있었다. 그는 얼굴을 찌푸리고 비틀거리다가는 땅에 엎어졌다.

"아버지, 아버지!"

비안카가 비명을 지르며 쓰러진 남자 위로 몸을 던졌다. 뒤이어 혼란이 찾아왔다. 부상에 관해서는 모르는 것이 없는 노련한 가리발디가 그에게 몸을 숙였다. 총알은 그의 가슴을 관통했다. 피에몬테의 왕*과 마치니가 양팔을 부축하여 조심스럽게 그를 일으켜 세워 들것 위에 눕혔다. 루돌프의 부축을 받고 선 비안카는 울고 있었다. 나무 아래 방금 나타난 검둥이들이 그들의 주인 주위를 둘러쌌다.

"주인님, 주인님, 우리의 친절하신 주인님."

그들은 합창하듯 되풀이했다.

"이 밤은 진정 치명적이로구나!"

나는 외쳤다.

"이 비극이 마지막은 아닐 것이다. 그러나 이것은 내가 예견하지 못한 사태라는 점을 고백해야겠다. 나는 그를 부당하게 대했다. 사실은 고귀한 심장이 그의 가슴에서 고동치고 있었던 것이다. 여기서 그에 대해 내렸던 옹졸하고 편견에 찬 나의 판단을 취소하겠다. 그는 좋은 아버지였고, 노예들에게 좋은 주인이었던 것이 틀림없다. 나의 추론은 지금 이 순간에조차 틀렸지만, 망설임 없이 그 점을 인정하겠다. 이제는 루돌프, 비안카를 위로하고 더 깊이 그녀를 사랑하고 그녀에게 아버지의 자리를 대신해 주는 것이 너의 의무다. 너는 아마도 그녀의 아버지 시체를 배에 싣고 싶을 것이다. 그러므로 우리는 행렬을 지어 항구까지 행진하겠다. 증기선의 고동 소리가 들린다."

비안카는 다시 마차 안으로 들어갔다. 우리는 말에 올랐다. 검둥이들이 들것을 어깨 위에 멨고 우리는 모두 항구 쪽으로 향했다. 말 탄 기마대가 그 우울한 행렬의 후미를 출발시켰다. 내가 연설하는 동안 폭풍은 수그러들었고 불꽃의 빛이 나무 사이로 길고 깊은 틈을 열었으며 떠다니는 검은 그림자들이 우리 뒤에 반원을 형성했다. 마침내 우리는 숲을 떠났다. 멀리 커다란 외륜(外輪)이 달린 기선을 볼 수 있었다.

더 이상 덧붙일 것은 별로 없고, 이야기는 끝에 가까워졌다. 비안카와 검둥이들의 흐느낌 속에 죽은 사람의 시체는 배에 올랐다. 마지막으로 우리는 열을 지어 섰다.

"한 가지만 더, 루돌프."

나는 그의 윗도리에 붙은 단추를 잡으며 말했다.

"너는 막대한 재산의 상속인이 되어 떠난다. 나는 아무것도 암시하고 싶은 생각이 없고, 이 떠돌이 영웅들을 뒷바라지하는 것이 나의 의무이겠지만, 불행하게도 나는 빈털터리다."

루돌프가 즉시 수표책을 찾아 뒤적거렸다. 우리는 짧고 비밀스럽게 의논을 했고 금방 합의했다.

"여러분."

나는 나의 근위병들에게 외쳤다.

"여기 나의 자비로운 친구가 여러분에게서 생계와 보금자리를 빼앗아 간 나의 행위에 대해 보상해 주기로 했습니다. 지금 이런 일이 벌어진 데다 특히 경쟁이 치열하기 때문에 여러분을 받아 줄 밀랍 인형 보관소는 없을 것입니다. 여러분은 야망의 일부를 포기해야 할 것입니다. 대신에 여러분은 자유를 찾을 것인데, 나는 그 점에 마음이 끌릴 것이라 확신합니다. 불행히도 제군들은 순수하게 대표자로서의 운명만을 타고났고 어떤 실용적인 직업에 대한 훈련도 받지 않았으므로 여기 내 친구가 열두 개의 '검은 숲'표 손풍금을 사기에 충분한 돈을 기부했습니다. 여러분은 전 세계에 흩어져서 사람들을 즐겁게 하기 위해 연주하게 될 것입니다. 어떤 음악을 연주할 것인지는 여러분의 자유입니다. 여러분은 완전한 진짜 드레퓌스나 에디슨, 나폴레옹이 아닌데, 쓸데없는 말을 할 필요가 있겠습니까? 여러분은 더 나은 사람이 없었기 때문에 진짜를 대신하여 이 이름들을 부여받은 것입니다. 이제 여러분은 여러 선조들, 알려지지 않은 채 전 세계를 수천 명씩 방랑하는 익명의 가리발디, 비스마르크 그리고 마크마옹*의 수를 더해 줄 것입니다. 가슴속 깊은 곳에서 여러분은 영원히 자기 자신으로 남을 것입니다. 그리고 이제, 소중한 친구들이며 고귀한 신사 여러분, 우리 모두 신혼부부에게 행복을 빌어 줍시다. 루돌프와 비안카 만세!"

"루돌프와 비안카 만세!"

그들은 입을 모아 외쳤다.

검둥이들은 영가를 부르고 있었다. 그들이 노래를 끝냈을 때 나는 손을 저어 그들을 다시 모은 뒤에 권총을 꺼내 외쳤다.

"이제 작별입니다, 여러분. 이제부터 여러분이 보게 될 일을 경고로 받아들이고 절대로 하느님의 의도를 짐작하려 하지 말기 바랍니다. 봄의 계략을 꿰뚫어 본 사람은 아무도 없었습니다. 용서하십시오, 여러분, 용서하십시오!"

나는 권총을 들어 관자놀이에 대고 방아쇠를 당기려 했다. 그때 누군가 그것을 쳐서 손에서 떨어뜨렸다. 기마병의 연락 장교가 내 앞에 서서 손에 서류를 들고 물었다.

"유제프 엔(N.)인가?"

"예."

나는 대답했다. 장교는 물었다.

"얼마 전에 성경에 나오는 요셉에 대한 표준적인 꿈을 꾸지 않았나?"

"아마 그랬을지도……."

"그럼 인정하는군."

장교가 서류를 들여다보며 말했다.

"최고위층에서 그 꿈을 알고 심하게 비판한 것을 알고 있는가?"

나는 말했다.

"제 꿈까지 책임질 수는 없습니다."

"당연히 책임질 수 있지. 황제-국왕 폐하의 이름으로 너를 체포한다!"

나는 미소 지었다.

"정의의 물방아는 얼마나 느린지. 황제-국왕 폐하의 관료들은 상당히 느리게 돌아가는군. 이전의 그 꿈은 이미 오래전에 더 위험한 행위로 앞질러 버려 내 목숨으로 속죄하려 했건만, 그 낡아 빠진 꿈이 내 목숨을 구했군…… 마음대로 하시오."

　나는 군대가 다가오는 것을 보았다. 수갑을 채울 수 있게 팔을 앞으로 뻗고 나는 다시 한 번 머리를 돌렸다. 마지막으로 비안카를 보았다. 그녀는 기선 갑판에 서서 손수건을 흔들고 있었다. 노병의 근위대가 소리 없이 내게 경례하고 있었다.

7월의 밤

여름밤을 처음 알게 된 것은 고등학교 졸업반이던 해의 방학 때였다. 열린 창문으로 들어오는 더운 여름날의 열기와 산들바람에 하루 종일 노출되어 있던 우리 집은 새로운 거주자를 맞이했는데, 그것은 우리 누나의 꼬마 아들, 조그맣고 입을 뾰루퉁하니 내민, 훌쩍거리며 보채는 존재였다. 그는 우리 집을 원시 상태로 되돌려 놓았고, 침구와 기저귀와 시트들을 영원히 빨고 또 말리는, 그리고 눈에 띄게 허술한 차림을 한 여자의 모습이 식물처럼 순진무구하고도 풍요롭게 나체를 드러내고, 유아기의 시큼한 냄새가 풍기고 젖가슴에선 젖이 넘치는, 유목민이나 하렘처럼 가모장(家母長)이 지배하는 야영지로 바꾸어 놓았다.

매우 힘든 산후 조리가 끝난 뒤에 누나는 온천으로 요양하러 갔고 매형은 식사 때만 나타나기 시작했으며 부모님은 가게에 밤 늦게까지 남아 계셨다. 집 안은 아기의 유모가 지배했는데, 그녀의 넘치는 여성성은 젖을 먹이는 어머니 역할을 하고 있다는 사실 때문에 더욱 강화되고 보호받았다. 그 같은 고결한 덕목의 위엄 속에서 그녀는 자신의 넓고도 좁은 존재감으로 온 집안에 여성 지배의 봉인을 찍었는데, 그것은 풍성하고 완전히 성숙한 육욕이라는 자연적인 이점을 바탕으로 한 여성 지배였다. 그녀는 그 육욕을 두 하녀와 공유하고 있었는데, 맡은 일 덕분에 그녀들은 완전한 여성적 자아도취를 드러낼 수 있었다. 버스럭거리는 잎사귀와 은빛의 빛줄기와 그림자 속에 잠긴 명상들로 가득한 정원에서 꽃이 피고 열매가 익을 때 집 안에서는 하얀 리넨과 싹트는 육체 위로 떠다니는 여성성과 모성의 향기가 흘러넘쳤다. 열기가 이글거리는 정오에는 활짝 열린 창문의 모든 커튼이 겁에 질려 일어났고 널어 놓은 기저귀들은 모두 줄지어 펄럭거렸다. 이 리넨과 무명천의 하얀 골목 사이로 털이 소복한 씨앗과 꽃가루와 떨어진 꽃잎들이 날아 들어왔다. 정원에서는 이 목양신의 시간이 모든 벽과 차양을 들어 올리고 전 세계를 하나의 통일성 아래 지배하도록 허락하기라도 한 것처럼 빛과 그림자의 조류, 간헐적인 버스럭 소리와 침묵이 천천히 방으로 들어왔다.

나는 그 여름의 어느 저녁을 읍내 유일의 영화관에서 보냈다. 마지막 상영이 끝난 뒤에야 나는 극장을 나왔다.

빛과 그림자가 휙휙 지나가는 영화관 내부의 어둠 속에서, 마치 폭풍우 치는 밤 아늑한 여관에 들어선 것 같은 조용하고도 밝은 주랑에 들어서곤 했다.

영화의 환상적인 모험이 끝나면 그 위대하고 감상적인 밤의 충격에서 격리된 밝은 대기실에서 두근거리는 가슴을 진정시킬 수 있었다. 시간이 정지된 그 안전한 정박지에서 영사기의 덜그럭거리는 소리는 리듬을 만들어 냈고, 경리의 현금 상자는 흔들리며 박자를 맞추었고, 이 리듬을 따라 전구는 메마른 빛의 파장을 뿜어냈다.

막차가 떠난 후의 기차역 대기실처럼 한껏 지루한 늦은 밤의 그 주랑은 가끔 존재의 궁극적인 배경처럼, 생명의 격동이 지쳐 사그라지고 난 후에도, 모든 것이 사라진 후에도 남아 있을 어떤 것처럼 보였다. 커다란 원색 포스터에는 아스타 닐센*이 이마에 죽음의 검은 낙인이 찍힌 채 영원히 비틀거렸고 그녀의 입은 마지막 비명을 지르느라 벌어져 있었으며 눈은 초인적인 노력으로 지극히 아름답고 커다랗게 뜨고 있었다.

경리는 오래전에 집으로 갔다. 지금쯤 그녀는 분명 작은 방에서 잠의 검은 늪으로, 복잡한 꿈의 세계로 자신을 태워다 줄 조각배처럼 그녀를 기다리고 있는, 이불도 개지 않은 침대에서 뒤척이고 있을 것이다. 매표소에 앉아 있는 사람은 그저 짙은 화장을 한 피곤한 눈으로 공허한 빛을 바라보며 전구가 흩어 놓은 금가루 같은 졸음을 떨어내려 생각 없이 눈을 깜박이고 있는 실체 없는 유령, 허상에 불과했다. 가끔씩 그녀는 소방대의 경사에게 창백한 미소를 지어 보였는데, 그 경사 또한 실체 없이 벽에 기댄 채 빛나는 헬멧을 쓰고 천박하게 반짝이는 견장과 은빛 노끈과 메달을 달고 미동 없이 서 있을 뿐이었다. 7월의 늦은 밤으로 이어지는 문의 유리창은 영사기의 리듬에 맞춰 흔들렸지만, 유리창에 반사된 전등은 거대하게 펼쳐진 어둠으로부터 안전한 은신처의 환상에 일조하며 밤을 물리치고 있었다. 그러다 마침내 주랑의 마법이 풀렸다. 유리문이 열렸고 붉은 커튼은 모든 것을 압도하는 밤의 숨결로 부풀어 올랐다.

안전한 은신처의 유리문을 열고 거대한 7월의 밤으로 혼자 걸어 나갔을 때 마르고 병약한 고등학생이 느꼈을 모험심을 상상해 보라. 그는 과연 끝없는 밤의 늪과 수렁을 영원토록 건너고 있을까, 아니면 어느 날 아침 안전한 항구에 도착할까? 그의 외로운 방황은 몇 년이나 걸릴까?

7월 밤의 지리는 아무도 지도로 만들어 본 적이 없다. 그것은 인간 내면에 자리 잡은 우주의 지리학 속에 기록되지 않은 채 남아 있다.

7월의 밤! 무엇을 그것과 비견할 수 있을까? 그것을 어떻게 묘사하겠는가? 수백 개의 공단 같은 꽃잎의 꿈으로 우리를 감싸는 거대한 검은 장미의 중심부에 비할 수 있을까? 밤바람이 불어 그 깃털 같은 중심부를 열면 그 깊고 향기로운 곳에서 우리를 내려다보는 별들이 보인다.

혹은 그 밤을 눈 감았을 때 보이는 흩어진 얼룩점과 하얀 양귀비 씨앗과 별들과 로켓과 유성으로 가득한 검은 창공에 비할 수 있을까?

혹은 끝없이 검은 터널로 들어가는, 세상처럼 긴 밤 기차와 비교할 수 있을지도 모른다. 7월의 밤 속을 걸어가는 것은 잠든 승객들 사이로 외풍이 부는 복도를 따라 무더운 객실을 지나 한 객차에서 다른 객차로 아슬아슬하게 건너가는 것과 같다.

7월의 밤! 혼돈 속에서 끊임없이 뭔가를 형성해 냈다가는 즉시 모든 형상을 되돌리는 황혼의 비밀스러운 흐름, 살아 있고 주의 깊은, 움직이는 어둠의 질료. 졸음에 겨운 방랑자의 행로를 따라 동굴과 지하실과 구석과 벽감을 만들어 내는 검은 목재. 고집스러운 수다쟁이처럼 밤은 외로운 순례자를 동반하여 지치지도 않고 새로운 발상과 환상을 만들어 내는 자신의 유령들 무리에 가두고, 그를 위해 별들로 가득한 공간과 흰 은하수와 끊임없이 이어지는 대경기장과 광장의 미궁을 불러일으킨다. 밤공기, 재스민 향이 스민 공단 같은 농밀함과 오존의 폭포와 무한을 향해 검은 지구처럼 튀어 올라가는 대기 없는 황무지, 검은 즙이 넘치는 거대한 어둠의 포도들을 장난스럽게 만들어 내는 검은 프로테우스*여! 나는 이 빽빽한 통로를 따라 팔꿈치로 밀어젖히며 나아가고,

둥근 천장과 낮은 회랑 아래로 지나가기 위해 머리를 숙이는데, 갑자기 천장이 별들의 한숨과 함께 갈라져 열리고 거대한 둥근 천장이 잠시 미끄러지듯 사라지며, 나는 다시 좁은 벽과 통로 사이로 안내된다. 이 기둥과 기둥 사이 진공의 공간에서, 이 구석진 어둠의 공간에서, 밤의 방랑자들이 남긴 대화의 조각들이 공기 중에 떠돌고, 선전 문구의 파편들이 포스터에 붙어 있고, 웃음의 잃어버린 줄무늬가 들리고, 밤의 산들바람에 흩어지지 않은 속삭임의 실타래가 풀린다. 가끔 밤은 문 없는 작은 방처럼 내 주위로 조여든다. 나는 졸음에 겨워 내 다리가 아직도 나를 앞으로 데려가고 있는 건지 아니면 내가 이미 밤의 그 작은 방 안에서 쉬고 있는 건지 알 수가 없게 된다. 하지만 그때 나는 다시 어떤 향기로운 입술이 대기 중에 떠돌게 남겨 둔 공단처럼 부드럽고 뜨거운 키스를 느끼고, 어떤 덧문이 열리고, 나는 창틀을 넘어 길게 한 발짝 내딛고는 흘러 떨어지는 유성의 포물선 아래 계속 방황한다. 밤의 미로 속에서 두 명의 방랑자가 나타난다. 그들은 둘이 함께 천을 짜듯 뭔가를 짜내면서 어둠 속에서 길고 희망 없는 대화를 땋아 끌어낸다. 그중 한 명의 우산이 보도를 단조롭게 때리고(그 우산은 별과 혜성이 비 오듯 쏟아질 때 보호막으로 쓰기 위해 들고 다니는 것이다), 둥근 공 모양의 중절모를 쓴 커다란 머리들이 굴러다니기 시작한다. 혹은 잠시 동안 길게 째진 검은 눈의 음모를 꾸미는 듯한 눈길에 멈춰 설 때도 있는데, 그러면 관절이 튀어나온 커다랗고 말라빠진 손이 막대기를 목발 삼아 붙든 채, 수사슴 뿔로 만든 손잡이를 꽉 쥐고, 절름거리며 밤을 통과해 간다(이 막대기에는 가끔 길고 가느다란 칼이 숨어 있을 때도 있다).

마침내 도시 변두리에서 밤은 놀이를 그만두고 장막을 걷어 올리고 그 진지하고 영원한 얼굴을 드러낸다. 밤은 우리 주변에 환각과 악몽의 실체 없는 미로를 쌓아 올리는 일을 그만두고 별들이 가득한 무한의 세계를 활짝 펼친다. 천공은 끝없이 뻗어 가고, 별자리는 마치 무언가를 알리는 듯, 그 무서운 침묵으로 뭔가 궁극적인 것을 선언하기라도 하듯 하늘에 마법의 그림을 그리면서 오랫동안 빛났던 그 자리에서 찬란하게 빛을 뿌린다. 이 먼 세계의 희미한 빛은 개구리가 개골거리는 듯한 별들의 은빛 재잘거림이다. 7월의 하늘은 믿을 수 없을 만큼 많은 유성을 뿌리고, 그것은 조용히 우주에 스며든다.

밤의 한때, 별자리들이 아직도 그 영원한 꿈을 꾸고 있는 동안 다시 내가 우리 동네에 와 있다는 사실을 깨달았다. 거리 끝에서 별 하나가 낯선 향기를 뿜으며 빛나고 있었다. 집 울타리의 문을 열었을 때 어두운 터널 속에서처럼 한 줄기 바람이 느껴졌다. 식당에는 아직도 불이 밝혀져 있었는데, 촛불 네 개가 놋쇠 촛대에서 타고 있었다. 매형은 아직 들어오지 않았다. 누나가 떠난 이래 매형은 자주 저녁 식사에 늦었고 밤늦게까지 돌아오지 않을 때도 있었다. 잠에서 깬 나는 종종 매형이 깊이 생각하는 듯 멍한 표정으로 옷을 벗는 것을 보았다. 그러고는 매형은 촛불을 끄고 옷을 전부 벗고 차가운 침대에 오랫동안 잠들지 못한 채 누워 있곤 했다. 잠은 아주 서서히 그의 커다란 육체를 점령해 갔다. 매형은 불안하게 뭔가 중얼거리고 숨을 헐떡이고 한숨을 쉬고 가슴 위에 놓인 상상의 짐 덩이와 씨름했다. 가끔 매형은 건조하고 조용하게 흐느꼈다. 겁에 질려, 나는 어둠 속에서 물었다.

"매형, 무슨 일이에요?"

그러나 그사이에 매형은 이미 무슨 언덕이라도 부지런히 기어오르듯 힘들게 코를 골며 가파른 꿈길을 갔다.

열린 창문으로 밤은 이제 천천히 숨을 쉬었다. 그 거대하고 형체 없는 덩어리 속으로 차갑고 향기로운 액체가 부어지고 검은 이음매가 느슨해지면서 가느다란 실개천처럼 향기가 스며들어 왔다. 어둠의 죽은 질료는 재스민 향이 피어올라 날아다니는 가운데 탈출을 꾀했지만, 형체 없는 깊은 밤은 여전히 죽은 채 해방되지 못하고 남아 있었다.

옆방으로 통하는 문 아래에서 스며 나오는 한 줄기 빛이 마치 금으로 된 줄처럼, 요람에서 칭얼거리는 아기의 잠처럼 낭랑하고 예민하게 빛났다. 방 안의 따뜻하게 빛나는 생명력에 끌려 창밖의 어둠 속에 모여든 밤의 악마들의 무리 속에서, 옆방으로부터 달래 주는 말소리가, 보모와 아기 사이의 전원시가, 첫사랑의 목가가 들려왔다.

반대편에는 빈방이 있고 그 너머에는 부모님의 침실이 있었다. 귀를 기울이면 아버지가 잠의 문턱에 서서 황홀경에 젖어 꿈으로의 비행에 완전히 열중하여 그 가공의 길로 미끄러지듯 날아가는 것을 들을 수 있었다. 음악적이고 꿰뚫는 듯한 코 고는 소리에서 아버지가 알 수 없는 잠의 막다른 골목들을 방황하는 이야기를 들을 수 있었다.

그렇게 사람들은 천천히 원일점(遠日點), 어떤 살아 있는 생물도 본 적이 없는, 태양 없는 삶의 반대편에 들어섰다. 그들은 단말마의 순간에 들어선 사람들처럼 끔찍하게 몸을 뒤틀고 흐느끼며 검은 일식이 그들의 영혼을 가두어 두는 동안 그렇게 누워 있었다. 그리고 마침내 그들이 그 검은 천저(天底), 영혼의 하데스 가장 깊은 곳을 지났을 때, 치명적으로 땀을 흘리며 그들이 그 낯선 곶[岬]을 힘들게 빠져나왔을 때, 그들의 폐는 다른 곡조로 부풀어 포효하기 시작하고, 영감을 얻은 그들의 코 고는 소리는 새벽까지 이어졌다.

어떤 다른 냄새가, 다른 색깔이 새벽이 서서히 다가오고 있음을 예고했을 때에도 여전히 농밀한 어둠이 지구를 억누르고 있었다. 가장 맑게 깨어 있고 잠이 없는 사람의 머리도 잠깐 잠의 늪에 빠지는 것이 바로 이때다. 병든 자, 깊은 슬픔을 지닌 자 그리고 영혼이 갈가리 찢긴 자들은 그때 위안의 순간을 맛본다. 밤이 그 깊은 곳에서 일어나는 일들 위로 커튼을 내릴 때 누가 시간의 길이를 알 수 있겠는가? 하지만 그 짧은 막간으로도 장면을 바꾸고 밤의 거대한 사업과 그 모든 어둡고 환상적인 화려함을 청산하기에는 충분하다. 늦잠을 자 버렸다는 느낌과 함께 겁에 질려 깨어나면, 지평선에는 새벽의 밝은 빛줄기와 검게 굳어지고 있는 대지의 덩어리가 보이는 것이다.

아버지, 소방대에 입대하다

10월 초에 나는 어머니와 함께 여름 휴양지를 떠나 집으로 돌아오곤 했다. 여름 휴양지는 시골의 이웃한 지역에 있는, 셀 수 없을 만큼 많은 땅속 샘물들의 조잘거림이 울려 퍼지는 스워트빈카 강의 나무가 우거진 골짜기였다. 아직도 귓속에 너도밤나무의 버스럭거리는 소리와 새들의 지저귐을 간직한 채 우리는 거대한 덮개를 왕관처럼 씌운 낡고 커다란 마차를 타고 왔다. 그 거대한 덮개 아래 짐짝 여러 개 사이에서 공단으로 테를 두른 일종의 동굴 같은 구석에 앉아서 우리는 마치 카드 한 벌을 손에서 손으로 천천히 돌리듯 색색가지 그림들이 한 장씩 펼쳐지며 변해 가는 창밖의 풍경을 보고 있었다.

저녁때 우리는 시골의 거대하고 놀랄 만한 갈림길에 있는 바람이 불어 대는 고원에 도착했다. 하늘은 그 갈림길 위에서 깊고 숨이 가빴으며 그 정점에서는 바람에 불려 다채로운 장미로 변해 갔다. 이곳이 이 나라 가장 외곽의 톨게이트이자 마지막 모퉁이였고 그 너머로 아래쪽에는 가을의 널찍하고 때늦은 풍광이 펼쳐져 있었다. 국경도, 마지막 커브 길도 이곳이었고, 닳아 희미해진 글자가 새겨진 판자가 달린 낡아 썩어 가는 말뚝이 국경임을 알리며 바람에 흔들렸다.

마차의 커다란 바퀴들이 모래 속으로 빠져들면서 삐걱거렸고 조잘거리던 바퀴살은 조용해졌으며 오직 커다란 덮개만이 마치 사막에 착륙한 방주처럼 단조롭게 윙윙거리고 갈림길에서 서로 가로지르는 바람을 맞으며 어둡게 펄럭거렸다.

어머니가 통행료를 냈고, 차단기의 가로대가 올라가면서 삐걱거렸고, 마차는 무겁게 가을 속으로 굴러갔다.

우리는 시들어 지루해진 거대한 평원으로, 노랗고 멀고 축복받았지만 어지러울 정도로 무한히 펼쳐진 빛바래고 창백한 산들바람의 영역으로 들어갔다. 뭔가 때늦고 거대한 영원이 빛바랜 저 멀리에서 일어나 불어왔다.

오래된 동화책의 누렇게 바랜 책장처럼, 풍광은 분해되어 거대한 공허가 되어 버릴 것처럼 더 창백해지고 더 약해졌다. 그 바람이 몰아치는 어딘지도 모를 곳에서, 그 노란 해탈의 공간에서 우리는 시간과 현실의 경계로 마차를 몰아갔거나, 혹은 따뜻하고 건조한 바람을 맞으며 그 속에 영원히 남아 있는 것인지도 몰랐다 ―양피지 하늘의 구름 속에 갇혀 버린 커다란 바퀴가 달린 움직이지 않는 마차, 오래된 그림, 곰팡이 핀 구시대 소설책 속의 잊혀 버린 목판화가 되어. 그때 마부가 갑자기 고삐를 홱 잡아당겨 갈림길의 혼수상태에서 마차를 끌어내 숲 속으로 몰아갔다.

우리는 담배색으로 시들어 버린, 짙게 우거진 메마른 덤불 속으로 들어갔다. 주위를 둘러싼 것은 모두 '트라부코스'* 담배 상자 속처럼 황갈색이었고 조용했다. 반쯤 어두운 삼나무 숲 속에서 우리는 시가처럼 건조하고 향을 풍기는 나무둥치들을 지나쳤다. 계속 마차를 몰아감에 따라 숲은 더 어두워졌고 더 향기로운 담배 냄새를 풍기다가 마침내 마지막 곡조를 희미하게 울리는 마른 첼로 상자처럼 우리를 가두어 버렸다. 마부는 성냥이 없어서 등불을 켤 수가 없었다. 말들은 숨을 헐떡이며 본능에 따라 길을 찾아갔다. 바퀴살의 덜거덕거리는 소리가 덜 시끄러워졌고 바퀴는 달콤한 향을 풍기는 침엽수림 위에서 부드럽게 굴러가기 시작했다. 어머니는 잠들었다. 시간은 가는 길에 낯선 마디와 축약을 만들며 아무도 모르게 흘러갔다. 어둠은 뚫을 수가 없었다. 말발굽 아래의 땅이 점점 굳어졌지만 숲이 건조하게 부스럭거리는 소리가 여전히 덮개 위에서 울렸고 마차는 거의 벽에 스치듯 회전하여 멈췄다. 마차의 문을 잡고 어머니는 무작정 더듬거리며 우리 집 울타리 문을 찾았다. 마부는 벌써 우리 짐들을 내리고 있었다.

우리는 둥근 천장이 있는 넓은 현관으로 들어섰다. 그곳은 어둡고 따뜻하고, 새벽에 오븐이 아직 차가울 때의 오래되고 텅 빈 빵집이나 혹은 어둠 속에서 버려진 욕조와 대야들이 점점 식어 가고 수도꼭지에서 물방울 떨어지는 소리가 침묵에 박자를 맞추는 깊은 밤의 터키식 목욕탕 같았다. 귀뚜라미 한 마리가 어둠 속에서 끈질기게 지그재그로 시침질한 불빛을 꺼내려 하고 있었지만 그것은 너무나 미약해서 전혀 밝아지지 않았다. 우리는 무작정 주위를 더듬고 다니다 계단을 찾아냈다.

삐걱거리는 층계참에 이르렀을 때, 어머니가 말했다.

"일어나려무나, 유제프, 너 떨어지려고 하잖아. 계단 몇 개만 더 올라가면 돼."

그러나 졸음에 겨워 거의 의식이 없어진 채 나는 어머니에게 더 바짝 달라붙어 완전히 잠들어 버렸다.

내가 너무나 피곤해서 몇 번이고 멍한 망각의 세계로 떨어졌기 때문에, 그 밤에 나의 감긴 눈꺼풀 사이로 본 것이 어느 정도 현실적이었는지, 그중 어느 정도가 상상의 산물이었는지, 그 후에도 어머니로부터 전혀 알아낼 수가 없었다.

그 장면의 주요 등장인물들이었던 아버지, 어머니 그리고 아델라 사이에 굉장한 논쟁이 벌어지고 있었다 ─지금에야 깨달았지만, 대단히 중요한 논쟁이었다. 그 감각을 되살리지 못한다면 아마 기억의 공백 탓일 것이고, 또한 내가 지금 어림짐작과 추측, 가설로 꿰어 맞추려는 잠의 검은 점들 때문일 것이다. 느릿느릿하게 의식이 없는 채로 나는 별이 가득한 밤의 산들바람이 열린 창문으로 들어와 감긴 내 눈 위를 쓸고 지나가는 동안 계속 헤엄치고 또 헤엄쳤다. 밤의 호흡은 고르고 순수했다. 마치 투명한 커튼을 들어 올려 드러낸 것처럼 별들이 가끔씩 잠자는 나를 바라보기 위해 나타났다. 감긴 눈꺼풀 아래로 나는 촛불이 밝혀진 방, 촛불의 빛이 금빛 선과 소용돌이 장식 무늬를 드리우고 있는 방을 보았다.

물론 그 장면이 언젠가 다른 때에 벌어졌을 수도 있다. 많은 증거들로 추측해 보건대 내가 그 장면을 목격한 것은 훨씬 뒤에, 어머니가 가게 점원들과 함께 가게 문을 닫고 집에 늦게 들어왔을 때의 일인 것 같다.

방으로 들어오면서 어머니는 놀라움과 경이감에 소리를 질렀고 점원들은 못 박힌 듯 멈춰 섰다. 방 한가운데에 황동 갑옷으로 차려입은 멋진 기사, 진짜 성 게오르기우스*가 반질반질하게 빛낸 금도금한 주석판으로 만든 흉갑을 입고 금 팔 장식으로 쩔그렁거리는 무장을 마무리하고 커다랗게 서 있었다. 한편으로 놀라고 한편으론 즐거워하며 나는 무거운 근위병 투구 아래로 보이는 아버지의 억센 콧수염과 턱수염을 알아보았다. 갑옷은 아버지의 가슴에서 고동쳤고, 금속 조각들은 무슨 거대한 곤충의 복부에 있는 비늘처럼 부풀어 오르고 있었다. 갑옷을 입어서 키가 커 보이는 아버지는 금빛 금속의 광채 속에서 천사들의 군대의 일급 전략가처럼 보였다.

"유감이다, 아델라."

아버지가 말했다.

"너는 더 높은 세상의 문제를 한 번도 이해한 적이 없었어. 너는 언제나, 어디서나 몰상식한 분노를 터뜨려 내 활동을 무산시키곤 했지. 하지만 이 갑옷 속에서라면 난 이제 침대에 누워 무기력하게 지낼 동안 네가 날 절망에 빠뜨리는 수단으로 쓰곤 했던 간지럼을 더 이상 느끼지 않아. 지금 무력한 분노가 너의 혀를 사로잡고 네 말투의 상스러움과 조잡함은 그 바보스러움에나 견줄 수 있겠구나. 날 믿어 줘, 난 지금 너를 위해 슬퍼하고 널 동정하고 있단다. 환상의 고귀한 비약을 경험할 능력이 없는 너로서는 평범한 것 이상으로 도약하는 모든 것을 무의식적으로 싫어할 수밖에 없는 거겠지."

아델라가 끝없는 경멸이 가득한 눈으로 아버지를 쳐다보며, 어머니를 향해 짜증 난 나머지 눈물을 흘리며 화난 목소리로 말했다.

"주인님이 우리 라즈베리 시럽을 전부 훔쳐 냈어요! 지난여름에 만든 시럽을 전부 식료품 창고에서 들어냈다고요! 그걸 모두 그 쓸모없는 소방수들에게 주려고 하신단 말예요. 게다가 저한테 무례하게 행동하시잖아요!"

아델라는 흐느꼈다.

"소방대 대장, 떠돌이 패거리 대장!"

아델라는 아버지를 혐오의 표정으로 쳐다보며 계속 말했다.

"집 안이 그 사람들로 꽉 찼어요. 아침에 빵을 가져오고 싶어도 현관문을 열 수가 없어요. 그 패거리 두 사람이 현관문 앞을 가로막고 누워 자고 있단 말예요. 계단에는 몇 명이 더 층계 위에 뻗어

서 놋쇠 헬멧을 쓰고 잠들어 있고요. 그 사람들은 내 부엌으로 마구 들어와서는 헬멧을 쓴 겁쟁이 얼굴을 내밀고 남학생들이 교실에서 하듯 손가락을 두 개 쳐들고 애처롭게 구걸을 해요. '제발 설탕, 설탕 좀 주세요……' 하고 말예요. 그 사람들은 내 손에서 양동이를 가로채선 물을 떠다 주겠다고 펌프로 뛰어가요. 주위를 춤추면서 돌아다니고, 나한테 미소를 짓고, 거의 꼬리를 친다고요. 그리고 항상 나한테 추파를 던지면서 밉살맞게 입술을 핥아요. 내가 누굴 쳐다보기라도 하면 그 사람은 마치 음탕한 칠면조처럼 이내 얼굴이 빨개지고요. 그 끔찍한 패거리한테 우리 라즈베리 시럽을 줘야 한단 말예요?"

아버지가 말했다.

"너의 천박한 본성이 너와 접촉하는 것은 모두 더럽히고 마는구나. 그건 이 불의 아들들을 네 불경한 눈으로 봤을 때의 광경이지. 나로 말하자면, 나는 그 불행한 샐러맨더의 종족, 그 가난하고 특권을 모두 빼앗긴 불의 생물들에게 전적으로 공감하고 있다. 과거에는 그렇게나 훌륭했던 이 종족이 저지른 실수라면 그들이 인류에게 봉사하는 데 헌신하기로 했다는 점, 한심한 국물 한 숟가락에 자신들을 인류에게 팔아 버렸다는 점이다. 비속한 서민들의 우둔함이란 한이 없기 때문에 그들은 그 대가로 조롱을 받았다. 이제 한때 그렇게도 예민했던 이 피조물들은 타락 속에 살아야 한다. 시립 학교 직원의 아내들이 요리한 음식을, 유치장에 갇힌 사람들에게도 똑같이 공급되는 그 맛없고 조잡한 식사를 이 사람들이 싫어한다고 해서 놀랄 사람이 누가 있겠나? 이들의 미각은, 불의 정령들의 섬세하고 세련된 미각은 고귀하고 짙은 향유를, 향기롭고 다채로운 음료를 갈구한다. 그러므로 우리가 모두 스타우로피기아*의 대형 홀에서 흰 식탁보를 씌운 식탁에 앉아 있을 때, 수천 개의 조명이 도시 위에서 빛나는 축제의 밤에, 우리는 각자 빵을 라즈베리 주스 컵에 담그고 그 고귀한 액체를 천천히 조금씩 마실 것이다. 이것이 소방수들을 더 강하게 하고, 불꽃놀이와 로켓과 푸른 신호탄의 가면 아래 그들이 낭비하는 에너지를 모두 되찾는 방법이다. 나의 마음은 그들이 겪는 불행과 부당한 굴욕에 대한 동정과 공감으로 가득하다. 나는 내가 혹시 그들을 현재의 타락으로부터 새로운 발상에 바친 미래로 이끌어 낼 수 있지 않을까 하는 희망에서 대장의 검을 받아 든 것이다."

"당신은 완전히 변했어요, 여보."

어머니가 말했다.

"당신 정말 멋져요! 하지만 난 여전히 당신이 오늘 밤에 집에 있었으면 좋겠어요. 내가 시골에서 돌아온 이래 진지하게 얘기할 기회가 한 번도 없었다는 거 잊지 마세요. 그리고 소방수에 대해서는."

어머니는 아델라 쪽으로 돌아서서 덧붙였다.

"난 정말 네가 편견이 좀 있다고 생각한다. 쓸모 있는 일은 하나도 안 하지만 그래도 그 애들은 점잖은 애들이야. 난 그 날씬한 젊은이들이 말쑥한 제복을 입고 있는 걸 보면 언제나 즐겁단다. 하긴 그 허리띠는 너무 꽉 졸라맨 것 같긴 하더라. 그들은 천부적으로 우아하고, 언제든 자진해서 숙녀에게 봉사하려는 그 열성은 정말 감동적이야. 내가 길거리에서 우산을 떨어뜨리거나 신발 끈이 풀어지면 거기엔 언제나 그 사람들 중 하나가 언제든 도와주고 날 기쁘게 해 줄 태세로 가까이 서 있는 거야. 난 감히 그들을 실망시키고 싶지 않아서 언제나 그 사람들이 나타나 그들을 그토록 기쁘게 하는 듯 보이는 그 작은 서비스를 해 주기를 끈기 있게 기다린단다. 그리고 의무를 끝내고 나면 그 사람은 물러나는데, 그러면 즉시 동료들의 무리가 나타나 그를 에워싸고는 열성적으로 그 사건을 토론하고, 주인공은 실제로 어떤 일이 일어났는지를 몸짓을 섞어 가며 설명하지. 내가 너였다면, 아델라, 난 기꺼이 그들의 신사도를 활용하겠어."

"제 생각에 그 사람들은 그저 건달 패거리일 뿐이에요."

고참 점원 테오도르가 말했다.

"그 사람들이 어린애들처럼 무책임하니까 이젠 더 이상 소방수 노릇을 시키지도 않잖아요. 남자애들이 벽을 향해 단추를 던지는 걸 그 사람들이 얼마나 부러워하며 바라보는지 보기만 해도 그들이 산토끼처럼 머리가 나쁘다는 걸 알 수 있다고요. 창밖으로 남자애들이 길에서 노는 걸 볼 때면 언제든 그 남자애들 틈에 이 다 큰 녀석들 중 하나가 끼여서는 애들 놀이에 미친 듯이 즐거워하면서 숨차게 뛰어다니는 걸 보게 된단 말예요. 화재가 난 걸 보면 그들은 좋아서 펄쩍펄쩍 뛰고 손뼉을 치고 야만인처럼 춤을 춰요. 안 돼요, 그 사람들이 불을 끌 거라고 믿을 수 없어요. 굴뚝 청소부와 민병대가 믿을 만한 사람들이죠. 이래서 장날과 대중적인 축제 날이 소방수의 몫이 된 거예요. 예를 들어 지난가을 어두운 아침에 벌어졌던 소위 의사당 습격 사건 때, 소방수들은 카르타고 사람들처럼 옷을 차려입곤 엄청나게 시끄러운 소리를 내면서 바질리안 언덕을 점령하고 사람들이 보는 가운데 노래를 했어요. '한니발, 한니발이 문 앞에 왔다!' 하고요. 늦가을이 되자, 그들은 게으르고 졸음에 빠져서 선 채로 잠이 들 정도였고, 첫눈이 내렸을 때 완전히 모습을 감춰 버렸죠. 어떤 나이 든 난로 수리공한테 들었는데 굴뚝을 고칠 때면 종종 소방수가 번데기처럼 움직이지 않고 빨간 제복과 빛나는 헬멧을 쓴 채 통풍관에 달라붙어 있는 걸 발견한대요. 그들은 라즈베리 시럽에 취해서, 그 끈끈하고 달콤한 액체와 불에 가득 차서 선 채로 잠을 자는 거죠. 그 사람들은 귀를 잡고 끌어내서 여전히 잠에 취하고 반쯤 의식이 없는 채로 흰 서리가 내린 아침 거리를 걸어 막사로 돌려보내야 해요. 그러면 길거리의 개구쟁이들이 그들에게 돌을 던지고, 그들은 죄책감과 양심의 가책을 받아 부끄러운 미소를 지으며 주정뱅이처럼 흔들흔들 가 버릴 거예요."

아델라가 말했다.

"어찌 됐든 내 시럽은 한 방울도 줄 수 없어요. 내가 더운 주방 화덕에서 몇 시간씩 시럽을 만들며 피부를 망친 건 이 게으름뱅이들이 마시게 하기 위해서가 아니었다고요."

대답 대신 아버지는 양철 호루라기를 꺼내 날카롭게 불었다. 즉시 네 명의 날씬한 젊은이가 방 안으로 쳐들어와 벽 아래에 일렬로 섰다. 방은 그들 헬멧의 광채로 밝아졌고, 모자 아래 짙게 햇볕에 탄 그들은 군대식 자세를 취하고 아버지의 명령을 기다렸다. 아버지의 신호에 그들 중 두 명이 라즈베리 시럽으로 가득 찬 거대한 채롱을 들어 올렸고, 아델라가 그들을 막아서기도 전에 그 소중한 전리품을 들고 아래층으로 달려갔다. 남은 두 명은 말쑥한 군대식 경례를 붙이고는 그 뒤를 따라갔다.

잠시 동안 아델라는 발작을 할 것처럼 보였다. 그녀의 아름다운 눈은 분노로 불을 뿜었다. 그러나 아버지는 그녀가 분통을 터뜨릴 때까지 기다리지 않았다. 한 번 성큼 뛰어서 아버지는 창턱에 올라앉아 팔을 넓게 벌렸다. 우리는 아버지를 따라 몰려갔다. 시장 광장은 밝게 불을 밝혔고 사람이 많았다. 우리 집 아래서 여덟 명의 소방수가 커다란 캔버스 천을 넓게 펼쳐 놓고 있었다. 아버지는 불빛에 갑옷을 번쩍이며 돌아섰다. 우리에게 말없이 경례를 하고 팔을 벌린 채 유성처럼 빛나면서 아버지는 수천 개의 불빛이 반짝이는 밤을 향해 뛰어들었다. 그 광경이 너무 아름다워 우리 모두 즐거워하며 환호했다. 아델라조차 화가 났던 것을 잊고 손뼉 치며 환호했다. 그동안 아버지는 캔버스 천에서 땅으로 뛰어내려, 딸랑거리는 흉갑을 제자리로 돌려놓고, 분대의 선두로 가서 섰다. 두 개의 검은 줄을 지어 늘어서서 지켜보는 군중을 지나쳐, 분대는 두 명씩 열을 지어 천천히 행진해 갔고, 불빛이 그들의 황동 헬멧 위로 어른거렸다.

두 번째 가을

아버지의 모험적이고 폭풍과도 같은 인생에 여러 번 겪었던 재앙과 참사의 타격 사이에 드물게 있던 평화와 내적인 안온함의 시기에 아버지가 진행한 많은 과학적 연구들 중에서 비교 유성학은 여러모로 특징적인 우리 지방의 기후와도 특히 잘 맞았고 아버지의 기질에도 가장 가까웠다. 기후학적 경향에 관한 정교한 분석의 토대를 놓은 이는 바로 아버지였다. 아버지의 「가을의 일반 분류법 개론」은 그 계절의 본질을 단번에 설명해 주었는데, 가을은 우리 지방에선 길게 늘어져 기생충 노릇을 하는 웃자란 형태로서, '중국 여름'이라는 이름으로도 알려졌고 우리 지역의 다채로운 겨울 깊은 곳까지 파고들어 있었다. 무슨 말을 더할 수 있겠는가? 아버지는 그 늦은 계절의 부차적이고 파생적인 성격을 처음으로 설명한 사람이었는데, 그것은 전적으로 우리 지방의 기후가 박물관에 가득한 바로크 예술품의 타락한 품종에서 뿜어져 나오는 투명하면서 전염성 강한 독기에 오염되었기 때문이다. 지루함과 망각 속에 썩어 가는 그 박물관의 미술품들은 흘러나갈 곳도 없이 썩어 가면서, 길게 늘어진 우리의 가을이 그렇게 괴로워하면서도 오래된 통조림처럼 발효하고 기후에 지나치게 설탕을 뿌려 대어 아름다운 말라리아성 열병과 과도한 착란 상태를 일으키곤 하는 원인이 된다. 왜냐하면 나의 아버지가 가르쳤듯이, 아름다움이란 질병이며 신비한 전염으로 인한 발작이고 부패의 어두운 징조로서, 완벽함의 깊은 곳에서 생겨나고 가장 깊은 행복의 한숨과 함께 이상향의 문 앞에서 환영을 받는 것이다.

여기서 우리 지역 박물관에 관해 몇 가지 사실들을 언급하는 것이 상황을 더 잘 이해하는 데 도움이 될 것이다……. 그 기원은 18세기로 거슬러 올라가 성 바실리우스 교단의 경탄할 만한 수집벽에 뿌리를 두고 있는데, 성 바실리우스의 수도사들은 그들의 보물을 시에 기증함으로써 시 예산에 과도하고 비생산적인 지출을 해야 하는 부담을 안겼다. 몇 년에 걸친 세월 동안 공화국 재무성은 몰락한 교단으로부터 거의 공짜로 수집품을 사들였고 어느 왕실에나 어울릴 만한 이 취미 때문에 예술적인 후원금을 대느라 화려하게 파산했다. 그러나 더 실용적인 경향을 보이며 경제적인 필요성을 염두에 두었던 다음 세대의 시 장로들은 대공의 수집품 관리자들에게 박물관을 팔아넘기기 위해 그들과 소득 없는 협상을 벌인 끝에 박물관을 폐쇄하고 마지막 관리인에게 평생 동안 연금을 주기로 하고 관리인들을 모두 해고했다. 이 협상을 하는 동안 수집품의 가치는 지역 유지들에 의해 엄청나게 과장되었다고 전문가들은 권위 있게 선언했다. 성 바실리우스 교단의 착한 수도사들은 칭찬할 만한 열정으로 가짜를 그저 몇 개만 사는 데서 그치지 않았던 것이다. 박물관에는 일류 명장의 손으로 그려진 그림은 한 점도 없었고, 그 대신 전문가들에게나 알려진, 그 외에는 잊혀 버린, 미술사의 막다른 골목과도 같은 삼류 혹은 사류 화가들과 지역 군소 화파들의 모든 작품을 수집해 놓았던 것이다.

이상한 일이 한 가지 있다. 착한 수도사들은 군국주의적인 경향이 있어서 그림의 대부분이 전쟁 장면을 묘사하고 있었다. 세월의 때가 묻은 이 캔버스를 불타 버린 황금빛 어스름이 뒤덮었다. 그 캔버스 위에서 스페인 대범선과 소범선으로 이루어진 함대와 오래되어 잊혀 버린 아르마다*가 부푼 돛에 사라져 버린 공화국들의 웅장한 문장을 새긴 채 막힌 만(灣)에서 썩어 갔다. 탁해지고 검어진 니스 아래 거의 보이지도 않는 기수(騎手)의 모습을 알아볼 수 있었다. 어둡고 비극적인 하늘 아래 햇빛에 탄 공허한 평원 너머로, 좌우에 포병대의 먼 섬광과 연기로 균형을 맞춘 기마대가 불길한 침묵 속에 지나갔다.

나폴리 화파의 그림에서는 마치 유리병을 통해 어둡게 보이는 것처럼 후덥지근하고 흐린 오후가 끝없이 늙어 간다. 어두워진 태양이 그런 잃어버린 풍광 속에서 우주적인 대재앙의 전조처럼 눈앞에서 시들어 가는 듯하다. 그리고 바로 이 때문에 방랑하는 희극 배우들에게 두름으로 엮은 생선을 파는 가무스름한 여자 낚시꾼의 알랑거리는 미소와 몸짓이 그토록 무의미해 보이는 것이다. 그 모든 세계는 경멸당했고 오래전에 어스름 속에 묻혔다. 그래서 홀로 남아 지속되는 마지막 몸짓이 그렇게도 끝없이 달콤해 보이는 것이다―그 몸짓 자체도 멀고 기억 속에 사라졌으며, 계속 새로이 되풀이되지만 이미 변하지 않게 되었다.

그리고 그 나라의 더 깊은 곳, 흥겹게 떠들어 대는 사람들과 어릿광대와 새장을 든 새잡이들의 태평한 족속이 살고 있는 곳, 어떤 현실감이나 진지함도 없는 그 나라에는 작은 터키 소녀들이 통통하고 조그만 손으로 나무판에 줄지어 있는 벌꿀 과자를 토닥거리고 나폴리 모자를 쓴 두 소년이 시끄러운 비둘기들이 든 바구니를 그 꾸룩거리는, 깃털 달린 짐 때문에 조금씩 흔들리는 막대기에 매달아 운반하고 있다. 그리고 좀 더 깊이 들어가면 저녁의 가장 바깥쪽 가장자리, 무(無)의 가장자리에서 시들어 가는 아칸서스 다발이 흔들리는 대지의 마지막 변두리에선 마지막 카드 게임, 위대한 밤이 도래하기 전에 사람들이 하는 마지막 내기가 아직도 한창이다.

고대의 아름다움을 담은 그 잡동사니 방 전체는 몇 년간의 지루함에 압박을 받아 고통스러운 증류의 과정에 처하게 되었다.

"이해할 수 있겠니?"

아버지는 종종 물었다.

"저 경멸받는 아름다움의 절망을, 그 낮과 밤을? 몇 번이고 되풀이해서 그것은 가상의 경매와 무대에서의 성공적인 할인 판매와 시끄럽고 사람 많은 전시회에 자신을 내놓고, 광기에 찬 도박의 열정에 불타오르게 되어 폭락을 기다리고 부(富)를 탕진하고 미친 듯이 소유물을 낭비하지만, 정신을 차린 후에 깨닫는 것은 이 모든 것이 허사였고 자기중심적인 완벽함을 절대 넘어설 수 없으며, 과도함에서 오는 고통을 누그러뜨릴 수 없다는 것뿐이다. 아름다움의 조급함과 무기력이 마침내 그것을 반영할 대상으로 우리의 하늘을 찾아냈다는 건 이상한 일이 아닌 것이, 그럼으로써 그것은 우리의 지평선 위에서 불타오를 수 있고, 그 대기의 표현을 타락시켜 내가 우리의 두 번째 혹은 가짜 가을이라고 하는 환상적인 구름의 거대한 조합을 만들어 내는 거란다. 우리 지역의 그 두 번째 가을은 박물관 안에 갇혀 죽어 가는 아름다움이 하늘까지 그 빛을 사방으로 내뿜어 비추는 병든 신기루에 불과해. 가을은 멋진 관광 쇼이고, 시적으로 사람을 현혹시키는, 껍질 하나마다 그 아래 계속 새로운 장관을 펼치는 보라색 껍질의 거대한 양파이지. 그 중심은 절대 도달할 수 없는 거야. 그 껍질을 하나씩 떼어 보관하는 무대 양옆으로는 그 뒤에서 새롭고 눈부신 광경이 잠시 동안 진실로 살아서 펼쳐지지만, 결국 그것들은 마분지로 만들어져 있다는 걸 깨닫게 되지. 모든 전망은 그림일 뿐이고, 모든 장관은 마분지로 만들어졌고, 냄새만이, 시들어 가는 풍경과 연극적인 분장실, 유성 페인트와 향을 떠올리게 하는 그 냄새만이 진짜란다. 그리고 저녁때는 무대 뒤에 무질서하고 혼란스럽게 벗어 던진 의상이 쌓여 있는데, 그 사이로는 마치 노랗게 물든 낙엽 사이를 걷듯이 걸어갈 수 있어. 그곳은 정말 대혼란이야. 모두들 커튼의 밧줄을 잡아당기고, 하늘은, 거대한 가을의 하늘은 누더기가 되어 걸려 있고 도르래의 끼익거리는 소리로 가득하지. 그리고 열병에 걸린 듯한 조급함과 때늦은 사유제와 짧은 막간에 곧바로 비어 버릴 무도회장과, 진짜 옷을 찾을 수가 없어 당황하는 가면 쓴 사람들의 분위기가 떠도는 거야."

"가을, 1년 중 알렉산드로스 대왕의 시간, 365일간 달리는 태양의 메마른 지혜를 그 거대한 도서관에 수집하는 가을. 아, 양피지처럼 노랗고, 늦은 저녁과도 같은 지혜로 달콤해진 나이 든 아침! 글을 지우고 다시 쓴 현명한 양피지처럼 교활하게 웃고 있는 오전과, 노란 책의 여러 겹 본문들! 아, 가을의 날들, 빛바랜 가운을 입고 사다리를 더듬어 올라가 모든 세기와 문화의 달콤한 잼을 한 숟갈씩 맛보는 늙고 간사한 사서! 각각의 풍광은 그에게는 오래된 소설의 첫 장(章)과 같단다. 안개 낀 벌꿀빛 하늘 아래 반투명하고 슬픈, 늦은 하루의 달콤한 빛 속으로 오래된 이야기의 주인공들을 풀어 준다 한들 그에게 무슨 재미가 있겠니? 돈키호테가 소플리초보*에서 무슨 새로운 모험을 찾아내겠니? 로빈슨 크루소가 고향 볼레후프*에 돌아온 뒤에 삶이 어떻게 됐겠니?"

불타는 듯한 석양이 지고 금빛으로 물든, 닫혀 움직이지 않는 저녁에 아버지는 우리에게 자기 원고에서 발췌한 부분들을 들려

주었다. 열정이 넘쳐서 때로 아버지는 아델라의 불길한 존재를 잊어버렸다.

그러고는 루마니아로부터 따뜻한 바람이, 거대한 노란색 단조로움을 불러일으키며 남방의 느낌이 불어왔다. 가을은 끝나지 않았다. 비누 거품처럼 낮은 더 아름답고 비현실적으로 변했고, 하루하루는 너무나 완벽해서 그 하루가 지속되는 순간순간이 잴 수 없을 만큼 펼쳐진 기적 같았고 거의 고통스러울 지경이었다.

그 깊고 아름다운 날들의 침묵 속에 견실하게 매달려 있던 나뭇잎들은 알아차리지 못하는 사이 변해서, 어느 날 나무들은 전부 완전히 비물질화된 잎사귀의 담황색 불길 속에, 색칠한 종잇조각과 찬란한 공작새와 불사조로 뒤덮은 듯한 연한 붉은색 속에 서 있게 되었다. 아주 살짝 움직이거나 펄럭이기만 해도 그들은 그 화려한 깃털을 전부 떨어뜨리게 될 것이다―가볍고 털갈이한, 여분의 나뭇잎 같은 깃털을.

죽은 계절

1

새벽 5시, 이른 햇살로 반짝이는 시간에 우리 집은 벌써 열정적이지만 조용한 빛에 싸여 있었다. 아무도 주목하지 않는 그 엄숙한 시간, 차양을 내린 반쯤 어두운 방이 여전히 잠자는 사람들의 고른 숨소리로 채워져 있는 시간에 집의 정면은 이른 아침의 조용한 아지랑이 속에 마치 그 표면이 행복하게 잠자는 눈꺼풀로 장식되어 있기라도 한 듯 햇빛에 목욕을 했다. 그렇게 이 이른 시간의 침묵 속에서 집은 찬란한 햇빛 속에 녹아드는 졸린 얼굴로 격렬한 꿈에 조금씩 몸을 씰룩거리며 아침의 첫 번째 불꽃을 흡수했다. 집 앞 아카시아 그림자는 헛되이 깊은 황금빛 잠 속을 뚫으려고 노력하면서 뜨거운 표면을 따라 파도치며 미끄러져 내려갔다. 리넨 차양이 한 쪽씩 아침의 열기를 흡수했고, 한없는 불꽃 속에서 숨 막혀 했다.

그 이른 시간에 아버지는 더 이상 잠을 잘 수 없어 책과 장부를 짊어지고 건물 1층에 있는 가게를 열기 위해 내려왔다. 아버지는 잠시 동안 반쯤 감은 눈으로 태양의 강력한 맹공격을 견디면서 문가에 가만히 서 있었다. 집의 햇빛에 젖은 외벽이 아버지를 더없이 즐겁게 수평을 이룬 부드러운 표면으로 가만히 끌어당겼다. 아버지는 잠시 납작해져서 건물 정면의 일부가 되어 쭉 뻗은, 떨리는 당신의 따뜻한 손이 금빛 장식 벽토 속으로 녹아드는 것을 느꼈다. (얼마나 많은 다른 아버지들이 새벽 5시에 층계의 마지막 계단에 서서 집의 정면에 영원히 스며들었는가? 얼마나 많은 아버지들이 그렇게, 한 손은 현관문 손잡이에 대고 얼굴은 평행하고 행복한 고랑으로 녹아 버린 채 자기 집 현관의 수위가 되어, 넓게 낸 창문에 납작하게 부조가 되었는가? 그리고 그 아버지의 아들들이 훗날, 이제는 영원히 집 현관의 보편적인 미소의 일부가 되어 버린 부모를 추억하며 그 손가락으로 아버지의 얼굴을 어루만질 것이다.) 그러나 곧 아버지는 몸을 비틀어 빠져나와 3차원의 입체를 되찾고 다시 인간이 되어 금속 테두리를 두른 가게 문을 걸쇠와 빗장과 자물쇠에서 해방시켰다.

아버지가 그 무거운 쇠문을 열고 있는 동안 투덜거리는 어스름은 문에서 한 걸음 물러나 몇 치 더 깊이 움직여 위치를 바꾸고 다시 안으로 들어가 낮게 웅크렸다. 아침의 신선함은 보도에 깐 차가운 갓돌에서 연기처럼 피어올라 자그맣게 떨고 있는 한 줄기 바람에 섞여 문지방 위에 수줍은 듯 올라섰다. 가게 안에서는 지난 많은 낮과 밤의 어둠이 아직 뜯지 않은 옷감 뭉치 속에 잠복해 있다가 스스로 겹겹으로 정리되고 가게의 가장 중심인 창고 안에서 소진되어 자연스레 포화된 채 눈에 띄지 않게 흩어져서 둔하고 어렴풋하게 보이는 옷감의 주요 질료로 변해 버렸다.

아버지는 세워 놓은 옷감 뭉치를 따라 애무하듯 손으로 어루만지며 그 체비엇 양털과 노끈의 높은 벽을 따라 걸었다. 아버지의 손길 아래 언제나 질서를 깨고 넘어질 준비가 되어 있던, 줄지어

선 눈먼 토르소들은 얌전해졌고 옷감의 위계질서와 우선권에 따라 늘어섰다.

아버지에게 우리 가게는 영원한 번민과 고통의 장소였다. 아버지의 손에 있었던 이 피조물들은 그것이 성장하던 몇 년간, 날이 갈수록 더 거세게 반항하며 올라왔고 끝내 웃자라 버렸다. 아버지에게 가게는 거대하고도 동시에 숭엄한, 감당할 수 없는 능력 밖의 일이 되어 버렸다. 그 거대한 요구 앞에서 아버지는 공포에 질렸다. 아버지의 삶조차 그 무섭게 확장되는 범위를 만족시킬 수는 없었다. 아버지는 그 위대한 기업 경영의 가장자리에서 벌어지고 있는 점원들의 경솔함과 바보 같고 태평한 낙관주의, 농담과 부주의한 속임수를 보며 절망했다. 씁쓸하게 빈정거리는 기분으로 아버지는 어떤 걱정에도 흔들리지 않는 일련의 얼굴들과 아무 생각 없는 이마들을 바라보았다. 아버지는 회의의 가장 작은 그림자조차 비치지 않는 그 의심 없는 눈을 깊이 들여다보았다. 그렇게 성실하고 헌신적이지만, 어머니가 어떻게 아버지를 도울 수 있겠는가? 더 높은 세상의 문제들을 이해하는 것은 어머니의 단순하기 짝이 없는 지성의 범위를 넘어서는 일이었다. 어머니는 영웅적인 임무에는 걸맞은 사람이 아니었다. 왜냐하면 아버지는 어머니가 점원들의 얼빠진 광대 짓에 동참할 때면 한순간이라도 감독하는 눈길을 벗어난 것을 기뻐하며 때때로 아버지의 등 뒤에서 점원들과 서로 뜻이 통한다는 듯한 눈짓을 재빨리 교환한다는 것을 눈치채고 있었기 때문이다.

아버지는 점점 더 그 쾌활한 세계에서 떨어져 나와 완전한 헌신이라는 힘든 단련의 세계로 도피했다. 사방으로 퍼져 나가는 부주의함에 겁먹은 아버지는 스스로를 고립시키고 당신의 높은 이상에 외롭게 봉사하는 데에만 힘을 쏟았다. 아버지의 손은 한시도 고삐를 늦추지 않았고 당신 자신에게 규칙을 느슨하게 하거나 쉬운 해결책을 찾는 것도 절대 허용하지 않았다.

완벽을 갈구하거나 드높은 성직자의 고행을 모르는 같은 업계의 바우안다 주식회사나 느긋한 다른 회사들에는 그것으로 충분했다. 아버지는 소매 섬유업계가 몰락하는 것을 보았을 때 가슴 아파했다. 현 세대의 섬유 상인 중 누가 그 오래된 예술의 멋진 전통을 기억하겠으며, 예를 들어 섬유 예술의 법칙에 따라 진열장에 무더기 지어 진열해 놓은 옷감 조각들이 아래로 쓰다듬어 내려가는 손가락의 움직임에 따라 높은 음에서 낮은 음으로 내려가는 음계와도 같은 소리를 낸다는 사실을 그들 중 누가 알겠는가? 아버지의 동시대인들 중 누가 기록과 메모와 편지를 교환하는 방식의 세련미에 정통하겠는가? 상인 간 외교의 매력, 좋았던 옛날 학파의 외교, 흥분되는 협상의 단계들을 기억하는 사람이 몇이나 되겠는가? 그 협상은 외국 회사의 대표가 찾아왔을 때 화해할 수 없는 완고함과 한발 물러선 비타협적인 자세로 시작하여, 사절의 지치지 않는 설득과 감언이설의 영향으로 서서히 녹아 가고, 포도주를 곁들인 사업상의 저녁 식사 초대로 이어져―책상에서, 서류 위에 식탁이 차려지고, 고양된 분위기 속에 아델라가 상을 차리는 동안 신랄한 농담과 자유롭게 흘러넘치는 대화 속에서 아델라의 엉덩이도 몇 번 꼬집고, 그런 상황에서 어떻게 해야 하는지 아는 신사에게 어울리는 저녁이었다―마침내 서로에게 이익이 되는 계약이라는 유종의 미를 거두는 것이었다.

조용한 이른 아침 시간에, 더위가 조금씩 퍼져 가는 동안, 아버지는 방적과 기계 직조 회사의 크리스티안 세이펠 씨에게 보내는 편지에 적당한 무게를 실어 줄 행복하고도 영감에 찬 문구를 찾고 있었다. 그것은 이 신사의 근거 없는 요구에 대한 날카롭고도 재치 있는 문구와 적절한 대답으로, 결정적인 부분을 간결하고도 함축적으로 표현하여 강하고도 재치 있는 마지막 청원으로 이어져, 바라던 바대로의 충격적인 효과를 창출해 낸 뒤 하나의 활기차고 우아하고 바꿀 수 없는 문장으로 끝맺기 위해서였다. 아버지는 며칠 동안 생각이 날 듯 날 듯하면서도 나지 않는 그 구절의 형태를 거의 느낄 수 있을 정도였고, 그것을 거의 손가락으로 만질 수 있을 지경이었지만 정작 손을 댈 수는 없었다. 아버지는 생각의 길을 고집스럽게 가로막고 있는 장애물을 폭풍처럼 단번에 날려 버릴 태평한 익살의 번쩍임을 기다렸다. 그러나 아버지는 당신의 모든 노력을 무위로 만들고 있는 그 장애물을 정복하는 데 새로운 박차를 가하기 위해 또 다른 깨끗한 백지 한 장을 향해 손을 뻗고 있었다.

그동안 가게는 차츰 점원들로 붐비기 시작했다. 그들은 이른 아침의 열기에 홍조를 띠고 가게로 들어와 겁먹고 죄책감을 느끼는 표정으로 아버지의 책상을 곁눈질하며 피해 다녔다.

밤을 새우고 나서 지친 몸으로, 그 사실을 의식하면서, 그들은 아버지의 무언의 비난이 주는 무게를 느꼈는데, 그것은 그들이 하는 어떤 행동으로도 쫓아 버릴 수 없는 것이었다. 그 무엇으로도 골똘히 수심에 잠겨 있는 주인의 기분을 풀어 줄 수는 없었다. 아무리 열성적으로 일하는 모습을 보여도 책상 뒤에 전갈처럼 도사리고 앉아 쥐처럼 종이 사이를 뒤적거리며 불길하게 안경을 빛내는 아버지를 진정시킬 수는 없었다. 아버지는 점점 더 흥분했고 숨긴 노여움은 더위가 심해지면서 더욱 고조되었다. 마룻바닥에 네모나게 비친 햇빛이 빛났다. 반짝이는 금속 질감의 파리들이 가게 문 안으로 번개처럼 번쩍이며 들어왔고, 유리로 만들어진 빛나는 대낮, 태양의 뜨거운 파이프에서 불어 낸 유리 방울 같은 문가에 잠시 머물렀다. 파리들은 언제라도 날렵하게 비행할 수 있는 모습으로 날개를 활짝 펼친 채 앉아 있다가, 맹렬한 지그재그를 그리며 여기저기 자리를 바꾸었다. 문가의 밝은 사변형을 통해, 마치 쌍안경의 렌즈를 통해 보듯이, 햇빛 속에서 기절해 버린 시립 공원의 라임 나무와 반투명하게 흔들리는 대기 속에 뚜렷하게 윤곽이 보이는 교회의 먼 종루를 볼 수 있었다. 양철 지붕은 불타고 있었다. 열기의 거대한 황금빛 구(球)가 세상을 뒤덮고 있었다.

아버지는 점점 더 짜증이 났다. 아버지는 통증으로 몸을 구부린 채 설사 때문에 기진맥진하여 무기력하게 주위를 둘러보았다. 아버지는 입안에서 쑥보다 더 쓴 맛을 느꼈다.

더위는 더 강렬해져서 파리들의 맹렬한 날갯짓은 더 심해졌고 그 배의 금속 빛은 더 빛났다. 네모난 빛은 이제 아버지의 책상까지 닿았고 종이는 계시록처럼 불타올랐다. 햇빛에 멀어 버린 아버지의 눈은 그 변함없는 흰색을 견뎌 낼 수가 없었다. 두꺼운 안경을 통해 아버지의 눈에 보이는 것은 모두 진홍색, 초록색 혹은 보라색 테두리에 갇혀 있었고, 이러한 색채의 폭발, 밝은 빛의 아수라장 속 세상에 흘러넘치는 무질서 때문에 절망으로 가득했다. 아버지의 손은 떨렸다. 아버지의 입천장은 바싹 말라붙고 씁쓸하여 갑작스러운 병이 날 것을 예고하고 있었다. 주름살의 고랑 속에 파묻힌 아버지의 눈은 가게 깊은 곳에서 벌어지는 사건들이 진행되는 것을 주의 깊게 지켜보고 있었다.

2

정오의 더위에 지친 아버지가 무익한 흥분으로 떨며 거의 미칠 지경이 되어 위층으로 후퇴하고, 아버지의 살금살금 걷는 발아래 아래층 천장이 여기저기서 끼긱거릴 때, 가게는 잠시 중간 휴식 시간을 가졌다. 그것은 시에스타*의 시간이었다.

점원들은 옷감 뭉치 위에서 공중제비를 하고 선반 위에 직물의 텐트를 던져 올리며 두꺼운 커튼 천을 흔들어 댔다. 그들은 옷감을 풀어내고 단단히 말아 놓았던 부드러운 고대의 어둠을 풀어 주었다. 오랫동안 팔리지 않고 처박혀 있던 펠트 천으로 된 어스름은 이제 자유로워져서 천장 아래의 공간을 다른 시간의 냄새, 오래전의 시원한 가을날 동안 수많은 층층으로 참을성 있게 배열되어 있던 지나간 날들의 향기로 채웠다. 눈먼 나방들이 어두워진 공기 중으로 흩어졌고, 깃털과 모직물의 보풀이 나방을 따라 가게 안을 온통 휘저었으며, 깊은 향, 가을날과도 같은 끝손질의 냄새가 피륙과 공단의 이 어두운 야영지를 채웠다. 그 야영지에서 소풍을 즐기며 점원들은 장난칠 궁리를 했다. 동료의 손을 빌려 그들을 짚고 차가운 옷감을 자기 몸에 귀까지 단단히 감아 올린 다음 옷감 뭉치 더미 아래 행복하게 움직이지 않는 상태로 줄지어 놓았다 ─ 자신이 움직일 수 없게 되었다는 사실에 놀란 척 눈을 굴리는, 미라와도 같은 살아 있는 옷감 뭉치들. 혹은 그들은 거대하게 펼쳐진 옷감의 담요에 헹가래를 쳐서 천장까지 튕겨 올라가기도 했다. 담요들의 둔한 쿵 소리와 그 서슬에 일어나는 바람 때문에 그들은 즐거워서 거의 미칠 지경이 되었다. 마치 가게 전체가 날아 올라가고, 피륙은 영감을 받아 결연히 일어서고, 점원들은 외투 자락을 펄럭이며 잠시 승천하는 예언자들처럼 붕 떠오르는 것 같았다. 어머니는 이런 장난을 관대하게 받아 주었고, 낮잠 시간의 느긋한 분위기 때문에 가장 심한 죄악조차도 어머니의 눈에는 정당한 것으로 보였다.

여름에 가게 뒤편은 뜰에서 자라는 갈대 때문에 어두웠다. 뒤뜰을 내려다보는 창고의 창문은 나뭇잎의 움직임과 고동치는 그 반영에 파묻힌 잠수함처럼 온통 녹색에 무지갯빛이 되었다. 파리들은 그 어두컴컴한 긴 오후에 그곳에서 단조롭게 윙윙거렸다. 그들은 아버지의 달콤한 포도주에서 생겨난 괴물 같은 표본이었고, 길고 단조로운 전설 속에 날마다 밤마다 자신들의 저주받은 운명을 슬퍼하는 털 난 은둔자들이었다. 근친상간의 결합으로 태어난 부자연스러운 표본에 많이 일어나는 예상외의 돌연변이를 제멋대로 일으키곤 하는 이 파리들은 타락하여 가장 무거운 거인들, 깊고 우울한 윙윙 소리를 만들어 내는 베테랑의 우수한 종족이 되어 버렸다. 늦여름이 되면서 어떤 표본들은 죽은 후에 쓸모없는 날개를 달고 알에서 깨어 나왔다. 그것들은 침묵한 채 목소리를 잃고 그들 종족의 마지막 일원으로서 거대한 푸른색 딱정벌레와 닮은 모습으로, 그리고 바쁘지만 무익한 임무를 띠고 녹색 창틀을 아래위로 내달리다가 슬픈 삶을 마쳤다.

거의 열어 보지 않는 문은 거미줄로 덮였다. 어머니는 책상 뒤 선반 사이에서 흔들리는 천으로 된 그물 침대에서 잠을 잤다. 점원들은 파리 때문에 방해를 받아 불안정한 잠 속에 엎치락뒤치락하며 주춤거리고 얼굴을 찡그렸다. 그동안 갈대가 뒤뜰을 점령했다. 태양의 사정없는 열기 아래 쓰레기 더미는 거대한 쐐기풀과 당아욱들을 피워 올렸다.

이 땅의 토양 아래 지하수에 비친 태양의 열기는 독을 품은 물질, 유독한 엽록소 파생물을 발효시켰다. 이 무시무시한 과정을 통해 놀랄 만큼 가벼운, 기형의 주름 잡힌 나뭇잎이 형성되어 창문 아래의 공간으로 뻗어 나가 마침내 화장지처럼 얇게 엉킨 녹색 이파리, 종잇장으로 퇴락해 가는 갈대 같은 쓰레기, 창고 벽에 붙어 있는 싸구려 쪽모이 세공으로 뒤덮어 버렸다. 점원들은 짧은 낮잠 때문에 홍조 띤 얼굴로 깨어났다. 이상하게 흥분하여, 그들은 열에 들뜬 듯 활기에 차서 더 영웅적인 농담을 할 준비가 되어 일어났다. 지루함에 좀먹은 그들은 높은 선반에 올라가 넓게 펼쳐진 시장 광장의 텅 빈 모습을 뚫어지게 쳐다보며 어떤 종류의 기분 전환거리라도 일어나길 애타게 바라면서 발을 동동거렸다.

한번은 시골에서 올라온 농부가 맨발에 작업복 차림으로 가게 문간에 서서 부끄러운 듯 안을 들여다보았다. 지루해하던 점원들에게 그것은 하늘이 주신 기회였다. 그들은 마치 파리를 본 거미처럼 재빨리 사다리를 내려갔다. 농부는 점원들에게 둘러싸여 떠밀리고 당겨지고 수백 가지 질문을 받고, 수줍은 미소를 지으며 그 질문들을 피해 가려고 애썼다. 그는 머리를 긁고 미소를 짓고 이 부지런한 젊은 남자들을 수상쩍은 눈으로 쳐다보았다. 그래, 담배를 피우고 싶단 말이죠? 그런데 어떤 종류로요? 호박 같은 황금빛의 최고급 마케도니안? 그건 싫어요? 보통 파이프 담배면 되겠어요? 독한 살담배는 어때요? 조금 더 가까이, 좀 더 들어오세요. 겁낼 거 없어요. 점원들은 농부를 조금씩 가게 안쪽으로, 옆쪽 카운터로 끌어들였다. 가게 점원 레온은 카운터 뒤로 돌아가서 있지도 않은 서랍을 여는 척했다. 오, 그가 얼마나 노력했는지, 얼마나 초조하게 입술을 깨물었는지! 서랍은 뭔가 끼어서 움직이지 않았다. 주먹으로, 온 힘을 다해 카운터를 쿵쿵 쳐야만 했다. 농부는 젊은이들의 부추김에 온 힘을 집중하고 적절한 주의를 기울여 카운터를 내리쳤다. 그래도 아무 소용 없자 마침내 등이 굽고 머리가 센 그는 카운터에 올라가 맨발로 굴렀다. 그를 보며 우리는 모두 웃음을 터뜨렸다.

우리 모두에게 깊은 슬픔과 수치스러움을 안겨 준 그 유감스러운 사건이 일어난 것은 바로 그때였다. 나쁜 의도로 그랬던 것은 아니지만, 우리 모두 비난받을 만했다. 그것은 전적으로 우리의 경솔함 때문이었고, 진지하지 못하고 아버지의 걱정을 이해하지 못한 탓이었다. 예측하기 어렵고, 불안정하고, 들뜨기 쉬운 아버지의 기질 때문에, 우리의 부주의한 행동은 진정 치명적인 결과를 불러일으켰다.

우리 모두 반원형으로 둘러서서 그 하찮은 장난을 즐기고 있을 때 아버지가 조용히 가게로 들어왔다.

우리는 아버지가 들어오는 것을 보지 못했다. 우리의 조그만 장난을 갑자기 이해하고 아버지의 얼굴이 미친 듯한 공포의 표정으로 일그러졌을 때에야 아버지가 들어와 있었다는 것을 깨달았다. 어머니가 몹시 겁에 질려 뛰어 들어왔다.

"무슨 일이에요, 여보?"

어머니는 숨차게 물었다.

어머니는 숨이 막힌 사람에게 하듯이 아버지의 등을 때렸다. 그러나 이미 너무 늦었다. 이 불가해한 재난에 충격을 받아 아버지는 온통 격분했고 아버지의 얼굴은 빠른 속도로 변질되다가 조각조각 떨어져 나가 우리 눈앞에서 변해 버렸다. 무슨 일이 일어나고 있는 건지 우리가 알아채기도 전에 아버지는 심하게 몸을 떨고 웅웅거리더니 우리 눈앞에서 거대하고 털이 난 금속 같은 푸른색 말파리가 되어 맹렬하게 원을 그리고 가게 벽에 맹목적으로 부딪히며 날아다니기 시작했다. 못 박힌 듯 서서 우리는 한없는 고통의 음역을 오르내리는 희망 없는 비탄, 표현이 풍부하게 변조된 단조로운 불평 —가게의 어두운 천장 아래의 누그러뜨릴 수 없는 고통에 귀를 기울였다.

우리는 움직이지 않고 매우 수치스러워하며 서로 바라볼 엄두도 못 내고 서 있었다. 마음속 깊은 곳에서 우리는 아버지가 결정적인 순간에 그 불가능한 상황에서 빠져나갈 길을 찾아냈다는 사실에 일종의 안도감을 느끼고 있었다. 결코 돌아올 수 없는, 최소한 그렇게 보이는 자포자기의 막다른 골목으로 아버지가 무모하게 자신을 내던진 그 용기에 우리는 감탄했다.

그러나 냉정하게 보자면 아버지의 변신은 조금쯤 평가 절하하여 받아들여야 했다. 그것은 내적인 반항의 상징이며, 현실감이 완전히 결여되지는 않은 격렬하고도 필사적인 시위 쪽에 더 가까웠다. 여기서 묘사된 사건의 대부분은 여름철의 정신 이상, 한여름의 반(半)현실성, 죽은 계절의 경계를 따라 무책임하게 흐르는 가장자리 시간으로 인해 손상되었다는 사실을 염두에 두어야 한다.

우리는 침묵 속에 귀를 기울였다. 아버지의 복수는 특히 교활했다. 그것은 일종의 앙갚음이었다. 그때부터 우리는 저주를 받아 영원히 그 불길한, 낮게 윙윙거리는 소리를 들어야만 했다—점점 심해져서 절정에 달했다가는 또 갑자기 멈추곤 하는 고집스럽고 서글픈 불평. 잠시 동안 우리는 안도감 속에 침묵을, 희망의 반짝임을 안겨 주는 자비로운 휴식 시간을 한껏 맛보았다. 그러나 조금 뒤에 윙윙거리는 소리는 계속해서 더욱더 끈질기고 구슬프게 다시 시작되었고, 그 고통과 그 저주, 목적 없이 벽에 부딪히는 그 행위에 끝이 없다는 사실을 우리는 깨달았다. 마치 이전의 짧은 위안의 순간을 취소하고 싶은 듯 매번 더 크고 더 성난 목소리로 울려 퍼지는 불평과 침묵의 독백은 우리의 신경을 자극했다. 끝없는 고통, 자신의 광기 안에 고집스럽게 갇혀 있는 고통, 정신 착란의, 자해의 지경에 이른 고통은 결국 이 불행의 무기력한 목격자들에게도 견딜 수 없는 것이 되어 버렸다. 동정을 요구하는 그 끝없는 분노의 호소는 우리가 반항하지 못하도록 확연한 책망을, 우리의 행복에 대한 타오르는 비난을 품고 있었다. 뉘우침 대신 저항과 분노를 품고 우리는 모두 속으로 몸부림치고 있었다. 그 딱하고 희망 없는 처지에 맹목적으로 뛰어드는 것 외에 아버지에게는 정말 다른 길이 없었던 것일까, 그리고 당신의 잘못이든 우리의 탓이든 간에 이미 그렇게 된 상태에서라도 좀 더 정신적인 힘이나 위엄을 찾아 불평하지 않고 견뎌 낼 수는 없단 말인가? 어머니는 간신히 분노를 억누를 수 있었다. 점원들은 멍청하게 경외감에 젖어 사다리를 타고 앉아 보복을 꿈꾸며 가죽 파리채를 들고 선반 사이로 무모하게 쫓아다닐 생각을 했고, 그들의 눈은 충혈되었다. 가게 문의 캔버스 천으로 된 차양이 맹렬하게 펄럭거렸고 오후의 더위는 햇빛에 젖은 평원 위로 몇십 킬로미터에 걸쳐 드리워져 그 아래의 먼 세계를 황폐하게 만들고 있었으며, 반쯤 어스름이 내린 가게 안의 어두운 천장 아래 아버지는 필사적인 지그재그를 그리는 비행에 점점 더 단단히 걸려들어 절망적으로 돌고 또 돌았다.

3

하지만 그 모든 증거에도 불구하고 그런 일화들은 전혀 중요하지 않았는데, 왜냐하면 바로 그날 저녁 아버지는 여느 때처럼 서류 작성에 골몰하고 있었고 그 사건은 이미 오래전에 기억 속에서 사라졌으며 깊은 원한도 극복되어 지워진 듯 보였기 때문이다. 우리는 물론 어떤 식으로든 그 일에 대해 언급하기를 꺼렸다. 아버지가 정확한 달필로 한 장씩 한 장씩 열심히 채워 가는 것을 우리는 즐겁게, 겉보기에는 마음의 평정을 되찾고 평화롭게 집중하여 들여다보았다. 대신 우리의 체면을 손상시키는 그 불쌍한 농부의 존재를 잊기는 점점 더 힘들어졌다. 그런 식으로 끝나다 만 일들이 얼마나 고집스럽게 몇몇 기억에 뿌리를 박게 되는지는 이미 잘 알려져 있다. 우리는 이 텅 빈 몇 주 동안 고의적으로 그를 무시했고, 그가 날이 갈수록 작아지고 회색으로 변하면서도 어두운 구석에서 카운터를 계속 밟고 있도록 내버려 두었다. 이제는 거의 완전히 무시당한 채 그는 자비로운 미소를 지으며 카운터 위로 몸을 구부리고 지치지도 않고 나지막이 혼잣말로 중얼거리면서 여전히 같은 자리를 밟아 대고 있었다. 그렇게 밟고 주먹으로 치는 것은 그의 진정한 소명이 되어, 그는 거기에 완전히 몰두해 버렸다. 우리는 그를 방해하지 않았다. 그는 너무 지나쳤던 것이다. 이제 우리는 그를 말릴 수가 없었다.

여름철의 하루에는 저녁이 없다. 시간이 얼마나 됐는지 알아차리기도 전에 가게엔 밤이 오고 커다란 석유 등잔에 불이 켜지고 가게 일은 계속되었다. 이 짧은 여름밤 동안은 집에 갈 필요가 없었다. 아버지는 일에 집중하는 척 책상에 앉아 검게 흩어진 별들과 잉크 얼룩, 당신의 환상 속에 맴도는 가느다란 선들, 창문 밖의 위대한 여름밤으로부터 떨어져 나온 어둠의 분자들을 편지 가장자리에 표시하고 있었다. 그동안 밤은 둥근 등잔 아래 말불버섯처럼 그림자의 소우주가 되어 흩어졌다. 안경에 등잔불이 반사되어 아버지는 눈이 보이지 않았다. 아버지는 기다리고 있었다, 검은 별과 먼지 얼룩의 어두운 은하수가 흐르는 종이의 흰빛을 쳐다보며 귀를 기울이면서 초조하게 기다리고 있었다. 등 뒤로, 사실상 아버지가 모르는 사이에, 가게를 위한 위대한 전쟁이 진행되고 있었다. 이상하게도, 그것은 아버지의 머리 뒤에 걸린 그림 위, 서류장과 거울 사이, 등잔불의 밝은 원 안에서 벌어졌다. 그것은 마법의 그림이었고 부적이었으며, 끝없이 해석되며 영원히 한 세대에서 다른 세대로 넘어가는 그림의 수수께끼였다. 그것은 무엇을 나타내는가? 그것이 바로 몇 년 동안 계속된 끝없는 논쟁, 상반되는 두 견해 사이에서 벌어진 끝나지 않는 입씨름의 주제였다. 그 그림은 서로 얼굴을 맞댄 두 상인, 대립한 양편, 두 세계를 나타내고 있었다.

"난 외상을 주었어"라고 빼빼 마르고 보잘것없는 작은 친구가 절망에 갈라지는 목소리로 소리쳤다.

"난 현금으로 팔았네."

안락의자에 앉은 뚱뚱한 남자가 다리를 꼬고 앉아 배 위에서 엄지손가락을 까불거리며 대답했다.

아버지는 그 뚱뚱한 쪽을 얼마나 싫어했는지! 아버지는 어릴 때부터 양쪽을 다 알고 있었다. 학교 다니던 시절부터 아버지는 쉬는 시간마다 버터 바른 빵을 한없이 먹어 대는 뚱뚱한 이기주의자라면 누구나 경멸했다. 하지만 아버지는 빼빼 마른 쪽 편이라고도 할 수 없었다. 이제 아버지는 모든 주도권이 당신의 손에서 빠져나가 사이 나쁜 두 남자에게 넘어간 것을 보며 놀랐다. 숨을 죽이고 안경이 미끄러져 떨어져 버린 눈을 깜박이며 아버지는 바짝 긴장하여 이 논쟁의 결과를 기다렸다.

가게 자체가 영원한 수수께끼였다. 그것은 아버지의 모든 생각, 밤 동안의 숙고, 무서운 침묵의 중심이었다. 불가해하고 포괄적인 가게는 하루하루 벌어지는 사건들의 배경에 서 있었다. 낮 동안은 가부장적인 권위에 가득한 옷감의 세대가 조상과 가문에 따라 분류되어 서열에 맞추어 늘어서 있었다. 그러나 밤에는 천들의 반항적인 어둠이 뛰쳐나와 침묵의 연설과 지옥의 즉흥시를 읊으며 휘몰아쳤다. 가을이 되면 가게는 마치 숲 전체를 뿌리째 들어내어 바람에 쓸린 풍광 속으로 행진시킨 것처럼 겨울 상품의 검은 무더기로 넘쳐흐르며 북적거렸다. 여름, 죽은 계절에 가게는 옷감의 숲속에 묻혀 가까이 갈 수 없는 그 어두운 은둔지로 후퇴해 버렸다. 점원들은 밤이 되면 나무로 만든 자를 가지고 옷감 뭉치의 두꺼운 벽을 때리고, 피륙의 동굴 안에 갇힌 가게가 고통에 포효하는 소리에 귀를 기울였다.

그 소리 없는 어둠에 둘러싸여 아버지는 과거로, 시간의 심연으로 되돌아갔다. 아버지는 당신 혈통의 마지막 인물이었고, 어깨 위에 거대한 유산을 지고 있는 아틀라스*였다. 아버지는 밤낮으로 그 모든 것의 의미를 생각하고 그 숨은 의도를 이해하려고 애썼다. 아버지는 종종 기대에 가득 차서 곁눈으로 점원들을 훔쳐보았다. 당신은 어떤 비밀스러운 신호도, 어떤 계시도, 어떤 지령도 받지 못했으므로, 아버지는 방금 고치에서 깨어난 이 젊고 순진한 남자들이 고집스럽게 아버지를 거부하는 이 사업의 의미를 한순간에 깨달아 줄 것을 기대했다. 아버지는 끈질긴 질문 공세로 그들을 괴롭혔지만 멍청하고 말도 똑바로 못하는 그들은 아버지의 시선을 피하며 눈을 다른 데로 돌리고 알아들을 수 없는 소리를 중얼거렸다. 아침이면 지팡이를 짚고 아버지의 눈먼 양 떼 사이를, 물 담긴 구유 주위에 모여들어 매애 매애 울어 대는 머리 없는 바보들 사이를 양치기처럼 헤매 다녔다. 그 수많은, 집 없는 이스라엘 민족에 대한 무거운 책임을 지고 종족을 이끌어 밤길로 나서야 할 그 순간을 조금씩 미루면서, 아버지는 여전히 기다리고 있었다…….

문 뒤의 밤은 납빛이었다―산들바람 한 점 없이 닫혀 있었다. 몇 걸음만 걸으면 무감각해졌다. 마치 꿈속에서처럼 움직이지 않고 걸었고, 발이 땅에 묶여 있는 동안 생각은 쉬지 않고 질문하며 밤의 변증법적인 샛길에 홀려 길을 잃고 끝없이 앞으로 달려 나갔다. 밤의 미분법은 계속되었다. 마침내 발은 그 출구 없는 막다른 골목에서 완전히 멈춰 섰다. 그리고 어둠 속에, 밤의 가장 내밀한 구석에, 마치 화장실 앞에 서 있을 때처럼, 죽음과도 같은 고요 속에 오랫동안 행복한 수치감을 느끼며 못 박힌 듯 서 있었다. 오로지 생각만 홀로 남겨져 천천히 뒤로 돌아, 뇌의 복잡한 구조는 실타래에서 풀려 나오는 실처럼 풀어지고 여름밤의 추상적인 논문은 논리적인 공중제비를 돌고 해답 없는 새롭고 복잡한 질문을 만들어 내며 독기를 품은 변증법을 이어 나갔다. 그렇게 사색적이고 거대한 밤 동안 자기 자신과의 논쟁을 거듭하며 현실에서 유리되어 궁극적인 무(無)의 세계로 들어갔다.

아버지가 서류 뭉치에서 갑자기 고개를 들었을 때는 자정이 한참 지나 있었다. 아버지는 자부심에 가득 차서 눈을 크게 뜨고 열심히 귀 기울이며 몸을 일으켰다.

"그가 오고 있어."

아버지가 얼굴을 빛내면서 말했다.

"문을 열어라."

고참 점원 테오도르가 밤새 잠겨 있던 문을 채 열기도 전에 한 남자가 벌써 비집고 들어와 있었다. 그는 짐 보따리를 지고 있었고 머리카락은 검었으며 수염을 기르고 웃음을 띤 멋진 사람, 오랫동안 기다리던 손님이었다. 우리 아버지 야쿠프 씨는 깊이 감동하여 절을 하고, 환영의 뜻으로 양손을 벌리고 황급히 손님을 맞았다. 그들은 서로 껴안았다. 잠시 동안 마치 기차의 검고 윤기 나는 엔진이 말없이 가게의 바로 문 앞까지 운전해 온 것 같았다. 역무원 모자를 쓴 짐꾼이 등에 거대한 짐 가방을 지고 들어왔다.

우리는 이 특이한 손님이 진짜 누구인지 영영 알 수 없었다. 테오도르는 (방적과 기계 직조 회사의) 크리스티안 세이펠 씨가 직접 온 것이 분명하다고 확고하게 주장했지만 증거가 거의 없었고, 어머니는 이 이론을 절대 받아들이지 않았다. 하지만 이 사람이 세력가이며 지역 채권자 연합의 기둥 중 하나라는 사실은 분명했다. 잘 다듬은 검은 턱수염이 그의 살찌고 반들반들한, 대단히 위엄 있는 얼굴을 둘러싸고 있었다. 아버지와 팔을 두른 채 그는 고개를 숙여 인사하고 책상 쪽으로 향했다.

외국어로 된 대화라서 전혀 알아들을 수 없었지만 그래도 우리는 존경하는 마음으로 귀를 기울였고, 얼굴에 띤 미소와 눈 깜빡임과 섬세하고도 부드럽게 서로 자축하는 모습을 지켜보았다. 인사를 나눈 후에 신사들은 문제의 요점으로 들어갔다. 그들은 장부와 서류들을 책상 위에 펼치고 백포도주 한 병을 땄다. 입가에 독한 시가를 물고 거친 만족의 표정을 띤 찌푸린 얼굴로 신사들은 눈에 익살맞은 건달 같은 눈빛을 번뜩이며 장부에 기록된 적절한 사항들을 그때그때 손가락으로 가리키며, 짧은 단음절의 암호 같은 단어들을 교환했다. 토론은 조금씩 열기를 띠어 갔다. 점점 고조되는, 거의 억압되지 않은 흥분을 감지할 수 있었다. 그들은 입술을 깨물었고, 이제 씁쓸하고 차가워진 시가는 갑자기 실망하여 적의를 띤 입술에 그저 매달려 있었다. 그들은 속으로 화가 나서 떨고 있었다. 아버지는 코로 숨을 몰아쉬었고 눈 아래에는 벌그스름한 홍조가 나타났으며 머리카락은 땀이 흘러내리는 눈썹 위로 곤두서 있었다. 상황은 격렬해졌다. 두 남자 모두 의자에서 일어나 거의 분노로 눈먼 채 숨을 가쁘게 몰아쉬며 안경 아래로 눈빛이 이글이글 타오르는 순간이 찾아왔다. 어머니는 겁에 질려 대참사를 막기 위해 애원하듯 아버지의 등을 토닥이기 시작했다. 숙녀의 모습을 보고 신사들은 둘 다 이성을 찾아 예절의 규범을 기억해 내고 미소 지으며 서로에게 머리를 숙여 보인 뒤에 일을 계속하기 위해 자리에 앉았다.

　새벽 2시쯤 아버지는 장부의 무거운 표지를 세게 덮었다. 우리는 누가 전쟁에서 이겼는지 알아내기 위해 두 사람의 얼굴을 걱정스럽게 쳐다보았다. 쾌활해 보이는 아버지의 표정은 작위적이고 마지못해 지어낸 듯했지만 검은 턱수염의 남자는 다리를 꼬고 안락의자에 기대앉아 친절하고 낙관적인 자태를 뿜어내고 있었다. 뻐기는 듯 관대한 태도로 그는 점원들에게 팁을 나눠 주었다.

　서류와 영수증을 정리하고 신사들은 책상에서 일어섰다. 대단한 것을 예상하는 듯 일부러 점원들에게 눈을 찡긋거리며 그들은 이제 새로운 사업을 해 나갈 준비가 되어 있음을 말없이 암시했다. 어머니의 등 뒤에서 그들은 조그만 축하연을 벌일 때가 되었다고 제안했다. 이것은 시시한 잡담이었지만 점원들은 그것이 무슨 뜻인지 알고 있었다. 그 밤은 아무 성과 없이 지나갔다. 그것은 하수구 속에서, 무(無)와 비밀스러운 수치로 막힌 벽의 어떤 장소에서 끝나야 했다. 그 밤으로 이어지는 모든 길은 가게로 되돌아왔다. 그 깊은 곳으로 가려고 했던 모든 출구들은 애초부터 막혀 있었다. 점원들은 단지 예의상 마주 눈을 찡긋거려 보였을 뿐이었다.

　검은 턱수염의 남자와 아버지는 팔짱을 끼고 젊은 점원들이 뒤에서 참을성 있게 지켜보는 가운데 기운차게 가게를 나섰다. 문을 나서자마자 어둠이 한순간에 그들의 머리를 지워 버렸고, 그들은 밤의 검은 물속으로 뛰어 들어갔다.

　그 누가 7월 밤의 깊이를 측량해 보았으며, 그 누가 아무 일도 일어나지 않는 그 밤의 속이 몇 길이나 되는지 재어 보았는가? 이제 그 검은 영원을 건너 두 남자는 아직도 어제 미처 다하지 못한 말들을 입술에 남긴 채 머리를 다시 찾고 마치 방금 나간 것처럼 다시 문 앞에 서 있었다. 그렇게 문 앞에 오랫동안 서서 먼 원정에서 돌아온 것처럼 그들은 단조롭게 이야기했다. 그들은 이제 과도한 밤과 근거 없는 모험의 동지애로 묶여 있었다. 그들은 주정꾼들이 하듯 다시 모자를 눌러쓰고 후들거리는 다리로 흔들흔들 걸었다.

불이 밝혀진 가게 앞을 피해서 그들은 눈에 띄지 않게 집의 현관에 들어서서 조용히 삐걱거리는 층계를 따라 2층으로 올라가기 시작했다. 그들은 발코니로 살금살금 나가 아델라의 창문 앞에 서서 잠든 처녀를 보려고 애썼다. 그들은 그녀를 볼 수가 없었다. 그녀는 어두운 쪽에서 자고 있었다. 가끔 잠결에 자기도 모르게 흐느끼는 그녀의 입은 약간 벌어져 있었고, 환상적으로 꿈에 열중해 있는 그녀의 머리는 뒤로 젖혀져 불타고 있었다. 그들은 검은 창유리를 두들기며 음탕한 노래를 불렀다. 그러나 아델라는 반쯤 벌어진 입술에 무력한 미소를 띤 채 무감각하게 최면에 걸려 그들의 손이 닿지 않는 곳, 몇십 킬로미터나 떨어진 먼 길에서 헤매고 있었다.

그러자 발코니 난간에 기대서서 그들은 체념하여 입을 커다랗게 벌리고 큰 소리로 하품을 하고는 난간을 발로 차기 시작했다. 늦은 밤의 알 수 없는 시간에 그들은 다시 자신들의 몸이 침구의 높은 산 위에서 떠도는 두 개의 좁은 침대 위에 누워 있다는 것을 깨달았다. 그들은 서로 앞다투어 전속력으로 코를 골며 나란히 헤엄쳐 갔다.

여전히 잠의 더 깊은 곳에서 ─잠의 물결이 그들의 몸을 따라 잡은 것일까, 아니면 그들의 꿈이 알지 못하는 사이에 하나로 합친 것일까? ─그들은 서로의 팔을 베고 누워 무의식중에 아직도 험난한 결투를 하고 있다고 느꼈다. 그들은 무익한 노력에 숨을 헐떡이며 얼굴을 마주 보고 있었다. 검은 턱수염의 사나이는 야곱을 깔고 누운 천사*처럼 아버지를 깔고 누워 있었다. 아버지는 있는 힘을 다해 무릎으로 그를 밀어냈고, 뻣뻣하게 무감각의 세계로 흘러가면서 씨름의 한 회전과 다음 회전 사이에 기운을 내게 해 주는 짧은 잠을 훔쳐 냈다. 그렇게 그들은 싸웠다. 무엇을 위해서? 명성을 위해서? 하느님을 위해서? 계약을 위해서? 그들은 치명적으로 땀을 흘리며 젖 먹던 힘까지 짜내며 서로를 움켜잡았고, 그동안 잠의 파도는 밤의 더 멀고 알 수 없는 곳으로 그들을 휩쓸어 갔다.

4

다음 날 아버지는 한쪽 다리를 약간 절었다. 아버지의 얼굴은 환하게 빛나고 있었다. 새벽녘에 편지에 쓸 만한 잘 준비된 멋진 문구가, 며칠 밤낮으로 찾으려고 애썼지만 찾지 못했던 요점이 떠올랐던 것이다. 우리는 검은 턱수염의 남자를 더 이상 보지 못했다. 그는 동이 트기도 전에 한마디 인사도 없이 꾸러미와 상품들을 들고 가 버렸다. 그것이 죽은 계절의 마지막 밤이었다. 그 여름 밤 이후 가게는 장장 7년간의 번영을 맞이했다.

모래시계 요양원

1

긴 여행이었다. 그 잊혀 버린 지선으로 일주일에 딱 한 번만 다니는 기차에는 승객이 몇 명밖에 없었다. 그렇게 고풍스러운 객차는 한 번도 본 적이 없었다. 다른 선로의 퇴물들을 가져온 그 객차는 거실만큼 넓었고, 어둡고, 구석진 곳이 많았다. 복도가 빈 객실을 여러 각도로 가로지르고 있었다. 미로처럼 복잡하고 추운 그 복도들은 신비하고 무서운, 버려진 분위기를 뿜어내고 있었다. 나는 편안한 구석을 찾아 객차에서 객차로 옮겨 다녔다. 어디서나 외풍이 불었다. 차가운 공기의 흐름이 안으로 휘몰아쳐 들어와 기차 전체를 끝에서 끝까지 꿰뚫었다. 여기저기에 몇몇 승객들이 감히 빈 좌석을 차지할 엄두도 못 내고 짐 가방에 둘러싸인 채 바닥에 앉아 있었다. 게다가 높고 볼록한, 기름종이로 싼 좌석들은 얼음처럼 차갑고 세월이 오래 지나 끈적끈적했다. 버려진 역에서는 아무도 기차에 올라타지 않았다. 호각 소리도 삐걱거리는 소리도 없이, 기차는 마치 깊은 생각에 잠긴 것처럼 천천히 다시 출발하곤 했다.

한동안 나는 낡아 빠진 철도원 제복을 입은 남자의 옆자리에 있었다―조용히 생각에 잠긴 남자였다. 그는 부어오른 아픈 얼굴에 손수건을 대고 누르고 있었다. 얼마 후에는 그 남자마저 눈치채지 못하게 어느 역에선가 미끄러져 내려 사라져 버렸다. 그는 바닥에 깔린 지푸라기에 앉았던 자국을, 그리고 그가 잊고 간 낡고 검은 여행 가방을 남겨 놓았다.

지푸라기와 쓰레기 속을 지나서 나는 흔들거리며 객차에서 객차로 걸어 다녔다. 객실의 열린 문은 바람 때문에 흔들리고 있었다. 기차 안에는 남은 승객이 한 명도 없었다. 마침내 나는 검은 제복을 입은 차장을 만났다. 그는 목에 두꺼운 목도리를 감고 소지품과 손전등과 업무 일지를 챙기는 중이었다.

"거의 다 왔습니다, 손님."

그가 기운 없는 눈으로 나를 보면서 말했다.

기차는 푹푹 증기 뿜는 소리도 없이 흔들거리지도 않고 마치 마지막 증기를 뿜어내면서 생명도 천천히 기차에서 빠져나가는 것처럼 천천히 정지했다. 그리고 기차는 완전히 멈춰 섰다. 역 건물은 보이지 않았고 모든 것이 텅 비고 조용했다. 차장이 요양원으로 가는 길을 가르쳐 주었다. 여행 가방을 들고 나는 공원의 어두운 나무들을 향해 난 좁고 하얀 길을 따라 걷기 시작했다. 약간의 호기심을 품고 나는 풍경을 바라보았다. 내가 가고 있는 길은 야트막한 언덕 언저리로 이어졌고, 그곳으로부터는 넓게 펼쳐진 땅을 볼 수 있었다. 그날은 획일적인 회색으로, 빛을 잃고 명암이 없었다. 그리고 아마도 그 무겁고 색깔 잃은 분위기의 영향 탓이겠지만, 숲으로 둘러싸인 거대한 풍광이 마치 연극의 배경처럼 담겨 있는 계곡의 드넓은 분지는 매우 어두워 보였다. 나란히 줄지어 선 나무들이 점점 멀어지면서 회색으로 변해 가며 나지막한 언덕 바지를 왼쪽에서 오른쪽으로 내려오고 있었다. 거무스름하고 침침한 풍광 전체가 마치 거의 눈에 띄지 않게 떠다니는 듯, 펄럭이며 남몰래 움직이는 구름으로 가득한 하늘처럼 조금씩 움직이는 것 같았다. 강물의 띠와 숲으로 두른 테가 버스럭거리며, 바닷가를 향해 서서히 솟아오르는 밀물처럼 그 버스럭거림과 함께 커져가는 것 같았다. 하얀 오르막길은 그 숲이 우거진 지역의 어둠 속에서 극적으로 구부러졌다. 나는 길가에 서 있는 나무의 가지를 부러뜨렸다. 나뭇잎은 색이 매우 짙어서 거의 검게 보였다. 그것은 마치 편안한 잠처럼 깊고 자비로운, 이상하게 충만한 검은색이었다. 전체 풍경에 자리 잡고 있는 다양한 빛깔의 회색은 그 한 가지 색에서 비롯되었다. 그 색은 언젠가 우리 도시의 구름 낀 여름날 보였던 어스름의 색깔로, 긴 장마가 지나간 후 풍경이 물을 가득 머금고 일종의 자기 부정의 느낌을 뿜어낼 때의, 색채의 위안을 필요로 하지 않는, 체념해 버린 궁극적인 무감각의 색깔이었다.

공원 안의 나무 사이는 밤처럼 깜깜했다. 나는 부드러운 침엽수의 양탄자 위에서 손으로 더듬으며 앞으로 나아갔다. 나무가 드문드문해지면서 목재 다리의 널빤지가 발아래에서 소리를 냈다. 그 너머에는 검은 나무들을 배경으로, 요양원이라고 광고하는 창문이 여러 개 달린 호텔의 회색 벽이 커다랗게 모습을 나타냈다. 이중 유리로 된 현관문은 열려 있었다. 자작나무 가지로 만든 흔들거리는 난간이 달린 자그마한 다리는 곧장 그 건물을 향해 뻗어 있었다.

복도는 어슴푸레했고, 엄숙한 침묵이 지배하고 있었다. 나는 까치발로 서서 이 문 저 문 돌아다니며 문에 붙은 번호를 보려고 했다. 구석을 돌아 나는 마침내 하녀를 만났다. 그녀는 마치 끈질기게 괴롭혀 대는 누군가의 팔에서 빠져나온 것처럼 어느 방에선가 도망쳐 나와 숨을 헐떡이며 흥분해 있었다. 그녀는 내가 뭐라고 말하는지 거의 알아듣지 못했다. 나는 되풀이 말해야 했다. 그녀는 무기력하게 어쩔 줄 몰라 했다.

전보는 도착했을까? 그녀는 모르겠다는 듯 팔을 벌려 보였고, 그녀의 눈길은 옆으로 돌아갔다. 그녀는 계속 반쯤 열린 문을 훔쳐보면서 뛰어 들어갈 기회만 노리고 있었다.

"전 먼 길을 왔어요. 전보를 쳐서 여기 방을 예약했단 말입니다." 나는 조급하게 말했다.

"누구에게 이야기하면 됩니까?"

그녀는 알지 못했다.

"식당에서 기다리시면 어떨까요?"

그녀는 재잘거렸다.

"지금은 다들 자고 있어요. 의사 선생님이 일어나시면 손님께 알려 드리지요."

"자고 있다니요? 하지만 지금은 밤이 아니라 낮인데요."

"여기선 모두들 언제나 자고 있어요. 몰랐어요?"

그녀는 이제 흥미롭게 나를 들여다보며 말했다.

"게다가 여긴 밤이 없어요."

그녀가 수줍게 덧붙였다.

앞치마 레이스를 야단스럽게 만지작거리는 걸로 봐서 그녀는 이제 도망갈 생각은 분명 버린 것 같았다. 나는 그녀를 거기 남겨 두고 어둠침침한 식당으로 들어갔다. 그곳에는 식탁이 몇 개 있었고, 한쪽 벽을 전부 차지한 커다란 뷔페가 차려져 있었다. 살짝 배가 고팠기 때문에 뷔페에 차려진 빵과 케이크를 보니 반가웠다.

식탁에 여행 가방을 내려놓았다. 식탁은 모두 비어 있었다. 손뼉을 쳤다. 아무도 대답하지 않았다. 더 넓고 밝은 옆방을 들여다보았다. 그 방에는 내가 이미 지나오면서 본 풍경을 내려다보는 커다란 창문 혹은 한쪽 벽이 트인 복도가 있었는데, 창문의 틀 안에서 보이는 그 풍경은 깊은 슬픔과 체념을 암시하며 끊임없는 애도의 감정을 불러일으키는 듯했다. 몇몇 식탁에는 최근에 식사한 흔적과 코르크 마개를 따지 않은 술병, 반쯤 비운 잔이 남아 있었다. 여기저기에 종업원들이 아직 가져가지 않은 팁이 남아 있었다. 나는 뷔페로 돌아와 빵과 케이크를 바라보았다. 그것들은 대단히 식욕을 돋우었다. 나는 그냥 마음대로 가져다 먹어도 될지 망설였다. 갑자기 엄청난 식욕이 일었다. 거기에는 사과빵이 있었는데 그것을 보자 입안에 군침이 돌았다. 나는 은제 나이프를 들고 막 한 조각 뜨려 하다가 뒤에서 인기척을 느꼈다. 그 하녀가 부드러운 슬리퍼를 신고 들어와 내 등을 가볍게 두드렸던 것이다.

"의사 선생님이 지금 만나시겠답니다."

그녀는 자기 손톱을 내려다보며 말했다.

그녀는 나와 마주 보고 서 있다가 자신의 흔들리는 엉덩이가 얼마나 눈길을 끄는지 자각하고는 몸을 돌리지 않았다. 식당을 나와 번호가 붙은 여러 개의 문을 지나면서 우리 몸 사이의 거리가 늘어나기도 하고 줄어들기도 함에 따라 그녀는 나를 도발했다. 복도는 갈수록 어두워졌다. 거의 완전한 어둠 속에서 그녀가 아주 잠깐 나를 쓸어내리듯 건드렸다.

"여기가 의사 선생님 방이에요."

그녀는 속삭였다.

"들어가세요."

의사인 고타르트 박사가 나를 맞기 위해 방 한가운데 서 있었다. 그는 키가 작고 어깨가 떡 벌어진 사나이로, 짙은 턱수염을 기르고 있었다.

"어제 전보를 받았습니다."

그가 말했다.

"역으로 마차를 보냈는데, 아마 다른 기차를 타고 오셨나 보군요. 불행히도 기차 편이 그다지 좋지 않습니다. 괜찮으십니까?"

"아버지는 살아 계신가요?"

그의 평온한 얼굴을 걱정스럽게 쳐다보면서 나는 물었다.

"물론 살아 계십니다."

질문을 가득 담은 내 눈을 평온하게 쳐다보면서 그가 대답했다.

"말하자면 상황의 한계 내에서 말입니다만."

그는 눈을 반쯤 감으며 덧붙였다.

"유제프 씨의 가정에서 보는 관점이나 고국에서의 견지에서 보자면 아버님은 돌아가신 거라는 사실을 저만큼이나 잘 알고 계실 겁니다. 그건 완전히 치유할 수 없습니다. 그리고 그 죽음이라는 것이 그분의 이곳에서의 생존에도 어느 정도 악영향을 미치고 있지요."

"하지만 아버지는 알고 계신가요, 짐작이라도 하고 계십니까?" 나는 속삭이는 소리로 물었다.

그가 확신에 가득 차서 고개를 흔들었다.

"염려하지 마십시오."

그는 낮은 목소리로 말했다.

"우리 환자들은 아무도 모르고 있고, 짐작도 하지 못할 겁니다. 이 치료법의 비밀을 전부 공개하자면."

그는 금방이라도 그 기법을 보여 줄 듯 손가락을 움직이면서 덧붙였다.

"시간을 거꾸로 돌린다는 겁니다. 여기서는 언제나 정확히 잴 수 없는 일정 시간 간격만큼 시간이 늦게 갑니다. 모든 것은 단순한 상대성의 문제이지요. 여기서는 아버님의 죽음이라는 것이, 고국에서는 벌써 아버님을 앗아 간 그 죽음이 아직 일어나지 않은 겁니다."

나는 말했다.

"그런 경우라면, 아버지는 병석에 누워 계시거나 임종 직전이겠군요."

"이해를 못하시는군요."

그가 참을성 있지만 조급한 어조로 말했다.

"저희는 여기서 모든 가능성과 함께 시간을 되돌리기 때문에, 거기에는 회복의 가능성도 포함되어 있는 겁니다."

그는 수염을 쓰다듬으며, 웃는 얼굴로 나를 쳐다보았다.

"하지만 지금은 아마 아버지가 보고 싶으실 겁니다. 요청에 따라 아버님 방에 여분의 침대를 준비해 놨습니다. 제가 모셔다 드리지요."

어두운 복도로 나가자 고타르트 박사의 말소리가 속삭임으로 바뀌었다. 나는 그가 하녀처럼 펠트 천으로 된 부드러운 슬리퍼를 신고 있다는 것을 눈치챘다.

"우리는 환자들의 생명력을 아끼기 위해 오랫동안 잠을 자도록 합니다. 사실 달리 할 일도 없으니까요."

마침내 우리는 어느 문 앞에 멈춰 섰고, 그는 손가락을 입술에 댔다.

"조용히 들어가십시오. 아버님은 주무시고 계십니다. 함께 주무십시오. 그게 가장 좋은 일입니다. 그럼 이만 안녕히."

"안녕히 가십시오."

나는 속삭였다. 심장이 빠르게 뛰고 있었다.

나는 손잡이를 눌렀고, 문은 마치 잠결에 저항하지 않고 벌어지는 입술처럼 열렸다. 나는 안으로 들어갔다. 방은 회색으로, 가구가 없어서 거의 빈방 같았다. 작은 창문 아래 침구 더미를 깔고 덮은 평범한 나무 침대에 누워 아버지는 곤히 잠들어 있었다. 아버지의 숨소리는 아버지의 가슴 깊은 곳에서부터 층층이 쌓인 코 고는 소리를 끌어냈다. 방 전체가 바닥에서 천장까지 코 고는 소리로 겹겹이 줄을 그은 것 같았는데, 거기에 언제나 새로운 층이 첨가되고 있었다. 깊은 감정에 휩싸여 나는 지금은 완전히 코 고는 행위에 열중해 있는 아버지의 여위고 마른 얼굴을 쳐다보았다―그 외딴, 무아지경에 빠진 얼굴은 세속의 일을 떠나 어딘가 먼 물가에서 엄숙하게 1분 1분을 알리면서 자신의 존재를 고백하고 있었다.

방에 여분의 침대는 없었다. 창문을 통해 찌르는 듯한 찬 바람이 방 안으로 불어 들어왔다. 난로는 불이 켜져 있지 않았다.

여기서는 환자에게 별로 신경 써 주지 않는군, 나는 생각했다. 이런 외풍 속에 이렇게 아픈 사람을 방치해 두다니! 그리고 여기는 아무도 청소해 주지도 않는 것 같았다. 바닥과 침대 옆 탁자에는 두꺼운 먼지가 쌓여 덮개처럼 있었는데, 그 탁자에는 약병과 차가운 커피 한 잔이 놓여 있었다. 식당에는 빵이 쌓여 있던데, 환자들에게는 더 영양가 있는 음식 대신 블랙커피나 주다니! 하지만 시간을 되돌리는 것의 이점에 비하면 이런 건 하찮은 일인지도 모른다.

나는 천천히 옷을 벗고 아버지의 침대로 들어갔다. 아버지는 깨어나지 않았지만 코 고는 소리는 아마도 너무 높이 조율되어 있던지, 그 높이 선언하는 듯한 음조를 버리고 한 옥타브 낮게 떨어졌다. 그리하여 코 고는 소리는 더 사적이고 아버지에게만 쓸모 있게 되었다. 나는 방 안으로 불어오는 외풍으로부터 최대한 보호하기 위해 아버지를 깃털 이불 아래로 밀어 넣었다. 곧 아버지 곁에서 나는 잠이 들었다.

2

일어났을 때 방은 어슴푸레했다. 아버지는 옷을 입고 식탁에 앉아 차를 마시며 설탕 입힌 비스킷을 차에 담가 먹고 있었다. 아버지는 지난여름에 맞춘 지 얼마 되지도 않은 영국제 천으로 만든 검은 정장을 입고 있었다. 넥타이는 약간 느슨했다.

내가 일어난 것을 보고 아버지는 창백한 얼굴에 미소를 띠며 말했다.

"네가 와서 정말 기쁘구나, 유제프. 정말 놀랐단다! 이곳은 너무 외롭거든. 하지만 내 입장이라면 불평해선 안 되는 거겠지. 더 나쁜 일도 겪어 봤고, 그걸 조목조목 적자면……. 하지만 상관없어. 상상해 보렴, 여기서 지낸 첫날 아주 훌륭한 쇠고기 안심살에 버섯을 곁들인 요리가 나왔단다. 그 고기는 정말 지독했어, 유제프. 단호히 경고하겠는데, 안심 요리가 나오거든 조심해라! 배에서 불이 난 것 같았어. 그리고 설사에 또 설사를 하고……. 감당할 수 없을 정도였지. 하지만 너한테 들려줄 소식이 하나 있단다."

아버지는 계속 말했다.

"웃지 마라. 여기서 가게를 낼 점포를 빌렸단다. 그래, 해냈어. 그리고 그런 똑똑한 생각을 해낸 것에 대해 자축하고 있지. 그동안 정말 지루했어. 그래, 얼마나 지루했는지 넌 상상도 못 할 거다. 그러다 마침내 즐거운 소일거리를 가지게 된 거야. 뭐 굉장한 걸 상상하지는 마라. 그런 건 전혀 아니니까. 우리 예전 가게에 비하면 굉장히 수수한 곳이 될 거야. 전의 것에 비하면 그냥 매점 정도지. 집에서라면 그런 노점을 부끄럽게 여겼겠지만, 여기서는 겉치레를 너무나 많이 버려야만 했으니까. 동의하지 않니, 유제프?"

아버지는 씁쓸하게 웃었다.

"어쨌든 그렇게 저렇게 살아가는 거지."

나는 무안해졌다. 아버지는 헷갈려서 적절치 못한 표현을 사용했다는 것을 깨달았고, 나는 그 때문에 민망했다.

"졸린 것 같구나."

아버지는 조금 뒤에 계속 말했다.

"자라, 나중에 일어나서 오고 싶으면 가게에 와도 좋아. 난 지금 어떻게 돼 가나 보러 간다. 여기서는 신용을 얻기가 얼마나 어려운지, 나이 든 상인을, 과거에 평판 좋던 상인을 이곳 사람들이 얼마나 안 믿는지 넌 상상도 못 할 거다. 시장 광장에 있는 안경점 기억나니? 음, 우리 가게는 거기 바로 옆집이란다. 아직 간판은 없지만 넌 잘 찾을 수 있을 거야, 확실히. 금방 보이거든."

"외투 안 입고 나가시게요?"

나는 걱정스럽게 물었다.

"짐에 넣는 걸 잊어버렸단다. 생각해 봐라, 짐 가방에서 찾을 수가 없었단 말이야. 하지만 전혀 필요하지 않아. 기후도 온화하고, 공기는 달콤하고……."

"제 외투를 입고 가세요, 아버지."

나는 고집을 부렸다.

"그렇게 하셔야 해요."

그러나 아버지는 이미 모자를 쓰고 있었다. 그러고는 손을 흔들어 보이더니 방에서 미끄러지듯 나가 버렸다.

나는 더 이상 잠이 오지 않았다. 충분히 휴식을 취한 기분이었고 이제 배가 고팠다. 즐거운 기대를 품고 나는 뷔페를 생각했다. 빵을 몇 가지나 맛볼까 생각하며 옷을 입었다. 사과빵부터 시작하기로 결정했지만 함께 눈길을 끈, 오렌지 껍질을 얹은 스펀지 케이크도 잊지 않고 있었다. 나는 넥타이를 매기 위해 거울 앞에 섰는데 그 표면이 마치 유리병 같았다. 내 영상은 그 깊은 곳 어딘가에 숨어 버렸고, 불분명한 얼룩만 보일 뿐이었다. 거울에 다가가서 보기도 하고 떨어져 보기도 하면서 거리를 조절하려 했지만 헛수고였고, 그 은빛의 흐르는 듯한 안개 속에는 어떤 영상도 나타나지 않았다. 거울을 하나 더 달래야겠다고 생각하며 나는 방을 나섰다.

복도는 완전한 암흑이었다. 구석에 작은 가스등이 푸른 불꽃을 내며 깜빡거리고 있었는데, 그것은 엄숙한 침묵의 분위기를 더욱 강조했다. 방과 둥근 천장 아래의 입구와 벽감의 미로 속에서 나는 식당으로 가는 문을 기억해 내느라 애를 먹었다.

'밖으로 나가겠어.' 나는 갑자기 결정했다. '시내에서 먹지 뭐. 어딘가에 괜찮은 제과점이 있을 거야.'

나는 문 너머로 그 독특한 기후의 무겁고 축축하고 달콤한 대기 속으로 몸을 던졌다. 회색 분위기는 어쩐지 더 깊어져 있었다. 그것은 마치 검은 상장(喪章)을 통해 햇빛을 보는 것 같았다. 나는 가장 어두운 곳의 공단처럼 부드럽고 축축하게 물이 오른 어둠을, 어두운 회색과 잿빛의 빛바랜 색조를—그 풍경의 야상곡을 눈으로 만끽했다. 공기의 파도가 부드럽게 얼굴 주위에서 펄럭거렸다. 그것은 썩어 가는 빗물처럼 구역질 나게 달콤한 냄새를 풍겼다.

그리고 다시 그 검은 숲의 영원한 버스럭거림—귀로 들을 수 있는 한계를 뛰어넘은 공간을 뒤흔드는 둔한 화음! 나는 요양원 뒤뜰에 있었다. 본관 뒷면을 보기 위해 돌아섰는데, 그것은 뜰을 둘러싼 말발굽 모양이었다. 창문에는 모두 검은색 덧창이 내려져 있었다. 요양원은 깊은 잠에 빠져 있었다. 나는 쇠울타리에 난 문을 통해 빠져나갔다. 가까운 곳에 엄청난 크기의 빈 개집이 있었다. 다시 한 번 나는 검은 나무들 사이에 삼켜져, 둘러싸여 있었다. 그런 다음 그 검은색은 조금 옅어졌고, 나무 사이로 집들의 윤곽이 보였다. 몇 걸음 더 가니 나는 시내의 커다란 광장에 나와 있었다.

고향 도시의 시장 광장과 그곳은 얼마나 이상스럽게, 착각할 만큼 닮았는지! 사실 세상의 모든 시장 광장이란 얼마나 닮은 곳인가! 거의 똑같은 집들과 가게들!

보도는 거의 비어 있었다. 확실히 말할 수 없는 회색빛 하늘로부터 정의할 수 없는 시간의 슬픈 어스름이 내려왔다. 가게 간판과 포스터들은 모두 쉽게 읽을 수 있었지만, 그때가 한밤중이었다 해도 놀라지는 않았을 것이다. 몇몇 가게들만 열려 있었다. 다른 가게들은 쇠로 만든 셔터를 반쯤 내린 채, 황급히 닫고 있는 중이었다. 자극적이고 풍부하고 취하게 하는 대기가 시야의 어느 부분을 가리고, 몇몇 집들, 가로등, 표지판 일부를 젖은 스펀지처럼 씻어내는 것 같았다. 가끔씩 이상한 나태함과 졸음이 덮쳐 와서 눈을 뜨고 있기가 힘들었다. 나는 아버지가 언급한 안경점을 찾기 시작했다. 아버지는 그곳을 내가 아는 것처럼 말했고, 내가 이곳 상황에 익숙하다고 생각하는 것 같았다. 내가 여기 방금 도착했고 생전 처음으로 왔다는 것을 모르시는 걸까? 아버지의 머릿속이 뒤죽박죽이라는 건 분명했다. 그러나 단지 반만 실재하는, 그렇게 많은 한계에 가로막힌 상대적이고 조건적인 삶을 살고 있는 아버지에게서 무엇을 기대할 수 있겠는가! 아버지와 같은 존재의 상태를 신뢰하려면 대단한 호의가 필요하리라는 것은 부인할 수 없다. 아버지가 경험한 것은 다른 사람들의 관대함과, 아버지가 그 미약한 힘이나마 얻어 내는 일반 대중의 의견에 의존하는 삶의 비참한 대용품이었다. 오직 단결된 관용과 아버지가 처한 상황의 자명하고도 충격적인 결점에서 모두 함께 눈길을 돌려주는 것만이 이 살아 있는 척하는 비참한 상태를, 얼마나 짧은 순간 동안이든, 얇은 현실의 조직 안에서 유지해 나갈 수 있다는 것은 분명했다. 털끝만큼만 의심하기 시작해도 그 뿌리를 침식할 수 있었고, 가장 약한 한 줄기 회의론이라도 그것을 무너뜨릴 수 있었다. 고타르트 박사의 요양원이 아버지에게 이 친근한 관대함의 대기가 가득한 온실을 제공하고 냉철한 분석의 찬 바람으로부터 아버지를 보호해 줄 것인가? 상황이 이렇게 불확실하고 의심스럽게 되었는데도 아버지가 그처럼 훌륭하게 처신할 수 있다는 것은 놀라운 일이었다.

케이크와 빵으로 가득한 가게의 진열장을 발견했을 때 나는 기뻤다. 식욕이 되살아났다. '아이스크림'이라는 표지판이 내걸린 유리문을 열고 어두운 가게 안으로 들어갔다. 그곳에서는 커피와 바닐라 냄새가 났다. 가게 깊숙한 곳에서 어스름에 가려 얼굴이 잘 보이지 않는 아가씨가 나타나 주문을 받았다. 마침내 그렇게 오래 기다린 끝에 나는 훌륭한 도넛을 마음껏 커피에 담가 먹을 수 있었다. 춤추는 덩굴무늬의 어스름에 둘러싸여 어둠이 눈꺼풀 아래로 기어 들어와 그 따뜻한 맥박과 수천 개의 섬세한 손길로 눈에 띄지 않게 나를 채우는 것을 느끼면서 나는 게걸스럽게 빵을 하나씩 먹어 치웠다. 마지막에는 가게 진열장만 회색 직사각형처럼 빛났다. 그 외에는 완전한 어둠이었다. 나는 숟가락으로 식탁을 똑똑 두드렸지만 소용없었다. 아무도 내 가벼운 식사의 값을 받으러 나오지 않았다. 나는 은화 하나를 식탁 위에 남겨 두고 거리로 걸어 나왔다.

옆에 있는 책방에는 아직도 불이 켜져 있었다. 점원들은 책을 정리하느라 바빴다. 나는 아버지의 가게가 어디 있는지 물어보았다.

"우리 가게 옆에 있어요."

점원 중 한 명이 설명해 주었다. 친절한 소년 하나는 길을 가르쳐 주려고 문으로 함께 가 주기까지 했다.

아버지의 가게는 문에 유리창이 달려 있었다. 진열장은 아직 준비되지 않아 회색 종이로 덮여 있었다. 안에 들어서서 나는 가게가 손님들로 가득 차 있는 것을 보고 놀랐다. 아버지는 카운터 뒤에 서서 계속 연필에 침을 묻히며 계산서에 기다랗게 일렬로 늘어선 숫자들을 더하고 있었다. 그 계산서를 받을 사람은 카운터에 기대서서 작은 목소리로 계산을 하며 나열해 놓은 숫자 위로 검지를 움직였다. 나머지 손님들은 말없이 지켜보았다.

아버지는 안경 위로 나를 한 번 쳐다보더니 송장(送狀)의 계산하고 있던 자리에 표시를 하고는 "너한테 온 편지가 있다. 책상 위그 온갖 서류들 속에 있을 거다"라고 말했다. 아버지는 하던 계산을 계속했다. 그동안 점원들은 손님들이 산 피륙을 받아 종이에 싸서 끈으로 묶고 있었다. 선반에는 반 정도만 옷감이 놓여 있었다. 몇몇 선반은 아직도 빈 상태였다.

"앉지 그러세요, 아버지?"

나는 카운터 뒤로 돌아가면서 작은 소리로 물었다.

"많이 편찮으신데도 건강을 잘 돌보지 않으시잖아요."

아버지는 마치 내 부탁을 거절하고 싶다는 듯 한 손을 들어 보이며, 계산을 멈추지 않았다. 아버지는 매우 창백해 보였다. 열띠게 일하는 동안의 흥분이 아버지를 지탱하고 있으며, 완전히 무너지는 순간을 미루고 있는 게 분명했다.

나는 책상으로 가서 편지가 아닌 소포를 발견했다. 며칠 전 어떤 서점에 편지를 써서 포르노그래피 책을 주문한 적이 있었는데 그것이 벌써 온 것이다. 그들은 내 주소를, 아니 아버지의 주소를 알아낸 것이다. 아버지는 겨우 얼마 전에 여기에 이름도 간판도 없는 새 가게를 열었을 뿐인데! 얼마나 놀랍도록 효율적으로 정보를 수집하는가, 얼마나 굉장한 배달 방법인가! 그리고 그 믿을 수 없는 속도라니!

"뒤쪽에 있는 사무실에서 읽어라."

아버지는 불쾌한 표정으로 나를 쳐다보며 말했다.

"보다시피 여기엔 자리가 없구나."

가게 뒤편의 방은 아직도 비어 있었다. 유리문을 통해 가게의 불빛이 얼마간 걸러져 들어왔다. 벽에는 점원들의 외투가 못에 걸려 있었다. 나는 소포를 열고 문으로 새어 들어오는 약한 불빛에 비추어 동봉된 편지를 읽었다.

편지에는 내가 주문한 책이 불행히도 재고가 없다고 쓰여 있었다. 그 책을 찾아보겠지만 결과는 불확실하다고 했다. 그동안 공짜로 어떤 물건을 보내 줄 터인데, 그것은 분명 내 흥미를 끌 것이라고 했다. 그리고 뒤이어 굉장한 굴절력과 다른 많은 장점이 있는 접는 망원경에 대한 복잡한 설명서가 나왔다. 흥미가 동해서 나는 그 도구를 포장에서 꺼냈다. 그것은 검은색의 기름 먹인 천 혹은 캔버스 천으로 만들어져 있었고, 납작하게 접은 아코디언과 같은 모양으로 접혀 있었다. 나는 언제나 망원경의 매력에 약했다. 나는 그 도구의 주름을 펴기 시작했다. 가느다란 막대기 형태로 빳빳하게 펴져서 그것은 내 손가락 아래서 방 안을 전부 채울 만큼 커져 갔다. 그것은 일종의 거대한 포효였고 검은 방의 미궁이었으며 하나씩 겹친 길고 복잡한 사진기의 어둠 상자였다. 그것은 연극의 소도구로 쓰는 가벼운 종이와 빳빳한 캔버스 천으로 실제 자동차의 커다란 부피감을 흉내 낸, 인조 가죽으로 만든 기다란 모형 자동차 같았다. 그 도구의 검은 깔때기 속을 들여다보았을 때 안쪽 깊은 곳에서 요양원 뒷면의 어렴풋한 윤곽이 보였다. 호기심이 동하여, 나는 그 장치의 뒤쪽 상자에 머리를 더 깊이 집어넣었다. 이제는 시야 안에서 하녀가 쟁반을 들고 요양원의 어둑어둑한 복도를 따라 걷고 있는 모습을 볼 수 있었다. 그녀가 돌아서서 웃음 지었다.

"날 볼 수 있는 걸까?"

나는 혼자 중얼거렸다. 압도적인 졸음이 안개처럼 눈을 덮었다. 말 그대로 나는 리무진의 뒷좌석에 앉아 있는 것처럼 망원경의 뒤쪽 상자 속에 앉아 있었다. 가볍게 지렛대를 누르자 장치는 종이 나비처럼 살랑살랑 흔들리기 시작했다. 나는 그것이 움직여서 문쪽으로 돌아가고 있다고 느꼈다.

마치 커다란 검은 애벌레처럼 망원경은 불 켜진 가게 안으로 기어갔다. 그것은 두 개의 모형 전조등이 앞에 달린 거대한 종이 절지동물이었다. 손님들은 이 눈먼 종이 용(龍)을 피해 뒤로 물러나며 무리 지어 섰다. 점원들은 거리로 나가는 문을 활짝 열었고, 나는 줄지어 선 구경꾼들 사이로 종이 차를 타고 천천히 운전해 갔다. 구경꾼들이 분개한 눈으로 나의 진정 괴이하기 짝이 없는 퇴장을 지켜보았다.

3

그것이 이 읍내에서 사람이 살아가는 방법이고 시간이 지나가는 방식이다. 하루의 대부분은 잠을 자면서 지내는데 그것도 꼭 침대에서만 자는 건 아니다. 아니, 잠에 관한 한 아무도 딱히 꼬집어 말할 수 없다. 언제 어디에서나 조용히 맛있게 선잠에 빠질 준비가 되어 있는 것이다. 머리를 식당의 식탁에 기댄 채, 마차에 탄 채 혹은 산책을 나갔을 때 선 채로도, 그 순간 우연히 들어간 어떤 집의 현관을 잠시 들여다봤다 싶으면 다음 순간 뿌리칠 수 없는 수면의 욕구에 굴복하는 것이다.

깨어나면 아직도 어지럽고 비틀거리는 채로 끊어졌던 대화나 따분한 산책을 계속하거나, 시작도 끝도 없는 복잡한 논쟁을 진행한다. 이런 식으로 시간의 큰 덩어리를 아무 생각 없이 통째로 어디선가 잃어버리고 마는 것이다. 하루의 지속성을 통제하려 해도 그것은 느슨해졌다가 마침내 아무래도 상관없게 되어 버린다. 그리고 매일 자각하고 있도록 훈련된 지속적인 시간 감각의 구조는 아무 후회 없이 포기하게 된다. 우리 경제 조직의 자랑이자 야망인, 시간의 흐름을 계산하려는 충동적인 자발성, 이미 써 버린 시간을 꼬치꼬치 설명하려는 꼼꼼하고도 하찮은 습관은 버려지고 만다. 과거에는 감히 의문을 가져 보려고도 하지 않았던 그 기본적인 미덕이 오래전에 내던져진 것이다.

예를 좀 들면 상황의 특성을 잘 설명할 수 있을 것이다. 낮이나 밤―거의 눈치챌 수 없는 하늘 색깔의 차이로 어느 쪽인지 구분해야 한다―의 어느 특정한 시간에 나는 어스름 속에 요양원으로 가는 육교 난간에 기대어 깨어난다. 잠에 취해서 아마도 무의식중에 오랫동안 읍내를 돌아다니다가 완전히 지쳐서 육교 위로 기어 올라온 것이 틀림없다. 고타르트 박사가 나와 함께 산책을 했는지는 알 수 없지만, 지금 그는 내 앞에 서서 기나긴 장광설을 끝내고 결론을 이끌어 내고 있다. 자기 자신의 유창함에 도취되어 그는 손을 내 팔 아래 밀어 넣고 나를 어디론가 끌고 간다. 나는 그와 함께 계속 걷다가 다리를 다 건너기도 전에 다시 잠들고 만다. 닫힌 눈꺼풀 사이로 어렴풋하게 고타르트 박사의 표현력 풍부한 몸짓과 검은 턱수염에 가려진 미소가 보이고, 그의 궁극적인 요점을 이해하려고 노력해 보지만 소용이 없다―그가 팔을 벌리고 서 있는 것을 보니, 아마도 의기양양하게 그 요점을 설명한 모양이다. 얼마나 되었는지 알 수 없는 시간 동안 우리는 나란히 서서 목적이 엇갈린 대화에 푹 빠진 채 걷고 있었는데 그러다가 갑자기 나는 완전히 잠에서 깼다. 고타르트 박사는 사라지고 없었다. 굉장히 어둡지만 그것은 내가 눈을 감고 있기 때문이다. 눈을 떴을 때 나는 우리 방 안에 있는데 어떻게 거기에 있게 된 것인지는 알 수가 없다.

더 극적인 예가 하나 있다. 점심때, 나는 굉장히 붐비고 소란스러운 읍내 식당에 들어간다. 그 식당 안에서, 접시의 무게에 눌려 꺼져 가는 식탁에서 누구를 만났겠는가? 아버지다. 아버지가 활기에 차서 거의 기쁨에 겨워 황홀경에 빠진 채 다이아몬드의 넥타이핀을 빛내면서 사방으로 몸을 돌리면서 모든 사람과 동시에 지겨운 대화를 하는 동안 모두가 아버지를 주시하고 있다. 아버지는 굉장히 허세를 부리고, 나는 대단히 불안한 마음으로 그 허세를 지켜본다. 아버지는 계속 새 요리를 시키고, 그것은 이미 식탁 위에 쌓여 있다. 첫 번째 요리를 다 먹지도 못했으면서 아버지는 환희에 넘쳐 그 요리 접시들을 그러모은다. 입맛을 다시며, 씹는 동시에 이야기하면서 아버지는 이 향연에 대해 굉장한 만족감을 몸짓으로 표현하며 웨이터 아담을 사랑스러운 눈길로 지켜보다가, 알랑거리는 미소를 띠며 추가로 주문한다. 그리고 웨이터가 냅킨을 휘두르며 요리를 가져오기 위해 달려가면 아버지는 주위에 둘러선 사람들에게 몸을 돌리고 그들을 가니메데스*와도 같은 아담의 거부할 수 없는 매력의 증인으로 세운다.

"보기 드문 소년이야."

행복한 미소를 지으며, 눈을 반쯤 감고 아버지는 감탄한다.

"구원의 천사야! 신사 여러분, 동의하시겠지, 아담은 정말 매력적이야!"

아버지가 눈치채지 못하는 사이 나는 기분이 상해 빠져나온다. 손님들을 즐겁게 하려고 식당에서 아버지를 일부러 고용했다 하더라도, 그렇게까지 야단스럽게 행동하지는 못했을 것이다. 졸음으로 머리가 무거워진 채 나는 요양원을 향해 비틀거리며 거리를 걸어간다. 우편함에 머리를 기대고 짧은 낮잠을 취한다. 마침내 어둠 속에서 더듬거리며 나는 철문을 찾아 들어간다. 방은 어둡다. 전등 스위치를 누르지만 전기가 들어오지 않는다. 창문으로 찬 바람이 불어 들어온다. 침대는 어둠 속에서 삐걱거린다.

아버지가 베개에서 머리를 들고 말한다.

"아, 유제프, 유제프! 여기 이틀이나 누워 있었는데 아무도 신경 써 주지 않더구나. 초인종은 모두 고장 났고, 아무도 날 보러 와 주지 않고, 아들이라는 놈은 아픈 아비를 남겨 두고 여자들 꽁무니나 쫓아다니러 시내에 나갔으니. 가슴이 이렇게 두근거리는 것 좀 봐라!"

이 모든 일을 어떻게 납득할 것인가? 아버지는 건강치 못한 식욕에 몰려 식당에 앉아 있었던 것일까, 아니면 매우 편찮으셔서 침대에 누워 있었던 것일까? 아버지가 둘인가? 그런 것이 아니다. 문제는 더 이상 끊임없이 주의하여 지켜보는 사람이 없는 상태에서 시간이 빠르게 분해된다는 것이다.

시간이라는 이 불규칙한 요소가, 끊임없는 수련과 꼼꼼한 주의와 그 과도함에 대한 지속적인 규제와 수정에 힘입어 아주 불확실하게나마 일정한 한계 내에 머무른다는 사실을 우리는 모두 알고 있다. 이렇게 지켜보는 사람이 없으면 시간은 즉각 술책을 부리기 시작하고, 제멋대로 날뛰고, 무책임한 장난을 저지르고, 미친 광대 짓에 빠져든다. 우리의 개인적인 시간이 서로 조화를 이루지 못한다는 것은 명백해진다. 아버지의 시간과 나의 시간은 이제 더 이상 맞아 들어가지 않는다.

덧붙이자면 나에 대한 아버지의 비난은 전혀 근거 없는 것이다. 나는 여자들을 쫓아다니지 않았다. 주정뱅이처럼 비틀비틀 곯아 떨어졌다 깨어났다 하고 있기 때문에 좀 더 정신을 차리고 있는 순간에도 그곳의 아가씨들에게 거의 주의를 기울일 수가 없다.

더구나 거리의 만성적인 어둠 때문에 나는 얼굴을 자세히 볼 수가 없다. 이런 일에 아직 어느 정도 관심을 가진 젊은 남자로서 내가 관찰할 수 있었던 것은 아가씨들의 특이한 걸음걸이다.

장애물에 주의를 기울이지 않고 어떤 내면의 운율만을 따라 그 아가씨들은 한 사람 한 사람이 모두 보이지 않는 실타래에서 풀어낸 실을 따라 걷는 것처럼 전혀 굽은 데가 없이 일직선으로 걷는다. 이 일직선상의 속보는 점잔 빼는 정확성과 자로 잰 듯한 우아함으로 가득하다. 아가씨들은 각자 내면에 용수철처럼 단단하게 감은 개인적인 규칙을 간직한 듯하다.

그렇게 곧장 일직선으로, 집중해서 위엄 있게 걸으면서 그들은 오직 한 가지만 걱정하는 것 같다―규칙을 깨지 않고, 실수하지 않고, 왼쪽이나 오른쪽으로 빗나가지 않는 것이다. 그리고는 그들이 세심하게 내면에 간직하고 있는 것은 자기 자신의 우수함에 대한 고정 관념이며, 그것을 너무나 확신하고 있어 거의 현실로 변화시켰다는 사실이 분명해지는 것이다. 그것은 아무 보장도 없는 아슬아슬한 기대이다. 어떤 의심에도 손상되지 않는, 높이 치켜든, 비판의 여지가 없는 신조인 것이다.

어떤 불완전함과 결점이, 어떤 들창코나 납작코가, 어떤 주근깨와 점들이 그 허구의 대담한 깃발 아래 몰래 숨어 있을 것인가! 그런 신념의 비약이라면 어떤 추한 모습이나 천박함도 허구적인 완벽함의 천국으로 승천하지 못할 리 없는 것이다.

그 같은 신념으로 인해 성스러워진 육체는 눈에 띄게 더 아름다워지고, 발은 얼룩 한 점 없는 신발을 우아하고 맵시 있게 신고 유창하게 이야기하며, 그 닫힌 얼굴이 너무나 오만하여 드러내 보이지 않는 생각의 위대함을 설명하면서, 흐르는 듯 빛나는 독백을 하며 걷는다. 아가씨들은 짧고 딱 달라붙는 웃옷 주머니에 늘 손을 넣고 있다. 카페나 극장에서 그들은 무릎까지 드러낸 다리를 꼬고 앉아, 도발적인 침묵 속에 다리를 내보인다.

이 도시의 특성 중 하나를 설명하자면 그 정도이다. 이 지역의 검은 식물군에 대해서는 이미 언급했다. 어떤 종류의 검은 양치류에 관해서는 특별히 언급할 필요가 있다. 이곳의 모든 아파트 창문과 모든 공공장소에는 그것을 거대한 다발로 묶어 꽃병에 꽂아 놓았다. 그 식물은 거의 애도의 상징과도 같고, 이 도시의 장례식 문장(紋章)이다.

4

요양원의 상태는 날이 갈수록 견디기 힘들어진다. 우리가 덫에 걸렸다는 사실을 인정해야 할 것이다. 내가 도착한 순간부터, 새로 온 사람에게 따뜻한 배려를 베풀어 주는 척하고 나서 요양원의 운영진은 어떤 종류의 전문적인 관리라도 해 주고 있다는 흉내조차 내려 하지 않는다. 우리는 그저 스스로 알아서 하게 내버려진 것이다. 무엇이 필요한지에 대해서는 아무도 신경 써 주지 않는다. 예를 들어, 나는 전기초인종의 전선이 문 바로 밖에서 잘려 있으며 아무 데로도 연결되지 않는다는 사실을 알아차렸다. 서비스는 없다. 복도는 밤이나 낮이나 어둡고 조용하다. 우리가 이 요양원의 유일한 환자이고, 하녀가 다른 방을 드나들 때 짓는 신비한 혹은 신중한 표정은 그저 속임수에 지나지 않는다는 의심이 강하게 든다.

가끔씩 모든 문을 활짝 열어젖혀 우리가 걸려든 한심한 흉계를 폭로하고 싶은 생각이 치솟을 때도 있다.

하지만 아직까지는 내 의심이 정당하다는 것에 대한 확신이 없다. 가끔씩 늦은 밤에, 복도에서 흰 수술복 차림으로 관장약 병을 손에 들고 하녀를 앞세워서 어디론가 서둘러 가는 고타르트 박사를 만날 때가 있다. 그럴 때 그를 불러 세우고 설명을 요구하기란 힘든 일일 것이다.

시내의 식당과 빵집이 아니었다면 굶어 죽었을 것이다. 아직까지 우리 방에 여분의 침대를 얻어 내는 것에 성공하지 못했다. 침대보를 새것으로 가는 일에 대해서는 물어볼 필요도 없다. 문명인으로서의 습관을 전반적으로 버리는 분위기에 나와 아버지도 영향을 받았다는 것도 인정해야 한다.

옷을 다 입고 신발을 신은 채 잠자리에 드는 것은 한때 나에게는 문명화된 사람으로서 생각할 수조차 없는 일이었다. 하지만 지금은 잠에 취해 방에 늦게 돌아오면, 방은 어슴푸레하고 창문의 커튼은 차가운 바람에 날려 부풀어 오른다. 반쯤 멍청해져서 나는 침대에 쓰러져 깃털 이불 속에 묻힌다. 그렇게 며칠 혹은 몇 주 동안 잠의 텅 빈 풍경 속을 헤매 다니면서, 항상 잠의 길 위에서, 언제나 호흡의 가파른 길을 따라, 가끔씩 낮은 비탈길에서 가볍고 우아하게 미끄러져 내려오고, 그러고는 코골이의 절벽을 열심히 기어오르면서 불규칙한 시간 동안 잠을 잔다. 그 코골이의 절벽 정상에서 바위투성이에다 텅 빈, 잠이라는 사막의 지평선을 끌어안는다. 어느 지점에서, 코골이의 갑작스러운 회전의 어딘가에서 반쯤 의식이 돌아온 채 깨어나 아버지의 몸이 침대 발치에 있는 것을 느낀다. 아버지는 고양이처럼 작게 몸을 웅크리고 거기 누워 있다. 나는 입을 벌린 채 다시 잠에 빠지고, 산맥 풍경의 거대한 파노라마가 내 곁을 웅장하게 미끄러져 지나간다.

가게에서 아버지는 사무를 처리하고 손님을 끌기 위해 갖은 노력을 다하며 매우 정력적인 활동을 보여 준다. 아버지의 볼은 활기로 빨갛게 물들고, 눈은 빛난다. 요양원에서 아버지는 집에서 마지막 몇 주간 앓았던 것만큼 매우 심하게 앓는다. 금방이라도 비극적 종말이 닥쳐오리라는 것은 명백하다. 꺼져 가는 목소리로 아버지는 내게 말한다.

"가게를 좀 더 자주 들러 봐야 한다, 유제프. 점원들은 도둑이니까. 내가 더 이상 일을 할 수 없다는 건 너도 지켜봐서 알 거다. 난 여기 몇 주 동안 앓아누워 있고, 가게는 제멋대로 굴러가게 내팽개쳐졌어. 집에서는 편지 안 왔니?"

나는 이 모든 일을 후회하기 시작했다. 아버지를 이곳에 보내기로 결정했을 때 우리는 교묘한 광고에 속았던 것인지도 모른다. 시간을 되돌리다니 ─ 듣기에는 좋지만, 현실적으로는 어떤 결과가 일어날 것인가? 여기서 완전히 제대로 가치 있는 시간, 진짜 시간, 신선함과 염료 냄새를 풍기는 새 피륙에서 잘라 낸 시간을 가진 사람이 하나라도 있나? 오히려 그 반대다. 그것은 다 써 버린 시간, 다른 사람들로 인해 닳고 닳은 시간, 마치 체처럼 구멍이 뻥뻥 뚫린 낡아 빠진 시간이다.

놀랄 일도 아니다. 말하자면 그것은 역류시킨 시간이다 ─이런 표현을 써도 된다면, 중고 시간인 것이다. 하느님 맙소사!

그리고 매우 부적당한 시간 조작의 문제도 생각해 봐야 한다. 그 수치스러운 술수, 시간의 구조를 뒤에서 꿰뚫는 것, 그 사악한 비밀의 위험한 손가락질! 가끔씩 탁자를 쾅쾅 치며 "이젠 됐어! 시간을 건드리지 마, 시간은 건드리면 안 되는 거야, 그걸 자극해서는 안 돼! 공간을 가진 것만으로는 충분하지 않나? 공간은 사람들을 위한 거야. 공간 속에서는 여기저기 오락가락하고, 공중제비를 돌고, 바닥에 떨어지고, 이 별 저 별로 뛰어다닐 수도 있어. 하지만 제발 부탁이니 시간은 함부로 집적거리지 마!"라고 소리 지르고 싶어진다.

다른 한편으로 생각하면, 과연 고타르트 박사와의 계약을 취소할 수 있을까? 아버지의 존재가 얼마나 비참하든 간에 아버지를 볼 수 있고, 함께 있을 수 있고, 얘기도 할 수 있다. 사실 나는 고타르트 박사에게 끝없이 고마워해야 하는 것이다.

몇 번이나 나는 고타르트 박사와 터놓고 이야기하고 싶었다. 하지만 그는 잘 빠져나갔다. 방금 식당에 가셨어요, 하녀가 말한다. 그곳으로 가려 하자, 하녀가 내 뒤를 따라와서는 자기가 잘못 알았다, 고타르트 박사는 수술실에 있다고 말한다. 급히 계단을 올라가면서, 여기서 어떤 종류의 수술을 할 수 있다는 건지 궁금해한다. 대기실로 들어가서 나는 기다리라는 말을 듣는다. 고타르트 박사는 조금 후에 올 것이고, 그분은 수술을 방금 끝냈고, 손을 씻고 있다는 것이다. 그를 거의 눈앞에서 그려 볼 수 있다 ―키가 작고, 보폭이 넓은 걸음걸이로, 외투는 앞이 열린 채, 줄지어 선 병동 사이로 서둘러 걷고 있는 모습을. 그런데 조금 뒤에 무슨 말을 들을 것 같은가? 고타르트 박사는 거기에 있었던 적도 없고, 몇 년이나 그곳에선 수술을 한 적이 없다는 것이다. 고타르트 박사는 검은 턱수염을 공중으로 치켜들고 자기 방에서 잠들어 있다. 방은 그의 코 고는 소리로 가득 차서 마치 그 소리가 구름처럼 그를 침대 위에서 높이, 더 높이 들어 올리는 것 같다 ―코골이의 파도와 풍부한 이부자리 위의 거대하고 한심한 승천.

여기서는 더 이상한 일도 생긴다 — 나 스스로 부인하려고 애쓰는 일이며 그 자체로는 황당하기 짝이 없어 꽤 환상적이기까지 한 일이다. 방을 나설 때마다 누군가 문 뒤에 서 있다가 재빨리 몸을 돌려 모퉁이로 돌아가는 듯한 느낌을 받는다. 혹은 누군가 내 앞에서 뒤돌아보지 않으려 애쓰면서 걷고 있는 것 같다. 그것은 간호사가 아니다. 나는 그게 누군지 안다! "어머니!" 나는 흥분으로 떨리는 목소리로 외치고, 어머니는 내 쪽으로 고개를 돌리고 잠시 동안 애원하는 듯한 미소를 지으며 나를 바라본다. 나는 어디에 있는 걸까? 여기서 무슨 일이 일어나고 있는 거지? 나는 어떤 미로 속으로 빠져든 것일까?

5

늦은 계절의 영향 탓인지는 모르겠지만 날은 점점 그 색깔이 심해지며 어두워지고 검어진다. 마치 검은 안경을 통해 세상을 보는 것 같다.

풍경은 이제 먹물로 가득한 거대한 수족관의 밑바닥 같다. 나무와 사람들과 집들은 깊은 먹물 빛의 배경 속에서 수중 식물처럼 흔들리며 하나로 녹아든다.

요양원 근처에 검은 개의 무리가 자주 보인다. 모양도 크기도 제각각인 그들은 자기들 일에 열중하여 말없이 긴장한 채, 민첩하게 도로와 오솔길을 따라 어스름 속을 달린다.

그들은 목을 길게 뻗고 귀를 쫑긋 세우고, 마치 자기 의사와는 상관없이 목구멍에서 새어 나오는 듯한 애처로운 목소리로 불평하듯 웅얼거리며 둘씩 셋씩 떼를 지어 뛰어간다 ─ 가장 불안한 상태라는 신호다. 급히 서두르며 뛰어가는 것에 열중하여 항상 어딘가로 가고 있고, 항상 어떤 알 수 없는 목적을 추구하기 때문에 그들은 지나가는 사람을 거의 눈치채지 못한다. 때때로 뛰어 지나가면서 한 마리가 흘끔 쳐다볼 때도 있는데, 그러면 검고 똑똑한 눈에 분노가 가득 담기지만 그것은 단지 조급하기 때문이다. 가끔씩 개들은 분노에 굴복하여 머리를 낮게 숙이고 불길하게 으르렁거리며 사람의 발을 향해 돌진할 때도 있지만, 이내 마음을 고쳐먹고 돌아선다.

이 귀찮은 개들에 대해서는 별다른 도리가 없지만, 요양원 운영진은 왜 거대한 셰퍼드를 사슬에 묶어 기르는 걸까 ─ 그 공포스러운 짐승을, 진정 악마와도 같은 흉포한 늑대 인간을? 나는 개집 옆을 지날 때마다 두려움에 떤다. 개는 개집 옆에 짧은 사슬에 묶여 움직이지 않고 서 있다. 개의 머리 주위에는 헝클어진 털이 후광처럼 곤두서서 턱수염과 구레나룻을 만들고 있고, 강력한 턱은 기다란 이빨의 생김새 전체를 드러내고 있다. 개는 짖지는 않지만, 사람을 보면 사나운 얼굴을 찡그린다. 개는 한없는 분노의 표정으로 굳어져서 그 무서운 주둥이를 천천히 들고 가장 깊은 증오심에서 우러나오는 낮고 강렬하고 발작적인 소리로 길게 울부짖는다 ─ 현재의 일시적인 무력한 상태에 대한 절망과 애도의 울부짖음.

아버지는 우리가 함께 외출할 때마다 무심하게 그 야수 곁을 지나쳐 간다. 나로 말할 것 같으면 그 개의 무력한 증오심을 마주할 때마다 뼛속까지 떨린다. 나는 이제 아버지보다 거의 머리 두 개만큼 커졌고, 작고 마른 아버지는 나이 든 사람의 뻐기는 듯한 걸음걸이로 내 옆에서 종종걸음을 걷는다.

어느 날 광장으로 나가면서 우리는 굉장한 소동을 눈치챘다. 엄청나게 많은 사람들이 거리를 메우고 있었다. 우리는 적의 군대가 시내로 들어왔다는 믿을 수 없는 소식을 들었다.

경악한 사람들은 믿기 힘든, 서로 상반되는 깜짝 놀랄 소식들을 주고받았다. 외교적인 문제도 없었는데 전쟁이라니? 이 축복받은 평화 속에 전쟁이라니? 누구에 대항하여 무엇 때문에 일어난 전쟁인가? 적의 습격으로, 한 무리의 불만을 품은 시민들이 용기를 얻어 무장을 하고 공개적으로 나서서 평화로운 거주자들을 위협하려 한다는 이야기를 들었다. 사실 이 무리 지은 선동가들이 검은 시민군 제복에 가슴에는 흰 띠를 두르고 사격 준비 자세로 총을 든 채 말없이 진군하고 있다는 것을 우리는 눈치챘다. 그들이 진군하자 군중은 보도 뒤쪽으로 물러섰다. 그들은 모자 아래로 비꼬는 듯한 어두운 눈빛을 반짝이며 나아갔는데, 그 눈길에는 일말의 우월감, 악의에 차고 비뚤어진 기쁨이 명멸하고 있어서, 마치 지금이라도 참을 수 없다는 듯 웃음을 터뜨릴 것만 같았다. 군중은 그들 중 몇몇을 알아보았지만, 안도의 탄식은 장총의 총신을 보자마자 곧바로 얼어붙었다. 그들은 아무에게도 시비를 걸지 않고 지나갔다. 모든 거리가 즉시 겁먹고 험악한 침묵을 지키는 군중으로 가득 찼다. 희미한 함성이 도시 위를 떠돌아다녔다. 멀리서 포병대의 우르릉거리는 소리와 총포를 실은 마차의 덜커덕거리는 소리를 들은 것 같았다.

"난 가게로 가 봐야겠다."

창백하지만 단호하게 아버지가 말했다.

"넌 안 따라와도 된다."

아버지는 덧붙였다.

"넌 방해만 될 뿐이야. 요양원으로 돌아가라."

겁이 나서 나는 아버지의 말에 따랐다. 아버지가 촘촘히 늘어선 군중의 벽 속으로 밀고 들어가려 애쓰는 것을 보다가 결국 아버지의 모습을 놓치고 말았다.

　나는 지름길과 뒷골목을 따라 달리기 시작해서, 서둘러 도시 위쪽으로 올라갔다. 언덕을 올라가면 사람들로 가득 찬 중심가를 피해서 돌아갈 수 있을지도 모른다는 것을 깨달았다.

　더 멀리 올라가자 군중의 모습은 멀어지다가 마침내 완전히 사라져 버렸다. 나는 시립 공원을 향해 텅 빈 거리를 조용히 걸어갔다. 그곳은 가로등이 밝혀져 어두운 푸른색 불꽃을 내며 타고 있었다. 그것은 애도의 꽃 아스포델*의 색깔이었다. 각각의 등불은 총알처럼 무거운, 춤추는 반딧불이 무리에 둘러싸여 있었는데, 그들은 떨리는 날개로 비스듬히 날아다녔다. 떨어진 벌레들은 등을 둥글게 구부리고 딱딱한 껍질 아래 몸을 둥글게 웅크리고 날개의 섬세한 조직을 접으려고 애쓰며 모래 위에서 서투르게 움직였다. 풀밭과 보도에서는 사람들이 태평스러운 대화에 열중하며 지나가고 있었다.

　공원 끝에 있는 나무들은 공원 벽 너머의 더 낮은 대지에 지어진 집들의 마당에 가지를 드리우고 있었다. 나는 공원 쪽 벽을 따라 걸었는데, 그 벽은 내 가슴까지밖에 오지 않았다. 그 반대편에는 마당 정도의 높이까지 급한 비탈이 져 있었다. 한군데, 단단한 흙 한 덩이가 마당에서부터 솟아올라 벽 꼭대기에 닿아 있었다. 거기서 별 어려움 없이 벽을 넘어가 집들 사이로 간신히 빠져나와 어떤 거리로 들어섰다. 예상대로 나는 요양원을 거의 정확히 마주보게 되었다. 그 후면은 나무들의 검은 배경 속에 뚜렷이 윤곽을 드러내고 있었다. 여느 때처럼 나는 쇠울타리에 난 철문을 열고 멀리서 경비견이 자기 자리에 있는 것을 보았다. 여느 때처럼 나는 혐오감에 몸을 떨며 가능한 한 재빨리 개 곁을 지나, 그의 증오의 울부짖음을 듣지 않아도 되기를 바랐다. 하지만 개가 사슬에 묶여 있지 않고 공허하게 짖으며 나를 물어뜯어 동강 내기 위해 원을 그리며 마당 쪽으로 오고 있다는 사실을 갑자기 깨달았다.

겁에 질려 긴장한 채 나는 뒤로 물러나서 본능적으로 피난처를 찾았고, 그 야수를 피하려는 모든 노력은 헛수고일 것이라 확신하며 작은 정자 안으로 기어 들어갔다. 그 털북숭이 동물은 나를 향해 뛰어올랐고, 그 주둥이는 벌써 정자 아래 밀고 들어오고 있었다. 나는 덫에 걸린 것이다. 공포에 질려서, 나는 그 개가 긴 사슬에 묶여 있으며 그 사슬은 끝까지 다 풀렸고, 그러므로 정자 안은 개의 발톱이 닿을 만한 거리에서 벗어나 있다는 것을 깨달았다. 공포 때문에 속이 울렁거려서, 기운이 빠져 나는 안도감조차 느끼지 못했다. 비틀거리며 거의 정신을 잃은 채 나는 눈을 치켜떴다. 그 야수를 그렇게 가까이에서 본 적이 없었고, 지금에야 똑똑히 볼 수 있었다. 편견의 힘이란 얼마나 강한 것인가! 공포의 손아귀는 얼마나 강력한 것인가! 나는 얼마나 눈이 멀어 있었던 것인지! 그것은 개가 아니라 사람이었다. 사슬에 묶인 사람이었는데, 바보 같고 은유적이며 대대적인 실수로 인해 개로 잘못 본 것이었다. 나는 오해받고 싶지 않다. 그는 물론 개이지만, 사람의 모습을 한 개이다. 개의 특성이라는 것은 내면의 특성이며, 동물의 형상을 띠고 있을 때와 마찬가지로 사람의 형상을 띠고 있을 때도 확실하게 표명할 수 있는 것이다. 정자 입구쯤에서 턱을 크게 벌리고 끔찍한 울부짖음으로 이빨을 드러낸 채 내 앞에 서 있는 것은 중간 정도의 키에 검은 턱수염을 기른 남자였다. 그의 얼굴은 노랗고 뼈가 튀어나와 있었다. 눈은 검고 사악하고 불행했다. 그의 검은 정장과 턱수염 모양으로 판단할 때는 지성인 혹은 학자로도 봐줄 만했다. 그는 고타르트 박사의 불운한 형일지도 모른다. 하지만 그 첫인상은 틀렸다. 아교로 얼룩진 커다란 손과 콧구멍에서 흘러나와 턱수염 속으로 사라지는 두 개의 짐승 같고 냉소적인 고랑, 미간에 자리 잡은 천박한 가로 주름이 재빨리 그 첫인상을 쫓아 버렸다. 그는 제본업자나 소리 지르는 사람, 모임에서 떠들어 대는 당원 — 어둡고 갑작스러운 열정에 빠지곤 하는 사나운 사람에 더 가까워 보였다. 그리고 이러한 것들, 즉 열정의 깊이, 모든 근성을 발작적으로 곤두세우는 것, 막대기 끝이 자신에게 향했을 때 짖는 소리에서 느껴지는 미친 듯한 분노야말로 그를 완전한 개로 만드는 요소들이었다.

내 생각에 정자 뒤쪽으로 도망치면 그가 닿을 수 있는 곳에서 완전히 벗어나 요양원 철문까지 옆길로 갈 수 있을 것이다. 막 다리를 난간 너머로 넘기려다가 나는 갑자기 멈추었다. 그 무기력하고 끝없는 분노에 사로잡힌 개를 남겨 두고 그냥 가 버린다는 것은 너무 잔인하다는 생각이 들었다. 내가 그의 덫에서 벗어났을 때, 그의 발톱이 절대 미치지 못할 곳으로 영원히 가 버렸을 때 그가 느낄 끔찍한 실망감과 표현할 길 없는 고통을 상상할 수 있었다. 나는 그대로 있기로 했다.

나는 앞으로 나아가 조용히 말했다.

"부디 진정하세요. 사슬을 풀어 드릴게요."

울부짖느라 경련하여 뒤틀려 있던 그의 얼굴은 다시 온전해졌고, 부드러워져서 거의 사람과 같이 되었다. 나는 겁먹지 않고 그에게 다가가 목에 채워진 고리를 풀었다. 우리는 나란히 걸었다. 그 제본업자는 점잖은 검은색 정장을 입고 있었지만 발은 맨발이었다. 대화를 시도해 보았지만 알아들을 수 없는 재잘거리는 소리만 대답으로 들었을 뿐이었다. 오직 검고 표정이 풍부한 그의 눈만이 열광적인 감사와 복종의 표정을 쏟아 냈고, 그것을 보고 나는 경외심으로 가득 찼다. 그가 돌이나 흙덩이에 걸려 넘어질 때마다 그 충격으로 그의 얼굴은 움츠러들고 공포로 오그라들었으며, 그 표정은 뒤이어 분노의 표정으로 바뀌었다. 그러면 나는 동료다운 호된 비난으로 그를 제정신이 들게 하곤 했다. 그의 등을 토닥여 주기까지 했다. 놀라고 의심에 찬, 믿을 수 없다는 듯한 미소가 그의 얼굴에서 형성되려고 했다. 아, 이 끔찍한 친구 관계를 견뎌 내기란 얼마나 어려운가! 이 무시무시한 동정심이란 얼마나 무서운 것인가! 눈에 완전한 복종의 표정을 띠고, 내 얼굴에 나타나는 가장 작은 변화마저 눈치채는, 내 옆에서 함께 걷고 있는 이 남자를 어떻게 떼어 낼 것인가? 나는 조급한 모습을 보일 수 없었다.

나는 지갑을 꺼내 아주 당연하다는 목소리로 말했다.

"돈이 필요하시겠지요. 기꺼이 꿔 드리겠어요."

그러나 지갑을 보는 순간 그의 표정이 예상외로 사나워져서 나는 재빨리 그것을 치워 버렸다. 그 후로도 한동안 그는 진정하지 못했고, 그의 안색은 더 많은 발작적인 울부짖음으로 계속 일그러졌다. 안 돼, 더 이상은 못 참겠다. 다른 건 다 참아도, 이건 안 된다. 상황은 이미 충분히 혼란스럽게 뒤얽혀 있었다.

그때 나는 시내에서 불길이 솟아오르는 것을 알아차렸다. 아버지가 혁명의 소용돌이 속 어딘가에 혹은 불타는 가게 안에 있는 것이다. 고타르트 박사는 찾을 수 없었다. 그리고 결국 어머니가 익명으로 그 신비한 임무를 띠고 나타난 것이다! 이것이 나를 둘러싸고 조여들어 오는 광장하고도 알 수 없는 음모의 요소들이었다. 탈출해야 한다, 무슨 수를 써서라도 탈출해야 한다고 나는 생각했다. 어디라도 상관없다. 개 냄새를 풍기며 나를 계속 쳐다보는 제본업자와의 끔찍한 친구 관계를 떨쳐 버려야 한다. 우리는 요양원 앞에 서 있었다.

"제 방으로 오시지요."

나는 예의 바른 몸짓으로 말했다. 교양 있는 몸짓은 그를 매혹시켰고, 그의 야만성을 순화시켰다. 나는 그를 먼저 방으로 들여보낸 뒤 의자를 내주었다.

"식당으로 가서 브랜디를 좀 가져올게요."

나는 말했다.

그는 겁에 질려 나를 따라오려고 했다.

나는 점잖지만 단호하게 그의 공포를 가라앉혔다.

"여기 앉아서 기다리세요."

나는 공포를 내색하지 않는 깊고 낭랑한 목소리로 말했다. 그러자 그는 머뭇거리는 미소와 함께 다시 앉았다.

나는 밖으로 나와 복도를 따라 천천히 걷다가, 아래층으로 내려와 현관문으로 이어지는 복도를 가로질렀다. 철문을 지나 마당을 가로질러 철문을 꽝 닫고, 그때서야 헐떡거리며 뛰기 시작했다. 기차역으로 가는 어두운 대로를 따라 뛰는 동안 심장은 쿵쿵 뛰었고, 관자놀이에서는 맥박이 고동쳤다.

내 머릿속에서는 영상이 이어졌는데, 갈수록 끔찍한 것들만 떠올랐다. 괴물 개의 조급한 모습, 내가 그를 속였다는 것을 깨달았을 때의 공포와 절망, 억제할 수 없는 힘으로 터져 나오는 또 한 번의 공포의 발병과 분노의 발작. 아버지가 요양원으로 돌아와, 아무 의심 없이 문을 두들기고, 그 끔찍한 야수와 맞닥뜨리는 모습.

다행히도 사실 아버지는 더 이상 살아 있지 않았다. 아버지를 진짜로 해칠 수는 없다고 나는 안심하며 생각했고, 막 출발하려는 기차의 객차가 내 앞에 검게 줄지어 서 있는 것을 보았다.

나는 그중 하나에 올라탔고, 기차는 마치 나를 기다리기라도 했던 것처럼 호각 소리도 없이 천천히 움직이기 시작했다.

창문을 통해 검고 버스럭거리는 숲으로 가득한 거대한 골짜기
—그에 대비되어 요양원 벽은 하얗게 보였다—가 움직이다가 다
시 한 번 천천히 돌았다. 안녕, 아버지. 안녕, 다시는 보지 못할 도
시여.

그때부터 계속 나는 여행하고 있다. 기차는 내 집이 되었고, 내
가 이 객차 저 객차로 떠돌아다녀도 모두들 참아 준다. 집의 방만
큼 거대한 객실은 쓰레기와 지푸라기로 가득하고, 회색의 색깔 잃
은 날에는 추운 바람이 그 안으로 뚫고 들어온다.

내 정장은 찢어지고 누더기가 되었다. 나는 낡아 빠진 철도원
제복을 받았다. 뺨 한쪽이 부어올라서 얼굴에는 더러운 누더기를
붕대 삼아 감고 있다. 지푸라기 위에 앉아서 졸다가, 배가 고프면
이등실 밖 복도에 서서 노래를 한다. 사람들은 내 모자, 챙이 반쯤
찢겨 나간 검은색 철도원 모자에 푼돈을 던져 준다.

도도

그는 대체로 토요일 오후에 짙은 색 정장과 흰 피케* 조끼 그리고 머리에 맞게 특별히 맞춰야 했던 중절모 차림으로 찾아왔다. 그는 15분 정도 머무르면서 무릎 사이에 단단히 끼운 지팡이의 뼈로 만든 손잡이에 턱을 괴고 소다수와 라즈베리 시럽을 홀짝이거나 혹은 자기 담배에서 나는 푸른 연기를 가만히 바라보곤 했다.

그럴 때 보통 다른 친척들도 함께 찾아왔고, 일반적인 이야기가 오가기 시작하면 도도는 뒤로 물러나 그 장면에서 조연의 수동적인 역할을 취했다. 그는 이 활기찬 모임에서 한마디도 하지 않았지만 그 웅장한 눈썹 아래 표현력 풍부한 눈은 한 사람 한 사람 차례로 지켜보았고, 그동안 열정적으로 귀를 기울이는 와중에 근육을 통제하지 못해 턱은 벌어지고 얼굴은 길게 늘어지곤 했다.

도도는 누가 말을 걸었을 때만, 그리고 그 질문이 단순하고 쉬울 때만 말했다. 그럴 때면 그는 단음절로, 마지못해, 딴 데를 보며 대답했다. 가끔씩 그는 의미심장한 몸짓과 찡그린 표정에 의존하여 이런 기본적인 질문을 벗어나는 대화도 이어 나갈 수 있었는데, 그 같은 몸짓이나 표정은 여러 가지로 해석할 수 있었고 그리하여 또렷한 말과 말 사이의 간극을 메우고 지각 있는 대답을 하고 있다는 인상을 줄 수 있었기 때문에 매우 유용했다. 하지만 이러한 착각은 금방 사라졌다. 대화는 완전히 끊어지곤 했다. 그리고 상대방의 시선이 천천히 생각에 잠겨 도도에게서 멀어지는 동안 그는 홀로 남아 다시 한 번 국외자라는 합당한 역할로, 다른 사람들의 사교적인 교제를 관찰하는 수동적인 관찰자로 돌아갔다.

어머니와 함께 시골에 가 본 적이 있느냐는 질문에 부드럽게 "모르겠어요"라고 대답해 버리면 어떻게 그와 이야기할 수 있겠는가. 그리고 이것이야말로 슬프고도 부끄러운 진실인데, 도도의 마음은 현재 이외의 어떤 것도 기록하지 않기 때문이다.

오래전 어린 시절에 도도는 매우 심한 뇌 질환에 걸려, 살아 있다기보다는 죽은 쪽에 더 가까운 상태로 몇 달 동안 의식을 잃고 앓았다. 마침내 상태가 나아졌을 때, 그가 정상적인 인간의 활동을 하지 못하며 지각 있는 사람들의 공동체에 더 이상 속하지 않는다는 것이 명백해졌다. 형식상 그는 개인 교습을 받아야 했고, 그것도 한 번에 아주 조금씩만 공부할 수밖에 없었다. 다른 사람에 대해서는 가혹하고 용서 없이 강요하는 관습도 도도에게만은 그 엄격함을 잃어버리고 아량을 베풀곤 했다.

도도의 주변에는 인생의 무게와 살아가는 데 필요한 것들의 영향을 받지 않는 이상한 특권 지역이 형성되었는데, 이는 자기 자신을 보호하기 위해서였다. 그 지역에서 벗어나 있는 사람들은 모두 이어지는 사건들에 영향을 받았고, 소란스럽게 그 사이를 걸어 다녔으며, 스스로 빠져들어 흡수되고 열중해 버렸다. 그 지역 안에는 평온함과 고요가, 만연한 소란 사이의 휴식기가 있었다.

그렇게 도도는 살아갔고 자라났으며, 그의 예외적인 운명은 당연하게 여겨 누구에게도 거슬리지 않고 그와 함께 자라났다.

도도는 새 옷을 받아 본 적이 없었다. 그는 언제나 형의 낡은 옷만 입었다. 동갑내기들의 인생은 특별한 사건들, 숭고하고도 상징적인 순간들, 즉 생일, 시험, 약혼, 승진 등의 여러 단계와 시기로 나뉘었지만, 그의 삶은 즐거운 것에도 고통스러운 것에도 방해받지 않는 단조로운 수평선에서 이어졌고, 그의 미래 또한 놀랄 일이라곤 하나도 없는 완전하게 곧고 쭉 뻗은 길처럼 보였다.

도도가 그런 상황에 대해 내적으로 반항했다고 생각한다면 그건 오산이다. 그는 놀라지도 않고 아주 단순하게 그것을 자기에게 맞는 삶으로 받아들였다. 그는 자신의 존재를 유지해 나갔고 아무 사건도 없는 그 단조로운 생활의 울타리 안에서 냉철하고 품위 있는 낙관주의로 인생의 자질구레한 일들을 꾸려 갔다.

아침마다 그는 세 개의 거리를 거쳐 산책했으며, 세 번째 거리의 끝에 오면 똑같은 길을 돌아갔다. 우아하지만 형에게 물려받아 다소 낡아 빠진 정장을 입고 그는 서두르지 않고 품위 있게, 뒷짐 진 손에 지팡이를 들고 나아갔다. 마치 시내를 걸어 다니는 일을 즐기는 신사처럼 보였을 것이다. 이처럼 서두르지도 않고 방향도 목적도 없는 태도는 가끔 매우 민망했는데, 왜냐하면 도도는 가게 앞이나 사람들이 열심히 일하고 있는 공방 밖에 입을 벌리고 서 있기를 좋아했고, 대화에 열중해 있는 사람들 사이에 끼어들기도 했기 때문이다.

그의 얼굴은 조숙했고, 이상한 얘기지만 경험과 인생의 시련이 그 공허한 불가침성을, 변두리에 밀려난 그의 이상한 인생을 피해 가는 동안 그의 외모는 그를 비켜 간 경험들, 그의 일대기에는 결코 충족되지 못할 요소들을 반영하기 시작했다. 이 경험들은 완전한 허구이기는 해도, 그의 얼굴을 존재의 지혜와 슬픔이 배어 나오는 위대한 비극 배우의 모습으로 형상화했다. 그의 눈썹은 멋지게 휘어져 크고 슬프고 움푹 들어간 눈에 그늘을 드리우고 있었다. 콧방울 양옆에는 가짜 고난과 지혜의 상징인 두 개의 깊은 주름이 입가로 달려 내려갔다. 작고 도톰한 입은 고통스럽게 꾹 다물고 있었으며 튀어나온 완고한 턱의 뾰족하고 요염한 턱수염 때문에 그는 나이 든 도락가처럼 보였다.

도도의 특권적이고 이상한 삶이 인간 종족의 교묘하게 감추어진, 언제나 굶주린 악의에 감지당했다는 것은 피할 수 없는 일이었다.

그리하여 점점 더 자주, 도도는 아침 산책에 길동무를 동반하게 되었다. 보통 사람이 아니라는 것의 대가 중 하나는 이 길동무들이 특별한 종류였으며, 공통의 흥미를 나눈 동료들이 아니었다는 점이다. 그들은 품위 있고 진지한 도도에게 달라붙은 한참 어린 나이의 인간들이었다. 그들이 나눈 대화는 쾌활한 농담조라서 도도에게는 즐거울 수도 있었을 것이다.

유쾌하고 태평한 무리에 둘러싸여 머리만 보이는 채로 걸을 때면 그는 마치 제자들에게 둘러싸인 소요학파의 철학자처럼 보였고, 진지하고 슬픈 표정의 가면 뒤에 있는 그의 얼굴은 대체로 비극적인 표정 사이로 비어져 나오는 천박한 미소로 갈라졌다.

도도는 이제 아침 산책에서 늦게, 머리가 헝클어진 채 옷도 흐트러지고, 그러나 활기에 차서 돌아와서는 레티챠 숙모의 호의로 함께 살게 된 가난한 사촌 카롤라에게 장난을 치려고 했다.

그 아침 길동무들이 아마도 별달리 중요한 사람들은 아닐 것이라는 사실을 잘 알고 있었기 때문에, 도도는 집에서는 그 일에 대해 일절 말하지 않았다.

아주 가끔 그의 단조로운 삶에도 사건이 일어나 그 중요성으로 인해 더욱 부각되곤 했다. 한번은 그가 아침에 집을 나가서 점심때까지 돌아오지 않았다. 저녁에도 돌아오지 않았고, 다음 날 점심에도 돌아오지 않았다. 레티챠 숙모는 절망에 빠졌다. 그러나 이 틀째 되는 날 저녁 그는 옷차림이 다소 망가지고, 중절모는 밟히고 뒤틀렸지만, 다른 곳은 모두 건강하고 영적으로 매우 평온한 상태로 돌아왔다.

도도가 그 일에 대해 완전히 침묵을 지키고 있으므로 그 탈출의 전 과정을 재구성하기란 어려웠다. 아마도 매일 하는 산책의 진로를 조금 확장했다가 도시의 익숙지 않은 지역을 헤매게 되어, 도도를 새롭고 익숙지 못한 인생의 상황에 노출하는 것을 꺼리지 않는 그 어린 소요학자들이 도와주었으리라는 것이다.

아니면 도도의 빈약하고 과로에 시달린 기억력이 하루 쉬기로 결정하여, 그가 보통은 어떻게든 기억해 냈던 사소한 일들, 주소나 이름까지 잊어버린 경우들 중 하나일지도 모르지만, 우리는 그의 모험이 정확히 어떻게 된 일인지는 결국 알아내지 못했다.

도도의 형이 외국으로 가 버리자 가족은 네 명으로 줄었다. 히에로님 아저씨와 레티챠 숙모를 빼면, 그 귀족적인 집안에서 주부 역할을 담당하는 카롤라밖에 없었다.

히에로님 아저씨는 자기 방에 몇 년 동안 갇혀 있었다. 폭풍우에 시달린 배와도 같았던 아저씨의 인생에서 신의 뜻으로 조용히 그 키를 놓아 버린 순간부터 아저씨는 아파트 복도와 어두운 골방 사이, 자신에게 할당된 좁은 공간에서 연금 생활자로서 존재를 이어 왔다.

발목까지 오는 기다란 실내복을 입고 아저씨는 얼굴을 덮은 수염이 나날이 길어지는 모습으로 골방의 가장 어두운 구석에 앉아 있곤 했다. 끝이 완전히 새하얗게 세어 버린 기다란 후추색 턱수염이 아저씨의 얼굴을 덮고 뺨까지 반쯤 퍼져 올라와 있어, 수염의 범위를 벗어난 것은 매부리코와 성근 눈썹 그늘 아래 흰자를 굴리는 눈뿐이었다.

이 창문 없는 방, 아저씨가 마치 커다란 고양이처럼 거실로 통하는 유리문 앞을 오락가락하도록 저주받은 좁은 감옥에는 두 개의 거대한 참나무 침대, 아저씨와 숙모의 밤 동안의 거주지가 놓여 있었다. 방의 뒷벽 전체는 커다란 벽걸이 융단에 덮여 있었는데, 그것은 어둠 속에서 어렴풋이 보이는 눈에 띄지 않는 피륙이었다. 어둠에 눈이 익으면 그 위로 대나무와 야자수 사이에, 예언자처럼 강력하고 험상궂고 가부장처럼 위엄 있는, 거대한 사자를 볼 수 있었다.

서로 등을 맞대고 앉아 사자와 히에로님 아저씨는 서로의 존재를 느끼며 그것을 혐오했다. 쳐다보지 않은 채 그들은 서로에게 으르렁거렸고 사악한 이빨을 드러냈으며 중얼중얼 위협적인 말들을 내뱉었다. 때때로 짜증의 한계를 넘어 버린 사자가 갈기를 곤두세우고 앞발로 일어나 구름 낀 벽걸이 융단 속의 하늘을 그의 위협적인 포효로 가득 채우기도 했다. 때때로 히에로님 아저씨는 사자 위로 우뚝 서서 영감에 찬 턱수염을 나부끼며 위대한 말의 무게에 짓눌려 찡그린 채 예언적인 장광설을 늘어놓기도 했다. 그러면 사자는 고통스럽게 눈을 찡그리고 천천히 머리를 돌려, 신성한 단어들의 채찍 아래 몸을 움츠렸다.

사자와 히에로님 아저씨는 아파트의 어두운 골방을 영원한 전쟁터로 바꾸어 놓았다.

히에로님 아저씨와 도도는 작은 아파트 안에서 서로 독립되어 결코 서로 만나지 않는 별개의 차원에서 살았다. 어쩌다 눈길이 마주치기라도 하면 마치 익숙지 못한 것의 영상은 간직할 능력이 없는, 관련 없는 두 가지 종에 속하는 동물들처럼 그 시선은 초점을 잃고 방황했다.

그들은 결코 서로 말을 걸지 않았다.

  식사를 할 때면 레티챠 숙모는 남편과 아들 사이에 앉아서 두 세계 사이의 완충 지대, 두 광기의 바다 사이의 지협을 형성했다.

  히에로님 아저씨는 긴 턱수염을 그릇 속에 빠뜨린 채 지저분하게 먹었다. 부엌문이 삐걱거리면, 아저씨는 낯선 사람이 들어오기만 하면 골방으로 도망칠 태세로 의자에서 반쯤 일어나 수프 그릇을 움켜쥐었다. 레티챠 숙모가 아저씨를 안심시켰다.

  "겁내지 말아요, 아무도 안 들어와요. 하녀가 소리를 냈을 뿐이에요."

  그러면 도도는 화나고 분개한 눈으로 겁먹은 아버지를 쳐다보며 매우 불쾌한 목소리로 혼자 중얼거렸다.

  "아버진 미쳤어."

  히에로님 아저씨는 인생의 복잡하고도 어려운 일들을 면제받아 골방에 있는 자신만의 피난처로 물러나도 된다는 허락을 받기 전에는 매우 다른 성격의 사나이였다. 아저씨가 젊었을 때 알던 사람들은 아저씨의 무모한 성정에는 자제력도 배려도 양심의 가책도 없다고 했다. 심하게 아픈 사람들 앞에서 아저씨는 매우 만족스러운 듯 그들을 기다리는 죽음에 관해 이야기했다. 문상을 간다는 것은 아저씨에게 아직도 슬퍼하고 있는 가족들 앞에서 고인의 인생을 심하게 비판할 기회였다. 사람들이 숨기고 싶어 하는 사생활의 불쾌하거나 은밀한 사건들에 대해 아저씨는 큰 소리로 비꼬아서 말했다. 그러다 어느 날 밤 아저씨는 출장을 갔다가 완전히 다른 사람이 되어 돌아와서는 공포에 떨며 침대 아래 숨으려고 했다. 며칠 후 히에로님 아저씨가 자신을 침몰시킬 뻔했던 그 복잡하고 의심스럽고 위험한 사업에서 완전히 손을 떼고, 물러나서 우리 눈에는 다소 불분명해 보이지만 아무튼 엄격한 규칙이 지배하는 새로운 인생을 시작했다는 소식이 가족들 사이에 퍼졌다.

일요일 오후에 보통 레티챠 숙모의 초대를 받아 조촐한 가족 다과회에 가면 히에로님 아저씨는 우리를 알아보지 못했다. 골방에 앉아서 아저씨는 광기에 차고 겁에 질린 눈으로 유리문을 통해 손님들을 바라보았다. 하지만 때로 아저씨는 뜻밖에도 은둔지를 떠나, 여전히 긴 실내복을 입고 턱수염을 얼굴 주위에 나부끼며, 마치 우리를 갈라놓고 싶은 것처럼 손을 벌리고, 말하곤 했다.

"자, 이제 제발 부탁이니, 여기 계시는 모든 분들은, 해산하시오, 뛰어 달아나세요. 하지만 조용히, 눈에 띄지 않게, 발뒤꿈치를 들고⋯⋯."

그러고는 신비롭게 집게손가락을 흔들어 보이며 낮은 목소리로 덧붙이곤 했다.

"모두들 그 이야기를 하고 있어요. 디- 다⋯⋯."

숙모는 아저씨를 부드럽게 밀면서 골방으로 데려갔지만, 아저씨는 문가에서 돌아서선 손가락을 세우고 우울하게 되풀이했다. "디- 다."

도도는 이해하는 속도가 조금 느렸고, 상황을 분명히 알게 되기 전까지 몇 분간 침묵하고 집중하는 시간이 필요했다. 그렇게 깨닫고 나면, 마치 아주 우스운 일이 일어났다는 사실을 확인하고 싶기라도 한 듯, 그의 시선은 이 사람 저 사람에게로 옮겨 다녔고, 갑자기 시끄럽게 웃음을 터뜨리고는, 대단히 만족하여, 비웃는 뜻에서 머리를 흔들며 그 웃음소리 사이로 되풀이했다.

"아버진 미쳤어!"

레티챠 숙모의 집에 밤이 찾아왔다. 하녀는 부엌에서 잠자리에 들었다. 밤공기의 거품이 정원으로부터 떠올라 와 창문에 부딪혀 터졌다. 레티챠 숙모는 커다란 침대 깊숙한 곳에서 잤다. 반대편에서는 히에로님 아저씨가 황갈색 올빼미처럼 어둠 속에서 눈을 빛내며, 턱까지 움츠린 무릎 위로 수염을 나부끼며, 침대보 속에 똑바로 앉아 있었다.

아저씨는 천천히 침대에서 기어 내려와 발뒤꿈치를 들고 숙모의 침대로 갔다. 그리고 뛰어오르기 직전의 고양이처럼 눈썹과 턱수염을 곤두세우고 잠자는 여인을 쳐다보며 서 있었다. 벽걸이 융단 속의 사자가 짧게 하품을 하고 머리를 돌렸다. 숙모는 잠에서 깨어 눈을 빛내며 입에서 침을 뱉고 있는 그 머리를 보고 놀랐다.

"당장 침대로 가요."

숙모는 마치 암탉을 쫓아내듯 아저씨를 쫓아내며 말했다.

히에로님 아저씨는 침을 뱉으며, 불안한 고갯짓으로 뒤를 돌아보며 물러났다.

옆방에서는 도도가 침대에 누워 있었다. 도도는 잠을 자지 않았다. 그의 병든 두뇌에서 잠을 관장하는 부분이 제대로 기능하지 않았다. 그는 밤새도록 침대 이쪽저쪽으로 꿈틀거리며 엎치락뒤치락했다.

매트리스가 삐걱거렸다. 도도는 깊이 한숨을 쉬고, 씨근거리고, 일어나 앉았다가, 다시 누웠다.

살아 보지 못한 인생이 그를 걱정하고 괴롭히며 우리 속에 갇힌 동물처럼 그의 안에서 빙빙 돌아다녔다. 도도의 몸, 백치의 몸 안에서, 태어나지도 않은 누군가가 나이 먹어 가고 있었다. 누군가가 성숙하여 전혀 의미 없는 죽음을 맞이하고 있었다.

그리고 갑자기 그는 어둠 속에서 큰 소리로 울었다.

레티챠 숙모가 침대에서 벌떡 일어나 뛰어왔다.

"도도, 무슨 일이니, 어디 아프니?"

도도는 놀라 숙모 쪽으로 돌아누웠다.

"누구?"

그는 물었다.

"왜 울어?"

숙모가 물었다.

"내가 아냐, 그 사람이⋯⋯."

"어느 사람?"

"안에 있는 사람⋯⋯."

"그게 누군데?"

도도는 체념한 듯 손을 저었다.

"어⋯⋯."

도도는 한숨을 쉬고 반대쪽으로 돌아누웠다.

레티챠 숙모는 발뒤꿈치를 들고 살금살금 침대로 돌아갔다. 히에로님 아저씨의 침대를 지나갈 때, 아저씨는 위협적으로 숙모에게 손가락을 흔들었다.

"모두들 그 이야기를 하고 있어. 디- 다⋯⋯."

에지오

1

우리 가족과 같은 층에, 마당을 바라보는 좁고 길게 튀어나온 쪽에 에지오가 가족과 함께 살았다.

에지오는 이미 오래전부터 조그만 소년이 아니었다. 에지오는 목소리가 우렁차고 남성적인 다 자란 성인 남자로, 가끔씩 오페라의 아리아를 불렀다.

에지오는 살이 찌기 시작했지만, 스펀지 같고 흐물흐물한 형태가 아니라 운동선수 같은 근육질이었다. 그의 어깨는 곰처럼 강하고 억세지만, 그래서 어쨌다는 것인가? 그는 다리를 쓰지 못했는데, 다리가 완전히 퇴화하여 기능을 잃었기 때문이다. 그의 다리를 보고 그 이상한 장애의 원인을 밝혀내기란 어려운 일이다. 그의 다리는 마치 무릎과 발목 사이에 관절이 너무 많은 것 같았다. 보통 다리보다 관절이 적어도 두 개는 더 있었다. 그리하여 그 넘치는 관절 부분에서 다리가 비참하게 구부러졌다는 것은 놀랄 일도 아닌데, 옆으로만 구부러지는 것이 아니라 앞으로도 그리고 가능한 모든 방향으로 구부러졌다.

그래서 에지오는 목발 한 쌍의 도움을 받아야만 움직일 수 있었는데, 그 목발들은 놀랄 만큼 잘 만들어졌고 마호가니와 비슷하게 반들반들했다. 이 목발을 짚고 그는 매일 신문을 사러 아래층으로 내려왔다. 이것이 그의 유일한 산책이자 유일한 기분 전환이었다. 그가 계단을 내려오는 모습을 보는 것은 고통스러운 일이다. 그의 다리는 불규칙하게 한쪽으로 흔들리고, 그러고는 뒤로 가고, 뜻밖의 장소에서 구부러진다. 그리고 그의 발은 말발굽처럼 작지만 두꺼운데, 층계의 나무판을 막대기처럼 두들긴다. 그러나 거리에 내려서면 에지오는 예상치 못하게 달라진다. 그는 몸을 쭉 펴고 장엄하게 가슴을 내밀고 몸을 흔든다. 목발 위에 평행봉 운동을 하듯 몸무게를 싣고, 그는 다리를 멀리 앞쪽으로 던진다. 발이 불규칙하게 쿵 하고 땅을 치면, 에지오는 목발을 앞으로 움직이고 새로운 힘을 얻어 다시 몸을 흔든다. 이렇게 앞으로 몸을 흔들어서, 그는 공간을 정복한다. 종종 마당에서, 목발을 교묘하게 사용하여, 긴 휴식 시간 동안 모은 넘치는 힘으로 그는 1층과 2층의 하녀들이 놀라서 지켜보는 가운데 진정 웅장하고 품위 있게 이 영웅적인 기동력을 과시할 수 있다. 그의 목뒤는 부풀어 오르고, 턱살이 두 겹이 되고, 이를 악물고 애쓰면서 옆으로 기울인 그의 얼굴에는 고통스러운 찌푸린 표정이 나타난다. 마치 운명이 장애라는 짐을 지워 놓고 그 대가로 아담의 자손들에게 걸린 그 저주*에서 그를 풀어 준 것처럼, 에지오는 일을 하지 않는다. 장애의 그늘에서 에지오는 게으를 수 있는 자신의 예외적인 권리를 만끽하며 마음속 깊은 곳에서는 운명과 개인적으로 협상해 낸 그 은밀한 계약을 불쾌하게 생각하지 않는다.

그럼에도 불구하고 우리는 종종 그렇게 젊은 20대의 남자가 시간을 어떻게 때우는지 궁금해했다. 에지오는 매우 주의 깊은 독자여서 신문을 읽는 것은 매우 시간이 많이 걸리는 일이다. 작은 글자로 된 선전이나 공고도 그의 주의를 벗어나지 못한다. 그리고 마침내 신문의 마지막 페이지에 이르더라도 그는 남은 하루를 지루하게 보내야 할 운명에 놓이는 것은 아니다 — 절대 그렇지 않다. 그때서야 에지오는 즐겁게 기다려 왔던 취미 생활에 돌입한다. 오후에 다른 사람들이 짧은 낮잠을 취할 때, 에지오는 커다랗고 두꺼운 스크랩북을 꺼내 창문 아래 탁자 위에 펼쳐 놓고, 풀을 준비하고 솔과 가위를 꺼내어, 정해진 엄정한 체계에 따라 가장 흥미로운 기사를 잘라 내어 풀로 붙이는 즐겁고도 보람 있는 작업을 시작한다. 목발은 그의 곁에서 어떤 돌발 사태라도 맞이할 준비를 하고 창턱에 기대 있지만, 모든 것이 손 닿는 데 있으므로 그는 목발이 필요치 않다. 그렇게 바쁘게 작업하면서 그는 차 마시는 시간까지 몇 시간을 채운다.

사흘에 한 번씩 에지오는 수염을 깎는다. 그는 이 활동과 그에 관련된 모든 물건들 — 뜨거운 물, 면도 비누 그리고 매끈하고 부드럽고 치명적으로 날카로운 면도칼 — 을 좋아한다. 비누를 물과 섞고 가죽띠에 면도날을 가는 동안 에지오는 노래를 부른다. 그의 목소리는 훈련을 받지 않았고 그다지 음조가 좋지도 않지만 그는 아무런 가식 없이 큰 소리로 노래를 부르고, 아델라는 그의 목소리가 듣기 좋다고 주장한다.

그러나 에지오의 가정생활은 전적으로 조화롭지 못하다. 불행히도 그와 그의 부모님 사이에는 매우 심각한 갈등이 있는 것 같은데 그 이유와 배경은 우리도 모른다. 우리는 뒷공론이나 소문을 옮겨서는 안 될 것이다. 경험적으로 확인된 사실들에만 이야기를 국한하자.

따뜻한 계절 동안 저녁 무렵에 대개 에지오의 창문이 열려 있는데, 바로 이때 우리는 이 언쟁의 메아리를 듣게 된다. 정확히 말해서 우리는 대화의 반쪽만 들을 뿐인데, 그것은 에지오 쪽 이야기로, 왜냐하면 아파트의 더 먼 쪽에 숨어 있는 그의 상대편의 대답은 우리 귀에 닿지 못하기 때문이다.

그러므로 에지오가 무엇 때문에 비난을 받는지 추측하는 것은 어렵지만, 반박하는 그의 어조로 미루어 보아 그가 아픈 곳을 찔렸으며 거의 이성을 잃었다는 것을 추론해 낼 수 있다. 분명 대단히 화가 나서 튀어나왔을 그의 언사는 난폭하고 분별이 없지만, 그의 어조는 매우 분개한 상태에서도 다소 푸념하는 어조이고 비참하다.

"예, 물론 그렇죠."

그가 구슬픈 목소리로 말한다.

"그래서 어쨌다는 거예요? ……어제 몇 시요? ……그건 사실이 아니에요! ……그래서 그게 사실이면 어쩔 거예요? ……그럼 아버지가 거짓말하시는 거예요!"

논쟁은 이렇게 한참 동안 계속되며, 에지오의 분노가 폭발하거나 무기력한 격노로 그가 발그스름한 머리를 뽑아내려 할 때만 잠시 전환기를 맞이할 뿐이다.

그러나 때때로 ─ 그리고 이때가 이런 장면의 절정으로, 특정한 호소력을 갖는데 ─ 우리가 숨을 죽이고 기다렸던 일이 뒤이어 벌어진다. 아파트 깊은 곳에서 시끄럽게 뭔가 깨지는 소리가 들리고, 문이 쾅 열리고 조각난 가구들이 마룻바닥에 내던져지며, 마지막으로 에지오가 가슴이 찢어지는 듯한 비명을 지른다.

우리는 떨면서 민망해하며 그 소리를 듣지만, 그러나 한편으로는 다리가 얼마나 불구이든 간에 우람하고 혈기 왕성한 젊은이가 야만적이고 환상적인 폭력을 휘두른다는 생각에 음울한 만족감을 느끼기도 한다.

2

황혼 무렵, 이른 저녁을 먹고 설거지도 마쳤을 때, 아델라는 에지오의 창문에서 멀지 않은, 마당을 내려다보는 발코니에 가서 앉곤 한다. 네모진 말발굽 형태를 띤 두 개의 긴 발코니가 마당을 내려다보는데, 하나는 1층에 있고 또 하나는 2층에 있다. 발코니의 나무판자 틈새로 풀이 조금씩 자라고, 어떤 틈새로는 작은 아카시아까지 자라나서 마당 위로 높이 흔들린다.

아델라와 조금 떨어진 곳에 이웃 한두 명이 문 앞 발코니에 나와 의자 위에 대자로 뻗거나 혹은 등받이 없는 의자 위에 쪼그려 앉아 어스름 속에 창백하게 시들어 가고 있다. 그들은 힘든 하루를 보내고, 주둥이를 묶은 자루처럼 말없이, 밤이 자신들을 부드럽게 풀어 주기를 기다리며 쉬고 있다.

아래쪽에서 마당은 빠르게 어둠으로 가득 차지만, 위쪽의 공기는 아직 불빛을 버리지 않아서 아래쪽의 모든 것이 서서히 암흑이 되어 가는 동안에도 계속 밝아 보인다. 어둠은 갑작스럽고 은밀한 박쥐의 날갯짓에 희미하게 반짝이며 몸을 떤다.

아래쪽에서 밤의 재빠르고도 말 없는 작업은 이제 본격적으로 시작된다. 욕심 많은 개미들이 사방에서 무리 지어 나와 사물의 실체를 분해하여 원자로 만들고, 흰 뼈를 드러낼 때까지, 갈비뼈와 해골을 드러낼 때까지 먹어 치운다. 그 뼈는 이 슬픈 전쟁터의 악몽 속에서 희미한 인광(燐光)을 발한다. 흰 종이는 쓰레기 더미의 넝마 속에서, 벌레 먹은 어둠 속에 소화되지 않은 빛줄기처럼 가장 오래 살아남아 완전히 분해될 수가 없다. 때로 그것들은 어둠 속에 삼켜진 듯 보였다가 다시 나타나지만, 결과적으로 정말 뭔가 보이는 건지 혹은 이들이 밤의 광란을 시작한 환영일 뿐인지 확실히 말하기란 불가능하다. 결국 사람들은 자신의 고동치는 두뇌와 환영의 유령들에 의해 투사된 별들 아래 자신만의 아우라 속에 앉아 있을 뿐이다.

그러고 나서 가느다란 산들바람 줄기가 마당 바닥으로부터 올라오는데, 불확실하게 망설이는 이 신선한 바람은 겹겹이 겹친 여름밤에 비단처럼 테를 두른다. 그리고 희미하게 반짝이는 첫 번째 별들이 하늘에 나타날 동안, 여름밤은 한숨 ─ 깊고, 별똥별과 멀리서 울어 대는 개구리 소리로 가득한 한숨 ─ 과 함께 나타난다.

아델라는 불을 켜지 않고 잠자리에 들어 전날 밤의 지친 침구 속으로 가라앉는다. 그녀가 눈을 감자마자 모든 마루와 아파트의 모든 방들의 경주가 시작된다.

여름밤은 풋내기들에게나 휴식과 망각의 시간일 뿐이다. 낮의 활동이 끝을 맺고 지친 두뇌가 잠을 갈구할 때, 혼란스럽게 앞뒤로 왔다 갔다 하며 복잡하게 얽히고설킨 7월의 밤의 거대한 소동이 시작된다. 아파트의 모든 세대, 모든 방과 골방이 들락날락하는 소음과 방황으로 가득하다. 모든 창문에서 우윳빛 그림자를 드리운 등잔을 볼 수 있고, 복도조차 밝게 불이 밝혀져 있으며 문은 쉴 새 없이 열리고 닫힌다. 거대하고 무질서하고 반쯤 비꼬는 듯한 대화가 벌집처럼 사람이 복작거리는 아파트의 모든 방에서 끊임없는 오해와 함께 이어진다. 2층 사람들은 1층 사람들이 한 말을 오해하고 긴급한 지령과 함께 특사를 보낸다. 급사들이 아파트의 모든 세대로 오르락내리락하고, 그러다가 가는 길에 지령을 잊어버리고 되풀이하여 소환을 받고 돌아간다. 그리고 항상 덧붙일 것이 있고, 완전히 설명한 것은 아무것도 없으며, 웃음소리와 농담 사이로 이어진 그 모든 야단법석의 결과는 아무것도 없다.

밤의 이 거대한 소동에 참여하지 않은 뒤쪽 방들은 시계의 째깍

거리는 소리와, 침묵의 독백과, 잠든 사람들의 깊은 숨소리로 측정되는 독자적인 시간을 가진다. 그곳에선 우유에 젖어 부푼 거대한 보모들이 밤의 무릎에 탐욕스럽게 매달린 채 황홀경에 볼을 붉히고 잠들어 있다. 조그만 아기들이 눈을 감고 보모들의 잠의 표면에서 방황하며, 그들 가슴의 하얀 평원에 있는 정맥의 푸른 지도 위에서 헤매는 동물들처럼 섬세하게 기어 다니고, 맹목적인 얼굴로 그 따뜻한 통로, 잠의 깊은 곳으로 통하는 입구를 찾아다니고, 끝내 그 부드러운 입술로 잠의 원천을 찾아낸다. 그것은 달콤한 망각으로 가득 채워진 믿음직한 젖꼭지이다.

그리고 이미 잠을 찾아내 침대에 누운 사람들은 그것을 놓아주려 하지 않는다. 그들은 그것을 정복할 때까지 달아나려는 천사와 다투듯 싸워서 그것을 베개에 대고 누른다. 그러고는 마치 언쟁하듯 간헐적으로 코를 골며 분노에 찬 증오의 역사를 스스로 상기시킨다. 그리고 불평과 반격이 멈추고 잠과의 투쟁이 끝나고 모든 방이 차례차례 침묵과 비존재 속으로 가라앉고 나면, 가게 점원 레온은 장화를 손에 들고 맹목적으로 천천히 계단을 올라가 어둠 속에서 문의 열쇠 구멍을 찾으려 애쓴다. 그는 그렇게 밤을 틈타 충혈된 눈으로, 딸꾹질에 시달리며 반쯤 열린 입에서 한 줄기 침을 흘리며 사창가에서 돌아온다.

야쿠프 씨의 방 안에는 탁자 위 등잔에 불이 밝혀져 있고, 야쿠프 씨가 등을 구부리고 앉아 방적과 기계 직조 회사의 크리스티안 세이펠 씨에게 긴 편지를 쓰고 있다. 마루에는 그의 글씨로 덮인 종이 뭉치가 온통 덮여 있지만, 편지의 끝은 아직 보이지 않는다. 가끔씩 그는 탁자에서 일어나 손을 바람에 시달린 머리에 파묻고 방 안을 돌아다니는데, 그렇게 빙빙 돌면서 가끔 벽으로 기어 올라가, 무작정 벽지의 덩굴무늬에 부딪히는 커다란 모기처럼 벽지를 따라 날아다니고, 그러고는 다시 마룻바닥으로 내려와 영감에 찬 회전을 계속한다.

아델라는 곤히 잠들어 입은 반쯤 열려 있고, 얼굴은 평온하고 멍하다. 그러나 그녀의 닫힌 눈꺼풀은 투명하여, 밤은 그 얇은 양피지 위에 반은 글자, 반은 그림으로 된, 지우고 수정한 자국과 알아볼 수 없는 낙서로 가득한 악마와의 조약을 적고 있다.

에지오는 옷을 벗고 그의 방에 서서 아령으로 운동을 한다. 어깨는 그의 쓸모없는 다리를 대신하므로 그는 어깨 힘이 많이 필요하다. 보통 사람의 두 배만큼의 힘이 필요하기 때문에 그는 매일 밤 열심히 그리고 비밀스럽게 운동을 한다.

아델라는 망각의 세계 속으로 다시 날아 들어가 소리를 지르거나 도움을 청할 수 없고, 에지오가 창문 밖으로 기어 나오려는 것을 막을 수도 없다.

에지오가 목발 없이 발코니로 기어 나오고, 아델라는 이 모습을 보면서 과연 저 다리로 걸으려는 걸까 놀라워한다. 그러나 에지오는 걸으려는 것이 아니다.

그는 희고 커다란 개처럼 네 발로 엎드린 채 발코니의 쾅쾅 울리는 나무판자 위에 굉장하게 발을 질질 끌며 뛰어올라 접근하여 마침내 아델라의 창문에 닿는다. 밤마다 고통으로 찡그리며 그는 희고 살찐 얼굴을 달빛에 빛나는 창유리에 누르고, 구슬프고 열정적인 목소리로 그녀에게, 밤 동안에는 목발이 찬장 속에 잠겨 있어 이제 개처럼 네 발로 뛸 수밖에 없다고 울면서 하소연한다.

그러나 아델라는 완전히 지쳐 잠의 깊은 운율에 푹 빠져들어 있다. 그녀는 이불을 맨허벅지 위로 끌어당길 기운조차 없고 빈대들이 그녀의 몸 위로 헤매고 다니는 것을 막을 수도 없다. 이 가볍고 얇은 나뭇잎 모양의 벌레들은 그녀의 몸 위를 너무나 섬세하게 돌아다녀서 그녀는 감촉을 느끼지도 못한다. 그들은 납작한 피 그릇, 눈도 얼굴도 없는 불그스름한 피 자루이며, 이제 온 일족이 세대와 씨족으로 그 종류를 구분하여 이주하기 위해 행진하고 있다. 그들은 무리 지어 끝없는 행렬을 만들어 그녀의 발을 타고 올라간다. 그들은 이제 더 커져서, 나방만큼 커진 머리 없고 납작한 빨간 흡혈귀들이며, 종이에서 잘라 낸 것처럼 가벼운 몸은 거미줄보다 더 섬세한 다리 위에 얹혀 있다.

그리고 마지막 느림보 빈대가 나타났다 사라지고 나면, 아직도 거대한 한 마리가 더 지나가고, 그 후에 마지막 하나가 아주 조용히 지나간다 ─ 그리고 깊은 잠으로 가득 찬 텅 빈 복도와 아파트에서 방들은 새벽이 오기 전의 회색빛을 천천히 빨아들이기 시작한다.

모든 침대에는 사람들이 무릎을 위로 끌어당기고, 얼굴은 난폭하게 한쪽으로 돌리고, 깊이 집중한 채, 잠에 빠져들어 그것에 완전히 항복한 채 누워 있다.

그리고 잠의 과정은 사실 장과 절의 부분들로 나뉘어 잠자는 사람들에게 고루 분배된 하나의 위대한 이야기이다. 그중 하나가 멈추어 조용해지면 다른 사람이 그 역할을 넘겨받아, 모두 그 집에서 각자 방에 누워 거대한 말린 양귀비 꽃잎들 속에 담긴 양귀비 씨처럼 움직이지 않고 둔하게 있는 동안 이야기가 폭넓고 웅장한 지그재그를 그리며 이어져 나갈 수 있게 하는 것이다.

연금 생활자

나는 진정 말 그대로 연금 생활자이며, 그렇게 생활한 지도 꽤 오래된, 순도 높은 연금 생활자이다.

이 새로운 신분에 할당된 일정한 한계를 이미 초과해 버렸는지도 모른다. 그것을 숨기고 싶지는 않다. 거기에는 별로 놀라울 것도 없다. 어째서 놀라워하는 척 하면서 위선적인 존경심을 담아 엄숙하게 진지한 눈길로 쳐다보는 거지? 사실은 이웃의 불행을 몰래 즐거워하고 있다는 사실을 감추려는 것이 아닌가? 대체로 사람들이란 기본적인 재치조차 없다니까! 이런 종류의 사실은 어느 정도 무관심하게 받아들여야 한다. 이런 일들은, 내가 크게 신경 쓰지 않고 가볍게 받아들인 것처럼, 그저 일어나는 그대로 받아들여야 하는 것이다. 아마 그 때문에 내 발이 조금 떨리고 한 발을 천천히 다른 발 앞에 놓고, 가는 길을 조심스럽게 살펴야 하는 것인지도 모른다. 이런 상황에서는 길을 잃기가 무척 쉽다. 내가 모든 것을 아주 명쾌하게 밝혀 둬야만 한다는 것은 독자도 이해할 것이다. 나와 같은 존재의 형태는 대부분 어림짐작에 의존하는 것이며 굉장한 호의를 필요로 한다. 이제 나는 자주 사려 깊게 눈을 찡긋거려 이 호의에 호소해야 하는데, 거짓 표정에 익숙지 못해 굳어지는 얼굴 근육 때문에 이렇게 찡긋거리기도 쉽지 않다. 대체로 나는 누구에게도 내 주장을 강요하지 않는다. 누군가 재빨리 이해하고 친절하게 제공한 성역(聖域) 때문에 하염없이 고마워하고 싶지는 않다. 나는 냉정하고 완전히 무관심하게, 아무 감정 없이 친절을 받아들인다. 이해심이라는 보너스와 함께 다른 이에게 고마워해야 할 무거운 이유를 떠맡는 것을 좋아하지 않는다. 가장 좋은 것은 되는대로, 건전한 무자비함도 약간 섞어서, 동지애와 유머 감각을 가지고 나를 대해 주는 것이다. 이런 점에서, 사무실의 단순하고 착한, 나보다 어린 동료들은 적절한 방식을 찾아낸 것이다.

나는 가끔 매월 초순께에 습관적으로 사무실을 찾아가 조용히 카운터에 서서 누군가 알아봐 주길 기다린다. 그러면 다음과 같은 장면이 벌어진다. 어떤 시간에, 실장인 카바우키에비츠* 씨가 펜을 놓고 부하 직원들에게 눈을 찡긋하고 눈길은 나를 통과하여 뒤의 공간을 보면서, 손으로 귀를 덮고 갑자기 말한다.

"내가 잘못 들은 게 아니라면, 여기 어딘가에 우리의 친애하는 법률 자문이 계신 게 맞지요!"

내 머리 너머의 빈 공간을 향한 그의 눈길은, 이 말과 함께 사팔눈이 되고, 익살맞은 미소가 그의 얼굴을 밝힌다.

"어디선가 목소리를 듣자마자 오신 줄 알았어요, 친애하는 변호사님!"

그는 매우 크게, 그리고 눈에 띄게 꾸며 낸 목소리로, 마치 귀가 안 들리는 사람에게 말하듯이 소리친다.

"부디 신호를 보내 주세요, 떠다니고 계신 그곳의 공기라도 흔들어 주세요!"

"장난치지 마시오, 카바우키에비츠 씨."

나는 부드럽게 말한다.

"연금 받으러 왔어요."

"연금이라고요?"

카바우키에비츠 씨는 다시 공중에 대고 사팔눈을 만들며 소리 친다.

"지금 연금이라고 하셨어요? 설마 진담은 아니시겠죠, 친애하는 변호사님. 변호사님은 연금 수령자 명단에서 빠졌어요. 아직도 연금을 받을 거라고 생각하시는 거예요, 변호사님?"

이렇게 그들은 따뜻하고 동정적이고 인간적인 방법으로 나와 농담을 한다. 그 거친 태도와 직접적인 익살은 상당히 편하다. 나는 더 쾌활해져서 그곳을 나와, 그 유쾌한 따스함이 모두 증발해 버리기 전에 얼마만이라도 가지고 들어가기 위해 서둘러 집으로 향한다.

하지만 다른 사람들은……. 절대로 큰 소리로 말하지 않는 끈질긴 질문을 그 눈에서 읽을 수 있다. 그것을 피하기란 쉽지 않다. 그들이 의심하는 대로라 하더라도 — 왜 즉각 이렇게 불쾌한 얼굴로 근엄한 표정을 짓고, 괜한 침묵에 빠지고, 서로 민망해지고 소심해져야 하는가? 내 상태를 언급하지 않기 위해서는 무엇이라도……. 그 속은 뻔히 다 들여다보인다! 그것은 단지 위선의 가면 뒤에 감추어진 일종의 주색잡기에 빠진 방종함이며 자신들은 다르다는, 나의 상황과는 완전히 무관하다는 기쁨일 뿐이다. 그들은 감추려 해도 드러나는 눈짓을 교환하지만 말은 하지 않으며, 침묵 속에 그것이 점점 더 커지게 내버려 둔다. 내 상황이 기대했던 것만큼 좋지 않다고 하자. 아주 조그만, 기본적인 장애의 탓이라고 하면? 하느님 맙소사, 그래서 어쨌다는 거야? 그 때문에 그렇게 재빨리, 겁먹은 태도로 날 기쁘게 하려고 애써야 한단 말인가? 그들의 알아보겠다는, 일종의 존경의 표정을 보면 가끔 웃음을 터뜨리고 싶어지기도 한다. 왜 그렇게 고집을 부리는 것일까, 왜 그것을 강조할까, 그리고 왜 그러는 것이 그들에게, 성스러운 헌신의 가면 뒤에 감추려 하는, 심오한 만족감을 주는 것일까?

내가 매우 가벼운, 말하자면 너무 지나치게 가벼운 승객이라고 하자. 특정한 질문들, 예를 들어 내 나이나 생일 등등의 질문에 창피해한다고 하자. 그 때문에 이런 것들이 매우 중요하기라도 한 것처럼 이 주제를 계속 건드려야 하는가? 내 상황에 대해 나는 부끄럽게 생각하지도 않는다. 전혀 그렇지 않다. 하지만 그들이 사실은 머리카락 두께보다 작은 어떤 사실, 어떤 차이점의 중요성을 확대하여 과장하는 것을 참을 수가 없다. 이 문제를 둘러싸고 거짓되고 부자연스러운 태도를 연출하고 엄숙하게 비통한 태도를 보이는 것이, 이 사실을 뒤덮은 그 비극적인 의상과 음울한 겉치레가 나는 재미있다. 반면 사실은 어떤가? ……아무것도 비통할 것이 없고, 그렇게 자연스럽고 평범한 것도 없다. 가볍고 독립적이고 무책임하고……. 그리고 음악에 더 민감해지고, 사지가 더 월등하게 음악성을 띠게 되는 것, 그게 전부이다. 손풍금 곁을 지나면서 그 음악에 맞춰 춤을 추지 않는 것은 불가능하다. 행복해서가 아니라 그저 신경 쓰지 않기 때문이며, 음조는 자기 마음대로, 제 나름의 고집스러운 음률에 맞춰 흘러간다. 그래서 항복해 버린다. "마우고자타, 내 영혼의 보물……." 뿌리치기에는 몸이 너무 가볍고 너무 민첩하다. 게다가 그렇게 가식 없고 유혹적인 제의를 왜 뿌리친단 말인가? 그리하여 나는 음악에 맞춰, 나이 든 연금 생활자다운 작은 스텝으로, 춤춘다—기보다는 종종걸음을 친다. 그리고 때때로 조금씩 뛰기도 한다. 눈길을 주는 사람은 거의 없고, 다들 일상사에 쫓겨 너무 바쁘다.

한 가지, 독자가 내 상황에 대해 과장된 생각을 갖게 되는 것만은 피하고 싶다. 긍정적이고 부정적인 양쪽 의미에서 경고를 해야겠다. 제발 감상적으로 생각하진 말아 주시길. 상황은 다른 사람들과 똑같고, 따라서 자연스럽게 생각하고 그렇게 취급해도 된다. 다른 면을 보는 순간 어떤 이상한 느낌도 다 없어져 버린다. 정신을 차리게 되는 것이다—이것이 내가 처한 상황의 특징이다. 부담이 없어지고, 기분이 가벼워지고, 비어 있는 것 같고, 무책임해지고, 계급이나 연줄, 관습에 대한 존경심이 사라진다. 그 무엇도 나를 잡아 두거나 구속하지 못한다. 나는 한없이 자유롭다. 존재의 모든 차원을 가볍게 넘나드는 신기한 무관심은 그 자체로 유쾌한 것이어야 한다. 그러나…… 의지할 곳이 없고, 태평하게 활기차고 마음 가벼운 척하는 것은—하지만 불평하지는 말아야지……. '이끼가 끼어서는 안 된다'는 말이 있다. 바로 그거다. 나는 이미 오래전에 이끼가 끼지 않게 되었다.

높이 매달린 내 방 창문으로 나는 도시의 조감도를, 가을 새벽의 회색 불빛 속에서 그 벽과 지붕과 굴뚝을 볼 수 있다—그것은 노란 지평선에 창백한 불이 밝혀지고, 까악까악 우는 까마귀들의 검은 가위로 밝게 잘린, 방금 밤으로부터 풀어 헤친 완전하고 빽빽하게 들어찬 파노라마이다. 이게 인생이구나 하고 나는 느낀다. 모든 사람들이 자신 안에, 자기가 일어나 맞이한 그날에, 자신에게 속한 시간 혹은 순간 안에 갇혀 있다. 부엌 어스름한 곳 어딘가에서 커피가 끓지만, 요리사는 거기 없고, 불꽃의 더러운 빛이 마룻바닥에서 춤춘다. 침묵에 속은 시간은 잠시 뒤로 흐르며 물러나고, 이 셀 수 없는 순간에 밤이 되돌아와 고양이의 고동치는 털가죽을 부풀린다. 1층의 조시아는 하품을 하고 오랫동안 나른한 기지개를 켠 뒤 창문을 열고 청소를 하고 먼지를 털기 시작한다. 잠과 코 고는 소리가 흠뻑 스며든 밤공기는 느릿느릿 창문을 향해 둥둥 떠가서, 밖으로 나가서 암갈색 연기투성이의 잿빛 하루 속으로 천천히 들어간다. 조시아는 잠의 흔적이 남아 따뜻하고 시큼한 침구의 반죽 속에 내키지 않는 듯 두 손을 담근다. 마침내 몸을 떨고, 눈은 밤으로 가득 찬 채, 그녀는 창문에서 커다랗고 무거운 깃털 이불을 흔들고, 도시 위로 깃털 조각, 솜털의 별, 밤의 꿈들의 게으른 씨앗들을 흩뿌린다.

그런 시간에 나는 빵을 배달하는 빵 장수나 전기 회사의 정비공 혹은 매주 보험금을 걷으러 다니는 외판원이 되는 것을 꿈꾸곤 한다. 아니면 최소한 굴뚝 청소부나. 그러면 나는 아침에, 새벽에, 아직도 야경꾼의 등불이 켜져 있는 어느 반쯤 열린 대문으로 들어갈 것이다. 손가락 두 개를 모자에 대고 농담을 던지고, 미궁으로 들어가 저녁 늦게 도시의 반대편으로 나올 것이다. 나는 하루 종일 이 아파트 저 아파트를 돌아다니며 세대주들 사이에 부분부분 나뉘어 있는 도시의 한쪽 끝에서 다른 쪽 끝까지 끝없는 대화를 하며 돌아다닐 것이다. 한 아파트에서 뭔가를 물어보고 대답은 다른 곳에서 듣고, 한 장소에서 농담을 던지고 그 결실인 웃음은 세 번째나 네 번째 장소에서 거둘 것이다. 문을 쾅쾅 닫는 소리 사이로 나는 좁은 복도나 가구로 가득 찬 침실로 비집고 들어가 요강을 뒤집고, 아기가 울고 있는 삐걱거리는 유모차 사이로 걸어 들어가고, 아이들이 떨어뜨린 딸랑이를 주울 것이다. 식모 여자애들이 청소를 하고 있는 부엌과 복도에서는 필요 이상으로 오래 서 있을 것이다. 바쁜 그 여자애들은, 젊은 다리를 뻗치고 높은 발등을 팽팽하게 하고 반짝이는 싸구려 신발을 가지고 놀거나, 혹은 너무 큰 슬리퍼를 찍찍 끌며 돌아다닐 것이다.

이런 것이 그 무책임한, 경계선 밖 시간 동안의 내 꿈이다. 분별 없다는 걸 알긴 하지만 부정하지는 않는다. 누구나 자기 상황을 자각하고 어떻게든 받아들일 줄 알아야 할 것이다.

우리 나이 든 연금 생활자들에게 가을은 대체로 위험한 계절이다. 어떤 식으로든 안정성을 얻는다는 일, 자기 손으로 정신 착란이나 자멸을 불러오는 것을 피하는 일이 우리에게 얼마나 어려운지 아는 사람이라면, 가을, 그 바람, 소란, 그리고 혼란스러운 분위기가 안 그래도 불확실한 우리의 존재에 결코 좋지 않다는 점을 이해할 것이다.

하지만 가을에도 조용하고 관조적이며 친절한 날들이 더러 있다. 낮은 가끔씩, 해는 없지만 따뜻하고, 안개가 끼고, 그 가장자리가 호박색으로 물든 채 나타난다. 집들 사이사이로, 멀리 바람에 시달린 지평선의 마지막 남은 황토색을 향해 낮게, 계속 낮게 움직이는 넓게 펼쳐진 하늘을 배경으로 갑작스러운 풍경이 열린다. 깊은 낮을 향해 열리는 풍경은 밝은 영원의 세계를 향해 층층이 떠가는 달력들의 고문서 보관소, 하루하루의 단면 혹은 시간의 끝없는 서류 뭉치처럼 보인다. 그 층층은 황갈색 하늘에서 스스로 질서를 잡고, 그동안 현재의 시간은 배경에 남아 오직 몇몇 사람들만 이 가공의 달력들의 먼 찬장을 올려다본다. 눈을 내리깔고, 모두들 조급하게 다른 사람을 피하면서 어디론가 서둘러 몰려간다. 거리는 이렇게 오가고, 마주치고 피하는 사람들의 보이지 않는 길로 갈라진다. 그러나 한 줄기 햇빛으로 역광을 받는 도시의 아랫부분과 그 모든 건축학적 파노라마를 볼 수 있는 집들 사이사이의 틈에는 이 혼란 사이의 간극이 있다. 작은 광장에서 시내의 학교에 쓸 목재를 자르고 있다. 단단하고 신선한 목재가 일꾼들의 톱과 도끼 아래 하나씩 하나씩 높이 쌓였다가는 천천히 녹아내린다. 아, 목재, 믿음직하고 정직한 현실의 진정한 질료, 밝고 완벽하게 말쑥한 인생의 점잖음과 무미건조함의 현신! 그 중심부를 아무리 깊이 들여다보아도, 사람 몸과 비슷하게 짜인 섬유질 펄프의 따뜻하고 자신 있는 홍조로 빛나는, 그 고르게 미소 짓는 표면에 나타나지 않은 것은 찾을 수 없다. 잘라 낸 목재의 신선한 단면 하나하나에 언제나 미소 짓는 황금빛 새 얼굴이 나타난다. 아, 기고만장하지 않고도 따뜻하며, 완벽하게 건전하고 향기롭고 유쾌한, 신기한 목재의 안색이여!

나무를 톱질하는 것은 진정 상징적이며 위엄 있고 성스러운 작업이다. 나는 늦은 오후에 몇 시간이라도 서서 톱의 음악적인 움직임과 도끼의 규칙적인 작업을 바라볼 수 있다. 여기엔 인류만큼이나 오래된 전통이 있다. 낮의 그 밝은 틈바구니에서, 시들어 가는 노란색 영원을 향해 열린 시간의 틈새에서, 사람들은 노아의 시대부터 똑같은 가부장적이고 영원한 움직임과, 똑같은 손놀림으로 똑같이 등을 구부리고 너도밤나무 목재에 톱질을 했다. 일꾼들은 겨드랑이까지 황금빛 대팻밥을 묻히고 서서 목재와 나무의 결 사이로 천천히 썰어 들어간다. 톱밥으로 덮인 채 눈에는 반짝이는 작은 불꽃을 담고, 그들은 따뜻하고 건강한 펄프 속으로, 견고한 광기 속으로 계속 더 깊이 썰어 들어간다. 한 번 손을 놀릴 때마다 마치 목재의 중심부에서 뭔가 찾고 있기라도 했던 것처럼 그들의 눈 속에는 반사된 영상이 번쩍 빛난다. 그것은 썰어 들어가는 톱 아래 깊이 더 깊이 파 들어가는 황금빛 불도마뱀, 비명을 지르는 불의 생물이다. 아마도 그들은 단순히 시간을 작은 나무토막으로 나누고 있는 것인지도 모른다. 그들은 시간을 아껴 쓰고, 겨울에 대비해 다락방을 고르게 썬 미래로 채운다.

오, 아침 서리가 내리기 시작하고 겨울이 본격적으로 시작될 때까지 그 결정적인 기간을, 그 몇 주를 견디기란. 아직 눈은 내리지 않지만 서리의 냄새가 나고 공기 중에 연기가 떠도는 겨울의 전주곡을 나는 얼마나 좋아하는지. 늦가을의 일요일 오후를 기억한다. 일주일 내내 비가 내렸고, 길고 긴 폭우가 대지를 물로 흠뻑 채웠으며, 이제 표면은 마르기 시작하면서 비옥하고 건강한 냉기를 내뿜기 시작했다고 하자. 찢어진 구름 조각으로 뒤덮인 일주일 묵은 하늘은 마치 진흙처럼 천공의 한쪽에 긁어 모여 있고, 그곳에서 겹겹이 눌린 더미를 이루어 어둡고 흐릿하게 보이며, 한편 서쪽으로부터는 가을 저녁의 원기 왕성하고 건강한 색깔이 펼쳐지기 시작하여 구름 덮인 풍경을 천천히 채운다. 그리고 하늘이 서쪽으로부터 점차 개기 시작하여 투명해지는 동안, 식모 여자애들은 일요일의 가장 좋은 옷을 입고 손을 잡고 셋씩 넷씩 걸어 나온다. 그들은 어스름이 오기 전에 선홍색으로 변하려 하는 시큼한 공기속에서 밝게 빛나는 교외의 집들 사이로 일요일답게 깨끗하고 텅빈, 마르기 시작하는 거리를 걸어간다. 추위에 발그레해진 둥근 얼굴로, 그들은 너무 꽉 끼는 새 신발을 신고 탄력 있는 걸음걸이로 걸어간다. 마음의 어두운 구석에서 끄집어낸 즐겁고도 감동적인 기억이여!

최근에 나는 거의 매일 사무실에 찾아간다. 때로는 누군가 아파서 내가 대신 일하게 해 줄 때도 있다. 혹은 누군가 시내에 급한 볼일이 있어 내가 대리로 일을 봐줄 때도 있다. 불행히도 이것은 정규적인 일이 아니다. 단지 몇 시간이라도, 가죽 쿠션이 있는 자기 의자와 자기 자[尺], 연필, 펜을 갖는다는 것은 즐거운 일이다. 누군가 말을 걸고, 농담을 하고, 장난을 치고, 그러면 잠시 동안은 활기를 띤다. 누군가에게 몸을 비비고, 외로움과 공허함을 누군가 살아 숨 쉬는 따뜻한 사람에게 붙인다. 상대방은 걸어가 버리고 그 부담을 느끼지 못하며, 누군가를 어깨 위에 지고 있다는 것을, 자기 생에 기생충처럼 잠시 달라붙어 있다는 것을 알아채지 못한다…….

그러나 새로운 실장이 임명받아 온 뒤로는 이것조차도 끝이 나
버렸다.

이제는 날씨만 좋으면, 나는 시내의 학교를 마주 보고 있는 작
은 광장의 긴 의자에 꽤 자주 나가 앉아 있곤 한다. 가까운 거리에
서 나무 잘리는 소리가 들린다. 소녀들과 젊은 여자들이 시장에서
돌아온다. 몇몇은 눈썹이 진지하고 단정하고 엄숙하게 아래를 내
려다보며 날씬하고 무뚝뚝하게 걷는다 — 바구니 가득 채소와 고
기를 든 천사들이다. 때로 그들은 가게 앞에 서서 진열장에 비친
자신들의 모습을 바라본다. 그러고 나선 고개를 돌리고, 자랑스러
운 눈길을 발등으로 향하고 신발이 오르내리는 모습을 눈으로 좇
으며 걸어간다. 10시에 직원이 학교 정문에 나타나 거리를 날카롭
게 울리는 종소리로 가득 채운다. 그러면 학교 안은 난폭한 야단
법석으로 부풀어 올라 건물이 금방이라도 무너질 것 같다. 이 총
체적인 소란에서 도망쳐 나온 조그만 부랑아들이 정문에 나타나
비명을 지르며 돌층계를 달려 내려가다가, 자신들이 자유로워졌
다는 것을 깨닫고는 미친 듯이 펄쩍펄쩍 뛰고, 광기에 차서 굴리
는 눈길 사이로, 즉석에서 만들어 낸 유희에 무작정 뛰어든다. 때
때로 그들은 미친 듯이 서로 뒤쫓다가 내가 앉은 긴 의자까지 과
감히 다가와서는 어깨 너머로 의미를 알 수 없는 조롱을 보낸다.
너무 심하게 얼굴을 찡그리는 바람에 얼굴이 경첩에서 빠져나올
것만 같다. 야단스러운 원숭이 무리처럼 자기 광대 짓을 패러디
하면서, 지옥 같은 소음과 함께 야단스럽게 몸짓을 하면서 아이
들 패거리가 뛰어 지나간다. 나는 그들의 벌렁거리는, 미숙한, 콧
물 흐르는 코와, 소리 지르느라 크게 벌린 입과, 주근깨로 덮인 볼
과, 꽉 쥔 작은 주먹을 볼 수 있다. 가끔 그들은 나와 가까운 곳에

멈추어 선다. 이상한 일이지만, 그들은 내가 자기들 또래인 것처럼 대한다. 사실 나는 오랫동안 점점 작아졌다. 내 얼굴은 시들고 근육이 늘어져 어린아이의 얼굴과 비슷해졌다. 그 애들이 나를 '너'라고 부르면 조금 민망하다. 어느 날 한 아이가 내 가슴을 쳤을 때, 나는 긴 의자 아래로 굴러 떨어졌다. 화가 나지는 않았다. 예상치는 못했지만 기분 전환이 되는 이 행위에 매혹되어 그들은 나를 끌어냈다. 그들의 행동거지가 아무리 난폭하고 맹렬해도 전혀 화를 내지 않는다는 사실 때문에 나는 점차 호의와 인기를 얻게 되었다. 그때부터 나는 돌멩이, 단추, 빈 실패, 고무 조각 등을 주머니에 챙겨 가지고 다닌다. 이것들을 쓰면 생각을 나누는 일이 대단히 쉬워질뿐더러 초보적인 우정으로 이어지는 자연스러운 다리가 된다. 더구나 실제적인 일에만 집중하는 그들은 한 개인으로서의 나에 대해서는 관심을 덜 기울인다. 주머니에서 꺼낸 병기고의 그늘 아래라면 그들의 호기심과 꼬치꼬치 캐물으려는 본성이 내게 향하는 일에 대해서는 걱정할 필요가 없다.

어느 날 나는 점점 더 끈질기게 신경 쓰이는 어떤 생각을 실행에 옮기기로 했다.

그날은 날씨가 좋고, 꿈결 같고, 조용했다—계절의 색채와 섬세한 분위기를 모두 소모하고 나서, 해가 달력의 봄철로 되돌아가 버린 듯한 그런 늦가을의 하루였다. 해 없는 하늘은 가장자리에 물처럼 맑은 흰색으로 테를 두른 색색가지 줄무늬, 코발트색, 녹청색, 청자색의 부드러운 빗금 무늬—표현할 수도 없고 오래전에 기억에서 사라진 4월의 색이 되어 가라앉았다. 나는 가장 좋은 옷을 입었고 조금은 걱정스럽지 않을 수 없는 기분으로 밖에 나왔다. 나는 왼쪽으로도 오른쪽으로도 빗나가지 않고, 낮의 고요한 대기 속에서 빠르고도 쉽게 발걸음을 옮겼다. 숨을 헐떡이며, 나는 돌계단을 달려 올라갔다.

"알레아 약타 에스트."*

교무실 문을 두들기며 나는 혼잣말을 했다. 나는 교장의 책상 앞에, 새로운 역할에 맞게 겸손한 자세로 서 있었다. 조금 민망했다.

교장은 윗면이 유리로 된 상자에서 핀에 꽂힌 풍뎅이를 꺼내 눈가로 비스듬히 들어 올리더니, 불빛에 대고 비추어 보았다. 손가락은 잉크로 얼룩져 있었고, 손톱은 짧고 똑바로 깎여 있었다. 그는 안경 너머로 나를 바라보았다.

"그래, 1학년에 등록하시고 싶다고요, 변호사님?"

그가 물었다.

"정말 감탄할 만하고 훌륭한 일입니다. 교육을 기초부터, 처음부터 새롭게 다시 시작하시고 싶다는 말씀이군요. 제가 항상 하는 말이지만, 문법과 구구단은 모든 배움의 기초이지요. 물론 변호사님을 의무 교육에 해당되는 어린 학생처럼 생각할 수는 없겠지요. 그보다는, 말하자면 오랜 방황 끝에 학교라는 안식처에 다시 찾아온, 혹은 비바람에 시달린 배를 안전한 항구로 끌고 온 지원자나, 새로운 구절을 만들어 내는 철자법의 명수라고 해야겠군요. 예, 예, 변호사님, 우리 일에 감사나 인정의 표시를 보여 주는 사람은 거의 없고, 고난의 일생을 보낸 뒤 여기로 다시 돌아와 자발적인 평생 학생으로 영구히 정착하는 사람도 거의 없습니다. 특별한 특권을 즐기실 수 있을 겁니다, 변호사님, 제가 항상 생각했던 바―."

"죄송하지만."

나는 끼어들었다.

"특권에 관한 것은 모두 거절했으면 좋겠다고 말씀드리고 싶습니다……. 그런 건 원치 않습니다. 반대로, 전 어느 면으로든 다르게 취급받고 싶지 않습니다. 완전히 녹아들어, 회색의 학생들 무리 사이로 사라지고 싶습니다. 특권을 받는다면 제 계획은 실패하고 말 겁니다. 체벌에 관해서도."

여기서 나는 손가락을 들었다.

"그리고 저는 그것의 교육적이고 긍정적인 중요성을 충분히 알고 있습니다. 제가 어떤 식으로든 예외가 되어서는 안 된다는 게 저의 주장입니다."

"매우 칭찬할 만한 태도입니다, 매우 교육적이십니다."

교장은 존경을 담아 말했다.

"생각해 보면, 변호사님은 오랫동안 공부를 하지 않으셨으니 어느 정도 뒤떨어질지도 모르겠습니다. 우린 모두 이런 점에서 어느 정도 낙관적인 허상을 가지고 있지만, 그런 건 쉽게 떨쳐 버릴 수 있지요. 예를 들어 5 곱하기 7이 얼마인지 기억하십니까?"

"5 곱하기 7."

민망해져서, 머릿속에 혼란이 따뜻하고 자비로운 파도를 일으키며 흘러 들어와, 분명하게 생각할 수 없도록 안개가 되어 흐려지는 것을 느끼며, 나는 되풀이했다. 나 자신의 무지에 홀려, 나는 말을 더듬기 시작하여 계속 되풀이했다.

"5 곱하기 7, 5 곱하기 7……."

진짜 어린아이 같은 무지의 상태로 되돌아간 것이 나는 대단히 기뻤다.

"그것 보십시오."

교장이 말했다.

"다시 학교에 다니실 때가 된 겁니다."

그러고는 내 손을 잡고, 수업 중인 교실로 나를 데려갔다.

반세기 만에 다시 나는 움직이는 머리로 가득한 어두운 방의 소용돌이 속에 있었다. 교실 가운데 매우 조그맣게, 교장의 외투

꼬리를 잡고 서 있는 동안, 50쌍의 어린 눈이 같은 종(種)의 동물을 만났을 때 어린 동물들이 짓는, 무관심하고도 잔인할 만큼 당연하다는 표정으로 나를 쳐다보았다. 즉각적인 적의의 표시인 찡그린 표정과 날름 내민 혀가 사방에서 나를 향해 찌푸리고 있었다. 한때 받았던 엄격한 훈육을 떠올리며, 나는 이런 도발에 반응하지 않았다. 움직이는, 어색하게 찌푸린 얼굴들을 둘러보며 나는 50년 전의 똑같은 상황을 떠올렸다. 그때 나는 어머니 곁에 서 있었고, 어머니는 여자 선생님에게 이야기하고 있었다. 이제 어머니 대신 선생의 귀에 무언가 속삭이는 것은 교장이었고, 선생은 머리를 끄덕이며 나를 주의 깊게 바라보았다.

"이 학생은 고아입니다."

마침내 교사가 학생들에게 말했다.

"아빠도 엄마도 없으니 여러분이 잘해 주어야 합니다."

그 짧은 소개를 듣고 눈물이, 감정에 겨운 진짜 눈물이 흘러나왔고, 교장은 그 자신도 감동하여 나를 교단에서 가장 가까운 자리에 앉혔다.

이렇게 새로운 인생이 시작되었다. 나는 이내 학교에 푹 빠져들었다. 이전에는 한 번도 그렇게 수천 가지 일들과 계략에 열중하고 관심을 가진 적이 없었다. 내 인생에 끊임없이 신나는 일들이 일어났다. 머리 위로 수많은, 복잡한 메시지들이 줄지어 오갔다. 신호와 전보와 알아들었다는 표시를 받는 맨 끝에 내가 있었다. 아이들은 내게 쉬잇 소리를 내고, 눈을 찡긋거리며, 내가 지키겠다고 맹세한 수백 가지 약속을 갖은 방법으로 상기시켰다. 수업이 끝날 때까지 기다릴 수가 없을 지경이었지만, 수업하는 동안에는 타고난 성실함으로 모든 공격을 냉정하게 견뎌 냈고 교사의 말은 한마디도 놓치지 않으려 애썼다. 그러나 종이 울리자마자 소리 지르는 아이들 떼거리가 한꺼번에 몰려들어 초등학생다운 기세로 나를 둘러싸고 나를 거의 갈가리 찢어 놓았다. 그들은 뒤에서 다가오거나 책상 위로 쿵쿵 뛰어다니면서, 머리 위로 펄쩍 뛰고 공중제비를 돌았다. 각자 자기가 요구하는 바를 내 귀에 대고 소리 질렀다. 나는 모든 관심사의 중심이 되었고, 가장 중요한 계약, 가장 복잡하고 의심스러운 거래는 내가 참여하지 않고서는 성사되지 않았다. 거리에서 나는 시끄럽고, 난폭한 몸짓을 해 대는 무리에 둘러싸여 걸었다. 개들은 멀리서 꼬리를 다리 사이에 넣고 지나갔고, 고양이들은 우리가 다가오는 것을 보고 지붕 위로 뛰어 올라갔으며, 외롭고 작은 소년들은, 길거리에서 만나면, 최악의 경우에 대비하여 소극적으로 체념하고 어깨 사이로 머리를 수그렸다.

학교 수업, 예를 들어 철자법의 예술 같은 것은 새로운 주제로서의 매력을 조금도 잃지 않았다. 교사는 우리의 무지함에 매우 능란하고 교묘하게 호소했고, 모든 교육의 씨앗이 닿아야 할 그 타불라 라사*를 찾을 때까지 이끌어 냈다. 그렇게 우리의 편견이나 버릇을 근절하고 나서 교사는 가장 기초부터 가르쳐 주었다. 집중하여, 힘들게, 우리는 음악적으로 단어의 철자를 말하고 음절을 나누었고, 사이사이에 코를 훌쩍이고 책에 있는 새로운 글자를 하나씩 손가락으로 짚었다. 내 독본(讀本)은 급우들의 독본처럼 검지손가락 자국이 나 있었는데, 어려운 글자 부분에서는 더 짙어졌다.

어느 날, 이유는 기억할 수 없지만, 교장이 교실에 들어와 갑작스러운 침묵 속에 우리 중 셋을 손가락으로 가리켰는데, 그중 하나가 나였다. 우리는 즉시 교장실로 따라가야 했다. 무슨 일을 당할지 알고 있었고, 내 두 명의 동료 피고인은 벌써부터 울기 시작했다. 나는 그들이 이처럼 미성숙하게 죄를 뉘우치는 것을, 갑작스레 울음을 터뜨려 마치 눈물과 함께 인간의 가면이 떨어지고 울부짖는 살의 형체 없는 속살을 드러낸 것처럼 일그러진 얼굴을 무관심하게 바라보았다. 나 자신은 침착했다. 냉정하고 도덕적인 본성에서 나온 침착함으로 나는 일련의 사건들에 참여했고, 행위의 결과를 대면할 준비가 되어 있었다. 우리 세 명의 피고인이 교장실에서 교장을 마주 보고, 교사는 손에 막대기를 들고 서 있는 자리에서, 일견 고집스러워 보이는 이런 강한 성격을 교장은 좋아하지 않았다. 나는 무심하게 허리띠를 풀었지만, 교장은 나를 쳐다보며 고함쳤다.

"부끄러운 줄 아세요! 어떻게 이럴 수가 있습니까, 그 연세에?" 그러고는 화난 표정으로 교사를 쳐다보았다.

"이상하게 변덕스러운 성격이군요."

그는 언짢은 표정으로 덧붙였다. 그러고는 두 소년을 보내고, 교장은 언짢아하는 비난의 말로 가득한, 길고 진지한 연설을 했다. 그러나 나는 알아듣지 못했다. 손톱을 깨물며, 나는 바보처럼 앞을 쳐다보며 혀 짧은 소리로 말했다.

"아니에요, 션생님, 담임 선생님 출석부에 침 배뜬 건 바체크 (Wacek)예요."

나는 완전히 어린아이가 된 것이다.

체육과 미술 수업 때에는 다른 학교 건물로 갔는데, 거기엔 이 과목을 위한 특별한 방과 설비가 갖추어져 있었다. 열성적으로 지껄이며, 지나가는 거리마다 갑작스레 야단법석을 피우는 뒤섞인 소프라노로 채우면서 우리는 둘씩 짝지어 행진해 갔다.

그 학교는 오래된 극장을 개조해 만든 커다란 목재 건물로, 별채가 많이 있었다. 미술 교실은 거대한 목욕탕 같았다. 천장은 나무기둥 위에 서 있고, 방을 빙 둘러 회랑이 있었는데, 우리는 발아래 천둥 치듯 우르릉 쿵쾅 계단으로 몰려가서 즉각 회랑으로 기어 올라갔다. 수많은 작은 방들과 구석진 곳은 숨바꼭질하기에 안성맞

춤이었다. 미술 선생님은 오지 않았으므로 우리는 마음껏 놀 수
있었다. 가끔씩 그 학교의 교장 선생님이 교실로 뛰어 들어와 가
장 시끄러운 아이를 구석에 세우고, 가장 난폭한 아이의 귀를 잡
아당겼다. 하지만 그가 등을 돌리자마자 소란은 다시 시작되었다.

수업 끝 종을 우리는 듣지 못했다. 가을이면 으레 그렇듯 짧고
다채로운 오후가 찾아왔다. 어떤 아이들은 엄마가 데리러 와서 야
단치고 꿀밤을 먹이며 집으로 데려갔다. 그러나 다른 아이들과 그
런 열성적인 배려를 해 줄 어머니가 없는 아이들에게는 그때부터
본격적인 놀이 시간이 시작되었다. 늙은 교직원이 와서 문을 잠그
고 마침내 우리를 쫓아내는 것은 늦은 저녁이었다.

그 무렵엔, 아침에 학교 가는 길에 짙은 어둠이 깔려 있었고, 도
시는 아직도 잠들어 있었다. 우리는 손을 앞으로 뻗치고 더듬거
리며, 보도에 두껍게 깔린 버스럭거리는 낙엽들 속으로 발을 끌
며 나아갔다. 길을 잃지 않기 위해 우리는 집 벽을 더듬으며 걸었
다. 그러다 창문이 움푹 들어간 곳에서는 뜻밖에도 반대편에서 오
고 있는 급우의 얼굴을 손으로 만지기도 했다. 그게 누구일까 알
아맞히면서 우리는 얼마나 웃었는지, 놀랄 일들은 또 얼마나 많았
는지! 어떤 아이들은 동물 기름으로 만든 양초 조각을 가지고 나
오기도 했는데, 떨리는 지그재그를 그리며 만났다가는 다시 나무
위에, 진흙 덩어리에, 아주 작은 소년들이 마로니에 열매를 찾았던
노란 나뭇잎 더미 위에 빛을 뿌리기 위해 멈추어 서는, 땅 위에 낮
게 떠서 나아가는 이런 떠도는 불빛은, 어두운 도시에 점을 찍었
다. 몇몇 집에는 첫 번째 등불이 켜져 있었는데, 위층의 아지랑이
와도 같은 불빛은 네모진 창문에 확대되어 보도 위에, 시청에, 눈
먼 건물 정면에 불규칙한 사각형으로 떨어졌다. 그리고 누군가 등
불을 손에 들고, 이 방 저 방 돌아다닐 때면, 밖으로는 거대한 사

각형 불빛이 마치 거인의 책의 책장처럼 옮겨 다니고 시장 광장은 지나치게 커다란 카드로 혼자 카드놀이를 하듯 집과 그림자들을 섞고 집어 들었다.

마침내 우리는 학교에 도착했다. 촛불은 꺼지고, 자리를 찾아가기 위해 더듬는 동안 어둠이 우리를 둘러쌌다. 그리고 선생님이 들어와 촛불을 병에 꽂고는, 불규칙 동사 변화에 관한 지루한 질문이 시작되곤 했다. 아직 불빛이 충분하지 않았으므로, 수업은 구두(口頭) 강의를 암기해야 했다. 학생 하나가 단조롭게 암송하는 동안, 우리는 눈을 깜빡이며, 촛불이 쏘아 내는 황금빛 화살과 반쯤 감긴 속눈썹 위로 밀짚의 칼날처럼 엇갈려 지나가는 선(線)을 바라보았다. 선생님은 책상 위의 잉크병에 잉크를 부어 넣고, 하품을 하고, 낮은 창문 밖의 암흑을 바라보았다. 의자 아래는 완전히 깜깜했다. 우리는 그곳으로 몸을 던져 낄낄대며 네 발로 기어 다니고, 동물들처럼 서로 냄새를 맡고, 손으로 더듬어 가며 속삭이는 소리로 으레 그 계약을 처리했다. 느릿한 새벽이 창문 유리 밖에서 익어 가는 동안 학교에서 지냈던 그 행복한 이른 아침 시간을 나는 결코 잊지 못할 것이다.

마침내 가을바람의 계절이 찾아왔다. 그 첫날 아침 일찍, 하늘은 노랗게 되어 상상의 풍경과 거대한 안개 같은 쓰레기의 더러운 회색 선을 배경으로 형성되어 가다가, 동쪽 방향으로 물러나 점점 작아지는, 작아지면서 더 많아지는 언덕과 주름의 풍경 속으로 잠겨 들었다가, 바람에 부풀어 오른 커튼의 파도치는 가장자리처럼 갈가리 찢어져서 색 바래고 물기 어린 더 먼 평면도, 더 깊은 하늘, 겁먹은 흰색 간극, 멀리 떨어진 원경의 창백하고 성스러운 빛을 드러냈고, 그것이 마지막 놀라운 광경이었던 것처럼, 지평선을 닳아 버렸다. 그런 날에는 렘브란트의 동판화처럼 멀리 떨어진 미세한 지역까지 볼 수 있었는데, 그런 지역은 밝은 빛줄기 아래서는 대개 알아보기가 어렵지만, 이제는 하늘의 뚜렷하게 갈라진 틈 아래 지평선 너머로 솟아올랐다.

그 조그만 모형 풍경 속에서, 대개 그 거리에서는 볼 수 없는 기차를 이상할 정도로 뚜렷이 볼 수 있었는데, 기차는 구불구불한 선로를 따라 은빛의 하얀 깃털 같은 연기를 왕관처럼 쓰고 움직여 갔고, 연기는 차례로 흩어져 아무것도 없는 밝은 빛 속으로 녹아 들어갔다.

그리고 바람이 불어왔다. 마치 하늘의 뚜렷하게 갈라진 틈새에서 불어오는 것처럼, 그것은 휘몰아치며 도시 전체로 퍼졌다. 바람은 부드럽고 온화하게 구성되어 있었지만, 짐승처럼 사나운 척했다. 그것은 행복해서 견딜 수 없을 지경이 될 때까지 공기를 반죽하고 뒤집고 고문했다. 그것은 공간 속에서 딱딱하게 솟아올라, 캔버스 천으로 된, 거대하고 팽팽하고 건조한 침대보처럼 펄럭이는 돛처럼 펼쳐져, 마치 대기 전체를 좀 더 높은 곳으로 옮겨 가고 싶은 듯 긴장으로 떨며, 단단한 매듭으로 꼬였다. 그러고는 거짓 매듭을 잡아당겨 풀어낸 뒤 몇 킬로미터나 멀리, 그 쉿쉿 소리 내는 올가미를, 아무것도 잡을 수 없는 밧줄 올가미를 다시 던졌다.

그리고 굴뚝은 그 연기로 무엇을 만들어 냈던가! 불쌍한 연기는 그 꾸짖음을 어떻게 피해야 할지, 어떻게 돌아야 하는지, 왼쪽인지 오른쪽인지, 그 주먹질을 어떻게 피해야 하는지 몰랐다. 그렇게 바람은 마치 그 기념할 만한 날 자기가 얼마나 끝없이 고집스러운지 기억에 남을 선례라도 남기고 싶은 듯 연기 위에 군림하여 온 도시를 돌아다녔다.

아침 일찍부터 나는 재앙의 전조를 예감하고 있었다. 나는 돌풍 속을 힘겹게 걸어갔다. 맞바람이 만나는 길모퉁이에서는, 급우들이 외투 자락을 잡고 나를 지탱해 주었다. 그렇게 나는 도시를 가로질러 항해해 갔고 모든 것이 잘되었다. 그 뒤에 우리는 체육 수업을 하러 다른 학교로 갔다. 가는 길에 오바자네크를 좀 샀다. 우리가 끊임없이 이야기하며 가는 동안 연기의 꼬리는 정문에 서부터 안쪽까지 길게 늘어져 있었다. 1초만 더 있었더라면 나는 안전했을 것이다, 든든한 장소에 숨어, 저녁까지 안전했을 것이다. 필요하다면 그 건물에서 밤을 지낼 수도 있었다. 충실한 친구들은 나와 함께 있어 주었을 것이다. 그러나 운명의 뜻대로, 비체크 (Wicek)는 그날 새 팽이를 선물 받아 그것을 학교 앞에서 돌리고 있었다. 팽이는 돌아갔고, 정문에는 아이들 떼가 몰렸고, 나는 정문 밖으로 밀려 나가 그 순간 바람에 날려 갔다.

"애들아, 도와줘, 살려 줘!"

이미 바람에 날려 가면서 나는 소리쳤다. 아이들의 쭉 뻗은 팔과 소리 지르는 열린 입이 여전히 보였지만, 다음 순간 나는 공중 제비를 돌아 멋진 포물선을 그리며 날아올랐다. 나는 지붕 위로 높이 날고 있었다. 숨을 헐떡이며 날아가면서 나는 마음의 눈으로 급우들이 팔을 치켜들고 담임 선생님에게 소리치는 것을 보았다.

"선생님, 선생님, 심치아가 바람에 날려 갔어요!"

선생님이 안경 너머 아이들을 바라보았다. 그러고는 천천히 창가로 가서 손을 눈썹 위에 대고 지평선을 살펴보았다. 하지만 그는 나를 보지 못했다. 창백한 하늘의 약한 섬광 속에서, 그의 얼굴은 양피지 색깔을 띠고 있었다.

"출석부에서 이름을 지워야겠구나."

선생님은 쓴웃음을 지으며 말하고 교단으로 돌아갔다. 나는 아무도 탐험해 보지 않은 노란 공간으로 높이 더 높이 날려 올라갔다.

외로움

다시 밖에 나갈 수 있게 되었다는 것을 느끼며 나는 깊이 안도한다. 하지만 방 안에 얼마나 오랫동안 갇혀 있었던가! 몇 달, 몇 년을 힘들게 보냈다.

내가 왜 오래된 아기방 — 발코니로 들어갈 수 있는, 아파트의 뒤쪽 방 — 에서 살고 있었는지는 설명할 수가 없다. 그 방은 과거에도 거의 사용한 적이 없고, 마치 우리 것이 아니었던 것처럼 잊혀 있었다. 내가 어떻게 거기 들어갔는지도 기억할 수가 없다. 어느 밝고 물기 어린 하얗고 달 없는 밤이었다고 기억한다. 희미한 빛 사이로 자질구레한 것까지 모두 볼 수 있었다. 침대는 누군가 방금 나간 것처럼 어지럽혀져 있고, 나는 고요 속에서 잠든 사람들의 숨소리를 듣고 있었다. 하지만 누가 여기서 숨을 쉴 것 같단 말인가? 그때부터 이곳이 내 집이었다. 여기에서 몇 년이나 지내면서 지루해하고 있다. 왜 미리 비축해 놓을 생각을 못했단 말인가! 아, 아직도 그렇게 할 수 있는 사람들이여, 아직도 시간이 있는 사람들이여, 식량을 준비하라, 곡물 — 신선한, 영양가 있는, 맛있는 곡물 — 을 비축할지어다, 배고픈 흉년의 위대한 겨울이 몇 해나 앞에 놓여 있으니, 그리고 대지는 이집트의 국토에 결실을 주지 않을지니. 슬프다, 나는 햄스터 같은 선견지명이 없었다. 나는 언제나 무사태평한 들쥐였고, 굶어 죽을 정도밖에 안 되는 빈약한 재능을 믿고 다음 날 걱정은 하지 않고 하루하루 살아왔다. 나는 쥐답게, 배고픈 걸 걱정할 게 뭐야? 하고 생각했다. 가장 최악의 사태가 닥쳐도, 나무를 물어뜯거나 종이를 오물거리면서 살 수 있어. 동물 중에 가장 가난한 동물, 창세기 꼬리 끝에 등장하는 회색 교회 쥐처럼, 나 역시 아무것도 안 먹고 존재할 수 있어. 그래서 나는 이 죽은 방에 산다. 오래전에 여기서 파리들이 많이 죽었다. 나는 나무좀벌레가 내는 소리를 듣기 위해 나무 벽에 귀를 댄다. 죽은 듯한 침묵. 나, 불사의 쥐만이, 외롭게 죽은 뒤에도 살아나, 방 안에서 부스럭거리고, 탁자 위에서, 찬장 위에서, 의자 위에서 끝없이 뛰어다닌다. 테클라 숙모를 닮아 땅에 끌리는 긴 회색 외투를 입고 나는 뛰어다닌다 ―민첩하고 재빠르고 작고, 뒤에 활동적인 꼬리를 끌고서. 나는 지금 밝은 햇빛을 받으며 탁자 위에 박제처럼 움직임 없이 서 있고, 눈은 튀어나온 두 개의 구슬처럼 빛난다. 오직 주둥이 끝만 습관대로 잘게 씹는 입놀림으로 눈치채지 못하게 움찔거릴 뿐이다.

이것은 물론 은유로 받아들여야 한다. 나는 사실 쥐가 아니라 나이 든 연금 생활자이다. 맨 처음 떠오르는 생각에 너무 쉽게 빠져들기 때문에 은유에 기생(寄生)하는 것은 내 존재의 일부이다. 한번 빠져들면 나는 어렵게 제정신을 찾아, 서서히 현실로 되돌아온다.

내 모습이 어떠냐고? 가끔 나는 거울을 본다. 이상하고 우스꽝스럽고 고통스러운 모습! 인정하기 부끄럽지만, 나는 자신의 완전한 모습을 결코 비추어 보지 않는다. 좀 더 깊이, 좀 더 멀리 중심에서 살짝 벗어난 곳에, 생각에 잠겨 다른 곳을 쳐다보면서 약간 옆으로 비껴 선다. 거울 속의 나와 거울 밖의 나는 서로 눈을 마주치지 않는다. 내가 움직이면 내 영상도 움직이지만, 마치 나에 대해서는 모르는 듯, 마치 몇 개의 거울 너머로 가서 돌아올 수 없는 것처럼 반쯤 등을 돌리고 있다. 그렇게 멀고 무관심한 모습을 보면 가슴이 찢어진다. 너로 말하자면, 나는 소리치고 싶어진다. 넌 항상 내 충실한 반영이었고, 그렇게 오랫동안 나와 함께해 주었는데 이제 와서 날 알아보지 못하다니! 오, 하느님! 낯설어 하며, 옆을 쳐다보며, 내 반영은 그곳에 서서 뭔가에 귀를 기울이고, 거울 깊은 곳에서 들려올 말을 기다리며, 누군가 다른 사람에게 복종하고, 다른 곳으로부터의 명령을 기다리는 것 같다.

대개 나는 탁자에 앉아 노랗게 변한 대학 시절 공책의 책장을 넘긴다. 그것이 나의 유일한 독서이다.

나는 먼지가 앉아 뻣뻣해진, 창문에서 불어오는 차가운 바람에 살짝 넘실거리는 햇빛에 바랜 커튼을 본다. 커튼 대는 훌륭한 철봉 역할을 해서 나는 거기에 매달려 운동을 할 수 있다. 메마르고 지친 대기 속에 그 위에서 얼마나 가볍게 공중제비를 할 수 있는지. 침착하게, 너무 많이 움직이지 않고도, 거의 무심히 아주 우아한 살토 모르탈레*를 출 수 있다 ─ 말하자면 사색적인 운동이다. 봉을 잡고 균형을 유지하며 머리가 천장에 닿은 채 까치발로 서면, 위쪽이 약간 더 따뜻하다는 인상을 받게 된다 ─ 따뜻한 구역에 있다는 환상을. 어린 시절부터 쭉, 나는 방의 조감도를 보는 것을 좋아했다.

나는 앉아서 침묵에 귀를 기울인다. 방은 하얗게 바랬다. 때로 하얀 천장에서 주름 같은 갈라진 틈이 나타나고, 가끔씩 딸깍, 소리와 함께 회반죽 조각이 부스러져 떨어진다. 방이 벽으로 막혀 있다는 사실을 폭로해야 할까? 어떻게 그럴 수가 있지? 막혀 있다니? 어떻게 나가라고? 바로 그거다. 뜻이 있으면 길이 있다. 열정적인 결심이라면 모든 것을 정복할 수 있다. 문, 착하고 오래된 문, 어린 시절 부엌에 있었던 것과 같은, 쇠손잡이와 빗장이 달린 문을 상상하기만 하면 될 것이다. 그렇게 믿음직스러운 문으로 열 수 없는 막힌 방이란 없다, 그걸 계속 암시할 만큼 내가 강하기만 하다면.

아버지의 마지막 탈출

그 일은 고독하고 뒤늦은 완전한 분열의 시기에, 우리 가게를 폐업하던 시기에 일어났다. 간판은 가게 위에서 떼어졌고, 셔터는 반쯤 닫혔으며, 가게 안에서는 어머니가 남은 물건들을 가지고 독자적인 거래를 하고 있었다. 아델라는 미국으로 갔는데, 그녀가 탄배가 가라앉아 승객 모두 목숨을 잃었다고 전해졌다. 이 소문은 진실 여부를 확인할 수 없었지만, 그녀의 모든 자취가 사라졌고 그녀에 대해서는 다시는 듣지 못했다.

새로운 시기가 시작되었다—공허하고 냉정하고, 즐거움이 없는, 하얀 종잇장 같은 시기. 새 하녀 게니아는 빈혈이 있고, 창백하고, 뼈가 없는 듯 흐느적거리며 이 방 저 방 부질없이 돌아다녔다. 등을 두들기면 그녀는 꿈틀거리면서 뱀처럼 몸을 쭉 펴거나, 고양이처럼 골골거렸다. 그녀의 안색은 멍한 흰색이었고, 눈꺼풀 안쪽조차 희었다. 그녀는 너무나 얼이 빠져 있어서 가끔 오래된 편지와 송장(送狀)을 가지고 하얀 소스를 만들었다. 그것은 구역질이 났고 먹을 수가 없었다.

그때 아버지는 분명 죽고 없었다. 아버지는 몇 번이나 돌아가셨지만, 항상 아버지의 죽음이라는 사실에 대한 우리의 태도를 바꾸어야만 하는 여지를 남겨 놓았다. 여기에는 나름대로 장점이 있었다. 몇 번에 걸쳐 할부로 나누어 죽음으로써, 아버지는 우리가 당신의 죽음에 익숙해지도록 했다. 우리는 점점 짧아지고, 점점 더 비참해지는 아버지의 부활에 점차 무관심해졌다. 아버지의 모습은 당신이 지냈던 방 전체에 이미 퍼져, 그 안에서 싹이 나고, 어떤 지점에서 아버지와 신기하게 닮은 매듭을 지어냈는데, 그것은 매우 인상적이었다. 벽지는 몇몇 장소에서 아버지의 습관적이고 불안한 안면 경련을 흉내 내기 시작했다. 꽃무늬는 화석화된 삼엽충 흔적처럼 대칭적인 아버지의 미소에 담긴 서글픈 요소들을 흉내 내어 배치되었다. 한동안 우리는 스컹크 가죽으로 테를 두른 아버지의 모피 외투에 넓게 정박할 장소를 주었다. 그 모피 외투는 숨을 쉬었다. 함께 바느질되어 서로 깨물어 대는 작은 동물들의 공포가 무기력한 흐름이 되어 그것을 타고 지나가다가 털 가죽의 주름 사이에서 길을 잃었다. 귀를 대면 잠든 동물들이 합창하듯 음악적으로 골골거리는 소리를 들을 수 있었다. 이렇게 잘 무두질한 형태로, 스컹크의 희미한 냄새와 살인 그리고 밤중의 짝짓기 속에서, 아버지는 아마 몇 년간 버텼던 것 같다. 그러나 오래 버티지는 못했다.

어느 날, 어머니가 넋이 나간 얼굴로 읍내에서 돌아왔다.

"얘, 유제프."

어머니는 말했다.

"얼마나 행운인지 몰라. 계단에서 위아래로 뛰어다니는 걸 내가 잡았단다."

어머니는 접시에 담은 무엇인가를 싸고 있는 손수건을 꺼냈다. 나는 단번에 알아보았다. 그것은 게나 커다란 전갈 같았지만, 정말 놀랄 만큼 닮아 있었다. 어머니와 나는 서로 눈짓했다. 모습이 변했음에도 불구하고, 믿을 수 없을 만큼 닮았다.

"살아 있어요?"

나는 물었다.

"물론이지. 잡고 있기 힘들 지경이란다."

어머니가 말했다.

"마루에 놓을까?"

어머니는 접시를 내려놓았고, 우리는 그 위로 몸을 숙이고 서서 그를 관찰했다. 수많은 구부러진 다리들 사이에 빈틈이 있어, 조금씩 그곳을 움직이고 있었다. 그는 집게발을 들어 올렸고, 기다란 더듬이는 귀를 기울이고 있는 것 같았다. 내가 접시를 기울이자, 아버지는 조심스럽게 어느 정도 망설이면서 마루 위로 움직였다. 몸 아래의 편편한 표면에 닿는 순간, 아버지는 갑자기 다리를 모두 움찔 떨었고, 단단한 절지동물의 관절이 딸깍거리는 소리를 냈다. 나는 그 앞을 막았다. 아버지는 망설이다가, 더듬이로 장애물을 조사하고, 집게발을 들어 옆으로 방향을 틀었다. 우리는 아버지가 선택한, 은신처가 되어 줄 가구가 없는 방향으로 그냥 가게 내버려 두었다. 파도치듯 흔들리는 수많은 발로 재빨리 움직여 아버지는 벽에 닿았고, 우리가 말리기도 전에, 한 번도 멈추지 않고 가볍게 기어 올라갔다. 나는 아버지가 벽지 위로 기어 올라가는 모습을 보면서 본능적인 혐오감에 몸을 떨었다. 그동안 아버지는 작은 붙박이 부엌 찬장에 이르러 가장자리에 잠시 매달려 있으면서, 집게발로 주변을 조사해 보더니 그 안으로 기어 들어갔다.

아버지는 게[蟹]의 관점에서 아파트를 다시 발견하고 있었다. 분명 아버지는 모든 물체를 후각으로 탐지하는 것 같았는데, 왜냐하면 주의 깊게 확인했는데도 시각 기관을 발견할 수 없었기 때문이다. 아버지는 가다가 마주치는 물체가 있으면 마치 시험하거나 서로 소개라도 하는 듯 멈춰 서서 더듬이로 더듬어 보고, 집게발로 감싸 안아 보면서 조심스럽게 숙고했다. 얼마간 시간이 지나면 아버지는 그 물체를 떠나, 마룻바닥 위에 살짝 떠 있는 배를 뒤로 끌면서 계속 나아갔다. 아버지가 혹시 먹을까 싶어 우리가 바닥에 떨어뜨린 빵이나 고기 조각에 대해서도 아버지는 똑같은 방식으로 행동했다. 아버지는 그것들을 먹을 수 있다는 사실을 알지 못한 채 표면적인 점검만 마치고는 다시 나아갔다.

이렇듯 참을성 있게 방을 조사하는 모습을 보면서, 아버지가 고집스럽게 지치지 않고 무언가 찾고 있다고 생각할 수 있을 것이다. 때때로 아버지는 부엌 구석으로 달려가 물이 새는 물통 아래로 기어 들어가서, 웅덩이에 도달하면 물을 마시는 것 같았다.

가끔씩 아버지는 며칠 동안 없어졌다. 아버지는 음식 없이도 아주 잘해 나가는 듯싶었지만, 이것이 아버지의 생명에는 전혀 영향을 주지 않는 것 같았다. 낮 동안 우리는 수치심과 혐오감이 뒤섞인 감정으로, 밤이 되면 아버지가 침대로 우리를 찾아올지도 모른다는 비밀스러운 두려움을 숨기고 있었다. 그러나 낮 동안 아버지는 가구 위로 온통 돌아다니기는 했지만, 그런 일은 결코 일어나지 않았다. 아버지는 특히 옷장과 벽 사이의 공간에 들어가 있기를 좋아했다.

어떤 이성(理性)의 징후와 유머 감각을 평가 절하할 수는 없다. 예를 들어 식사 시간이 되면, 아버지는 순전히 상징적인 의미에서만 참여할 뿐이었는데도 빼놓지 않고 식당에 나타났다. 식당 문이 우연히 닫혀 있어 옆방에 남아 있게 되면 아버지는 우리가 열어 줄 때까지 문 아래쪽을 긁고, 빈 틈새로 오르락내리락했다. 시간이 지나면서 아버지는 집게발과 다리를 문 아래 끼워 넣는 법을 배웠고, 몇 번의 정교한 동작으로 마침내 몸을 교묘하게 집어넣어 옆으로 빠져나와 식당으로 들어오는 데 성공했다. 아버지는 이것을 즐기는 듯했다. 그러고는 아버지는 식탁 아래 멈춰 서서 배를 조금씩 떨며, 조용히 누워 있었다. 이 규칙적인 떨림이 무슨 의미가 있는지 우리는 상상할 수 없었다. 그 떨림은 음탕하고 악의가 있는 것 같았지만, 동시에 다소 천하고 욕정 섞인 만족감을 표현했다. 우리 개 네므로트는 천천히 아버지에게 다가가, 확신 없이, 조심스럽게 냄새를 맡고, 재채기를 하고, 아무 결론도 내리지 못한 채 무관심하게 돌아서 가 버리곤 했다.

한편 우리 집의 무질서는 그 정도를 더해 가고 있었다. 게니아는 하루 종일 날씬한 몸을 깊은 숨소리에 따라 뼈가 없는 듯 고동치며 잠만 잤다. 종종 수프에서 실 조각을 발견했는데, 게니아가 아무 생각 없이 채소와 함께 집어넣은 것이었다. 가게는 24시간 무휴로, 밤이나 낮이나 열려 있었다. 복잡한 흥정과 토론 사이로 끊임없는 할인 판매가 이루어졌다. 이 모든 것의 절정으로, 카롤 아저씨가 묵으러 왔다.

아저씨는 이상하게 우울하고 조용했다. 아저씨는 한숨을 쉬며 최근의 불행한 경험 끝에 삶의 방식을 바꾸어 언어 공부에 몰두하기로 했다고 선언했다. 아저씨는 절대 밖에 나가지 않고 가장 멀리 떨어진 방에 틀어박혔는데, 게니아는 우리의 방문객을 인정하지 않았기 때문에 그 방에서 커튼과 양탄자를 전부 치워 버렸다. 그곳에서 아저씨는 오래된 가격표를 읽으며 시간을 보냈다. 몇 번이나 심술궂게 아버지를 밟으려 했다. 공포에 질려 우리는 하지 말라고 했다. 그러면 아저씨는 혼자서 심술궂은 미소를 지었고, 아버지는 방금 지나간 위험을 알지 못한 채, 돌아다니며 마룻바닥의 얼룩을 연구했다.

발로 걸어 다니는 한은 재빠르고 기동성 있는 아버지는 뒤집히면 대체로 움직이지 못하게 된다는 갑각류의 특성을 공유하고 있었다. 아버지가 모든 발을 필사적으로 움직이며 당신 자신을 축으로 무력하게 돌고 있는 모습을 보는 것은 슬프고 딱한 광경이었다. 우리는 관절이 여러 개 있는 벌거벗은 배 아래 완전히 노출되어 눈에 잘 띄는, 거의 뻔뻔스러운 아버지의 해부학적 구조를 바라볼 때면 더없이 민망했다. 그런 순간에, 카롤 아저씨는 아버지를 밟고 싶은 충동을 거의 누르지 못했다. 우리는 손에 무엇이든 들고 아버지를 구하러 달려갔고, 아버지는 집게발로 그것을 단단히 잡고 재빨리 정상적인 자세로 돌아갔다. 그리고 즉시 아버지는 보기 흉하게 떨어져 있던 기억을 지워 버리고 싶은 듯, 두 배의 속도로 번개 같은 지그재그 달리기를 시작했다.

아직도 기억나는 믿을 수 없는 행위를 사실대로 보고해야겠다. 오늘날까지도 나는 우리가 어쩌다가 알면서도 그 하수인이 되었는지 이해할 수가 없다. 이상한 숙명론이 우리를 몰고 간 것이 틀림없다. 왜냐하면 운명은 자각이나 의지를 피해 가는 것이 아니라 그 과정 속에 삼켜 버려, 마치 최면술에 걸린 실신 상태에서처럼 보통 상황에서라면 공포에 질렸을 일들을 인정하고 받아들이게 하기 때문이다.

덜덜 떨면서, 나는 절망적으로 몇 번이고 어머니에게 물었다. "어떻게 그러실 수 있어요? 게니아가 그랬다면 몰라도, 어떻게 어머니가 그러실 수가 있냐고요?"

어머니는 울고 절망에 빠져 양손을 비틀었지만 대답을 찾을 수 없었다. 아버지가 더 나아질 거라고 생각하신 건가? 그 행위를 희망 없는 상황에 대한 오직 하나의 해결책이라 생각하신 건가, 아니면 터무니없는 경솔함과 천박함에서 저지른 걸까? 운명은 그 이해할 수 없는 변덕을 강요하고 싶어질 때마다 수천 가지 책략을 부린다. 일시적인 기억 상실, 부주의하거나 무분별한 순간에는 진퇴양난의 결정 사이에 하나의 행위를 충분히 집어넣을 수 있다. 그 후에야, 뒤늦게, 끝없이 그 행위에 대해 숙고해 보고, 동기를 설명하고, 진정한 의도를 찾아내려 한다. 하지만 그 행위는 돌이킬 수 없는 것이다.

아버지가 접시에 담겨 들어왔을 때에야, 우리는 제정신이 들어 무슨 일이 일어났는지를 완전히 이해했다. 아버지는 넓게 퍼져 누워 끓어서 부푼 채 창백한 회색으로 젤리가 되어 있었다. 우리는 말문이 막혀 조용히 앉아 있었다. 카롤 아저씨만 포크를 들어 접시로 가져갔지만, 즉시 자신 없는 듯 내려놓고는 우리를 곁눈으로 쳐다보았다. 어머니는 그것을 거실로 가져가라고 명령했다. 그것은 그 후 공단 천을 덮은 탁자 위, 가족사진 앨범과 음악이 나오는 담배 상자 옆에 놓여 있었다. 우리 모두 눈길을 피한 채, 그것은 그냥 거기 있었다.

그러나 아버지의 지상에서의 방황은 아직 끝나지 않았고, 다음 번의 분할된 죽음—허용할 수 있는 한계를 넘어 확장된 이야기는 그중에서도 가장 고통스럽다. 아버지는 왜 포기하지 않았을까, 졌다는 것을 인정할 만한 모든 이유가 있었는데, 운명조차 더 이상은 아버지를 완전히 좌절시킬 수 없을 정도였는데, 왜 패배를 인정하지 않았을까? 몇 주 동안 거실에서 움직이지 못하고 지낸 다음에, 아버지는 어떻게든 원기를 회복하여 서서히 건강을 되찾는 듯싶었다. 어느 날 아침, 우리는 접시가 비어 있는 것을 발견했다. 접시 가장자리에, 그 탈출의 자취가 남아 있는 굳어 버린 토마토소스와 고기 젤리 속에 다리 하나가 남아 있었다. 비록 삶아지고, 가는 길에 다리 하나를 흘리기는 했지만, 남은 기력을 모아 아버지는 집 없는 방황을 시작하기 위해 어딘가로 지친 몸을 끌고 갔으며, 우리는 그 뒤로 아버지를 다시는 보지 못했다.

10   **바쿠스** Bacchus. 로마 신화의 '술의 신'이다. 그리스 신화의 디오니
   소스(Dionysos).

11   **천궁도** 12개의 별자리를 그린 그림.
   사마리아인의 나귀 강도를 당한 사람을 착한 사마리아인이 구해 주
   었다는 이야기.(「루가의 복음서」 10:30~38)

13   **야생 라일락 ~ 야생 박하** 모두 민간 치료에 이용되는 재료이다.

15   **마리슈카** Maryśka. 마리아의 애칭.
   미친 사람의 어리석은 밀가루 시계가 똑딱거리는 소리와 동시에 햇
   빛에 비친 시계추 아래에서 먼지가 피어오르는 모습이 마치 정신
   병자가 아무 의미 없는 말을 계속 중얼거리면서 밀가루를 공중에
   흩날리는 모습처럼 보였다는 묘사이다.

23   **온스** ounce. 무게 단위. 1온스는 약 28.35그램.

24   **티탄** Titan. 그리스 신화에서 우라노스(하늘)와 가이아(땅) 사이에
   서 태어난 거인.

25   **데미우르고스** dēmiourgos. 철학 용어. 플라톤이 말한, 유일한 최고
   의 신보다 못한 조물주. 혹은 그노시스파(派) 등에서 말하는, 최고
   신의 뜻에 따라 세상을 창조한 다른 신. 때로 악의 창시자로 여기
   기도 한다.

시나이산 구약에서 모세가 신으로부터 십계명을 받은 산.

27   **벵골 불** 신호할 때 쓰는 선명한 푸른색의 연속적인 불꽃.

30   **불도마뱀** 샐러맨더(salamander). 불 속에서 산다는 상상의 도마뱀 혹은 불의 요정.

39   **몰록** Moloch. 고대 셈족의 신으로, 아이를 불에 태워 제물로 바쳤다.(「레위기」 18:21)

40   **아트로핀** atropine. 동공 확산제. 여기서는 눈을 크고 빛나 보이게 하기 위한 일종의 화장품이다.

41   **게누스 아비움** Genus Avium. 날아다니는 종.

     스칸소레스 scansores. '나무 위에서 서식하는'이라는 뜻으로, 이전에는 하나의 종으로 여겼던 여러 다른 종류의 새를 뜻한다.

     피스타치 pistacii. 피스타치오 열매. 향신료로 쓰인다.

51   **골렘** golem. 유대 신화에 나오는, 진흙으로 만든 거대한 자동인형.

     루케니 루이지 루케니(Luigi Luccheni, 1873~1910). 이탈리아의 무정부주의자. 1898년 오스트리아의 프란츠 요제프 황제의 비이자 헝가리 여제였던 엘리자베트를 암살했다.

     드라가 드라가 마신(Draga Mašin, 1867~1903). 세르비아 왕비의 시녀 출신으로 알렉산드르 오브레노비치 왕과 1900년 결혼했다. 본래 보헤미아 기술자의 과부였다고 알려져 있으나 복잡하고 의심스러운 과거로 인해 국민들의 반감을 사서 1903년 왕과 함께 암살당했다.

     수음이라는 불행한 습관 유대의 '오난'의 이름에서 수음 혹은 사정을 피하는 성교를 뜻하는 오나니즘(onanism)이 유래되었다. 오난은 형이 죽자 형수를 취하여 형의 대를 이으라는 관습법을 저버리고 땅에 사정하여 여호와의 노여움을 사서 사형되었다.(「창세기」 38:8~10)

53   **게네라티오 애퀴보카** Generatio aequivoca. 자연 발생 혹은 자가 발생. 진흙 혹은 시체 등의 생명력이 없는 매체에서 단순한 형태의

생명체가 자연적으로 발생할 수 있다는 이론으로, 18세기까지 서구 생물학에서 진지하게 논의되었다.

55   **쇠시리** 나무 모서리나 표면을 깎아 모양을 내는 일.

56   **영기** 엑토플라즘(ectoplasm). 심령술에서 말하는 영기(靈氣). 영혼과 교신하는 순간 교신자의 입에서 풀려 나와 여러 가지 모습을 이룬다는 흰 물질.

59   **네므로트** 니므롯〔폴란드식 발음으로는 네므로트(Nemrod)〕은 노아의 증손이며 사냥의 명수로도 유명했다.(「창세기」 10:8~9)

64   **판** Pan. 그리스 신화에 나오는 산과 수풀, 목양과 음악의 신. 상체는 사람이지만 다리는 염소를 닮았고 머리에 뿔이 있으며 염소의 귀를 가졌다. 물의 요정을 사랑하여 쫓아갔지만 요정이 물가에서 갈대로 변하자 이루어지지 못한 사랑을 슬퍼하여 그 갈대로 피리를 만들어 불었다고 한다. 여기서 팬플루트(panflute)가 유래되었다. 또한 판은 수풀의 신으로, 밤에 인적 없는 숲을 지나가는 여행자들을 겁주며 놀린다고 믿었다. '이유 없는 공포, 공황'이라는 의미의 패닉(panic)이 여기서 비롯되었다.

77   **말라바르** Malabar. 인도 남서부 해안. 기원전부터 동서 무역의 거점이었으며 특히 향신료와 목재 무역의 중심지로 유명하다.

     바실리스쿠스 도마뱀 basiliscus. 이구아나과(科)에 속하는 네 가지 도마뱀의 총칭. 혹은 전설의 파충류로서 뱀들의 왕이며 한 번 쳐다보는 것만으로도 상대를 죽음에 이르게 할 수 있다고 한다. 남미에 서식하는 바실리스크스 도마뱀도 이 이름을 따서 붙인 것이다.

     만드라고라 Mandragora. 히말라야와 지중해에 서식하는 만드라고라속 식물의 총칭. 뿌리는 굵고 갈라져 있으며 짧은 줄기 위에 보랏빛 꽃이 달걀 모양의 무더기를 이루어 피고 열매는 오렌지색이다. 독성이 있어 환각 작용을 일으키며 뿌리가 사람처럼 생겨서 오랫동안 마술적인 식물로 여겼다.

     호문쿨루스 Homunculus. 극미인(極微人). 16~17세기 의학 이론에

서 믿었던, 사람의 정자(精子) 속에 들어 있는 아주 작은 인간.

79 **니오베** Niobe. 그리스 신화의 인물. 열네 명의 자식들을 자랑하다 레토(Leto) 여신의 노여움을 사서 태양신 아폴론과 미(美)의 여신 아르테미스에게 자식들을 모두 살해당하고 자신은 제우스에 의해 돌이 되었다. 돌로 변한 후에도 자식을 잃은 슬픔으로 눈물을 흘렸다고 한다.

다나에 Danae. 그리스 신화의 인물. 아르고스의 왕 아크리시오스 (Acrisios)의 딸로, 제우스와의 사이에서 페르세우스를 낳았다. 페르세우스는 메두사를 죽인 영웅.

탄탈로스 Tantalos. 그리스 신화의 인물. 제우스의 아들. 신들의 비밀을 누설한 벌로, 지옥의 호수에 턱까지 잠겼는데, 목이 말라 물을 마시려 하면 수면이 내려가고, 배가 고파 머리 위의 열매를 따려 하면 나뭇가지가 물러가서 괴로움을 당했다.

82 **쪽모이 마루** 나무쪽을 모아서 일정한 무늬를 만들어 덮은 마루.

88 **클론다이크** Klondike. 캐나다 유콘 강 유역의 금광 지대.

과자점 ~ 새겨져 있었다 원문에서 이런 상호들은 폴란드어가 아닌 프랑스어나 영어 등의 외국어로 되어 있다.

105 **오페라 모자** 접을 수 있는 실크 모자.

112 **그루터기가 ~ 싹을 틔운다** 유럽의 언어에서 무화과 열매는 검지와 중지 사이에 엄지를 넣은 주먹 모양을 상징한다. 이것은 우리 관습에서도 외설적인 의미이지만, 특히 슬라브 세계에서는 강한 모욕을 주는 상스럽고 경멸적인 행동이다.

114 **체비엇** Cheviot. 스코틀랜드산(産) 고급 모직물.

115 **콘트랄토** contralto. 소프라노와 테너 사이의 여성 최저음.

120 **선반들은 ~ 폭발했다** 모세가 이스라엘 백성을 이끌고 르비딤 광야에 이르렀을 때 백성들이 마실 물이 없다고 원망하자 여호와의 명으로 지팡이를 들어 호렙 산(山)의 반석을 치니 물이 솟았다.(「출애굽기」 17:6~7)

121 **바알** Baal. 고대 셈족의 신. 자연의 생식력을 상징했으나 성경에서 일반적으로 우상 혹은 가짜 신을 뜻함.

카프탄 caftan. 중동 지역에서 주로 입는 긴소매와 띠가 있는 의복.

122 **아를레키노와 풀치넬라** 두 사람 모두 이탈리아의 코메디아 델라르테(Comedia dell'arte)의 등장인물들이다. 아를레키노(Arlecchino)는 충직하고 영리한 하인이며 후에 프랑스 혹은 미국의 광대극에서는 슬랩스틱 코미디의 익살스러운 인물로 변형되기도 했다. 풀치넬라(Pulchinela) 역시 하인이며 재주넘기를 하고 법석을 떠는 익살스러운 하인이다. 후에 마임(mime)극의 독립적인 등장인물로 발전했다.

산헤드린 sanhedrin. 71명으로 구성된 유대교 종교 회의의 최고 법원.

126 **12일절** 크리스마스로부터 12일째 날, 즉 1월 6일.

129 **사라반드** saraband. 2분의3 박자 또는 4분의3 박자의 스페인 춤.

론도 rondo. 회선곡(回旋曲). 주제가 동일한 상태로 여러 번 되풀이되는 동안 다른 부주제가 여러 가지로 삽입되는 형식의 기악곡.

갈바니 루이지 갈바니(Luigi Galvani, 1737~1798). 이탈리아의 의사, 물리학자. 해부 실험 중 개구리의 다리가 기전기 불꽃이나 메스와 접촉할 때 경련을 일으키는 것을 보고 전기가 뇌에서 발생하여 근육으로 흘러 들어간다는 '생물 전기'의 존재를 주장했다. 동물 전기설은 나중에 볼타에 의해 수정되었으나 1791년 발표된 '갈바니 전기'에 대한 논문은 전자기학의 발전에 실마리가 되었다.

130 **뜀뛰는 개구리** The celebrated Jumping Frog of Calaveras County. 마크 트웨인의 단편소설 제목.

132 **판타 레이** panta rhei. '만물은 흐른다' 혹은 '만물은 변한다'는 의미. 그리스의 철학자 헤라클레이토스(Heracleitos)가 자신의 사상을 집약한 표현이다.

프린키피움 인디비두아티오니스 Principium individuationis. 개체화의 원칙이라는 뜻으로, 니체의 『비극의 탄생』에 나오는 용어이다. 태양신 아폴론의 성격을 나타내는 용어이며, 니체는 개성화를 최상의 우선순위로 여기는 이와 같은 성격을 세계와 합일하려는 디오니소스의 원칙과 대비되는 것으로 여겼다.

133 **네프** 크리스티안 에른스트 네프(Christian Ernst Neeff, 1782~1849). 독일의 의사, 프랑크푸르트 대학 교수. 전기 치료법의 선구자.

137 **르클랑셰** 조르주 르클랑셰(Georges Leclanché, 1839~1882). 프랑스의 전기 기술자. 오늘날 쓰이는 형태의 건전지를 발명했다.

143 **파선과 외파선** 파선(擺線, cycloid)은 수학에서, 일직선 위로 미끄러지지 않고 굴러가는 원이 있을 때 그 원둘레 위의 한 정점이 그리는 곡선. 외파선(外擺線, epicycloid)은 원둘레 위로 미끄러지지 않고 굴러가는 원이 있을 때 그 원둘레 위의 한 정점이 그리는 곡선.

144 **발타자르의 불타는 손가락** 느부갓네살 왕의 아들이며 바빌로니아의 마지막 왕인 발타자르(Baltazar)가 나라의 파멸이 닥친 줄도 모르고 마지막 연회를 벌였을 때 왕궁 벽에 신비로운 손가락이 나타나 국가의 최후를 예고하는 수수께끼 같은 세 단어를 쓰고 사라졌다. (「다니엘」 5:18~19)

146 **프레파라트** Präparat. 현미경으로 관찰하기 위해 두 장의 얇은 유리 사이에 끼운 생물 및 광물의 표본.

153 **콜로라투라** coloratura. 장식적이고 기교적으로 노래하는 창법 또는 그 목소리. 박력은 없으나 매우 아름답다.
트릴 trill. 어떤 음을 연장하기 위해, 그 음과 2도 높은 음을 교대로 빨리 연주하여 물결 모양의 음을 내는 장식음. 떤꾸밈음.

156 **모라비아의 카를로비체** 모라비아(Moravia)는 구체코슬로바키아의 중부, 현재 체코 공화국의 동부 지방. 카를로비츠(Karlowice)는 그 동북부의 도시.

158 **트란실바니아** Transylvania. 루마니아 서쪽 지방. 본래 헝가리였으나 1947년 루마니아에 합병됨. '드라큘라'로 알려진 블라드 체페슈(VladȚepeş) 백작의 고향으로 유명하다.

슬라보니아 Slavonia. 크로아티아 동부 지방. 1830년 오스트리아 합스부르크 왕가의 지배에서 벗어나기 위한 운동의 거점이 되었다.

부코비나 Bucovina. 루마니아와 우크라이나 사이의 지방.

159 **치터** Zither. 거문고와 비슷한 현악기.

161 **하르츠 산** Harz mountain. 독일 중부 브라운슈바이크(Braunschweig) 지방의 산. 울창한 숲으로 유명하다. 근처에 마녀들이 빗자루를 타고 날아와 축제를 벌인다는 브로켄 산이 있다. 카나리아가 처음 유럽에 전해졌을 때 주로 수도원에서 기르다가 최초로 일반에 알려지고 판매, 사육하게 된 것이 독일의 하르츠 산 지역이라고 한다(16세기).

162 **인간 지혜학** Anthroposophy. 오스트리아의 철학자 루돌프 슈타이너(Rudolf Steiner, 1861~1925)가 주창한 이론으로, 내면의 발전을 통해 초월적 지혜를 얻을 수 있다는 유사 과학 학파. 현재 스위스 도르나흐(Dornach)에 본부가 있다.

164 **오래된 컴브리아인** Cumbrian. 고대 영국의 컴브리아 사람.

165 **쥐오줌풀** 약초의 일종. 신경 안정제로 쓰였다.

178 **이발소** 서양에서 이발소는 이발 외에도 간단한 수술 등의 외과업을 겸하는 경우가 많았다. 이발소 밖에 하얀색, 푸른색, 빨간색의 삼색 등을 거는 것은 그러한 전통의 잔재로, 흰색은 붕대, 붉은색은 동맥, 푸른색은 정맥을 상징한다.

181 **유제프** 「창세기」 37장에 나오는 야곱의 열두 아들 중 막내 요셉을 말함. 형들의 농간으로 이집트에 노예로 팔려 가지만 후에 이집트의 총리대신이 되었다. '유제프(Józef)'는 요셉의 폴란드식 이름이며, 작중 주인공의 아버지 이름인 '야쿠프(Jakub)'도 야곱의 폴란드식 이름이다.

186 **라 마르세예즈** La Marseillaise. 프랑스 혁명 당시의 혁명가이며 현재 프랑스 국가(國歌).

188 **리라나 백조** 리라(lyra)는 고대 그리스의 악기. 일곱 개의 현이 있으

며 손으로 연주한다. 본문에서 리라는 거문고자리, 백조는 고니자리를 뜻한다. 둘 다 북쪽 하늘에서 볼 수 있다.

190 **스노드롭** snowdrop. 초봄에 흰 꽃이 피는 식물의 이름.

193 **신기루** 본문에서는 'Fata Morgana', '모르간 요정'이라는 뜻으로 지평선 바로 위에 나타나 빠르게 변하는, 복잡하고 왜곡이 심한 신기루의 일종이다. 이런 종류의 신기루는 사막뿐 아니라 육지나 극지방 혹은 바다에도 나타난다.

오바자네크 obwarzanek. 베이글과 비슷하게 둥글고 가운데 구멍이 있지만 겉껍질이 베이글보다 딱딱하다. 폴란드의 흔한 길거리 음식이다.

195 **태즈메이니아** Tasmania. 오스트레일리아 동남쪽의 섬.

하이데라바드 Hyderabad. 파키스탄 북부의 도시. 여기서 루돌프는 주인공에게 태즈메이니아와 하이데라바드 등 신비로운 이국을 상징하는 우표를 선물한 것이다.

프란츠 요제프 Franz Joseph(1830~1916). 합스부르크 왕가 출신으로 1848~1916년까지 오스트리아 황제였으며 1867~1916년까지 헝가리 왕. 1848년 12월 합스부르크 황제로 즉위하여 헝가리, 트란실바니아, 크로아티아를 합스부르크의 영토로 병합했다. 1849년 통일 오스트리아 제국을 표방하는 절대주의를 선포했으며 헝가리를 독립시켜 오스트리아와 대등한 파트너 관계를 표방하기도 했다. 1914년 세르비아에 최후통첩을 하여 독일과 오스트리아가 제1차 세계 대전에 뛰어들게 되었다.

198 **아브라카다브라** Abracadabra. 글자를 삼각형으로 배열해 쓴 부적이지만, 유럽 문화권에서는 대표적인 마술 주문을 뜻한다.

히포라분디아/판피브라스/호산나 히포라분디아(Hiporabundia)와 판피브라스(panfibras)는 '아브라카다브라' 혹은 '할렐리바'와 유사한 감탄사로 보인다. '할렐리바'는 기독교에서 신을 찬양하는 '할렐루야'와 같은 뜻. 마지막의 '호산나'는 본래 '구원해 주소서'라는 뜻의 히브리어에서 비롯되었으나 지금은 기도문의 일부로 사용된다.

209 **아케론** Acherōn. 그리스 신화에서 명부에 있다는 재앙의 강. 사공 카론(Charon)이 죽은 사람들의 영혼을 건너게 해 주었다.

하데스 Hades. 그리스 신화에서 저승, 황천 혹은 저승을 관장하는 신.

212 **오시안** Ossian. 3세기의 전설적인 스코틀랜드의 시인·영웅.

니벨룽겐 Nibelungen. 독일 전설에 나오는 난쟁이족. 마법의 금화와 반지를 가지고 있었으나 지크프리트에게 빼앗겼다.

214 **불신자들의 나라** in partibus infidelium. 본래 가톨릭을 믿는 지역이 이교도들의 침략을 받아 주교가 영지를 떠난 상태를 이르는 말.

217 **바베이도스** Barbados. 서인도 제도 남쪽에 있는 영연방 내의 독립국.

래브라도 Labrador. 캐나다 동부의 큰 반도.

트리니다드 Trinidad. 서인도 제도에 있는 섬.

가이아나 Guyana. 남아메리카의 북동부, 대서양에 면한 공화국.

221 **흰 드레스** 'bianca'는 이탈리아어로 '희다'는 뜻.

223 **카덴차** cadenza. 협주곡에서 악장의 끝 부분에 삽입된 화려한 독주.

226 **포** 에드거 앨런 포(Edgar Allan Poe, 1809~1849). 미국의 시인·소설가·비평가. 「모르그 거리의 살인」 등의 추리 소설과 「검은 고양이」를 비롯한 괴기·공포 소설 그리고 사랑의 시 「애너벨 리」로 유명하다. 19세기 최고의 독창적인 작가로 꼽히지만 개인적으로는 가난하고 불행한 생을 살았다.

프레스코 벽화 벽에 새로 석회를 바르고 그것이 마르기 전에 수채로 그리는 화법.

228 **de V.** 성 앞에 'de'가 있으면 프랑스의 귀족 출신이라는 뜻.

쇤브룬 Schönbrunn. 오스트리아 빈에 있는 궁전. 1711년 완공되어 합스부르크 왕가의 여름 궁전으로 사용되었다.

230 **막시밀리안 대공** 요제프 페르디난트 막시밀리안(Joseph Ferdinand Maximilian , 1832~1867). 멕시코의 황제(재위 1864~1867). 프란츠 요제프 1세의 동생. 남북 전쟁을 틈타 나폴레옹 3세가 그를 멕

시코 황제로 앉혔다. 그러나 멕시코 민주주의 세력은 이에 반대하여 무력으로 저항했다. 남북 전쟁이 끝나자 미국은 프랑스 군대의 철수를 요구했고, 그는 프랑스군의 귀국으로 고립, 체포되어 총살당했다.

231 **레반트** Levant. 동부 지중해 연안의 나라들. 특히 시리아, 레바논, 이스라엘.

나폴레옹 3세 샤를 루이 나폴레옹 보나파르트(Charles Louis Napolon Bonaparte, 1808~1873). 나폴레옹 1세의 아우 루이 보나파르트의 3남. 1848년 12월 대통령 선거에서 당선되었다. 1851년 말 국민 투표로 신임을 얻어 이듬해 1월 헌법을 제정하고, 11월에 황제로 즉위했다. 제2제정은 시민적 자유를 억압하였으나 후에 자유주의 제국의 양상을 띠었다. 대외적으로는 크림 전쟁(1854~1856)에서 러시아를 눌렀지만, 멕시코 원정(1861~1867)의 좌절은 제정의 위신을 실추시켰다. 국내적으로는 철도망 확대, 파리 미화, 만국 박람회 개최 등으로 국위를 선양했다. 비스마르크의 정책에 농락당하여 1870년 프랑스-프로이센 전쟁에 돌입, 9월에 포로가 되고, 파리에서 혁명이 일어나 제정은 붕괴되었다. 영국으로 망명하여 그곳에서 죽었다.

234 **플랜테이션** plantation. 열대 혹은 아열대 지방의 대규모 농장 혹은 작물 재배. 면 플랜테이션은 목화 농장을 뜻한다.

237 **드레퓌스** 알프레드 드레퓌스(Alfred Dreyfus, 1859~1935). 유대계 프랑스 육군 장교. 1894년 군사 정보를 독일 측에 통보했다는 스파이 혐의로 체포되어 군적과 계급의 박탈, 무기 유형에 처했다. 그러나 후에 그의 무죄를 증명하는 증거가 발견되면서 사건은 정치 투쟁으로 발전했다. 1906년 최고 재판소가 드레퓌스의 무죄를 확정하여 사건은 종결되었으나, 이로 인해 반유대주의, 반독일의 우익 진영과 반군국주의, 공화제, 인권 옹호의 좌익 진영이 뿌리 깊은 대립을 나타내고, 두 진영의 유명한 문학자도 모두 말려들어, 제3공화

국과 프랑스 근대사에 큰 영향을 끼쳤다.

242 나폴리파 17~18세기 이탈리아의 나폴리를 중심으로 생겨난 회화
의 일파. 카라바조를 중심으로 하고, 빛과 어둠의 날카로운 조화와
생동감 있는 군중 장면이 특징이다. 후에 인상주의의 시초를 열었
으며, 우울하고 가라앉은 자연주의적 색채를 보이기도 했다.

244 에콰도르와~ 돌입하고 있다 에콰도르와 콜롬비아는 본래 스페인의
식민지였으나 18세기 말부터 독립운동을 전개하여 19세기 초 시
몬 볼리바르를 중심으로 대대적인 독립운동을 벌였다. 1819년 콜
롬비아의 수도 보고타에서 스페인 군대를 격파하고 에콰도르, 콜
롬비아, 베네수엘라 3국이 통합하여 대(大)콜롬비아 공화국을 건
설하였으나 1830년 해체되어 독립된 공화국으로 나뉘었다.

칠레의 일각수 남아메리카 대륙 남서쪽에 있는 남북으로 길쭉한 공
화국. 본문에서 '일각수'는 칠레 국가 문장 왼쪽에 그려진 산양을
뜻한다.

246 바넘 피니어스 테일러 바넘(Phineas Taylor Barnum, 1810~1891).
19세기 미국의 유명한 쇼 비즈니스와 서커스 운영자. 유명한 서커
스단 링링 브러더스(Ringling Brothers)의 전신이 된 바넘&베일리
(Barnum & Bailey) 서커스단을 창립했다.

248 토마호크 tomahawk. 아메리카 원주민이 쓰는 손도끼.

쿠라레 curare. 남미 원주민이 화살촉에 쓰는 독. 운동 신경을 마비
시킨다.

249 미늘창 끝이 나뭇가지처럼 둘 또는 세 가닥으로 갈라진 창.

256 가리발디 주세페 가리발디(Giuseppe Garibaldi, 1807~1882). 이탈
리아 통일 운동에 공헌한 애국자. 1848년 해방 전쟁이 일어나자 의
용군을 조직하였고 나폴레옹 3세의 무력간섭에 대한 방위전을 지
휘했다. 1860년 남이탈리아 왕국으로 진격하여 이 왕국을 사르데
냐 왕에게 바침으로써 이탈리아 통일에 크게 기여했다. 이탈리아
에서는 국민적 영웅으로 추앙받고 있다.

비스마르크 오토 에두아르트 레오폴트 폰 비스마르크(Otto Eduard Leopold von Bismarck, 1815~1899). 프로이센·독일의 정치가. 독일 제국 초대 재상으로 독일의 통일과 국가적 발전에 공헌했다.

비토리오 에마누엘레 1세 Vittorio Emanuele I(1759~1824). 이탈리아 사르데냐의 국왕(재위 1802~1821년).

강베타 레옹 강베타(Lon Gambetta, 1838~1882). 프랑스의 정치가. 1860년 나폴레옹 3세의 전제 정치에 대한 반대론을 펴서 이름을 떨쳤다. 1870년 9월 프랑스-프로이센 전쟁이 일어났을 때 강베타의 모병에 응하여 이탈리아의 가리발디가 프랑스로 건너와 이듬해 보르도 시(市) 국민 의회 의원으로 선출되었다.

마치니 주세페 마치니(Giuseppe Mazzini, 1805~1872). 이탈리아의 정치 지도자. 국가 통일 시기의 초창기 청년층에게 지대한 영향을 끼쳤다.

257 **베라크루스** Veracruz. 멕시코 남동부의 멕시코 만 부근에 있는 베라크루스 주의 도시. 그러나 실제로 막시밀리안 대공이 죽음을 맞이한 곳은 케레타로(Querétaro)이다.

263 **피에몬테의 왕** 비토리오 에마누엘레 1세를 말함. 피에몬테는 그의 거점이었다.

265 **마크마옹** 파트리스 드 마크마옹(Patrice de Macmahon, 1808~1893). 프랑스의 장군이며 정치가. 1873~1875년까지 프랑스의 국무 장관이었고, 1875년부터 1879년까지 제3공화국 대통령을 역임했다.

270 **아스타 닐센** Asta Nielsen(1881~1972). 덴마크의 여배우. 무성 영화 시대를 대표하는 북유럽의 스타. 대표작으로는 「햄릿」(1920)이 있으며 「기쁨 없는 거리」(1925)에서는 그레타 가르보와 함께 출연하기도 했다.

271 **프로테우스** Proteus. 그리스 신화에서 포세이돈의 아들이며 북쪽 바다의 신이다. 미래를 예지하는 능력과 모습을 바꾸는 능력이 있다.

277 **트라부코스** Trabucos. 쿠바산 시가의 일종.

279 **성 게오르기우스** St. George Georgius(270~303년경). 3세기 중앙 아시아의 순교자. 신앙의 영웅으로 중세에는 자주 성화의 소재가 되었다. 이따금 갑옷 차림에 백마를 타고 용을 격퇴시키는 모습으로 그려지기도 한다.

281 **스타우로피기아** Stauropigia. (주로 동방 정교나 가톨릭) 지역구가 아닌 총 주교에서 직접 속하는 사제관 혹은 그런 사제관에 속하는 수도승.

288 **아르마다** Armada. 16세기 스페인의 무적함대.

290 **소플리초보** Soplicowo. 19세기 폴란드의 애국 시인 아담 미츠키에비치가 쓴 장편 서사시 『타데우슈 씨(*Pan Tadeusz*)』의 배경이 되는 리투아니아의 영지 이름.

볼레후프 Bolechów. 지금의 우크라이나 볼레히프우(Bolekhiv). 슐츠의 고향 도로호비츠에 이웃한 도시로, 19세기까지 주민의 절반이 유대계일 정도로 규모가 큰 대표적 유대계 정착지였다.

298 **시에스타** siesta. 스페인이나 이탈리아 등 남유럽의 오후 낮잠 시간. 주로 1~3시.

306 **아틀라스** Atlas. 그리스 신화에 나오는 거인 티탄족의 일원으로, 일족이 제우스와 싸워 패한 뒤 세상을 어지럽힌 죄로 천계를 어깨 위에 지고 있어야 하는 벌을 받았다.

311 **야곱을 깔고 누운 천사** 야곱이 가족을 이끌고 얍복 나루를 건널 때 가족은 다 건너고 야곱만 남아 낯선 사람과 밤새 씨름하다가 허리의 환도뼈를 다쳤으나 놓지 않았다. 씨름을 하다 아침이 되자 낯선 사람은 야곱을 축복하고 이름을 이스라엘로 고치라 하고 떠났다. 이에 야곱은 하느님의 사람과 대적해 이겼다 하여 그곳 이름을 브니엘(하느님의 얼굴)이라 지었다.(「창세기」31 : 24~31)

329 **가니메데스** Ganymedes. 제우스의 술 시중을 드는 미소년.

339 **아스포델** asphodel. 그리스 신화에서, 낙원에 피는 지지 않는 꽃 혹

은 수선화.

345 **피케** piqué. 골이 진 면직물.

356 **아담의 자손들에게 걸린 그 저주** 하느님은 아담과 하와를 에덴동산에서 내쫓으며 남자에게 "종신토록 수고하며 그 얼굴에 땀이 흘러야만" 먹을 것을 얻을 수 있으리라는 벌을 내렸다.(「창세기」 3:17~19)

365 **카바우키에비츠** Kawałkiewicz. '농담하는 사람, 재담가'라는 뜻. 'Kawał'는 폴란드어로 '농담'이라는 뜻이다.

375 **알레아 약타 에스트** Alea iacta est. '주사위는 던져졌다'라는 뜻.

378 **타불라 라사** tabula rasa. 백지상태. 어린이의 순수한 상태를 이르는 말로, 특히 서구 교육학에서 타고난 본성보다는 양육의 중요성을 강조하는 표현이다.

386 **살토 모르탈레** salto mortale. 공중제비. 이탈리아어로 '죽음의 춤'이라는 뜻. 체조 등에서 손을 짚지 않은 채 공중으로 뛰어올라 360도 도는 동작을 말한다.

다채롭게 꽃피는 상상력의 향연

정보라(번역가)

브루노 슐츠의 생애

브루노 슐츠(Bruno Schulz)는 1892년 당시 폴란드 동남부 갈리치아(Galicia) 지역의 도시인 드로호비츠(Drohobycz)에서 태어났다. 드로호비츠는 현재 우크라이나 영토에 속해 있다. 아버지 야쿠프 슐츠(Jakub Schulz, 1846~1915)는 유대계 포목상이었으며 어머니 헨리에타 슐츠(Henrietta Schulz, 1851~1931) 또한 유대계 혈통으로 드로호비츠에서 잘 알려진 부유한 사업가 집안의 막내딸이었다. 슐츠의 아버지는 본래 빈 출신으로 드로호비츠에서는 타지 사람이었기 때문에 지역 유지 가문인 외가 쪽이 슐츠의 가족생활에 더 큰 영향력을 갖고 있었다. 가족이 함께 운영했던 포목점 간판부터 어머니의 이름을 딴 '헨리에타'였으며, 슐츠의 형이 후일 외할아버지가 운영하는 석유 사업에 뛰어들었고 정유 분야에서 오래 일했다. 집안이 모두 유대계였고 슐츠 자신도 유대인으로서 전통이나 정체성을 의식하고 있었으나, 슐츠 가족은 폴란드 문화에 완전히 동화되어 당시의 일반적인 유대계 가정과는 달리 집에서도 이디시어나 히브리어 대신 언제나 폴란드어만을 사용했다.

슐츠는 부모가 매우 늦은 나이에 얻은 막내였는데, 위로 누이 한나는 슐츠보다 열아홉 살 위였고 형 이지도르는 열한 살 위였다. 그 외에 형과 누이가 각각 한 명씩 더 있었으나 매우 어린 나이에 사망했고 슐츠 자신도 어린 시절부터 병약했다. 그래서 슐츠는 고향의 남자 중·고등학교에서 매우 뛰어난 학업 성적을 보였고 졸업 후에 형이 그랬듯이 인근 대도시인 르부프(Lwów, 현재 우크라이나 리보프(L'vov))에서 공과 대학에 입학이 예정되어 있었음에도 불구하고 건강상의 문제로 학업을 미루어야 했다.

또한 이 무렵 이미 연로한 슐츠의 아버지가 병석에 누웠다. 이 때문에 가족의 생계가 걸린 포목점이 문을 닫았고, 슐츠 가족은 경제적으로 몹시 어려운 처지에 놓였다. 그런 와중에도 슐츠는 1913년 간신히 건강을 회복하여 예정대로 대학에 입학했다. 그러나 얼마 되지 않아 제1차 세계 대전이 발발했고, 슐츠의 가족들은 아버지의 고향인 오스트리아의 빈으로 대피했다. 그곳에서 슐츠는 약 1년간 머무르며 빈 공과 대학에서 원하던 건축 공부를 하고 미술 대학에서도 수강했다고 하나 정식으로 학업을 마치지는 못했다.

1915년에 슐츠 가족은 고향 드로호비츠로 돌아온다. 그리고 얼마 되지 않아 슐츠의 아버지가 세상을 떠난다. 슐츠에게 아버지의 죽음은 커다란 상처로 남았고, 그리하여 이후 여러 소설 작품에서 아버지는 언제나 대단히 중요한 인물로 등장하게 된다.

이 시기에 슐츠는 가족의 생계를 돕기 위해 미술적 재능을 활용하여 초상화 주문 제작 등을 시도해 보았으나 큰 성공은 거두지 못했다. 슐츠가 학업이나 생계에 연연하지 않고 본격적으로 예술 활동에 돌입한 것은 대략 서른 살에 접어들던 무렵부터다. 1920년부터 1922년까지 슐츠는 첫 미술 작품집인 『우상 숭배의 책』 작업에 몰두한다. 이 작품집은 주로 에로틱하면서도 환상적이고 동화적인 기묘한 분위기가 특징이며 중간중간에 작가 자신이 작품 속의 여주인공을 숭배하는 모습으로 등장하기도 한다. 눈에 띄는 점은 이 작품집에 실린 대부분의 작품들이 원본 크기가 상당히 작은 편이라는 사실이다. 어른 손안에 들어갈 정도의 작은 종이에 대부분 연필로 스케치를 했거나 연필 밑그림 위에 펜선을 입힌 흑백 그림들이다. 몇 점은 펜선을 입히다 만 작품도 있지만, 물감을 사용한 채색 작품이 없다. 이는 종이와 잉크, 물감 등의 화구를 마음껏 구입할 형편이 못 되었던 작가의 빈한했던 당시 상황을 대변해 준다. 슐츠가 남긴 그림 중에서 색채를 사용한 작품은 1920년에 제작한 유화 「만남」이 거의 유일하다.

그래도 『우상 숭배의 책』은 발표 당시 폴란드 미술계에서 어느 정도 주목을 받았으며, 그리하여 슐츠는 1922년에 바르샤바와 르부프 그리고 이듬해인 1923년에는 빌뉴스에서 작품 전시회를 열기도 했다(빌뉴스(Vilnius)는 현재 리투아니아의 수도이다. 당시에는 '빌노(Wilno)'라는 이름으로 폴란드령에 속했다). 이 덕분에 1924년부터 자신이 졸업한 고향의 김나지움에서 기간제 교사로 일하게 되는데, 처음에는 미술만 가르쳤으나 이후에 목공도 함께 가르쳤고 때때로 수학이나 물리 등을 가르치기도 했다고 한다. 그러나 슐츠는 대학에서 정식 졸업장을 받은 적이 없다는 사실 때문에 오랫동안 임시직 교사로 불안정한 위치에서 고생해야 했다. 또한 슐츠는 평생 몸이 약했으며 성격도 소심하고 부드러웠기 때문에 짓궂은 남학생들을 잘 다루지 못해 힘들어했다고 한다. 이후에 지인들에게 보낸 편지에서 슐츠는 교편 생활에서 겪는 어려움에 대해 자주 호소했다.

생계를 위해 교직에 몸담으면서 슐츠는 화가로서도 꾸준히 정진했다. 1928년 고향 인근 지역에서 전시회를 열었는데, 전시 작품 중 『우상 숭배의 책』에 포함되었던 에로틱한 작품들과 관련하여 지역의 가톨릭계 정치 단체에서 슐츠의 작품을 '포르노그래피'라고 비난해 스캔들에 휩싸였다. 그러나 전시회 자체는 중단되지 않고 끝까지 예정대로 마쳤다고 한다. 생애 첫 추문에도 불구하고 슐츠는 1930년에는 르부프의 춘계 전시회와 크라쿠프의 유대인 미술 협회에서 주관한 전시회에 작품을 전시하고, 이듬해인 1931년에는 크라쿠프의 예술 애호 협회에서 주관하는 전시회에도 참여한다.

크라쿠프 예술 애호 협회는 1854년에 설립된 유서 깊은 예술가 협회로 국제 로터리에도 소속되어 있으며 매년 현대 미술 전시회를 개최한다. 그러므로 이 연례 전시회에 참여했던 것은 예술가로서 슐츠에게 대단히 큰 기회였다. 이를 계기로 슐츠는 전위 작가이자 화가인 스타니스와프 이그나치 비트키에비치(Stanisław Ignacy Witkiewicz, 일명 '비트카치', 1885~1939), 번역가이자 소설가인 유대계 작가 데보라 보겔(Debora Vogel, 1900~1942) 등 폴란드 문학 예술계의 여러 유명 인사들과 친교를 맺게 된다. 이해에 슐츠는 미래의 약혼녀가 될 유제피나 셸린스카(Józefina Szelińska, 1905~1991)를 만났고, 또한 심리학 교수이며 저명한 교육학자였던 스테판 슈만(Stefan Szuman, 1889~1972)과도 알게 된다.

문학 애호가였던 슈만은 슐츠의 작품집을 출간하기 위해 백방으로 노력했다. 슈만 자신은 슐츠의 작품집을 출간해 주지 못하였으나, 바르샤바 문학계에 슐츠의 원고를 보낸 것이 계기가 되어 저술가이며 당대 폴란드 문단의 유력 인사였던 조피아 나우코프스카(Zofia Nałkowska, 1885~1954)가 슐츠의 작품을 알게 된다. 나우코프스카는 슐츠의 작품들을 격찬하며 출간을 위해 적극적으로 지원하고 홍보해 주었다. 그 덕에 1934년에 슐츠의 첫 단편집 『계피색 가게들』이 출간되었다.

이후 약 5년간은 슐츠의 길지 않은 생애에서 가장 극적인 시기였을 것이다. 『계피색 가게들』이 출간된 이후 슐츠는 문단의 주목을 받아 바르샤바의 대표적 문예지 『문학 소식』과 다른 여러 잡지에 많은 중·단편 작품들을 게재한다. 몇몇 작품들은 작가 자신이 직접 그린 여러 삽화들과 함께 게재되었으며, 주로 1934년부터 1936년 사이에 발표된 중·단편들은 이후 1937년에 '모래시계 요양원'이라는 제목의 작품집으로 출간된다. 또한 1936년에 슐츠는 교육 위원회로부터 정식으로 교사의 지위를 부여받아 생계의 부담을 덜게 되었다. 1936년 여름에 처음으로 두 달간의 유급 휴가를 얻게 된 슐츠는 프란츠 카프카의 『소송』과 베르톨트 브레히트의 『서푼짜리 오페라』 등 여러 외국 작품들을 폴란드어로 번역하여 1936년부터 1937년 사이에 출간한다. 이와 함께 이제는 폴란드 문단에서도 인정받는 작가의 지위에 오른 슐츠는 전위 작가 비톨트 곰브로비치(Witold Gombrowicz, 1904~1969), 시인 레오폴트 스타프(Leopold Staff, 1878~1957)와 율리안 투빔(Julian Tuwim, 1894~1953), 비평가 아르투르 산다우에르(Artur Sandauer, 1913~1989) 등 문단의 주요 인사들과 친교를 맺고 서신 교환을 하게 된다. 그리고 1937년 슐츠는 폴란드 문학 아카데미의 황금 아카데미 훈장을 수상한다. 폴란드 문학 아카데미는 1933년 폴란드 정부에서 주관하여 설립한 기관으로 1930년대 당시 폴란드의 문학과 문화 부문에서 가장 중요한 기관이었으며, 황금 훈장 수상은 작가로서 최고의 영예였다.

그러나 작가로서의 성공에도 불구하고 이 시기 슐츠의 개인사는 평탄하지 않았다. 우선 형 이지도르가 1935년에 사망했다. 어머니 헨리에타 슐츠는 그보다 4년 전인 1931년에 이미 세상을 떴다. 이 때문에 슐츠는 가족 중에서 유일한 직업인으로 과부가 된 형수와 조카 그리고 역시 과부가 되어 어머니의 보살핌을 받던 누이와 그 조카들까지 경제적으로 책임져야만 하는 처지에 놓였다. 이는 슐츠에게 대단히 무거운 짐이 되었다.

또한 1933년부터 꾸준히 교제하던 유제피나 셸린스카와 1935년에 약혼하고 1936년 초에 결혼하려 했으나 실패한다. 슐츠는 유대계 혈통을 타고났으며 행정적으로도 유대인 구역에 주민 등록이 되어 있었는데, 유제피나 셸린스카는 혈통적으로 본래 유대계였지만 가톨릭으로 개종했기 때문이다. 종교적이고 문화적인 이유와 복잡한 행정적인 이유에서 결혼이 실패로 돌아간 뒤 슐츠는 1937년 셸린스카와 완전히 결별하였고 이후 계속 독신으로 지내며 이성과 다시는 의미 있는 관계를 맺지 않았다.

1937년에서 1938년 사이에 슐츠는 작가로서 오래 고생한 끝에 처음 찾아온 전성기를 활용하기 위해, 그리고 경제적인 부담도 덜기 위해 유럽 내의 다른 나라에서도 소설과 미술 작품을 발표할 기회를 엿보았다. 1937년에 슐츠는 독일어로 써서 발표한 중편 「귀향」을 토마스 만에게 보냈는데, 독일어 출간은 실패했으나 이를 계기로 토마스 만과 교류하게 되어 이후 지속적으로 서신을 교환했다. 또한 1938년 여름에는 프랑스 파리로 여행할 기회를 얻었다. 드로호비츠에서 태어나 거의 평생 고향에서 살고 일했던 슐츠에게 이 여행은 처음이자 유일한 외국 경험이었다. 슐츠는 이 여행을 계기로 프랑스에서 미술 작품 전시회를 열 기회를 얻기 위해 『우상 숭배의 책』에 실었던 작품들을 가지고 갔다. 그러나 막상 파리에 도착했을 때는 만나려 했던 프랑스 예술계 인사들을 계획대로 만나지 못했고, 결국 프랑스에서 전시회를 열려던 기획은 수

포로 돌아갔다. 이와 함께 유럽 전체에 떠도는 전쟁의 기운을 감지한 슐츠는 앞날의 희망을 잃고 깊은 우울증에 빠지게 된다.

그리고 1939년 9월에 독일이 폴란드를 침공하면서 제2차 세계대전이 발발했다. 슐츠의 고향 드로호비츠는 처음에는 독일군에 점령되었다가 곧이어 소련군이 침공해 옴에 따라 얼마 되지 않아 소련군의 점령지가 되었다. 슐츠는 표면상으로는 이전처럼 계속 학교에서 교사로 재직할 수 있었으나 예술 활동을 계속할 길은 실질적으로 전부 막혔다. 새로운 상황에서 살아남기 위해 슐츠는 공산주의 프로파간다 작품을 쓰고 스탈린의 초상을 그리는 등 점령군의 입맛을 맞추기 위해 애써야 했다. 그러나 환상적이고 몽환적인 분위기를 추구하는 슐츠의 글은 공산주의 사상을 주입하는 도구로서는 별 효과가 없었기 때문에 슐츠는 점령군의 호의를 얻어 다시 작가 활동을 할 기회를 얻지 못했다. 또한 슐츠가 오랫동안 기획했던 유일한 장편 『메시아』의 원고도 더 이상 작품 활동을 할 수 없게 된 이 시기에 멸실되었다고 한다.

그러다가 1941년에 나치는 스탈린과 맺은 상호 불가침 조약을 어기고 소련을 침공했다. 다시 나치에 점령당한 드로호비츠에는 유대인 구역인 게토가 설정되었고 슐츠의 가족도 이곳에 강제 수용되었다. 슐츠는 게토를 탈출하여 바르샤바로 떠날 기회를 엿보고 있던 중 1942년 11월 19일 거리에서 게슈타포의 총에 맞아 사망했다.

슐츠의 죽음을 둘러싼 정황은 분명하지 않다. 굶주림에 시달리는 가족이 먹을 빵을 구하기 위해 거리로 나섰다가 우연히 총에 맞았다는 설이 있는 반면, 게토에는 그렇게까지 물자가 부족하지 않았으며 게슈타포 경관이 슐츠가 그려 준 초상화가 마음에 들지 않아서 계획적으로 불러내 쏘아 죽였다는 설도 있다.

슐츠는 후두부에 총을 맞고 쓰러졌다. 시신은 함부로 수습하는 것도 장례를 치르는 것도 금지되었기 때문에 하루 종일 거리에 그대로 방치되어 있었다. 이후 나치가 다른 시체들과 함께 슐츠의 시신도 수거하여 한꺼번에 파묻었을 것으로 추정되지만 무덤의 정확한 위치는 알려지지 않았으며 이제는 확인할 길도 없다. 그러나 슐츠는 폴란드에서 가장 사랑받는 작가 중 한 명으로 남았으며 그의 작품들은 현대의 고전 반열에 올라 있다. 지금도 슐츠가 어린 시절부터 거의 평생을 살았던 드로호비츠의 베드나르스카(당시에는 플로리안스카) 10번지 건물에 슐츠의 사진과 함께 우크라이나어, 폴란드어, 히브리어로 기록된 현판이 달려 있다. "이 집에서 1910년부터 1941년까지 위대한 유대인 화가이며 작가, 폴란드어의 거장 브루노 슐츠가 살면서 창작했다."

제1차 세계 대전(1914~1918)이 끝난 이후부터 제2차 세계 대전(1939~1945)이 시작되기 전까지의 20년은 폴란드 현대 문학사에서 매우 중요한 기간이다. 두 차례 전쟁 사이에 있는 기간이라 해서 전간기(戰間其)라는 표현을 쓰기도 하는데, 이때가 폴란드의 문화와 예술이 그 어느 때보다 활짝 꽃피었던 시기이다.

1772년부터 1795년 사이에 이루어진 세 번의 분할 점령으로 폴란드는 러시아와 프로이센, 오스트리아 제국 등 주변 열강들에 의해 조각조각 찢겨 독립국의 위상을 잃고 지도에서 사라졌다. 2백 년이 넘는 식민지 시대를 거친 끝에 폴란드가 마침내 주권을 되찾은 것은 바로 제1차 세계 대전이 끝난 1918년이다. 전쟁이 막 끝나고 나라를 되찾았으므로 사회가 혼란하지 않은 것은 아니었지만 되살아난 폴란드는 희망에 넘쳤다. 그 활력은 이 시기의 문학 작품을 보면 알 수 있다. 우선 19세기까지 폴란드 문학을 지배했던 민족과 역사의 무게와 앞날에 대한 절망감이 사라진다. 게다가 19세기 말부터 20세기 초까지 유럽을 휩쓸었던 상징주의와 아방가르드의 영향이 겹쳐 1918년부터 1939년 사이의 폴란드 문학은 제약도 없고 조건도 없는 상상력을 무제한으로 꽃피우게 된다.

여기서 전간기 폴란드 문학의 아방가르드적 상상력은 요즈음의 독자들이 '상상력'이라는 말을 들으면 바로 떠올릴 판타지나 SF 등의 상상력과는 큰 차이가 있음을 말해 두어야겠다. 제한이 없는 상상력이라는 것은 즉 관습적인 기승전결의 방식을 따르지 않으며 아름다운 상상뿐 아니라 종종 기괴하고 추악해 보이는 묘사나 이미지도 거리낌 없이 작품 속에 활용한다는 뜻이다. 전간기의 아방가르드 사조를 이끌었던 작가들은 아름답거나 추한 것, 이해하기 쉽고 어려운 것에 대한 통상적인 가치 판단을 하지 않는 경우가 많기 때문이다. 이 시기의 작가들이 추구했던 최상의 가치는 무엇보다도 새로움이었다. 그렇기 때문에 전간기 폴란드 아방가르드 작품을 읽어 보면 처음에는 무척 이해하기 힘들지만 대체로 충격적이고 그러면서도 더없이 매혹적인데 어째서 매혹적인지 설명해 보라면 뭐라고 딱 집어 말할 수 없는 경우가 많다. 브루노 슐츠의 작품도 바로 그러하다.

그로테스크

슐츠의 작품에는 이야기와 그림이 섞여 있다. 슐츠는 작가이기 전에 화가였기 때문에 소설 작품에서도 언어로 그림을 묘사하려는 시도를 자주 한다. 그 좋은 예가 이 책에 실린 첫 작품인 「8월」이다. 이 작품은 뚜렷한 줄거리라고 할 만한 것이 없이 8월 한여름에 나타난 여러 장면들, 도시와 자연의 풍경과 주변 사람들의 모습을 슐츠 특유의 초현실적인 문체로 묘사한다. 내리쬐는 뙤약볕을 "황금 가면"으로 비유하며 그 땡볕을 견디려는 사람들의 "윗입술은 당겨 올라가서 잇몸과 치아를 드러"낸 표정을 기독교가 생겨나기 전 그리스·로마 신화에 등장하는 술의 신에게 바치는 축제로 표현한 부분 등에서 슐츠 식 문체의 특징을 볼 수 있다. 햇볕을 녹아내리는 황금으로 표현한 비유는 풍성하고 아름답지만 이를 드러낸 "야만적인 가면"은 결코 기분 좋은 묘사가 아니다. 작가는 자신이 보고 느낀 감정을 그대로 묘사하는데, 여기에는 아름다움과 추함이 경계 없이 섞여 있다. 그리고 작가는 독자를 기분 좋거나 편안하게 해 주려는 작위적인 시도를 절대 하지 않는다.

같은 「8월」에 등장하는 백치 소녀 트우야에 대한 묘사도 이 같은 연장선상에서 이해할 수 있다. 쓰레기 더미 옆에 버려진 침대 위에 앉아 파리 떼에 휩싸여 알 수 없는 고함을 지르는 트우야의 모습은 일반적으로 추하고 불쾌하게 여길 것이다. 그러나 작가는 그것을 "이교도 주신제"로 표현하며 기괴하지만 더없이 강렬하게 묘사한다. 심지어 트우야가 자리 잡은 쓰레기장의 아무렇게나 웃자란 잡초와 나무들조차 기묘한 생명력으로 자신만의 의지를 가지고 살아 움직이는 것처럼 묘사된다. "추악하고 부자연스러운" 생명력이지만 그 강렬함에는 어딘가 매혹적인 측면이 있는 것이다. 이러한 그로테스크한 기법의 활용 또한 슐츠라는 작가 개인의 특징이면서 동시에 아방가르드 사조에 속했던 작가들의 전반적인 특징이다.

이런 특징들을 알아 둔다면 슐츠의 작품을 처음 접할 때 조금은 덜 혼란스럽게 이야기를 따라갈 수 있을 것이다. 중요한 것은 발단에서 전개로, 전개에서 절정으로 차근차근 이어지는 줄거리가 아니다. 슐츠의 작품에서 그런 줄거리는 찾기 힘들다. 그보다는 그림에 대한 묘사라고 생각하며 그 표현 하나하나를 즐기는 쪽이 슐츠를 올바르게 이해하는 길이다.

신화적 미로

슐츠의 또 다른 특징은 신화를 풍성하게 차용한다는 것이다. 여름의 생명력을 이교도의 주신제로 표현하거나 「8월」의 첫머리에서 하녀 아델라를 과일의 여신 포모나에 비유하는 등, 20세기 초 동유럽에서 살았던 작가의 현실이 그보다 수천 년 전부터 전해 오는 그리스·로마의 신화와 겹치고 병치된다. 비단 「8월」뿐만 아니라 「판」에서도 작가는 노숙인의 모습에서 현실을 이탈한 신화적 강렬함을 발견하고 그에게 목양신의 이름을 붙여 준다. 슐츠의 신화적 상상력이 그리스·로마 신화에만 국한된 것은 아니다. 「네므로트」에서 작가는 성경에 나오는 용감하고 날렵한 사냥꾼의 이름을 갓 태어나 제대로 걷지도 못하는 강아지에게 붙여 준다.

폴란드의 문학 비평가이자 슐츠의 친구이기도 했던 아르투르 산다우에르(Artur Sandauer)는 슐츠의 이러한 기법에 대해 작가가 신화를 차용하는 것이 아니라 그가 살았던 현실 자체가 퇴화한 것이라고 말했다. 슐츠에게는 신화적인 상상의 세계가 현실보다 훨씬 더 생생하고 완벽하고 아름다웠으며, 작가는 현실에서 그에 걸맞은 아름다움을 찾으려 노력하지만 그의 현실은 신화와 상상이 제공하는 아름다움에 미치지 못한다는 것이다. 그래서 신화 속 과일의 여신은 포목상 집 하녀의 모습으로 격이 떨어지고, 우아한 목양신은 남의 집 정원과 정원 사이에 숨은 노숙자의 모습으로 퇴화해 버리는 것이다.

슐츠 자신도 에세이와 서신에서 신화가 자기 작품의 원류라고 밝힌 적이 있다. 여기서 슐츠가 말하는 신화란 그리스와 로마 신화에만 국한된 것이 아니라 본래의 근거나 진원지를 알 수 없게 된 모든 이야기를 통칭하는 것이다. 그러나 산다우에르의 논평과 달리 슐츠 자신은 신화와 현실을 대비시켜 현실의 추악함을 부각시키려 하지는 않았던 것으로 보인다. 그보다 슐츠는 신화야말로 현실의 근원이라고 생각했다. 지나간 모든 역사는 이야기가 되고 현실은 그렇게 이야기가 된 역사에서 비롯된 것이므로, 신화는 현실 곳곳에 배어 있다는 것이다. 그리하여 작가는 그리스·로마 신화와 성경 이야기 등에서 모티프를 빌려 올 뿐 아니라 여러 작품들에서 자신만의 신화를 창조하며 마침내 어린 시절 자체를 하나의 신화로 승격시킨다. 대표적으로 「계피색 가게들」과 「책」에서 슐츠만의 독특한 신화를 접할 수 있다.

「계피색 가게들」은 1934년에 출간된 첫 작품집의 표제작이다. 이 작품에서는 어린 소년인 화자가 아버지의 심부름을 하기 위해 밤의 거리에 나선다. 어린 소년이 밤늦은 시간에 부모님의 허락을 받고 거리에 나올 일은 많지 않기 때문에 주인공은 신이 나서, 모처럼 얻은 기회를 이용하여 늘 가 보고 싶었던 '계피색 가게들'을 찾아가 보리라 마음먹는다. 이 가게들은 늦은 밤 시간에만 문을 여는데, 그래서 어둠 속에 가게 외벽이 불그스레하게 짙은 갈색으로 보이기 때문에 주인공이 붙여 준 이름이 '계피색 가게들'이다. 이런 가게에서는 "벵골 불, 마술 상자, (……) 이국적인 벌레의 알, 앵무새, 큰부리새, 살아 있는 불도마뱀과 바실리스쿠스 도마뱀, 만드라고라 뿌리, 뉘른베르크 기계 장치 장난감, 항아리 속에 든 호문쿨루스, 현미경, 쌍안경" 등등을 취급한다.

이들 대부분은 상상이나 신화의 산물이다. 불도마뱀은 불 속에서 산다는 전설의 도마뱀 샐러맨더(salamander)이고, 바실리스쿠스 도마뱀도 한 번 쳐다보는 것만으로 상대를 죽일 수 있다는 신화 속의 생물이다. 만드라고라는 실제로 있는 식물이지만 뿌리에 있는 환각 작용 때문에 죽은 사람을 살릴 수 있다는 등 상상의 영약으로 취급받았다. 그리고 호문쿨루스는 의학이나 과학이 발달하지 않았던 중세에 사람의 정자 속에 들어 있다고 생각했던 아주 작은 인간이다. 그러니까 눈에 보이지 않을 정도로 작은 사람이 정자 속에 들어 있기 때문에 여성의 배 속에 이 작은 사람이 들어가 자리를 잡으면 성장해서 아기가 된다고 믿었던 것이다. 이런 신화와 상상의 집합체 속에서는 '벵골 불, 이국적인 벌레의 알, 앵무새, 현미경과 쌍안경' 등 실제로 존재하는 아주 현실적인 동물이나 물건들조차 똑같이 신비스러운 신화적 위상을 갖게 된다. 즉 슐츠는 현실을 신화와 대비시켜 퇴화시키는 것이 아니라, 어린이의 눈으로 바라보면서 현실을 신화와 같은 위치로 격상시키는 것이다.

작가는 다른 작품인 「책」에서도 이와 비슷한 기법을 사용한다. 「책」은 두 번째 작품집인 『모래시계 요양원』의 첫 작품으로, 여기서 화자는 어린 시절에 아버지의 서재에 한때 놓여 있던 신비의 책을 기억한다. 책장이 바람에 펄럭거리면 "그 안의 그림들이 일어나곤 했다. 그리고 바람에 휩쓸린 책장들이 색깔과 그림들을 뒤섞이게 하면서 넘어감에 따라, 본문의 글 줄기 사이로 전율이 흐르면서, 글자 사이로 제비 떼와 종달새 떼가 풀려 나오곤" 하는 마법의 책이다. 화자가 나중에 좀 더 자라 그 책에 대해 이야기하자 아버지는 "그 책은 우리가 어렸을 때는 믿다가, 나이 들면서 진지하게 생각하지 않게 되는 신화 같은 거"라고 대답한다. 그러나 화자는 여기에 동의하지 않는다. 화자에게 신화는 현실보다 더 중요하며, 그 책이야말로 불완전한 현실을 완벽하고 마술적이고 아름다운 신화의 경지로 격상시키는 열쇠라 믿기 때문이다. 그래서 화자는 머리카락을 잘 자라게 해 준다는 가짜 약이나 인간 지혜학(antrhoposophy) 등 19세기 말부터 20세기 초 무렵에 유행했던 유사 과학의 광고를 진지하게 믿으며, 그것이 바로 그가 찾는 신화와 마법의 책이 실제로 존재했다는 증거라고 생각한다.

'계피색 가게들'이나 '책'이 실제로 존재한다고 믿기 때문에, 두 이야기에서 화자는 신화의 세계를 찾아 나선다. 그러나 현실에 존재하지 않는 세계가 쉽게 발견될 리는 없다. 그리하여 이야기의 주인공들은 미로에 빠지게 된다. 「계피색 가게들」의 주인공 소년은 어두운 밤거리에서 길을 찾지 못해 이리저리 헤매다가 결국 찾아다니던 '계피색 가게들'에는 이르지 못하고 엉뚱하게도 남자 중·고등학교의 교장 관사로 들어갔다가 뒤편으로 나오게 된다. 그리고 어디서 나타났는지 모를 말을 타고 눈 내린 밤의 도시를 가로질러 꿈결처럼 집에 돌아온다. 이에 비해 「책」의 주인공은 「계피색 가게들」의 소년처럼 실제로 모험을 떠나지는 않지만, 그가 신화적인 '책'에서 찾아낸 이야기들을 따라가면 트란실바니아, 모라비아, 헝가리의 부다페스트 등 중동부 유럽을 전부 휘돌고 심지어 이탈리아의 밀라노까지 이르게 된다. 「책」은 『모래시계 요양원』의 두 번째 이야기인 「천재의 시대」로 이어지는데, 여기서 주인공은 벽난로 속에 책장을 던져 넣고 불꽃 속에서 책의 내용물이 살아 움직이는 듯한 환영을 본다. 그러나 신화의 세계를 현실에서 찾으려던 주인공의 시도는 역시나 실패하여, 감옥에서 나온 지 얼마 안 된 동네 사기꾼에게 아델라의 옷과 패물을 모두 도둑맞는 것으로 이야기는 끝을 맺는다.

「계피색 가게들」의 어린 소년은 꿈속 같은 모험을 거쳐 다정한 말의 보살핌으로 끝을 맺고,「책」의 주인공은 사기꾼에게 속아 도둑을 맞는 불운한 결말로 끝을 맺지만 그 진행 과정의 특징은 비슷하다. 주인공은 현실 속에서 신화와 마법 혹은 염원과 상상의 세계로 향하는 실마리를 발견하고, 그 자취를 좇아 미로 속을 헤매는 것이다. 이 때문에 폴란드의 문학 비평가이며 저명한 슐츠 연구자인 예지 야젱브스키(Jerzy Jarzębski)는 신화와 함께 미로 또한 슐츠의 작품 세계를 이해하는 가장 중요한 개념이라고 논평했다. 여기서는 두 작품만을 예로 들었지만,「악어 거리」에서도 화자는 자신의 욕망을 좇아 지도에도 표시되지 않은 '악어 거리' 구역을 헤매고,「봄」의 주인공은 자신이 좋아하는 소녀가 사실은 나폴레옹 왕가의 숨겨 놓은 딸이었을 것이라는 가정하에 외국 우표를 실마리 삼아 물리적 미로가 아닌 역사 속 시간의 미로를 헤매게 된다. 슐츠의 작품에서는 이 미로를 헤매는 과정 자체가 이야기이기 때문에, 결과에 집착하기보다는 다음 모퉁이를 돌면 무엇이 나타날지 어린아이처럼 두근대는 마음으로 따라가는 쪽이 재미있다.

어린 시절

슐츠의 중·단편에는 이처럼 어린이의 관점 혹은 어른의 관점이더라도 어린 시절을 되돌아보는 관점에서 쓴 작품들이 상당히 많다. 슐츠 작품집은 본래 『계피색 가게들』(1934)과 『모래시계 요양원』(1937)이라는 두 권의 중·단편선으로 출간되었는데, 먼저 출간된 『계피색 가게들』에 실린 작품들 중에 슐츠의 어린 시절에 대한 작품들이 많다. 일관성 있는 줄거리가 이어지기보다는 장면이나 인물에 대한 풍성한 묘사가 주를 이루고 분량도 꽤 짧은 작품들이 많은데, 이는 어린 시절의 기억 중에서 강렬하게 남아 있는 장면들을 글로 썼다고 생각하면 쉽게 이해가 된다.

앞서 언급한 「네므로트」의 강아지에 대한 묘사가 그 좋은 예이다. 성경에 등장하는 사냥꾼의 이름은 제대로 눈도 못 뜨는 강아지에게는 일견 어울리지 않게 위대한 이름 같지만, 그렇게 해서 어리고 연약한 강아지가 튼튼하게 잘 자라 주기를 바라는 순수한 어린 소년의 심정을 대변해 준 것이다. "따뜻하고 공단처럼 부드럽고", "두 귀는 꽃잎처럼 보드랍다"라는 묘사 하나하나가 더없이 귀엽고 사랑스러운 모습을 전해 준다. 슐츠는 강아지를 처음 돌보게 되었던 어린 소년의 마음으로 돌아가서 작품을 쓴 듯하며, 어른이 되어 글을 쓰는 순간까지도 강아지의 사랑스러운 모습이 기억 속에 뚜렷이 남아 있었던 것이다.

이처럼 어린 시절의 인상을 주로 묘사하는 『계피색 가게들』에 비해 3년 뒤에 두 번째로 출간된 『모래시계 요양원』에서는 화자가 청소년이거나 젊은이로 성장한 작품들이 많다. 그리고 이렇게 어른이 된 주인공들은 등장인물들을 단순히 관찰하기보다 그들과 대화도 나누고 초현실적인 상황이라도 직접 뛰어들어 온갖 사건들을 겪으며 줄거리를 이끌어 나가는 경우가 더 많아진다. 그래서 『모래시계 요양원』에는 중편 분량의 작품들이 더 많고 줄거리도 기승전결을 제대로 갖춘 내러티브로 발전하기 때문에 독자 입장에서는 읽기도 더 쉽다.

슐츠의 소설 작품은 이렇게 두 권으로 출간되었던 단편과 중편들이 전부이다. 이 작품들 전체를 관통하는 특징이 바로 앞에 말했던 초현실성과 신화성이다. 그리고 그러한 초현실성과 신화성을 대변해 주는 단 한 명의 등장인물을 찾으라면 바로 아버지이다.

아버지: 기인, 철학자, 예언자

어느 나라의 어느 문화권이든 어린 소년에게 세상의 중심은 부모와 가족일 것이다. 슐츠의 작품에서도 가족은 중요한 등장인물인데, 특히 인상적인 인물이 바로 아버지이다. 슐츠가 쓴 거의 모든 작품에 아버지가 등장하고, 대부분의 작품에서 아버지는 주인공으로서 대단히 중요한 역할을 한다. 그러나 슐츠의 작품들이 대체로 그러하듯 아버지의 모습 또한 언제나 아름답거나 존경스럽기만 한 것은 아니다. 슐츠의 작품에서 아버지는 때로는 우스꽝스럽고 때로는 그로테스크한 괴짜로 묘사되기도 하고, 깊은 생각과 지혜를 장황하게 설명하는 철학자의 모습으로 나타나기도 하며, 현실의 얄팍한 이익만을 계산하는 주변 사람들에게 경종을 울리는 구약의 예언자와 같은 모습으로 나타나기도 한다. 그리고 이러한 모습들이 분명하게 구분되는 것이 아니라 많은 작품들에서 아버지는 이런 여러 가지 측면이 섞인 복잡하고 매력적인 인물로 등장한다.

실제 인생에서 슐츠가 태어났을 때 그의 아버지는 마흔여섯 살이었다. 아버지는 늦게 얻은 막내를 무척 귀여워했던 듯하나 슐츠 자신과 마찬가지로 아버지도 병약했다. 그리하여 아버지는 슐츠의 청소년 시절에는 대부분 병석에 누워 지내다가 슐츠가 스물세 살 되던 해에 세상을 떠났다. 그래서 「방문」의 아버지는 (아마도 질병에 대한 치료법의 일환으로) 관장을 하고 요강 위에 앉아 "팔을 풍차처럼 휘두르는" 우스꽝스러운 모습으로 묘사되고, 「모래시계 요양원」에서는 이미 죽은 상태로 시간을 되돌리는 요양원의 병실에 누워 잠만 자는 무기력한 모습으로 나타난다.

그러나 슐츠가 보았던 아버지는 주위 사람들이 아무도 이해하지 못하더라도 자신만의 세계를 추구하는 강한 인물이었으며 가족의 생계를 위해 싸우는 가장이었다. 「위대한 계절의 밤」에서 아버지는 귀중한 포목을 아무렇게나 떨이로 팔아 버리라고 외치는 무례한 군중 위로 경고의 나팔을 부는 선지자이다. 그런가 하면 「죽은 계절」의 아버지는 가족의 생계가 걸린 가게를 살리기 위해 성경에 등장하는 야곱처럼 밤새도록 정체불명의 인물들과 씨름한다. 다음 날 아버지는 성경의 야곱과 마찬가지로 허리를 다쳤지만, 그 희생 덕에 "가게는 장장 7년간의 번영을 맞이한다".

다른 작품에서 아버지는 세계와 우주의 본질을 고찰하는 철학자로 묘사되기도 한다. 「마네킹」 연작에서 아버지는 신이 창조한 인간과 인간이 창조한 마네킹의 존재를 비교하며 인간의 형상을 띠었으나 인간과 같은 생명을 받지 못한 반쪽짜리 존재인 마네킹의 운명을 한탄한다. 언뜻 괴이하게 보일 수 있는 논리 전개이지만 여기서 아버지가 말하는 마네킹을 로봇으로 바꾸어 생각한다면 이해가 쉬울 것이다. 기계 인간 '로봇'은 체코의 작가 카렐 차페크가 처음 만들어 낸 개념으로 알려져 있는데, 유대 설화에는 이에 대응할 만한 인조인간 '골렘(golem)'이 등장한다. 유대 설화에 따르면 골렘은 진흙 등의 생명력 없는 재료를 빚어 인간의 형상으로 만든 것이며, 신의 뜻에 매우 가까운 어질고 현명한 선지자는 여기에 생명을 불어넣을 힘을 가졌다고 한다. 그렇게 해서 생명력을 갖게 된 골렘은 유대 민족을 보호하는 수호자 역할을 했다는 것이다. 이러한 인조인간의 개념은 차페크보다 몇백 년이나 앞선 것이며, 그래서 서양에서는 유대 설화의 골렘이 인간이 생각해 낸 최초의 인조인간으로 알려져 있다. 그러나 구약의 「시편」이나 중세로부터 전해지는 글을 보면 '골렘'이라는 단어는 생명력이 없는 물질을 총칭하는 단어였다고 하며, 탈무드에 따르면 신이 창조한 최초의 인간 아담이 본래 진흙을 이겨 만든 '골렘'이었다고 한다.

슐츠의 아버지는 실제로 포목점을 운영했으며 「마네킹」 연작에서도 아버지는 천을 다루는 사람이다. 그러므로 아버지는 진흙 대신 천을 질료로 이용해 사람과 비슷한 형상인 마네킹을 만들어 내고 자연스럽게 골렘을 연상했던 것이다. 그러나 아버지는 본래 생명이 없던 재료가 인간의 형상으로 재단되고 꿰매어져 반쪽짜리 생명력이나마 갖게 되었을 때 당연히 인간의 이익에 봉사해야 한다고 여기지 않는다. 오히려 인간의 형태를 띠었으나 인간도 아니고 자신의 의지로는 무엇 하나 할 수 없는 노예 상태의 재료가 겪는 운명을 슬퍼하며, 그러한 재료에 억지로 생명을 부여하는 '데미우르고스'를 비난한다. 데미우르고스(demiurgos)란 플라톤 철학에서 유래된 개념으로, 물리적인 세계를 만들어 내고 유지하는 신을 말한다. 본래 플라톤 철학에서 데미우르고스는 무(無)에서 유(有)를 만들어 내는 창조주로서의 신이라기보다는 우주 만물을 제작하고 관리하는 장인(匠人)에 더 가깝다. 그러나 「마네킹」 연작에서 아버지는 이러한 데미우르고스를 반쪽 생명을 지배하는 독재적이고 폭압적인 존재로 비난함으로써 장인이 아닌 신적 존재로 격상시키는 동시에 골렘 신화와 데미우르고스 신화를 현실 속으로 끌어들인다.

이처럼 폭압적이고 무자비한 데미우르고스는 「방문」에서도 아버지의 맞수로 등장한다. 여기서 아버지는 길고 추운 겨울을 맞아 인간 세계를 회색으로 물들이고 사람의 모든 의지를 빼앗아 무기력에 빠지게 하려는 데미우르고스의 음모에 대항하여 싸운다. 아버지는 비록 병들어 쇠약해졌고 가족의 지지나 응원을 전혀 받지 못하지만 그래도 결단코 자신의 뜻을 굽히지 않는다. 그렇게 싸우면서 점점 시들어 가다가 아버지는 결국 "한 줌 잡동사니"가 되어 아델라가 청소할 때 버려지는 비극적인 결말을 맞지만, 더욱 비극적이게도 가족 중 아무도 여기에 신경을 쓰지 않는다.

여기서 아델라는 슐츠의 여러 작품에서 아버지와 거의 마찬가지로 중요한 위상을 차지하는 인물이다. 비록 주인공 집안의 하녀이기는 하지만 아델라는 어린아이인 주인공이 볼 때 무기력하고 짜증만 내는 어머니에 비해 집 안의 여러 가지 살림을 실제로 돌보는 사람이다. 아마 이 때문에 아델라는 아버지에게 맞설 수 있는 유일한 인물일 것이다. 「새」에서는 아버지가 다락방에 새를 키워 지붕 밑을 야생의 정글로 만들어 버리지만 아델라가 들어와 새들을 모두 날려 보내고 다락을 청소함으로써 아버지는 "왕위와 왕국을 잃고 추방된 왕"이 되어 버린다. 다채롭고 아름다우며 하늘을 날아다니는 존재를 지배하겠다는 아버지의 신화적 상상력에 맞서 청소를 해야 한다는 아델라의 현실 논리가 가볍게 승리하는 것이다. 그리고 「마네킹」 연작에서도 아델라는 아버지의 장광설을 끊어 버리고 간지럼을 태우겠다고 위협하며 아버지를 마음대로 조종한다.

간지럼에 대한 묘사에서 아델라가 아버지에 맞서는 힘을 갖는 이유를 짐작할 수 있다. 아델라가 현실 논리의 대변자이기도 하지만 무엇보다도 젊고 아름다운 처녀이기 때문이다. 많은 작품에서 아직 어린 소년인 화자조차 아델라의 관능적인 아름다움과 그 아름다움이 가지는 영향력을 뚜렷이 눈치챈다. 아버지와 주인공뿐만 아니라 「에지오」 등의 작품에서 보듯이 이웃의 젊은 남자들도 아델라에게 관심을 보이며, 여러 작품에서 아델라는 욕망과 관음의 대상이 된다. 그러나 아델라는 단순히 남성의 욕망에 휘둘리는 무력한 여성이 아니라, 반대로 자신이 가진 영향력을 십분 발휘하여 주위의 남성들을 지배하고 조종하는 강력하고도 에로틱한 여신의 이미지로 나타난다. 이러한 아델라의 모습은 슐츠가 소설을 집필하기 이전에 발표했던 미술 작품집『우상 숭배의 책』에 묘사된 여주인공의 관능적인 자태와 연결된다. 책의 제목에서 짐작할 수 있듯이 이 작품집의 여주인공들은 주위를 둘러싼 남성 숭배자들에게 '우상 숭배'를 받는 주인공이자 지배자로 묘사된다. 그리고 실제로 슐츠는『우상 숭배의 책』과 분위기도 비슷하고 여주인공도 몹시 닮은 그림들을『모래시계 요양원』의 삽화로 집어넣기도 했다.

슐츠의 아버지는 이처럼 강한 여성성을 대표하는 아델라의 빗자루질과 그 관능적 아름다움 앞에 그대로 무릎을 꿇는 약한 남자이며, 아버지와 아델라의 대결은 거의 언제나 아델라의 승리로 끝난다. 그러나 슐츠의 작품에서 아버지는 단순히 자기 욕망에 굴복하는 무력한 남성성의 상징이 아니다. 그보다는 남성으로서의 욕망, 가장으로서의 책임감, 신화와 상상 속 완벽한 세계에 대한 갈망, 그리고 그 갈망을 실천에 옮길 힘을 주는 선견지명과 기상천외한 자기만의 철학을 모두 갖춘, 그 어느 문학 작품에서도 보기 드문 특별한 등장인물이라 할 수 있다.

변신

슐츠 작품에서 아버지의 또 다른 특징은 끊임없이 변신한다는 것이다. 아버지는 주위 사람들의 무관심 속에 자기만의 세계를 추구하면서 그 과정에서 조금씩 변하기도 하고, 혹은 패배하되 결코 죽지 않고 뭔가 다른 존재로 변신해서 도망치기도 한다. 앞서 언급한 「새」에서 주인공은 아버지와 늙은 콘도르가 몹시 닮았음을 눈치채는데, 이는 다른 작품 「바퀴벌레」에서도 다시 한 번 언급된다. 그러나 「바퀴벌레」에서 주인공은 아버지가 박제 콘도르로 변한 것이 아니라 바퀴벌레로 변해서 아델라의 빗자루질에 쓸려 나갔을 것이라고 생각한다. 반대로 「새」에서 아버지는 아델라가 새들을 날려 보내자 자기 자신도 새로 변신해서 날아가려 하지만 꼭 필요한 순간에는 변신하지 못한다. 인간으로 남아 있어야 하기 때문에 아버지의 패배는 더욱 공고해진다.

한편 「죽은 계절」에서 아버지는 가족을 먹여 살리기 위해 이른 아침부터 일하다가 건물 정면에 스며들어 벽이 되거나, 시골에서 온 손님에게 짓궂은 장난을 치는 점원들에게 분노하여 붕붕 소리를 내는 파리가 되어 버린다. 또한 「혜성」에서 아버지는 자기 자신만 변신하는 것이 아니라, 여러 가지 실험을 거쳐 에드바르트 아저씨를 기계 장치로 변신시키기도 하고 반대로 벽지의 무늬 속에서 반지아 아주머니의 얼굴이 나타나게 하기도 한다. 이러한 아버지의 모습은 앞서 말했던 괴짜 철학자 혹은 일반 사람이 알지 못하는 여러 가지를 꿰뚫어 보는 선지자의 모습과 연관되며 일종의 마술사처럼 보이기도 한다. 그러다가 「아버지의 마지막 탈출」에서 아버지는 가게를 잃은 후에 게로 변해서 최후의 탈출을 감행한다. 아버지만 변신하는 것이 아니라 「돌풍」에서는 돌풍이 부는 날 집에 찾아왔던 페라랴 아주머니가 점점 작아지다가 종잇장으로 변신해서 사라져 버린다.

'변신'이라고 하면 무엇보다도 프란츠 카프카의 동명 소설이 생각날 것이다. 슐츠는 카프카와 동시대인이었고 같은 유대계 혈통을 타고났으며 카프카의 『소송』을 번역해서 출간하기도 했다. 그러나 슐츠의 작품에 나타난 변신은 카프카의 변신처럼 존재의 본질을 묻는 철학적인 사건이 아니다. 슐츠의 작품에서 아버지의 변신은 현실에서 아버지의 죽음을 부정하고 아버지의 재등장을 설명하는 기제이다. 아버지가 죽어서 사라진 것이 아니라 변신해서 탈출했다고 생각할 때 언젠가 다시 돌아오리라는 희망을 가질 수 있기 때문이다. 이런 희망의 연장선상에서, 슐츠는 「모래시계 요양원」에서는 아예 시간을 되돌려 아버지를 살려 내려고 한다. 이와는 반대로 아버지가 아닌 다른 친척이나 어른들의 변신은 어린 소년의 관점에서는 일종의 무관심의 표현이다. 먼 친척이라곤 하지만 누군지 잘 알지도 못하는 데다 부모님과 별로 사이가 좋은 것 같지도 않은 사람들이 내 생활 속에 들어왔다가 나가는 데 큰 관심을 기울이지 않고 대신에 그 사람들이 조금 재미있는 방식으로 사라졌다고 상상하는 것이다.

그러나 슐츠 소설에서 아무나 다 변신하는 것은 아니다. 압도적인 비율로 자주 변신하는 사람은 누구보다 아버지이다. 때로는 우스꽝스럽고 때로는 기괴하며 때로는 가슴 아픈 슐츠 소설 속의 변신은 크게 보면 아방가르드 사조에서 자주 사용하는 기법이기도 하지만 근본적으로는 아버지에 대한 사랑과 그리움에서 비롯된 것이다.

현실의 반영

슐츠의 소설이 신화와 상상력을 기반으로 삼고 있다 해서 현실이 전혀 반영되지 않은 것은 아니다. 슐츠의 고향 드로호비츠는 근대화와 산업화의 과정을 거치면서 19세기 말부터 20세기 초 사이에 많은 사건들이 일어났는데, 그런 사건들이 슐츠의 소설 속에 환상적인 방식으로 재가공, 재구성되어 녹아들어 있다.

대표적인 예가 드로호비츠에 불었던 석유 바람이다. 증기 기관의 발달과 함께 19세기까지 유럽에서 주로 사용한 화석 연료는 석탄이었다. 그런데 20세기에 접어들면서 자동차 등의 교통수단이 발달하기 시작했고, 그 결과 사람들은 석탄보다 효율이 좋은 연료를 찾기 시작했다. 이 시기가 드로호비츠 인근에서 석유가 발견된 시기와 맞물려 그때까지 조그만 시골 마을이던 드로호비츠는 갑자기 산업화의 중심지가 되었다. 슐츠 자신의 외할아버지가 이 석유 사업에 뛰어들었고, 슐츠의 형도 공과 대학을 졸업한 후 할아버지가 운영하는 정유 회사에 오랫동안 몸담았으며, 그 덕분에 아버지가 가게를 운영할 수 없게 된 상황에서도 슐츠의 가족은 규칙적으로 안정된 수입을 얻을 수 있었다.

그러나 산업화와 근대화의 물결이 자본주의로 이어지면서 돈이면 뭐든 사고팔 수 있게 되고 도덕이나 윤리 등 전통적인 가치는 땅에 떨어졌다. 이런 모습을 비판한 작품이 「악어 거리」이다. 여기서 화자는 어두운 소문만 떠도는 '악어 거리' 구역에 들어가서 야릇한 분위기를 풍기는 한 가게 안에 발을 들여놓는다. 그러나 미로와 같은 가게 뒷방과 악어 거리를 헤맨 끝에 화자가 깨닫는 것은 그 모든 유혹과 은밀한 암시가 전부 거짓이었다는 사실이다. 부도덕하고 타락했더라도 실제로 욕망을 채워 줄 수 있다면 '악어 거리'는 그 나름대로의 어두운 실체적 가치를 가질 수 있었을 것이다. 그러나 공허하고 무가치하다는 것이 바로 이 '악어 거리'의 특성이다. 그 부도덕과 타락과 음탕함에 대한 암시 자체가 거짓이었던 것이다. 상인들이 약속하는 욕망의 충족이 전부 거짓이라는 메시지는 광고의 홍수 속에 살아가는 현대의 소비자들도 한번쯤은 생각해 보아야 할 대목이다.

맺는 말

브루노 슐츠는 생전에 단 두 권의 중·단편선만을 남겼으나 이 두 권으로 폴란드에서 가장 사랑받는 작가의 반열에 올랐으며, 그의 작품들은 전간기 아방가르드 문학의 고전으로 꼽힌다. 특유의 신화적인 상상력과 풍성하고도 남다른 묘사 때문에 슐츠의 작품들은 화면으로도 옮겨 갔다. 대표적으로 폴란드의 영화감독 보이체흐 하스(Wojciech Has)가 1973년 「모래시계 요양원」을 같은 제목으로 영화화했는데, 여기에는 소설의 본래 줄거리뿐 아니라 슐츠 자신의 일대기도 조금씩 섞어 넣었다. 또한 영국의 퀘이 형제(Quay brothers)가 1987년 '악어 거리'라는 제목으로 스톱 모션 애니메이션을 만들었다. 이 작품은 기괴한 상상력이라는 측면에서 슐츠에 버금가는 기상천외함을 자랑하며, 제목이 어디에서 비롯되었는지 알지 못한다면 작품의 내용만으로 슐츠 작품과의 연관성을 상상하기 힘들 정도이다. 이외에도 폴란드에서는 지속적으로 슐츠의 여러 작품들이 연극으로 각색되어 공연되며, 슐츠의 그림들도 전시되고 있다. 브루노 슐츠의 작품이 읽기 쉬운 작품은 아니지만 이렇게 한국 독자들 앞에 선보이게 되었으니 슐츠만의 색다른 매력을 느껴 주시면 좋겠다.

브루노 슐츠 단편선은 본래 두 권으로 출간되었다. 먼저 『계피색 가게들(*Sklepy cynamonowe*)』이 1934년에 출간되었고 1937년에 『모래시계 요양원(*Sanatorium pod klepsydrą*)』이 뒤를 이었다. 이 중 『계피색 가게들』에 포함된 단편인 「새(Ptaki)」는 단편선이 출간 되기 전인 1933년에 바르샤바의 문예지 『문학 소식(*Wiadomości literackie*)』에 게재되었는데, 이것이 슐츠가 출간한 첫 작품으로 말하자면 등단작이다.

이후 '모래시계 요양원'이라는 제목 아래 한 권으로 묶여서 나 온 중·단편들은 『계피색 가게들』이 출간된 직후인 1934년부터 1936년 사이에 문예지에 먼저 게재되었던 작품들이 대부분이 다. 먼저 1934년에 「천재의 시대(Genialna epoka)」가 『문학 소 식』에 게재되었다. 이 작품은 슐츠가 장편으로 구상하던 『메시아 (*Mesjasz*)』의 일부였는데, 제2차 세계 대전 당시 원고가 멸실되었 다. 또한 같은 1934년에 「7월의 밤(Noc lipcowa)」이 『신호(*Signały*)』 에, 「두 번째 가을(Druga jesień)」이 『카메나(*Kamena*)』에 게재되 었다. 이듬해인 1935년에는 『주간 삽화(*Tygodnik Illustrowany*)』 에 「도도(Dodo)」와 「에지오(Edzio)」가 작가가 직접 그린 삽화와 함께 게재되었다. 1935년에는 또한『문학 소식』에 「아버지, 소방대에 입대하다(Mój ojciec wstępuje do strażaków)」와 작가의 삽화를 곁들인 「모래시계 요양원」, 「연금 생활자(Emeryt)」가 차례로 게재되었다. 또한 1935년에 『카메나』에는 「봄(Wiosna)」이, 『스카만데르(Skamander)』에는 「책(Księga)」이 게재되었는데, 이 중 「봄」은 다음 해인 1936년에 『스카만데르』에 다시 한 번 게재되었다. 또 1936년에 『신호』에는 「가을(Jesień)」이, 『문학 소식』에는 「죽은 계절(Martwy sezon)」과 「아버지의 마지막 탈출(Ostatnia ucieczka ojca)」이 게재되었다. 1937년에 『모래시계 요양원』이 출간될 때는 이렇게 이미 게재되었던 작품들을 묶고 여기에 아주 짧은 단편인 「외로움(Samotność)」만 추가했다.

이후 폴란드에서는 슐츠 단편집 두 권을 하나로 묶거나, 혹은 여기에 슐츠가 다른 문예지에 발표했던 에세이나 비평을 덧붙이기도 하고 동시대 작가들과의 서신 교환을 추가하는 등 다양한 형태의 작품집들이 꾸준히 출간되었다. 이 중 1964년 문예출판사(Wydawnictwo literackie)에서 슐츠의 단편, 비평, 에세이와 선별된 서한을 한 권으로 묶고 여기에 슐츠의 친구이자 문학 비평가인 아르투르 산다우에르의 서문을 덧붙여 『브루노 슐츠 산문집(Bruno Schulz: Proza)』을 출간했다. 또한 폴란드에서 가장 권위 있는 문학 전집인 국립 도서관 시리즈도 1989년에 슐츠의 모든 단편과 에세이, 비평, 미완성 작품들과 서신까지 한 권으로 묶고, 폴란드 내에서 가장 저명한 슐츠 연구자인 예쥐 야젱브스키(Jerzy Jarzębski)의 해설과 각주를 추가한 판본을 출간했다. 본 번역은 이 두 가지 판본을 바탕으로 했다.

1892 7월 12일 폴란드(현재 우크라이나)의 드로호비츠에서 유대계 포목상 야쿠프 슐츠와 헨리에타 슐츠의 3남매 중 막내로 태어남.

1902~1910 프란츠 요제프 김나지움(중고등학교) 재학.

1910 고교 졸업 시험 통과. 르부프 공과 대학에서 건축 전공 예정이었으나 건강 악화로 입학을 미룸.

1913 르부프 공과 대학에서 학업 재개.

1914 제1차 세계 대전 발발로 학업 중단. 가족과 함께 오스트리아의 빈으로 대피. 빈 공과 대학과 미술 대학에서 수학.

1915 가족과 함께 드로호비츠로 돌아옴. 아버지 야쿠프 슐츠 사망.

1918 드로호비츠의 유대계 예술인 그룹 '칼레이아(Kalleia)' 가입.

1920~1922 미술 작품집 『우상 숭배의 책』 완성.

1922 바르샤바와 르부프에서 『우상 숭배의 책』 작품전. 건강 악화로 요양.

1923 빌뉴스에서 작품전.

1924 모교인 김나지움에서 기간제 교사로 근무 시작.

1928 고향 인근 지역에서 미술 작품전.

1930 르부프와 크라쿠프 유대인 협회에서 미술 작품전.

1931 크라쿠프 예술 애호가 협회에서 미술 작품전. 전위 작가 스타니스와프 이그나치 비트키에비치('비트카치'), 번역가 겸 소설가 데보라 보겔 등 당시 폴란드 문단의 저명인사들과 친교. 어머니 사망.

1933 유제피나 셸린스카를 알게 됨. 소설가 조피아 나우코프스카를 만남. 『문학 소식』에 단편 「새」 게재.

1934 단편집 『계피색 가게들』 출간.

1935 형 이지도르 사망. 유제피나 셸린스카와 약혼.

1936 교육 위원회에서 정식으로 교원 지위 부여. 비톨트 곰브로비치, 아르투르 산다우에르, 비트카치, 레오폴트 스타프, 율리안 투빔 등 여러 작가와 문단 인사들과 친교, 서신 교환. 프란츠 카프카의 『소송』 번역 출간.

1937 중·단편 작품집 『모래시계 요양원』 출간. 폴란드 문학 아카데미에서 황금 아카데미 훈장 수상. 베르톨트 브레히트의 『서푼짜리 오페라』 번역 출간. 토마스 만과 교류. 유제피나 셸린스카와 결별.

1938 파리로 여행.

1939 제2차 세계 대전 발발. 독일군이 드로호비츠 침공. 이후 소련군이 드로호비츠 점령.

1941 독일의 소련 침공, 드로호비츠 점령. 슐츠와 가족들 드로호비츠 유대인 게토에 강제 수용.

1942 11월 19일 게슈타포의 총에 맞아 사망.

새롭게 을유세계문학전집을 펴내며

을유문화사는 이미 지난 1959년부터 국내 최초로 세계문학전집을 출간한 바 있습니다. 이번에 을유세계문학전집을 완전히 새롭게 마련하게 된 것은 우리가 직면한 문화적 상황에 적극적으로 대응하기 위해서입니다. 새로운 을유세계문학전집은 세계문학의 역할이 그 어느 때보다 중요해졌다는 인식에서 출발했습니다. 오늘날 세계에서 타자에 대한 이해는 우리의 안전과 행복에 직결되고 있습니다. 세계문학은 지구상의 다양한 문화들이 평등하게 소통하고, 이질적인 구성원들이 평화롭게 공존할 수 있는 문화적인 힘을 길러 줍니다.

을유세계문학전집은 세계문학을 통해 우리가 이런 힘을 길러 나가야 한다는 믿음으로 만들어졌습니다. 지난 5년간 이를 준비하기 위해 많은 노력을 기울였습니다. 세계 각국의 다양한 삶의 방식과 문화적 성취가 살아 있는 작품들, 새로운 번역이 필요한 고전들과 새롭게 소개해야 할 우리 시대의 작품들을 선정했습니다. 우리나라 최고의 역자들이 이들 작품 속 한 문장 한 문장의 숨결을 생생히 전하기 위해 심혈을 기울였습니다. 또한 역자들은 단순히 번역만 한 것이 아니라 다른 작품의 번역을 꼼꼼히 검토해 주었습니다. 을유세계문학전집은 번역된 작품 하나하나가 정본(定本)으로 인정받고 대우받을 수 있도록 최선을 다 했습니다. 세계문학이 여러 경계를 넘어 우리 사회 안에서 주어진 소임을 하게 되기를 바라며 을유세계문학전집을 내놓습니다.

을유세계문학전집 편집위원단

김월회(서울대 중문과 교수)
박종소(서울대 노문과 교수)
손영주(서울대 영문과 교수)
신정환(한국외대 스페인어통번역학과 교수)
정지용(성균관대 프랑스어문학과 교수)
최윤영(서울대 독문과 교수)

을유세계문학전집

을유세계문학전집은 계속 출간됩니다.

을유세계문학전집 연표